U0875678

国家社科基金项目《唐宋诗序跋研究》结项成果
河北省社会科学重要学术著作出版资助项目
河北省新闻学重点学科学术著作出版资助项目

唐宋诗序跋研究

TANGSONGSHI XUBA YANJIU

任文京 著

人民出版社

责任编辑:孙兴民　冯　瑶
装帧设计:汪　阳
责任校对:张　彦

图书在版编目(CIP)数据

唐宋诗序跋研究/任文京 著. -北京:人民出版社,2016.3
ISBN 978-7-01-015691-0

Ⅰ.①唐…　Ⅱ.①任…　Ⅲ.①唐诗-序跋-文学研究
②宋诗-序跋-文学研究　Ⅳ.①I207.22

中国版本图书馆 CIP 数据核字(2015)第 314558 号

唐宋诗序跋研究

TANGSONGSHI XUBA YANJIU

任文京　著

人民出版社 出版发行
(100706　北京市东城区隆福寺街 99 号)

保定北方胶印有限公司印刷　新华书店经销

2016 年 3 月第 1 版　2016 年 3 月北京第 1 次印刷
开本:880 毫米×1230 毫米 1/32　印张:15.375
字数:358 千字

ISBN 978-7-01-015691-0　定价:46.00 元

邮购地址 100706　北京市东城区隆福寺街 99 号
人民东方图书销售中心　电话 (010)65250042　65289539

版权所有・侵权必究
凡购买本社图书,如有印制质量问题,我社负责调换。
服务电话:(010)65250042

目　　录

前　言 …………………………………………………………… 1

第一章　诗歌序跋概说 ………………………………………… 1

第一节　诗歌序跋简介 ……………………………………… 1

第二节　序跋与诗歌之关系 ………………………………… 8

第二章　汉代至宋代诗歌序跋的发展演变 ………………… 20

第一节　汉魏晋诗歌序跋概貌 ……………………………… 20

第二节　南北朝诗歌序跋概貌 ……………………………… 37

第三节　唐代诗歌序跋概貌 ………………………………… 42

第四节　宋代诗歌序跋概貌 ………………………………… 52

第三章　唐宋诗序跋的种类 …………………………………… 71

第一节　序跋的写作时间 …………………………………… 71

第二节　序跋的作者 ………………………………………… 80

第三节　序跋的文体 ………………………………………… 86

第四节　单序跋与多序跋 …………………………………… 97

第五节　暗序与序跋加注 …………………………………… 111

第四章　唐宋诗序跋的基本功能 …………………………… 118
第一节　序跋附属作用及其与诗歌的互补关系…………… 118
第二节　序跋功能之一——交代诗歌背景 ……………… 124
第三节　序跋功能之二——描写人物、事件、场面、语言 … 132
第四节　序跋功能之三——阐发哲理 …………………… 145

第五章　唐宋诗序跋的内容(上) ………………………… 155
第一节　关心国事民生　论述为政之道 ………………… 155
第二节　抒发爱国情怀　弘扬民族气节 ………………… 181
第三节　宣扬伦理教化　传授修身之道 ………………… 197
第四节　抒发雅洁志趣和高尚情操 ……………………… 212
第五节　反映佛家、道家思想 …………………………… 231

第六章　唐宋诗序跋的内容(下) ………………………… 249
第一节　宴饮唱和与酬答赠别 …………………………… 249
第二节　悼念逝者　寄托哀思 …………………………… 259
第三节　描写山水田园风光 ……………………………… 276
第四节　唐宋诗序跋的其他内容 ………………………… 290

第七章　唐宋诗序跋的艺术成就 ………………………… 306
第一节　序跋对表达方式的精彩运用 …………………… 306
第二节　序跋的文学艺术价值 …………………………… 338
第三节　诗歌序跋与散文的相互影响 …………………… 359

第八章　其他文体对诗歌序跋的影响 …………………… 370
第一节　骈文和散文对序跋的影响 ……………………… 370

第二节　奏疏等应用文体对序跋的影响 …………………… 389
第三节　小说、讲史话本等对序跋的影响 ………………… 398

第九章　唐宋诗序跋中的文论 …………………………… 411
第一节　唐诗序跋中的文论 ………………………………… 411
第二节　宋诗序跋中的文论 ………………………………… 420
第十章　唐宋诗序跋研究与文献整理 …………………… 439

第一节　诗歌与序跋分离 …………………………………… 440
第二节　不同版本的序跋内容差异 ………………………… 450
第三节　诗歌与序跋关系的其他情况 ……………………… 461

主要参考文献 ………………………………………………… 467

前　言

诗歌的序和跋，在文体上属于散文范畴，把散文与诗歌结合起来，用两种文体表达同一个主题，这在古人的创作中，是一个很奇妙的组合。诗歌序跋自汉代以来，其作用越来越受到诗人的重视，至唐宋时期，诗歌创作与序跋几乎密不可分。这不仅表现在诗歌序跋的数量增加，篇幅增长，更重要的是内容丰厚，艺术性提高，文学色彩越来越浓。

唐代以前，选家对诗文之前的序是比较重视的。如萧统编《文选》，不仅收诗之序，也收赋、辞、铭、诔之序。徐陵编《玉台新咏》，也收入十篇诗序。唐代选家也重视诗序，如韦庄《又玄集》收高适《燕歌行》序、元稹《望云骓马》序；韦縠《才调集》收白居易《秦中吟》序、温庭筠《张静婉采莲曲》序、顾况《悲歌六首》序等。后代选家，渐不重视诗歌序跋。如明代王夫之《唐诗评选》，将高适《燕歌行》序、李华《云母泉》序等弃而不收。清代选家如王尧衢《唐诗合解笺注》，也选诗不收序。沈德潜《唐诗别裁集》未收骆宾王《在狱咏蝉》之序、王维《送秘书晁监还日本》之序等。可见，古代诗歌经典选本亦有遗珠之憾。当代一些著名的唐宋诗选本，因对序跋不重视，也将其省略不选，甚至不作说明，令初学者以为该诗根本就无序无跋。如骆宾王《在狱咏蝉并序》，林庚、冯沅君《中国历代诗歌选》、朱东润《中国历代文学作品选》、余冠英《唐诗选》均选诗不选序，前二书未做任何说明，余冠英《唐诗选》于诗后有一注释曰:“序较长,今不录。”将序看得无关紧要,可有可无。选诗而省略序跋,最直接的后果就是破坏了诗歌的整体性,遮蔽了诗人要传达给读者的一部分信息。这种做法等于随意去掉了诗歌的一个有机组成部分,提供给读者的是有缺漏的作品。诗人写序跋自有用意,后人应当给予尊重,保留原貌,不可随意将其删去。唐宋散文选本,选诗歌序跋的也很少,有的根本未考虑序跋。近人高步瀛编《唐宋文举要》,只选了唐代苏源明《秋夜小洞庭离宴序》、杨炯《群官寻杨隐居诗序》、王维《送秘书晁监还日本诗序》三篇诗序,宋代的诗歌序跋则一篇未选。人民文学版《宋文选》(1980年版)除了选文天祥《正气歌》之序,其他诗歌序跋则一概未选。今人陈尚君选注的《唐文》(河北教育2000年版)除收入上述三篇唐诗序,又增选王勃《滕王阁诗序》、梁肃《周公瑾墓下诗序》、柳宗元《愚溪诗序》三篇,数量是比较多的,显示出选者对诗歌序跋的重视。

序跋有书籍序跋和诗文序跋两种。书籍序跋之所以受人重视,因为它是解读书籍的钥匙。王力在《谈谈怎样读书》一文中说,读书“首先应读书的序例,即序文和凡例。过去我们有个坏习惯,以为看正文就行了,序例可以不看。其实序例里有很多好东西。序例常常讲到写书的纲领、目的。替别人作序的,还讲书的优点”。钱仲联《历代别集序跋综录》、祝尚书《宋集序跋汇编》,都是收集整理书籍序跋之作。钱仲联谈到序跋重要性时说:“昔无锡钱基博先生示人读古诗之方,应先读其书之序跋(含作者自序及他人所作序跋),如此则可在通读全书之前,洞悉其书之内涵,作者为书之宗旨,当时及后代对其书之评鉴。因古书序跋之作者,往往为至高成就之人,具深邃之学识,文坛有一定之声誉,尤其是别集类之序跋,用途更大,持较读一般文学史,其弋猎所获,何啻倍蕤！盖别集数量浩繁，治古代文学史者，读别集序跋，基本上可达到此要求。”①对序跋的作用和价值给予很高的评价。

诗歌序跋与书籍序跋一样，也是解读诗歌的钥匙。诗歌序跋不受重视，原因大概有以下几点：一、与书籍序跋比较，诗歌序跋写法随意，长短不一，不像书籍序跋重理论特色和导读功用。故古人读书重书籍序跋，而对于书籍之中单篇作品之序跋，往往认为不能与书籍序跋相提并论，重视程度不够。二、诗歌与序跋，诗歌当然是主体，附于前后的序和跋是为诗歌服务的。序在诗歌前交代背景以及写作缘由，跋在诗歌后作补充或说明，主体还是诗歌。对于一个诗人来说，诗歌成就应该大于诗歌序跋成就，这是正常的现象。但长期以来，研究者形成了重视主体而轻视附属的观念，认为诗歌序跋属于雕虫小技，无足轻重。三、重视诗歌而轻视序跋，还由于对文体存有尊卑观念。在古代，诗歌是正统的，对于文学作品的文体而言，诗歌的地位一直高于其他文体。当然，后来出现赋、骈文、散文、小说等，但诗歌一直是文人抒情的主要文体。至于其他的序、跋、颂、赞以及应用文体如疏、表、状，更不能与诗歌相比。所以，在选家看来，诗歌选本以诗为主，序跋自然就容易被忽略。四、文体不是孤立存在的，而是互有联系和影响的，一种文体的发展，固然有这种文体内在的演变规律，但它还受到其他文体的影响。② 文体之间的这种联系和影响，在诗歌与序跋的关系中能够

---

① 钱仲联主编《历代别集序跋综录·序》，江苏教育出版社 2005 年版，第 1 页。

② 近年来，已有学者开始重视诗歌与其他文体相互影响的研究工作，如余恕诚、吴怀东《唐诗与其他文体之关系》（中华书局 2012 年版）、邱昌员《诗与唐代文言小说研究》（中国社会科学出版社 2008 年版），这对于研究诗歌序跋，有一定的借鉴意义。

很清楚地体现出来。如果看不到文体之间的内在联系和相互影响,就会忽视诗歌序跋的意义和作用,当然就重诗歌而轻序跋了。

选家选诗而省略序跋,毕竟不是严肃的学术研究,但研究唐宋诗歌或散文,忽略序跋的价值,不能不说是个缺憾。其实,古代有些学者选诗,或整理诗人别集,已经注意到序跋的价值。如钟惺、谭元春编《唐诗归》,虽然有些诗序遗漏未收,但钟惺、谭元春对所收诗序多有精彩评论,研究者似乎注意不够。如李白《泛沔州城南郎官湖序》,钟惺评其序曰:“若不作诗,此序已是一绝妙题名矣。”元结《与瀼溪邻里序》,钟惺评其序云:“好心肠,君子于乡人,不可一日忘此念。”又元结《刘侍御月夜宴会序》,钟惺、谭元春不仅随序文有五处评点,而且钟惺在序后又评曰:“读此序,及春陵诸作,此公经济文章,皆生于一情字。”所评皆画龙点睛,绝妙精彩。又骆宾王《在狱咏蝉并序》,钟惺、谭元春对诗序有三处八十字随文评论,令人击节赞叹。明代王衡批释《唐骆先生集》,收录骆宾王诗序十一篇,其中对九篇有精彩评论,可见王衡对诗歌序跋之重视。而今天唐宋诗歌研究,仍存在或对序跋视而不见、或将其边缘化的现象,对诗歌序跋的价值和意义未给予应有的重视。唐诗序跋几百篇,虽有专文论述,仍欠深入开掘;而宋诗序跋有数千篇,至今尚未见有分量的研究成果。

诗歌序跋分为诗人自己写序跋和他人写序跋两种。自己写序跋,往往交代背景和缘由,以使读者更好更准确理解作品,不致造成误解。如高适诗序,多交代作诗时间,如《酬秘书弟兼寄幕下诸公序》为“乙亥岁”,《三君咏序》为“开元中”,《宓公琴台序》为“甲申岁”,《燕歌行序》为“开元二十六年”,《信安王幕府诗序》为“开元二十年”,《李云南征蛮诗序》为“天宝十一载”。元结的诗序中,也多记作诗时间。杜甫的《观公孙大娘弟子舞剑器行序》记载更是详细,“大历二年十月十九日”。这样的记载,不仅有利于诗歌编年,也有助于了解诗人当时详细情况,加深对诗歌的理解。他人所写序跋,或是诗人请求朋友、师长而写,或是请社会名流贤达而写,其意在求取他人对自己诗歌的肯定,利于传播,扩大影响。

序跋与诗歌共同表述一个主题,因为文体的不同,诗歌中不便于表达的,往往移之于序跋。所谓不便于表达,有两种情况,一是诗歌讲究精炼含蓄,为了更好地让读者理解,需要在序跋中用通俗易懂的散文体加以补充,可称之为以序跋解诗,或以序跋证诗。这样的序跋,往往丰富诗歌的内涵。理解诗歌借助于序跋,文体作用互借。诗歌留不尽之意,序跋则交代清楚,如此才不会造成误读、曲解。李商隐之诗难解,内容含蓄固然是一说,但无序交代、无跋补充也是一个重要原因。同样,陈子昂的《观荆玉篇并序》,若无序,单看八句诗,也感觉很突兀,有不知所云之感。二是诗歌讲究平仄、句法、韵律,有些写作手法并不适合于诗,如人物对话、场面描写等,序跋则可以完成。如张祜《孟才人叹》之序、沈亚之《梦挽秦弄玉》之序等。当然,有时序跋简略而诗歌详尽,这种情形,诗歌一般是古体诗或叙事诗。其实,在多数情况下,诗歌与序跋都是互补的。理解诗歌,可以借助于序跋,理解序跋,又可以借助于诗歌。这可以称之为读序跋解诗,或读诗解序跋。如骆宾王《在狱咏蝉并序》,其序对解诗就大有裨益;高适《燕歌行》序简略,但诗歌叙述详细,高适所思所感俱在诗中反映,从而也照应了诗序,为序文中“感征戍之事”作了详细解说。

唐宋诗歌序跋的内容非常广泛,诗歌涉及的题材,序跋几乎也都涉及到。国家大事、民族危难、为政之理、儒道禅宗、山水田园、生活情趣、奇闻异事,在诗歌序跋中都有反映。这就为读者深度解读诗歌、了解诗人心灵情感等提供了新的视角。与诗歌相比,序跋的分布有些散，但如果把它们连缀起来，那就像一串珍珠一样，异彩纷呈。唐宋诗序跋既有长篇，也有短制，大多笔墨酣畅，挥洒自如，诗情画意，引人入胜，哲思妙理，一出自然，具有很高的艺术性。序跋多用记叙、描写、议论、抒情等手法，记叙则结构完整，层次清楚；抒情则真实生动，畅快淋漓；描写则惟妙惟肖，栩栩如生；议论则有理有据，令人信服。唐宋诗序跋有许多美文，寥寥几笔，形神兼备，尺幅千里，意境悠远，充分展现了诗歌序跋的独特风采。如宋代王之望《留题修觉山绝胜亭》序曰："余昔于岘首壁间见一蜀中监司题字云：景物似新津之修觉。今登绝胜亭，徘徊久之，亭似恨偏，江似恨小，而杂平远，似恨不甚广。转至寺三门西望，邛江颇阔，眼界益宽。"①先写亭恨偏，江恨小，有山穷水尽之感，最后三句，令人豁然开朗，有柳暗花明之叹。一篇六十五字的小序，写得竟波澜曲折，如此清新可爱。又如宋代卢襄《接山堂》序曰："予尝爱晋人吏隐多在会稽，而王子猷冒雪访戴，尤为一时胜事。予以捕寇过剡，时方大雪初霁，山流暴涨，桥断不可行，遂登鹿苑寺，凭栏四瞰，便觉溪山来相映发，岂真中令当日应接不暇耶。"②序文先说晋代王徽之弃官归会稽，雪夜乘船访戴逵于剡，乘兴而行，兴尽而返。诗人过剡，恰逢大雪初霁，登高俯视，但见银装素裹，美不胜收。其感觉正如王献之所说："从山阴道上行，山川自相映发，使人应接不暇。"宋代文人的晋代情结，于此可见一斑。类似这样的美文佳作，在唐宋诗序跋中不胜枚举。

本书研究诗歌序跋，从文献查找统计入手。唐代以前以《文选》、《全上古三代秦汉三国六朝文》和今人逯钦立辑校《先秦汉魏

① 《全宋诗》第 34 册，北京大学出版社 1998 年版，第 21703 页。

② 《全宋诗》第 24 册，北京大学出版社 1995 年版，第 16219 页。

晋南北朝诗》为基本文献，唐代以《全唐诗》、《全唐文》以及今人整理《全唐诗补编》《全唐文补编》为基本文献，宋代以今人整理《全宋诗》为基本文献，旁涉《全宋文》等。对所有序跋逐一按诗人和时代统计整理，再按序跋种类、内容等分类，以求既能宏观把握，又能微观审视。序跋名篇众多，不能一一举例，有个别序跋在不同章节两次引用，是为了从不同角度进行分析，并非简单重复。《全宋文》卷帙浩繁，故“唐宋诗序跋研究与文献整理”一章，主要以唐诗序跋为主，兼涉宋诗序跋。总之，整理唐宋诗歌序跋，不仅为深入研究唐宋文学提供了新的视角，而且对于研究唐宋时期诗歌发展史、散文发展史，以及文体之间的联系和相互影响，也将有重要助益。

本书是国家社会科学基金项目成果。2013 年项目结项后，笔者对原稿进行了几次修改，并对引文逐条核校。在写作过程中，得到詹福瑞老师、刘玉凯老师指教，出版过程中人民出版社孙兴民先生给予热情帮助，在此一并致谢。由于笔者水平有限，本书难免存在缺点和不足之处，敬请读者和专家批评指正。

第一章　诗歌序跋概说

第一节　诗歌序跋简介

序作为一种文体，是放在书籍正文或单篇诗文之前的说明性文字。书籍正文前面的序如《毛诗序》、《春秋左传序》等。放在书籍正文后面的文字称为跋。书籍的序和跋不属于正文，在书中有一定的独立性，其作用是对正文进行提示和导读，如果是他人写的序，则又有评价该书的作用。明代吴讷《文章辨体序说》对“序”的解释是：

> 《尔雅》云：“序，绪也。”序之体，始于《诗》之《大序》，首言六义，次言《风》《雅》之变，又次言《二南》王化之自。其言次第有序，故谓之序也。东莱云：“凡序文集，当序作者之意；如赠送燕集等作，又当随事以序其实也。”大抵序事之文，以次第其语、善叙事理为上。近世应用，惟赠送为盛。当须取法昌黎韩子诸作，庶为有得古人赠言之义，而无枉己徇人之失也。[①]

大致说明了序的缘起和作用。所谓大序，即指《毛诗》的大序，是“国风”首篇《关雎》题目下的一篇序言。大序首先阐明诗歌言志

---

① 吴讷《文章辨体序说》，人民文学出版社 1962 年版，第 42 页。

抒情的特征以及诗歌与音乐、舞蹈的相互关系，次言诗歌音乐和时代政治的密切关系，最后提出“六义”说，即风、雅、颂、赋、比、兴。大序虽放在《关雎》题目之下，但不是这首诗的序，而是对《诗经》全部篇目而言，是一个总纲。明代徐师曾《文体明辨序说》对“序”的解释是：

> 按《尔雅》云：“序，叙也。”字亦作“叙”，言其善叙事理次第有序若丝之绪也。又谓之大序，则对小序而言也。其为体有二：一曰议论，二曰叙事。宋真氏尝分列于《正宗》之编，故今仿其例而辨之。其序事又有正、变二体（系以诗者为变体）。其题曰某序，曰序某；字或作序，或作叙，惟作者随意而命之，无异议也。①

按徐氏所言，“序”与“叙”是相同的，其变体则是移至单篇诗文前之序。徐氏将序又分为大序和小序，他对“小序”的解释是：

> 按小序者，序其篇章之所由作，对大序而名之也。汉班固云：“孔子纂书凡百篇而为之序，言其作意，此小序之所由始也”。②

按此说，篇章之前说明性文字皆为小序，包括赋、辞、赞、文、志、碑等其他文体前的说明性文字，并不仅仅局限于诗歌，而且这些文体之序早期多于诗歌之序。

---

① 徐师曾《文体明辨序说》，人民文学出版社 1962 年版，第 134 页。

② 徐师曾《文体明辨序说》，人民文学出版社 1962 年版，第 134 页。

最早的单篇文章之序，应该是战国时期宋玉的赋序。萧统《文选》收录有宋玉《高唐赋并序》、《神女赋并序》、《登徒子好色赋并序》，三篇序都比较长。至汉代，各种文章的序就多了，如扬雄的《甘泉赋并序》、夏侯孝若《东方朔画赞并序》、王子渊《四子讲德论并序》、班固《封燕山铭并序》、蔡邕《郭有道碑文并序》等等。这些文章之序主要功能是交代写作缘由和背景，为理解正文起到导读、引领作用。如“竹林七贤”之一向秀的《思旧赋并序》，因为当时政治环境严酷，向秀在赋中许多话不能说，刚开头却又煞了尾，词义显得非常隐微，这样，就有赋之前的小序交代写作缘由，申明主旨。序也可以用于史书，如司马迁《史记》，有的列传和世家之前有序，说明其写作原因，或作总括性介绍，如《外戚世家序》、《酷吏列传序》、《游侠列传序》、《货殖列传序》等。试举一例，《酷吏列传序》曰：

> 孔子曰：“导之以政，齐之以刑，民免而无耻。导之以德，齐之以礼，有耻且格。”老氏称：“上德不德，是以有德；下德不失德，是以无德。法令滋章，盗贼多有。”太史公曰：信哉是言也！法令者治之具，而非制治清浊之源也。昔天下之网尝密矣，然奸伪萌起，其极也，上下相遁，至于不振。当是之时，吏治若救火扬沸，非武健严酷，恶能胜其任而愉快乎！言道德者，溺其职矣。故曰“听讼，吾犹人也，必也使无讼乎”，“下士闻道大笑之”。非虚言也。汉兴，破觚而为圜，斫雕而为朴，网漏于吞舟之鱼，而吏治烝烝，不至于奸，黎民艾安。由是观之，在彼不在此。①

① 司马迁《史记》卷一二二，中华书局1959年版，第3131页。

司马迁在列传前的序中先表明自己的观点，主张治理国家要用道德来教育人，反对用严刑酷法来制约人，然后才一一为郅都、宁成、周阳由、赵禹、张汤等人立传。上举《史记》各序文，均是古文名篇，被清初吴楚才、吴调侯收入《古文观止》。东汉班固《汉书》也仿《史记》体例，在一些传记之前加序。如《儒林传序》、《货殖传序》等，其《汉书·酷吏传》前面之序基本袭用《史记·酷吏列传》序。

序还有一种比较特殊的情况，即对文章中一类相对独立的问题进行总结性说明。明代谭元春在《唐诗归》卢鸿《草堂有序》下评曰："先言草堂所贵，后言及靡者居之云云。不加一语即接词曰字，用笔奥甚。后数小序，其妙俱在此法，从班固《艺文志》诸序来。"①谭元春此处所言班固《汉书·艺文志》诸序，即是指《汉书·艺文志》第十介绍《易》、《书》、《诗》、《礼》、《乐》、《春秋》、《论语》、《孝经》等古代典籍之后的说明性文字。例如在《乐》部分列举六家之后曰：

> 《易》曰："先王作乐崇德，殷荐之上帝，以享祖考。"故自黄帝下至三代，乐各有名。孔子曰："安上治民，莫善于礼；移风易俗，莫善于乐。"二者相与并行。周衰俱坏，乐尤微眇，以音律为节，又为郑卫所乱故无遗法。汉兴，制氏以雅乐声律，世在乐官，颇能纪其铿锵鼓舞，而不能言其义。六国之君，魏文侯最为好古，孝文时得其乐人窦公，献其书，乃《周官·大宗伯》之《大司乐》章也。武帝时，河间献王好儒，与毛生等共采《周官》及诸子言乐事者，以作《乐记》，献八佾之舞，与制氏不相远。其内史

① 钟惺、谭元春《唐诗归》卷六，《续修四库全书》本。

丞王定传之，以授常山王禹。禹，成帝时为谒者，数言其义，献二十四卷记。刘向校书，得《乐记》二十三篇，与禹不同，其道浸以益微。①

与书籍正文前的序不同，此序则是放在后面，但与后来所说的跋还不同。不仅如此，在《汉书·艺文志》篇首也有序，进行总括说明：

昔仲尼没而微言绝，七十子丧而大义乖。故《春秋》分为五，《诗》分为四，《易》有数家之传。战国纵横，真伪纷争，诸子之言纷然殽乱。至秦患之，乃燔灭文章，以愚黔首。汉兴，改秦之败，大收篇籍，广开献书之路。迄孝武世，书缺简脱，礼坏乐崩，圣上喟然而称曰："朕甚闵焉！"于是建藏书之策，置写书之官，下及诸子传说，皆充秘府。至成帝时，以书颇散亡，使谒者陈农求遗书于天下。诏光禄大夫刘向校经传诸子诗赋，步兵校尉任宏校兵书，太史令尹咸校术数，侍医李柱国校方技。每一书已，向辄条其篇目，撮其指意，录而奏之。会向卒，哀帝复使向子侍中奉车都尉歆卒父业。歆于是总群书而奏其《七略》，故有《辑略》，有《六艺略》，有《诸子略》，有《诗赋略》，有《兵书略》，有《术数略》，有《方技略》。今删其要，以备篇籍。②

这类序未单分出来，与下文合为一体，但与上引赞之序、铭之序、赋

① 班固《汉书》卷三十，中华书局1962年版，第1711页。

② 班固《汉书》卷三十，中华书局1962年版，第1701页。

之序的功用大致相同。汉代史书中的这种序也影响到后来史书，如欧阳修《新五代史》有《伶官传序》、《宦者传序》等，其中《伶官传序》已成为政论文名篇。

序后来用于单首诗或组诗前面，成为诗歌之序，其序文也具有同样的性质。萧统《文选》将“序”列为文体之一，其中既有书序如孔安国《尚书序》、杜预《春秋左氏传序》、任昉《王文宪集序》，赋序如班固《两都赋序》，辞序如陶渊明《归去来辞并序》，也有诗序如颜延之《三月三日曲水诗序》、王融《三月三日曲水诗序》等。徐陵编《玉台新咏》，也将一些诗歌之前的小序一并收入，其中包括李延年《歌诗并序》、班婕妤《怨诗并序》、秦嘉《赠妇诗三首并序》等，说明诗序逐渐受到人们的重视。

汉魏六朝时期，诗歌之前说明性文字多称“序”。唐代诗序繁盛，手法多样，序的名称也有多种变化，如“叙”和“引”、“书”等，其实是其他文体用于诗歌之前，充作序文。当然，有时诗人称叙、引，是为了对祖上的避讳而改称，并非故意弃序不用而改为其他名称。如唐代诗人刘禹锡，其父名刘绪，“绪”与“序”同音，故刘禹锡诗歌前的说明性文字一律改称为“引”，如《插田歌引》、《送从弟郎中赴浙西引》等。关于“引”这一文体，徐师曾《文体明辨序说》云：

> 按唐以前，文章未有名引者；汉班固虽作《典引》，然实为符命之文，如杂著命题，各用己意耳，非以引为文之一体也。唐以后始有此体（如柳宗元有《霹雳琴赞引》，今见赞类；刘禹锡有《送元暠南游诗引》之类，今不录。）大略如序而稍为短简，盖序之滥觞也。①

① 徐师曾《文体明辨序说》，人民文学出版社 1962 年版，第 136 页。

此文体用于诗文之前,其作用和序一样,所举柳宗元《霹雳琴赞引》和刘禹锡《送元暠南游诗引》,其实有区别,刘禹锡乃是因为避讳而改序为引。又如宋代苏洵父名序,为避讳祖上之名,苏洵诗文皆改序为引或叙,苏轼、苏辙也都改序为引或叙,其实并非故意标新立异。

跋也称后序、后叙,最早是写于书籍或文章后面,用来评价内容或者对诗歌进行补充说明。吴讷《文章辨体序说》说:"汉晋诸集,题跋不载。至唐韩、柳始有读某书及读某文题其后之名。迨宋欧、曾而后,始有跋语,然其辞意亦无大相远也,故《文鉴》、《文类》总编之曰'题跋'而已。"①徐师曾《文体明辨序说》释"题跋"曰:

> 按题跋者,简编之后语也。凡经传子史诗文图书(字也)之类,前有序引,后有后序,可谓尽矣。其后览者,或因人之请求,或因感而有得,则复撰词以缀于末简,而总谓之题跋。至综其实则有四焉:一曰题,二曰跋,三曰书某,四曰读某。夫题者,缔也,审缔其义也。跋者,本也,因文而见本也。书者,书其语。读者,因于读也。题、读始于唐;跋、书起于宋。曰题跋者,举类以该之也。②

跋用于诗后,在唐时较为少见,宋时增多,或称跋,或称后序,其意相同。诗序与诗跋的区别,不仅在于其所处位置不同,还在于表现的功能不同。按照诗歌与序跋的关系,一般是诗歌作为主体部分,序和跋属于附属。因此,序在诗前,其作用往往是交代背景,申述

① 吴讷《文章辨体序说》,人民文学出版社 1962 年版,第 45 页。
② 徐师曾《文体明辨序说》,人民文学出版社 1962 年版,第 136 页。

缘由,为接下来的诗歌作铺垫,以便于读者更好地理解诗歌主旨,不至于产生歧义。所以,序与诗的写作顺序一般是先写序后写诗,即使是序后于诗歌写作,只要功能不变,仍需要将序放在诗歌前面。跋则不同,往往是申述诗歌写作之后所感,补充说明诗歌或序文未尽之意,因此跋文起得是诗歌的缀附作用。有些诗歌序跋的形态比较特殊,形成序文——诗歌——跋文的体式,其序跋的功能仍然没有改变。

第二节　序跋与诗歌之关系

诗歌之序跋依附于诗歌,是为了让读者进一步理解诗歌内容,了解诗歌创作的背景和诗人当时的感情和心态。一般来说,序跋与诗歌的关系是诗为主而序跋为辅,离开主体部分的诗歌,序跋很难单独存在。这种情况,尤其在早期的诗歌与序跋关系中更能清楚地体现出来。根据诗歌为主、序跋为辅这一关系,我们还可以辨别在序与诗并存的现象中,哪些不能算是诗序。

诗主序辅,是指序在诗前,题目是"某某诗并序"或"某某并序",表明诗是主体部分,序则属于附属,这种情况比较常见。另一种情况则是序主诗辅,题目常常作"某某序并诗",是序文附加一首诗。如韩愈《送陆歙州傪序并诗》,属于序中有诗,不能算作诗序。试引如下:

> 贞元十八年二月十八日,祠部员外郎陆君出刺歙州,朝廷夙夜之贤,都邑游从之良,赍咨涕洟,咸以为不当去。歙,大州也;刺史,尊官也。由郎官而往者,前后相望也。当今赋出于天下,江南居十九。宣使之所察,歙为富州。

宰臣之所荐闻,天子之所选用,其不轻而重也较然矣。如是而赍咨涕洟以为不当去者,陆君之道行乎朝廷,则天下望其赐,刺一州,则专而不能咸,先一州而后天下,岂吾君与吾相之心哉?于是昌黎韩愈道愿留者之心泄其思,作诗曰:我衣之华兮,我佩之光,陆君之去兮,谁与翱翔?敛此大惠兮,施于一州,今其去矣,胡不为留?我作此诗,歌于逵道,无疾其驱,天子有诏。①

序文为主体,诗则为附属。若无序文,则诗歌内容就很难理解。同是序并诗,韩愈的《送郑涵校理序并诗》则有不同:

秘书,御府也。天子犹以为外且远,不得朝夕视,始更聚书集贤殿,别置校雠官,曰"学士"、曰"校理",常以宠丞相为大学士。其他学士皆达官也;校理则用天下之名而能文学者,苟在选,不计其秩次,惟所用之。由是集贤之书盛积,尽秘书所有不能处其半;书日益多,官日益重。四年,郑生涵始以长安尉选授校理,人皆曰:是宰相子,能恭俭,守教训,好古义,施于文辞者;如是而在选,公卿大夫家之子弟其劝耳矣。愈为博士也,始事相公于祭酒;分教东都生也,事相公于东太学;今为郎于都官也,又事相公于居守;三为属吏,经时五年,观道德于前后,听教诲于左右,可谓亲薰而炙之矣。其高大远密者,不敢隐度论也;其勤己而务博施,以己之有,欲人之能,不知古君子何如耳。今生始进仕,获重语于天下,而慊慊若不足,真

① 严昌校点《韩愈集》,岳麓书社 2000 年版,第 240 页。

> 能守其家法矣。其在门下者可进贺也。求告来宁，朝夕侍侧，东都士大夫不得见其面。于其行日，分司郎吏与留守之从事，窃载酒肴席定鼎门外，盛宾客以饯之。既醉，各为诗五韵，且属愈为序。诗曰：相公倦台鼎，分政新邑洛。才子富文华，校雠天禄阁。寿觞佳节过，归骑春衫薄。鸟哢正交加，杨花共纷泊。交亲谁不羡，去去翔寥廓。①

从序文内容来看，这是饯别赠诗之序，同僚送别郑涵，每个人都作一首诗，众人推举韩愈作序，所以这篇序应视为众人所作诗歌的总序。其实这种饯别赠诗或集会宴饮而推举一人为序的现象，在唐代非常普遍，如陈子昂《晦日宴高氏林亭诗并序》，参加高氏林亭宴饮者凡二十一人，皆以“华”字为韵，推举陈子昂为众人诗歌作总序。贾邕等十二位门人送萧颖士，推举刘太真作《送萧颖士赴东府并序》，也属于众人诗歌之序。这种情况，一般是某某诗并序，诗歌还是作主体，而韩愈《送郑涵校理序并诗》则是序并诗，与其他顺序有别，但与《送陆歙州傪序并诗》比较还是不同，故应具体情况具体看待。类似的情形还有陶渊明的《桃花源诗并记》，有的版本作《桃花源记并诗》，前后次序不同，性质也不同，诗并记，是诗为主，诗前之记则可看作是诗之序；记并诗，是记为主，诗属于记的附属，记则不能看作是序。

随着诗歌序跋创作的兴盛，诗人在创作时并不满足于序跋只是交代背景，序跋使用多种表现方法，艺术性增强。于是，诗歌与序跋的关系出现了一些变化，序跋的功能和重要性增强了。有些

① 严昌校点《韩愈集》，岳麓书社 2000 年版，第 265 页。

序跋与诗歌的关系已经平等，相互说明照应，甚至有的序跋离开诗歌后可以单独成文，摆脱了诗歌的附属性质。其中最主要的是序跋篇幅增长，内容由单一变得丰富，有较高的艺术性，诗歌作为雅体和韵文，虽然形式上还是主体，但是序文内容的包含量和艺术性已经超过诗歌。如李白《泛沔州城南郎官湖》之序，其序文写得富有文采，堪称绝佳散文小品，可与诗歌争胜。现引序与诗如下：

乾元岁，秋八月，白迁于夜郎，遇故人尚书郎张谓出使夏口。沔州牧杜公、汉阳宰王公，觞于江城之南湖，乐天下之再平也。方夜，水月如练，清光可掇。张公殊有胜概，四望超然，乃顾白曰："此湖古来贤豪游者非一，而枉践佳境，寂寥无闻。夫子可为我标之嘉名，以传不朽。"白因举酒酹水，号之曰郎官湖，亦犹郑圃之有仆射陂也。席上文士辅翼岑静，以为知言。乃命赋诗纪事，刻石湖侧，将与大别山共相磨灭焉。

张公多逸兴，共泛沔城隅。当时秋月好，不减武昌都。四座醉清光，为欢古来无。郎官爱此水，因号郎官湖。风流若未减，名与此山俱。①

序文交代时间、地点，并点明此序作于自己长流夜郎途中。写月夜景色两句，简洁而形象。张谓之请求，李白之豪举，郎官湖之名由来，一一交代清楚。钟惺在《唐诗归》中评此序曰："若不作诗，此

① 《全唐诗》卷一七九，中华书局1999年版，第1834页。

序已是一绝妙题名矣。”①序文的写景、叙事、抒情各具其妙，可与诗歌媲美。又如唐代元结《送孟校书往南海并序》：

> 平昌孟云卿，与元次山同州里。以词学相友，几二十年。次山今罢守舂陵，云卿始典校芸阁。於戏！材业次山不如云卿，词赋次山不如云卿，通和次山不如云卿，在次山又诩然求进者也，谁言时命，吾欲听之。次山今且未老，云卿少次山六七岁；云卿声名满天下，知己在朝廷。及次山之年，云卿何事不可至？勿随长风，乘兴蹈海；勿爱罗浮，往而不归。南海幕府，有乐安任鸿，与次山最旧。请任公为次山一白府主，趣资装云卿使北归，慎勿令徘徊海上。诸公第作歌送之。

> 吾闻南海近，乃是魑魅乡。忽见孟夫子，欢然游此方。忽喜海风来，海帆又欲张。漂漂随所去，不念归路长。君有失母儿，爱之似阿阳。始解随人行，不欲离君傍。相劝早旋归，此言慎勿忘。②

此篇序文写得情深意长，在将自己与孟云卿的比较中，将孟云卿的材业、词赋、通和烘托出来，层次分明，与友人之情含蓄不露，虽送友人往南海，却处处感到是在盼友人归来。因为序文是用散文笔法写作，更能舒张自如，叙说细腻，表现手法上比诗歌要自由，因而更能起到打动人心的艺术效果。谭元春在《唐诗归》序后评曰：

① 钟惺、谭元春《唐诗归》卷一五，《续修四库全书》本。

② 《全唐诗》卷二四一，中华书局1999年版，第2701页。

"如作书托任公语,即说在云卿序中,交情曲折如此。"钟惺则于诗后评曰:"序中一篇大文章,乃以儿女缱绻小语成诗,若不相蒙,盖补题序之所缺,又一格也。"①钟惺在此处将序文看成主体,而将诗歌看成了对序文的补充,这就将诗主序辅的传统关系作了颠倒,实际上序变为主而诗变为辅了。又《唐诗矩》评骆宾王《在狱咏蝉》之序曰:"序已将蝉赋尽,诗只带写己意。与咏物诗体格不同。"都说明序的分量增加,变为主要部分了。唐宋诗序跋这样的例子很多。如唐代丘丹《经湛长史草堂》之序、苏源明《秋夜小洞庭离宴诗》之序、《小洞庭洄源亭宴四郡太守诗》之序等都属于这种情况。苏源明的两篇诗序皆被今人收入唐代散文选本,而诗歌平平,很少有人注意。

由于序跋的独立性增强,可以独立于诗,故有些诗序在与诗歌分离后,作为散文被欣赏,或被收入散文选集,序文与诗歌竟被造成了既定事实的分离,久而久之,题目甚至也遭到改变。最典型的例子是王勃的《滕王阁诗并序》,今多本王勃诗选或唐诗选,选其诗而舍其序,以为是序文后面附诗,其实是诗为主体,因序长而精彩,竟造成序主诗辅这一现象。现将序文和诗一并录于下:

南昌故郡,洪都新府。星分翼轸,地接衡庐。襟三江而带五湖,控蛮荆而引瓯越。物华天宝,龙光射牛斗之墟;人杰地灵,徐孺下陈蕃之榻。雄州雾列,俊采星驰。台隍枕夷夏之交,宾主尽东南之美。都督阎公之雅望,棨戟遥临;宇文新州之懿范,襜帷暂驻。十旬休假,胜友如

① 钟惺、谭元春《唐诗归》卷二三,《续修四库全本》本。

云;千里逢迎,高朋满座。腾蛟起凤,孟学士之词宗;紫电青霜,王将军之武库。家君作宰,路出名区,童子何知,躬逢胜饯。时维九月,序属三秋。潦水尽而寒潭清,烟光凝而暮山紫。俨骖騑于上路,访风景于崇阿。临帝子之长洲,得仙人之旧馆。层台耸翠,上出重霄;飞阁流丹,下临无地。鹤汀凫渚,穷岛屿之萦回;桂殿兰宫,列冈峦之体势。披绣闼,俯雕甍:山原旷其盈视,川泽纡其骇瞩。闾阎扑地,钟鸣鼎食之家;舸舰弥津,青雀黄龙之舳。虹销雨霁,彩彻云衢。落霞与孤鹜齐飞,秋水共长天一色。渔舟唱晚,响穷彭蠡之滨;雁阵惊寒,声断衡阳之浦。遥吟俯畅,逸兴遄飞。爽籁发而清风生,纤歌凝而白云遏。睢园绿竹,气凌彭泽之樽;邺水朱华,光照临川之笔。四美具,二难并。穷睇眄于中天,极娱游于暇日。天高地迥,觉宇宙之无穷;兴尽悲来,识盈虚之有数。望长安于日下,指吴会于云间。地势极而南溟深,天柱高而北辰远。关山难越,谁悲失路之人;萍水相逢,尽是他乡之客。怀帝阍而不见,奉宣室以何年。嗟乎!时运不齐,命途多舛;冯唐易老,李广难封。屈贾谊于长沙,非无圣主;窜梁鸿于海曲,岂乏明时。所赖君子安贫,达人知命。老当益壮,宁知白首之心;穷且益坚,不坠青云之志。酌贪泉而觉爽,处涸辙而犹欢。北海虽赊,扶摇可接;东隅已逝,桑榆非晚。孟尝高洁,空怀报国之情;阮籍猖狂,岂效穷途之哭!勃,三尺微命,一介书生。无路请缨,等终军之弱冠;有怀投笔,慕宗悫之长风。舍簪笏于百龄,奉晨昏于万里。非谢家之宝树,接孟氏之芳邻。他日趋庭,叨陪鲤对;今晨捧袂,喜托龙门。杨意不逢,抚凌云而自惜;钟期既遇，奏流水以何惭。呜呼！胜地不常，盛筵难再；兰亭已矣，梓泽丘墟。临别赠言，幸承恩于伟饯；登高作赋，是所望于群公。敢竭鄙怀，恭疏短引；一言均赋，四韵俱成。请洒潘江，各倾陆海云尔。①

滕王高阁临江渚，佩玉鸣鸾罢歌舞。画栋朝飞南浦云，珠帘暮卷西山雨。闲云潭影日悠悠，物换星移几度秋。阁中帝子今何在？槛外长江空自流。②

此诗题目，《文苑英华》、《王勃集残卷》均作《秋日登洪府滕王阁饯别序》，《四部丛刊》本《王子安集》作《滕王阁诗序》。关于此篇序文与诗歌之关系，俞平伯《王勃〈滕王阁诗序〉〈古文观止〉本纠误》辨之甚详：

此文原题《秋日登洪府滕王阁饯别序》，见《文苑英华》卷七一八。坊本今题《滕王阁序》，众口同传，实系错误。古代赠人以言，则有赠序，赠序者赠诗之序也；祝人之寿，则有寿序，寿序亦寿诗之序也，与今书之序，初无二致。不过赠诗本或单行，渐被省略，独存散体，世俗漫不察耳。夫滕王阁乃楼观之称，何缘有序？曰"滕王阁赋"、"滕王阁诗"则可，曰"滕王阁序"，于题名为不通。

① 《全唐文》卷一八一，中华书局 1983 年版，第 846 页。

② 《全唐诗》卷五五，中华书局 1999 年版，第 675 页。王勃《滕王阁诗并序》，《全唐诗》只收诗，《全唐文》只收序，诗与序是分离的。今人何林天校注《重订新校王子安集》（山西人民出版社 1990 年版）也将诗与序分离。其实诗与序是应该合在一起的。

> 但此名传讹已久，改用原题反似啰嗦别扭，折衷为《滕王阁诗序》，庶名实稍符，且谐众口也。①

俞平伯讲得很有道理。王勃这篇序文是诗的序文，并非序文后面附了一首诗。序文中说"一言均赋，四韵俱成"，也是符合唐代聚会宴饮赋诗习惯的。曹聚仁《万里行记》也持这种观点，他认为"这篇序，并非滕王阁序，而是宴滕王阁日赋饯别诗的诗序"，②因序和诗单行日久，遂被分开。今人选编唐代散文，选序而舍其诗，如高步瀛《唐宋文举要》、高文、何法周主编《唐文选》。而唐诗选本则选诗而舍其序，就连《全唐诗》也是收诗而未收序，《全唐文》将此诗序收入，题目作《秋日登洪府滕王阁饯别序》。明了二者之关系，可知选序文可以舍诗，但选诗则应该在诗前加上序文，以使合璧。

序与诗的关系，还有一种是因为诗歌散佚而诗序独存，作为一篇完整的散文流传下来，说明诗序已经成熟，完全具备了独立性。这类诗序一般都比较长，层次结构清楚，叙事完整，与一般的散文别无二致。如唐代王勃的《入蜀纪行诗序》、《夏日诸公见寻访诗序》，杨炯《群官寻杨隐居诗序》，卢照邻《宴梓州南亭诗序》、《宴凤泉石翁神祠诗序》等等。现举唐代梁肃《周公瑾墓下诗序》和柳宗元《愚溪诗序》为例介绍。先看前者：

> 昔赵文子观九原，有归欤之叹；谢灵运适朱方，兴墓下之作。或怀德异世，或感旧一时，而清词雅义，终古不

① 俞平伯《俞平伯全集》，花山文艺出版社 1997 版，第 422 页。

② 曹聚仁《万里行记》，生活·读书·新知三联书店 2000 年版，第 96 页。

歇。十三年春，予与友人欧阳仲山旅游于吴。里巷之间，有坟岿然。问于人，则曰："吴将军周公瑾之墓也。"予尝览前志，壮公瑾之业，历于遗墟，想公瑾之神，息驾而吊，徘徊不能去。昔汉纲既解，当涂方炽，利兵南浮，江汉失险。公瑾尝用寡制众，挫强为弱，燎火一举，楼船灰飞。遂乃张吴之臂，壮蜀之趾。以魏祖之雄武，披攘踯躅，救死不暇。袁彦伯赞是功曰："三光三分，宇宙暂隔。"富哉言乎！于是时弥远而气益振，世逾往而声不灭，有由然矣。诗人之作，感于物，动于中，发于咏歌，形于事业。事之博者其辞盛，志之大者其感深。故仲山有过墓之什，廓然其虑，粲乎其文，可以窥盘桓居贞之道，梁父闲吟之意。凡有和者，当系于斯文。①

梁肃这篇诗序作于贞元十三年。这一年，梁肃与好友欧阳仲山游吴途中，路过三国时期东吴大将周公瑾之墓。欧阳仲山作《周公瑾墓下诗》，梁肃为其诗作序。岁月流逝，欧阳仲山之诗已经散佚，梁肃这篇诗序却流传下来。作为唐代古文运动的倡导者，梁肃反对骈偶，提倡古朴文风，这篇诗序便尽显其特色。序文追忆周瑜当年的丰功伟业，盛赞其超逸绝伦的风采，借以抒发诗人希图建功立业之志。文章引赵武和谢灵运之事，然后笔锋一转，再说到自己与欧阳仲山凭吊周瑜之墓，引发对历史人物的感慨，并对欧阳仲山之诗进行评价。其文结构新颖，文笔流畅，层次分明，实属唐代散文名篇。

与梁肃《周公瑾墓下诗序》类似的还有柳宗元的《愚溪诗序》：

① 《全唐文》卷五一八，中华书局 1983 年版，第 5263 页。

灌水之阳有溪焉，东流入于潇水。或曰："冉氏尝居也，故姓是溪为冉溪。"或曰："可以染也，名之以其能，故谓之染溪。"予以愚触罪，谪潇水上，爱是溪，入二三里，得其尤绝者家焉。古有愚公谷，今予家是溪，而名莫定。土之居者犹龂龂然，不可以不更也，故更之为愚溪。愚溪之上，买小丘为愚丘。自愚丘东北行六十步，得泉焉，又买居之，为愚泉。愚泉凡六穴，皆出山下平地，盖上出也。合流屈曲而南，为愚沟。遂负土累石，塞其隘为愚池。愚池之东为愚堂。其南为愚亭。池之中为愚岛。嘉木异石错置，皆山水之奇者，以余故，咸以愚辱焉。夫水，智者乐也。今是溪独见辱于愚，何哉？盖其流甚下，不可以灌溉；又峻急，多坻石，大舟不可入也。幽邃浅狭，蛟龙不屑，不能兴云雨，无以利世，而适类于余，然则虽辱而愚之，可也。宁武子"邦无道则愚"，智而为愚者也；颜子"终日不违如愚"，睿而为愚者也，皆不得为真愚。今余遭有道，而违于理，悖于事，故凡为愚者莫我若也。夫然，则天下莫能争是溪，余得专而名焉。溪虽莫利于世，而善鉴万类，清莹秀澈，锵鸣金石，能使愚者喜笑眷慕，乐而不能去也。余虽不合于俗，亦颇以文墨自慰，漱涤万物，牢笼百态，而无所避之。以愚辞歌愚溪，则茫然而不违，昏然而同归，超鸿蒙，混希夷，寂寥而莫我知也。于是作《八愚诗》，纪于溪石上。①

这篇序文写于元和五年柳宗元被贬永州之时。柳宗元将冉溪改名

① 《柳宗元集》卷二十四，中华书局1979年版，第642页。

为愚溪，并作诗记之于溪旁石上，后来诗散佚而此序独存。《愚溪诗序》同柳宗元其他山水游记一样，借山水以抒发情怀。全篇以愚字贯穿，由冉溪引出愚丘、愚泉、愚沟、愚池、愚堂、愚亭、愚岛，再将自已视为愚者，反映出诗人贬谪时期的愤懑之情。序文中移步换形写八愚生动形象，后面的议论也紧贴"愚"字展开，前后照应，相互辉映，这样的写法以及取得的效果，实际上是诗歌无法完成的。由此也可以看出，柳宗元是将序文当成一篇完整的散文来写的。所以，诗歌散佚并不影响序文，序文已经成熟，完全具备独立性了。这是诗歌序跋发展过程中一个非常重要的现象。

第二章　汉代至宋代诗歌序跋的发展演变

第一节　汉魏晋诗歌序跋概貌

诗歌之序在汉代就已经出现。汉代的诗歌序分两种，一是诗歌与序不是出自一人之手，其序往往是后来整理诗歌者所加，二是诗歌与序均出自诗人之手。

先看第一种。这类诗序又有两种情况，第一种情况是民歌谚谣，后人加序作背景说明介绍。如徐陵《玉台新咏》卷九收入《越人歌》，诗前有一序曰："楚鄂君子修者，乘青翰之舟，张翠羽之盖。榜枻越人悦之，櫂楫而越歌，以感越君，欢然举绣被而覆之。"①这段序文，大概出自刘向《说苑·善说》："庄辛迁延盥手而称曰：'君独不闻夫鄂君子晳泛舟于新波之中也？乘青翰之舟，极蔺芘，张翠盖，而擒犀尾，班丽袿衽，会钟鼓之音毕，榜枻越人拥楫而歌。……于是鄂君子晳乃揄修袂，行而拥之，举绣被而覆之。"②汉人借刘向此段话而改为诗序。《玉台新咏》又收入《古诗为焦仲卿妻作》，其序云："汉末建安中，庐江府小吏焦仲卿妻刘氏，为仲卿母所遣，自誓不嫁。其家逼之，乃没水而死。仲卿闻之，亦自缢于庭树。时伤

① 徐陵编，吴兆宜注、程琰删补，穆克宏点校《玉台新咏》，中华书局 1985 年版，第 388 页。

② 刘向撰，向宗鲁校证《说苑校证》，中华书局 1987 年版，第 277 页。

之，为诗云尔。"《玉台新咏》于诗前称作者"无名人"，是亦无作者姓名，乃民间传唱，虽经后来文人加工，但仍有民歌风味。序则为后人所加。第二种情况是诗歌有作者，其序仍是后人所加。如《文选》卷二十八"杂歌类"收入荆轲诗"风萧萧兮易水寒，壮士一去兮不复还"。诗前序云："燕太子丹使荆轲刺秦王，丹祖送于易水上。高渐离击筑，荆轲歌，宋如意和之。"①上书同卷又收入刘邦《歌》一首："大风起兮云飞扬，威加海内兮归故乡，安得猛士兮守四方。"其序云："高祖还，过沛，留。置酒沛宫，悉召故人父老子弟佐酒，发沛中儿百二十人，教之歌。酒酣，上击筑自歌曰。"此序源自司马迁《史记·高祖本纪》，只有个别词语不同。《文选》卷四十五收入刘彻《秋风辞》一首，其序云"上行幸河东，祠后土"之语，亦出自《汉书·武帝纪》。除去帝王，诗歌作者还有文人，如《玉台新咏》卷九收入司马相如《琴歌二首》，诗前也有一序，曰："司马相如游临邛，富人卓王孙有女文君新寡，窃于壁间窥之，相如古琴，歌以挑之。"又上书卷一李延年《歌诗一首》，其序云："李延年知音，善歌舞，每为汉武帝作新歌变曲，闻者莫不感动。延年侍坐上，起舞，歌曰。"其序也是后人据史书记载改写，加于诗前。其他如乌孙公主《歌诗》之序、班婕妤《怨诗》之序、秦嘉《赠妇诗》之序、刘勋妻王宋《杂诗》之序等，均非出自诗人之手，为后人所加。

第二种是诗与序俱出自同一人，前后情感贯通，其序往往比上述序介绍背景要细腻，真正体现序与诗的内在联系。先看汉代石勖的诗序，其《费凤别碑诗》前有一段文字介绍，逯钦立《先秦汉魏晋南北朝诗》虽未标明为序，但从碑文和这段文字与诗的关系来

---

① 萧统编，李善注《文选》，上海古籍出版社1986年版，第1338页。

看,应该算作是诗序。序前又有文字说明:

> 碑云:君舅家中孙甘陵石勖,字子才。载驰载驱,来奔于丧庭。肝摧意悲,感切伤心,瞻彼碑诔,怀之好音。司马慕蔺相,南容复白珪。仰之以弥高,钻之以弥坚。不堪哀且思,叙诗之一篇。庶几昔子夏,起夫子之所言。其辞曰。①

这段文字应是刻碑者根据石勖提供的材料,撰写文字介绍其与费凤的关系,以及前来奔丧痛苦悲伤之情形,交代石勖写诗的背景,接下来的这段文字才是诗前之序:

> 君讳凤,字伯萧,梁相之元子,九江太守之长兄也。世德袭爵,银艾相亚。恢遐祖之鸿轨,拓前代之休踪。邈逸越而难继,非群愚之所颂。仁义本于心,慈孝著于性。不失典术,行不越矩度,清洁皦尔,埿而不滓。恤忧矜厄,施而不记,由近及远,靡不覆载。故能阐令名而云腾,扬盛声而风布。践郡右职,三贡献计,辟州式部,忠以卫上。汉安二年,吴郡太守东海郭君以君有逶迤之节,自公之操,年卅一举孝廉,拜郎中,除东国新平长。神化风靡,惠以流下,静而为治,匪烦匪扰。乾乾日稷稷,矜此黔首。功成事就,色斯高举。

序文之后,才是五言长诗。石勖此序,先介绍费凤生平事迹,既而

① 逯钦立辑校《先秦汉魏晋南北朝诗》,中华书局1983年版,第175页。

称赞其仁义忠孝，为官功德。汉安是东汉顺帝年号，可知费凤和石勖都是东汉人。此序用词工整典雅，辞藻繁丽。

东汉张衡《四愁诗》前也有序，其序云：

> 张衡不乐久处机密，阳嘉中，出为河间相。时国王骄奢，不遵法度，又多豪右并兼之家。衡下车，治威严，能内察属县，奸猾行巧劫，皆密知名，下吏收捕，尽服擒。诸豪侠游客，悉惶惧逃出境。郡中大治，争讼息，狱无系囚。时天下渐弊，郁郁不得志，为《四愁诗》。效屈原以美人为君子，以珍宝为仁义，以水深雪雰为小人。思以道术为报，贻于时君，而惧谗邪不得以通。其辞曰：①

逯钦立认为此序乃后人伪托，并非张衡所作。但萧统《文选》收入此序，明代冯惟讷《古诗纪》亦收入。从汉魏时期的诗歌来看，文人诗前加序已经常见。如魏时曹植《赠白马王彪诗》、《离友诗三首》等皆有序。若将张衡此序视为后人伪托，没有一定的根据则难成定论。

至晋代，诗序增多，傅咸《答潘尼诗》、《答栾弘诗》、《赠何劭王济诗》、《赠郭泰机诗》等皆有序。逯钦立《先秦汉魏晋南北朝诗》收入石崇十首诗，其中《楚妃叹》、《王明君辞》、《思归引》皆有序。《王明君辞》之序记述王昭君出嫁匈奴之事，序文虽短而叙事颇有条理。其序云：

> 王明君者，本是王昭君，以触文帝讳，故改之。匈奴

---

① 逯钦立辑校《先秦汉魏晋南北朝诗》，中华书局1983年版，第180页。

盛，请婚于汉，元帝以后宫良家子明君配焉。昔公主嫁乌孙，令琵琶马上作乐，以慰其道路之思。其送明君，亦必尔也。其造新曲，多哀怨之声，故叙之于纸云尔。①

将王昭君远嫁匈奴之事写入诗篇，石崇应该是第一人。与诗歌用第一人称写不同，序文用第三人称客观介绍，将昭君改明君之缘由等交代完备，对理解诗歌起到了帮助作用。石崇的《思归引》之序写得也颇有文采：

余少有大志，夸迈流俗，弱冠登朝，历位二十五年。年五十以事去官，晚节更乐放逸，笃好林薮，遂肥遁于河阳别业。其制宅也，却阻长堤，前临清渠，柏木几于万株，江水周于舍下。有观阁池沼，多养鱼鸟。家素习技，颇有秦赵之声。出则以游目弋钓为事，入则有琴书之娱。又好服食咽气，志在不朽，傲然有凌云之操。欻复见牵羁，婆娑于九列，困于人间烦黩，常思归而永叹。寻览乐篇有《思归引》，倘古人之心有同于今，故制此曲。此曲有弦无歌，今为作歌词以述余怀。恨时无知音者，令造新声而播于丝竹也。②

序文开始写自己早年得志为官，去官后放浪山水以寄情。石崇追求奢靡生活，从诗序也可窥见一斑。建阁修池，放鱼养鸟，又养家妓以自乐，一派骄奢富贵形象。序文用简练笔墨，描写出所居之处

① 逯钦立辑校《先秦汉魏晋南北朝诗》，中华书局 1983 年版，第 642 页。

② 逯钦立辑校《先秦汉魏晋南北朝诗》，中华书局 1983 年版，第 643 页。

的胜景,意境幽深闲远,文中多有画意。

西晋文人雅集盛行,其代表是石崇组织的“金谷雅集”。“金谷”是石崇的别墅,位于洛阳郊外。此处风景秀丽,文人相聚,琴瑟齐鸣,酒酣耳热,赋诗抒怀,可谓一时之盛事。石崇所作《金谷诗》之序,乃是为众人宴饮时所作诗歌的总序。其序曰:

> 余以元康六年,从太仆卿出为使持节监青徐诸军事、征虏将军。有别庐在河南县界金谷涧中,去城十里,或高或下;有清泉茂林,众果竹柏,药草之属。金田十顷,羊二百口,鸡猪鹅鸭之类,莫不毕备。又有水碓、鱼池、土窟,其为娱目欢心之物备矣!时征西大将军祭酒王诩当还长安,余与众贤共送往涧中,昼夜游宴,屡迁其坐,或登高临下,或列坐水滨。时琴瑟笙筑,合载车中,道路并作。及往,令与鼓吹递奏。遂各赋诗,以叙中怀。或不能者,罚酒三斗。感性命之不永,惧凋落之无期,故具列时人之官号、姓名、年纪,又写诗著后。后之好事者,其览之哉!凡三十人,吴王师、议郎关中侯,始平武功苏绍字世嗣,年五十为首。①

参加“金谷雅集”者凡三十人,都有哪些诗人以及留下多少首诗,今已不可考。但此序写金谷雅集之盛况却给读者留下深刻印象。别墅泉清林茂,宴会佳肴丰盛,这不仅对了解当时文人活动提供了非常有价值的材料,而且对理解其他文人所作之诗也提供了背景

① 严可均校辑《全上古三代秦汉三国六朝文》,中华书局 1958 年版,第 1651 页。

材料。如潘岳有《金谷集作诗》,读石崇此序,对潘岳诗“朝发晋京阳,夕次金谷湄。回溪萦曲阻,峻坂路威夷。绿池泛淡淡,青柳何依依。滥泉龙鳞澜,激波连珠挥。前庭树沙棠,后园植乌椑”,就会有更深刻的体会。石崇的《金谷诗序》对王羲之《兰亭集序》,以及初唐时期君臣宴集群贤赋诗而由其中一人作序都有一定的影响。

陆机的《答贾谧诗》、《与弟清河云诗》,诗前都有序,前者交代写诗缘由,后者写自己早年与陆云相依为命,生活孤苦,情感悲哀凄凉。陆云《赠顾骠骑士二首》、《有皇八章》和《思文八章》前均有序,介绍题目之含义,如《有皇》之序云:“有皇,美祈阳也。祈阳秉文志士,骏发其声,故能明照有吴。入显乎晋,国人美之,故作是诗焉。”其《赠郑曼季诗四首》前三组诗题《谷风》、《鸣鹤》、《南衡》下面皆有序,解释题目,交代作诗缘由。又如潘尼的《答傅咸诗》序:“司徒左长史傅长虞,会定九品。左长史宜得其才,屈为此职。执天下清议,宰割白国,而长虞性直而行,或有不堪。余与之亲,作诗以规焉。”这些诗序,篇幅短小,主旨单一,集中体现了诗序的最基本功能。

西晋至刘琨、卢谌,诗序出现了变化,一是写诗附书,书于诗前为序,对其他文体变相为序具有开启作用;二是篇幅加长,如刘琨《答卢谌诗并书》,其序二百九十八字,卢谌《赠刘琨诗并书》,其序三百八十六字。书信为序,对于诗人来说感情更能充分发挥。先看刘琨《答卢谌诗》之序:

琨顿首:损书及诗,备辛酸之苦言,畅经通之远旨。执玩反覆,不能释手,慨然以悲,欢然以喜。昔在少壮,未尝检括,远慕老庄之齐物,近嘉阮生之放旷,怪厚薄何从而生,哀乐何由而至。自顷辀张,困于逆乱,国破家亡,亲友凋残。块然独坐,则哀愤两集;负杖行吟,则百忧具至。时复相与举觞对膝,破涕为笑,排终身之积惨,求数刻之暂欢。譬由疾疢弥年,而欲一丸消之,其可得乎?夫才生于世,世实须才,和氏之璧,焉得独曜于郢握?夜光之珠,何得专玩于随掌?天下之宝,固当与天下共之;但分析之日,不能不怅恨尔。然后知聃周之为虚诞,嗣宗之为妄作也。昔騄骥倚辀于吴坂,长鸣于良乐。知与不知也。百里奚愚于虞而智于秦,遇与不遇也。今君遇之矣。勖之而已,不复属意于文,二十余年矣。久废则无次,想必欲其一反。故称指送一篇,适足以彰来诗之益美耳。琨顿首顿首。①

刘琨是西晋富有传奇色彩的人物。《晋书》本传称其"少负志气,有纵横之才",永嘉元年任并州刺史,加振威将军,领匈奴中郎将。建兴三年,拜大将军,都督并、冀、幽三州军事,率兵抗击北方匈奴族入侵。在诗歌中,刘琨抒发了保家卫国的英雄气概和忧国伤时的情怀。沈德潜《古诗源》评刘琨曰:"越石英雄失路,万绪悲凉,故其诗随笔倾吐,哀音无次,读者乌得于语句间求之。"②这篇诗序正好体现这种风格。刘琨之父及亲友早年死于战乱,其后刘琨历经多次失败,而今又陷入重重困境,内心忧惧如焚,故有"辛酸"之言。此序文笔激昂,深挚动人。有序作铺垫,读者也能更深刻地了解后面八章四言诗中反映的诗人壮志难酬的复杂感情。

卢谌也有《赠刘琨诗并书》。卢谌与刘琨有姻亲关系,其父与

① 逯钦立辑校《先秦汉魏晋南北朝诗》,中华书局1983年版,第850页。
② 沈德潜《古诗源》卷八,中华书局2006年版,第148页。

弟被匈奴部刘粲杀害后，投靠刘琨，二人常有诗书往来，互相激励。其序云：

> 故吏从事中郎卢谌死罪死罪。谌禀性短弱，当世罕任，因其自然，用安静退。在木阙不材之资，处雁乏善鸣之分。卷异蘧子，愚殊宁生，匠者时眄，不免馔宾。尝自思维，因缘运会，得蒙接事，自奉清尘，于今五稔。谟明之效不著，俟人之讥已彰。大雅含弘，量包山薮。加以待接弥优，款眷逾昵，与运筹之谋，厕讌私之欢。绸缪之旨，有同骨肉，其为知己，古人罔喻。昔聂政殉严遂之顾，荆轲慕燕丹之义。意气之间，糜躯不悔。虽微达节为之可庶，然苟曰有情，孰能不怀。故委身之日，夷险已之。事与愿违，当忝外役。遂去左右，收迹府朝。盖本同末异，杨朱兴哀，始素终玄，墨翟垂涕。分乖之际，咸可叹慨，致感之途，或迫于兹，亦奚必临路而后长号，睹丝而后歔欷哉！是以仰惟先情，俯览今遇，感存念亡，触物增眷。《易》曰：书不尽言，言不尽意。然则书非尽言之器，言非尽意之具矣。况言有不得至于尽意，书有不得至于尽言邪。不胜猥懑，谨贡诗一篇，抑不足以揄扬弘美，亦以抒其所报而已。若公肆大惠，遂其厚恩，赐以咳唾之音，慰其违离之意，则所谓咸池酬于北里，夜光报于鱼目。谌之愿也，非所敢望也。谌死罪死罪。①

卢谌虽与刘琨有姻亲关系，又有共同生活和征战的经历，但卢

① 逯钦立辑校《先秦汉魏晋南北朝诗》，中华书局 1983 年版，第 880 页。

谌对于刘琨的内心世界还是缺乏深入了解。《晋书》说刘琨此诗"托意非常,摅畅幽愤,远祖张、陈,感鸿门、白登之事,用以激(卢)谌。谌素无奇略,以常词酬和,殊乖琨心,重以诗赠之,乃谓琨曰:'前篇帝王大志,非人臣所言矣'"。①从这两篇序文来看,也能说明史书所言为是,卢谌与刘琨的深厚感情,亦可从序文中体会到。

东晋诗序最有代表性的应推陶渊明。在陶渊明的诗歌中,有十二篇诗序,有的属于短序,如《停云》之序、《时运》之序、《荣木》之序、《饮酒》之序等,其作用主要是解释题目,说明写诗缘由,交代诗歌主旨。如《荣木》序曰:"荣木。念将老也。日月推迁,已复有夏,总角闻道,白首无成。"诗为四言,序也是四言,虽然简短,但清楚明了。作为田园诗人,陶渊明笔下的诗序也尽展田园风光,如《游斜川》之序:

> 辛酉正月五日,天气澄和,风物闲美。与二三邻曲,同游斜川。临长流,望曾城,鲂鲤跃鳞于将夕,水鸥乘和以翻飞。彼南阜者,名实旧矣,不复乃为嗟叹。若夫曾城,傍无依接,独秀中皋。遥想灵山,有爱嘉名,欣对不足,率共赋诗。悲日月之遂往,悼吾年之不留。各疏年纪乡里,以纪其时日。②

有时间,有地点,描写细腻逼真,宛如一幅春日田园画,与诗相比并不逊色。序文将岁月流逝之感慨寓于景物描写中,水中鱼跃,天空鸟飞,生机勃发,一派盎然,由此引出岁月不居,"悼吾年之不留"

① 《晋书·刘琨传》,中华书局 1974 年版,第 1687 页。

② 逯钦立校注《陶渊明集》,中华书局 1979 年版,第 44 页。

的无奈和悲伤。在唐代以前的诗序中,这是第一篇描写田园风光的诗序。其《归去来兮辞》之序对于理解诗歌及陶渊明辞去彭泽令回归田园的缘由,是非常有价值的材料。今人逯钦立《先秦汉魏晋南北朝诗》录此长序,其题目下无“并序”二字,但于题下注曰:“苏写本、和陶本有‘并序’二字”。其序云:

> 余家贫,耕植不足以自给。幼稚盈室,瓶无储粟,生生所资,未见其术。亲故多劝余为长吏,脱然有怀,求之靡途。会有四方之事,诸侯以惠爱为德,家叔以余贫苦,遂见用于小邑。于时风波未静,心惮远役,彭泽去家百里,公田之利,足以为酒,故便求之。及少日,眷然有归欤之情。何则?质性自然,非矫励所得。饥冻虽切,违己交病。尝从人事,皆口腹自役。于是怅然慷慨,深愧平生之志。犹望一稔,当敛裳宵逝。寻程氏妹丧于武昌,情在骏奔,自免去职。仲秋至冬,在官八十余日。因事顺心,命篇曰《归去来兮》,乙巳岁十一月也。①

此序多为今选本所用,但萧统《文选》李善注本卷四十五《归去来》之序却很短,只有四十余字。序曰:

> 余家贫,又心惮远役,彭泽县去家百里,故便求之。及少日,眷然有归欤之情,自免去职。因事顺心,命篇曰《归去来》。②

---

① 逯钦立校注《陶渊明集》,中华书局1979年版,第159页。

② 萧统编,李善注《文选》卷四十五,上海古籍出版社1986年版,第2026页。

二序比较，短序虽说明求官之原因，但去官之由并未言及，尤其是前序"质性自然"至"深愧平生之志"一段，对理解诗人当时心情和下面的诗歌都至关重要，短序却缺失。现存宋绍熙三年曾集刻本、宋淳祐元年汤汉刻本均有序并长，文渊阁《四库全书》本《陶渊明集》也收录此长序。从《文选》短序看，当是从长序中摘取了一些句子，虽上下文意贯通，仍嫌简略。古代诸本校注刻印《陶渊明集》，其实仍以梁萧统的《陶渊明集》为最早，后代版本多出于此。萧统上距陶渊明最近，《文选》中此序如此简短，其中原因当有专文进一步考证。

陶渊明还有一篇《桃花源诗并记》，逯钦立《先秦汉魏晋南北朝诗》用此题目，而逯钦立校注《陶渊明集》则用《桃花源记并诗》为题，袁行霈《陶渊明集笺注》亦用此题，文渊阁《四库全书》本《陶渊明集》将此篇归入杂文类，题目亦作《桃花源记并诗》。诗并记与记并诗，顺序不同，意思便有很大差别。如前所说，诗并记，是以诗为主，诗前之记可以看作诗序；记并诗，则是以记为主，诗为辅。若看作序，则此序也是一篇长序，且与其他序不同，属于写虚而非写实，在唐以前的诗序中颇具代表性。陶渊明《饮酒诗二十首》之序为组诗序，是陶渊明归隐田园后心态的真实写照。序云：

> 余闲居寡欢，兼比夜已长，偶有名酒，无夕不饮。顾影独尽，忽焉复醉。既醉之后，辄题数句自娱。纸墨遂多，辞无诠次，聊命故人书之，以为欢笑尔。①

从简短的序文可以看出，陶渊明写作组诗时内心孤寂，其"寡欢"、

① 逯钦立校注《陶渊明集》，中华书局1979年版，第86页。

“独尽”最能说明此时心态，故以酒解忧。从序文内容来看，此序写于二十首诗歌之后，既是交代写组诗的背景，也是组诗完成后进行的一个总结。

晋代最长的诗序当属庐山诸道人的《游石门诗》之序：

> 石门在精舍南十余里，一名障山。基连大岭，体绝众阜。辟三泉之会，并立而开流。倾岩玄映其上，蒙形表于自然，故因以为名。此虽庐山之一隅，实斯地之奇观。皆传之于旧俗，而未睹者众。将由悬濑险峻，人兽迹绝，径回曲阜，路阻行难，故罕经焉。释法师以隆安四年仲春之月，因咏山水，遂杖锡而游。于时交徒同趣三十余人，咸拂衣晨征，怅然增兴。虽林壑幽邃，而开涂竞进。虽乘危履石，并以所悦为安。既至则援木寻葛，历险穷崖。猿臂相引，仅乃造极。于是拥胜倚岩，详观其下，始知七岭之美蕴奇于此。双阙对峙其前，重岩映带其后，峦阜周回以为障，崇岩四营而开宇。其中则有石台石池，宫馆之象，触类之形，致可乐也。清泉分流而合注，渌渊镜净于天池。文石发采，焕若披面，柽松芳草，蔚然光目。其为神丽，亦已备矣。斯日也，众情奔悦，瞩览无厌，游观未久，而天气屡变。霄雾尘集，则万象隐形，流光回照，则众山倒影。开阖之际，状有灵焉，而不可测也。乃其将登，则翔禽拂翮，鸣猿厉响。归云回驾，想羽人之来仪，哀声相合，若玄音之有寄。虽仿佛犹闻，而神以之畅。虽乐不欺欢，而欣以永日。当其冲豫自得，信有味焉。而未易言也。退而寻之，夫崖谷之间，会物无主，应不以情而开兴，引人致深若此，岂不以虚明朗其照，闲邃笃其情耶！并三

复斯谈,犹昧然未尽。俄而太阳告夕,所存已往,乃悟幽人之玄览,达恒物之大情。其为神趣,岂山水而已哉。于是徘徊崇岭,流目四瞩,九江如带,丘阜成垤,因此而推,形有巨细,智亦宜然,乃喟然叹,宇宙虽遐,古今一契。灵鹫邈矣。荒途日隔,不有哲人,风迹谁存。应深悟远,慨焉长怀。各欣一遇之同欢,感良辰之难再,情发于中,遂共咏之云尔。①

从序文可以看出,这篇序以及下面所引之诗出自众僧之手,属于共同创作。这在当时并非个别现象,如同时的还有庐山诸沙弥写的一首诗《观化决疑诗》。与序相比,《游石门诗》则相形失色。引诗如下,可作比较:

超兴非有本,理感兴自生。忽闻石门游,奇唱发幽情。褰裳思云驾,望崖想曾城。驰步乘长岩,不觉质有轻。矫首登灵阙,眇若凌太清。端坐运虚论,转彼玄中经。神仙同物化,未若两俱冥。

序文中山光云影在诗歌中不见踪影了,再缀上玄言的结尾,令读者感受不到山水游记的清灵。此序是一篇完整的山水游记,有地点,有时间,有人物。序文先交代石门之所处,再交代石门之名来历。同门三十余人结伴而游,兴致勃勃。因路途艰险,人兽绝迹,前人未曾亲睹其雄奇壮丽,更增加了此次游览的魅力。接下来写石门全貌,再随游览路线和时间推移展开描写,移步换形,层层展示。

① 逯钦立辑校《先秦汉魏晋南北朝诗》,中华书局 1983 年版,第 1085 页。

山石泉水，青松芳草，鸟飞猿鸣，无不栩栩如生，引人入胜。晨往暮归，游兴盎然。结尾写登高俯视，江山尽收眼底，“九江如带，丘阜成垤”，人物与自然融为一体，接着再抒发富含哲理之感慨，让人久久回味其中。东晋之时，山水诗勃兴，此序出现当是这一文学现象典型的反映，对南朝诗人写山水诗文有一定影响。从全文描写山水以及结尾转向感悟人生哲理来看，此序对唐代柳宗元写山水游记也有一定的启示作用。严可均《全上古三代秦汉三国六朝文》收入此序，可见严可均并非仅仅将其看成诗序，而是当成一篇有代表性的可以独立的游记作品。此序与同时慧远的《庐山记》同为写景游记名篇，但此序多种文学史未曾提及，在山水游记的发展史上，此序的开拓性地位应该给予充分肯定。

东晋时期游览山水形成一种风气，影响了许多文人的写作。湛方生也有描写庐山的诗歌，其《庐山神仙诗》之序写庐山景色也颇具特色：

> 寻阳有庐山者，盘基彭蠡之西，其崇标峻极，辰光隔辉，幽涧澄深，积清百仞。若乃绝阻重险，非人迹之所游。窈窕冲深，常含霞而贮气，真可谓神明之区域，列真之苑囿矣。太元十一年，有樵采其阳者，于时鲜霞褰林，倾晖映岫。见一沙门，披法服独在岩中，俄顷振裳挥锡，凌崖直上，排丹霄而轻举，起九折而一指。既白云之可乘，何帝乡之足远哉。穷目苍苍，翳然灭迹。①

序文先写庐山山高涧深，非人迹所到，云霞飘飞，缥缈虚幻。接下

① 逯钦立辑校《先秦汉魏晋南北朝诗》，中华书局 1983 年版，第 943 页。

来叙述樵夫见一沙门在山岩中，挥动锡杖，乘云而起，宛如仙界，令人神往。东晋的僧人能文者除慧远外，还有支遁，其《八关斋诗》之序写僧人聚会作法：

> 间与何骠骑期，当为合八关斋。以十月二十二日，集同意者在吴县土山墓下。三日清晨为斋始。道士白衣凡二十四人，清和肃穆，莫不静畅。至四月朝，众贤各去。余既乐野室之寂，又有掘药之怀，遂便独往。于是乃挥手送归，有望路之想，静拱虚房，悟外身之真。登山采药，集岩水之娱，遂援笔染翰，以慰二三之情。①

时间、地点、人物、事件均交代清楚，反映了当时僧人活动的一个侧面。

与西晋“金谷雅集”一样，东晋文人聚会游宴也往往成为诗歌聚会。王羲之与友人雅集而写就的《兰亭诗序》最有代表性。当时参加雅集活动的文人有四十一人，其中二十六人赋诗，留下诗歌四十一首。王羲之的《兰亭集序》便是四十一首诗歌的总序，可与西晋石崇的《金谷诗》之序相辉映。其序云：

> 永和九年，岁在癸丑，暮春之初，会于会稽山阴之兰亭，修禊事也。群贤毕至，少长咸集。此地有崇山峻岭，茂林修竹；又有清流激湍，映带左右，引以为流觞曲水。列坐其次，虽无丝竹管弦之盛，一觞一咏，亦足以畅叙幽情。是日也，天朗气清，惠风和畅；仰观宇宙之大，俯察品

① 逯钦立辑校《先秦汉魏晋南北朝诗》，中华书局1983年版，第1079页。

类之盛，所以游目骋怀，足以极视听之娱，信可乐也。夫人之相与，俯仰一世，或取诸怀抱，悟言一室之内；或因寄所托，放浪形骸之外。虽趋舍万殊，静噪不同，当其欣于所遇，暂得于己，快然自足，曾不知老之将至。及其所之既倦，情随事迁，感慨系之矣！向之所欣，俯仰之间，已为陈迹，犹不能不以之兴怀，况修短随化，终期于尽。古人云：死生亦大矣！岂不痛哉！每览昔人兴感之由，若合一契，未尝不临文嗟悼，不能喻之于怀。固知一生死为虚诞，齐彭殇为妄作，后之视今，亦犹今之视昔。悲夫！故列叙时人，录其所述，虽世殊事异，所以兴怀，其致一也。后之览者，亦将有感于斯文。①

兰亭集会仿效金谷雅集，文人相聚，饮酒赋诗。作为集会文人诗歌的总序，序文先写春光明媚景色，山高林密，水流清澈，万物欣欣向荣。这样的季节和场合，总会使人们引发对人生的思索。人生短暂，如白驹过隙，面对充满生机的自然和浩瀚无垠的宇宙，确是令人感慨万千。但群贤相聚，佳期难再，更应兴怀赋诗，潇洒人生。《兰亭集序》与《金谷诗序》一样，都是先写景色，而后抒怀。但王羲之的序文写景眼界更为宽广，将集会、人生、自然和宇宙融合起来思考，因而更能触发读者的心灵。因为古往今来，人生面对的许多大问题仍然没有改变，如关于生死的问题，历代文人难以找到圆满的答案。面对自然景色，面对丝竹美酒，这个问题更是萦绕心中挥之不去。千百年来，王羲之的《兰亭集序》一直受人喜爱，从帝王到普通文人，一直都对此文情有

① 逯钦立辑校《先秦汉魏晋南北朝诗》，中华书局1983年版，第895页。

独钟，这其中除去王羲之书法的因素外，序文中蕴含的彻悟人生的深邃哲理也是一个重要原因。

第二节　南北朝诗歌序跋概貌

南朝宋齐时期，诗序相对较少，谢灵运《述祖德诗》之序、《拟魏太子邺中集诗八首》之序相对短小，而鲍照《松柏篇》之序虽短，却是了解诗人患病后心情的真实材料。序云：

> 余患脚上气四十余日，知旧先借《傅玄集》，以余病剧，遂见还，开帙，适见乐府诗《龟鹤篇》。于危病中见长逝词，恻然酸怀抱。如此病重，弥时不差，呼吸乏喘，举目悲矣。火药间阙而拟之。①

《松柏篇》是一首长诗，情感悲凉。鲍照身染疾病，又见傅玄诗集中长逝之词，痛感"人生浮且脆"、"蒿里收永归"，尤其是写人亡举丧一段，更是凄楚。至"墓前人迹灭，冢上草日丰。空林响鸣蜩，高松结悲风。长寐无觉期，谁知逝者穷"，凄怆的情感倾泻无余。但是如果只看诗，诗人的写作背景尚不清楚，短短的序文作一交代，诗歌中的情感缘由也就有了根基。宋初范泰的《鸾鸟诗》之序也颇有特色：

> 昔罽宾王结罝峻卯之山，获一鸾鸟，王甚爱之。欲其鸣而不致也，乃饰以金樊，飨以珍羞，对之愈戚。三年不

① 逯钦立辑校《先秦汉魏晋南北朝诗》，中华书局1983年版，第1264页。

鸣,其夫人曰:尝闻鸟见其类而后鸣,何不悬镜以映之。王从其意。鸾睹形悲鸣,哀响冲霄,一奋而绝。嗟乎!兹禽何情之深。昔钟子破琴于伯牙,匠石韬斤于郢人,盖悲妙赏之不存,慨神质于当年耳。矧乃一举而殒其身者哉。悲夫,乃为诗曰。①

序文借用一个小故事来阐发道理,新颖奇特。鸾鸟被捕而不鸣,虽盛以金笼,喂以佳肴,仍然悲戚而不鸣。大王听信夫人之言,悬镜照之,鸾鸟终于悲哀气绝。序文接下来才阐述由故事引发的道理:伯牙逝去,钟期摔琴;郢人不在,匠石弃斧,说的都是知音难寻而令人悲伤的故事。序文中的大王与夫人将“金笼”、“珍羞”和“悬镜”给予鸾鸟,其实是不懂鸾鸟为知音而鸣的道理。序文虽短,但有人物,有情节,叙事简洁,描写生动形象。比较而言,若无序文则诗就难以理解了,引诗如下:“神鸾栖高梧,爰翔霄汉际。轩翼飏清风,清响中天厉。外患难预谋,高罗掩逸势。明镜悬高堂,顾影悲同契。一激九霄音,响流形已毙。”诗歌因受句式和韵律的限制,不能充分展开,而序文则具有叙事、描写、议论之功能,更容易把事情的来龙去脉说清楚。

晋代文人聚会宴饮,众人赋诗一人为序,在宋、齐时期也有发展。如萧统《文选》卷四十六颜延年《三月三日曲水诗序》,卷二十有《应诏讌曲水作诗》,序与诗分开。此序冯惟讷《古诗纪》卷五十六《应诏讌曲水作诗》诗前无序,逯钦立《先秦汉魏晋南北朝诗》题目亦作《应诏讌曲水作诗》,诗前也无序。但《文选》李善注诗题下注引裴子野《宋略》曰:“文帝元嘉十一年三月丙申,禊饮于乐游

① 逯钦立辑校《先秦汉魏晋南北朝诗》,中华书局1983年版,第1144页。

苑，且祖道江夏王义恭、衡阳王义季，有诏会者咸作诗，诏太子中庶子颜延年作序。”①可见此序也与石崇《金谷诗序》、王羲之《兰亭集序》一样，是众人诗的总序。这从序文结尾说“并命在位，展诗发志。则夫诵美有章，陈信无愧者欤”也可以看出来。其序云：

夫方策既载，皇王之迹已殊；钟石毕陈，舞咏之情不一。虽渊流遂往，详略异闻，然其宅天衷，立民极，莫不崇尚其道，神明其位，拓世贻统，固万叶而为量者也。

有宋函夏，帝图弘远。高祖以圣武定鼎，归同造物；皇上以叡文承历，景属宸居。隆周之卜既永，宗汉之兆在焉。正体毓德于少阳，王宰宣哲于元辅。晷纬昭应，山渎效灵。五方杂遝，四隩来暨。选贤建戚，则宅之于茂典；施命发号，必酌之于故实。大予协乐，上庠肆教。章程明密，品式周备。国容视令而动，军政象物而具。箴阙记言，校文讲艺之官，采遗于内，輶车朱轩，怀荒振远之使，论德于外。赪茎素毳，并柯共穗之瑞，史不绝书；栈山航海，逾沙轶漠之贡，府无虚月。烈燧千城，通驿万里。穹居之君，内首禀朔；卉服之酋，回面受吏。是以异人慕响，俊民间出；警跸清夷，表里悦穆。将徙县中宇，张乐岱郊。增类帝之宫，饬体神之馆，途歌邑诵，以望属车之尘久矣。日躔胃维，月轨青陆。皇祇发生之始，后王布和之辰，思对上灵之心，以惠庶萌之愿。加以二王于迈，出饯戒告，有诏掌故，爰命司历，献洛饮之礼，具上巳之仪。南除辇道，北清禁林，左关岩隥，右梁潮源。略亭皋，跨芝廛，苑

① 萧统编，李善注《文选》卷四十六，上海古籍出版社1986年版，第2049页。

太液，怀埦山。松石峻埦，葱翠阴烟，游泳之所攒萃，翔骤之所往还。于是离宫设卫，别殿周徼，旌门洞立，延帷接枑，阅水环阶，引池分席。春官联事，苍灵奉涂。然后升秘驾，胤缇骑，摇玉鸾，发流吹，天动神移，渊旋云被，以降于行所，礼也。既而帝晖临幄，百司定列，凤盖俄轸，虹旗委斾。肴蔌芬藉，觞醳泛浮。妍歌妙舞之容，衔组树羽之器。三奏四上之调，六茎九成之曲。竞气繁声，合变争节，龙文饰辔，青翰侍御。华裔殷至，观听骛集。扬袂风山，举袖阴泽。靓庄藻野，袨服缛川。故以殷赈外区，焕衍都内者矣。上膺万寿，下禔百福。匝筵禀和，阖堂依德。情盘景遽，欢洽日斜。金驾总驷，圣仪载伫。帐钧台之未临，慨酆宫之不县。方且排凤阙以高游，开爵园而广宴。并命在位，展诗发志。则夫诵美有章，陈信无愧者欤？①

与此相同的还有《文选》卷四十六齐王融的《三月三日曲水诗序》，题目下引萧子显《齐书》曰："武帝永明九年三月三日，幸芳林园，禊饮朝臣，敕王融为序，文藻富丽，当代称之。"序文结尾说："有诏曰：今日嘉会，咸可赋诗。凡四十五人，其辞云尔。"②与颜延年序文同属一样性质。王融序文比颜延年序文还要长，此处略而不录。

梁代诗序较少，萧统《同泰僧正讲诗》之序为小序。萧纲的《三日侍皇太子曲水宴诗》之序则雍容典雅，辞藻华丽。应该一提的是江淹《杂体诗三十首》之序，这篇诗序与前面所介绍诗序不

① 萧统编，李善注《文选》卷四十六，上海古籍出版社 1986 年版，第 2049 页。
② 萧统编，李善注《文选》卷四十六，上海古籍出版社 1986 年版。第 2067 页。

同，是专谈文学批评的。这样的内容在以前的诗序中所见不多，所以非常珍贵。《杂体诗三十首》为组诗，江淹选取自汉代至当时一共三十家诗体，一一仿作一首，拟古的痕迹比较明显。其序主要说明三十首诗歌的写作宗旨，序云：

> 夫楚谣汉风，既非一骨，魏制晋造，固亦二体。譬犹蓝朱成彩，杂错之变无穷。宫角为音，靡曼之态不极。故蛾眉讵同貌，而俱动于魄，芳草宁共气，而皆悦于魂。不其然欤！至于世之诸贤，各滞所迷，莫不论甘而忌辛，好丹而非素。岂所谓通方广恕，好远兼爱者哉！乃及公干、仲宣之论，家有曲直，安仁、士衡之评，人立矫抗。况复殊于此者乎？又贵远贱近，人之常情，重耳轻目，俗之恒蔽。是以邯郸托曲于李奇，士季假论于嗣宗，此其效也。然五言之兴，谅非夐古，但关西邺下，既已罕同，河外江南，颇为异法。故玄黄经纬之辨，金碧浮沉之殊，仆以为亦各具美兼善而已。今作三十首诗，学其文体，虽不足品藻渊流，庶亦无乖商榷云尔。①

江淹认为诗风随时代变化而不同，不能贵远贱近，重耳轻目。同时，每个作家都有自己的特色，不能一概而论。江淹拟作三十篇，首先要对所拟作家的艺术风格把握准确，从这点上来说，江淹对汉代以来的三十家诗体进行研究，应该是很有意义的。当然，有些拟作缺乏情感，显得生硬，如《陶徵君潜田居》“归人望烟火，稚子候檐隙”两句，分别出自陶渊明《归园田居》“暧暧远人村，依依

① 逯钦立辑校《先秦汉魏晋南北朝诗》，中华书局 1983 年版，第 1569 页。

墟里烟”和《归去来兮》“僮仆欢迎,稚子候门”。陶诗情感自胸臆流出,而江淹此作则显虚假。但不论如何,此篇序文是江淹文学理论的一个方面,三十首拟作正好是其理论的实践,研究江淹及梁代文论,应该对这篇序文给予重视。

陈代诗序较少,江总《入摄山栖霞寺》之序、《游摄山栖霞寺》之序等小序,记载诗人数次进山入寺时间,未见新奇之处。北朝及隋代诗序只有数篇,可提者只有卢思道《仰赠特进阳休之诗》之序、王胄《卧疾闽越述净名意诗》之序等,但特色也不鲜明。

第三节　唐代诗歌序跋概貌

唐代是诗歌发展的黄金时代,诗人众多,佳作迭出,与诗歌繁荣昌盛同步发展的,还有诗歌的序跋。据对《全唐诗》的统计,有唐一代诗歌序跋的数量远远超过唐以前各个朝代诗歌序跋数量的总和。唐代诗人已经将诗序纳入诗歌写作中,并由最初的简单介绍背景和交代创作缘由,发展到创作诗序开始讲究艺术章法和谋篇布局,努力使序文成为理解诗歌最直接的最贴近的材料,摆脱早期质朴无文的状态。有的诗人甚至在序文上下的功夫要超过诗歌本身,如苏源明的《小洞庭洄源亭宴四郡太守诗》之序、《秋夜小洞庭离宴》之序、李渤《南溪诗》之序、卢肇《汉堤诗》之序等,序文的文学价值和史料价值都已经超过诗歌本身,而且这样的序文数量很多。可以说,唐代诗序功能进一步扩大,表现手法多样化,与魏晋南北朝时期的诗序比较,不仅数量上有了很大的增加,而且质量上有了一个飞跃,标志着诗序创作开始走向成熟。

唐代诗歌序跋兴盛的原因,可以从以下几个方面进行考察。

其一，帝王游览，群臣奉和；聚会宴饮，饯别送行，往往众人作诗，一人为序，或交代背景，或申述缘由。如陈子昂《晦日宴高氏林亭》之序，极尽文人欢聚宴饮之乐。参加本次宴饮者凡二十一人，有高正臣、崔知贤、韩仲宣、周彦昭、高球、弓嗣初、高瑾、王茂时、长孙正隐等，皆以“华”字为韵，众人推陈子昂为序。又如崔知贤《三月三日宴王明府》，六人与宴，推孙慎行为序。长孙正隐《上元夜效小庾体同用春字并序》，同游者有陈子昂、陈嘉言等，“四韵成章，同以春为韵”。不仅文人聚会宴饮赋诗作序，甚至皇帝带领群臣游览或宴饮，也带头作诗作序，如中宗皇帝李显，《全唐诗》卷二“中宗皇帝”简介中说：

> 帝于景龙中，置修文馆学士，盛引词学之臣，从侍游宴。春幸梨园，并渭水祓除，则赐细柳圈辟恶；夏宴蒲萄园，赐朱樱；秋登慈恩浮图，献菊花酒称寿；冬幸新丰，历白鹿观，上骊山，赐浴汤池，给香粉兰泽，从行给翔麟马，品官黄衣各一。帝有所感，即赋诗，学士皆属和焉。①

《全唐诗》卷二收录《九月九日幸临渭亭登高得秋字并序》。此次与中宗登高赋诗者有二十余人，包括岑羲、马怀素等名臣。其序云：

> 陶潜盈把，既浮九酝之欢；毕卓持螯，须尽一生之兴。人题四韵，同赋五言。其最后成，罚之引满。

① 《全唐诗》卷二，中华书局 1999 年版，第 23 页。

皇帝有诏并带头赋诗作序,众臣纷纷和诗,竟成饮酒赋诗胜景。据《唐诗纪事》载:“是宴也,韦安石、苏瑰诗先成,于经野、卢怀慎最后成,罚酒。”①唐玄宗李隆基也有这样的诗序,如《端午三殿宴群臣探得神字》之序,其中有“凡百在会,咸可赋诗”之说。其《春晚宴两相及礼官丽正殿学士探得风字》之序、《首夏花萼楼观群臣宴宁王山亭回楼下又申之以赏乐赋诗》之序、《千秋节宴》之序、《春中兴庆宫酺宴》之序等,均属于宴饮赋诗作序,众臣奉和,一时蔚为大观。德宗皇帝李适善属文,每与学士言诗于浴堂殿,自己写诗后,敕群臣赓和,品第优劣。其《重阳日赐宴曲江亭赋六韵诗用清字》之序也是宴饮赋诗作序,其序云:

> 朕在位仅将十载,实赖忠贤左右,克致小康。是以择三令节,锡兹宴赏,俾大夫卿士得同欢洽也。夫共其戚者同其休,有其初者贵其终。咨尔群僚,顺朕不暇,乐而能节,职思其忧。咸若时则,庶乎理矣。因重阳之会,聊示所怀。②

皇帝自己并带头作诗作序,下诏令群臣作诗奉和,众臣皆响应顺从。《全唐诗》于诗后加注引其诏曰:

> 卿等重阳会宴,朕想欢洽,欣慰良多,情发于中,因制诗序,令赐卿等一本。可中书门下简定文词士三五十人应制,同用“清”字,明日内于延英门进来。宰臣李泌等

① 计有功撰,王仲镛校笺《唐诗纪事校笺》,中华书局 2007 年版,第 20 页。
② 《全唐诗》卷四,中华书局 1999 年版,第 45 页。

> 虽奉诏简择，难于取舍，由是百僚皆和。上自考其诗，以刘太真及李纾等四人为上等，鲍防、于邵等四人为次等，张濛、殷亮等二十三人为下等。而李晟、马燧、李泌三宰相之诗，不加考第。时贞元四年九月也。①

诏文注明时间、人数、作诗用韵等，不仅如此，德宗还亲自对群臣诗歌进行评判，分为上中下三等，可见德宗文采之高和当时志得意满的心情。《全唐诗》卷五载武则天《石淙》一诗并无序，陈尚君《全唐诗补编》据《古今图书集成·山川典》补其序，诗歌题目为《游石淙诗并序》，其序云：

> 若夫圆峤方壶，涉沧波而靡际；金台玉阙，陟一、玄圃而无阶。惟闻《山海》之经，空览《神仙》之记。爰有石淙者，即平乐涧也。尔其近接嵩岭，俯届箕峰，瞻少室兮若莲，睇颍川兮如带。既而蹑崎岖之山径，荫蒙密之藤萝，汹涌洪湍，落虚潭而送响；高低翠壁，列幽涧而开筵。密叶舒帷，屏梅氛而荡奥；疏松引吹，清麦候以含凉。就林薮而王心神，对烟霞而涤尘累。森沉丘壑，即是桃源；淼漫平流，还浮竹箭。纫薜荔而成帐，耸莲石而如楼。洞口全开，溜千年之芳髓，山腰半坼，吐十里之香粳。无烦昆阆之游，自然形势之所。当使人题彩翰，各写琼篇，庶无滞于幽栖，冀不孤于泉石。各题四韵，咸赋七言。②

① 《全唐诗》卷四，中华书局1999年版，第45页。

② 陈尚君辑校《全唐诗补编》，中华书局1992年版，第324页。

序文对偶工致，辞藻华丽。帝王作诗并序，嵩山侍宴群臣自然响应。检《全唐诗》，宋之问、沈佺期、苏味道、李峤等皆有应制诗作，可以想见当时君臣宴饮赋诗的欢快场面。

唐代文人送别作诗，往往于诗前加序而说明情况，这类诗序不胜枚举。如骆宾王《秋日饯陆道士陈云林》之序、《秋日送尹大赴京》之序、《秋夜送阎五还润州中》之序等。还有一种情况是多人送别，分别写诗而推举一人作序，此序当为众人之诗的共序。如贾邕《送萧颖士赴东府得路字》诗前，有同门弟子推举刘太真所作之序。贾邕，天宝九载进士及第。萧颖士客濮阳时，贾邕从其受业。刘太真（725—792），字仲适，润州上元（今江苏南京）人。天宝中师事萧颖士，十三载登进士第。曾官吏部员外郎、礼部侍郎等。刘太真之序曰：

> 萧夫子赴东府，门人送者十二人，刘太真为之序云：先师微言既绝者千有余载，至夫子而后洵美无度，得夫天和。顷东倭之人，逾海来宾，举其国俗，愿师于夫子，弗敢私；请表闻于天子，夫子辞以疾而不之从也。退然贫居，述作万卷，去其浮辞，存乎正言。昔左氏失于烦，谷梁失于短，公羊失于俗，而夫子为其折衷。王公交辟，拒而不应。从官三年，始参谋于洛京，家兄与先鸣者六七人，奉壶开筵，执弟子之礼于路左。太真以文求进，以无闻见举，而不吝为夫子羞。春云清阴，草色新碧，皎皎匹马，出于青门。吾徒喟然，瞻望不及。赋诗仰饯者，自相里造、贾邕以下，凡十二人，皆及门之选也。①

① 《全唐诗》卷二〇九，中华书局1999年版，第2175页。

按《全唐诗》所收作者，除贾邕外，还有刘舟、长孙铸、房白、元晟、刘太冲、姚发、郑愕、殷少野、郐载等，按序文所说送者十二人，尚缺相里造和刘太真诗。刘太真此序颇有特色，先写萧氏声名远播，东倭之人渡海求师，而萧氏辞之。再言萧氏文学成就及影响。“春云”四句写春景与送别场面，依依惜别之情融于其中，令人不胜伤感，也可见出众弟子对萧颖士的敬仰和感佩之情。理解其他九人之诗，离不开刘太真此序。

其二，诗人故意将诗的内容简化压缩，而将本来由诗歌介绍的内容外移，变成序文，尤其是唐人写近体诗比较多，绝句只有四句，律诗只有八句，不仅诗歌的字数受到限制，而且还要押韵，在诗歌无法交代清楚而读者难以理解的情况下，就需要增加序来解决这一问题。如骆宾王的《在狱咏蝉并序》，诗为五律四十个字，“西陆蝉声唱，南冠客思侵。那堪玄鬓影，来对白头吟。露重飞难进，风多响易沉。无人信高洁，谁为表予心”。概括而简约，但这短短的四十个字怎能抒发出骆宾王在狱中的悲凉心情，这就需要序文说出诗歌无法言表的话语。而序文正是洋洋洒洒，尽吐胸中悲情：

余禁所禁垣西，是法厅事也，有古槐数株焉。虽生意可知，同殷仲文之古树；而听讼斯在，即周召伯之甘棠。每至夕照低阴，秋蝉疏引，发声幽息，有切尝闻。岂人心异于曩时，将虫响悲于前听？嗟乎！声以动容，德以象贤。故洁其身也，禀君子达人之高行；蜕其皮也，有仙都羽化之灵姿。候时而来，顺阴阳之数；应节为变，审藏用之机。有目斯开，不以道昏而昧其视；有翼自薄，不以俗厚而易其真。吟乔树之微风，韵姿天纵；饮高秋之坠露，清畏人知。仆失路艰虞,遭时徽纆。不哀伤而自怨,未摇落而先衰。闻蟪蛄之流声,悟平反之已奏;见螳螂之抱影,怯危机之未安。感而缀诗,贻诸知己。庶情沿物应,哀弱羽之飘零;道寄人知,悯余声之寂寞。非谓文墨,取代幽忧云尔。①

骆宾王(619—687),字观光,婺州义乌(今属浙江)人。显庆时为道王李元庆府属官。闲居齐鲁十余年后赴京对策中试,授奉礼郎兼东台详正学士。后因事被贬,从军西域。数年后返京,历任武功主簿、长安主簿。迁侍御史。不久被诬下狱,遇赦获释后,出为临海丞。光宅元年,徐敬业起兵讨伐武则天,署骆宾王为"艺文令",负责文告案牍。不久兵败,骆宾王不知所终。骆宾王的这篇诗序是一篇声情并茂的骈文,先叙述自己身遭牢狱之不幸,再描绘窗外古槐上的秋蝉,借物言志,用意委婉而深刻。序文所写秋蝉生动形象,诗人抒发情感真挚细腻,具有打动人心的艺术力量。诗歌无法说清表明的内容,诗人可以尽情地在序文中展开。钟惺于《唐诗归》评此序曰:"造语偏妙,何不移之于诗。"②殊不知,这样叙述和抒情的句子,只能出现在诗之前的序文中,不可能出现在诗歌中,尤其是讲究平仄与对仗的律诗中。

最有代表性的是欧阳詹的《有所恨二章》之序。欧阳詹(757—802),字行周,泉州晋江(今福建晋江)人。贞元八年登进士第。《有所恨二章》每章四言九句,若无序文说明介绍,其诗不知所云。试引诗如下:

---

① 《全唐诗》卷七八,中华书局1999年版,第847页。

② 钟惺、谭元春《唐诗归》卷一,《续修四库全书》本。

相思君子，吁嗟万里。亦既至止，曷不觏止。本不信巫，谓巫言是履。在门五日，如待之死。有所恨兮。

相思遗衣，为忆以贻。亦既受止，曷不保持。本不欺友，谓友情是违。隔声之赠，造次亡之。有所恨兮。①

读者虽感到诗人有悲情之意，但其缘由与详情则根本无从知晓。诗歌简略，其原因是诗人已经将大量的实质性的内容放到了诗序里。现引序文如下：

有所恨，由故人马绅死而兴也。予待试京师六年，与马生相知者四秋。性与情相合也，衣与食相同也。予及第，归觐故园。自别来，无忆不至于襟怀，无想不至于姿容。愿一促膝，惄如也。昨既至止，马生且疾。巫者忌以见人，曰："不见即愈，见即害。"遂忍即见，庶以求见。忍者五日，马生云亡。噫！故人也，昔越万里，犹求见焉。惑乎一言，蔽乎一垣，而死生以之。死生之道，千秋之离也。五日之面，半旬之欢也。尚可半旬之欢不就，而卒甘千秋之离，一恨也。又与生别，掺执都门，生脱紫罗半臂，曰："即日相去秦吴，聊以为忆。"予贫也，素乏衣服，不暇藏箧笥，联绵在身。二年间，同弊帛以弃，所以新而轻著、故而不留者。予实未衰，马其方少尔，斯谓日相与也，所留何止在兹乎？今人既往，所赠又造次而亡之，二恨也。申二恨为《有所恨》二章云。

① 《全唐诗》卷三四九，中华书局1999年版，第3909页。

看完此序，方知欧阳詹所说的遗憾，一是听信巫者之言，未与挚友马绅生前见一面，留下终身遗憾；二是马绅赠送诗人衣服，穿着既久，仓促之间又丢失，留下难以言说的遗憾。序文表达情感真挚，叙述层次清楚，来龙去脉一一交代清楚，因此，序文成为了解诗歌的主要材料。

其三，唐代诗人漫游成为一种风尚，所见山川风物，场面人物，诗人往往要记录下来，但诗歌因为受到文体限制而无法展开人物、环境、场面、对话、肖像等描写，而这些都可以由序文来完成，诗歌只是作为抒情性的文体存在。如独孤及《垂花坞醉后戏题 赋得俱字韵 并序》。独孤及（725—777），字至之，洛阳（今属河南）人。曾任左拾遗、太常博士、礼部员外郎、吏部员外郎。与萧颖士、李华、贾至等先后提倡古文，喜奖掖后进，梁肃、权德舆等皆出其门，为唐代古文运动重要先驱人物之一。其序云：

> 庄周台南十许步，有丘一成。上有樛藤垂花，而蔓草荒之，且隔大沟，路不可陟。道士张太和伐薪为堰，封土以壅浍。余亦命薙氏治芜秽而刬宿莽，遂辟为登赋之位，位广二席，席间足以函樽酒二簋。三月戊子，及群英由堰而升焉，诸花倒垂，下拂杯案，紫葩缡缬，如钗如旒。众君子瞻弄之不足，故秉烛进酒，以继落日，欲称醉而不能也。因命其地曰垂花坞，堰曰缘花堰，亦饰之以诗云。①

序文的叙述描写非常缜密，先介绍地点，再说此地杂草丛生，无路可行，修整之后，俨然一新，饮酒赋诗，以纪其事，最后点明垂

① 《全唐诗》卷二四七，中华书局1999年版，第2772页。

花坞，缘花堰。这样细致的描写很难出现在诗中，只能移之于序。从序文的最后一句“饰之以诗”看，诗歌此处只是起到修饰或锦上添花的作用。为作比较，引诗如下：“紫蔓青条拂酒壶，落花时与竹风俱。归时自负花前醉，笑向鲦鱼问乐无。”序繁而诗简，诗抒情性强，序文的叙述、描写性强，序文的功能显然超过诗歌了。

有的诗序写人物语言对话及人物神态，栩栩如生，也非诗之所能。如刘禹锡《送曹璩归越中旧隐诗》之序。刘禹锡（772—842），字梦得，洛阳（今属河南）人。贞元九年登进士第。参与王叔文永贞革新，后被贬连州刺史，再贬阆州司马。开成元年，任太子宾客、分司东都。其序云：

> 余为连州，诸生以进士书刺者，浩不可纪。独曹生崖然自称为山夫。及与语，以征其实，则曰：所嗜者名。尝远游以索之，抗喉舌，胝搏腢，以干东诸侯。见之日，率莞然曰：秀才者，天下是，不礼，庸何伤。今方依名山以扬其声，将挂帻于南岳。生之言未及休，余遽曰：在己不在山，若子之言，依山而为高，是练神叩寂，捐日月而不顾。名闻而老至，持是焉用？生闻言，愀然如悔，色见于眉睫。因留止道士院，从余求书以观。居三时，而功倍一岁。读史书，自黄帝至吴、魏间，班班能言之。然而绝口不敢言衡山，知山夫不贩而赢也。十一月，告余归隐于会稽。且曰：知求名之自矣。乞词以发之，遂赋七言诗，以鉴其志。①

① 《全唐诗》卷三六一，中华书局1999年版，第4092页。

序文写诗人与曹璩的对话,见出人物性格特征。“生闻言”以下二句,写人物神态逼真,这些方面,均非诗歌所能表达,于序则运用自如。与序比较,诗则概括精练:“行尽潇湘万里余,少逢知己忆吾庐。数间茅屋闲临水,一盏秋灯夜读书。地远何当随计吏,策成终自诣公车。剡中若问连州事,唯有千山画不如。”序与诗是两种体裁,要运用两种写作方式。展示场面、对话、细节描写是序的长项而是诗的短项,精练概括含蓄寓不尽之意于短章,是诗歌的长项而是序文的短项。中唐时期,由于诗歌题材范围的扩大,相应的表现手法也应用于诗序,如沈亚之的《梦挽秦弄玉》之序、孟简的《咏欧阳行周事》之序等,有人物形象,有故事情节,有人物对话,将传奇的写作手法用之于诗序,扩大了诗序的表现功能。

第四节 宋代诗歌序跋概貌

宋代诗歌在唐代的基础上继续发展,其数量远远超过唐诗,按今人整理出版的《全宋诗》统计,其数量大约是唐诗的四五倍。与唐诗相比,宋诗更加平易,更加通俗化,题材范围进一步扩大,大至国家社稷,小至身边琐事,皆可入诗。与宋诗的繁荣相适应,宋诗序跋数量也增加,大大超过唐代诗序数量,尤其是跋,在宋代出现最多,序跋的种类也比唐代更加丰富。与唐代相比,北宋时期文坛提倡平易自然、流畅婉转的散文风格,即使是说理性的文章也强调语言清新,析理透辟,反对浮艳和艰涩,这也对诗歌序跋的创作产生了一定的影响。此外,宋代文章学发达,各种文体都有优秀之作,尤其是序跋文和尺牍文的发达,也给诗歌序跋创作带来了积极的影响。

首先,宋代诗歌序跋的散文化成分更浓。诗人撰写诗歌序跋,往往讲究艺术特色，描写山水，情景交融，叙事状物，惟妙惟肖，抒怀咏志，情感真切，议论说理，荡气回肠，皆可看作叙事抒情写景说理之美文。如北宋余靖《游大峒山》之序堪称一篇绝妙的山水游记，刘仲堪的《南山十咏》之序描写秀美的山水景色，令人赞叹。苏轼的许多序跋虽不长，但情景交融，引人入胜，具有很高的艺术特色。其他诗人诗歌序跋也颇有成就，如韦骧《过笠泽三贤堂诗三首》之序云：

> 自杭而西至嘉禾，曰秀州，而登吴江桥，如长虹欲舒，横截水面，右瞰太湖，一望千里。篙工柁师，风讴雨吟，征人动故乡之悲，游子弄采莲之歌。思昔拂袖故国、扁舟五湖者，鸱夷之远游也；莼羹米糁、鲈鱼白香者，张季鹰之思归也；行歌长吟、兴属云水者，陆鲁望之嘉遁也。后人嘉之，作祠堂于笠泽之右。予登三贤之堂，悦三贤之风，遂赋三贤之诗曰：①

韦骧（1033—1105），字子骏，钱塘（今浙江杭州）人。皇祐五年进士及第。曾任尚书屯田员外郎、尚书主客郎中等职。韦骧少时著文即得王安石称赞，《四库全书总目提要》称其文学成就曰："观其气格，大抵不屑屑于规模唐人，而密咏恬吟，颇有自然之趣。杂文多安雅有法，而四六表启为尤工。其精丽流逸，已开南宋一派。虽未能接迹欧、梅，要亦一时才杰之士也。"②序文先写登桥远望，桥如长虹卧波，太湖浩淼，水天一线，接下来由船夫风讴雨吟引出征

① 《全宋诗》第13册，北京大学出版社1993年版，第8611页。

② 《四库全书总目提要》卷一五三，河北人民出版社2000年版，第3957页。

人思乡之悲，游子采莲之歌。由此，很自然联想到春秋时期泛舟五湖的范蠡、秋风吹而辞官归乡的晋代张翰以及晚唐隐于山泽的陆龟蒙。至此，题目中所说三贤也自然作了交代。序文虽短，但由景而生情，由情而思古，接转自然，文辞清丽，实为序文中的短篇佳制。

洪皓《山顶花》一诗的序文也很有特色。洪皓(1088—1155)，字光弼，鄱阳(今江西波阳)人。宋政和五年进士。建炎三年使金，被羁留达十五年之久，始终坚贞不屈。后归宋，除徽猷阁待制，提举万寿观兼权值学士院。《山顶花》之序云：

> 方苞似海棠，既舒似梨花。工部赋海棠则无心，都宫咏山顶仍率意。此间花品绝少，岂非遐想故园，见近似者而喜乎。窗前数株烂漫，比遭风雨摧残，飘陨过半。乃蒙仁慈，怜仆幽独，乘兴清赏，冒雨宠临。光之以四韵，重之以一樽。速客携挈，弗惮泥泞，浅斟低唱，遂至夜阑。待月南窗，乃克分袂，佩服勤腆，何可弥忘，因次韵以谢。简学士同赋。①

用散文体写序，使用的却是诗一样的语言，类似于今天的散文诗体，然而从头至尾，读后丝毫没有雕琢造作的痕迹。山顶花无名，并不影响诗人的兴致。窗前数株怒放，绚丽烂漫，不意遭风吹雨打，落红无数。诗人怜花心切，兴之所至，竟冒雨踏泥，浅斟低唱，至半夜月升而止，其情其趣异于他人赏花。序文用语精丽，属对工致，写景主次分明，抒情而有节制，令人拍案叫绝。

---

① 《全宋诗》第30册，北京大学出版社1998年版，第19169页。

当然,序文不仅用来抒情写景,也可用于议论说理。宋人作诗主意尚理,自然也影响到诗歌序跋的创作,有些序跋因此成为精粹的说理散文。如王庭珪《迁善斋铭》之序。王庭珪(1080—1142),字民瞻,吉州安福(今属江西)人。政和八年进士,调衡州茶陵县丞。宣和末,弃官归家,教授生徒,筑茅堂于卢溪,因号卢溪。绍兴十二年,胡铨因上疏乞斩秦桧,被贬新洲。王庭珪不畏权贵,以诗送行,坐流夜郎。秦桧死后,任国子监主簿、直敷文阁。其序曰:

> 李成叔志大而气刚,年尚少,好学唯恐不及。精悍之色,发于眉目。治所学之斋,名曰迁善。余固异而识之,知为章贡先生字先之之子。先生以危言直道不容于世,江南入师其学而慕之辐凑,宜成叔之渊源有自也。夫学本于人性,恐跳而逐诸物,则磨揉刻琢,日趋于善,使不见异物而迁,为恶之心无自入焉。推而上之,纳诸圣贤之域,可以师友千载,陶冶万物。盖积成其德,神明变化,去道不远,非特出幽谷、迁乔木而已。苟不中道而画,廓之以广大,极之以高明,如五星、北斗之丽天,太山之崇崛,海运徙于南溟,背负青天九万里,则风斯在下矣,信如参辰之不相比也。成叔进乎此。觉而能迁,未见其止,其可量哉。乃丐铭于卢溪王某,为之铭曰:①

序文先介绍李成叔年少好学,立志远大,名斋曰迁善。虽危言直道不容于世,却一心向善,日琢月磨,长进不断。接下来引荀子《劝学》之意、《诗经·伐木》之意、庄子《逍遥游》之意,盛赞李成叔之

① 《全宋诗》第25册,北京大学出版社1995年版,第16870页。

学问日增。序文层次清楚，说理充分，引典自然，异于枯燥的说教。

范仲淹的《岁寒堂三题》之序也是具有典范性的代表作。范仲淹（989—1052），字希文，吴县（今江苏苏州）人。大中祥符八年进士及第。曾任礼部员外郎、天章阁待制。宝元初，为陕西经略安抚副使，兼知延州。范仲淹少有大节，有志于天下。其序云：

> 尧舜受命于天，松柏受命于地，则物之有松柏，犹人之有尧舜也。是故圣人观有心而制礼，体后凋以辨义。丁公神遇，鉴寐形焉。陶相真栖，风韵在矣。前言往行，岂徒然哉。吾家西斋仅百载，二松对植，扶疏在轩，灵根不孤，本支相茂，卓然有立，俨乎若思。霜霰交零，莫能屈其性。丝桐间发，莫能拟其声。不出户庭，如在林壑。某少长北地，近还平江。美先人之故庐，有君子之嘉树。清阴大庇，期于千年，岂徒风朝月夕为耳目之资者哉。因命其西斋曰岁寒堂，松曰君子树。树之侧有阁焉，曰松风阁。美之以名，居之斯逸。由我祖德，贻厥孙谋。昆弟云来，是仰是则。可以为友，可以为师。持松之清，远耻辱矣。执松之劲，无柔邪矣。禀松之色，义不变矣。扬松之声，名彰闻矣。有松之心，德可长矣。念兹在兹，我族其光矣。子子孙孙，勿剪勿伐。惟吾家之旧物，在岁寒而后知。天地怜其材，而况于人乎！作诗纪之，以永长也。①

序文先写松柏受命于地，以尧、舜二帝突出松柏高洁的本性，接下来才介绍家中西斋的两棵松树，枝干扶疏，相对而生，葱郁茂盛，卓

① 《全宋诗》第3册，北京大学出版社1991年版，第1863页。

然挺立。风霜雨雪，更显青松之英姿，松声悦耳，绝非丝桐所能比。又叙述岁寒堂、君子树、松风阁，以点明下面的组诗三题。接下来以长段的四言句式议论抒情，将松树看作立身处世的榜样，既可为师友，远耻辱，去柔邪，又可固义彰名，德业绵长，光其族业。范仲淹在序文中写庭院之松岁寒而不凋，实为昭示自己之情操。读此序文，更能理解他在《岳阳楼记》中所说"先天下之忧而忧，后天下之乐而乐"，并非一时之念，乃是长期以来秉承崇高信念所致。

其次，宋代诗歌序跋反映的题材非常广泛，充溢着浓郁的生活化和情趣化气息，这是宋诗序跋有别于唐诗序跋明显的特征之一。说生活化和情趣化，当然不是仅仅指序跋反映诗人的生活，还包括诗人对生活中一些细节进行细致入微的观察。虽然中晚唐诗人在诗序中也写到生活情趣，但多少还有些拘谨，在宋代文人笔下，就完全放开了。如苏轼《食荔支》之序：

> 惠州太守东堂，祠故相陈文惠公，堂下有公手植荔支一株，郡人谓之将军树。今岁大熟，尝啖之余，下逮吏卒，其高不可致者，纵猿取之。①

苏轼（1036—1101），字子瞻，号东坡居士。苏轼一生多磨难。元丰二年七月，遭遇"乌台诗案"，以谤讪新政罪名被捕入狱，责授黄州团练副使，后移汝州。神宗去世，知登州。元祐三年，遭新旧两党夹击，出知杭州。六年，出知颍州，徙知扬州。绍圣元年，坐讥刺神宗贬知英州，未至而又责贬惠州。绍圣四年再贬儋州。这篇《食荔支并序》，便是诗人被贬惠州时所作。许多读者都知道此诗

① 《全宋诗》第14册，北京大学出版社1993年版，第9530页。

中有“日啖荔枝三百颗,不辞长作岭南人”的名句,却未必留意序文中的生活情趣。堂前种植荔枝,荔枝成熟后摘而食之,都在常情常理之中,结尾两句却出人意料,长在高处的荔枝难以摘取,诗人竟别出心裁,让善于攀援而训练有素的猴子上树摘取。读者读至此处,定会发出会心的微笑。苏轼旷达超逸,虽被贬岭南而心不悲戚,于山水中寄托情怀,从友人处得到慰藉,即使是生活中的寻常小事,也能发现宽心的乐趣,使疲惫的精神获得愉悦,受伤的心灵得到抚慰。苏轼讲“此心安处是吾乡”,这是他彻悟了生命真谛后用诗概括的人生哲理,与老庄思想有相通之处。命运有时会对自己不公,但生活永远都会对在人生道路上前行的乐观者充满微笑。

苏轼有《观棋》一诗,其序文虽记生活中学棋小事,但同样写得充满诗情画意,韵味深长:

> 予素不解棋,尝独游庐山白鹤观,观中人皆阖户昼寝,独闻棋声于古松流水之间,意欣然喜之,自尔欲学,然终不解也。儿子过乃粗能者,儋守张中日从之戏,予亦隅坐,竟日不以为厌也。①

苏轼不懂棋,但游庐山白鹤观所见所闻却饶有趣味。观中之人闭门昼眠,不远处的松林流水旁传来丁丁然的落棋声,不见其人,不闻人声,以棋声写人,又将人置于松间溪畔,好一幅意境深邃的山水古画,颇有“深山藏古寺”、“竹锁桥边买酒家”之意境。接下来写儿子苏过粗解棋道,诗人观儿下棋,心境陶然,竟日观看不厌,其中既有爱怜幼子之心,也是苏轼晚年心境淡然的真实写照。

---

① 《全宋诗》第14册,北京大学出版社1993年版,第9556页。

宋代诗人还善于在序跋中描写易被人忽略的小事物，如郑刚中《题异香花俗呼指甲花》之跋。郑刚中(1088—1154)字亨仲，号北山，金华(今属浙江)人。绍兴二年进士甲科及第，授温州军事判官。曾任监察御史、礼部侍郎等，为政干练有方略。其跋曰：

> 立之惠生花数穗，类藤，蔓间花微黄四出，蕊如半米，肥而绿，疏叶，圆而不锐，十花百蕊，其下不四五叶。初不知其香之异也，置几案间，大率气味如木樨，而酷烈过之。三二日后，清芬遍室，凡平时茉莉、素馨所不到处，皆馥馥焉。问其名，曰邦人号指甲花，树高三四尺，花于枝杪，自穷秋至深冬未已。呜呼，指甲之名陋矣，求之于花亦不类。岂受名之始，或者无以付之耶，将山乡习误而至是耶，抑有事实而今不能传也。有一于此，皆花之不幸。窃易其名为异香，录于诗后。①

指甲花并非名花，与梅花、菊花、牡丹等比较起来，名不见经传，因此历代诗人很少题咏。但诗人不因无名而弃之。他在看似不足以当作诗歌题材的事物中，以小见大，从中发现了美。诗人在跋文中充满深情地进行描写，从花的颜色、蕊的大小、叶的形状等方面进行介绍，不厌其烦，絮絮索索，可以看出诗人对指甲花的真心喜爱和观察细致入微。指甲花虽非名花佳卉，但香气浓烈，比茉莉、素馨等花毫不逊色。诗人因嫌指甲花花名俗陋而更名为异香，整篇跋文充满了浓郁的生活情趣。

孙觌《郭守冰花诗》之序写冬天的冰花，也充满生活气息。孙

① 《全宋诗》第30册，北京大学出版社1998年版，第19105页。

觌(1081—1169),字仲益,号鸿庆居士,晋州(今江苏常州)人。大观三年进士。为人无操守。汴京被金人攻破,为钦宗草降表,曲意谄媚金兵。孙觌博学工文辞,尤长于四六文。其序云:

> 毗陵太守郭公彦宽官建康,一夕雪中生冰华一树于屋瓦上,琼枝玉干,其高盈尺,光丽夺目,不可久视,非神剜鬼刻不能至也。乃命工图其迹,为一时奇怪玮丽诡特之观,同僚皆赋诗记其事。晋陵孙某见之,曰此槐棘之祥也,亦赋六韵。①

冰花在北方寒冬季节司空见惯,在建康恐怕就稀奇了。序文写冰花形象生动,玉树琼枝,耀眼夺目,似鬼斧神工。一树冰花引起诗人兴趣,写诗作序以记之。日常生活所见所闻,皆可入诗,诗既成,加以序跋,相得益彰,给人轻松愉悦之感。又如周紫芝《畦蔬》之序叙说自己种菜的小事,序文短小,内容也非什么重大题材,但从中可以窥见诗人热爱生活之情趣。序云:

> 余既寓既久,而食益不足,乃畦舍西之地,植野蔬而食之,聊以当肉。课艺有成,情见乎诗。②

周紫芝(1082—1155),字少隐,号竹坡居士。宣城(今属安徽)人。两赴礼部试,不第。年六十一岁时,始以廷对第三赐同学究出身。历任枢密院编修官、右司员外郎等。曾为秦桧献诗祝寿,

① 《全宋诗》第26册,北京大学出版社1996年版,第17009页。
② 《全宋诗》第26册,北京大学出版社1996年版,第17197页。

为后人所讥。这篇序文写诗人早年家境困穷，难以为继，诗人种菜补充食物不足，且幽默诙谐，以菜当肉，精神稍得慰藉，可见窘境中诗人的旷达和自得其乐。其他如谜语、民谚、寓言、日记等，诗人也可写进序跋，俗中见雅，充满生活情趣。

其三，与唐代诗歌序跋相比，宋代诗歌序跋主体上是通俗易懂、明白晓畅，但仍有些序跋艰涩难读，充满学究气，尽管这不是宋代诗歌序跋的主流，但研究序跋也必须注意到。宋代散文发展中确有一些文人专写怪僻文章，如宋初宋祁便讲究“涩体”，以致欧阳修用“宵寐匪震，札闼洪庥”来嘲讽他。尽管宋祁后来服膺欧阳修的文学主张，承认自己“每见旧所作文章，憎之必欲烧弃”，但这种讲究艰涩故意卖弄学问的文风仍然被一些人继承，并且用之于诗歌序跋写作。宋祁的诗歌序跋大多用词艰涩，如《春集东园诗赋》之序用骈文写，用词生僻，与所反映的内容极不协调。《送杨学士三首序》、《大礼庆成序》、《僧园牡丹序》皆用骈体，词语艰涩，不堪卒读。周紫芝的《时宰生日》系列序文均是长序，雍容典雅而又艰涩难读。再如曾丰《祀蚕先》之序。曾丰（1142—？），字幼度，号撙斋，乐安（今属江西）人。乾道五年进士。以文章名。有《缘督集》。序文曰：

人以蚕兮为衣，蚕以桑兮为粮。柞樗棘栾，岂无叶兮可食之，故蚕茹兮。今蚕嗅矣讫不尝，是以未即事蚕，先期活桑。或问蚕祖，则曰园客之妻，吴县之妇。抑尝考之，盖赤帝之女，学道得仙，巢于桑树，凭桑而灵，享蚕者胙。夫人生理，系桑与农，寒衣兮饥食，用异兮功同。通郡邑祀稷，为于农兮有功。彼蚕先虽未废，自后外其孰崇。厥功同，其祀异，几何不与世之所谓受施而忘报者类。夫大事难乎文拘，旷礼可以义起。祀彼蚕先，由吾家始，又从而为声诗以相传，庶几乎遍区夏而皆祀。①

叙事中又加以繁琐考证，杂以“兮”字句，用词生僻，腐儒之气太重。又如薛季宣《欸乃歌》之序则是考证。薛季宣(1134—1173)，字士龙，号艮斋，永嘉(今浙江温州)人。与朱熹、吕祖谦有交往。平生著述甚多，有《古文周易》、《春秋经解》等。《四库全书总目提要》称其“持论明晰，考古详核，不必依傍儒先余绪，而立说精确，卓然自成一家”。②其序云：

《欸乃曲》，名见《元次山集》，读如“袄霭”，《柳子厚集》字作“欸乃”。又刘言史《潇湘诗》曰“暧廼知从何处生，当时泣舜断肠声”，音复不同。今名从次山，诗从言史。③

考证“欸乃”二字读音，从唐代元结说到柳宗元和刘言史，但究竟如何，诗人并未考证清楚。周必大几篇诗跋如《李得善(少育)赋绝句疑麢为鹿按广韵注鹿云獐属注獐云鹿属尔雅亦各言之故说文专指麢为獐则与鹿为二物明矣次韵求教(乙卯四月)》之跋、《胡氏逢庆堂诗用秉成兄韵(丁巳)》之跋都是考证，单是看题目就知道考证内容的艰涩。蔡如松《九侯山神诗》之序，其序通篇都是考证。蔡如松，字劲节，龙溪(今福建漳州)人。乾道五年特奏名进士。其序云：

① 《全宋诗》第48册，北京大学出版社1998年版，第30166页。
② 《四库全书总目提要》卷一六〇，河北人民出版社2000年版，第4127页。
③ 《全宋诗》第46册，北京大学出版社1998年版，第28702页。

甚矣，作《图经》者之谬而好为神怪以骇愚民也如此。吾漳废怀恩南有山耸起九峰，上有神祠，世谓之九侯山神。作《图经》者为之说曰：夏禹庶子少康封于会稽，子孙九人流死于此。又为之说曰：九侯神者，鬼侯也。山有鬼侯城。自今观之，若以为少康真禹之庶子耶？《左氏》哀公元年曰：昔有过浇，杀斟灌以伐斟鄩，灭夏后相。后緍方娠，逃出自实，归于有仍，生少康焉。孔颖达曰：计大康失邦及少康失国尚有百载，是少康为后相之子，非禹之庶子明矣。子孙九人流而为神，于传无见焉。若以为真鬼侯之祀耶？《史记》纣为无道，以西伯昌、九侯、鄂侯为三公。九侯有好女，入之纣，九侯女喜淫，纣怒杀之而醢九侯。徐广曰：九侯一作鬼侯，邺县有九侯城。邺县者，今邯郸也。邯郸去漳仅万里，不应有城于此而为神也。此盖山之九峰各有神主之，如今广州南海庙达奚司空等，谓之九侯是也。嗟乎！尧舜三代之神见于南方者，自零陵舜祠之外，惟道州有鼻亭神，乃象之祠。唐元和九年，河东薛公刺道州，恶其为子则傲，为弟则贼，非化人之意，斥去之。孰谓漳僻远而有三代之神乎？为作诗以辨疑。①

序文与其说是作诗辨疑，不如说是作序辨疑，因为后面的诗虽也说到“少康”、“鬼侯”，但考证远不如序文这样层层展开如剥笋。这样的序文缺乏轻松流畅，学究气太浓，颇像一篇严肃的学术论文。他的《国师南岩石》之序也属于这种情况。再如王质《枢相宣

① 《全宋诗》第38册，北京大学出版社1998年版，第23712页。

抚虞公寿雅》之序。王质(1001—1045),字子野,大名莘(今山东莘县)人。曾师事杨亿。序曰:

> 乾道三年丁亥十一月壬子二日丙寅,仁寿虞公生之日,《寿雅》所谓作也。私庆也,曷以雅?大贤之生,天地有运,阴阳有数,星辰有度,鬼神有谋,关于天下,大也。曷为大?宗庙有依,生灵有归,礼乐有托,道德有宗,其为大,明也。《崧高》之诗曰:“维岳降神,生甫及甲。”《烝民》之诗曰:“保兹天子,生仲山甫。”诵其人,本其生,非以其躬,以其周也,故曰“维周之翰”,又曰“天监有周”,私遗也,曷以雅?《嵩高》之诗曰:“以赠申伯。”《烝民》之诗曰:“仲山甫永怀,以慰其心。”礼则私,情则公也。曷以为公?“天生烝民,好是懿德”。民之彝也,无悖于古,无浮于今,某无尤焉。维是有丰茂之德,而无肆好之心,有恢宏之功,而无穆清之章,此则某之愧也。①

繁缛琐屑,用词生涩,数次引用《诗经》诗句,将祝寿诗之序文写得像一篇考证论文。此外,宋代诗人还喜欢在序跋之中加进注释,有些注释对加深理解序跋有一定作用,但有些注释繁缛琐屑,破坏了序跋的整体气势,走向了序跋之文异化的趋势。

其四,宋代和唐代相比,用于写作序跋的文体大量增加,几乎任何文体都可以写作序跋。除去骈文、散文、启、引之外,宋代序跋文体还借用书、记、章、表、状、奏、日记、悼文、挽词、书信、传奇、颂、赞、碑、偈文、寓言故事等,琳琅满目,蔚为大观。因后面有关章节

① 《全宋诗》第46册,北京大学出版社1998年版,第28808页。

专门介绍各种文体对诗歌序跋的影响，所以此处仅介绍表、状等几种。徐师曾《文体明辨序说》云：“按字书：‘表者，标也，明也，标著事绪使之明白以告乎上也。’古者献言于君，皆称上书。汉定礼仪，乃有四品，其三曰表，然但用以陈请而已。后世因之，其用寖广。于是有论谏，有请劝（劝进），有陈乞（待罪同），有进（进书）献（献物），有推荐，有庆贺，有慰安，有辞（辞官）解（解官），有陈谢（谢官、谢上、谢赐），有讼理，有弹劾，所施既殊，故其词亦异。”①以表、状作为诗序，最早的可以推至建安时期，曹植有《上责躬诗并表》，其表云：

> 臣自抱衅归藩，刻肌刻骨，追思罪戾，昼分而食，夜分而寝。诚以天网不可重罹，圣恩难可再恃。窃感《相鼠》之篇无礼遄死之义，形影相吊，五情愧赧。以罪弃生，则违古贤夕改之劝；忍垢苟全，则犯诗人胡颜之讥。伏惟陛下德象天地，恩隆父母；施畅春风，泽如时雨。是以不别荆棘者，庆云之惠也；七子均养者，鸤鸠之仁也。舍罪责功者，明君之举也；矜愚爱能者，慈父之恩也。是以愚臣徘徊恩泽而不敢自弃者也。前奉诏书，臣等绝朝，心离志绝，自分黄耇永无执圭之望。不图圣诏猥垂齿召。至止之日，驰心辇毂，僻处西馆，未奉阙庭。踊跃之怀，瞻望反侧，不胜犬马恋主旨情。谨拜表，并献诗二首。②

魏文帝黄初年间，曹植至洛阳，文帝曹丕不予接见。曹植惶恐不

① 徐师曾《文体明辨序说》，人民文学出版社 1962 年版，第 122 页。

② 严可均校辑《全上古三代秦汉三国六朝文》卷十五，中华书局 1958 年版，第 1134 页。

安,上诗颂恩,又在上表中表达求生之念,曲尽诚惶诚恐之情。

唐代亦有以表为诗序者,如韩愈《元和圣德诗并序》,其序便为表,开篇即曰“臣愈顿首再拜言:臣伏见皇帝陛下即位以来”云云,是呈送皇帝长诗附带之表,用以说明作诗之由。与唐代相比,宋代以表、状作诗序渐多,诗人上诗皇帝,多在诗前加表、状以献,称颂圣德,为所献之诗说明缘由。如宋祁《进幸南园观刈宿麦诗并表》。宋祁(998—1061),字子京,开封雍丘(今河南杞县)人。天圣二年与兄宋庠同试进士中第。曾为翰林学士、龙图阁学士。修《新唐书》成,进尚书左丞,迁工部尚书。宋祁是北宋著名文学家,但其文有奇险艰涩之病,于诗序中也可看出。其表曰:

> 臣某言:伏以囿游神奥,素谨于弄田;霄极嘉生,式登于首种。震吾王羽旄之美,竦彼都人士之观。伏惟皇帝陛下惠利翔仁,清明求治。候驷星而训务,谨鸟师之扈民。万宝阜滋,至和鼓舞。直斗城之南辟,严虎落之缭垣。薰吹袭辰,秀岐弥望。京师奔告,献状于屡丰,宸跸健行,宣风于一豫。用荐新于寝庙,差赐帛于农人。薰为乐和,塞乎穹壤。臣幸逢嘉会,窃缀芜音。得于穰壤之余,备乃瓜华之采。呈览是渎,陨越为优。臣某谨进诗随表称贺。①

“进诗随表”,是说表与诗一同呈送。此表雍容典雅,但文字并不流畅,颇能反映宋祁艰涩的文风。宋祁又有《被召观三圣御书诗有状》,其状曰:

① 《全宋诗》第4册,北京大学出版社1991年版,第2513页。

臣今月九日蒙召赴迎阳门观三朝御书者。天作上圣,神付多能。珍毫霏丽,睿文森积。星日列象,云汉为章。诏范后昆,作成希宝。皇帝陛下仰奉祖则,钦怀宗轨,列签分帙,跋尾署年,将秘禁中,永冠缇籍。何图近列,咸预荣观。庆尚临颜,物皆改色。欢犹在臆,歌不检言。谨斋祓抒成诗一章,凡六十字,以伸感会,尘昧聪览。伏用震惶,其诗谨随状上进以闻。①

与上表相比,此状文字更是晦涩艰深,学究气很浓。其他如《享庙引郊诗有表》、《大礼庆成并状》、《孟冬驾狩近郊并状》、《奉和御制后苑赏花诗有状》,其中表、状大都是这种风格。

除了短小的表、状,宋代还有许多长表、长状随诗上呈。如司马光《瞻彼南山,附进诗表》。司马光(1019—1086),字君实,陕州夏县(今属陕西)涑水乡人,世称涑水先生。景祐五年进士。曾任国子监直讲,龙图阁学士等。编修史学巨著《资治通鉴》。其表曰:

臣光言:臣闻天尊地卑,道之常也,而乾下坤上谓之泰。岂非阳不下阴则无以行其施,君不交臣则无以得其心。是以诗人歌颂其君之德,多称饮食饫燕之丰,钟鼓管磬之乐,车服旌旂之盛,币帛赐予之多,盖以君臣、兄弟、朋友之际,舍此无以相交也。虽然,人君不以诚心加之,则此四者虽美无益也。故《鹿鸣》曰:我有旨酒,以燕乐嘉宾之心。《彤弓》曰:我有嘉宾,中心贶之。此言君臣

① 《全宋诗》第4册,北京大学出版社1991年版,第2515页。

之恩不由外来也。(中谢)伏见体天法道钦文聪武圣神孝德皇帝陛下,以十二月二十三日、二十七日再幸天章阁,悉召宰辅侍从之臣,遍观瑞物,及先帝御书御集。又幸宝文阁,亲为飞白书,并御墨纸笔以赐群臣。又赋诗命群臣属和。又幸群玉殿,置酒作乐,比暮而罢。其酒醪殽蔌,罗花金器,多出禁中。于二十七日,仍面喻群臣:以前日之燕办于造次,未尽朕心,故欲重与卿等为乐,今天下方无事,毋惜尽醉,以称朕意。是日凡为燕之具,又加厚于前。其所以劳徕存抚群臣,莫非出于陛下之志者。是以群臣膏沐宠光,被服德音,薰蒸条鬯,浃于肌肤,沦于骨髓,固不待饮食而先醉饱矣。退而咏歌圣德,流布四方,闻者无不咨嗟叹息,以为陛下之于群臣可为无负,而群臣实负陛下多矣。苟有可以死于其职,补益万分,莫敢爱也。(中谢)窃以群臣前后受陛下爵位廪禄、饔燕赐予固已多矣,未有如今日之欢欣感激,深厚切至,上下如一者,其故何哉?此非外物丰衍所能致也,正由陛下加之诚心而已矣。陛下方将推广此心,以被天下,至于朝廷之政,进贤退不肖,赏善罚恶,无不尽诚以求之,臣见四海之内如殿堂之上,无不沉酣于茂恩,餍饫于盛德矣。不胜鼓舞抃蹈之志。谨成《瞻彼南山诗》七章,随表上进。文采鄙野,不自揣度,羞辱盛时。伏惟陛下察其狂简,而裁其罪罚焉。①

全表近七百字,可以单独成为一篇文章。与宋祁表、状相比,司马

① 《全宋诗》第9册,北京大学出版社1992年版,第6049页。

光的表显得轻松活泼一些，开篇论述君臣相交，用排比手法，又引用《诗经》诗句，以增强说服力。其下点明时间，叙述事件，层次清楚。再由群臣欢欣感激，说明皇帝与臣加之诚心，决非外物丰衍所能达到。进而托出主旨，希望皇帝推广诚心以被天下，赏罚严明。因为是上表帝王，就不能像写一般序跋那样随意，遣词用语，非常谨慎，以达到上表之目的。与诗比较，表在表情达意方面要优于诗，故虽含蓄委婉，表达的主旨还是清楚的，而诗则过于概括简练，表达主旨受到限制，这也是上呈帝王之诗多附有表、状的原因。

有些虽未写明表、状，但也属于此类，如王安中《睿谟殿曲宴诗》之序。王安中（1076—1134），字履道，号初寮，中山曲阳（今属河北）人。元符三年进士。曾为御史中丞、尚书右丞等。序云：

> 臣比蒙圣恩，召赴禁殿曲燕。其日垂拱奏事退，俟于睿谟外次。花巾丝履，进自东序，促武再拜，陛即坐席。女乐数十，陈于殿庭南端。袍带鲜泽，行缀严整。酒行歌起，音节清亮，乐作舞入，声度闲美，俱出于禁坊法部之右。于时腊雪新霁，风日妍暖，已作春意。御榻之前，有宝槛，植千叶桃花。陛下指示群臣曰：“杪冬隆寒，花已盛开。”于是皆顿首曰：“陛下神圣，能回造化，草木实被生成之赐，乃先时呈瑞以悦圣情。”日既中昃，甫毕初筵。有旨许登景龙楼。由穆清庑外阁道以升，东望艮岳，松竹苍然，南视琳宫，云烟绚烂。其北则清江长桥，宛若物外。都人百万遨乐楼下，欢声四起，尤足以见太平屡丰之象，群臣颂叹久之。既夕，复诏观灯于穆清，遂侍饮于平成。万炬层出，弥望不极，如星挂空，而光彩动摇于云海涛波之上。户牖屏柱，茶床燎炉，皆五色琉璃，缀以夜光火齐，

照曜璀璨。纵观环绕,则又睹合宫萧台,崇楼杰阁,森罗布濩。群臣心目震骇,莫有能测其机缄制作之妙者。已而陪从天步,至会宁殿。琮铺珠箔,合沓炳焕。其所陈列,则虞敦、夏鼎、商盘、纪甗,龙文夔首。云雷科斗,真若邃古三代之物。陛下既御黼坐,亲取宝器,酌酒临劝,命宫嫔奏细乐于前。玉食嘉果,南珍海错,手自分赐。载色载笑,雍容无间。群臣饮德,莫不霑醉,夜分乃散,归路观者如堵。他日称谢,陛下申谕一二辅臣,俾作诗以纪,而臣某预焉。臣猥以凡材,蒙陛下亲擢,备位政府。曾未阅月,有此非常之遇。形容颂述,虽无诏旨,犹当自效。惟均天帝所,昔人梦寐或至,形开而神悟,想象莫及。而臣今者身历邃严,目击奇胜。顾尝以文字误被圣奖,且面命之,其荣至矣。谨斋沐课成百韵五言律诗一首,缮写上进。冒渎天威,臣不胜震越之至。①

题目中说序,实则是随诗上呈的表、状。与宋祁、司马光的表、状相比,王安中的序文雍容典雅之外,又有清新明丽之特色。开始的场面描写,简练而富有诗意。“腊雪”以下短短数语,描绘出冬去春来的景象。“东望”以下数语写远景,视野开阔,景象壮观,境界高远,令人神往。而写夜间景色,则又惟妙惟肖。上呈皇帝之表写得如此文采斐然,在宋代并不多见。

① 《全宋诗》第24册,北京大学出版社1995年版,第15971页。

第三章　唐宋诗序跋的种类

唐宋诗序跋数量繁多，虽然总起来说序跋不外乎是在诗前诗后，但种类不一，写作时间有先后，作者不同，文体各异，长短有别，呈现出异彩纷呈的特点。欲了解诗歌，不能不了解诗前的序文和诗后的跋文（或称后序），因此，对序跋的种类首先要作一番了解。

第一节　序跋的写作时间

这里所说的序跋写作时间，是针对同题诗歌而言。一般来说，诗歌与序跋在同一时间写作，这种情况在序跋之中占绝大多数。盖因诗人创作诗歌，有感而发，诗不足以尽言，往往借序跋述说诗外之意。或申述作诗缘由，或记述时间地点，序与诗之意，贯注而下，内容相连。或是诗前无序，其诗作完，诗人意犹未尽，需要交代补充，诗后加跋，虽位置有先后，却是与诗作于同时。唐宋诗人宴饮聚会，少者数人，多着数十人，分字为韵，推举一人为序，说明作诗之由，看似其他诗歌与序分离，其实也是作于一时。如初唐崔知贤、席元明、韩仲宣、高球、高谨、陈子昂于调露二年暮春三月同聚于王令公之林亭，每人得一字为韵，赋诗一首，孙慎行为之作序，六人之诗与序作于同时。又高正臣等二十一人于晦日置酒林亭，皆以“华”字为韵，陈子昂为之序。韩仲宣等九人作《晦日重宴》，皆以"池"字为韵，周彦辉为之序，诗与序均是作于同时。

但是，还有另外一种情况，就是诗歌完成一段时间以后，才有序或跋，其序跋或为诗人自己补写，或由他人补写。其原因有两种情况，一是诗人当时未有写序跋之意愿，诗成以后一段时间，遂有抒写序跋之想，这种情况多为组诗；二是诗成以后，他人见诗，补写序跋。

先看第一种情况。刘禹锡《金陵五题并序》，其序便作于组诗之后，序云：

> 余少为江南客，而未游秣陵，尝有遗恨。后为历阳守，跂而望之。适有客以金陵五题相示，逌尔生思，欻然有得。他日友人白乐天掉头苦吟，叹赏良久，且曰：《石头》诗云，潮打空城寂寞回。吾知后之诗人，不复措辞矣。余四咏虽不及此，亦不孤乐天之言耳。①

从序文可以看出，刘禹锡的《金陵五题》受他人启发而写，诗成后，白居易见而赞叹。刘禹锡此序，乃是追忆而成，当是诗歌完成之后补写。

宋代李之仪有《路西田舍示虞孙小诗二十四首序》，也是属于在诗歌完成以后补写。李之仪（1048—1128），字端叔，号姑溪居士，沧州无棣（今属山东）人。治平四年进士及第。曾任枢密院编修官。有《姑溪居士文集》五十卷。李之仪的这组诗写田园风光和农耕乐趣，如其十："鹅儿成队草成茵，来往驯鸭喜趁人。却恐

① 《全唐诗》卷三六五，中华书局1999年版，第4127页。

城中无此况,莫辞辛苦且逡巡。"又如十三:"芦已藏人水鸟喧,草堪留坐午风寒。从来偏得田家趣,折莫催归兴已阑。"诗人描绘田园景色和农家生活,简笔勾勒,好似一幅淡淡的水墨画。从二诗中可以看出,这组诗不是在一个时间所写,而是李之仪触罪后归耕田园,偶有所得,随手辑录。组诗完成之后,诗人写下跋语作补充交代。其跋曰:

> 余既触罪罟,遂与时忌。求所以寄其余生者,无如躬耕为可乐。适有田数顷,分两处,或舟或车,往来其间,随时抑扬,以寓其所乐。而地薄农拙,种种辄身履之。然天时一不相契,则其力至于数倍,虽终归于有数,要是营求完补,几顷刻不得暇。旁视若不余堪,而我之乐常在也。比自湖州归,邂逅所值者如此,因以其劳苦之余,发为呻吟,随得随缉,得二十四篇,与田夫踏歌无异,要乃借以自舒,则其流皆尔也。虞孙远来相顾,以此轴见邀作草字,字非所工,又无以充之,遂写为塞责。庶几余所乐者从而可见,异时相携于其间,当知无一字虚设。政和五年五月十七日。①

从跋文可知,这二十四首诗是李之仪耕作田园之余"随得随缉",显然并非作于一时,因此,组诗写作在前,跋文写作在后。又如南宋俞德邻《访徐叔咏教授山庵迷道而作》、《到徐叔咏居》二诗后共有一跋,也非与诗作于同时。余德邻(1232—1293),字宗大,原籍永嘉平阳(今属浙江),后徙家丹徒(今属江苏镇江)。宋亡不仕。

① 《全宋诗》第17册,北京大学出版社1995年版,第11285页。

《四库全书总目提要》曰："德邻诗恬澹夷犹，自然深远，在宋末诸人之中，特为高雅；文亦简洁有清气，体格皆在方回《桐江集》上。"①其跋曰：

> 二诗作于丁卯正月七日，予与龚君圣予访叔咏于西湖南山上。叔咏喜，具酒肴，接殷勤，叙间阔，不觉留连竟日。别去，叔咏策杖蹑屐送至石佛庵，予与圣予归，憩清和旅邸。越翼日，叔咏忽以讣告。二诗殆成谶语，每视之，不胜宿草之感。②

前诗曰："上山下山山历历，松篁不改路非昔。杖藜聊欲问山翁，山空叶落无行迹。"后诗曰："攀藤蹑石访幽客，茅屋参差松树隔。山童闻语不应门，古木千章鸣格磔。"从诗歌内容和跋文看，二诗作于前，跋作于后。跋文是在诗人西湖南山访友归来以后，得知徐叔咏去世噩耗后，追忆当时情景，补写而成。

苏轼《虔州八境图》之序和跋也非作于一时。其序元丰元年春作于徐州，跋则写于绍圣元年。其跋云：

> 南康江水，岁岁坏城。孔君宗翰为守，始作石城，至今赖之。轼为胶西守，孔君实见代。临行出《八境图》求文与诗，以遗南康人，使刻诸石。其后十七年，轼南迁过郡，得遍览所谓八境者，则前诗未能道其万一也。南康士大夫相与请于轼曰："诗文昔尝刻石，或持以去。今亡

① 《四库全书总目提要》卷一六五，河北人民出版社 2000 年版，第 4225 页。
② 《全宋诗》第 67 册，北京大学出版社 1998 年版，第 42448 页。

> 矣，愿复书而刻之。”时孔君既没，不忍违其请。绍圣元年八月十九日眉山苏轼书。①

十七年前，苏轼应孔宗翰之请，为其《八境图》写下八首诗并序，十七年后，苏轼南迁路过虔州（今江西赣州市，虔州在历史上也称南康）。南康士大夫告诉苏轼说，当年写下的诗和序曾经刻于石上，但已经被人窃为己有，希望苏轼再把当年写下的诗和序写下来，请人再刻于石上。其时孔太守已经故去，苏轼回忆往事，不忍拒绝士大夫之请，于是再一次写下序与诗，并作一跋，以记其事。诗和序与跋的写作时间，整整相隔了十七年。

南宋姚勉《送庐陵郭佥判致仕归》之序与跋也非作于一时，诗与序写成若干年后作者才写跋，其原因是序与诗均为长篇，在流传过程中，他人传抄有不少谬误，姚勉特作更正并作跋说明。姚勉（1216—1262），字述之，号雪坡，筠州高安（今属江西）人。宝祐元年进士第一。为人慷慨有大志，愤世嫉俗，磊落有奇节。其跋曰：

> 此某少送庐陵郭佥判先生致仕归时诗也，萧滩彭君不知从何酱缶间得之而传之副墨之子。诗仅误一二字，序则遗误多矣。是虽少作，然某自幼谨为文，不若是其疏谬也，因取未焚去藁是正之。呜呼，送郭先生致仕诗，去今能几年，流传之误已如此，况古人文章去今千百年者耶，为之三叹。彭君曰：误不必论，重所难轻所易之语，愿毋忘之。某曰：此素志也。诗文历年多容有误，此志则愈

① 张志烈、马德富、周裕锴主编《苏轼全集校注·诗集》卷十六，河北人民出版社2010年版，第1641页。

> 久愈厉矣，决不敢误也，子诚于他日验之。宝祐新元冬十月望姚某书。①

姚勉由自己序与诗传抄时有误，联想到古人诗文流传千百年，亦必有误，大发感慨，于是找出旧稿更正并表明自己态度，可见为文为人之严谨。

日后为诗作序跋的还有宋代梅尧臣的《新秋普明院竹林小饮得高树早凉归并序》。梅尧臣（1002—1060），字圣俞，宣州宣城（今属安徽）人。宣城古称宛陵，故又称宛陵先生。早年受西昆诗派影响，后又积极参与欧阳修所倡导的诗文革新，在宋代诗坛具有很高的地位。其序云：

> 余将北归河阳，友人欧阳永叔与二三君具觞豆，选胜绝，欲极一日之欢以为别。于是得普明精庐，酾酒竹林间，少长环席，去献酬之礼，而上不失容，下不及乱，和然啸歌，趣逸天外。酒既酣，永叔曰："今日之乐，无愧于古昔，乘美景，远尘俗，开口道心胸间，达则达矣，于文则未也。"命取纸写普贤佳句，置坐上，各探一句，字字为韵，以志兹会之美。咸曰："永叔言是，不尔，后人将以我辈为酒肉狂人乎。"顷刻，众诗皆就，乃索大白，尽醉而去，明日第其篇，请余为叙云。②

从此序内容可知，梅尧臣北归，欧阳修等友人为其饯行，饮酒作诗，

---

① 《全宋诗》第64册，北京大学出版社1998年版，第40487页。
② 《全宋诗》第5册，北京大学出版社1991年版，第2724页。

各探一句,字字为韵。梅尧臣得“高树早凉归”,作绝句五首,欧阳修得“亭皋木叶下”,亦作五首绝句。按照一般情形,梅尧臣此序应该在普明院饮酒时作,但众人当时作诗后皆酩酊大醉,只能在第二天补写序言,记录当时场景,为众人所作五言绝句交代背景,可见诗与序也不是同时所作。

唐代胡曾的《咏史诗》之序也属于这种情况,《全唐诗》收录《咏史诗》一百五十首,并无诗序。陈尚君辑校《全唐文补编》,卷八十三据《四部丛刊》三编收入胡曾《咏史诗序》。胡曾,号秋田,长沙(今属湖南)人。咸通中,屡试不第。咸通末,为汉南从事。后入蜀,高骈为剑南西川节度使时,辟为掌书记。工诗,犹擅咏史。其序如下:

> 夫诗者,盖美盛德之形容,刺衰政之荒怠,非徒尚绮丽瑰琦而已。故言之者无罪,读之者足以自戒。观乎汉□□子,晋宋诗人,佳句名篇,虽则妙绝,而发言指要,亦已疏□。齐代既失轨范,梁朝文加穿凿,八病兴而六艺坏,声律璀,□雅崩,良不能也。曾不揣庸陋,转采前王得失,古今□□。□成一百五十首,为上中下三卷,便以首唱相次,不以年□□先。虽则讥讽古人,实欲裨补当代。庶几与大雅相近者也。①

据序文所言,也是咏史诗完成后才作此序。徐铉《御制春雪诗后序》则是诗前本来有序,因为序阙遗而重写跋。徐铉(916—991),字鼎臣,原籍会稽(今浙江绍兴),后随父迁居广陵(今江

① 陈尚君《全唐文补编》卷八三,中华书局2005年版,第1022页。

苏扬州)。初仕吴,后仕南唐。南唐亡,入宋为太子律更令、散骑常侍。从这篇后序内容来看,这组诗是宫廷宴集群臣时而作。其跋文中说:

初外朝既罢,内宴方陈,赴召者上自副君,逮于戚里,铜壶已晏,圣藻爰飞。或逡巡而载歌,或蹈咏而不作,既而有诏,出示群官。臣建勋、义方、铉等,闻命在前,援简先就,因承中旨,入奉斯筵。而两省众篇,翌日咸集,故奉和者二十一首,而侍宴者十有四人。前序阙遗,被令重述。谨上。①

以前所做序文阙遗,后来增写跋文以说明情况,可知此跋与二十一首诗并非作于一时。

诗歌与序跋并非作于一时的还有一种情况,是诗与序分别出自二人之手,前人之诗,后人作序或作跋。如初唐李峤有一百二十首杂咏诗,组诗并无序。李峤死后,张庭芳为之作注并作序——《故中书令郑国公李峤杂咏百二十首序》。张庭芳,生卒年里不详。其序曰:

尝览尊德叙能,述古不作。窃所企慕,情发于中,顾有阙于慎言,诚见贻于尤悔者矣。然夫禁鸡虽谬,周鼠徒珍,犹遇兼金以答,岂独卢胡致哂。顷寻绎故中书令李郑公百二十咏,藻丽词清,调谐律雅,宏溢逾于灵运,密致掩于延年。特茂霜松,孤悬皓月,高标凛凛,千载仰其清芬;

① 《全唐文》卷八八一,中华书局1983年版,第9211页。

明镜亭亭，万象舍其朗耀。味夫纯粹，罕测端倪。故燕公刺异词曰：新诗冠宇宙，斯言不佞，信而有征。于是欲罢不能，研章摘句，辄因注述。思郁文繁，庶有补于琢磨，俾无至于疑滞。且欲启诸童稚，焉敢贻于后贤。于时巨唐天宝六载，龙集强圉之所述也。①

李峤的一百二十首诗均是咏物，属于应制诗。其内容非常广泛，上至天文，下至地理，山川河岳，动物植物，衣饰珍宝，无所不包。但这些诗歌堆砌辞藻，缺乏生气，并无艺术价值。张庭芳在序文中极力称赞这些咏物诗，反映出天宝年间文风的一种倾向。李峤死于开元元年(713)，张庭芳此序作于天宝六载(747)，中间已经隔了三十余年。

晚唐诗人胡曾死后，约五代时期的米崇吉倾心胡曾咏史诗，对每一篇加以评点解释，并作序说明缘由，因胡曾有《咏史诗序》，米崇吉此序名之为《胡曾咏史诗续序》。其序云：

余闻玉就琢而成器，人从学以知方。是以车胤聚萤，孙康映雪。每思百氏，爰及九流，皆由博识于一时，故得馨香于千古。余非士流，迹本和门，徒坚暗昧之材，谬积讨论之志，莫不采寻往策，历览前书。黄帝方立史官，仓颉始为文字，既有坟籍，可得而言。近代前进士胡公明曾，著咏史律诗一百五十律一百五十篇，分为三卷。余自丱岁以来，备尝讽诵，可为是非罔坠，褒贬合仪，酷究佳篇，实深降叹。管窥天而智小，蠡测海而理乖。敢课颛

① 《全唐文》卷三六四，中华书局 1983 年版，第 3693 页。

> 愚，逐篇评解。用显前贤之旨，粗裨当代之闻。取诮高明，庶几奉古云尔。①

从序文可以看出，米崇吉自幼就喜欢胡曾《咏史诗》，逐篇评解，以裨当代。所谓咏史，实际上是借史事来反映当代忧思。胡曾诗序已说明"裨补当代"，米崇吉此序又提"粗裨当代"，可见是大有深意的。米崇吉为唐代诗歌作序，可以说是跨朝代诗序。

第二节 序跋的作者

诗歌序跋的作者，大致可以分为三种情况。一种是自序自跋，就是为自己的诗写序写跋；另外一种情况是他人为自己的诗作序跋；第三种情况比较特殊，包括二人同作一序，序跋各为一人等。

第一种情况最为常见，占全部序跋的绝大多部分。如骆宾王的《在狱咏蝉并序》，宋代王庭珪的《题李伯时画马跋》，其序和跋均出自诗人之手。这种诗歌与序跋同出自诗人一人之手的最大特点，在于诗与序跋内在联系紧密，诗人的情感贯注而下，读序跋加深对诗歌的理解，读诗歌明了序跋之意图。如骆宾王《在狱咏蝉并序》，单读诗歌，往往难以了解诗歌写作背景、诗人创作意图以及诗人当时心情，有序跋作为与诗歌相连而又相对独立的部分，就会对诗歌有更深入细致的了解。

第二种情况包括友人作序跋、同僚作序跋、同门作序跋、兄弟作序跋等。先看兄弟作序跋。唐王勃有《倬彼我系》组诗共九首，其兄王勔为之作序，虽非王勃自己道出写作之缘由，但兄长了解王

① 陈尚君《全唐文补编》卷八三，中华书局 2005 年版，第 1022 页。

勃作诗意图,其序更显客观。其序云:

> 《倬彼我系》,舍弟虢州参军王勃所作也。伤迫乎家贫,道未成而受禄,不得如古之君子四十强而仕也。故本其性情,原其事业,因陈先人之迹,以议出处,致天爵之艰难也。勃兄励序。①

王勃出任虢州参军,实出无奈,但因家贫,不得不出仕谋生。其第八、第九首说:"有鸟反哺,其声嗷嗷。言念旧德,忧心忉忉。今我不养,岁月其滔。黾勉从役,岂敢告劳。""从役伊何,薄求卑位。告劳伊何,来参卿事。名存实爽,负信愆义。静言遐思,中心是愧。"诗与序是相互说明的。也有友人作序跋者,如北宋陈襄《登彼公堂燕贡士跋》,其跋为苏轼所写。陈襄(1017—1080),字述古,侯官古灵(今福建福州)人。庆历二年进士。诗文有盛名。《登彼公堂燕贡士》有自序而短小,曰:"登彼公堂,燕贡士也,因以勉之。"只有十二字。其诗四章,每章四句,"登彼公堂,维水汤汤。君子燕湑,其言有章。""登彼公堂,有松有柏。君子燕湑,其仪孔特。""登彼公堂,维山崔嵬。君子燕湑,其志不回。""登彼公堂,鸿飞戾止。君子燕湑,维其不已。"言约义丰,但又有言不尽意之感。倒是苏轼在诗后的跋文记述详尽,理趣颇浓:

> 右《登彼公堂》四章,章四句,太守陈公之词也。苏子曰:士之求仕也,志于得也。仕而不志于得者,伪也。苟志于得而不以其道,视时上下而变其学,曰吾期得而

① 《全唐诗》卷五五,中华书局1999年版,第671页。

已，则凡可以得者，无不为也，而可乎。昔者，齐景公田，招虞人以旌，不至。孔子善之，曰招虞人以皮冠。夫旌与皮冠，于义未有损益也。然且不可，而况使之弃其所学而学非其道欤。熙宁五年，钱塘之士贡于礼部者九人，十月乙酉，燕于中和堂，公作是诗以勉之，曰：流而不反者，水也；不以时迁者，松柏也。言水而及松柏，于其动者欲其难进也。万世不移者，山也；时飞时止者，鸿雁也。言山而及鸿雁，于其静者欲其及时也。公之于士也，可谓周矣。诗曰：无言不酬，无德不报。二三子何以报公乎。眉山苏轼序。①

交代背景，评解四章，将太守陈襄在诗中说及的水、松柏、山、鸿雁等意象所含深意点出，归结为"于其动者欲其难进也"、"于其静者欲其及时也"二句，也使读者加深了对诗歌的理解。

也有同门作序者，如居遁，俗姓郭，抚州南城（今属江西）人。后应湖南马殷所请，住潭州龙牙山妙济寺，世称龙牙和尚。龙德三年(923)卒。居遁所作歌行偈颂行于世，今存诗歌九十六首。其《偈颂》之序为南岳齐己撰。序云：

禅门所传偈颂，自二十八祖止于六祖，已降则亡，厥后诸方老宿亦多为之，盖以吟畅玄旨也。非格外之学，莫将以名句拟议矣。洎咸通初，有新丰、白崖二大师所作，多流散于禅林，虽体同于诗，厥旨非诗也。迷者见之，而为抚掌乎。近有陛龙牙之门者，编集师集，乞余序之。龙

① 《全宋诗》第8册，北京大学出版社1993年版，第5075页。

牙之嗣新丰也，凡托像寄妙，必含大意，犹夫骊颔蚌胎，烜耀波底，试捧玩味，但觉神虑澄荡，如游寥廓，皆不若文字之状矣。且曰：鲁仲尼与温伯雪子，扬眉瞬目，何妨言语哉！乃为之序云耳。①

齐己（863—943），本姓胡，名得生，长沙（今属湖南）人。晚唐著名诗僧。幼时为大沩山寺牧牛，为老僧赞赏，遂剃度为僧。后云游各地，曾居于长沙道林及庐山东林二寺。从诗序可知，居遁之门人整理编订其诗歌，请齐己为之作序，齐己应而记之。

有属下遵上司之意作序跋者。宋吴中复有《游海云寺唱和诗》。吴中复（1011—1079），字仲庶，兴国军永兴（今湖北阳新）人。宝元元年进士。神宗熙宁三年知成都府。其诗云：

锦里风光胜别州，海云寺枕碧江头。连郊瑞麦青黄秀，绕路鸣泉深浅流。彩石池边成故事，茂林坡上忆前游。绿樽好伴衰翁醉，十月残春不少留。②

诗成，吴中复命属下王霁作序，王霁遵命而为之序，序曰：

成都风俗，岁以三月二十一日游城东海云寺，摸石于池中，以为求子之祥。太守出郊，建高旟，作驰骑之戏，大讌宾从，以主民乐。观者夹道百里，飞盖蔽山野，讙讴嬉笑之声，虽田野间如市井，其盛如此。渤海吴公下车期

① 陈尚君辑校《全唐诗补编》卷四八，中华书局 1992 年版，第 1472 页。
② 《全宋诗》第 7 册，北京大学出版社 1992 年版，第 4708 页。

月，简肃无事，从俗高会于海云。酒既中，顾谓僚属曰：一觞一咏，古人之乐事也。首作七言诗以写胜景，席客亦有以诗献者，更相酬和，得一十三篇，乃命幕下吏会稽王霁为之序。霁菲薄不能文，恐愧勉从公命。夫俳倡弦竹，其乐外也，吟咏情性，其乐内也。充诸内则能遗外之乐，流于外则内有所丧。今公既推内乐以乐宾，又尽外乐以乐民，可谓得其乐矣。

从王霁序文可知，此序为组诗之序。序文详细交代吴中复写诗的背景，诗与序相得益彰。

也有同僚作序跋者，如初唐崔知贤《三月三日宴王明府山亭》，孙慎行作序。同赋诗者六人，孙慎行并未作诗，但其序点明时间、地点，描写春日景色，宴饮之乐，为理解六人之诗提供了帮助。同门作序跋者可以刘太真之序为例。萧颖士将赴东府，弟子十二人相送，饮酒赋诗，如有贾邕《送萧颖士赴东府得路字》。众人推举刘太真撰序。序中说："春云轻阴，草色新碧，皎皎白马，出于青门。吾徒喟然，瞻望不及，赋诗仰饯者，自相里造、贾邕以下凡十二人，皆及门之选也。"融情于景，将送别时的心情烘托而出。刘太真为同门之诗作序，自己并未留下诗歌。

诗歌与序跋非一人所作还有另外一种情况，就是众人联句作诗，其中一人作序跋。联句诗非一人独作，故虽作序跋者亦有诗句，也不应看作诗与序跋出自一人。如宋代洪迈、方景南、黄景达、向巨源、许季韶共作《秀川馆联句》，方景南作序。其序云：

鄱阳洪迈景庐还自衡岳，道宜春，买舟东下，永嘉方云翼景南置酒秀川馆饯之，邵武黄介景达、开封向流瀚注源、历阳许子绍季韶与焉。坐中，属联送行，且强景庐同之。人赋十许韵，宾主皆醉，不复续。惟巨源止酒，不开涓滴，独又唱出八十字以成章，且书之，明日以遗景庐云。绍兴二十七年九月己亥，景南序。①

此序不仅写出与会友人，还交代时间、地点，对理解联句诗大有裨益。

刘煇的《石井联句序》也属于这种情况。联句诗由刘煇、程逵、刘沔、傅概共同写成，诗如下：

山川百千景，斯井诚夐绝。（逵）灵源若神涌，怪石肖天裂。（沔）不与浊流并，恐是众泉杰。（煇）银汉河分派，玉壶冰借洁。（概）中夜声激怆，四时光秀澈。（逵）泾渭耻淆杂，潢潦愧涸竭。（沔）润如周孔教，清比夷齐节。（煇）观鱼思文望。对岩梦武说。（概）我欲断谄佞，汲此洗剑血。（煇）我欲安庙社，磨此镂勋碣。（煇）诗以志本心，书之非诡说。（煇）②

从诗歌题目和联句，可以看出作诗之由，但如何转入周孔、夷齐，联句诗不能作详细说明，而刘煇的序正好补充这一点。刘煇（1030—1065），字之道，信州铅山（今江西铅山）人。初期文风险怪奇涩，后期趋于平易。其序云：

① 《全宋诗》第38册，北京大学出版社1998年版，第24011页。

② 《全宋诗》第12册，北京大学出版社1993年版，第7908页。

> 水之德,荀子载孔子之说于篇详矣。若有遗者,予于邑之北所谓石井见焉。出高而溉,不以旱竭,似惠;冬澄夏澈,不为物浊,似廉。嘉祐丁酉秋七月,金威弱而暑气横,予率亲朋逃于井之上,游宴泳玩,久而感叹曰:今之处高位,享丰禄者,例皆项背相望,持禄养高,不与毫利,不去锱末,瘼视老幼相率为沟中瘠,如秦人之视越人焉,若此者岂惠哉?居官宇,食月粟,费廪钱,役公隶,慊然尚以为不足也,乃渔猎财赂,蠡蠹脂血,皇皇然惟义之弃而利之嗜,若此者岂廉哉?呜呼!惠者民之资,廉者民之表。柄政而不惠,召父廉范之罪人也;莅民而不廉,杨震公仪休之罪人也,予既景先哲,懑今世,感斯水著是说,以足荀子之论。程逵伯通、刘沔子正、傅概平叔同在,以予说为是,请书而揭于壁,且欲夫无惠背廉辈临是泉、酌是水、观是文而泚颜愧心,革前之为,而庶乎军民之安且治也。

由石井之水引发为政之论。石井之水,不以旱年而竭,一年四季井水澄澈甘甜,诗人将之比作惠而廉。七月暑气炎炎之时,诗人与亲朋来到井旁纳凉休憩,见石井之水而引发为政感慨。当然,刘煇此序申述的观点,并不是他一人的想法,其他三人"以予说为是",说明这是他们的共识。

第三节　序跋的文体

唐宋诗之序跋,按文体分,种类繁杂。一般来说,为诗作序跋,散文体最多。这里所说的散文也包括骈文在内。同时,序跋也有变体的一面,序跋主体则以诗词、书信、批语、谜语、谚语等为主。

因后面专章论述各种文体对诗歌序跋的影响，所以这里仅作简要介绍。

一、骈体序跋

唐初骈文流行，诗序也多以骈文写就，如长孙正隐《上元夜效小庾体同用春字》之序便用骈体。长孙正隐，河南洛阳（今属河南）人。唐高宗时，官太常博士。序曰：

> 夫执烛夜游，古人之意，岂不重光阴而好娱乐哉！且星度如环，晷才周而已袭；月华犹镜，魄哉生而遽圆。忽兮遇春，俄兮临望。重城之扉四辟，车马轰阗；五剧之灯九华，绮罗纷错。兹夕何夕，而遨游之多趣乎！且九谷帝畿，三川奥域。交风均露，上分朱鸟之躔；溯洛背河，下镇苍龙之阙。多近臣之第宅，即瞰铜街；有贵戚之楼台，自连金穴。美人竞出，锦障如霞；公子交驰，雕鞍似月。同游洛浦，疑寻税马之津；争渡河桥，似向牵牛之渚。实昌年之乐事，令节之佳游者焉。而戒晓严钟，俄喧绮陌；分空落宿，已半朱城。盖陈良夜之欢，共发乘春之藻。仍为庾体，四韵成章，同以春为韵。①

其序辞藻华丽，讲究对偶，句式整齐，是初唐时期典型的骈文。其实初唐时期反对骈文，是指那些忽视内容、不讲真实情感而片面追求形式的倾向，初唐四杰诗序也多是骈体文，如骆宾王《于紫云观赠道士》之序、《秋日饯陆道士陈文林》之序、《秋日送尹大赴京》之

① 《全唐诗》卷七二，中华书局1999年版，第790页。

序等，都是情感真实、具有很高艺术特色的骈体文。即使是陈子昂大力倡导革新，诗序仍受骈体影响，如《晦日宴高氏林亭》之序，其中云：

> 有渤海之宗英，是平阳之贵戚。发挥形胜，出凤台而啸侣；幽赞芳辰，指鸡川而留宴。列珍羞于绮席，珠翠琅玕；奏丝管于芳园，秦筝赵瑟。冠缨济济，多延戚里之宾；鸾凤锵锵，自有文雄之客。总都畿而写望，通汉苑之楼台。①

当然，陈子昂以骈体写诗序，是分写作环境的，此序写于文人聚会，是宴凡二十一人，皆以华字为韵，陈子昂为之序，自然不同于其他诗序，如《观荆玉篇》之序、《蓟丘览古赠卢居士藏用七首》之序，则纯用散体文。

宋代诗歌序跋用骈体文也相当普遍，宋初李堪《乌目山五题》之序。其中有骈体文：

> 今四十加六年，始觉老非欲而已至，病不期而自来。生何常而本空，死如归而共寂。由是登水木之虚室，遇霞月之美夜；闻经梵志清韵，览香花之实会。则心悦以情动，目爽以言发，绮靡以文著，冰释以意达。②

虽用骈文，情感却真实，并无造作之语。宋祁诗序也多用骈体，但

① 《全唐诗》卷八四，中华书局1999年版，第907页。

② 《全宋诗》第2册，北京大学出版社1991年版，第1132页。

用语艰涩生僻。秦观也用骈体写诗序，如《口号》之序。秦观(1049—1100)，字少游。扬州高邮(今属江苏)人。“苏门四学士”之一，诗、词、文创作都取得很大成就。序云：

美酒忘忧之物，流光过隙之驹。不称人心，十事常居八九；得开口笑，一月亦无二三。莫思身外无穷，且睹尊前见在。功名富贵，何异楚人之弓；城郭人民，问取辽东之鹤。付与香钿画鼓，尽欢美酒良辰。欲奏长谣，聊陈短韵。①

对偶工致，文笔流畅，实为一篇绝佳文字。可与诗作一比较：“平原居士今无影，鹦鹉空洲谁举杯。犹有渔阳掺挝鼓，为君醉后作轻雷。”与序比较，诗显得平淡无奇，有续貂之感。

二、散体序跋

相对于骈体序跋，散体序跋完全摆脱了骈体对偶、句式以及讲究辞藻的束缚，叙事、描写、抒情更加自由。如唐代李华《云母泉诗》之序。李华(715—766)，字遐叔，赵州赞皇(今属河北)人。唐开元三年进士及第。安史之乱时，为叛军俘获，受伪凤阁舍人职。两京收复后，贬为杭州司户参军。李华是盛唐著名散文家，与萧颖士齐名，时人称为“萧李”。与独孤及、贾至等共同推动古文创作，为韩愈、柳宗元古文运动之先驱。其序云：

洞庭湖西玄石山，俗谓之墨山。山南有佛寺，寺倚松

① 《全宋诗》第18册，北京大学出版社1995年版，第12143页。

岭,下有云母泉。泉出石,引流分渠,周遍庭宇,发如乳湩,末派如淳浆,烹茶、淅蒸、灌园、漱齿皆用之。大浸不盈,大旱不耗。自墨山西北至石门,东南至东陵,广轮二十里,尽生云母。墙阶道路,炯炯如列星。井泉溪涧,色皆纯白。乡人多寿考,无癖痼疥搔之疾。华深乐之。颍川陈公,天宝中,与华同为谏官。公性与道合,忽于权利,方挂冠投簪,顾华以名山之契。乾元初,公贬清江丞,移武陵丞。华贬杭州司功,恩复左补阙。上元中,俱奉诏征。公自清江至武陵,道路多虞,制书不至。华溯江而西,次于岳阳,江山延望,日夕相顾属.思与高贤共饮云母之泉,躬耕墨山之下。敢违朝命,以循私欲,秋风露寒,洞庭微波,一闻猿声,不觉涕下。况支离多病,年甫始衰,愿饵药扶寿,以究无生之学。事乖志负,火爇予心,寄怀此篇,亦以书余之志也。①

整篇序以短句为主,间以长句,二、三、四、五、六、七、八、十字句,随意使用,毫不板滞,描摹山水,引人入胜,是一篇优美的散文。与讲究对偶辞藻的骈文相比,不事雕琢和参差不齐的散文句式,呈现出清新自然和流丽之美,而这也是李华反骈倡散的创作实践。

逮至宋代,诗歌序跋反映的内容扩大,散体序跋成为主流,苏轼、苏辙、黄庭坚、王十朋、杨万里等诗歌的序跋或叙事、或抒情、或议论,恣意而为,不受拘束。试看北宋释咸润《五泄山三学院十题》之序。释咸润,上虞(今属浙江)人。习天台教观,依钱塘会法师讲席。其序云:

① 《全唐诗》卷一五三,中华书局1999年版,第1590页。

余从佛业智者教，动息忻山水之乐。尝闻永嘉雁荡名甲宇内。咸平中卷衣而游，果见松石之怪，峰巅之秀，绰然天造，而弥年歌咏不足，且谓越中山水名而不实。洎宝元二赈中秋月，因报恩仁智法师率游郡之句，无五泄山。其山去县不远，一舍平川，孤起怪峰巅峦，转入转幽，骇悦心目，不觉喟然曰："予之居越而不知越有兹胜概者，何异鲁人不知仲尼之圣耶。方之雁荡，谅无惭焉。"遂抽轧思，偶成十题，虽辞理无趣，姑俾坐谈越绝山水为不诬矣。噫！谢公、白氏乐称天下林泉，而兹山吟咏无闻者，盖僻而且深，匪遘昔贤之留眄尔。亦犹君子守道丘园，为时之所弃者，良可惜哉！题成于应乾兰若序。①

序文描写五泄山奇异风景，用笔简洁，令人遐想。其感慨之语，将不为人知的五泄山比之于雁荡，更委婉含蓄地衬托出其山水的引人入胜。

唐宋诗序跋中的奏疏、书信、骚体文、碑志、赞颂等也可列入散体序跋，因后面有章节专论各种文体对序跋的影响，所以此处不再展开论述。

三、诗词体序跋

诗之序跋，其功用在于将诗歌未能抒写之意补充说明，一般用散文便于叙述描写抒情，所用文体一般也别于诗体，上文所说的骈体、散体等均是文的范畴。但唐宋序跋也有特殊之例，就是以诗或词为序跋，这种情况多出现在宋代序跋中。其中又有自作诗、引他

① 《全宋诗》第2册，北京大学出版社1991年版，第1262页。

人诗之分,或全为诗词,或诗词之外有简略介绍。

先看自作诗。宋代梅询有《武林山十咏》,其序为一首五言诗:

> 杭州灵隐寺,天下之泉石。刺史白乐天,赏之心不斁。没去数百年,林泉有羞色。我持百里权,暇日访林泉。爱之不忍去,茹笔屡成篇。收揽造化工,尽驱诗思中。十题四百字,他山类磨砻。且欲纪遗咏,非矜文翰功。他年遂招隐,来此观奇踪。①

梅询(964—1041),字昌言,宣城人。宋真宗年间曾通判杭州。据序文所言,这是一篇组诗序,组诗共十首。序中交代组诗写作地点,唐代白居易为官杭州时曾游访此地,今日作者利用闲暇之日遍访武林山风景,诗兴勃发,写诗记之。诗为五言,序亦为五言,别具一格。

引他人诗于序中,有两种情况,第一种是全序就是一首诗,如朱熹《答王无功在京思故园见乡人问》之序。朱熹(1130—1200),字元晦,祖籍徽州婺源(今属江西),生于南剑州尤溪(今属福建),徙居建阳崇安(今福建武夷山)。绍兴十八年进士。朱熹继承和发展了二程等人的学说,融通佛道,集宋代理学之大成。其一生主要精力倾注于讲学和著述,从学者五百余人。其序曰:

> 王诗云:旅泊多年岁,忘去不知回。忽逢门外客,道发故乡来。敛眉俱握手,破涕共衔杯。殷勤访朋旧,屈曲

① 《全宋诗》第2册,北京大学出版社1991年版,第1118页。

> 问童孩。衰宗多弟侄，若个赏池台。旧园今在否，新树也应栽。柳行疏密布，茅斋宽窄裁。经移何处竹，别种几株梅。渠当无绝水，石计总生苔。院果谁先熟，林花那后开。羁心只欲问，为报不须猜。行当驱下泽，去剪故乡莱。①

观朱熹诗题和王无功诗，可知王无功在京城思念家乡，见到家乡之人，喜极而泣，问及家乡亲人及园中林木情况。往事历历，情思依依，家乡的茅檐垂柳，竹梅水石，无不撩拨着诗人浓浓的相思之情，使诗人油然生出归去之感。王无功诗成之后，送与朱熹，朱熹阅后答之，但读者若未见王无功诗，必不了解朱熹答诗之意，故朱熹将王诗全录于序，并以诗题辅助说明，读者自会明白缘由。再如王安石《次韵奉和蔡枢密南京种山药法》之序，其序为蔡枢密送给王安石的诗并序，王安石将其放在自己诗前作为序。王安石（1021—1086），字介甫，抚州临川（今江西抚州）人。庆历二年登进士甲科。曾官翰林学士、礼部侍郎等。神宗时，进行变法改革。王安石不仅是著名的政治改革家，文学也有很大成就。序曰：

> 蔡诗并序云：蒙见索南都种山药法，并以生头数茎送上，辄成小诗：青青正是中分天，区种何妨试玉延。即见引须缘夏木，定知如蹠荐冬筵。（俗传种时以足按之，即如人足）润还御水冰霜结，荫近尧云雨露偏。自裹自题还自愧，揠苗应笑宋人然。②

① 《全宋诗》第44册，北京大学出版社1998年版，第27536页。
② 《全宋诗》第10册，北京大学出版社1992年版，第6614页。

不仅将蔡枢密诗与序原封不动拿来，而且把蔡诗中的自注也带上。虽然诗中的种山药法还很笼统不详，但诗书往来，并送上数茎山药，颇见出二人深厚交谊和生活情趣。王安石诗云："区种抛来六七年，春风条蔓想宛延。难追老圃湄苔径，空对珍盘玳瑁筵。嘉种忽传河右坏，灵苗更长阙西偏。故畦穿斸知何日，南望钟山一慨然。"若无诗前之序，王安石诗就会令人不解其意。

南宋杜范的两篇和方山之诗，其序均是以方山诗为序。杜范（1182—1245），字仪甫，号立斋，黄岩（今属浙江）人。杜范与方山互赠诗篇，酬答唱和。杜范《方山和篇再和韵》之序为方山诗：

> 方山诗：寒梅吾故人，岁必以文会。涴墨尚可覆，未知凡几醉。晚乃得此诗，山灵以为最。置身风月上，出语色香外。驾言孤绝处，坏枝委颠沛。悬崖折披竹，断涧强病桧。穷交仅如此，过是藐无辈。碧眼苦好奇，于焉有深嗜。迎长得一花，以为时可矣。遂若天下春，笔头顿生气。我属闭关日，一枝偕寤寐。敢贺微阳来，尚虞坚冰至。结束果何在，飘零初不计。政恐负岁寒，或为识者喟。①

杜范次韵和诗，其诗有"殷勤里社间，谈笑文字会。平生一尊酒，无虑千百醉"之语，可见谈笑风生、樽酒赋诗之乐。其第二首《方山有求转语之作并用韵二章》亦以方山诗为序：

> 方山诗：孤根要先觉，一花已后会。而况万香中，晚乃

① 《全宋诗》第56册，北京大学出版社1998年版，第35265页。

夸狂醉。东皇兆群物，无物居其罪。对梅欲著语，当在梅之外。君看龙蛇蛰，中有江河沛。其元阳复雷，其真岁寒桧。于梅观此妙，眼力怜湛辈。无能根本求，仅为香色嗜。一元无识者，孤真可知矣。君独邃玄机，命笔开风气。奇战天根词，与世呼梦寐。犹疑转语下，未为梅之至。愿闻第一义，更作向上计。会有先天翁，当发无极喟。

杜范作诗二首仍用其韵，这样，前后数首诗均用一韵。将方山诗作为序，使读者加深了对杜范诗的理解，同时，诸诗并列，读者亦可比较玩味二人之诗，作多方面深层次的欣赏。

第二种情况，是在所引诗歌前后加文字做补充说明。如苏轼《次周焘韵》之序则将周焘诗写入序中。其序曰：

周焘游天竺，观激水，作诗云：拳石耆婆色两青，竹笼驱水转山鸣。夜深不见跳珠碎，疑是檐间滴雨声。东坡和之。①

序中言明周焘游访天竺作诗，诗成，与之苏轼，苏轼依韵而作，与单纯引诗相比，补充文字说明了序中之诗的写作背景，既有助于解周焘之诗，也可以帮助读者理解苏轼之诗。

张耒《题东坡卜算子后》，其序主体为苏轼词，词之外说明苏轼作词地点。张耒（1054—1114），字文潜，人称宛丘先生，楚州淮阴（今属江苏）人。熙宁六年进士及第，授临淮主簿。为“苏门四学士”之一。序曰：

---

① 《全宋诗》第14册，北京大学出版社1993年版，第9422页。

> 苏先生责居黄州，尝作《卜算子》云：缺月挂疏桐，漏断人初静。谁见幽人独往来，缥缈孤鸿影。惊起却回头，有恨无人省。拣尽寒枝不肯栖，寂寞沙洲冷。①

其作用与上面所举苏轼引周焘诗为序大致相同。

最有代表性的是洪咨夔《示诸儿》之序。洪咨夔（1176—1236），字舜俞，号平斋，於潜（今属浙江临安）人。序为四十年前其父写给他的诗，四十年后，洪咨夔将其放在自己诗前作为序，这样，两代人对后辈的期盼与嘱托，便突破时间的限制凝聚到了一起，成为了洪氏家族的一个传统。其序云：

> 老人四十年前示儿长诗："豫章实佳木，寻丈早异众。匠石虽未顾，终解作梁栋。社栎大蔽牛，不资世所用。弃置成散材，岁久即空洞。诚由天所产，亦在德者种。吾儿豫章流，丱角不好弄。经训虽未通，数过辄成诵。只今十五六，举止颇持重。仰赖师友功，缀缉成赋颂。积丝未盈尺，粗喜入机综。胡为不自量，将使应乡贡。文场倍千数，作者岂幸中。而子于其间，燕雀杂鸾凤。铅刀未易割，庶可供一閧。造物果如何，往往形吉梦。天其祝我心，勿使汝放纵。业贵精于勤，耐取晓窗冻。文章实公器，妙语世人共。岁朝哦此诗，洗盏揭春瓮。吾家有阴德，行矣光炎宋。"某今五十五矣，敬用尊韵示诸儿。②

---

① 《全宋诗》第 20 册，北京大学出版社 1995 年版，13356 页。
② 《全宋诗》第 55 册，北京大学出版社 1998 年版，34571 页。

洪咨夔把四十年前父辈示自己的诗放在序中。他要让后辈了解祖上当年对他的教诲。诗中父辈的教诲与期望，洪咨夔记忆犹新。岁月的洗礼和人生的历程，让他有了更多的感触。所以，他用老人诗韵作《示诸儿》诗，谆谆告诫诸子年少发奋，勤读诗书，切勿荒怠。

唐宋诗序跋，颂赞碑议奏疏等文体也较多，其中有些可以归入骈体类，有些可以归入散体类，因后面章节专论各种文体对序跋之影响，故此处不论。

第四节　单序跋与多序跋

所谓单序跋，一般是指一首诗只有一篇序或一篇跋。如果组诗只有一篇总序或总跋，不论组诗有多少首，也可以称为单序跋。多序跋是指一首诗既有序又有跋，或组诗前面有总序，每一首诗前面又有分序。还有比较特殊的，如一个题目下带两首诗，一诗一序，两首诗两个题目附有一篇跋等。

一、单序跋。在唐宋诗序跋中，单序跋占大部分，如李峤《晚秋喜雨》之序、

骆宾王《在狱咏蝉》之序、岑参《太白胡僧歌》之序、黄庭坚《竹枝词》之跋、王庭珪《题李伯时画马》之跋等，均属于单序跋。组诗只要是一篇序或一篇跋，也属于单序跋，如白居易《秦中吟十首》之序、《赠友五首》之序、《和答诗十首》之序、《有木诗八首》之序等，均属于单序跋。单序跋还有一种情况，宴饮聚会，众人作诗，推举一人作序，实为众人之诗的共用序。后人整理诗集，并未详细说明，这就造成某诗人有诗有序，背景清楚，他人有诗未见序，不好理解。如崔知贤等《三月三日宴王明府》，同赋六人，孙慎行作序，

《全唐诗》将序列于崔知贤名下，而席元明、韩仲宣、高球、高瑾、陈子昂等五人同题诗下却无序。又如贾邕《送萧颖士赴东府得路字》，为送萧颖士而作，门人送者十二人，刘太真为之撰序，置于贾邕诗下，他人诗下未见刘太真序，也属于这种情况。宋代冯时行《梅林分韵得梅字》之序，也是写众人聚会赋诗，冯时行作序，将聚会者十五人一一列出，这就用序将十五人同题诗联系起来了。

单序跋有长短之分，短者十余字，长者数百字，甚至千余字。短序如初唐王绩《灵龟》之序十六字："灵龟，君子有悔也。言明不若昧，进不若退。"上引宋代陈襄《登彼公堂燕贡士》之序十二字，贺铸《人生七十稀》之序十六字："元祐丙寅正月彭城赋，寄朝中三二知旧。"都算作短序跋。超过多少字算长序跋，并没有统一规定，一般超过二三百字，其篇幅和数量远远超过诗歌，就应该算是长序跋了。以唐代诗序为例，杨炯《群官寻杨隐居诗》之序三百六十七字，陈子昂《观荆玉篇》之序三百一十三字，苏源明的《小洞庭洄源亭宴四郡太守》之序四百八十九字，白居易《池上篇》之序四百三十八字，柳宗元《愚溪诗》之序四百四十二字，王维《送秘书晁监还日本国》之序五百四十五字，卢肇《汉堤诗》之序五百零五字，白居易《和答诗十首》之序五百二十四字，元稹《乐府古题》之序五百九十二字，皮日休《杂体诗》之序六百三十五字，丘光庭《补新宫》之序六百八十五字，萧颖士《江有归舟三章》之序七百零四字，来鹄的《圣政纪颂》之序甚至达到九百三十六字，最长的要数柳宗元的《贞符》之序，有一千二百五十二字。

唐代诗跋的数量不多，跋大多出现在宋代。如项安世《为建昌南城包显道题风光霁月之阁》之跋。项安世（1129—1208），字平甫。淳熙二年进士。受知于吕祖谦。跋曰：

暮春者，春服既成，冠者五六人，童子六七人，浴乎沂，风乎舞雩，咏而归。此曾皙板之言也。其志嘐嘐然，曰古之人，古之人。夷考其行而不掩焉者，曾皙之事也。吾徒戒之。凉风起将夕，夜景湛虚明，昭昭天宇阔，皛皛川上平。渊明之言也。脂我名车，策我名骥，千里虽遥，孰敢不至。渊明之事也，吾徒勉之。嘉泰壬戌五月甲子书。①

先引《论语》孔子师徒沂水言志场景，以戒之；又引陶渊明之诗，以勉之，用来补诗歌未尽之意。

单序跋还有另外两种情况，一是一题多诗，没有总序，而是一诗一序，如皮日休《三羞诗三首》之序，呈现“诗题—序—诗—序—诗—序—诗”的样式，颇为新奇，但三篇序文和三首诗又有内在的联系。皮日休，字逸少，后字袭美，襄阳竟陵（今湖北天门）人。初隐居鹿门山，自称“鹿门子”。与陆龟蒙结为诗友，唱酬颇多。为晚唐著名诗人和散文家，与陆龟蒙齐名，世称“皮陆”。试看三首诗前面的序：

丙戌岁，日休射策不上，东退于肥陵。出都门，见朝列中论犯当权者，得罪南窜，卯诏辰发，持法吏不容一息留私室。视其色，若将厌禄位、悔名望者。皮子窥之，惄然泣，衄然羞，故作是诗以贶之。（一序）

日休旅次于许传舍，闻叫咷之声动于城郭，问于道民，民曰：“蛮围我交趾，奉诏征许兵二千征之，其征且

① 《全宋诗》第44册，北京大学出版社1998年版，第27374页。

再,有战皆没。其哭者,许兵之属。"呜呼!扬子不云,夫朱崖之绝,捐之之力也,否则介鳞易我衣裳,其是之谓耶?皮子为之内过曰:"吾之道不足以济时,不可以备位,又手不提桴鼓,身不被兵械,恬然自顺,恬然自乐,吾亦为许师之罪人耳。"作诗以吊之。(二序)

丙戌岁,淮右蝗旱。日休寓小墅于州东,下第后,归之。见颍民转徙者,盈途塞陌,至有父舍其子,夫捐其妻,行哭立丐,朝去夕死。呜呼!天地诚不仁耶?皮子之山居,椸有袭,鍑有炊,晏眠而夕饱,朝乐而暮娱,何能于颍川民而独享是,为将天地遗之耶?因羞不自容,作诗以唁之。(三序)①

唐代咸通七年(866),皮日休在长安应进士考试,结果落第。于是离开京城,回到寿州,沿途所见,或见朝官戴罪南窜,或见征兵戍边,或见灾民遍野,有感而发。从序文可以看出,虽然三诗一题,但并不是作于一时一地,因而用三篇序文进行说明。

还有一种情况,即两首诗两个题目,这种情况不能算组诗,共用一序或一跋,也算单序跋。如宋代裘万顷二诗用一跋。裘万顷(?—1222),字元量,号竹斋,新建(今属江西)人。淳熙十四年进士。其诗如下:

《题隐室》

闽浙相望两道场,上人曾炷室中香。

① 《全唐诗》卷六〇八,中华书局 1999 年版,第 7070 页。

直须了却旧公案，莫向空山便隐藏。

《题破尘读经所》

试为众生破一尘，出经为筏度沧溟。

待渠到岸无惊畏，复破微尘纳此经。

其跋将二诗总在一起说：

右《隐室》、《破尘》二诗，为新陂瑄上人作也。瑄师随孤云自西禅过育王，凡三阅岁，孤云待之甚厚。既归故山，榜其读经之室曰破尘，盖取《华严》“破尘出经卷，普饶益众生”之语。题其燕坐之室，则曰隐室，将自是隐藏也。予谓育王、段公案尚未结绝，世须再出，不应便为隐藏计，故首章及之。瑄师倘以予言为然，则一笠支筇，可以东矣。嘉定戊寅二月甲子竹斋翁书。①

二诗内容相连，同是为瑄上人所作，诗后之跋一是说明赠诗对象，二是解释“隐室”、“破尘”之意，并非诗人故意标新立异。上引俞德邻《访徐叔咏教授山庵迷道而作》、《到徐叔咏居》二题二诗一跋，也属于这种情况

二、多序跋。多序跋的第一种情况是组诗有总序，又有分序，皆为一人所作。如元稹《虫豸诗七篇》，有总序，囊括组诗七篇之意。七篇之中，每一篇又包含三首，每一篇又有分序，计为《巴蛇三首》之序、《蛒蜂三首》之序、《蜘蛛三首》之序、《蚁子三首》之

① 《全宋诗》第 52 册，北京大学出版社 1998 年版，第 22309 页。

序、《蟆子三首》之序、《浮尘子三首》之序、《虻三首》之序。总序加分序，比较整齐。元稹《使东川》也为组诗，共二十二首，有总序，但分序则与《虫豸诗》不同，其中或有或无，《骆口驿》、《亚枝红》、《梁州梦》、《邮亭月》、《江楼月》有分序，其他则无。一首诗既有序又有跋，也有两种情况，一是序跋出自一人之手，一是序跋分别由二人所作。前者如方回《李寅之招饮同登九江城》。方回(1227—1307)，字万里，别号紫阳山人，歙县(今属安徽)人。景定三年进士。方回于诗力主江西诗派，推尊黄、陈，鄙视晚唐，为江西诗派最后一位正统诗人。其序云：

南麓李使君直清，相别十六年，初两家子九岁十岁，今皆娶而见孙。重会湓浦，恍若再生，置酒将半，同登江城，眺览感慨，赋是诗八章，章五韵，以道心素。甲申三月初四日也。

诗后又有一跋，其跋曰：

此诗牟德范击节，以为似谢康乐。予谓苏李体至陶谢而极，陶劲谢婉，后乃有李杜韦柳。第八卷《和陶饮酒》二十首，仇仁近谓决非后学可及。赵宾旸谓日和一首，当费二十日，遂不和，然岂能近陶哉！①

诗前之序交代背景，诗后之跋则是对自己诗的评价，序与跋的作用在此处是有区别的。方回《读张功父南湖集》也是序跋并存，其长

① 《全宋诗》第66册，北京大学出版社1998年版，第41478页。

序为诗论，诗仅八句，诗后有短跋：

功父尽交一世名彦，诗集可考。然南渡以来，精于四六而显者，诗辄凝滞不足观，骈语横于胸中，无活法故也。然则绍圣词科，误天下士多矣。①

可以看作是诗序的补充。序跋分别出自二人之手，如前引北宋陈襄《登彼公堂燕贡士》，前有陈襄自序，苏轼在诗后又有一篇跋文，为陈襄诗进行说明。

多序跋比较特殊的有毛滂《贾耘老》之序和郑刚中的《梅花三绝》之序。前者一题二诗二序。诗题下有一序，第二首诗之前还有一序。诗与序皆短小，全录于下：

（第一序）蕞尔小邑，在桑林间，豚肩浊酒，苟饱而已。足下乃幸临之，顾无以相娱乐。别未三日，老仆即被病，卧家至今，殊未佳健。得书：承感寒竟未去体，迩来定已宁泰否？示二诗良佳，属疾一篇辄和云。

（第一诗）渴令平生病，年来病更多。腰仍难老折，肠亦旧无他。知子眠三径，逢秋欲七歌。勋名邮传尔，唯日吟无何。

（第二序）仆方伏枕，呻吟中强继此诗，既自道仆意，末章聊以奉广，十八翁不足云也。园亭之什亦和云。

① 《全宋诗》第66册，北京大学出版社1998年版，第41531页。

（第二诗）河阳春在否，柳外小朱扉。曲径蛇应斗，危檐鸟欲飞。主人同燕幕，归意属渔矶。莫待群花笑，秋风鬓绿稀。（自注：仆年来两鬓星星，耳聩齿摇，百念衰冷，岂复花间人也，亦为后人作狡狯尔。一笑。足下何时能复至此，仆襆被裹粮，唯日须归去，无他念也。）①

毛滂（1060—？），字泽民，衢州江山（今属浙江）人。与苏轼有交往。从第一序可以看出，友人曾来探望诗人，别后三日诗人染病，友人传书闻讯，并附诗以赠，第一首诗乃是和友人询问病情之作。第二序对第一序和第一诗作补充说明，从中可见诗人病中痛苦，卧床不起，强作一诗，因友人第二首诗为园林之作，故诗人又和第二首。写诗的缘由，友人的情况，身体的状况以及写诗的顺序都交代得清清楚楚。序与诗皆写就，诗人意犹未尽，又加注作补充。前面虽有"卧家"、"呻吟"等语，但"一笑"、"归去"等语，还是可以看出诗人作诗写序时的愉快之情和二人的深情厚谊。

郑刚中的《梅花三绝》之序则是一题三诗三序，现分列于下：

昔日多以梅花比妇人，唯近世诗人或以比男子，如"何郎试汤饼，荀令炷炉香"之句是也，而未有以之比贤人正士者。近得三绝焉。梅常花于穷冬寥落之时，偃傲于疏烟寒雨之间，而姿色秀润。正如有道之士，居贫贱而容貌不枯，常有优游自得之意。故余以之比颜子，其诗曰：

① 《全宋诗》第21册，北京大学出版社1995年版，第14106页。

温温玉质傲天贞，俯视凡花出后尘。静对寒林守孤寂，有颜氏子独甘贫。

至若树老花疏，根孤枝劲，皤然犯雪，精神不衰。则又如耆老硕德之人，坐视晚辈凋零，而此独撄危难而不挠。故又以之比颜真卿，其诗曰：

树老根危雪满巅，令人颇忆鲁公贤。同时柔脆皆僵仆，正色清芬独凛然。

又一种不能寄林群处，而生于溪岸江皋之侧，日暮天寒，寂寥凄怆。则又如一介放逐之臣，虽流落憔悴，内怀感慨，而终有自信不疑之色。故又以之比屈平，其诗曰：

水边寂寞一枝梅，君谓高标好似谁。洁白不甘芜秽没，屈原孤立佩兰时。①

序一将梅花比颜回，序二将梅花比颜真卿，序三将梅花比屈原。以梅花比此三人，也是以这三位贤人志士比梅花。三篇序文看似并列，其实有区别。序一从开头至“近得三绝焉”，也可以看作是三篇序文的总述，接下来的序文才与第一首诗内容相合。此种多序的写法颇为特别，在宋代以前的诗序中未曾见到，在宋代亦不多见。

单序跋和多序跋有时会出现变体，一种情况是单序跋隐含着

① 《全宋诗》第30册，北京大学出版社1998年版，第19080页。

多序跋,这种情况往往出现在组诗中。一般而言,总序概括,分序具体,如上面谈到的元稹的《虫豸诗》序就是证明。但有时组诗中的分序省略,每一首诗的介绍全部移至总序中,如周行己《竹枝歌上姚毅夫》之序。周行己,字恭叔,永嘉(今属浙江)人。元祐六年进士。师事程颐,开永嘉学派之先。其序曰:

> 元祐辛未闰月既望,陇西太守燕客于郡之雅歌堂。客有某,好余诗歌,因作《竹枝词》五章,章五句,以纪其事。而一章言其行乐之欲及时,二章言其及时而乐,三章言其乐极而悲,四章言其悲而自反,五章言其反正也。①

按一般情况,总序到"以纪其事"可以结束,下面在每一首中加序,再说明主旨。但此组诗却将每首之序汇于总序,成为总序加分序的变体。

又如李纲《七峰诗》之序总序,将组诗每一首主旨一一言明,也属于分序归于总序,因此虽为单序跋,却有多序跋的内容。李纲(1083—1140),字伯纪,号梁溪居士,邵武(今属福建)人。政和二年进士。靖康元年,任尚书右丞,力主抗金。李纲于民族危难之际,忧怀天下,气概凛然。其序如下:

> 昔羊叔子爱岘山,李太白目郎官湖,而湖山之名,垂于无穷。微二子,则峻峰清流湮灭而无闻矣。七闽于天下为远地,而沙阳尤僻,虽佳山水,人罕知之。予来此,爱其溪流平缓清澈,而濒溪七峰,巀嶭联络,竹树郁然如屏

① 《全宋诗》第22册,北京大学出版社1995年版,第14364页。

障间，前此未尝有名之者。予尝莅职太史氏而窃爱是溪也，表兄翁挺适有诗来，云“梦随太史泛闽溪”，因目之曰太史溪；其最东一峰曰朝阳峰，其最西一峰曰碧云峰；朝阳之西一峰最高曰妙高峰；妙高之西一峰之下有道士隐居，曰真隐峰；碧云之东一峰上有岩桂，秋至开花香满城中，曰桂华峰；桂华之东，两峰相属，与阁相对，曰凝翠东峰、凝翠西峰。各赋诗以识之。予虽不足以望叔子、太白，而溪山之胜，庶几不愧岘山、郎官湖云。时宣和二年六月十九日序。①

组诗每一首只有题目，未再加序作说明，但总序中却将下面七首诗《朝阳峰》、《碧云峰》、《妙高峰》、《真德峰》、《桂华峰》、《凝翠东峰》、《凝翠西峰》一一作介绍，这对理解下面七首诗有帮助作用。

变体的另一种情况是虽为组诗，却无总序，一个题目下面，一诗一序。如上面介绍的毛滂和郑刚中的诗与序就属于这种情况。宋代徐积的《九月九并序》共六序六诗，数量超过前面所举之例。徐积（1028—11030），字仲车，楚州山阳（今江苏淮安）人。治平二年登进士第。为了全面了解情况，现将徐积《九月九并序》诗与序全录于下：

九月九　六首并序

九日一首，上烦运使殿院一笑，并酬酒伴贤关之句。

九日诸公欲上山，淮东病叟正闲闲。如从酒伴无惭

① 《全宋诗》第27册，北京大学出版社1996年版，第17581页。

色，倘论贤才即汗颜。适载巨疱寻陋巷，仍封大轴委樵关。不知我是扶犁手，玉树成林尽许攀。

又何必一首，自赋也。

何必南山与北山，此心非独此时闲。手持白酒为常事，头带黄华是强颜。醉后浩歌来就榻，醒时清啸起抽关。谁人遗我明霞曲，声在赤霄无处攀。

又有人一首，再酬运使殿院吟筒之句。

有人才思耸如山，已燕淮亭未肯闲。亲载绿醽温病骨，更歌白雪慰苍颜。老凭书几犹操笔，暮等吟筒正启关。两手尘泥俱涤尽，金茎玉露我需攀。

又桓家一首，上烦太守公一笑。辄借刘伶事以奉老氏之教，又借陶潜事上谢明日之燕，所以烦公一再笑也。公，蜀人也。莲峰，绣岭，即其奉使往来之道，是以为公赋之，公既感之矣。吟哦西望，能不依依乎。

桓家宾客正寻山，刘子藏身尽日闲。忽为著书惊晚节，更因把菊觉衰颜。白衣来缓思沽酒，绣岭登高梦入关。最好莲华峰上路，藤条葛蔓手齐攀。

又堂堂一首，上烦通理朝奉一笑，所以酬交锋将坛之句。如赐一再观，即一再笑至于抚掌也。盖其力尽辞穷，缘大句而变为此章也。

堂堂兵阵列如山,羽檄交飞势未闲。敌国正强无备处,我师潜遁若为颜。已张火炬严刁斗,更使辕门置铁关。欲就将军送降款,金城万雉莫能攀。

又不是一首,上烦运使殿院一笑,用琴啸事以酬嵇阮之句也。公诗不来数日矣,故用武侯强伏事也,乃今日吟筒复来,故用秦人开关事也。诸公各以诗来,四面受敌,师老兵疲,困于奔命,以其所备者多也,故有遁逃之句也,复可一再笑也。所谓惊坐客者,是陈孟公也,短篇小章,犹足以为孟公邪。公可复观之,可复呵呵一大笑也。诗者吾家之鼓吹也,引声吟哦,无一事能于其间,亦复时自笑也。诗中之趣,公所自得,乃信笔及此。

不是妻孥须入山,著书未得片时闲。琴逢嵇叔难施首,啸比孙登合靦颜。几日偃旗兼卧鼓,今朝延敌又开关。我师欲遁无归路,严垒如云试一攀。①

这组诗共有六首,六首一题但无总序,而是一首一序,每一篇序与下面所引之诗内容相连,与他诗无关。这是组诗序的另一种形式。南宋钱选《题雪霁望弁山图》也属于此种情况。诗为组诗,共五首,并无总序,而是一诗一序,共有五序。

组诗中的序跋,还有一种比较特殊的情况,既无总序总跋,也

① 《全宋诗》第11册,北京大学出版社1993年版,第7710页。

不是一诗一序，而是一段文字放在组诗中间，既可看作前诗之跋，也可看作后诗之序。如宋代陈普《石堂五首》，三首诗后有一段文字，文字后又有两首诗，形式奇特。兹录如下：

仙佛人言是一家，好分半席共烟霞。廓清摧陷儒家事，不谓青山识正邪。

天威如许敢争雄，重遣山灵费一峰。不共那边如水火，未应抵死不相容。

萧萧五曲片茆茨，环合群峰共护持。天下七情谁中节，武夷山石百王师。

天下名山，释子占几堂，独武夷诸峰之下无一所。土人云：茶岩旧有一区，为裂石所陷，移构石堂壁下，复陷焉，仁宗天圣间也。今茶岩下一葩，分明自百仞之上摧裂而下，石堂中一葩尤奇，搪撑枕倚，嵌罅百道，旁窥俯视，其中摧楹折桷，丹碧宛如。故举头一片，穿空入云，如啄一禽止，其负绝可爱。噫！韩退之、石守道岂兹山之精灵乎，其可怪矣。又云：山前一曲中，亦尝有二所，今皆废坠，其徒屡扶不起。其一尚余茆屋两间，一残僧贫老，自负薪水以给，见者以为可画也。石堂中者既陷，乃出九曲外作之平地上，今新村溪头石堂寺也。

闻言惊喜是家山，曷蹙来兹遂一攀。何但名称偶相似，宛然天壁锁云关。

（自注：石堂名与予家山偶同，门户崖壁亦相类，但其中广狭异尔。）

新丰鸡犬路终迷，庐下濂溪非故溪。造物留人殊过当，终当结屋此云栖。①

中间一段文字，可以看作前面诗歌之跋，大概诗人写下三首诗以后，认为应该有一个详细的交代，于是打破常规，加上一段文字，作为前面三首诗的补充。而写下一段文字之后，感觉意犹未尽，于是承接上面三首诗，再承接中间文字之意，又写下两首。中间的这段文字叙述，也就可以看作是后两首的序了。一段文字兼有前诗之跋、后诗之序功用，虽然形式上是单一的，但内容却是序和跋都包括了。

第五节　暗序与序跋加注

所谓暗序，是和上面介绍的明序相对而言的。一般来说，这类诗歌的标题比较长，包含的内容丰富，或有写作时间、地点，或有写作缘由，本来应该在序跋中补充交代说明的内容全部放在题目中。这类题目，包含了序跋的作用。唐宋诗歌中这类长题目很常见，如白居易《微之到通州日授馆未安见尘壁间有数行字读之即仆旧诗其落句云渌水红莲一朵开千花百草无颜色然不知题者何人也微之吟叹不足因缀一章兼录仆诗本同寄省其诗乃十五年前初及第时赠长安妓人阿软绝句缅思往事杳若梦中怀旧感今因酬长句》、《予以长庆二年冬十月到杭州明年秋九月始与范阳卢贾汝南周元范兰陵萧悦清河崔求东莱刘方舆同游恩德寺之泉洞竹石籍甚久矣及兹目击果惬心期因自嗟云到郡周岁方来入寺半日复去俯视朱绶白云有愧于心遂留绝句》，均属于长题目，但题目中已经包含写作背景和

① 《全宋诗》第69册，北京大学出版社1998年版，第43769页。

写诗缘由，有序的因素存在。又如刘禹锡《令狐仆射与余投分素深纵山川阻修然音问相继今年十一月仆射疾不起闻予已承讣书寝门长恸后日有使者两辈持书并诗计其日时已是卧疾手笔盈幅翰墨尚新律词一篇音韵弥切收泪握管以成报章虽广陵之弦于今绝矣而盖泉之感犹庶闻焉焚之繐帐之前附于旧编之末》，题目中也含有写作背景和缘由。元稹亦有长题诗，如《僧如展及韦载同游碧涧寺各赋诗予落句云他生莫忘灵山座满壁人名后会稀展共吟他生之句因话释氏缘会所以莫不凄然久之不十日而展公长逝惊悼反覆则他生岂有兆耶其间展公仍赋黄字五十韵飞札相示予方属和未毕自此不复撰成徒以四韵为识》，加进了人物和情节，标题超出概括性的作用，实际上已经包含了序跋的功能。宋代诗人亦有用长题目而其中暗含序者，如戴复古《三山宗院赵用父问近诗因举今古一凭栏夕阳山外山两句未得对用父以利名双转毂对上句刘叔安以浮世梦中梦对下句遂足成篇和着颇多仆终未惬意都下会李好谦王深道范明道与谈诗仆举此话鸣道以春水渡旁渡为对当时未觉此语为奇江东夏潦无行路逐处打渡而行溧水界上一渡复一渡时夕阳在山分明写出此一联诗景恨不得与鸣道共赏之》，诗歌题目长达一百四十五字，群贤本、六十家本皆作长题。

诗歌长题暗含序跋之意，今人整理有将长题改为序者，如上引戴复古诗，《全宋诗》题目作《世事》，原题目为序。又如宋代刘敞《蒋生》，《全宋诗》于题下注曰：原以序为诗题，据明贤本、明抄本补题。其序云：

> 广陵蒋生死十四年矣，尸犹温。其妻与其女闭门守之，未尝与邻里通水火。或者疑其有道，而杜君懿实之。盖尝有自远来者以书一封畀其家，视之，蒋生迹也，故俗

以为仙。因作五言赠君懿。①

以这么长一段文字为题，且其中有人物、情节，实为不妥。今将题改序而补题，便顺畅多了，也合乎情理。又如苏轼《闻捷》诗，原题长，为《元丰四年十月二十二日谒王文公于江南坐上得陈季常书报是月四日种谔领兵深入破杀西夏六万余人获马五千匹众喜忭唱乐各饮一巨觥》，今人整理将长题作为序，另命题为《闻捷》。

再如杜甫《苏大侍御访江浦赋八韵记异》，《全唐诗》于题下注曰："草堂本无此题，竟以序为题。八韵诗止七韵，疑有脱误。"其序云：

苏大侍御涣，静者也，旅于江侧。凡(一作乃)是不交州府之客，人事都绝久矣。肩舆江浦，忽访，老夫舟楫而已茶酒内。余请诵近诗，背吟数首，才力素壮，词句动人。接对明日，忆其涌思雷出，书箧几杖之外，殷殷留金石声。赋八韵记异，亦见老夫倾倒于苏至矣。②

其序虽短，但人物情节具备，叙事简洁而完整，如此文字作诗题则显得冗长而滞赘，变为序则精彩。其实，《续修四库全书》收录《唐诗归》时，已有此诗题和序，当然这不是《续修四库全书》的编纂者将其分开，因为钟惺、谭元春在编《唐诗归》时，已经在序中随文评点，二人早已将其看成序文而不是诗歌题目了。

实际上，长题是否已经包含序，在不同的版本中也有不同。在

① 《全宋诗》第9册，北京大学出版社1992年版，第5658页。

② 《全唐诗》卷二二三，中华书局1999年版，第2388页。

《全唐诗》中，李绅有几首长题诗，而在其他版本中，序文却从长题中分离出来。如《全唐诗》李绅《转寿春守，太和庚戌岁二月祗命寿阳，时替裴五墉终殁。因视壁题，自墉而上，或除名在边坐殿，殁凡七子，无一存焉。寿人多寇盗，好诉讦，时谓之凶郡，犷俗特著。蒙此处之，顾余衰年甘蹑前患，俾三月寇静，期岁而人和，虎不暴物，奸吏屏窜。三载，复遭邪佞所恶，授宾客，分司东都。或举其目，或寄于风，亦粗继诗人之末云》一诗，题目太长，而文渊阁《四库全书》此诗题目只是《转寿春守》四字，“太和”以下全为序言。又《忆寿春废虎坑，余以春二月至郡，主吏举所职，称霍山多虎，每岁采茶为患，择肉于人，至春常修陷阱数十所，勒猎者采其皮睛，余悉除罢之。是岁虎不复为害，至余去郡三载》，文渊阁《四库全书》题目为《忆寿春废虎坑》，“余以”以下全为序文。可见有些长题，最初或是诗人有题有序，后来辗转抄刻，题序不分，接连刻排，古书没有标点，如果字体不分，字号相同，再不另行标志，很容易误将序并于题目，变成长题流传后世，若今人整理未加钩沉考辨，致使序与正文难以分辨出来。再以李绅诗为例，《全唐诗》有《杭州天竺、灵隐二寺，顷岁亦布衣一游。及赴镇会稽，不敢以登临自适，竟不复到寺。寺多猿猱，谓之孙团，弥长其类，因追思为诗二首》一诗，题目长。今人整理出版《李绅集校注》仍以此为题。观其文意，题目中已含序意。查清初抄本，此诗题目作《过杭州》，其余皆为序文。因此，今人整理古籍，应将序文从题目中分离出来，这样才能便于读者阅读和理解。

序跋加注是指诗人对序跋之中的词语和典故加上注释，这种情况主要出现在宋代序跋当中。宋代有些诗人学究气浓，作诗生怕别人不明白，要加上自注或原注解释一番，这种风气又影响到序跋，但注释太多，却给人看似文章笺注的感觉。如宋太宗赵光义

《逍遥咏》序，则是典型的代表。其序加注以后太长，现选择开始一段：

> 玄元大道，理包深远。原注：玄元者，虚极之妙本，天地之元精。淳湛一真，凝然本寂。所以伯阳宗期至道，教演五千，囊括虚无，可谓深远矣。逍遥至论，义贯精微。原注：逍遥者，悬解之名，冲虚旷达之义。大鹏翔乎寥廓，至人避于无为，放意于自得之场，则物物任其性。乃可妙契三无，化周六和，使浇漓之俗复淳朴之风。精微之言，其在于斯。朕听览之余，留心缃帙。原注：万机之余，不倦披览，虽汉武乙夜观书无以过也。《三坟》、《五典》，颇识指归。原注：《三坟》者，三皇之书。三皇之道，大于五帝。《五典》者，五帝之书。五帝之道，可以常行。是以圣人皆达指归，妙尽其要者也。金匮玉函，亦探玄奥。原注：金匮玉函者，太公、黄石公所著秘法也。皆论六韬三略，富国安民，养生炼神，机权要妙。虽其渊奥，尽皆探赜矣。①

此处所引序文不过十句四十一字，注释却滔滔不绝，不厌其烦。须知此处所引，尚不足全部序文与注释的六分之一，其序与注的篇幅之长可以想见。

又如曾丰《修文立武颂并序》，其序不长，注释也颇繁琐。试引如下：

> 斌哉，颂琼公自注：魏邸也。上乂为文，自注：上与丄同，尚也。乂，治也。止戈为武，自注：弋射也。楚子曰止戈为武，未也。弧矢射之，利威天下，非伐戈比。止戈，则弋可知。公叶用之，自注：合文武为斌，故曰名斌哉。以速效焉。庆元五年，西黎自注：谓临高黎。

① 《全宋诗》第1册，北京大学出版社1991年版，第3120页。

> 寇边,拥彼关矢,撄吾控弦。害其衄矣,曾是罔悛。明年公来,溯所以然,曰不在彼。此失其纪,我其纪之。礼义廉耻,表是国都,形于田里。骄骄者驯,峗峗者峙。黎莫窥公,策诎技穷。自注:黎技尤长于弓矢。直东南黎,自注:南谓澄迈黎,东谓乐会黎。归我疆封。乃乘其会,侏降乞容,自注:四月丁未,西黎詟至。五月,师还而黎遁。六月丁亥,南黎降。丁酉,东黎降。七月庚午,西黎降。惠然应然,与之大同。此颂所为作也。自注:公于二黎挈所侵地降之。二月,筑堂曰归疆,翼以亭曰修文立武。归疆,自修文立武由。文修武立之效,变夷为华,归疆效之一而,故不书。①

不仅繁琐,而且用词生僻,有卖弄学问之嫌,如“上”与“丄”同,“丄”是“上”的异体字,古人也不常用,此处将常用的“上”解释一句,实属多余。此序以颂体来写,叙事受到限制,有些自注的句子完全可以放到序中。

当然,有些序跋加注只是为了解释词语或典故。如周紫芝《高公墓并引》,其序结尾说“宣和辛丑,予避寇难,屏迹山间,每饭余辄曳杖逍遥于墓木之下,遂作此诗。自注:寇谓方腊。”诗歌和序中未提方腊,没有自注,读者不会明白“寇”是什么意思。有的序跋引诗句,诗人为使读者了解诗句全貌,在自注中将全诗注出,如章甫《寄题极星亭》序。章甫,字冠之,鄱阳(今江西波阳)人。少从张孝祥游,豪放不羁。章甫怀才不遇,终身布衣。其序曰:

> 大历三年,少陵先生曾下瞿唐,适江陵,晚泊松滋江亭,感兴赋诗,卒章有“今宵南极外,甘作老人星”之语。

---

① 《全宋诗》第48册,北京大学出版社1998年版,第30165页。

自注：杜诗"纱帽愧鸥鸟，扁舟系此亭。江湖深更白，松竹远还青。一柱全应近，高唐莫再经。今宵南极外，甘作老人星。"隆兴癸未岁，代都王履方客食是邑，以书问亭之名于番阳章甫。请榜之曰极星，并作古风寄题亭上。①

序文加注，将极星亭之名源于杜诗交代清楚，补充了诗歌不能展开引用之局限。但是另一方面，序文中将一首诗全部注出，其注文字数接近诗序字数，沾染了学究之气，未免有些拘泥。

还有另外一种情况，诗歌题目长而含暗序，题目后又有注释。如宋代赵蕃《过生米市舣舟求浴望山巅有屋岿然至右岸数步宛转荒级榜曰钓矶入门古坛对江上则有独柏余屋悉具体问之云施肩吾尝垂纶于此柏则唐胡天师所植他无碑记惟华邦直则留题一诗有石刻因用其韵题钓矶又复用小阁壁间韵留题胡柏并书柱间浴罢理棹而去》，分析题目，序当是暗含其中，但题目下又有注云："时淳熙戊戌七夕前一日也。华诗句云：'一簇亭台瞰碧流，坐无尘土染衣裘。舟人来往风波里，指点神仙在上头。'阁诗不佳，故不录。"②不过，在唐宋诗序跋中，这种情况还是比较少见的。

① 《全宋诗》第47册，北京大学出版社1998年版，第29045页。
② 《全宋诗》第49册，北京大学出版社1998年版，第30809页。

第四章　唐宋诗序跋的基本功能

第一节　序跋的附属作用及其与诗歌的互补关系

要分析诗歌序跋的功能，首先要明了诗歌与序跋是两种文体，文体不同，功能自然有差异。古人作诗讲言志言情，其实都是说诗歌的抒情功能，因为诗歌的概括力强，语言精练，寓不尽之意于有形篇幅之中，所以往往给读者留下丰富的想象空间。这是诗歌的优长之处，但同时也是诗歌的短处，其表现主要是有时仅凭诗歌难以了解诗人写作的时间、地点，写作时的心态以及写作缘由等等，难以展示场面、情节、人物对话、细节描写等等。如果诗歌本身没有透露出这些信息，那么，随着时间的流逝，读者就会对诗歌内容的理解见仁见智，甚至有时会出现意见相左的现象。虽然说诗无达诂，但理解诗歌最基本的要求，还是应该做到力求贴近作者初衷，不能过度发挥阐释，游离太远，曲解作者原意，或无中生有，揣度猜测，这都是不利于理解诗歌的。例如李商隐的《无题·相见时难别亦难》诗，朦胧晦涩，后世难以解读，众说纷纭，莫衷一是。白居易的《长恨歌》也是如此，尽管白居易作此诗有时代背景，有人物，但呈现在此诗中的心态复杂，白居易并未说明，故后来有讽喻、爱情及讽喻兼爱情三说。当然每个读者对诗歌都有自己的理解，但诗歌最基本的内容还是不能有很大争议的，如果上述诗歌有序跋作说明，诗歌的主旨就清楚了，这些疑惑纷争自然就不会出现。

诗以抒情为主，序跋则以叙述为主，这里说的抒情，也包括议论，叙事也包括描写。诗歌严谨，序跋轻松，诗歌概括，序跋细致。诗歌讲韵律句式，序跋长短自如，无韵律、句式限制。文体功能和作用的差异，也决定了诗歌创作时需要文体互补，以序跋补充说明诗歌未明之意、未尽之意，这就形成了序跋为诗歌服务，诗歌为主，序跋为辅的现象。当然，有时序跋有序跋的作用，诗歌有诗歌的作用，并不能互相代替，也说明序跋在某种程度上具有一定的独立性。在这一点上，宋代沈括的《游山门并序》很能说明问题。沈括（1031—1095），字存中，钱塘（今浙江杭州）人。嘉祐八年擢进士第。沈括博学多才，天文、地理、音乐、医药、术数等，无所不通。所著《梦溪笔谈》，被英国著名学者李约瑟誉为“中国科技史上的坐标”。其序云：

> 宁国之西有山，蔚然独起，四壁斩绝，有佛宫栖其间，不可攀而跻也。其下则偃然有门阏焉，世谓之山门而不名，宜称江南山川之奥。而宁国据其高垲，山门又其尤焉。则其钟禀之异，不待余言而知也。宁国之士大夫，乃未有一人尝至其下者，至其闾巷市井田野之人，亦不能以一日游焉。彼皆有以用其身，而不暇外慕也为宜。古之人必至于乖谬龃龉，材智不合于时，去无田畴山林百工之事以归其身，而后逶迟偃蹇，肆傲于山林水石之间，悠然遐观，思古人而终身焉。虽然，于进退之决，予未能如彼其果也，要无所用其身而寓之外物，登高而望远，激流泉之清波，翳茂树之繁荫，则予将有遇焉。既又为诗一篇，

以纪其游。耳目之所得，吾诗能言之，必其所游所以得，所以乐，盖诗未尝能赋也。①

序末说“耳目之所得，吾诗能言之，必其所游所以得，所以乐，盖诗未尝能赋也”，便道出了诗与序二者的不同，耳得之为声，目遇之成色，诗歌高度凝练概括，能够反映到诗中。但是耳目所得的原因以及欢乐的原因，诗歌因为受到文体的限制，不具备这项功能，因而并不能充分地展开进行说明，不能很好地反映，而序却不同，它不仅能将诗歌写作的背景及缘由交代清楚，而且还能真实记录诗人的感受。为了便于比较，现将《游山门诗》录于下：

溪水激激山攒攒，苍崖腹封壁四环。一门中嚂俯惊澜，造物为此良有源。坡颠窾塞沦九渊，吐吞龙螭殆非然。又疑猛将血战还，斩此欲守规为门。至今惨恻风夜寒，杀气袭水为屈盘。山重地僻道路偏，此境安得与祸连。反复不得意所安，将必有理愧莫原。山川幽深适素尚，辙蹂万里穷跻骞。生平所更了可记，怪特若此殆未观。崆峒地首久茫昧，自此稍欲信所传。排云径上凌巀嶭，力弱盛恐乘以蹎。西光戛戛下岩壑，取酒更为山流连。

在诗与序的比较之中可以感受到二者的功能差异。当然，这并不是说诗歌在任何情况下都是被动的，因为诗歌具有强烈的抒情效果和朗朗上口的音韵魅力，在特定的时候仍然可以补充散文文体

① 《全宋诗》第12册，北京大学出版社1993年版，第8011页。

之短处。如宋代巩丰《哀吕东莱》之序。巩丰(1148—1217),字仲至,原籍须城(今山东东平),徙居武义(今属浙江)。淳熙八年进士。其文不尚险怪。工诗,雄丽精切。其序结尾一段说:

> 今年秋九月,始以上舍生第进士,幸无举子累,可以窃数年之暇,终事先生于寂寞之滨,而九原不可作,未知几流涕痛哭长太息而可以伸此恨也。乃依唐人张籍祭吏部昌黎韩公之义,赋古风一章,其声韵名数如之,庶几写丰之悲而补文之所不及焉。①

吕东莱去世后,巩丰曾写祭文哀悼,但总觉未尽心中哀情,于是又撰写长诗抒发情感,用以补哀悼序文之不足。这种情况写的诗往往是长诗。不过,以诗补文,在全部的诗歌与序跋的关系中,尚属少数。

以序跋补诗未尽之意、未明之意的情况,在唐宋诗歌序跋中可以找到许多例子,如苏辙《追和张公安道赠别绝句》之引。苏辙(1039—1112),字子由,苏轼弟。嘉祐二年与苏轼同榜进士及第。论文以复古为革新,反对浮巧侈丽。先看苏辙之诗,"少年便识成都尹,终岁仍未幕下宾。待我江西徐孺子,一生知己有斯人"。短短四句,并无文字障碍,但诗歌究竟说的是什么意思,苏辙为什么写这首诗,写诗的背景是什么,读者依旧搞不清楚。这时,要理解诗意,就需要诗序帮助了。诗引云:

> 予年十八,与兄子瞻东游京师。是时张公安道守成都,一见以国士相许,自尔遂结忘年之契。公晚事裕陵,

① 《全宋诗》第50册,北京大学出版社1995年版,第31147页。

君臣之义,初不浅也。既而与用事者异议,拂袖而出,初守宛丘,次守南都。予亦以议论不合,连从公游。元丰初,子瞻以诗获罪,窜居黄州,予谪监筠州酒税,公凄然不乐,酌酒相命,手写一诗为别曰:"可怜萍梗漂浮客,自叹匏瓜老病身。从此空斋挂尘榻,不知重扫待何人。"后七年,蒙恩召还,复见公南都。自是又八年,而有升沉之叹,时公薨已数年矣。及自龙川还颍川,侄过出子瞻遗墨,中有公所赠章。览之泣下不能止,乃追和之。①

看过这篇序文,读者才知道苏轼、苏辙兄弟与张安道的交往经过和友情。数年前张安道赠诗一首,十几年后苏辙见到侄子苏过,览苏轼遗墨,见张安道之所赠章,追忆往事,情不自禁,潸然泪下,这才作诗一首以追和。有序作一番交代,诗歌也就很容易理解了。

再如王庭珪《赠别陈君授》之序,其诗曰:"十载投荒坐献书,忽逢飞诏下荆巫。归来好上升平颂,已死奸谀不足诛。"若无序作说明,读者也搞不清楚这首诗是什么意思,只能大概了解因上书朝廷而被贬,今圣上大赦天下,诗人终于恢复清白,但是已死奸谀是谁,仍旧搞不清楚,可是读完序就自然明白了。序云:

绍兴十九年,余坐诗语窜夜郎,遇太学生陈君授前二年上书言事,忤秦太师意,亦谪居是州。二十五年冬,秦太师病死,遐方未及闻,圣上慨然施旷荡之恩,尽放流人,某与陈君授始获生还。感恩出涕,作二绝句赠别。②

---

① 《全宋诗》第15册,北京大学出版社1993年版,第10128页。
② 《全宋诗》第25册,北京大学出版社1995年版,第16853页。

序文将事情的来龙去脉交代得非常清楚,弥补了诗歌不能展开叙述的局限,二者做到了很好的互补。序中说生还而感恩,可与诗歌二三句结合起来,理解诗人当时喜悦之心情。

有的诗序甚至直接说明诗句用意,其作用与注释相似。如王庭珪《赠日者张谷》之序,其序云:“余窜夜郎八年,东归至长沙,遇日者张谷,考十年前所言皆不谬。余虽老,然寿则非君妙术所得而推,故末句云。”诗歌末句说的是什么呢?其诗曰:“夜坐吟诗窜夜郎,君将何术考休祥。近来偷得西华法,不敢烦君算短长。”诗人流放夜郎之前,占卜者张谷已经算出其命运多舛,回到长沙后,又遇到张谷,可能这次相遇张谷又要占卜预测诗人的寿命,而诗人此时已经信奉道教,认为张谷已经不能推测了。“西华”,道教仙宫名,“西华法”指道教。如果没有序作说明,诗歌末句确实不好理解,而诗歌第三句“西华法”,也为序文“然寿则非君妙术所得而推”作了说明,序文与诗歌的互补作用得到很好的体现。又如王庭珪《杨文发将趋行朝辄用所惠诗次韵一首赠别》之跋,其诗云:“欲赠初无金错刀,待凭巧冶铸豪曹。公家勋业麒麟上,国史声名泰华高。已见郎君如玉树,便为名士读离骚。甄逢他日惊人去,标目须经大手褒。”这样的诗,如果没有背景介绍,读者恐怕很难明白作者所言,尤其是末尾一句,更是不知所云。可能诗人考虑到这些情况,于是在诗后附有一跋,除介绍写诗缘由,还重点谈到了诗歌末尾一句的用意。跋曰:

忠襄公大节震耀天下,而行状未能详。昔甄逢能标目其先人甄济事,载之天下耳目,彻于天子,赫然惊人,然济止能不污贼而已,其事至微,史臣犹特书之。今文发以神道庙碑俱未立，欲徒步有请于朝，当得大手笔以张阐其事，故篇末激之。①

看完此跋，读者明白了诗人赠诗的缘由，最后一句的含义也清楚了。

总之，作为诗歌的附属，序跋对于全面深入理解诗歌，使诗歌传播得更加准确无误，无疑起着非常重要的作用。不仅如此，序跋对于诗歌的系年，以及诗人的生平传记也都有帮助作用。

第二节 序跋功能之一——交代诗歌背景

诗序最基本的功能是交代诗歌创作背景。创作背景，主要指诗歌写作的时间、地点，诗人当时的处境、情感状态以及创作诗歌的缘由等。诗人在进行诗歌创作时，要叙述某件事情或表达某种感情，由于受诗歌格律的限制，往往很难完整、充分、具体地描述和表达出来，这时，就需要在诗前加上一个或长或短的序，作为铺垫和补充，类似于今人写文章，要在前面加一个简介或说明，这样，对读者了解诗人、理解作品均有较大的帮助。这种情况在唐宋诗序中占了绝大部分。如岑参《佐郡思旧游》之序。岑参（715—770），荆州江陵（今属湖北）人，郡望南阳。天宝三载进士及第。后两次出塞入边幕。与高适同为盛唐边塞诗派代表作家，世称“高岑”。其序曰：

己亥岁春三月，参自补阙转起居舍人。夏四月，署虢

① 《全宋诗》第25册，北京大学出版社1995年版，第16824页。

州长史。适见秋草,凉风复来。昔桓谭出为六安丞,常忽忽不乐,今知之矣。悲州县琐屑,思掖垣清闲,呈左右省旧游。①

仅仅六十四字,便将诗人当时的处境、心态、诗歌创作缘由等交代清楚。安史之乱爆发后,岑参从北庭东归勤王,杜甫荐其任右补阙。岑参忠心直言却触怒奸佞,于是转为起居舍人,后又外放虢州长史。其诗句"同类皆先达,非才独后时","白发今无数,青云未有期",便是序中所言处境和心情的真实写照。可以说,该序是解读岑参这一时期诗歌的一把钥匙。

又如陈子昂《蓟丘览古赠卢居士藏用七首》之序:

丁酉岁,吾北征。出自蓟门,历观燕之旧都,其城池霸业,迹已芜没矣。乃慨然仰叹,忆昔乐生、邹子,群贤之游盛矣。因登蓟丘,作七诗以志之。寄终南卢居士,亦有轩辕之遗迹也。②

这是组诗的总序,序中交代了诗歌创作的时间、地点,也表达了诗人壮志难酬的苦闷心情。其实,这组诗的写作还有更深的背景。万岁天通元年,契丹进犯唐朝东北部边境,陈子昂从建安王武攸宜北征契丹,为军中管记,武攸宜对其颇为信任,军中文翰皆委之。但唐军与契丹首次交战便败北。据司马光《资治通鉴》载:"春,三月,戊申,清边道总管王孝杰、苏宏晖等将兵十七万,与孙万荣战于

① 《全唐诗》卷二〇一,中华书局1999年版,第2103页。
② 《全唐诗》卷八三,中华书局1999年版,第893页。

东硖石谷,唐兵大败,孝杰死之。孝杰遇契丹,帅精兵为前锋,力战。契丹引退,孝杰追之,行背悬崖,契丹回兵薄之,宏晖先遁,孝杰坠崖死,将士死亡殆尽。"①在此危难关头,陈子昂进言献策,武攸宜不仅不采纳正确建议,反而将陈子昂降为军曹。他在燕国旧都览古抒怀,缅怀燕昭王、太子丹礼贤下士的往事,抒发自己怀才不遇、生不逢时的感慨。这篇小序,对于理解后面的七首诗,具有重要的说明和启示作用。

又如白居易的《琵琶行》之序。白居易(772—846),字乐天,晚号香山居士。祖籍太原,后迁居下邽(今陕西渭南)人。贞元十年登进士第。历任左拾遗、江州司马、杭州刺史等,晚年居洛阳。与元稹齐名,世称"元白"。其序曰:

> 元和十年,予左迁九江郡司马。明年秋,送客湓浦口,闻船中夜弹琵琶者。听其音,铮铮然有京都声。问其人,本长安倡女,尝学琵琶于穆、曹二善才,年长色衰,委身为贾人妇。遂命酒,使快弹数曲。曲罢,悯默。自叙少小时欢乐事,今漂沦憔悴,转徙于江湖间。予出官二年,恬然自安,感斯人言,是夕始觉有迁谪意,因为长句歌以赠之。凡六百一十二言,命曰《琵琶行》。②

序中交代出时间和地点,由琵琶声引出琵琶女,通过倡女的倾诉,抒发自己政治失意之悲哀。倡女的沦落身世触动了诗人情感,其心态由最初的"恬然自安"到此刻的"有迁谪意",进而引发"同是

① 司马光《资治通鉴》卷二〇六,中华书局1997年版,第1656页。

② 《全唐诗》卷四三五,中华书局1999年版,第4831页。

天涯沦落人,相逢何必曾相识”的感慨。诗序帮助读者了解了诗人当时的处境和心态,也为作者在诗中表达情感做了必要的铺垫,对读者解读诗歌有重要的作用。

宋代诗歌序跋数量大增,但交代写作背景仍旧是最主要的功能。如李纲《春词二十首》之序云:

> 余谪沙阳,寓居兴国佛祠,寝西小轩。春至,梨花盛开,玉雪可怜,修篁嘉木,幽禽百啭。每晨坐读书,午睡初醒,把酒寓目,慨然感怀,因成春词二十篇以纪景物。可以兴,可以怨,庶几乎诗人之旨,览者无诮焉。①

说明地点、住所、季节,以及被贬时期落寞伤感的情怀,故睹物生情而作诗。又如李纲《泛碧斋诗》之序,其诗云:“画斋初泛碧溪浔,十里津平叠翠岑。拍岸烟波梅雨细,连天芳草岭云深。愧烦断取西湖景,暂慰倾思北阙心。好是清霄山吐月,水光天影共沉沉。”虽写山水景色,反映出诗人置身山水而忘忧的心情,但诗歌本身透露出的信息仍然很少,于是,诗人便在序中将时间、地点等作一详细交代:

> 闽溪类多湍濑,小舟诘屈行乱石间,稍大则胶。独沙阳不然,溪平缓无滩声者几十余里。县故有舫,焚于雷火,因不复置,迨今八年。清流如席,可泛可濯,坐视莫为,非阙典耶?予谪官来此,暇日为邑中同僚道其故,不旬月而舫具,华丽宏壮,有浙舸之风,名之曰泛碧斋,相与

① 《全宋诗》第27册,北京大学出版社1996年版,第17547页。

> 置酒以落成。移舟中流,沿溯轻驶,四顾溪山邑屋之美,欣然忘归,而去国流落之感得暂释焉。因赋诗四韵以纪其实,序而刻之,使后人知是舟之设自吾徒始,尚勿毁云。时宣和二年孟夏,武阳李某序。①

时间、地点、舟名之来历以及泛舟饮酒过程,都做了交代。

苏辙的《逍遥堂会宿二首》之引也有代表性,若无序文交代背景,对二诗的理解只能限于字面,诗云:"逍遥堂后千寻木,长送中宵风雨声。误喜对床寻旧约,不知漂泊在彭城"。"秋来东阁凉如水,客去山公醉似泥。困卧北窗呼不起,风吹松竹雨凄凄"。结合二首诗前面的序,读者就会加深对诗歌的理解。其引曰:

> 辙幼从子瞻读书,未尝一日相舍。既壮,将游宦四方,读韦苏州诗,至"安知风雨夜,复此对床眠",恻然感之,乃相约早退,为闲居之乐。故子瞻始为凤翔幕府,留诗为别,曰"夜雨何时听萧瑟"。其后子瞻通守余杭,复移守胶西,而辙滞留于淮阳、济南,不见者七年。熙宁十年二月,始复会于澶濮之间,想从来徐,留百余日。时宿于逍遥堂。追感前约,为二小诗记之。②

交代时间、地点,以及追忆往事的情境,背景的因素清楚了,诗中的"寻旧约"等词语也就有了着落。

---

① 《全宋诗》第 27 册,北京大学出版社 1996 年版,第 17572 页。

② 《全宋诗》第 15 册,北京大学出版社 1993 年版,第 9908 页。

钱易的《嵇康小舞词》之序更能说明问题。钱易（968—1026），字希白，钱塘（今浙江杭州）人。咸平二年进士及第。今存《南部新书》十卷。先引其诗："薛九三十侍中郎，兰香花蕊生春堂。龙盘王气变秋雾，淮声哭月浮秋霜。宜城酒烟湿羁腹，与君强舞当时曲。玉树遗辞莫重听，黄尘染鬓无前绿。我闻襄阳白铜鞮，荒情古艳传幽悲。凄凉不抵亡国恨，尘中苦泪飞柔丝。洛阳公子擎银觞，跪奴和曲生辉光。茂陵旅梦无春草，彤管含羞裁短草。"从诗中可以知道薛九以及《嵇康》舞曲，诗歌的写作背景还是不太清楚，有序作交代，读者就豁然开朗了。序云：

> 薛九，江南富家子，得侍宫中。善歌舞《嵇康》。《嵇康》，江南曲名也。学舞于钟离氏。建业破，零落于江北。予遇于洛阳福善坊赵春舍，饮酣，于是歌《嵇康》，其词即后主所制焉。尝感激，坐人皆泣。春举酒请舞，谢曰：老矣，腰腕衰硬，无复旧态。乃强起小舞，终曲而罢。坐中有王生者，请予为《嵇康小舞词》。①

序文把写作此诗的背景交代得非常清楚，读诗就不会出现歧义。有的诗人作序时不仅写明时间、地点，还要写上自己的年岁，对后人研究提供了准确的资料。如李堪《乌目山五题》之序，其序不仅交代背景——"余被物役涂污，故羁于人务，网于吏位，诚此身为官府有也。今四十加六年，始觉老非欲而已至，病不期而自来"，而且在序文结尾还要写上为何"五题"和时间："其山左右前后僧

① 《全宋诗》第2册，北京大学出版社1991年版，第1186页。

居佛宇者有五,因而成五题。皆率尔所作,非高妙也。大中祥符三年四月五日序。"①如果没有此序,组诗五首就没有根基了,因为五首诗《兴福寺》、《延福院》、净居院》、《永庆寺》、《龙院》都是单个地描写对象。所以,序文不仅交代时间、地点、年岁,而且写诗人倦于官场,疲惫不堪,见乌目山五座僧居佛宇,有感而发,写诗以志。

诗序交代时间地点,还有一种日记体诗序。如苏颂曾经出使辽国,沿途所见,辑录为诗,其诗序则说明时间地点,行走路线。如《离广平》之序曰:"十二月十日离广平,一向晴霁,天气温暖。北人皆云未尝有之,岂非南使和煦所致耶。"《发柳河》之序云:"十二月二十七日早发柳河,蹉程山路,险滑可惧,因见旧游,宛然如昨。"《摘星岭》之序云:"二十八日过摘星岭,行人相庆,云过此则路渐平坦,更无登陟之劳矣。"日记体诗与序一般都有多首多篇,虽然简短,但与诗题下面的自注不同,因为不是注释词语典故,而是交代时间、地点等写作背景。唐宋诗题目下有自注,一般诗人要说明是注释。上引苏颂诗中也有自注,是在诗句之中。如《发柳河》于"野外污莱未耨闲"句下自注曰"辽土甚沃,而地寒不可种,春深始耕,秋熟即止",是就某一句注释,并不是背景性的材料。

唐宋诗歌序跋在介绍诗歌背景的同时,有的序跋还将诗歌引申,成为诗歌延伸性的文字。这种延伸,不仅仅是提供背景,对场面、事件进行描述,还在丰富了诗歌的内涵,使诗歌的信息含量大大增加了。如方回《题布袋和尚丰干禅师寒山拾得画卷》之跋,其诗只有四句:"丰干禅师降猛虎,布袋和尚愚小儿。老夫见画未亲见,唯喜寒山拾得诗。"简单明了,虽有题目说明,仍不甚了了。跋

① 《全宋诗》第2册,北京大学出版社1991年版,第1132页。

则不仅提供背景材料，还具有引申的功能。其跋如下：

今有二异僧，一虎随之入城市，一拽布袋引群小儿，民间不鼎沸喧哄乎。以人情观之，画本相传如此，既未亲见，不可信也。惟寒山拾得有道之士，实有其人，有其事，有其诗数十百篇。如"秦楼有美女，杂佩何珊珊。鹦鹉花间养，琵琶月下弹。长歌三月响，短舞万人看。未必常如此，芙蓉不耐寒"。诗律精妙，尾句有开有阖。朱文公深赏之，愚亦赏之，故作如是题。①

跋文对诗歌进行了引申，诗歌的内容显然丰富多了。不仅介绍寒山拾得，还引诗并进行评论。

方回的《题沈伯隽所藏赵子昂墨兰》之序也是如此，诗歌只有四句："今兰春秀异秋兰，世事随时岂一端。别有古人不死处，陶诗晋字要人看。"结合题目，读者只能晓其大概。背景性的信息题目已经隐含，但引申的内容和深蕴的内涵还需借助序文。其序曰：

今之墨兰，山谷之所谓兰也，一干一花。古之兰，根枝叶花皆香，一树而千万蕊。《离骚》曰"纫秋兰以为佩"，秋兰兮蘼芜。汉武曰"兰有秀兮菊有芳"。今八九月开，与菊同时。渊明诗曰"幽兰生前庭，含薰待清风；清风脱然至，见别萧艾中"。东坡诗曰"幽兰如美人，不采羞自献；时闻风露香，蓬艾深不见"。今之兰，十二月、正月开，若萧、若蓬、若艾，皆枯槁未芽，陶苏诗指屈子之

① 《全宋诗》第66册，北京大学出版社1998年版，第41810页。

兰耳。然山谷之兰，盛行近世，墨竹、墨梅之外，加以此品，古画谱亦所未有。随时之义一可赋，赵子多能善画二可赋，沈子嗜学好事三可赋。①

题画诗之外，又引出如此丰富的内容，不仅引屈原、汉武帝、陶潜、苏轼诗说明，字里行间，还带有考证之义，显然比只是交代诗歌背景要复杂多了，诗歌的意蕴也深邃了。

第三节　序跋功能之二——描写人物、事件、场面、语言

随着唐宋诗歌题材的扩大，序跋反映的范围也随之扩大，这时，序跋就不仅仅是介绍时间、地点等一般性的交代，而是转向叙述与诗歌内容相关联，但诗歌限于形式又无法表现的内容，以补诗歌体裁之不足。例如叙述事件，描写场面，对人物进行肖像、心理、行动、语言描写。叙述和描写的成分增加了，而这正可以弥补诗歌的短处。

描写人物，唐以前的诗序中并不多见，唐代描写人物诗歌增多，诗序也随之增加，如岑参《太白胡僧歌》之序，其序云：

太白中峰绝顶，有胡僧，不知几百岁，眉长数寸，身不制缯帛，衣以草叶，恒持《楞伽经》，云壁回绝，人迹罕到。尝东峰有斗虎，弱者将死，僧杖而解之。西湫有毒龙，久而为患，僧器而贮之。商山赵叟，前年采茯苓，深入太白，

① 《全宋诗》第66册，北京大学出版社1998年版，第41810页。

偶值此僧，访我而说。予恒有独往之意，闻而悦之，乃为歌曰。①

序虽不长，但胡僧的形象已经很清晰地展示在读者面前，对于理解下面的诗歌起了很好的铺垫作用。而类似这样的肖像描写，只能在散文文体中才能完成，句式整齐讲究韵律的诗歌很难进行这样的描写。

再如元稹《卢头陀诗》之序，也是描写人物形象，叙述事件原委，非诗歌所能完成。元稹（779—831），字微之，世居京兆万年（今陕西西安）。历任监察御史、通州司马等职，与白居易齐名。其序曰：

道泉头陀字源一，姓卢氏，本名士衍。弟曰起郎士玟，则官阀可知也。少力学，善记忆。戡解职仕，不三十余，历八诸侯府，皆掌剧事。性强迈，不录幽琐，为吏所构，谪官建州。无何，有异人密授心契，冥失所在。卢氏既为大门族，兄弟且贤豪，惶骇求索无所得。胤子某，积岁穷尽荒僻，一夕于衡山佛舍众头陀中，灯下识之，号叫泣血无所顾。然而先是众以为姜头陀，自是知其为卢头陀矣。尔后往来湘潭间，不常次舍，只以衡山为诣极。元和九年，张中丞领潭之岁，予拜张公于潭，适上人在焉。即日诣所舍东寺一见，蒙念不碍小劣，尽得本末其事，列而序之，仍以四韵七言为赠尔。②

① 《全唐诗》卷一九九，中华书局 1999 年版，第 2063 页。

② 《全唐诗》卷四一三，中华书局 1999 年版，第 4589 页。

与下面的诗歌比较,序文的描写介绍是非常详细的。诗曰:"卢师深话出家由,剃尽心花始剃头。马哭青山别车匿,鹊飞螺髻见罗睺。还来旧日经过处,似隔前身梦寐游。为向八龙兄弟说,他生缘会此生休。"显然不及序文叙述周密描写细微。

有的诗序描写人物,不是简单地作静态的描写,而是将人物放在事件发展中,揭示人物内心世界以及命运。这显然比单纯的肖像和行动描写要深入得多。如张祜《孟才人叹》之序。张祜(792?—853?),字承吉,郡望清河(今属河北),南阳(今河南邓县)人,寓居姑苏(今江苏苏州)。屡举进士不第。晚年隐居丹阳,身后萧条冷落。其序云:

> 武宗皇帝疾笃,迁便殿,孟才人以歌笙获宠者,密侍其右。上目之曰:"吾当不讳,尔何为哉?"指笙囊泣曰:"请以此就缢。"上悯然,复曰:"妾尝艺歌,请对上歌一曲以泄其愤。"上以恳许之。乃歌一声《河满子》,气亟立殒。上令医候之,曰:"脉尚温而肠已绝。"及帝崩,柩重不可举,议者曰:"非俟才人乎?"爰命其榇,榇至乃举。嗟夫!才人以诚死,上以诚命,虽古之义激,无以过也。进士高璩登第年宴,传于禁伶。明年秋,贡士文多以为之目。大中三年,遇高于由拳,哀话于余,聊为兴叹。①

唐武宗身染重病,孟才人侍奉身边,歌一曲《河满子》,竟至气绝身亡。唐武宗去世后,灵柩竟然沉重而不可举,令人颇觉蹊跷,原来是在等待孟才人之棺木,榇至以后灵柩方可举,可见二人情意之深

① 《全唐诗》卷五一一,中华书局1999年版,第5891页。

厚。这段小序,有人物,有对话,有情节,简短的描写中展现人物的内心世界,比诗歌详尽多了。张祜其诗曰:"偶因歌态咏骄颦,传唱宫中十二春。却为一声河满子,下泉须吊旧才人。"诗歌如此简练,若无序文交代人物命运,简直不知所云。由此可见,序文虽然是诗歌的附属物,但其作用已经变得非常重要,不仅仅是篇幅超过了诗歌,而且作者把写作重点也放在了序文上。

有的序文写人物,笔墨着重在环境描写中突出人物的精神风貌,寥寥几笔便使人物呼之欲出。如宋代徐积《好笑南郭翁》之序:

> 南郭翁病且老矣,而最好柳菊。所居之室,适有巨柳二株,夹户翛然,与常柳不类,亦江淮间所难有者也,名之曰老柳。其居在学舍之西廊,故无东篱,即于西篱下多种菊花,至于十月,其花犹有存者,名之曰晚菊。每饮酒,先举杯向柳熟视,然后移杯转头向西篱下,呼小儿取菊花投之杯中,一酹便止,盖其所乐者在乎其内而不在乎其外也。南郭翁常自比于陶潜,而柳数不及,又其种菊之所东西相反,至论其所乐,亦无以异也。乐乎,乐乎,其如此而止乎,犹未免寓诸物而已也。①

没有细腻的形象描写,而是先写所居之环境,两棵巨柳夹户生长,西篱之下种植菊花,晚秋时节,依然傲霜而开。人物还未出场,已经使人感到南郭翁远离世俗之风韵。最令人叫绝者乃南郭翁饮酒之态,先是举杯向柳凝望,然后面向西篱菊花,寄寓胸中高韬绝尘

① 《全宋诗》第11册,北京大学出版社1993年版,第7632页。

情怀。至于呼小儿摘取菊花投入酒杯,大概也是心仪菊花酒所致,所言“其所乐者在乎其内而不在乎其外”,表明南郭翁并不注重外在形式,颇有欧阳修“山水之乐,得之心而寓之酒”的境界。在环境描写和人物行为的描写中,人物的精神世界也得到了充分的展示。

序跋还善于写物,因为用散文笔法,所以描摹事物能全面展示,曲尽其详,而这方面是诗歌所不具备的。例如徐积《芰荷歌》之序:

> 荷之初生,如孔雀团花,如钿如钱,如海上渌鱼之胆。其方卷者如瓦,斜卷者如笺,卷而舒者如杯,舒之大者如盘。其花如处女妇人,其修然而出乎其上者如墙头冶容,其偃然而隐乎其下者如闺房之秀静而正者也。其鸥鹭之属往来嬉戏毛色鲜明者,白纻郎也。于是赋之者穷物之形,而寓意故有焉,其亦庶乎如有所补,姑不至于苟作者也。①

描写芰荷之状,细腻贴切,栩栩如生。序文连用十一个比喻,先写初生状,如孔雀团花,如钿如钱,如渌鱼之胆;次从荷叶形状写起,依次写方卷者、斜卷者、卷而舒者、舒之大者四种,分别用瓦、笺、杯、盘来形容,最后写荷花,以处女妇人相比,又有两种情况——修然而出乎其上者,隐然而隐乎其下者,分别用墙头冶容和闺房之秀静来比喻。这样的写物,序文的手法显然要优于诗歌,我们可以引诗作一比较:“孔雀团花翡翠钿,青皇抛尽买花钱。渌鱼飞胆大如拳,琉璃瓦坠紫微天。湘妃曲谱谁可传,彩毫不动斜卷笺。我家食

① 《全宋诗》第11册,北京大学出版社1993年版,第7564页。

客常三千，杯盘一样青瑶圆。麻姑下来寻水仙，不见波澜只见烟。昨夜秋风吹洞庭，起来先着碧霞裳。半含笑面齐斗妆，家家院落绀为墙。不道采花人在傍，贪看飞来白紵郎。亦有美人贞且良，独在碧绡帏下藏。”比较而言，诗歌不如序文细致入微，生动形象，原因在于散文语言可以任意长短，可以任意使用句式和修辞方法，而诗歌毕竟要考虑韵律、句式，不能恣意为之，即使是古体诗，也要遵守诗歌的写法规则，否则就不能称之为诗了。

有的诗序虽然短小，但寥寥几笔，便描绘出所写物之特征，如司马光《双竹》之序：

> 草木类同而种殊者，竹为多。杭州广严寺有双竹，相比而生，举林皆然。其尤异者，生于枯树腹中，自其顶出，森然骈竦，树如龙蛇相萦，矫首研然。余游，见而赋之。①

竹子为南方常见植物，此序中的竹子是罕见的双竹，而且整个竹林都是如此。更有奇异者，生长在枯树腹中，又从枯树顶部长出，其树如龙蛇缠绕盘桓。简短的描写便将双竹之特色形象描绘出来。

有的诗序在写物时，常常加上奇幻的内容，为所写之物增添神秘色彩，如华镇《双笋石》之序。华镇，字安仁，号云溪居士，会稽（今浙江绍兴）人。元丰二年进士及第。华镇平生博览群书，经史诸子及阴阳方技，无所不及。其序曰：

> 在上虞县钓台山，高百余丈，若人冕而对峙者。其巅

---

① 《全宋诗》第9册，北京大学出版社1992年版，第6076页。

有异花,每杜鹃啼时开若霞锦。神宗崩,三年不荣。高宗崩,花忽变白。孝宗崩,二年若枯,既而复茂。①

题目是写双笋石,盖以石高百余丈如巨笋对峙而得名,但其主要是写双笋石顶部的奇异之花。此花奇异之处在于对世事变迁有敏感的反应,宋神宗死,此花三年不开;宋高宗死,红花忽然变白;宋孝宗死,二年若枯萎状,其后又繁茂如初。寥寥几笔,便将钓台山双笋石花之奇异写出。又如华镇《玉蕊花》之序:

玉蕊花,琼花也。唐世尚多有之,今则甚鲜,惟扬州后土庙一本最盛。花如八仙而五出,有香特清,虽干不歇。扬人往往盛以绛囊而佩之。唐长安唐昌观所植,名闻天下。每岁花时,倾都来赏。一日,有美姬拥侍者八九人,皆鲜衣靓妆,徘徊花下,忽谓侍人曰:当折一枝,赴玉峰斗草。遂折花出门,跨骏乘烟而去。见者骇愕,方知其为神仙,异香满庭,弥月不散,当时诗人多赋颂者。②

序文对玉蕊花的描写笔墨不多,但自唐至宋,人们的喜爱衬托出此花的高贵,读者虽然未详其形但已谙其神韵。因为对一种花的描写,即使穷尽笔墨也很难将其全面展示,用衬托的手法写物,反而更会加深对此花的印象。后面的一段写仙人折此花乘云而去,为玉蕊花增添了一层神秘色彩,同时又从另一方面烘托了玉蕊花。这篇序文不刻意追求形似,不仅仅从细节方面对花进行描写,这也

① 《全宋诗》第18册,北京大学出版社1995年版,第12366页。
② 《全宋诗》第18册,北京大学出版社1995年版,第12370页。

可以看作是写物的一种方法。

诗序还可以描写人物，包括语言对话，人物神情，从而表现人物性格。如陈子昂《观荆玉篇》之序：

> 丙戌岁，余从左补阙乔公北征。夏四月，军幕次于张掖河。河州草木，无他异者，惟有仙人杖，往往丛生。幽朔地寒，与中国稍异。予家世好服食，昔常饵之。及此役也，而息意兹味。戍人有荐嘉蔬者，此物存焉。余倏尔而笑曰："始者与此君别，不图至是而见之，岂非神明嘉惠，将欲扶吾寿也。"因为乔公昌言其能，时东莱王仲烈亦同旅舍，闻而大喜，甘心食之，已旬有五日矣。适有行人，自谓能知药者，谓乔公曰："此白棘也，公何谬哉？"仲烈愕然而疑，亦曰："吾怪其味甘，今果如此。"乔公信是言，乃讥予，作《采玉篇》，谓宋人不识玉而宝珉石也，予心知必是，犹以独见之故，被夺于众人，乃喟然而叹曰："嗟乎！人之大明者目也，心之至信者口也。夫目照五色，口分五味，玄黄甘苦，亦可断而不惑矣。而路旁一议，二子增疑，况君臣之际，朋友之间乎，自是而观，则万物之情可见也。"感采玉咏，而作《观玉篇》以答之。并示仲烈，讥其失真也。①

陈子昂随乔知之北征，见驻军之地张掖河畔仙人杖茂密丛生，于是与乔知之、王仲烈围绕此话题展开对话，陈子昂的"倏尔而笑"、"喟然而叹"，王仲烈的"愕然而疑"，将人物的情感描写出来。不

① 《全唐诗》卷八三，中华书局1999年版，第892页。

仅如此,这篇序文还有简单的故事情节,在描写人物以及对话之后,将诗歌的写作背景作了详细的交代。但是诗歌本身就表现不了这些内容了。引诗作一比较:"鸱夷双白玉,此玉有缁磷。悬之千金价,举世莫知真。丹青非异色,轻重有殊伦。勿信玉工言,徒悲荆国人。"时间、地点、人物情感描写、人物对话等全都看不到了,如果缺少序文,单看诗歌就很难理解。

序文通过人物描写和对话描写展示人物性格的,还可以举韩愈的《石鼎联句诗》之序。这篇序文是韩愈为刘师服、轩辕弥明和侯喜的联句诗所作的序。三人相见以及作诗的场面韩愈并未亲历,而是事后刘师服和侯喜见到韩愈,叙说道士轩辕弥明的奇异之后才了解整个过程,其序云:

> 元和七年十二月四日,衡山道士轩辕弥明自衡山来,旧与刘师服进士衡湘中相识,将过太白,知师服在京,夜抵其居宿。有校书郎侯喜,新有能诗声。夜与刘说诗,弥明在其侧,貌极丑,白须黑面,长颈而高结喉,中又作楚语,喜视之若无人。弥明忽轩衣张眉,指炉中石鼎,谓喜曰:"子云能诗,能与我赋此乎?"刘往见衡湘间人说云年九十余矣,解捕逐鬼物,拘囚蛟螭虎豹,不知其实能否也。见其老,颇貌敬之,不知其有文也。闻此说大喜,即援笔题其首两句,次传于喜。喜踊跃,即缀其下云云。道士哑然笑曰:"子诗如是而已乎!"即袖手竦肩,倚北墙坐,谓刘曰:"吾不解世俗书,弟子为我书吾句。"因高吟曰:"龙头缩菌蠢,豕腹涨彭亨。"初不似经意,诗旨有似讥喜,二子相顾惭骇。欲以多穷之,即又为而传之喜,喜思益苦,务欲压道士,每营度欲出口吻,声鸣益悲,操笔欲书,将下

复止,竟不能奇也。毕,即传道士,道士高踞大唱曰:"刘把笔,吾诗云云。"其不用意而功益奇,不可附说,语皆侵刘侯。喜益忌之。刘与侯皆已赋十余韵,弥明应之如响,皆颖脱含讥讽。夜尽三更,二子思竭不能续,因起谢曰:"尊师非世人也,某伏矣,愿为弟子,不敢更论诗。"道士奋曰:"不然。章不可以不成也。"又谓刘曰:"把笔来,吾与汝就之。"即又唱出四十字,为八句。书既止即读。读毕,谓二子曰:"章不已就乎?"二子齐应曰:"就矣。"道士曰:"子皆不足与语,此宁为文邪!吾就子所能而作耳,非吾之所学于师而能者也。吾所能者子皆不足以闻也,独文乎哉!吾语亦不当闻也,吾闭口矣。"二子大惧,皆起立床下,拜曰:"不敢他有问也,愿闻一言而已。先生称'吾不解人间书',敢问解何书?请闻此而已。"道士寂然,若无闻也,累问不应。二子不自得,即退就座。道士倚墙睡,鼻息如雷鸣。二子怛然失色不敢喘。斯须,曙鼓咚咚,二子亦困,遂坐睡。及觉,日已上,顾觅道士不见。即问童奴,奴曰:"天且明,道士起,出门,若将便旋然。奴怪久不返,即出到门觅之,无有也。"二子惊惋自责,若有失者。闲遂诣余言,余不能识其何道士也。尝闻有隐君子弥明,岂其人耶?韩愈序。①

序文先交代时间、地点和三个人物,接下来描写轩辕弥明的肖像,"貌极丑,白须黑面,长颈而高结喉",这样的人物似乎并不能谈论诗文,所以校书郎侯喜与刘师服谈诗,并不把他放在眼里,"视之

① 严昌校点《韩愈集》,岳麓书社 2000 年版,第 267 页。

若无人”,有些轻视小瞧的意思。接下来描写人物对话和人物情态,颇为传神:轩辕弥明的“轩衣张眉”,侯喜的“踊跃”,弥明的哑然而笑,“袖手竦肩,倚北墙坐”,二子的“相顾惭骇”,侯喜的“声鸣益悲”,弥明的“高踞大唱”,双方始终是在斗智斗才。三更时分是一个转折点,刘师服与侯喜因为思绪枯竭不能续诗,开始有意退却。序文对双方的描写生动传神,二子起谢,弥明愤激,二子大惧跪拜,弥明寂然不应,弥明鼾声如雷,二子怛然失色而不敢喘气。随着情节的发展,人物的性格也得到了充分的展示,二子尤其是侯喜先踞后恭、以貌取人的自责,弥明的洒脱性格以及文采斐然,都给读者留下了深刻的印象。与其说这是一篇序,不如说这是一篇精彩的人物传记。

序文描写人物还可以举出宋代张方平《葛居士》之序。张方平(1007—1091),字安道,应天宋城(今河南商丘)人。曾官谏议大夫、御史中丞、刑部尚书等。为人慷慨有气节,与苏轼兄弟友善。其序云:

> 葛居士名自成,绛州曲阿人。世农家,赀业富赡,天性至孝,喜诵佛经,以父母疾,凡烧六指,于乡党有行义。壮而染恶疾,渐剧,且将自沉于汾水。夕有老父过其家而求宿,与之语。居士更悟向之所为,妄著我见尔,诘朝挺身行乞抵华阴,遂登莲花绝顶,茹草木,精修五年,辛勤备至,眉须复生,鼻通息。闻华阴人郭诚思有道,造焉,诚思欣纳之,然但以为丐者,不知其乡里族姓也。见诚思不食亦不食,久之,诚思诸兄恶之,数诟逐。居士逊辞不见容,因自道姓名,谓诚思曰:“余曲阿人,初行来时,家不知也,今一归亦善。君为遣人告余家。”诚思遣僮往告之。

寻浃，兄弟仆马来迎。比近乡邑，父母及其子皆至，相见悲喜。去家二十里所，白其父母曰："儿之来以绝二亲之望念也。浮世幻缘，缘尽即离，请从此别。"端坐泊然而逝。居士不识字，诸经皆口授而诵之。及自峰顶而下，出语皆成偈颂。时亦为诗章，理意高远，不类世俗之辞。其偈句有"妙法白莲清净修"，又云"法眼观时世稀有，俗眼观时是癞人"。今采其句，为《葛居士诗》云。①

葛居士喜诵佛经，身染重病以后，独自一人登莲花峰顶，苦心修行，"眉须复生，鼻通息"，病去身健。又去拜访郭诚思，因似乞丐，险些被人逐出，通报家乡姓名，方得家中兄弟前来迎接。回家途中，父母及其儿子前来迎接，相见之后，悲喜交加。葛居士见到父母说了一番话以后，端坐长逝。这篇序文，可谓一篇精彩的人物传记，诗歌显然起不到这种作用。

序跋因为用散文笔法，句式灵活，绘形状物，惟妙惟肖，或宏观，或细节，无不生动形象，如在目前，如唐代段成式《观山灯献徐尚书》之序。段成式（？—863），字柯古，其先临淄邹平（今山东邹平）人，后家居于荆州（今湖北江陵）。曾官尚书郎、吉州刺史、江州刺史等职。其序云：

尚书东苑公镇襄之三年，四维具举，而仍岁谷熟。及上元日，百姓请事山灯，以报穰祈祉也。时从事及上客从公登城南楼观之。初烁空焮谷，漫若朝炬，忽惊狂烧卷风，扑缘一峰，如尘烘旆色，如波残鲸鬣，如霞駮，如珊瑚

① 《全宋诗》第6册，北京大学出版社1992年版，第3847页。

露,如丹蛇蚑离,如朱草丛丛,如芝之曲,如莲之擎,布字而疾抵电书,写塔而争同蜃构,亦天下一绝也。成式辞多嗤累,学未该悉,策山灯事,唯记陈后主宴光壁殿,遥咏山灯诗云:杂桂还如月,依柳更疑星。辄成三首,以纪壮观。①

序文描写元宵节放灯的场面,恰如东风夜放花千树。在描写整个场面的迅疾变化之后,连用八个比喻句 ,"如尘烘旆色,如波残惊鬣,如霞驳,如珊瑚露,如丹蛇虫支,如朱草丛丛,如芝之曲,如莲之擎",形象多变,生动逼真,将山灯展示得五彩斑斓,如在眼前,真实地再现了元宵节放山灯的瑰丽场景。比较而言,诗歌描写山灯和展示的场面就逊色了。试引诗如下:

风杪影凌乱,露轻光陆离。如霞散仙掌,似烧上峨嵋。道树千花发,扶桑九日移。因山成众像,不复藉蟠螭。(其一)

涌出多宝塔,往来飞锡僧。分明三五月,传照百千灯。驯狖移高柱,庆云遮半层。夜深寒焰白,犹自缀金绳。(其二)

磊落风初定,轻明云乍妨。疏中摇月彩,繁处杂星芒。火树枝柯密,烛龙鳞甲张。穷愁读书者,应得假余光。(其三)

因受句式韵律限制,诗歌显然不能更自由灵活地使用比喻和

① 《全唐诗》卷五八四,中华书局1999年版,第6821页。

大量的排比句,这样在增强气势、渲染场面方面就会受到限制。

第四节　序跋功能之三——阐发哲理

诗歌的主要功能是抒情,但随着诗歌的发展和演进,诗歌也需要包含议论说理的因素,受文体限制诗歌议论说理未能充分展开,于是,则移之于序跋。明代王衡在《唐骆先生集》中评论骆宾王的序文时说:“唐初序引,只即景言之,而不及议论,亦一时之体。韩、柳而下,啜啜纷纷,或有几于骂詈,此不但文体之殊,亦世道人心之一变也。”①王衡此处说的不是诗歌之序,而是指散文文体之一。他将中唐韩愈、柳宗元作为唐代的分界线,有一定的道理,但是并不全面。如王勃的序文,按何林天《重订新校王子安集》,收录王勃序文四十余篇,皆以叙述、描写为主。骆宾王的序文也以描写、叙述为主,如《冒雨寻菊序》、《晦日楚国寺宴序》、《扬州看竞渡序》等,而同为初唐四杰的卢照邻,有的序文议论色彩就非常浓了,如《南阳公集序》、《乐府杂诗序》等,就是如此。到中唐时期,序文议论、阐发哲理的功能进一步增强,如韩愈的序文,说理的成分明显增多了,如《送董邵南游河北序》、《送牛堪登第序》、《送李愿归盘古序》等。《送董邵南游河北序》云:

> 燕赵古称多感慨悲歌之士。董生举进士,连不得志于有司,怀抱利器,郁郁适兹土。吾知其必有合也。董生勉乎哉!夫以子之不遇时,苟慕义强仁者,皆爱惜焉,矧

① 王衡等评释《唐骆先生集》,任文京、赵东岚整理,河北教育出版社 2011 年版,第 109 页。

燕赵之士出乎其性者哉,然吾尝闻风俗与化移易,吾恶知其今不异于古所云邪?聊以吾子之行卜之也。董生勉乎哉!吾因子有所感矣,为我吊望诸君之墓,而观于其市,复有昔时屠狗者乎?为我谢曰:"明天子在上,可以出而仕矣。"①

董邵南于元和年间到长安考进士,接连几次都名落孙山,无奈之下,要去河北一带寻找出路。当时河北一带藩镇割据,韩愈担心董邵南此去会误入歧途,因此,作为交谊深厚的朋友,韩愈既要送又要劝,送别缘于情,劝说缘于理。此序因事立义,其说理不容置疑,但情寓于其中,故序文于浓浓的情谊中,说理又耐人回味,发人深思。

序文的议论写作手法,必然影响到诗歌之序跋。其实,诗序中有议论,初唐时期就已经出现,有的阐述诗人的政治观点、道德评判,有的阐述诗人的文学主张,反映时代的文学思潮等。唐代诗人很少有专门的理论著作,他们的文学思想和创作主张主要在作品中体现或表达出来,尤其是在诗人与友人的诗书往来中,往往于轻松自由的气氛中阐发独特的认识和见解。如陈子昂的《与东方左史虬修竹篇》之序。陈子昂感慨"文章道弊,五百年矣。汉魏风骨,晋宋莫传",对"彩丽竞繁,而兴寄都绝"的创作现状极为不满,见到东方虬《咏孤桐篇》,大为振作,认为其"骨气端翔,音情顿挫,光英朗练,有金石声",给予充分肯定和高度评价。陈子昂于序文中明确提出了自己的诗歌创作见解和主张,即诗歌要有"风雅兴寄",要有"风骨",反对齐梁体。此序被学界公认为唐代文论名

① 严昌校点《韩愈集》,岳麓书社 2000 年版,第 247 页。

篇，研究者已论之颇详，此不赘述。再如韩愈《郓州溪堂诗》之序：

宪宗之十四年，始定东平，三分其地，以华州刺史礼部尚书兼御史大夫扶风马公，为郓、曹、濮节度观察等使，镇其地。既一年，褒其军，号曰“天平军”。上即位之二年，召公入，且将用之；以其人之安公也，复归之镇。上之三年，公为政于郓、曹、濮也适四年矣，治成制定，众志大固，恶绝于心，仁形于色，竭心一力，以供国家之职。于时沂、密始分而残其帅，其后幽、镇、魏不悦于政，相扇继变，复归于旧，徐亦乘势逐帅自置，同于三方。惟郓也截然中居，四邻望之，若防之制水，恃以无恐。

然而皆曰：郓为虏巢，且六十年，将强卒武。曹、濮于郓，州大而近，军所根柢，皆娇以易怨。而公承死亡之后，掇拾之余，剥肤椎髓，公私扫地赤立，新旧不相保持，万目睽睽。公于此时能安以治之，其功为大。若幽、镇、魏、徐之乱不扇而变，此功反小，何也？公之始至，众为孰化，以武则忿以憾，以恩则横而肆，一以为赤子，一以为龙蛇，惫心罢精，磨以岁月，然后致之，难也。及教之行，众皆戴公为亲父母，夫叛父母从仇雠，非人之情，故曰易。

于是天子以公为尚书右仆射，封扶风县开国伯以褒嘉之。公亦乐众之和，知人之悦，而侈上之赐也。于是为堂于其居之西北隅，号曰“溪堂”，以飨士大夫，通上下之志。既飨，其从事陈曾谓其众言：“公之蓄此邦，其勤不亦至乎？此邦之人，累公之化，惟所令之，不亦顺乎？上勤下顺，遂济登兹，不亦休乎？昔者人谓斯何，今者人谓斯何！虽然，斯堂之作，意其有谓，而喑无诗歌，是不考引

公德,而接邦人于道也。"乃使来请,其诗曰:①

首段叙事,接下来全段议论,说理精粹,义正词严,颇能体现韩愈气盛宜言的写作主张。

中唐时期,元稹、白居易阐释文学主张的诗序最多。元稹在《和李校书新题乐府十二首》之序中,认为李绅的新题乐府诗"雅有所谓,不虚为文",他自己所作新题乐府强调即事名篇,指摘时弊。这种观点在其《古题乐府》之序中表达得更为充分。这篇长序先从诗体流变说起,再从前人的创作得失中强调创新的重要性。他在诗序中高度评价杜甫的《悲陈陶》、《哀江头》、《兵车行》、《丽人行》等诗,认为这些诗歌皆为"即事名篇,无复倚傍",并强调自己所作虽用古题,但无古义,或颇同古义,全创新词,借古题反映现实,是一种新题乐府。白居易的诗序中也蕴涵了丰富的诗歌理论思想,例如写给元稹的《和答诗十首》序,首先回忆元和五年元稹被贬,白居易命弟白行简送行,并携去新诗二十章,认为自己所作"率有兴比,淫文艳韵,无一字焉",其诗不仅可以"遣日时,消忧懑,又有以张直气而扶壮心也",反对形式主义,主张诗歌应当具有鼓舞人心的作用。白居易在此序中也对自己的诗歌创作进行了剖析和反思,"顷者在科试间,常与足下同笔砚,每下笔时,辄相顾,共患其意太切而理太周,故理太周则辞繁,意太切则言激。然与足下为文,所长在于此,所病亦在于此。足下来序,果有词犯文繁之说。今仆所和者犹前病也,待与足下相见日,各引所作,稍删其烦而晦其义焉"。这篇诗序对于研究白居易诗歌及其文学思想,具有重要的参考价值。又如白居易的《新乐府》之序,旗帜更

① 严昌校点《韩愈集》,岳麓书社2000年版,第179页。

为鲜明。其序云：

凡九千二百五十二言，断为五十篇。篇无定句，句无定字，系于意，不系于文。首句标其目，卒章显其志，《诗三百》之义也。其辞质而径，欲见之者易喻也。其言直而切，欲闻之者深诫也。其事核而实，使采之者传信也。

其体顺而肆，可以播于乐章歌曲也。总而言之，为君、为臣、为民、为物、为事而作，不为文而作也。①

此序虽短，却是《新乐府》五十首的创作总纲，也是白居易的诗歌理论名篇。其后的五十首诗歌主旨均为反映现实，揭露时弊，涉及到中唐社会现实的诸多方面，集中反映了他的“文章合为时而著，歌诗合为事而作”的主张，也体现了白居易“救济人病，裨补时阙”的政治理想。

当然，诗序在中晚唐时说理的成分增多，并不仅限于文论，如皮日休《追和虎丘寺清远道士诗》之序也属于议论型。其序云：

圣人为春秋，凡诸侯有告则书，无告则不书，盖所以惩其伪而敦其实也。夫怪之于神，虽曰不言，在传则书之者，亦摭其实而为之也。若然者，神之与怪果安邪？噫！圣贤有不得其志者，则必垂之于言也。大则为经诰，小则为歌咏，盖不信于当时，则取诉于后世。抑鬼神有生不得其志者，死亦然邪？若凭而宣之，则石言乎晋，物叫于宋是也；若梦而辩之，则良夫有昆吾之歌，声伯有琼瑰之谣

① 《全唐诗》卷四二六，中华书局 1999 年版，第 4701 页。

是也。自兹已后，人伦不修，神藻益炽。在君人者，悟之则为瑞，逆之则为妖。其冥讽昧刺，时出于世者，则与骚人狎客，往往敌于忽微焉。虎丘山有清远道士诗一首，其所称自殷周而历秦汉，迄于近代，抑二千年，末以鬼神自谓，亦神怪之甚者，格之以轻健，饰之以俊丽，一句一字，若奋若搏，彼建安词人倘在，不得居其右矣。颜太师鲁公爱之不暇，遂刻于岩际，并有继作。李太尉卫公，钦清远之高致，慕鲁公之素尚，又次而和之。颜之叙事也典，李之属思也丽，并一时之寡和。又幽独君诗二首，亦甚奇怆。予嗜古者，观而乐之，因继而为和答。幽独君一篇，不知孰氏之作，其词古而悲，亦存于篇末。太玄曰："大无方，易无时，然后为鬼神也。"噫！清远道士果鬼神乎？抑道家者流乎？抑隐君子乎？词则已矣，人则吾不知也。①

序文开篇即发议论，颇有气势。自"虎丘山"以下，方转入叙述，是一篇先议论，再叙述，结尾又转入议论的综合型诗序。

序跋至宋代，说理的成分增多。与唐代诗人序跋说理相比，宋代诗歌序跋说理议论有多种，有的带有浓厚的学术色彩，如宋黄庭坚《颐轩诗》之序。黄庭坚(1045—1105)，字鲁直，号山谷道人，洪州分宁(今江西修水)人。治平四年进士及第。曾任著作佐郎、集贤校理等职。苏门四学士之一。其序曰：

高君素作颐轩，请予赋诗。予为说其义曰：在《易》

① 《全唐诗》卷六〇九，中华书局1999年版，第7085页。

之《颐》:“观颐,自求口实。”其传曰:“观颐,观其所养也;自求口实,观其自养也。”单豹岩栖谷饮,有孺子之色,而虎攻其外;张毅擎跽曲拳,养人间之誉,而疾攻其内。养虎者不以全物与之,牧羊者去其败群,视其后者而鞭之;养鹰者饥之:是谓观其所养,尽物之性也。庖丁不以肯綮婴其解牛之刀;痀瘘丈人不以万物易蜩之翼,匹夫之志不可夺于三军之帅:是谓观其自养,尽己之性也。《诗》云:如切如磋,如琢如磨。求尽性而已。君素乐善能贫,将求学问日新之功,故作颐轩以养其正吉,乃以“观颐自求口实”六字作诗,以劝戒之。①

高君素作颐轩,请黄庭坚作诗。黄庭坚应请求而赋诗,但创作缘由和颐轩所包含的含义,在诗歌里并不能清楚地说明,尤其是解说时需要引经据典,诗歌更不能胜任。黄庭坚在此篇序文中,先从“颐”字生发,引《易经》之言,又引其传,推出“观其所养”、“观其自养”。接下来,以养虎者、牧羊者、养鹰者为例,说明观其所养,尽物之性;以庖丁、荷蓧丈人、匹夫之志为例,说明观其自养,尽己之性。然后又引《诗经》之言,强调尽性而已。最后称赞高君素品德与学问,黄庭坚因《易经》“观颐自求口实”六字而为诗。通篇序文阐发哲理,学术色彩颇浓。

张耒的《刘壮舆是是堂歌》之序也是一篇有学术色彩的序文:

子刘子构堂于官舍,名之曰是是,而求予为诗,予复之曰:夫物生之所必有,而其为物彼是相次而不能定夫一

① 《全宋诗》第17册,北京大学出版社1995年版,第11387页。

者，天下之是非也。虽圣人出，无如之何。昔楚人有庄周者，多言而善辩。患夫彼是之无穷，而物论之不齐也，而托之于天籁。其言曰："吹万不回而使其自已也。"周之为此言，自以为至矣。而周固自未离夫万之一也，而曷足以为是非之定哉。虽然，如周者亦略税驾矣。刘子乃构堂揭榜，而独以是是非非自任。吾将见子吻敝气殚，而言语之战未已也。尝试为子歌堂中之乐，而息子之劳，庶几隐几而嗒然者乎。①

于官舍构建一堂而名曰"是是"，这本身就耐人寻味。"是是"包含什么意思？接下来诗人展开论述，又引庄子齐物之论，所论之理玄奥莫测，哲学意蕴颇深，但最后归于"是是"之解，耐人寻味。如果把这篇序文独立出来，俨然就是一篇短小精悍的哲学论文。如果把序文与诗作一比较，就会发现序文的严谨说理和诗歌的抒情是如何统一到一起的。诗曰："读堂中之书兮，以致子之眠。饮堂中之酒兮，以休子之言。是非杂然于子之耳兮，付庭中之叹蚓，与夫木上之鸣蝉。庶几养生而保和兮，穷子之年。"显然，诗歌反倒成了序文议论的抒情性点缀了。

宋人序文喜用议论，有时还加进考证，尤其是对待历史事件和历史人物，往往独出机杼，令人耳目一新。如张耒《题淮阴侯庙》之序：

吕太后劝高祖诛彭越，使舍人告其反，而越固未尝反也，特以为名耳。高祖将兵居外，而太后在长安，太子仁

① 《全宋诗》第20册，北京大学出版社1995年版，第13032页。

弱不知兵，而韩信方失职在京师，吕畏其乘时为乱而不可制，使人诬告其反，诈召而诛之耳。方是时，萧相国居中，而信欲以乌合不教之兵欲从中起，以图帝业，使虽甚愚，必知其无成。以信之雄才，谋无遗策，肯出此哉？太史公记陈豨反事，言豨居代，多致宾客，周昌畏其不轨而奏，召之不至，豨因自疑，而其后通曼丘臣、王黄，遂反。此司马迁所谓邪人进说，遂陷不义者也。迁载豨反事，未尝一言及信。吁，此迁欲见诛信之冤也。①

诗人见韩信庙而发感慨，引起对历史的追忆——吕太后先是密告彭越谋反，而后劝刘邦诛杀彭越。又担心韩信为乱，因刘邦在外，太子仁弱，遂诬告韩信，召而诛之。按诗人分析，韩信当时在京城，以其雄才大略，不可能作出这么愚蠢的事情。诗人又举出司马迁在《史记》中记述陈豨谋反，并没有说到韩信，可见司马迁也认为韩信被诛是冤枉的。自汉至宋，多少开国皇帝登基之后，对跟随自己征战的文臣武将心生疑忌，大开杀戮，留下多少冤案。张耒的序文虽短，但论据确凿，论述有力，在宋代诗序中颇有代表性。

宋代序文的议论功能也可以用在臣子向皇帝上书的序文中，如邓肃《花石诗十一章》之序。邓肃（1091—1132），南剑州沙县（今属福建）人。为人刚毅有正气。金人立张邦昌为楚帝，邓肃不从，奔赴南京。李纲罢相后，邓肃上疏力争，由是获罪，罢归居家。其序云：

臣闻功足以利一国者，当享一国之乐；德足以被四海

① 《全宋诗》第20册，北京大学出版社1995年版，第13259页。

者，当受四海之奉。恭惟皇帝陛下至仁之所眇，神道之所化，覃乎无外，不可量数。如一元默运，万物自春。岂特宜民宜人使由其道，虽鸟兽鱼鳖莫不咸若，是其所享宜何如哉？虽移嵩岳以为山，决江海以为沼，竭东风之所披拂者以为台榭之观，且不足以奉盛德之万一。区区官吏，辄以根茎之细，块石之微，挽舟而来，动数千里。窃窃然自谓其神刓鬼划，冠绝古今，若真足以报国者。以臣观之，是特以一方之物奉天子，曾不以天下之物奉天子也。臣今有策，欲取率土之滨山石之秀者、花木之奇者，不问大小，尤可以骇心动目，毕置陛下圃中，若天造地设，曾不烦唾手之劳。盖其策为甚易，而天下初弗知也。臣独知之，喜而不寐，谨吟成古诗十有一章，章四句。以叙其所欲言者。虽越祝代庖，固不胜诛。然春风鼓舞之下，则候虫时鸟亦不约而自鸣耳。惟陛下留神，幸甚幸甚！①

各地官吏向朝廷进贡奇花异石，本来就是皇帝盘剥百姓。诗人却在序文中认为皇帝功利一国，当享一国之乐；德被四海，当受四海之奉。那些根茎之细，块石之微，根本就不足以奉送天子，即使是“移嵩岳以为山，决江河以为沼，竭东风之所披拂者以为台榭之观，且不足以奉盛德之万一”。因此，应当精选全国的奇花异石全部送到京城，供皇帝观赏。这首诗并序写于邓肃入太学时，因序与诗有讽谏意，被摒斥出学。序文层层论述，结构严密，堪称议论说理的好文章。

① 《全宋诗》第31册，北京大学出版社1997年版，第19675页。

第五章　唐宋诗序跋的内容(上)

唐宋诗歌题材广泛,内容几乎无所不涉:社会动荡、历史变迁、山水田园、儒道佛禅、英雄豪杰、布衣草民等等,皆可入诗。诗歌内容包罗万象,必然也影响到诗歌序跋。以唐诗序为例,便是林林总总,纷纭复杂,或论述为政之道,关心国事民生,或抒发爱国情怀,赞颂民族气节,或借助人物事件宣扬伦理道德,或记游览山水,描述园林胜景,或写佛道题材,或记朋友聚会吟诗饮酒,或记边塞风情、异域奇事。大事如卢肇《汉堤诗》之序记汉水决堤成灾,小事如杜甫《官员送菜》之序、《种莴苣》之序写家庭生计,其他如友朋送别、月夜泛舟、哭悼逝者、节日观灯、记梦之情等,皆可写入诗序。总之,唐宋诗序跋反映的内容极其广泛,研究唐宋诗歌,对诗歌之序跋应该给予重视。

第一节　关心国事民生　论述为政之道

唐宋诗歌与唐以前诗歌比较,有一个突出的特点,就是诗人不是仅仅抒发自己的喜怒哀乐以及仕途进退,他们跳出了自己的小圈子,把眼光更多地投向社会现实,投向下层的百姓生活,因而反映国是民生的题材多了。在唐代,主要是盛唐后期和中晚唐时期,宋代则贯穿始终,这必然也会影响到诗歌的序跋内容。

先看唐代。盛唐后期,由于唐玄宗荒怠朝政,宠信杨氏兄妹,朝中奸臣弄权，朝政黑暗，导致了唐朝帝国空前尖锐的社会矛盾和严重的政治危机。加之穷兵黩武，肆意开边，使得社会动荡，经济凋敝，民不聊生，怨声载道。一些诗人为了拯救时患，提倡诗歌摒除浮艳，应更多地反映现实，关注民生。这一时期，元结的诗歌序跋最有代表性。元结（719—772），字次山，自号漫叟、元子、漫郎。天宝十三载进士及第。安史之乱时因讨伐史思明有功，进水部员外郎。其《舂陵行》之序和《贼退示官吏》之序即是代表作。元结于广德元年和永泰二年曾两次任职道州，他经历了安史之乱，目睹了百姓在战乱中流离失所、饥饿死亡的惨状，亲眼看到了民生疾苦。《舂陵行》之序云：

> 癸卯岁，漫叟授道州刺史。道州旧四万余户，经贼已来，不满四千，大半不胜赋税。到官未五十日，承诸使征求符牒二百余封。皆曰："失其限者，罪至贬削。"於戏！若悉应其命，则州县破乱，刺史欲焉逃罪。若不应命，又即获罪戾，必不免也。吾将守官，静以安人，待罪而已。此州是舂陵故地，故作《舂陵行》以达下情。①

癸卯岁即广德元年（763），这年元结出任道州刺史，举目所见，满是疮痍。原先的四万余户已经不满四千，可见百姓战乱死亡和逃亡他乡的惨状。其诗中亦云："州小经乱亡，遗人实困疲。大乡无十家，大族命单羸。朝餐是草根，暮食仍木皮。出言气欲绝，意速行步迟。追呼尚不忍，况乃鞭扑之。"更是真实生动地写出了百姓的生活艰难。目睹此情此状，元结一方面上表朝廷请

① 《全唐诗》卷二四一，中华书局 1999 年版，第 2695 页。

求免除百姓的租税,同时积极赈济灾民,招抚流亡百姓。序文字里行间,透露出诗人忧国忧民的情怀。《贼退示官吏》写于同年,其序云:

> 癸卯岁,西原贼入道州,焚烧杀掠,几尽而去。明年,贼又攻永破邵,不犯此州边鄙而退。岂力能制敌欤?盖蒙其伤怜而已。诸使何为忍苦征敛,故作诗一篇以示官吏。①

道州百姓不仅承受豪贼焚烧杀掠之苦,还要应付官吏的横征暴敛,故元结作诗示以官吏,怜悯百姓之情溢于言表。元结在道州的所言所行,招致了宰相元载的不满,最终被罢免道州刺史之职。但是罢职后第二年即永泰二年,元结奉朝廷之命再赴道州,他仍然关注民生,安抚百姓。他在道州编定《文编》,在其序中申明了自己的观点:作诗为文,"其意必欲劝之忠孝,诱以仁惠,急于公直,守其节分。如此,非救时劝俗之所须者欤?"《春陵行并序》和《贼退示官吏并序》是元结新乐府的代表作,开中唐元稹、白居易诗风之先河。杜甫对上述二首诗评价很高,《同元使君春陵行有序》一诗称其"粲粲元道州,前圣畏后生。观乎春陵作,欻见俊哲情。复览贼退篇,结也实国桢。贾谊昔流恸,匡衡常引经。道州忧黎庶,词气浩纵横"。杜甫在此诗前的序中称赞元结,其序云:

> 览道州元使君结《春陵行》兼《贼退后示官吏作》二首,志之曰:当天子分忧之地,效汉官良吏之目。今盗贼

① 《全唐诗》卷二四一,中华书局1999年版,第2696页。

> 未息，知民疾苦，得结辈十数公，落落然参错天下为邦伯，万物吐气，天下少安，可得矣。不意复见比兴体制，微婉顿挫之词，感而有诗，增诸卷轴，简知我者，不必寄元。①

对元结的道州所作及其诗歌给予了充分肯定。

中唐时期，在诗序中反映民生疾苦的首先应该提到李绅。李绅（772—846），字公垂，郡望谯（今安徽亳县）。元和元年登进士第。曾官右拾遗、右补阙、御史中丞等职。与元稹、白居易同倡新乐府运动，曾作《乐府新题二十首》，原作已佚。据元稹选和的十二首，可知为《上阳白发人》、《华原磬》、《五弦弹》、《西凉伎》、《法曲》、《驯犀》、《立部伎》、《骠国乐》、《胡旋女》、《蛮子朝》、《缚戎人》、《阴山道》等。这些诗歌前面有的有序，元稹在和诗前面之序中间或提到，大多是反映国是民生，有感而发，具有很强的讽喻性。元稹《和李校书新题乐府十二首》之序称李绅"雅有所谓，不虚为文"，"病时之尤急者"。除此之外，李绅还有一些诗序反映他到各地任职的所见及其所为，颇能体现李绅对现实的关注以及对百姓的哀怜。如《渡西陵十六韵》之序云：

> 七年冬，十有三日，早渡浙江，寒雨方霖，军吏悉在江次。越人年谷未成，霪雨不止，田亩浸溢，水不及穗者数寸。余至驿，命押衙裴行宗先赍祝辞，东望拜大禹庙，且以百姓请命，雨收云息，日朗者三旬有五日，刈获皆毕，有以见神之不欺也。②

① 《全唐诗》卷二二二，中华书局 1999 年版，第 2365 页。
② 《全唐诗》卷四八一，中华书局 1999 年版，第 5511 页。

霪雨不止,水涝成灾,殃及禾稻。李绅忧悯民生多艰,遂拜大禹庙祈祷,为民请命。其结果是大雨停止,艳阳高照,禾稻皆收获。又《拜三川守》之序云:

> 开成元年三月二十五日,蒙恩除河南尹。四月六日,诏下洛阳。是月自春不雨,已逾六旬。此日谢恩,未诣公府,驰祷龙祠。止九日,大降膏泽,连霔浃日,时苗顿茂。又里巷比多恶少,皆免帽散衣,聚为群斗。或差肩追绕击大球,里言谓之打棍语论,士庶苦之,车马逢者不敢前,都城为患日久。诏下之日,此辈皆失所在,却归负贩之业,闾里间无复前患。①

上篇序文是说水涝天灾,这一篇是说天灾大旱。自春以来,三个月滴雨未下,禾苗干枯,丰收无望。李绅心系民生,到任未进官府,先去龙庙祈祷,九天后,普降甘霖,雨润禾苗,生长茂盛,遂解大旱之忧。此地恶少横行,聚斗为害乡里,这些地痞无赖无人敢管,恣意寻衅,为患日久,百姓苦不堪言。诏下之日,李绅严加治理,恶少皆归于正业,祸患消失。又《却到浙西》之序曰:

> 出杭州界入苏州。八年,浙西六郡灾旱,百姓饥殍,道路相望,米价翔贵。是岁,浙东大稔,因请出米五万斛贱估,以救浙西居人,诏下蒙允。是岁,王播不奏饥旱,反怒邻境所救,以为卖己,遂与王涯合计诬构,罔上奏陈,米非官米,足私求利。及播伏诛,蒙圣恩加察奸邪所罔。初

① 《全唐诗》卷四八二,中华书局 1999 年版,第 5525 页。

入浙西苏州界，吴人以恤灾之惠，犹惧旌幡留戒于迥野之处，不及城郭之所，则相率拜泣于舟楫前。是岁，卢周仁为苏州刺史。①

浙西大旱，颗粒无收，米价飞涨，民不聊生。而浙东无旱灾，禾稻丰收，李绅上表请求浙东以低价米五万斛救济浙西，朝廷下诏允奏。可是王璠不仅不上奏朝廷申明旱灾实情，反而认为李绅此举是出卖自己，于是与王涯合计反诬李绅调米五万斛是谋一己之功。等到王璠伏诛以后，朝廷才查明真相。《旧唐书·李绅传》称其"为朋党所挤，滨于祸患。赖正人匡救，得以功名始终"。

卢肇《汉堤诗》之序也是诗人关心民生疾苦的代表作。卢肇，字子发，宜春人。会昌年间，以状元登进士第。咸通时历任歙、宣、池、吉四州刺史，政声显著，吏民称道。其序云：

上元年秋，汉水大溢，啮襄堤以入。既没汉郛，遂灭岘趾，栋榱且流，压溺无算。襄之城仅以门免。三日水去，陷为大涂，余民栖于楚山，号不敢下，馁踬相挽，其能全者什六七。上大忧曰："襄惟东南，实脰荆海，若气不息，吾躬咼瘳。今天下灾于有汉，庭垣尽潴，胔骼在滜，有婴坠井，母实号之。今襄人尽坠，吾号尚及哉！咨乃卿士，畴能振之，以易吾乱。"咸以地官范阳公旧理南粤，岛夷率化，甘于民心，俾践于襄，必克底乂。上俞以往。公既至，省汉之溺，由旧防之不固几五十载。又询之，汉水

① 《全唐诗》卷四八二，中华书局1999年版，第5518页。

> 之不犯襄郛，惟是甚灾，既鱼士庶，灾或能嗣，孰以遏之？募民新汉之堤，食敌其功，资三其食，因故堤之址，广倍之，高再倍之，距襄之郊，缭半百里。明年春，堤成，公具以疏。上大欢，复襄之疲民一祀，赈谷十万斛。民既保宁，讴歌怡愉。既而舒苏，不知曩之灾也。昔狄败卫侯于荧泽，齐桓公帅诸侯城缘陵以居之，而卫国忘亡。君子是以称桓公之德。今公之为是堤也，襄有卫人之思焉，而况宣天子之慈以生厥民，曷齐桓之尚哉！噫！五材之生沴也，必极于物，物质既极，天必资明哲以苏之，理之常也。古之人有力保一邑，勇御一寇，谓之有功，尚以金石载之，况捍大灾，救大患，其美若是，岂得无称焉？是宜以声诗播之。登于乐府，惟汉亦有瓠子之歌，是可类之。谨按正考甫作商诗，公子奚斯命太史克请于周，作鲁诗。皆其国之公族也。肇于公为族孙，幸力于文，所不宜默。惟岘之碑曰羊公，惟堤之诗曰卢公，是古今之相光昭也。其谁曰不然？①

序文追记唐肃宗上元年间汉水大溢，冲堤决坝，淹没村庄，“其能全者什六七”，百姓死伤无数。皇帝大忧，准备下诏派官吏去治理水灾，安抚百姓。众官推举范阳卢公去治理，皇帝应允。范阳卢公到任以后，首先查明汉水决堤的原因。原来汉水决堤，乃是因为旧堤防五十年来缺乏整修，每到雨季，河水暴涨，汛情危急。于是，他发动民众修筑新堤，在原来旧堤的基础上，“广倍之，高再倍之，距襄之郊，缭半百里”。第二年，新堤修成，上疏奏廷，皇帝大悦，赈

① 《全唐诗》卷五五一，中华书局1999年版，第6439页。

济灾区十万斛粮食。诗人认为,"古之人有力保一邑,勇御一寇,谓之有功,尚以金石载之",那么,范阳卢公筑新堤防洪,解救百姓于危难之中,造福一方,也是功莫大焉,应该写诗颂之,使其事迹广为人知,流传后世。按卢氏家族排论,诗人乃范阳卢公族孙,更不应沉默,故写下此序文与诗歌以记之。

晚唐皮日休的诗序也反映了民生疾苦,如《三羞诗三首》之序,其序前章已录,不再重复。第二诗序写南蛮围攻唐朝交趾,官吏奉诏征兵,百姓苦不堪言。"日休旅次于许传舍,闻叫咷之声动于城郭,问于道民,民曰:蛮围我交趾,奉诏征许兵二千征之,其征且再,有战皆没。其哭者,许兵之属。"第三诗序写"淮右蝗旱。日休寓小墅于州东,下第后,归之。见颍民转徙者,盈途塞陌,至有父舍其子,夫捐其妻,行哭立丐,朝去夕死。"对百姓的苦难生活寄予了深切的同情。

与唐代诗歌序跋相比,宋代诗歌序跋反映民生疾苦和论述为政之道要多一些,这其中的原因,固然有宋代阶级矛盾和民族矛盾较之前代要复杂,百姓承担苛捐杂税不胜其苦,同时,宋代文人尤其是具有远见卓识的士大夫知识分子要求改革,尤其关心下层民众生活,写下大量反映社会现实以及表达政治理想的政论文,这就不能不影响到诗歌的题材和诗歌的序跋。这些序跋,或反映水灾、旱灾给人民带来的深重灾难,或反映租税和劳役给他们带来的痛苦,成为真实反映宋代社会矛盾的一面镜子。如梅尧臣的一些诗序便是如此。梅尧臣《田家语》之序云:

庚辰诏书,凡民三丁籍一,立校与长,号弓箭手,用备不虞。主司欲以多媚上,急责郡吏,郡吏畏不敢辨,遂以属县令。互搜民口,虽老幼不得免,上下愁怨,天雨淫淫,

> 岂助圣上抚育之意耶！因录田家之言次为文，以俟采诗者云。①

兵役繁重，百姓深受其苦，这些拿惯了锄头的农民，怎能去上战场充当弓箭手，可是朝廷有诏书，主司媚上，急责郡吏拉丁，百姓苦不堪言。其序下面的诗云："谁道田家乐，春税秋未足。里胥扣我门，日夕苦煎促。盛夏流潦多，白水高于屋。水既害我菽，蝗又食我粟，""三丁籍一壮"，"父子各悲哭"，"南亩焉可事，买箭卖牛犊"。在官吏强拉硬派的同时，天灾又至，天雨淫淫，禾苗不长，蝗虫遍野，收成无望。身为农民，耕牛是生活的依靠，可是现在为了买弓箭，还要强忍悲痛卖掉牛犊。诗人笔下农民生活的种种惨状，简直就是唐代杜甫《兵车行》的再现。

同一年，梅尧臣又写《汝坟贫女》之序，其序云：

> 时再点弓手，老幼俱集，大雨甚寒，道死者百余人。自壤河至昆阳老牛陂，僵尸相继。②

这一首紧接上一首所言，官府再一次拉夫征兵，充任弓箭手。老者幼者被召集到一起，在凄寒的大雨中，死者众多，横尸遍野，惨不忍睹。其诗通过农家女子的哭诉，反映了农民在兵役中的悲惨命运。诗中云，"汝坟贫家女，行哭音凄怆。自言有老父，孤独无丁壮。郡吏来何暴，县官不敢抗"，"果然寒雨中，僵死壤河上。弱质无以托，横尸无以葬。生女不如男，虽存何所当！拊膺呼苍天，生死将

① 《全宋诗》第5册，北京大学出版社1991年版，第2791页 。

② 《全宋诗》第5册，北京大学出版社1991年版，第2792页。

奈向?”杜甫《兵车行》说“信知生男恶,反是生女好。生女犹得嫁比邻,生男埋没随百草”,反映的是男子被拉去奔赴疆场,或长年不归,或战死边塞。而梅尧臣此诗以女子口吻说起,自述家中没有男丁,无法去替老父从兵役。两个不同时代的诗歌,反映的其实是一个主题。

南宋方回的《虽然吟五首并序》,没有直接写战争和社会动乱给人民带来的灾难,而是写不见太平社会那些常见的景物,曲折地反映社会危机、民生凋敝,也令人深思。其序云:

> 机织声、舂碓声、鸡鸣声、犬吠声,非异声也,予行四百里无所闻,吟其一。沽酒店、牧牛儿,何所不有,画家之常笔也,亦无所见,吟其二。向来店家迓客,一弛担即汤茶瓶盏捷出,今则无之,吟其三。妇人淘洗采掇,田里之常,而阒不一遇,吟其四。昼则屋屋有烟,夜则家家有灯,井之所在,具汲器听人自饮,亦常理也,而又不然,至于烟灯皆无,吟其五。①

诗人在序中概括了五首诗的内容。序中所言,其实都是人们日常生活中司空见惯的事物,但经过战争的摧残,序中所说的太平景象一无所见。不闻机杼声、舂米声、鸡鸣狗叫声,也不见酒店、牧童,更不见村落炊烟。四百里,战争破坏的范围何其广!序文反映出诗人对民生疾苦的关心。结合方回五首诗看更清楚。五首诗如下:“林下机声复碓声,时时犬吠又鸡鸣。虽然此是寻常物,村落闻之即太平。(其一) 沽酒人家短竹篱,门前三两牧牛儿。虽然

① 《全宋诗》第65册,北京大学出版社1998年版,第41464页。

此是寻常物，军马才过不见之。(其二)　桑柘阴阴间苎麻，店前下马便斟茶。虽然此是寻常物，乱后空村没一家。(其三)　大妇银钗小绿裙，采茶洗菜踏溪云。虽然此是寻常物，一旦无踪为过军。(其四)　屋上炊烟屋下灯，客来汲井具瓶绳。虽然此是寻常物，不是承平见不能。(其五)"那些温馨的场面已经无处找寻，社会动乱，世事变迁，诗人以小见大，寓意深刻。

面对天灾人祸，一些为官清廉的官吏急民所急，忧民所忧。苏轼《河复》反映的便是这种情形，其序云：

> 熙宁十年秋，河决澶渊，注钜野，入淮泗。自澶、魏以北皆绝流而济。楚大被其害，彭门城下水二丈八尺，七十余日不退，吏民疲于守御。十月十三日，澶州大风终日，既止，而河流一枝已复故道，闻之喜甚，庶几可塞乎。乃作《河复》诗，歌之道路，以致民愿而迎神休，盖守土者之志也。①

暴雨如注，江河决堤，徐州之城被淹。其时苏轼任职徐州，面对水深二丈八尺、七十余日不退的大水带来的灾难，他与徐州百姓共同守御，留下一段千古佳话。可能是苏轼自己在序文中不愿过多表白自己的功绩，以致文中没有提到自己的所作所为，但政绩总是难以被人忘记的。

同样是记载这件事，北宋文人贺铸《黄楼歌》序便记载详细。贺铸(1052—1125)，字方回，自号庆湖遗老、鉴湖遗老，卫州(今河南汲县)人。诗、词、文俱佳，以词成就最高。其序云：

① 《全宋诗》第14册，北京大学出版社1993年版，第9243页。

> 熙宁丁巳，河决白马，东注齐、宋之野。彭城南控吕梁，水汇城下，深二丈七尺。太守眉山苏公轼，先诏调禁旅，发公廪，完城堞，具舟楫，拯溺疗饥，民不告病。增筑子城之东门，楼冠其上，名之曰黄，取土胜水之义。楼成水退，因合醼以落，坐客三十人，皆文武知名士。明年春，苏公移守吴兴，是冬，谪居黄冈。后五年，转徙汝海，余因赋此以道徐人之思。甲子仲冬彭城作。①

按此序所言，苏轼面对大水，"调禁旅，发公廪，完城堞，具舟楫，拯溺疗饥，民不告病"，把百姓的生死安危放在首位。在危难之时，苏轼调兵守城，开仓放粮，修筑城池，准备船只，拯救落水者，救济灾民。并增修子城，筑黄楼，以示必胜洪水之信念。之后，苏轼命运多舛，辗转各地为官，但徐州百姓不忘苏轼当年治水救民的功绩。贺铸此序此诗，正是徐州百姓感念苏轼的真实写照。

宋代文人反映为政之道的诗歌序跋，往往通过记述一个与民为善、百姓称道的官吏而引发诗人的为政主张。如朱之纯《思吴堂》之序和《县斋》之序就是典型的代表。二首诗歌之序都属于长序，鲜明地体现了诗人的为政主张。朱之纯（1046—？），云间（今上海松江）人。元祐六年进士。元符中归居故乡。其《思吴堂》之序云：

> 思吴堂，嘉祐中太常丞吴公几道所作也，初曰环碧亭。公有惠政，四十余年民诵不绝。今彭城刘侯来宰云间，采民所誉，因至其亭，见其颓毁芜没，乃喟然叹曰：昔

① 《全宋诗》第19册，北京大学出版社1995年版，第12498页。

人思召公,爱及其棠,戒之曰勿剪勿伐,况此亭中冠一湖,吴公岁时与民所共乐者,最为胜概。当秋分之月夜,涌出金波,遇春暮之花时,变为锦水。若乃火云燀空,揖清风而愠解,冻云凝地,睹白雪以神清。有此佳丽,荒而不修,良可惜也。于是增大基址,飞出轩宇,寰以虹溧,徘徊烟波之中,浩浩乎诚可乐者。乃辟其亭为堂,易其旧名曰思吴,所以从民望也。吴公之来,予生方七岁,其教条、治目、吏历、异政,不得其详,然犹能仿佛记其去时父老悲啼攀辕,不与前进,以至空一邑随之。及予壮岁,疑其得民如此,乃问乡人长者,因语其施设太略,盖有恻怛之诚感动冥默者二三事焉。如浙右旱蝗,苏秀为甚,公方下车,克自痛责,遂祷横山之神,即致甘雨,虫亦避境不食其稼。至秋大稔,乃出教条命民预修水利以待淫潦。或停或注,达于江海。已而大水暴至,阡陌坚牢,沟洫既浚,复稔如初。比及三年,风俗归厚,天无札瘥,地无旱潦,家给人足,歌诵满路。噫!此古之所谓遗爱者,宜乎去之久而思之深也。今刘侯为政,恺悌又且孜孜,寻访吴之治迹,欲举而必行之,惟恐后时。则名斯堂也,岂非从民之望,抑亦见其乐取人以为善也。然人有疑其名者,告余曰:诗人思古,皆伤今之不然也。以刘侯之仁,民胥乐之,又何吴思之有?余应之曰:人固有遭其虐政,而思昔人之贤以哀今之不见者,又有遇其善政,而思昔人之贤以幸今之复见者。则思古之说,岂一端哉。当其男以田功之毕,女以织事之休,内无饥寒之戚,外无赋役之劳,思以斗酒共相娱乐。令于此时,为之命僚佐、临清流、设玉罍,今鼓喧阗于波间,管弦嘈哅于堂下,歌者舞者形和声和,以观游人士女或三或五，溶溶泄泄，如鸥鸟之浮川，倏鱼之戏藻，是人之乐也，皆相庆曰吴之复来矣。若大政不出此，则人之不乐生。今于此时，精耗薄书之冗，力疲讼狱之烦，事既无穷，应亦不暇，又何能附清泠之渊，笑谈终日，与之偕乐耶。设有勉强为之，虽撞钟击鼓，人闻其声，将蹙頞而相告曰欲见吴之莫得也。然则此堂之作，一游一豫，足以为政之劝沮，而刘侯之虑有出于此，其深得思吴之乐与！荀卿曰：欲观千岁，今日是也。以刘侯之贤，其乐显前人之善如此，则异时此堂复修，予将期后民之所思，有甚于今日矣。堂成，刘侯就予索诗，于是序具所闻而赋之诗云。①

思吴堂原名环碧亭，为嘉祐年间吴几道所作。吴公任职云间，政绩卓著，百姓爱戴，四十年来云间百姓怀念不已。今刘侯来云间任职，见环碧亭"颓毁芜没"，遂顺从民愿，加以整修，更名为思吴堂。吴几道任职云间期间，都有哪些政绩，因为诗人当时年纪小，不懂得为政之理。只记得吴几道离开云间时，百姓依依不舍，乡邑父老眼含热泪，攀援车驾，不忍放行，万人空巷，场面壮观而感人。吴几道为政有哪些政绩让云间百姓如此感念，朱之纯长大以后听乡人长者讲述了几件事：当时正逢云间大旱，蝗虫为灾，收成无望。吴几道到任伊始，心诚意虔，祭祀神祇，果然天降甘霖，蝗灾不再，秋季庄稼获得大丰收。接着，吴公又动员民众兴修水利，以防水灾，虽然不久大水骤至，但因水利设施完善，没有造成灾害，依旧获得好收成。三年时间，吴公治理有方，百姓衣食无忧，风俗淳厚。

---

① 《全宋诗》第18册，北京大学出版社1995年版，第11764页。

云间百姓能不怀念吴公？今日刘侯来云间任职，扩亭为堂，且更名曰“思吴”，思吴者，思念吴几道也。这显然是从民所愿，有继承吴公为政之志。人们在遭到暴政以后往往思古之贤者而哀叹今日所不见，而更令人高兴的是，追忆古之贤者而现在又恰恰遇到贤者，对于云间百姓来说，吴公是前贤，刘侯便是今日复见的贤者。古代为官清正廉洁者，治理一方的最高境界当是男耕女织，内无饥寒，外无赋役，其乐融融，刘侯所为正是如此，故云间百姓称刘侯为吴公复来矣！

朱之纯的《县斋》之序可以说是《思吴堂》之序的姊妹篇，这篇讲为政之道的序文也是称颂上文提到的刘侯的。其序云：

> 彭城刘侯，元祐庚午来宰云间。下车一日，先修庠序，次立教诫，下至簿书、期会、各有条理。今来十旬，一境告治。讼庭清明，几致刑措。于是即县斋之东，新其一堂、一亭、一阁。堂曰弦歌，亭曰三山，阁曰艮阁，与士之贤者讲论歌咏于其中，盖将有志乎美风俗也。然予尝思之，自浙右为邑，未有繁剧过此者。其境东南滨海，西北负江带湖，方二百余里。其户口除浮寄浪居，而占于籍者亦不下数十万，比嘉祐初太常丞吴公所治，往往三倍其数。故生齿日众，情伪滋多，而狱讼少有衰息。厥后欲镇以宽者失之慢，矫以猛者伤于刻。间有慨然将勤以济之者，虽戴星出入，日昃不食，力愈劳，神愈耗，而奸宄，斗狠，终不能胜。是何耶？岂其操术本末之倒置与，将意其难治而作聪明之过与，抑亦不能平易而以百姓之心为心与。不然，何四十年间民用不静，而刘侯之来未几，而风移俗易之疾耶。《诗》曰“恺悌君子，民之父母”，夫恺悌

之道,凡为政者莫不念此,然行之而民不心服者,以其作于人为而好恶之私胜之耳,使夫恺悌发于天资,平心如鉴之应形,接物如钟之待扣,虽天之高,地之厚,鬼神之无形,金石之无情,犹且应之,况利其仁而乐其义者乎。此固为民父母之道也。得所以为民父母之道,则其子从之之疾又何怪焉。宜其游心三山,鸣琴一堂,登高而赋之,使人知仁义礼乐之意也。予圃隐湖西,比有客见过,因问邑之治否。诵公恺悌出于自然,且曰:方周盛时,齐人五月报政,文公犹惊其速。况处今之世,教化未明,而刘君治江海僻陋之地,曾未十旬,了无可治,则是古道复行,岂不贤哉!噫,以客之所言证予之所闻,则君坐斯堂,宴斯亭,登斯阁也,宜无愧于古人矣。客退,因序其所闻而为之诗。①

这篇序文专讲刘侯在云间的为政之德和为政之道。他到任伊始先修建学校,从教育入手,然后立下各种规矩,条理分明,严令执行。三个月以后,社会安定,政治清明。接着在县斋之东修建弦歌堂、三山亭和艮阁,与乡邑贤者在其中讲论歌咏,醇化风俗,推行仁义。诗人认为,云间方圆二百余里,人口数十万,比当年吴几道任职时要多出三倍。人数日众,情伪滋多。在这种情况下,如何讲究为政之术?诗人认为关键是要以百姓之心为心,作恺悌君子,自然可以为民父母。"恺悌",一作"凯弟",是指和乐平易。《礼记·丧记》曰:"《诗》云:'凯弟君子,民之父母。'凯以强教之,弟以说安之。"诗人认为,只要恺悌之心发乎真情,就会得到民众的信服,因为这

① 《全宋诗》第18册,北京大学出版社1995年版,第11763页。

是在推行仁义礼乐。其实,古代政治家讲究为官之道,一是要以民为本,忧民之忧,乐民之乐者,关心百姓疾苦,积极改善民生;二是讲究教化,以儒家仁、义、礼、智、信教导民众,醇化人心,移风易俗,为百姓创造良好的社会氛围。朱之纯在两篇序文里谈到的吴公和刘侯,就是这样的人物,他们的所作所为以及为政之道,正是古代政治家所提倡的,因而才得到朱之纯的大力称赞。

上面所举,皆是为官一方者,关心民生,造福百姓。而富弼《定州阅古堂》之序所写韩琦却是有所不同。富弼(1004—1083)字彦国,河南(今河南洛阳)人。曾任户部侍郎、户部尚书等职,以韩国公致仕。《定州阅古堂》之序写韩琦为镇守边关的大帅,有文韬武略之才。这样的为政者,乃是国家的栋梁,其所起到的历史作用远远大于任职一地的太守或刺史。其序云:

> 天下十八道,惟河北最重。河北三十六州军,就其中又析大名府、定州、真定府、高阳关为四路,惟定州最要。定为一路治所,实天下要重之最。知是州者兼本路兵马都部署,居则治民,出则治兵,非夫文武全才,望倾于时者,不能安疆场、屏王室也。然自国初已来,专以武臣帅诸路。庆历七年,甘陵妖贼据城叛,河北妖党相摇以谋应,卒骄将懦,人心大震。天子悟,始议选儒臣帅四路以督诸将,乃起知郓州资政殿学士给事中昌黎韩公帅真定,以遏乱萌。明年春,贼诛人安。既而夏大雨,河决商胡,东北入于海。河北灾,人复不宁,流徙失业者咸四出,不翅千里,僵殍满道。天子恤然,且虞他奸,遂以公帅定。定既要重天下,宿兵素多,属伤残之后,官民枵困征赋,逃无几,而兵不少减。兵袭旧幸歉,益骄以悍。公夙夜裁

整,以威以怀,兵之骄不从令者,捽其首恶,斩以徇,略为调教,余怙怙就约,不敢哗于室。至有调发者,远而弥戢,如公亲临。已而招集逋亡,四流争还,如啼孩奔父母,惟恐其后,至则充然各得其欲。农无废陇,赋有余粒,不旁诛横敛而上下足,堙漏补罅,一面完固。公既去强梗之兵,又育彫瘵之民,左行斧钺,右哺饮食,乱者毕治,亡者毕存。立法政教,向之人所不得闻者,今渐濡酣饫,无不贯彻。自是边人革其耳目,新其肝肠,优为而乐从,故人易治而功成速也。又明年秋,天子图公之功,诏加大学士。公先尝表其志,幸终三年,不愿急易也。至天子抑骑召而使即以授,姑遂公请,亦以慰斯人爱公之心也。公惕宠处官,虽无事,未尝辄自豫,念兵与民之急,宜无过者。矧临要重之路,忧虞所系,凡是经画,不可以无法。乃择取历代贤守良将,总若干人行事,创大屋以类相次,绘于周壁,榜之曰"阅古堂"。盖欲阅古之人所为,而为之法也。噫!公雅文杰武,自当视乎古人,且天下方迟公入辅,以致太平,若其安疆场,屏王室,岂庸考古而后能哉。实公冲然不自有其有,而归乎古人也。其悬知来者不师绘事,而公是师也。虽然,蹈古搜善,惠人警己,公之意谓其至矣乎。公邮问索诗,因粗序所致之旨,以志其始,而示于后。①

序文首先说天下十八道河北最重要,河北三十六州军,又以大名府、真定府、定州、高阳关为重,其中又以定州为最。这样,就把定

① 《全宋诗》第5册,北京大学出版社1991年版,第3365页。

州的重要性突出了。什么人才能当此重任,因为定州临近边塞,所以担此任者必须"居则治民,出则治兵,非夫文武全才,望倾于时者,不能安疆场、屏王室也"。以往朝廷选派官员,往往以武臣为先,而此次河北纷乱不宁,皇帝选用具有文韬武略者韩琦先知真定,平复以后,又知定州。韩琦夙兴夜寐,忠心耿耿,威严与怀柔并用,终致一方平安。其后,韩琦安抚民心,发展生产,"农无费陇,赋有余粒,不旁诛横敛而上下足",终于大治。韩琦为政赢得民心,也受到朝廷表彰。做出以上实绩之外,韩琦又选历代贤守良将,请画工绘于堂壁,以效法古人,称之为"阅古堂"。富弼所称道的韩琦,为朝廷重臣,其为政之道自然有代表性。

体现为政之道关怀民生的,当然也可以从一件事情上着手。王安石《新田诗》之序便是只谈兴修农业水利,其序云:

> 唐治四县,田之入于草莽者十九,民如寄客,虽简其赋,缓其徭,而不可以必留。尚书比部郎中赵君尚宽之来,问弊于民,而知其故。乃委推官张君恂,以兵士兴大渠之废者一、大陂之废者四,诸小渠陂教民自为者数十。一年,流民作而相告以归。二年,而淮之南、湖之北操橐耜以率其妻子者,其来如雨。三年,而唐之土不可贱取、昔之菽粟者多化而为稌。环唐皆水矣,唐独得岁焉。船漕车挽负担出于四境,一日之间不可为数,唐之私廪固有余。循吏之无称于世久矣,予闻赵君如此,故为作诗。①

田地荒芜,民无定心。比部郎中赵君了解情况以后,命推官张恂发

① 《全宋诗》第10册,北京大学出版社1992年版,第6763页。

兵士修整大小废渠数十，彻底解决旱涝问题。仅一年，流民大多归来，二年，其他地方的农民带着农具、携妻带子也来到此地。因为为官者体恤下民，讲究为政之道，昔日的不毛之地，成了人人向往的家园，这不能不说是一个奇迹。其实，做到这一点并不难，为官者只要深入百姓中了解情况，还是能够找到解决问题的办法的，关键看是否用心。当然，为官者也不能只考虑政绩、升迁，做表面文章，如果对于在荒芜之地修整水利不屑一顾，那样就不会赢得民众的信赖，就不会有为官的实绩。王安石写此诗与序，大概与他关心国计民生、积极发展生产有一定关系。所以，王安石对赵君的所为，给予充分肯定和极高评价。

与王安石的褒扬不同，邹浩《读龙图梅公瘴说》之序是借龙图梅公批评为官之弊。邹浩（1060—1111），字志完，号道乡先生。元丰五年进士。曾任朝中谏官，所上奏疏，往往切中时弊。其序云：

> 公景祐初以殿中丞知昭州，尝为《瘴说》，其略云：仕有五瘴，急催暴敛，剥下奉上，此赋租之瘴也；深文以逞，良恶不白，此刑狱之瘴也；昏晨酣宴，弛废王事，此饮食之瘴也；侵牟民利，以实私储，此货财之瘴也；盛拣姬妾，以娱声色，此帷薄之瘴也。有一于此，民怨神怒，安者必疾，疾者必殒，虽在毂下，亦不可免，何但远方而已。仕者或不自知，乃归咎于土瘴，不亦缪乎？①

此序借梅公《瘴说》展开，实际也表明了邹浩的为官之道。其中所

① 《全宋诗》第21册，北京大学出版社1995年版，第14026页。

举为官五瘴,一是赋租,二是刑狱,三是宴饮,四是货财,五是帷薄。为官者有其一者,就会招致民怨神怒,可怕的是有些为官者不从自身找原因,反而强调客观理由为自己辩解。心系民生的为官者应该引以为戒,远离五瘴,自然就会得到百姓拥戴,做出政绩来。

宋代诗歌序跋论述为政之道,有的是以比喻引出,形象生动,耐人寻味。如廖行之《送邓彦霄》之序以农者为例来比喻为政之理。廖行之(1137—1189),字天民,号省斋,衡阳人。淳熙十一年进士。其序云:

仆闻南山下有耕者,始其业微甚,他日连阡陌,专沃壤,盖其富视封君。客或访其故,对曰:"田农也,不知其他,无能不废吾业而已。始吾得污莱数亩,人不屑治者,吾治之加力,不敢卤莽灭裂也。计其获,视餱饷,不徒食,以故吾业益广。今幸且富,顾耕则不暇,而吾心朝夕经画乎此,特其所处小大之异耳。劳于小而不废,积于大而益不懈,天下事皆然。"仆尝异其言,将世之君子殆有愧此。自世以空谈媒位,仕未有一毫补公上,已谓州县为徒劳。簿书期会,一切废弛,曰儒者以大臣自期,宜若是。彼其愒偷,曾不若耕者之不素餐也。矧仕于邑,所谓高士不为者,先汉已有此俗。今吾友邓君彦霄,乃欣然就此位,若将得行其志者,其所怀负不苟徇世,诚如是,一职不废矣。夫使图籍有考而缘绝淆乱之弊戢,膏泽下于民,必自此始。且仆闻郑有君子曰子产,其言政如农功,日夜思之,思其始而成其终,朝夕而行之。古之人自效一官,达之于运天下,其于民监法皆如是。彦霄过仆为别,属闻耕者之说，意其有补于从政，因序而诗之以为赠。①

序文所说的南山之下耕者，最初基业甚微，别人看不上的田地，他却不惜力气加以整治，收获以后，继续发展生产，所拥有的土地越来越多，终于富甲一方。耕者的经营理念是，不因小而废之，积于大而不敢懈怠，心无旁骛，朝夕经营，才能取得成功。诗人受此启发联想到为政之道，指出现实中一些为官者占据官位，喜好空谈，不干实事，真正是尸位素餐。友人远去他乡为官，拜别诗人，诗人认为耕者之说有补于政，故劝勉友人为官一方，要尽职尽责，膏泽百姓。官吏为政，耕者务农，其事虽不相涉，其理却有相通之处，这就是对所担负的责任，要"日夜思之，思其始而成其终，朝夕而行之"，勤于政，不懈怠，谋发展，终会做出成就。唐代柳宗元有《种树郭橐驼传》，以种树之理比喻为官之道。廖行之这篇序文以耕田者比喻为官之道，都是以浅显通俗的事情说深奥的为政之道，这样的论述，避免了枯燥的说理和为官之道的抽象性，给读者留下深刻的印象。

论述为政之道，除了上面所言提倡为官者兢兢业业，恪尽职守，心系民生之外，也有诗人在序文中提倡无为而治，营造一个宽松的政治环境，让百姓自己发展自己，反对为官者为了自己的政绩，今日颁布条例，明日设想规划，搞些虚的悬的，尽是些形象工程、面子工程，导致百姓日夜不宁，困顿疲惫。如徐铉《送钟德林郎中学士赴东府》之序便传达出这种主张。其序云：

德林始以才术优赡，入参近司，旋以地望清雅，宠登

① 《全宋诗》第 47 册，北京大学出版社 1998 年版，第 29160 页。

书殿。会东畿克复,上以君有遗爱于淮海之都,故辍侍从之班,摄尹正之任。吾一二亲友,共饯行舟。铉也不才,请以言赠。理大国若烹小鲜,言不可挠之也,况乱后乎?德林当本仁守信,体宽务断。大兵之后,民各思乂,听其自理,任其自营。为之上者,导其蒙,遏其淫而已。示之以聪明,则民益迷;拘之以禁令,则民重困。弃仁则吏暴,失信则众惑。急则民伤,不断则民懈,慎此四者,何往而不臧!噫嘻!吾党皆忘形者也,平生以来,胥会者几何!思当鸡犬相闻,舟舆不接,开口而笑,携手而游,在吾辈勉之而已。忘身徇国,急病让夷。德林此行,宜减离恋。盍各赋一物以为赠乎!九月十七日序。①

无为而治思想源于老庄,其实所谓无为而治并不是什么都不管,放任自流,而是指为政者充分尊重百姓的自主性,为他们营造一个相对安宁的空间,不要过度指导,不要过度关心,不要横加干涉。这里可以引柳宗元《种树郭橐驼传》略加比较说明。柳文以种树喻养人,高明的种树者遵循种树的规律,“其本欲舒,其培欲平,其土欲故,其筑欲密。既然已,勿动勿虑,去不复顾。其莳也若子,其置也若弃。则其天者全,而其性得矣”。可是那些不尊重种树规律的人,却是另一种做法,“根拳而土易,其培之也,若不过焉则不及。苟有能反是者,则又爱之太恩,忧之太勤。旦视而暮抚,已去而复顾。甚者爪其肤以验其生枯,摇其本以观其疏密,而木之性日以离矣”,这样做,看似是爱护树木,其实是害了树木;看似是担忧树木,其实是把树木看成了仇敌。为官者也有类似的情形,那

① 《全宋诗》第1册,北京大学出版社1991年版,第95页。

些为官者不厌其烦地发布政令,表面上看起来是怜悯百姓,其实最后是给百姓带来祸害。“旦暮吏来而呼曰:‘官命促尔耕,勖而植,督而获,早缫而绪,早织而缕,字而幼孩,遂而鸡豚。’鸣鼓而聚之,击木而召之”。官吏如果把自己看的比百姓高明得多,其实就大错就错了。百姓世代为农,他们知道什么时候耕地,什么时候种植,什么时候收获,至于煮茧抽丝,纺线织布,养育子女,饲养家禽家畜,他们更是行家里手,根本不用那些官吏来督促教导。为官者偏偏担心百姓不知怎么做,把百姓聚集到一起不断地教导,百姓心烦意乱,可是又不敢说。这不是典型的烦政扰民吗?徐铉这篇序文为送友人钟德林赴任而作,开宗明义讲老子的无为而治。老子讲“治大国若烹小鲜”,其意是指为政者不能政令频出,要给百姓一个宽松发展的空间,尤其是社会动荡之后,人民需要休养生息。他告诫钟德林,要本仁守信,体宽务断。兵乱之后,民心思安,“乂”者,安定也。“听其自理,任其自营”,就是让其自由发展,切勿强加干涉。如果只是觉得为官者事事聪明,下民愚昧无知,百姓就会更加迷惑;如果以禁令严加约束,百姓就会重陷困厄之中。这和柳宗元所主张的体察民情,顺应民心,政令简洁,使民得以休养生息,其道理是相通的。

与徐铉的主张相同,徐积《送程守》之序也是讲为政者如何安民的。其序云:

> 山阳太守程公始至之日,其民切切相告,谓其不生事也。至于逾月,其民稍稍安之。又至逾年,然后其心信服,而日益以安也。夫不生事者固足以安民矣,于是各以其所见称之。称其性者曰质直真厚,称其德者曰如其所性,称其政者曰宽、曰恕、曰处烦剧约而详、曰事归乎平

> 允。总而称之,得民之和也。夫为政而至于得民和,足矣!然民之所识者浅,又其见闻各有所止,故其所称之者止于如此。其不可得而称者,太守之量,必待见其所见,闻其所闻,然后可得而知也。即弗见弗闻,虽良士大夫盖有不可得而知者矣。虽知之,岂尽知之乎?太守之量,性所自有,而所养者大也。有是量故有是政,故善处烦剧,至于日力有余而其心裕然也。夫人不可以无量,则居之不安,如是则于外物难与言命矣。夫难与言命者,求之为政,人不可得也。为乎其人,则蔽于所持,难与言义矣。如此则将有受患之民,避色之士也。闻程侯之风者,亦可以少自警矣。此皆缙绅先生闲并所谈,二三子群居共讲,乡人父老之所闻者也。故因程侯之行,发而为诗,其亦庶乎有益于后世者也。①

程守去山阳任太守之职,到任伊始,百姓就互相传告,称程太守“不生事”。一月之后,百姓渐渐安顿下来,一年以后,百姓对程守愈加信服。何以安民?徐积认为首要条件是为官者不生事,这样,才能获得百姓的认同。为政者不生事,才能使民安,民安才能民和。营造一个官民和谐的政治环境,是为官者治理一方的最高追求目标。要达到这样一个境界,看似简单,实则不易,这与为政者的胸怀有必然的联系,这就是序文中几次提到的“量”。诗人写序作诗,便是希望借程守之行,宣传其为官而不生事的治理方略,以有益于后来者。

李寔《陕府芮城县群贤凉轩诗》之序也是歌颂良吏政声的。

① 《全宋诗》第11册,北京大学出版社1993年版,第7557页。

李寔,字公实,河南(今河南洛阳)人。仁宗庆历中官太常博士,嘉祐六年迁秘书省校书郎,陕州主簿。其序云:

芮,古邑也,其民淳。吴,良令也,其心清。夫以良令之清心而得古芮之淳民,吾知夫治之无难也必矣!故吴令来,期月之间,薄山之阳,大河之滨,民之有生,不知有吏,吏之有狱,未尝有民。呜呼!其亦可以称治也与。于是因民之无事,作凉轩。栋宇甫完,山林满前。笙篪箫竽,天地万籁。白日有尽,清风不归。若夫公余宾来,日高吏散,令必休于其间也。席有诗书,盘有杯杅,而弹有琴,而投有壶,于是啸歌偃息,无有一而不得其适也。当是时,不知天地之为吾适耶,吾自适其适,而天地不吾与也。不知陶渊明之昔时得如是无?抑不知列御寇之泠然而乐,久而不返,有是事乎,无乎?于是士大夫闻而以诗美之,而令欲永其传,以刻诸石,且俾来者知作之所始。既嘱予序,而复继之以诗也。时嘉祐五年八月一日河南寔序。①

官清民淳,首要者在于官清,如此则一方大治。吴令来陕府芮城,仅仅一个月时间,便政治清明,百姓安乐。“民之有生,不知有吏,吏之有吏,未尝有民”,这是吏不惊民,民不扰官,官吏和谐相处的真实写照。“民之无事”,首先是官不生事,若是像柳宗元《种树郭橐驼传》中官吏令繁政多,不分时日聚之召之,扰乱百姓,就不会出现如此清明的景象。因百姓无事,吴令才有心思作凉轩。凉轩

① 《全宋诗》第7册,北京大学出版社1992年版,第4905页。

在序文里其实是一个象征。公余之暇,居凉轩之间,诗书美酒,弹琴投壶,与民同乐,其乐融融,陶醉于官民祥和的境界,正是为官者所愿,为民者所盼。其中间一段描写,颇受欧阳修《醉翁亭记》描写太守与民同乐的影响。

第二节　抒发爱国情怀　弘扬民族气节

唐宋诗歌序跋反映爱国题材主要是在宋代。比较而言,唐朝要比宋朝强大,虽然唐朝边患不断,尤其是盛唐后期和中晚唐时期,边塞的压力让诗人感到忧心忡忡,但诗歌序跋反映这方面的内容较少。安史之乱给唐朝以重创,反映这一事件的诗歌不少,但序跋却不多。因此,反映爱国情怀和弘扬民族气节的诗歌序跋主要出现在宋代。宋朝是积弱的时代。开国以后,宋朝皇帝采取抑武崇文的政策,因此从一开始就屡屡处于被动挨打的局面。北面的辽、金,西北的西夏不断对宋朝构成威胁,从北宋范仲淹的《渔家傲》可以看出当时驻守边关将帅的无奈和心境的苍凉,苏舜钦的《庆州败》直面宋军惨败于西夏的现实,让人感到宋朝的边塞与唐朝相比不可同日而语。尤其是靖康之难以后,宋徽宗、宋钦宗被金人所掳,宋人承受着极大的民族屈辱。宋室南渡以后,小朝廷偏安一隅,面对北方异族的强大攻势,节节败退,大有江河日下之势。在这样的时代氛围中,一些有志之士通过文学作品反映他们关注国家命运和民族前途的忧虑,褒扬保家卫国的英雄,指斥卖国求荣的败类,抒发爱国情怀,弘扬民族气节,形成了宋代文学作品中不可忽视的一类题材。诗歌序跋作为诗歌不可分割的内容,也在这方面得到了充分的反映。这些诗歌序跋,或记述历史而寄托自己的情感,或歌颂历史人物而谴责当时的忍辱求和,或揭露面临国难无耻的士大夫仓皇逃窜,或描写听到前线胜利消息后的喜悦,或借歌颂有气节的妓女而怒责投降将帅,或赞扬戍边抗敌威震一方的英雄将领,内容是非常丰富的。

苏轼《闻捷》之序写宋军大败西夏军队,诗人得到捷报,非常高兴,与众人饮酒祝贺:

> 元丰四年十月二十二日,谒王文公于江南,坐上得陈季常书报,是月四日,种谔领兵深入,破杀西夏六万余人,获马五千匹,众喜忭唱乐,各饮一巨觥。①

宋军与西夏的这一战,发生在元丰四年十月四日。种谔,洛阳人,字子正。与兄种诂、弟种诊皆有将才,关中号称“三种”。种谔曾任鄜延经略安抚副使,节制诸将。后率兵攻米脂城,于无定川大败西夏援军。苏轼《闻捷》之序所说就是指此。

又周麟之《破虏凯歌二十四首》序也是反映宋军大胜金兵。周麟之(1118—1164),字茂振,海陵(今江苏泰州)人。曾任兵部侍郎、翰林学士,两次使金。其序云:

> 绍兴辛巳冬,虏大举入寇,蹂两淮诸郡,欲自采石济江。王师邀击,大破之。遂驱瓜州谋南渡甚急。十一月二十八日大雪,驰次维扬,夜半虏营变起,戕其主完颜亮。众胡瓦解,奔溃北去,军民欢贺。予顷在枢廷,谍知北事甚悉,故策其必败。至是,因追述所闻作《破虏凯歌》二

① 《全宋诗》第14册,北京大学出版社1993年版,第9312页。

> 十四首,于以见天子威德茂鬯,上帝助顺,逆胡狂暴,自取灭亡云。①

绍兴辛巳是 1161 年,金正隆六年。金海陵王完颜亮率领金兵大举南下,十一月在扬州被部将耶律元宜刺杀,金兵大乱,宋军乘机击之,金兵大溃而去。对此次的宋军大胜,周麟之兴奋之情溢于言表,反映出关注国事的火热情怀。

整个宋代尤其是南宋时期,宋军总体来说是处于被动局面,这当然与朝廷的不抵抗政策有关,但在抵御北方异族入侵的战争中,宋代还是涌现出许多民族英雄。他们的爱国热情,宁死不屈的大无畏气概,深深感动着诗人,使其写下诗篇称颂之。如释居简《哀三城》之序便是如此。居简,字敬叟,潼川(今四川三台)人。其序云:

> 开禧至绍定,几三十年士不解甲。残虏假息鞑人,扰乱我边陲,潼关以西,如无人之境。成守李冲、凤守李寔,皆名将种,备御有严,不颓家声。西和守陈寅仲,开禧总饷不受伪命咸之冢嗣,奋仁勇于世家子,苦战无援,偕二城死义。壮其死而哀之,拟《悲陈陶》、《悲青坂》,赋《哀三城》以泚。偷富窃贵,卖降致款非人类之颡。②

开禧至绍定属于南宋末期,这一时期宋朝国运江河日下,苟延残喘。边塞形势紧急,守边将士多年枕戈待旦,序文所言三城

① 《全宋诗》第 38 册,北京大学出版社 1998 年版,第 23565 页。
② 《全宋诗》第 53 册,北京大学出版社 1998 年版,第 33205 页。

守将奋勇杀敌，与城共存亡，令人敬佩。诗人拟杜甫《悲陈陶》、《悲青坂》，写下《哀三城》以歌颂戍边卫国、大义凛然的英雄将士。

邓肃《刘忠显挽词》之序也是歌颂刘忠显英雄业绩的。其序云：

> 靖康之变，死其事者数人，然皆人死之耳。独忠显刘公勋业声誉著于两河，虏乞于朝，盖将用之。公独不顾，毅然自尽。此所以卓然拔乎其萃，为当今第一人也。某以布衣辱公父子兄弟待以国士，顷尝论公之节如颜真卿、杲卿等。或者骇之曰："公尚亡恙，子安得出此语乎？"忽忽十年而公竟以节薨，更出颜公之右，识者然后知某前日之言自有管见，盖非偶然耳。公丧南归，义当匍匐一恸新阡之下，但方以最逐，不欲彻声于贤公卿之门。今仲固驰书索诗以助挽人之唱，某敢不勉？然我公气义欲穿天心，狼子虽有万众，不得以兵甲威之。今欲写于毫楮间，顾岂区区章句数字得以缚之乎？谨作古诗一首，略去声律，意盖有在也。伏幸采览。①

靖康之变是宋朝历史的耻辱一页。靖康元年，金兵大举进攻汴京，十一月，京城失陷，宋钦宗请降。靖康二年初，金兵将宋徽宗、宋钦宗、后妃、宗室以及工匠、书籍等驱掳而去，北宋灭亡。在这样的历史大事变中，有的大臣求生变节，屈膝投降，有的视死如归，义薄云天。刘忠显属于后者。邓肃在序文中将刘忠显与唐朝

① 《全宋诗》第31册，北京大学出版社1997年版，第19711页。

颜真卿、颜杲卿相比,甚至认为出其右,评价极高。颜真卿、颜杲卿是唐朝名臣,安史之乱爆发,他们联合抗击安史叛军,赢得河北十七郡的积极响应。后来史思明攻常山,唐朝援兵不至,城陷,颜杲卿被俘,骂贼不绝。叛贼钩断其舌,颜杲清不屈而死。

宋代有些诗人本身就是驰骋沙场的将帅,他们写诗作文,就更直接融入自己的切身感受,宗泽就是其中的代表。宗泽(1059—1128),字汝霖,婺州义乌(今属浙江)人。元祐六年登进士第。靖康元年知磁州,招募义勇,力阻金兵南下。后为东京留守,举拔岳飞为将,屡败金兵。宗泽先后上书二十余,奏请高宗还都,均为佞臣所阻,后宗泽忧愤成疾,壮志未酬而卒。其《感时》之序便是他对那些国难当头不顾国家民族安危而四处逃窜官吏的无情揭露,其序云:

> 北骑长驱,京邑阽危,此忠臣义士痛心疾首勤王报国之秋也。而宰臣迁家,郡守踰垣,缙绅士大夫陆窜水奔,使人主婴孤城以自守,无一犯难者。事小定矣,而上书献策之人亦未有慨然以东者。世道之衰,一至此乎。太息之余,以诗自道。①

金兵长驱直入,京邑危在旦夕,在宗泽看来,这正是舍生取义、报效国家的时候。可是自朝臣而下,大大小小的官吏却各自逃命,"迁家"、"踰垣"、"陆窜水奔",毫无忠信礼义,一副无耻嘴脸。世道之衰,由此可见一斑。其诗中亦曰:"一旦国步艰,四迸如星繁。辅相已择栖,守令仍踰藩。冠盖陆西窜,舳舻水南奔。"序与诗相

① 《全宋诗》第20册,北京大学出版社1995年版,第13663页。

映衬,反映出诗人对国事的担忧和对现实的愤慨。“出师未捷身先死,长使英雄泪满襟”。宗泽死后,李纲写《哭宗留守汝霖并序》以悼之。李纲时任兵部侍郎,坚决主战。不久,因主战而被贬。后拜尚书右仆射,积极组织力量抗金,启用宗泽为开封留守。后宗泽因病而死,李纲悲痛万分,写诗悼之,其序云:

> 宗泽,字汝霖,浙东人。自为小官,卓荦不群,能自立,以故屡被罪。靖康冬,用为磁守,值金寇再犯阙,上以康邸奉使道磁,泽力挽留不得行。再造之功,泽为多。同列者忌之,谮毁百端,斥外不用。余去夏抵行在,泽得守襄阳,未行,与款语,忠义慷慨,愤发至流涕。力荐于上,使进职留守京师。诛奸恶,拊善良,大得都人之心。缮治城堑楼橹,复完壮,屡出兵以挫贼锋,以故能守。数表请车驾宜还阙,媢嫉者愈切齿,难其代者,故得不罢。今闻其疽发背而死,殆忧愤使然,殊可为天下惜也。《诗》云:人之云亡,邦国殄瘁。方时危而失此一人,其可哀也矣。赋诗以哭之。①

这其实是宗泽的一个小传。在这篇序文中,李纲对宗泽给予了高度评价。其中“上以康邸”一段,是指康王赵构赴金求和,途经磁州之地,宗泽极力劝阻,赵构遂回相州,开大元帅府。宗泽为副元帅,率军奋战,建功甚多。宗泽诛除奸恶之臣,团结主战之士,大得人心。惜乎被佞臣排斥,忧愤而死。李纲得知噩耗,痛哭而赋诗,既是悼念宗泽,也对那些“同列者”、“媢嫉者”的丑恶嘴脸给予了

---

① 《全宋诗》第27册,北京大学出版社1996年版,第17818页。

无情揭露和痛斥。

徐积《忠烈诗并序》歌颂了平定叛乱、维护边疆稳定的民族英雄。其序云：

> 皇祐四年，山阳赵公以赞善大夫守晋康，未逾厥月，侬智高起于广源，遂及邕州。贼乘骑锐，势如飘风，突至晋康，乘城而斗。公率羸师数百，身为扞蔽，手杀数十人，又射其二骁帅，应弦俱倒。贼势虽沮，而其徒大至，尽锐攻之。于是军吏辈请公避贼，公曰：全家吃著是国家底。于是三百羸师，人人争奋，血战而后死，卒无一人亡者。其赤心义烈，贯通白日。遂令此曹舍生取义，此君子所以为公泣也。盖历代之祸，奸臣贼子所以得遂其恶者，以肉食焉者避其难也，如令不避其难，何奸之不可除，何乱之不可平耶？如此，则王莽之徒不得篡其国，王俭之徒不得卖其君，安有世为其臣，世食其禄，并其国而卖之者乎？至如褚彦回辈，是肉食而避其难者也，闻公之言，其亦自讪于地下矣。问者曰：公之死节，其义则然，然而何益于败？答曰：守义死节，不论成败。计成败而后为之者，是庸众人之事也。且智高本出人不意而攻其所不备也，如使兵无留行，直指番禺，则其城危矣。番禺所以得纾少日，以修备御者，以康州力战，与贼相持故也。则广州不陷者，康州之力也，何谓无益。问者又曰：假使旷日持久，能为睢阳之事乎？答曰：凡全城者所以全人也。使人相食，鱼肉其民，此康州之所不为也。然则为之奈何？曰：必不得已，北面再拜以谢朝廷，伏剑自杀以谢百姓，此康州之所能为之矣。嗟乎！使康州而无死，何义之不立，何

忠烈之不可为耶。①

序文中所说的侬智高，是宋代广源州（属广南西路邕州管辖，今越南与广西毗连地区）蛮族首领。庆历初年，占据傥犹州（今广西靖西东），建立大历国。后来又据安德州（今靖西境），建立南天国。皇祐四年，起兵反抗宋朝，攻破邕州，自封为仁惠皇帝。随后，率领大军攻陷边疆九州，进而围攻广州，气焰嚣张，西南边疆告急。皇祐五年，宋朝派狄青等率军于邕州大破侬智高。徐积在序文说到的山阳赵公，就是在侬智高大举进犯时据城坚守、英勇奋战的英雄。序文写赵公在贼强我弱的情况下，手杀数十人，射杀二帅。在贼兵蜂拥而至攻城甚急的情况下，同僚下属劝赵公弃城而逃遁，赵公的一句"全家吃著是国家的"，虽语言朴素却字字千钧，表达出自己以死殉国的决心。于是，他率三百弱兵以死抵抗，最后以身殉国，舍生取义。诗人称其事迹为"赤心义烈，贯通白日"，评价至高。诗人认为，历朝历代之祸，大多是国家灾难来临之时，那些为官者首先考虑自己的身家性命，把国家安危和民族命运全都抛在脑后，他们避难，是以国家和人民承受其难为代价的，否则，无奸不可除，无乱不可平。据此之论，诗人反问，哪里有世代为国家大臣、世代享用国家俸禄，最后到关键时刻却出卖国家呢？接下来，诗人又以提问回答的形式，详细阐明自己的观点。一问：赵公死节其义昭然，但是对于最后的失败毫无意义。诗人认为，英雄守义死节，不能以最后的成败而论。如果先考虑成败然后再做，那是庸者之为。正是赵公的坚守，才为番禺赢得了修备守御的时间，才阻挡了贼军的进军步伐，以使广

① 《全宋诗》第11册，北京大学出版社1993年版，第7551页。

州不致陷落,这怎能说是无益呢？二问:如果赵公守城而援兵不至,矢尽粮绝,会不会出现唐代安史之乱期间,张巡守睢阳时人吃人的现象呢？张巡守睢阳时吃人之事史书有载,据《旧唐书·张巡传》:“尹子奇攻围既久,城中粮尽,易子而食,析骸而爨,人心危恐,虑将有变。巡乃出其妾,对三军杀之,以飨军士,曰:‘诸公为国家戮力守城,一心无二,经年乏食,忠义不衰。巡不能自割肌肤,以啖将士,岂可惜此妇人,坐视危迫。’将士皆泣下,不忍食,巡强令食之。乃括城中妇人,既尽,以男夫老小继之,所食人口二三万,人心终不离变。”①徐积序文中的第二问,就是针对此事而言。诗人认为,保卫城池就是保卫百姓,如果出现城中人吃人的现象,那不是赵公所愿意看到的。到最后的危难时刻,赵公只能自杀以谢百姓,这是他最终义无反顾的选择。其实,序文中将张巡守睢阳人吃人的事情拿出来比附略有不妥,因为不了解历史背景,就不会理解张巡、许远死守睢阳的重大意义。中唐时期,有人对张巡、许远坚守睢阳的功劳表示怀疑,散布流言蜚语,指责张巡根本就不该死守睢阳,致使全城最终覆亡。针对这些流言,韩愈写下《张中丞传后叙》,揭露那些制造谣言者“自比于逆乱”、“设淫词而助之攻”。韩愈说:“二公之贤,其讲之精矣。守一城,捍天下,以千百就尽之卒,战百万日滋之师,蔽遮江淮,沮遏其势,天下之不亡,其谁之功也！当是时,弃城而图存者,不可一二数;擅强兵坐而观者,相环也。不追议此,而责二公死守,亦见其自比于逆乱,设淫词而助之攻也。”可见,张巡、许远守城的历史功绩还是应该肯定的。至于序文中所说赵公为全城最后自杀以谢百姓,也是应该肯定的,但是,不能因为此处“康州之所

① 《旧唐书》卷一八七,中华书局1975年版,第4900页。

不为”而否定唐朝张巡、许远守城的功绩。

程公许《述九颂》之序和《东川节度歌》之序是记述宋朝将士在西部守边御敌的。程公许（1181—1251），字季与，号沧州，叙州宣化（今四川宜宾）人。嘉定四年进士。曾任太常少卿、礼部侍郎等职。立朝敢言，风节为人推颂。其《述九颂》之序云：

> 嘉定十二年春，西师弛备，敌骑坌入天汉三洋泉，川蜀大震。上用心恻，始下诏图任旧人，起前参知政事眉山李公于洞霄祀馆，以端明殿学士知遂宁府。未就镇，溃兵啸聚，自利阆果梼虚入城。公乃弥节潼川，与季弟左史直院侍郎公共议招降，以伐其阙西之谋。贼始疑沮，逡巡引避，用能延景刻。会将士以麼之，贼固为吾机上肉矣。兵火创残，流离未复。公始至，是究是图，俾就安集，民遂德之，家置一喙。先一州而后天下，挽天河以洗兵甲，苍生属望于公，不啻旱秧之渴雨。先是，岁行丁丑，公初度之临也。公许尝赋拟骚《九颂》为公寿。公读之喜，谓其文骎骎乎子骏与可伯仲之间。愚不敏，惧不敢当也。今岁己卯，公之寿籍方周一甲子，而雨露疏恩适丁斯时。泰道初亨，寿隽登用，纪年太极，自当与宋匹休。公许感公文字之知，不敢碌碌自比常伦，再抒鄙思，为《述九颂》九章，章各有指，所以侈公道之开，而申前作之未备。绘画日月，非僭则狂，爱助之情，则在可取。是岁十一月既望，门人程公许拜手谨序。①

① 《全宋诗》第57册，北京大学出版社1998年版，第35485页。

嘉定十二年是1219年,川西一线有吐蕃诸部,边境不宁。眉山李公乃于“川蜀大震”之时就任,程公许称其所为“先一州而后天下,挽天河以洗兵甲,苍生属望于公,不啻旱秧之渴雨”,评价至高。其《东川节度歌》之序写筑城御边,也是写眉山李公的,序云:

> 东川自唐以来,为征镇重地。国朝以文治不尚武功,拥旌殿邦者皆当世妙选。春官侍郎眉山李公,以法从名流,开藩于兹。适潢池有警,公以德望隐然为川西捍蔽。事变甫定,顾瞻环雉,谓牛头巍峙城外,俯瞰万井,于镇守非便。乃请于朝,包括一峰增筑城堞。发千古之形胜,成旷代之伟绩,非公不能办此也。公许谨为赋《东川节度歌》一篇,以纪盛世。虽芜词不工,清朝采诗或有取于此。嘉定十三年正月吉日,程公许谨序。①

序文首先强调东川地理位置重要,自唐以来,吐蕃向东进犯,大多从此突破。但宋朝开国以来,一直重文轻武,守御薄弱。李公到任,于险要关隘增筑城堞,加强守备。诗人嘉定年间曾在绵州、简州为官,或为李公僚属,故以门人自称。这两篇序文写作时间相隔很近,一在嘉定十二年十一月,一在次年正月。

宋代诗人中,还有一位女诗人在诗中歌颂民族英雄,这就是张玉娘的《王将军墓》之序。张玉娘,字若琼,号一贞居士,松阳(今浙江遂昌)人。其序文虽短,却能表现王远宜将军的英雄气概。其序云:

① 《全宋诗》第57册,北京大学出版社1998年版,第35643页。

> 宋王将军,名远宜,松阳人。宋亡,与元兵战于望松岭。死之,遂葬于此。①

从序的内容可知,事件当发生在南宋末期。当时元兵势力强大,但王远宜领兵与元军血战,宁死不屈,直至战死沙场。王远宜是松阳人,张玉娘与其同乡,大概对将军的业绩早有耳闻,故王远宜战死之后,写诗悼之。其诗写得也凛凛有生气:"岭上松如旗,扶疏铁石姿。下有烈士魂,上有青兔丝。烈士节不改,轻松色愈滋。欲识烈士心,请看青松枝。"将王远宜比作山岭上的青松,歌颂其气节坚贞,英名不朽。

在宋代诗序中,也有歌颂妓女气节的,如释元肇《吊毛惜惜》之序。元肇,字圣徒,号淮海,俗姓潘,通州静海(今江苏南通)人。其序云:

> 毛乃高沙妓。端平间,荣全叛城,呼毛佐酒,不从,遭戮,骂贼至死不绝口。②

一个军妓,生活在社会的最底层,面对叛贼,大义凛然,宁死不屈。其诗亦云:"妓者有毛嫱,高沙骂贼狂。一身虽就死,千古不曾亡。嗟尔男儿活,羞它冢树旁。史应收烈传,祀合御睢阳。"以慷慨赴死的妓女来讽刺苟且偷生的男子,发人深思。

郑思肖《追奖》之序也是写妓女毛惜惜气节的,借此以嘲讽那些道貌岸然的伪君子。其序云:

---

① 《全宋诗》第71册,北京大学出版社1998年版,第44626页。

② 《全宋诗》第59册,北京大学出版社1998年版,第36885页。

> 毛惜惜,高邮军妓也。理宗朝荣全据高邮城叛,召惜惜佐酒。惜惜怒叱之曰:汝本赵官家健儿,何敢反耶,吾有死耳,不能为反贼行酒。荣全以刃裂其口,立命脔之,骂至死不绝声。嗟夫,今之男子挺挺读书学为君子者,反荡然扫地矣。不知此妇人既失身污贱,果何所学何所见,而臻于是。吾豪杰士也,峥嵘之气不为世变销铄,此国家仁义涵养之所致,其敢负国家乎。闻此风者,顽夫廉,懦夫有立志,不待文王而兴可也。扼腕时艰,追忆惜惜之事,今实不易得,故赋以美之。①

此序对毛惜惜的介绍要比释元肇的序详细,而且刻画了这一女子面对叛贼怒目斥骂的形象,最后反贼以刃裂其口,仍骂声不绝,可与唐代颜杲卿比美。今日那些"男子挺挺读书学为君子者",或为自己官职,或为自己私利,皆蝇营狗苟,屈膝求生,面对身份卑微的妓女,能不羞耻乎!郑思肖认为,毛惜惜之气节,可让"顽夫廉,懦夫有立志",而当时南宋将亡,时局危急,以身殉国的忠义之士实在难得,怎不令诗人扼腕慨叹。郑思肖(1241—1318),原名不详,连江(今属福建)人。宋朝灭亡后,改名思肖,以示思念赵宋。字忆翁,号所南,以示不忘故国。一生不娶。厌恶赵孟頫仕元,与之绝交。坐卧不北向,画兰不画土,眷怀故国之气节坚贞。此序称颂毛惜惜气节,当是面对现实有感而发。

宋代诗序也有斥责奸佞以抒发爱国情怀的,如释文珦《纪事》之序便是怒斥奸相贾似道。文珦(1210—?)字叔向,自号潜山老叟,早岁出家杭州,但并未忘怀世事,其《过贾似道葛岭旧居》、《纪

---

① 《全宋诗》第69册,北京大学出版社1998年版,第43433页。

事》便是痛斥贾似道的代表作。《纪事》序云：

似道，涉之不肖子也。少为博徒，游荡无度，凭附椒房之宠，谬叨阃寄。以败为胜，上罔朝廷，躐跻鼎席，斲丧国脉，纳侮北邻，兵连祸结，三宫隐忧，虽菹醢不足以谢天下。而位亢志骄，阴谋篡逆，言泄于夏金吾，金吾欲诛之，惧而宵遁。虽圣恩宽大，不即夷灭，使其微有人心，当是愧死。遂赋诗以记其实云。①

贾似道（1213—1275），台州天台（今属浙江）人，因其姊为理宗宠妃，遂赴朝为官。开庆初，元军攻鄂州，宋军形势危急，贾似道领兵出援，私自向忽必烈乞求称臣纳币。元军引还，贾似道诈称大捷。后任右丞相，封太师，因隐匿军情，致使襄阳陷落。后领兵出战，大败。旋被革职，转徙途中，被监送官郑虎臣所杀。文珦这篇诗序，历数贾似道祸国殃民的罪恶，认为贾似道死有余辜，即使把他剁成肉酱也不足以谢天下百姓，可见诗人对奸相的痛恨。

在宋代的诗序中，也有专写前人爱国情怀和民族气节的，其意不仅仅是发思古幽情，还在于警醒当世，为时人树立榜样。如石介《南霁云》之序。石介，字守道，兖州奉符（今山东泰安）人。曾讲学徂徕山下，世称徂徕先生。仁宗时，歌颂庆历新政，作《庆历圣德颂》。其《南霁云》之序云：

唐禄山乱，张巡、许远固守睢阳城，兵穷援绝。霁云跳出城，走泗，投贺兰乞救。贺无出兵意，霁云对众断一

① 《全宋诗》第63册，北京大学出版社1998年版，第39539页。

指,为不食,怒离泗,以一矢射浮屠为志,且曰“贼退我必来杀贺兰”云。①

南霁云于安史之乱爆发后随张巡守睢阳城。《新唐书》本传云:“始被围,筑台募万死一生者,数日无敢应。俄有喑鸣而来者,乃霁云也。巡对泣下。霁云善骑射,见贼百步内乃发,无不应弦毙。”②韩愈《张中丞传后叙》则详细记之:“南霁云之乞救于贺兰也,贺兰嫉巡、远之声威功绩出己上,不肯出师救;爱霁云之勇且壮,不听其语,强留之。具食与乐,延霁云坐。霁云慷慨语曰:‘云来时,睢阳之人不食月余日矣。云虽欲独食,义不忍;虽食,且不下咽!’因拔所佩刀断一指,血淋漓,以示贺兰。一座大惊,皆感激为云泣下。云知贺兰终无为云出师意,即驰去。将出城,抽矢射佛寺浮图,矢著其上砖半箭,曰:‘吾归破贼,必灭贺兰,此矢所以志也!’”石介序文所云正是指此。石介在其诗中写南霁云“以刀断指,左右流泣”,“霁云心折,寸寸如铁”,“霁云据鞍,怒发冲冠”。“身轻鸿毛,名重泰山”,皆是在歌颂南霁云的英武不屈,令人感奋不已。

张方平则在《睢阳双忠庙诗》之序中歌颂张巡、许远的英雄业绩。其序云:

睢阳双庙者,有唐忠义之臣张巡、许远之祠也。禄山之覆两京,贼将尹子奇东略地,睢阳当其冲。二公保之且二年,孤城无援以没。宋人以公之义,庙食之,因以其同

① 《全宋诗》第5册,北京大学出版社1991年版,第3407页。
② 《新唐书》卷一九二,中华书局1975年版,第5543页。

> 时立功名者贾贲、姚訚、南霁云配享，俗亦谓五公庙。予读《唐书·忠义传》，唯张、许得载，而叙功状甚略，韩吏部《书张巡传后》为祥。按许远为睢阳太守，张公以雍丘之众依远并力，而远推诚纳巡而处其下。壮士之节，于远殊为难，巡虽功高，非远不立。睢阳，吾里也，尝暇日步庙廷，睹唐来诸公文庙者数篇，咸以巡为主，愚为远不快，因作是诗，以补唐风。①

张巡、许远死后，唐肃宗追赠张巡为扬州大都督，许远为荆州大都督，皆立庙睢阳，岁时祭祀，号称双庙。到宋代，为纪念他们的功绩，宋人也去祭祀。睢阳正是张方平的家乡，他曾到双庙凭吊，观前人文章，他认为张巡固然应该称颂，但对许远的评价似乎偏低。因为当时睢阳太守是许远，张巡从雍丘前来与许远合兵守睢阳，许远曾对张巡说："远懦，不习兵，公智勇兼济；远请为公守，公请为远战。"坚守睢阳城的战斗，主要是由张巡指挥，但许远的胸怀和精神还是难能可贵的，所以张方平在序文结尾说作诗"以补唐风"。

薛季宣《木兰将军祠》之序则是有感于当时世风而写的。其序云：

> 闻周黄冈葺木兰将军祠，不详其意。读杜牧之集，乃知唐世齐安已祠木兰。用乐府诗考之，其"关山度若飞"之句，与今黄之关山偶合，不必真在黄也。按诗：木兰，古胡女，代父征役，定在何许，黄河黑山正是北伐。观其叙

① 《全宋诗》第6册，北京大学出版社1992年版，第3887页。

> 事,似燕魏北齐间人。名号官称又颇差异,虽胡燕索魏,实未尝有可汗之名。魏齐勋官未备,唐始十二级,而天子有天可汗之号。如兵帖、将军、尚书郎之类,皆南北以还官书通语。疑乐府诗唐人拟作。然其词意质朴,不加藻缋,自有迈往不群之气,真北朝人语也。要之,古者妇人往往有猛士风烈,顾今丈夫,曾不如一女子,可为扼腕。木兰以一胡女,勋业不大显,数百年后,犹血食江上,祠敝而复葺,似不偶然,感此而作。①

序文主要篇幅是进行考证,先考证木兰籍贯,再考证木兰的时代,像一篇考据论文。但实际上作者是借古讽今,木兰女扮男妆替父从军,十二年时间东征西讨,转战南北,不为功名利禄,是真正意义上的英雄。可是,当世的男子汉却连一个古代的女子都不如,这不是世道之衰吗?千百年来,木兰祠不断修葺,香火旺盛,这是人们在纪念英雄,警示当世。

第三节　宣扬伦理教化　传授修身之道

与唐人讲究情韵含蓄不同,宋人作诗重在言理。宋代诗人喜欢在诗中宣扬自己的思想主张,推行伦理教化,传授为人修身之道。这些内容,也自然地影响到诗歌序跋。但是,宋代诗歌序跋反映这些内容,并不是简单地发议论,讲道理,往往是通过人物事件(有些是带有神话色彩的民间传说)或者诗人自己的亲身经历,引发出思想观点,使读者在形象生动的人物事件中很自然地接受。

① 《全宋诗》第46册,北京大学出版社1998年版,第28696页。

如孔武仲《儿归行》之序,便是借一个虚幻的故事引出道理。孔武仲(1042—1098),字常父,临江新喻(今江西新余)人。与兄孔文仲、弟孔平仲被称为“清江三孔”。曾任礼部侍郎等职。其序云:

> 竹元珍云:泽州山中,暮春之月,有鸟啼曰“儿归”者,其声甚哀。问之乡民,云昔有里妇,爱其子而憎前妻之子,欲逐之,未有计。乃于种麻时,熟其半,生其半,使二子分种,曰麻生乃得归,而误以熟者与己子。久之,所恶之子归,而己子不返。往视之,则已化为飞禽,啼曰“儿归”,今乡人以为种麻之时候。余以谓人之爱憎藏乎胸中,阴谋所发,乃在分种之际而心手倒错,事与愿违。朝人暮禽,子母生隔,似有巧者主张斡旋于冥冥之间。天网虽疏,其应甚密。则夫为人上而接其下,用心积虑,可不戒哉。又知天之所以垂戒示迹于人者,殆将使之推类以自广,非独此一女子也。乃作诗以纪之。①

序文首先说明下面的故事乃是听竹元珍所言,以增强可信度。鸟啼悲哀,其音有类“儿归”。原来,传说乡中一个妇女有二子,一为亲生,一为非亲生,妇女欲赶走非亲生者,但总是找不到借口和机会。暮春三月种麻之时,妇人心生一计,她将麻种一半炒熟,欲交给非亲生儿子,因为她有言在先,麻出生以后才能回家,而炒熟的麻籽是不可能发芽生长的,这分明是故意要将非亲生的儿子永远赶出家门。但是,她在分麻种时却完全事与愿违,将炒熟的麻种交给了亲生儿子。结果,非亲生的儿子归来了,亲生的儿子却没有归

① 《全宋诗》第15册,北京大学出版社1993年版,第10233页。

来,化而为鸟,悲切地啼叫着"儿归"。这是一个凄惨而又令人深思的故事。诗人由此故事而发议论:人心有爱憎,深藏而不露,但是,如果爱憎不合仁义之道,心中必定不是光明正大,坦坦荡荡,心生歹意就会导致心手倒错,事与愿违。诗人认为事件从始至终,似乎冥冥之中有一种力量在主宰和支配着,序中"巧者"、"天网",以及诗中"天公岂欲故如此,善恶报敏如埙篪",都是一个意思,这其实就是人的道德良心。人在心生歹毒之计、实施阴谋之时,总是心虚胆怯,由于非正大光明,违背道德伦理而导致思与做悖行,结果与初衷相违。天网恢恢,疏而不漏,正所谓善有善报,恶有恶报。诗人以此事垂戒后世,其意昭然。

徐积《淮阴义妇》之序也是借一个情节曲折、人物性格鲜明的故事阐明道理,其序云:

淮阴义妇富商之妻李氏,有姿色。邑人有同商者见而悦之,因道杀其夫,厚为棺殓,持其丧以归,绐云溺死。且尽归其财,无一毫之私焉。于是伺其除葬,谋为婚媾,且自陈有义于其夫,义妇亦为之感泣,遂许而嫁之。乃一日,家有大水,水有浮沤。其夫辄顾而腥,义妇问之,未应。遂固问之,恃已生二子,不虞其妻之仇己也。即以实告之曰:前夫之溺,我之所为。已溺复出,势将自救。我以篙刺之,遂得沉去。所刺之处浮沤之状,正如今日所见。义妇默然,始悟其计,而复仇之心生矣。即日伺其便,即以其事奔告有司,卒正其狱,弃其仇子。夫仇既复,又自念以色累夫,以身事仇,二子,仇夫之子也,义不可复生,即缚其子赴淮,投之于水,已而自投焉。盖以谓不义而生,不若义而死也,故谓之义妇。或者以其生事二夫,

> 不得谓之义，是大不然，是责于人者终无已也。东汉时，蔡文姬者丧夫之后，一为胡妇，一再嫁之，其传名为烈妇，考其心迹，与义妇不同远矣。嫁，盖其心出于感激，谓其人真有义于其夫也。既嫁之后，凡再生二子，闺房帷幄之好已固，于人情无毫发可以累其心者。故能复仇杀子，又自杀其身，雪沉冤于既往，豁幽愤之无穷，昭乎如白日之照九泉也，如此之义，是岂可不以为义乎。故闻其风者，壮夫烈士为之凛然，至于扼腕泣下也，而奸臣逆党亦可以少自讪矣。故君子谓刘歆为苟生，王俭、任昉、范云之辈为卖国，褚彦回之辈何足道哉！盖自魏晋而下，佐命之臣教人持兵以杀其君者多矣，使义妇视之以为何物耶？惜乎事不达于朝，义节不旌于里，哀哉！①

这个故事有真实的一面，但也有虚构的成分，如“家有大水，水有浮沤。其夫辄顾而腥”几句。淮阴富商之妻李氏貌美，被其夫之经商同伴垂涎，路上将其富商害死，又将其装殓入棺运回，对李氏谎称其夫溺水而死，并将富商的财货全部送还，这一切果然骗得了李氏的信任和好感。所以当丧事办完对方提出婚事之后，李氏便毫不犹豫地答应了。后来某一天，家中有大水，水中忽有气泡冒出，“沤”者，气泡也，并且还有腥味。李氏顿生疑惑，再三追问，男子倚仗结婚多年，已经生有两个儿子，料想李氏不会再把自己当仇人，便将当时杀害其夫的情形如实俱告。原来，当年这个行凶者杀害富翁之后，富翁垂死挣扎，浮起自救，行凶者用竹篙刺之，使之下沉。竹篙所刺之处，有气泡浮出，正如今日在家里水

① 《全宋诗》第 11 册，北京大学出版社 1993 年版，第 7572 页。

中所见一样。于是,李氏复仇之计始生。先是状告官府,将行凶者绳之以法,再将其子捆缚投之淮水杀死,然后自己投水自尽。诗人由此而发议论,认为不义而生,不若求义而死,故称之为义妇。在诗人看来,蔡文姬的行为亦不能与李氏相比。行文至此,诗人忽然笔锋一转,将义妇之举比向社会,认为壮夫、烈士应当为之凛然,甚至扼腕泣下,而那些奸臣逆党应该感到羞耻。事实上,李氏的行为在今天看来也有不可取处,为丈夫报仇将凶手正法是应该的,应该得到肯定,但年幼的孩子是无罪的,将无罪的孩子绑缚而沉之于水则更是残酷无情的,是触犯法律的杀人行为,不仅不应该表扬,反而应当受到谴责。至于李氏投水自杀,则更不应仿效。中国封建社会的道学家鼓吹妇女的“节烈观”,使妇女深受其害。尤其是在宋代,对女性的贞操和节烈要求越来越严格,封建的纲常伦理紧紧地束缚着女性。据《古今图书集成》记载,唐代的“烈女”、“节妇”有五十一人,宋代则增至二百六十七人。从这篇诗序所反映的情况,读者也可以看出当时妇女所受毒害之深,可是她竟然得到了诗人的高度赞美。其诗亦云,“酷贼奸仇既已除,衔冤抱耻正号呼。当时但痛君非命,今日方知妾累夫。舍义驱生真鄙事,杀身沉子乃良图。几年污辱无由雪,长使清淮涤此躯”,“淮阴妇人何决烈,貌好如花心似铁。杀身沉子须臾间,身虽已死名不灭”。可见序文和诗歌突出的主题是宣扬李氏的节烈行为。但序文结尾将李氏的行为与社会联系进行评判,有一定的社会意义,也是令人深思的。

徐积的《北神烈妇》之序也是宣扬同样的主题。其序云:

> 烈妇有美色,夫为小商,舟行上下载以自随。至于北神,其夫病死,贫无以殓,同舟富商者假贷与之,丧费所

需,一切皆具,是自恃有恩,顾其妻以为己物。烈妇既葬之三月,复墓以归,势且甚迫,遂取其婴儿缚置胸前,母子呼号赴淮而死。是其所以自度者,其势终不得免焉也,与其被污而生,不若洁己而死也。呜呼!其决烈如此,是岂可不谓之奇女子乎!盖古之贤女,藉其家世,因性而习之,渊源渐渍,其所从来者远矣,此诗人所以赋庄妻与夫韩侯之妻也。至于负贩之家,见闻之陋,安知义之所在乎?乃一日猝然变生不幸,毅然不顾,如泰山之不可摇也。是知其义利之分,死生之轻重,故至于杀身而不悔也。惜哉亡其姓氏,且不知何许人也,以其死于北神,故号为北神烈妇。①

此序文与上篇内容相同但情节简单。美妇之夫为小商,经商途中在北神病死,因为家贫无法料理后事,同船富商慷慨大方,尽出所有丧费,自恃有恩于人,视美妇为己物。埋葬丈夫三个月以后,美妇将婴儿绑缚胸前,投淮水而死。诗人称赞其行为,认为“与其被污而生,不若洁已而死也”,称其为奇女,洞晓义利之分,杀身不悔。但细加分析,诗人极力提倡的烈妇所为未必值得肯定,用母婴两条生命换取节烈之名,实在是过于残酷,与其说是自己投水自杀保全名节,不如说是节烈观念害死了她们。鲁迅曾对古代节烈观对女性的戕害进行揭露,他在《我之节烈观》中说:“烈可是有两种,一种是无论已嫁未嫁,只要丈夫死了,他也跟着自尽;一种是有强暴来污辱他的时候,设法自戕,或者抗拒被杀,都无不可。这也是死得愈惨愈苦,他便烈得愈好,倘若不及抵御,竟受了污辱,然后

① 《全宋诗》第11册,北京大学出版社1993年版,第7573页。

自戕,便免不了议论。”①

彭汝砺的两篇诗序直接表明提倡忠孝。彭汝砺(1042—1095),字器资,饶州鄱阳(今江西波阳)人。治平二年进士。熙宁间,为国子直讲,大理寺丞。后为礼部、刑部侍郎等职。其《忠孝图》之序云:

> 燕滁州雍为《忠孝图》以遗淝守宋公选。公曰:“此皆古人大节,吾昔闻之矣。传于编简之纷纷,不如见诸绘画之昭昭。目视心维,可以动荡人之志气,以施之事业。滁州之图,盖不为小补。”俾某图之学官。千乘先生倪天隐为之序,深悼后世之臣子蹈邪趋恶,负罔极之恩而不知报。图成,某与诸生顾而言曰:君臣之义,父子之爱,出天性之自然。至于义穷爱弛,而甘心乱贼之名,情夺之也。呜呼!今为子而思其所以生育,为臣而思其所以安荣。推而极之,则古人之心可以坐照。禽兽或知有养,奴仆有为其主死者,况于士邪?子曰:未之思也,夫何远之有!②

《忠孝图》宣扬古人的忠孝大节,正如序文所言,图画有比文字优长的地方,就是形象生动,易于打动人心。诗人对《忠孝图》评价极高,认为居家讲孝,为国讲忠,才是为人之本。羊有跪乳之恩,鸦有反哺之义,这就是尽孝;有的奴仆心甘情愿为主人去死,也是忠的表现,何况是士大夫?他的《宿万孝子家》之序写万敬儒家族的孝义,序曰:

① 《鲁迅全集》第一卷,人民文学出版社 1981 年版,第 117 页。

② 《全宋诗》第 16 册,北京大学出版社 1995 年版,第 10447 页。

> 万敬儒，肥陵人。其家同居数世，亲死，庐墓不归，刺指写佛经数百卷。太守卢潘表之，诏旌其门，逮今不废。某比因按田，与县令俞君玉宿其家。观迹而思其人，相与咨嗟叹息。问其家居，曰二千指，自敬儒及今二十世矣。夫事久而不变，物聚而不散，非诚于义者不能如是。为诗美之，因以为劝焉。①

万敬儒家族以孝悌传家，笃信佛教，以善为本，二十世不改家族门风，确实令人感动。诗人认为，事久而不变，物聚而不散，其中全由一个“义”支撑。诗人因此写诗作序而颂扬之。

王日翚的劝学诗序也很有意义。王日翚，潼川（今四川三台）人。高宗绍兴年间曾因官事至云安。其《云安监劝学诗》之序云：

> 汤谿之滨，编户千数百家，云安监在焉。其山岌而高，蹲踞相揖，环合四面。其谿洪且远，清甘湛碧，萦回曲折，皆秀美也。绍兴己卯八月，潼川王日翚沿檄而来，周览气象，因谓知监程公曰：“予闻山深而猛兽藏，水广而巨鱼游，地灵则杰人出，盖理之常也。观兹气象，必有当时闻人者出焉。”程公曰：“唐之季有希元者，官至上柱国，伪蜀时有寅逊者，仕为侍郎，皆幸氏也。”予曰：“子言岂不信哉！”程公曰：“自是贤能之书亦几绝矣。”予曰：“百步之内，必有芳草。岂有千数百家，而无一贤一能之可书者邪？非父兄不能教子弟，则子弟不能从父兄之教

① 《全宋诗》第16册，北京大学出版社1995年版，第10448页。

矣。”程公曰:“此地有三牛、马岭二山,旧传三牛对马岭,不出贵人出监井。土人用是不以仕进为业,唯货利之从。意者非山川所宜,虽皓首穷经无益矣。”予曰:“此谁氏语邪?”程公曰:“按石刻,汉廷尉扶嘉之语。嘉母媪遇龙而娠嘉,故其言人信之。”予不觉喟然曰:“传者既误,载诸石者尤识之浅也。其言鄙俚如是,可传以为信耶?且廷尉既生于灵异,亦必贤哲之士,安得鄙俚之言哉!盖田夫野老之言,后世指以为嘉言,非也。使其言而可信,则幸氏二人得生此土邪?斯民不知前贤之慕,而惟俚言之信,则亦记诸石者罪矣。君子不言则已,苟有言焉,必将有补于世。今以鄙俚之言为贤哲之言,诬贤哲之言,塞人才之路,吾知斯人必无后也。况蜀之东有盐泉县,今隶绵州,而初隶梓州,见国史,亦盐监之类也。有射策为天下第一者,曰苏易简。蜀之西仙井监,地曰三嵎,亦三牛之类也。亦有策蜀为天下第一者,曰何㮚。二人皆至宰相。又仙井咸泉所出尤多,而贵人亦尤多,至今显宦名儒,相继不绝,岂谓井之所出则无贵者出耶?”程公曰:“然,愿书以为训。”予曰:“石刻之传不废,则汤谿之士不振,予其可以不敏辞哉。然仕者亦不可不勉。凡人之学,所以修身而已,非先期于必贵而后学也。诚能修其天爵,则人爵虽不从,不失为君子,岂可以贵不可必而遂至于不学,是惑欤!扬子曰:人而不学,虽无忧,如禽何!且夫地之美者生嘉禾,而农事不至,则禾不生。山川虽秀,而士不知学,则贵人不出。公须广谕而劝之,俾父诏其子,兄诏其弟,舍锥刀之末利,祈高大于门闾。为子弟者,从父兄之教,勿荒于嬉,勿诡于随,隆师亲友,虽远不惮。博学力文,始终不辍。则磨以岁月，必有英才儒士为时而出，中才者亦必能取科第，邀富贵。贪利之风，化为衣冠之俗矣。”程公曰：“诺。”乃退而为诗四十韵。①

此序当是王日翚绍兴年间因官家事去云安时所作。云安地处长江北岸，云阳北部，这里山清水秀，地灵而人杰。诗人观此气象，断言此地必有贤人出。但序文中的知监程公只是举出唐代和五代十国时期前蜀的两个人，诗人认为百步之内，必有芳草，定有贤能之士。程公认为，此地三牛山与马岭山相对，旧说此征兆当地不出显贵之人，因此当地人不求仕进，只求货利经营，因为从堪舆学上说，没有这份运气，就是读书白头也是没有用的。原来，这些传说只是石刻上记载的汉代廷尉扶嘉的话，况且扶嘉的身世本来就灵异，因此后世许多人信之。诗人认为旧传有误，况鄙俚之言，根本不能用来信奉。诗人至此强调学习的重要性，它是一个人修身的重要保证。人生在世，如果先求富贵而后求学，这是本末倒置。人不学习，与禽兽无异。他举例说，土地肥美才能长出好庄稼，但是，如果不去种，庄稼照样长不出来；山川虽然秀美，可是没有学习的浓厚气氛，贤贵之人照样不会出现。因此，要大力提倡学习风气，长辈要告诉晚辈，兄长要告诉弟弟，舍弃那些锥刀之利，倾心向学，形成良好的社会风气。并且，作为子弟，要遵从父兄教诲，兢兢业业，刻苦求学，假以时日，一定会有英才儒士出现。在远离中原的巴山蜀水之地，尤其是世俗之风侵袭人心的情况下，王日翚大力劝学，这一点还是应该给予充分肯定的。

① 《全宋诗》第 43 册，北京大学出版社 1998 年版，第 27209 页。

与上面序文宣扬伦理教化、劝学不同的是,宋代有些诗序也涉及修身之道。如黄榦《凡今之人莫如兄弟诗》之序。黄榦(1152—1221),字直卿,号勉斋,闽县(今福建福州)人。早年授业朱熹,深得朱熹称赞,以女妻之。庆元元年授迪功郎,后随朱熹回到家乡,广招门徒传授学业。朱熹病危之时,将所有著书传授黄榦,希望继承其志。其序云:

> 昔我伯氏,披斩蓬藋,以筮宅于箕山之阴。有隐君子焉,曾其姓者,遇诸涂,班荆而语,相乐也。谒其居,有迎门而肃者。客入,长者坐而少者侍,少者请而长者诺,相敬如父子,相欢如朋友。问之,曰:吾兄弟也。见其二子焉,则在龆龀间,而已能差肩握手,如成人矣。伯氏归以语诸弟,相率而往见之。余家距箕山几一舍,岁月之往,必馆于曾舍,如归焉。视其兄弟之爱犹一日也。二十年,伯氏蚤世,而二公者亦相继以殁,独其二子既冠且娶,刻意问学而乐与吾兄弟者游,察其相爱之情,犹二父也。余甚愧其为人,乐与朋友道之。夫人伦之爱亦大矣,固人心之所不能已者,而余于曾氏父子独有感焉。今夫富室衣暖而食饱,不私其有,而与天属均焉,宜若无难者。而世之争钱财相斗阋者,往往皆富室。自余造曾氏之门,而四壁萧然,有人所不能堪者。而再世相处,皆能乐其爱而忘其贫,其亦可道也夫,其得无所愧也夫。绍熙庚戌之冬,余与友人赵仲宗、赵舜和、潘谦之游九峰、芙蓉观、龙湫、灵洞,过寿山、翠微以归。曾氏之季子鲁仲偕行,过其家,饮酒乐甚。相与赋《棠棣》之诗,而掇其间"凡今之人莫如兄弟"为一诗,以嘉其事。鲁仲复属余序之,因书本末

如此以自警云。①

序文叙述曾氏兄弟相敬如宾，初看好似父子关系，实则为兄弟二人。《论语·学而》云："弟子入则孝，出则悌。"孝是对父母长辈，悌则言兄弟之间。曾氏兄弟相敬相欢是出自内心的，并非是做给外人看的，所以其言谈举止也影响到他人，尤其是他们的后代，这比纯粹说教所起的作用要大得多。曾氏兄弟去世以后，其子向学之精神和相爱之情继承父辈，深得诗人称赞。古语讲仓廪实而知礼仪，在一定条件下有道理，但并非绝对，因为从古至今，衣食足与知礼仪并不能画等号。诗人认为，为争夺钱财而争斗者，往往出自富贵人家，衣暖食饱，物质生活提高了，礼义廉耻却忘记了，而曾氏兄弟及其后代，家庭贫穷，四壁萧然，但穷且益坚，穷而不坠其志，乐其爱而忘其贫，做到这点是很不容易的。序文结尾提到的"凡今之人莫如兄弟"，乃是《诗经·棠棣》中的两句诗，全诗如下：

棠棣之华，鄂不韡韡。凡今之人，莫如兄弟。死丧之威，兄弟孔怀。原隰裒矣，兄弟求矣。脊令在原，兄弟急难。每有良朋，况也永叹。兄弟阋于墙，外御其侮。每有良朋，烝也无戎。丧乱既平，既安且宁。虽有兄弟，不如友生。傧而笾豆，饮酒之饫。兄弟既具，和乐且孺。妻子好合，如鼓琴瑟。兄弟既翕，和乐且湛。宜而室家，乐而妻孥。是究是图，亶其然乎！②

① 《全宋诗》第50册，北京大学出版社1998年版，第31472页。

② 朱熹《诗集传》卷九，上海古籍出版社1980年版，第120页。

《毛诗序》曰:“《棠棣》,宴兄弟也。闵管、蔡之失道,故作《棠棣》焉。”《笺》:“周公吊二叔之不咸(和),而使兄弟之恩疏,召公为作此诗,而歌以亲之。”黄榦此序此诗,要说明的也是这个道理。他在诗中说:“儒衣而儒冠,满口谈诗书。君看阋墙心,异类诚不如。我行箕山颠,上有贤弟兄。高节振颓俗,余芳丐后生。二父及诸郎,异世真一体。赋诗岂遗君,自以警不弟。”其实是序文的诗化。这在今天看来,仍有借鉴意义。

洪咨夔《示诸儿》之序是将祖训传给下一代,也颇具特色。《示诸儿》之序为四十年前其父写给他的诗,四十年后,洪咨夔将其放在自己诗前作为序,这样,两代人对后辈的期盼与嘱托,便突破时间的限制汇聚到了一起,成为了洪氏家族的一个传统。其序云:

老人四十年前示儿长诗:“豫章实佳木,寻丈早异众。匠石虽未顾,终解作梁栋。社栎大蔽牛,不资世所用。弃置成散材,岁久即空洞。诚由天所产,亦在德者种。吾儿豫章流,丱角不好弄。经训虽未通,数过辄成诵。只今十五六,举止颇持重。仰赖师友功,缀缉成赋颂。积丝未盈尺,粗喜入机综。胡为不自量,将使应乡贡。文场倍千数,作者岂倖中。而子于其间,燕雀杂鸾凤。铅刀未易割,庶可供一閧。造物果如何,往往形吉梦。天其助我心,勿使汝放纵。业贵精于勤,耐取晓窗冻。文章实公器,妙语世人共。岁朝哦此诗,洗盏揭春瓮。吾家有阴德,行矣光炎宋。”某今五十五矣,敬用尊韵示诸儿。①

① 《全宋诗》第55册,北京大学出版社1998年版,第34571页。

欲看今诗,先看旧诗,欲看父训,先看祖训。洪咨夔把四十年前父辈写给自己的诗放在序中,一定是勾起了往事。他要让自己的后辈了解祖上当年对他的教诲,同时,他还要让后辈也从祖辈当年写给自己的诗中得到教益。诗中父辈的教诲与期望,洪咨夔记忆犹新,当年他不过十五岁,而今五十五岁,岁月的洗礼和人生的历程,让他有了更多的感触。他在序文中沿用老父诗韵,作《示诸儿》诗,谆谆告诫诸子要年少发奋,勤读诗书,切勿荒怠,"有书不勤读,惰农失春种","毋学韩家符,灯火照睡梦,毋学陶家雍,文术付游纵,光明发勤苦,奇隽出饿冻",与当年老父所说"天其祝我心,勿使汝放纵。业贵精于勤,耐取晓窗冻",实是一脉相承。

胡铨的《家训》之序也是以家训的形式告诫子孙。胡铨(1102—1180)字邦衡,号澹庵,庐陵(今江西吉安)人。建炎二年进士,授抚州军事判官。金兵南下时,募乡丁捍御。绍兴五年,任枢密院编修官。八年,秦桧主和,胡铨上疏力斥和议,乞斩秦桧、孙近、王伦三人头,声震中外。淳熙七年以资政殿学士致仕,卒年七十九。谥忠简。其序云:

> 淳熙庚子四月日,诏加资政殿学士致仕。是月之望,告之祖考,会诸姻亲,暮景至此,不亦乐乎。顷年经筵,蒙玉音曰:"祖宗创门户之艰难,未有不自子孙不肖破之。朕今保太祖之国家,亦犹卿子孙他日保卿家门户也。"有感于兹,斐然纵成古律一通,以训予之子孙者。愿世世子孙努力云。①

① 《全宋诗》第34册,北京大学出版社1998年版,第21578页。

这是胡铨致仕以后所写,这一年胡铨七十八岁,他自知将不久于人世,故要在有生之年将祖训告知子孙。他借皇帝之言告诫子孙,创业往往是艰难的,但最后往往又是不肖子孙败坏。宋以前,汉朝、唐朝开国何其强大,但越到最后,昏君庸君越多,导致最后亡国。欧阳修《新五代史·伶官传序》总结历史教训,讲李克用初时英勇善战,所向披靡,取得政权之后,沉溺于享乐之中,最后被数十伶人困之,身死国灭。“祸患多积于忽微,而智勇多困于所溺”,生于忧患,死于安乐。古人讲“君子之泽,五世而斩”,“家富不过三代”,讲的也是这个道理。大到国家,小到家庭,怎样走出这个怪圈,古人一直在寻找答案。胡铨的序文虽然没有说明训告子孙的具体内容,但他的这番话却让人感到沉甸甸的分量,启人深思。读了这篇序文,读者才能更好地体会诗歌的含义和胡铨暮年的良苦用心,也反映出胡铨晚年对国家命运的担忧。

史浩的《童丱须知》之序,说的是诗人自编教材,告诫儿孙。史浩(1106—1194),字直翁,自号真隐居士,鄞县(今浙江宁波)人。绍兴十五年进士。曾为尚书右仆射,曾为岳飞鸣冤。致仕后封魏国公。其《童丱须知》之序云:

> 予起身寒微,颇安俭素,非官至未尝陈觞豆。退处率多暇日,间口占数语,以训儿孙,使知事君、事亲、修身、行己之要。录之几百篇,目曰《童丱须知》。不敢以示作者,姑藏其家。欲其易晓,故鄙俚不文,然比之嘲风弄月则有间矣。留心义方者,有取于斯焉。淳熙辛丑下元真隐居士书于清凉境界。①

① 《全宋诗》第35册,北京大学出版社1998年版,第22172页。

出身寒微，就会知道人生历程的艰难，致仕以后，诗人仍在思考做些有益之事。他将自己的人生经验加以总结，在事君、事亲、修身、行己诸方面辑录几百篇，告诫晚辈，要讲忠信、孝义，要修身齐家，处事言谈，都要合乎社会规范，这样于国于民于家，都是有益处的。这在今天看来，也是有一定借鉴意义的。

第四节　抒发雅洁志趣和高尚情操

唐宋文人常常在诗歌中表达自己高洁的志趣和情操，或反映自己身处逆境而不坠其志，或抒发人生之路坎坷而精神世界充实，或托物寄情，不一而足。诗歌的这些内容，往往也反映到序跋中。因为诗歌讲究格律，字数又有一定的限制，描写和抒情都不易充分展开，而序跋采用散文形式，篇幅可长可短，句式灵活，适合各种写作手法。因此，与诗歌比较起来，序跋更能使读者窥视到诗人的内心世界，从而起到弥补诗歌不足的作用。首先来看身处逆境而不失情操的例子。这可以骆宾王《在狱咏蝉》之序为代表。诗人感慨自己无罪却被下狱，无人了解自己，但他并不悲观绝望，他将窗外古槐上的秋蝉描写得细致入微，反映了自己复杂的内心活动。“有目斯开，不以道昏而昧其视；有翼自薄，不以俗厚而易其真。吟乔树之微风，韵姿天纵；饮高秋之坠露，清畏人知”，这实际上也是诗人形象的写照。诗人通过对秋蝉的描写，寄托了自己高洁的情操和志趣。

如果说骆宾王在狱中是他人生最黑暗的时候，所处不过斗室，幽暗潮湿，就连蝉声也是通过窗户传进来的。那么，以下两个诗人面对的则都是美好的景物。中唐诗人王武陵的《宿惠山寺》之序也是抒发高雅情操的。王武陵（生卒年里不详），字晦伯。贞元四

年,王武陵游无锡,与窦群和朱宿同宿惠山寺,相互唱和,这篇序文便记载了当时唱和的情形:

> 戊辰秋八月,吴郡朱遐景自秦返吴,南次无锡,命余及故人窦丹列会于惠山之精舍。是时山林始秋,高兴在木;凉风白云,起于座隅。逍遥于长松之下,偃息予盘石之上。仰视云岭,俯瞰寒泉,夕阳西归,皓月东出,群动皆息,视身如空,立言妙论,以极穷奥。丹列有遁世之志,遐景有尘外之心。余亦乐天知命,怡然契合,视富贵于浮云。一歌一咏,以抒情性。夫良辰嘉会,古人所惜,序述不作,是阙文也。山林之下,景物秀茂,赋诗道意,以纪方外之游。①

序文开始先交代时间、地点以及人物,接下来展开令人心旷神怡的场景描写。仲秋八月,天高气爽,仰视俯瞰,极尽目力所及,令人心胸开阔。夕阳西下,明月东升,万籁俱静,仿佛置身世外。在这样的环境和氛围中,很容易令人生出种种遐想,心境也是纯净而高洁的。果然,窦群生出遁世之想,朱宿有逃离尘世之心,而诗人乐天知命,视富贵如浮云。大概他们都感慨人生坎坷,仕途多舛,所以吟咏唱和,心通神和。当然,这不是即景生情,而是情志早已积蓄胸中,外景只不过成为触发心灵的媒介而已。

欧阳詹的《玩月》之序也是抒发高雅志趣的,其主题也是司空见惯的仲秋赏月。其序云:

---

① 《全唐诗》卷二七五,中华书局1999年版,第3117页。

> 月可玩。玩月，古也。谢赋、鲍诗、朓之庭前、亮之楼中，皆玩月也。贞元十二年，瓯闽君子陈可封游在秦，寓于永崇里华阳观，予与乡人安阳邵楚长、济南林蕴、颍川陈诩亦旅长安。秋八月十五夜，诣陈之居，修厥玩事。月之为玩，冬则繁霜大寒，夏则蒸云大热。云蔽月，霜侵人，蔽与侵，俱害乎玩。秋之于时，后夏先冬；八月于秋，季始孟终；十五于夜，又月之中：稽于天道，则寒暑均；取于月数，则蟾兔圆。况埃𡏖不流，太空悠悠。婵娟裴回，桂华上浮。升东林，入西楼，肌骨与之疏凉，神气与之清冷。四君子悦而相谓曰："斯古人所以为玩也。"既得古人所玩之意，宜袭古人所玩之事，作《玩月》诗云。①

欧阳詹之前写月的诗文很多，序文中说到的谢赋当指南朝刘宋诗人谢庄的《月赋》。整篇赋描写秋空高洁，皓月东升，愁思淡淡。最后两句说"美人迈兮音空阙，隔千里兮共明月"，令人浮想联翩，生出无限忧思，清空婉约，抒情气氛颇浓。此赋对唐代张九龄"海上生明月，天涯共此时"以及宋代苏轼"但愿人长久，千里共婵娟"有直接的影响。鲍诗是指南朝鲍照《玩月城西门廨》一诗，其中说"始见西南楼，纤纤如玉钩。末映东北墀，娟娟似蛾眉。蛾眉蔽珠栊，玉钩隔琐窗。三五二八时，千里与君同"，清新细腻，韵味无穷。贞元十二年八月十五夜，欧阳詹和友人邵楚长、林蕴、陈诩来到陈可封寓居长安的永崇里华阳观，一同赏月。诗题说玩月，其实，玩也是欣赏、观赏的意思。中秋月下，不说赏月而说玩月，便透出几分潇洒和浪漫。玩月要有情致，为何专选中秋呢？一年四

① 《全唐诗》卷三四九，中华书局 1999 年版，第 3910 页。

季,每月都有月圆的时候,但冬天太寒冷,月光也是清冷的,再加上北风呼啸,赏月的心情就大打折扣了;夏天太热,日落月升,仍旧暑气逼人,人心烦躁,无心赏月,何况还有“吴牛喘月”的传说呢,虽说这里是长安而非吴地。因此,冬夏均不适于玩月。秋天就不同了,夏天已经过去,冬天还未到来,何况八月又是秋季的中间,十五又是一月之中,这个时节,暑气已退,寒气未来,不冷不热,又是月亮最圆的时候。天高云淡,太空一碧如洗,明月高悬,银光普洒大地,正所谓月光如水水如天。这一年欧阳詹三十九岁,将届不惑,仍在国子监任四门助教,而这恐非诗人所愿,但拜谒无门,仕途艰难,内心肯定积郁忧伤。面对良辰美景,赏心乐事,诗人又不为穷厄所困,依旧表现出对生活的向往,体现出诗人高雅的情操和志趣。

晚唐诗人皮日休则又是另一种情形。皮日休出身寒微,早年隐居襄阳鹿门山攻读,后离乡漫游,足迹遍及大江南北。咸通八年进士及第,却未获官职,只好离京再一次漫游。咸通十年,皮日休被聘为苏州军事判官,并在此时认识了陆龟蒙。二人友情深厚,留下了许多唱和诗篇。《酒中十咏》之序就是写给陆龟蒙的。其序云:

> 鹿门子性介而行独,于道无所全,于才无所全,于进无所全,于退无所全,岂天民之惷者邪?然进之与退,天行未觉于余也,则有穷有厄,有病有殆,果安而受邪,为若全于酒也。夫圣人之诫酒祸也大矣,在书为沉湎,在诗为童羖,在礼为豢豕,在史为狂药。余饮至酣,徒以为融肌柔神,消沮迷丧,颓然无思,以天地大顺为堤封,傲然不持,以洪荒至化为爵赏,抑无怀氏之民乎?葛天氏之民

乎？苟沉而乱，狂而身，祸而族，真蚩蚩之为也。若余者，于物无所斥，于性有所适，真全于酒者也。噫！天之不全余也多矣，独以曲糵全之，抑天犹幸于遗民焉。太玄曰："君子在玄则正，在福则冲，在祸则反；小人在玄则邪，在福则骄，在祸则穷。"余之于酒得其乐，人之于酒得其祸，亦若是而已矣。于是征其具，悉为之咏，用继东皋子酒谱之后。夫酒之始名，天有星，地有泉，人有乡，今总而咏之者，亦古人初终必全之义也。天随子深于酒道，寄而请之和。①

这是一篇组诗序，这一组诗的十首题目是《酒星》、《酒泉》、《酒篘》、《酒床》、《酒垆》、《酒楼》、《酒旗》、《酒樽》、《酒城》、《酒乡》。皮日休写酒，其实不是写自己沉湎酒中不能自拔，而是寄托自己雅洁的志趣。古代士人避世隐居，往往视酒为知己，但有的是狂放不羁，有的则以酒为寄托，表达安贫乐道的情怀。皮日休就是属于后者的。陆龟蒙在其和诗《酒中六咏并序》中说皮日休的《酒中十咏》"旨高而性真"，可谓精神上的知己。

除了写酒，皮日休还写了《添渔具诗并序》、《茶中杂咏并序》等，都在诗和序中体现出甘于隐逸、老于江湖的高雅意趣。又如他的《五贶诗并序》，分别写《五泻舟》、《华顶杖》、《太湖砚》、《乌龙养和》、《诃陵樽》，其序详写其背景缘由，可谓一篇美文：

毗陵处士魏君不琢，气真而志放，居毗陵凡二纪，闭门穷学。是乎，里民不得以师之；非乎，里民不得以訾之。

① 《全唐诗》卷六一一，中华书局1999年版，第7102页。

用之不难进,利之被人也;舍之不难退,辱非及己也。噫!古君子处乎进退而全者,由此道乎?抑夷之隘,惠之不恭,不能造于是也。江南秋风时,鲈肥而难钓,菰脆而易挽,不过乘短艄,(《方言》曰:船短而深者谓之艄)载一甑酒,加以隐具,由五泻泾入震泽,穿松陵,抵杭越耳。日休尝闻道于不琢,敢不求雅物,成雅思乎?于是买钓船一,修二丈,阔三尺,施篷以庇烟雨,谓之五泻舟;天台杖一,色黯而力遒,谓之华顶杖;有龟头山叠石砚一,高不二寸,其仞数百,谓之太湖砚;有桐庐养和一,怪形拳锔,坐若变去,谓之乌龙养和;有南海鲎鱼壳樽一,涩锋齾角,内玄外黄,谓之诃陵樽;皆寄于不琢,行以资云水之兴,止以益琴籍之玩,真古人之雅贶也。因思乘韦之义,不过于词,遂为五篇,目之曰五贶,兼请鲁望同作。①

序文中的魏不琢隐居毗陵二十年,不闻世事,宠辱皆忘,"用之不难进,利之被人也;舍之不难退,辱非及己也",一位高士形象呼之欲出。序文中所写的五件事物,不过是小船、手杖、砚台、靠背椅和酒樽而已,但描写绝妙,令人拍案。以这五件雅物寄送毗陵处士,更衬托出魏不琢高雅脱俗的隐逸情怀。至此,皮日休闲雅高逸的情趣尽显笔端。序文所写五物,样样都与隐逸相关,船可以啸傲江湖,手杖可以助游赏,砚台可资挥毫泼墨,靠椅可以修身养性,酒樽可以酌酒畅饮。

他的《太湖诗》之序虽属山水游记,却仍然浓厚地体现出隐身世外的高洁。其序云:

① 《全唐诗》卷六一二,中华书局1999年版,第7108页。

> 余顷在江汉，尝耨鹿门，渔洞湖，然而未能放形者，抑志于道也。而后以文事造请，于是南浮至二别，涉洞庭，回观敷浅源，登庐阜，济九江，由天柱抵霍岳，又自箕颍转樊邓，陟商颜，入蓝关，凡自江汉至于京，干者十数侯，绕者二万里。道之不行者，有困辱危殆；志之可适者，有山水游玩，则休戚不孤矣。咸通九年，自京东游，复得宿太华，乐荆山，赏女几，度轘辕，穷嵩高，入京索，浮汴渠至扬州。又航天堑，从北固至姑苏。噫！江山幽绝，见贵于地志者，余之所到，不翅于半，则烟霞鱼鸟，林壑云月，可为属厌之具矣。尚枵然于志者，抑古圣人所谓独行之性乎？逸民之流乎？余真得而为也。尔后闻震泽包山，其中有灵异，学黄老徒乐之，多不返，益欲一观，豁平生之郁郁焉。十一年夏六月，会大司谏清河公忧霖雨之为患，乃择日休，将公命，祷于震泽。祀事既毕，神应如响，于是太湖之中，所谓洞庭山者，得以恣讨。凡所历皆图籍称为灵异者，遂为诗二十章，以志其事，兼寄天随子。①

序文所记诗人游历二万里，登山渡河，尽览山水风光，最后至太湖而止。《太湖诗》是组诗，共有二十首，计《初入太湖》、《晓次神景宫》、《入林屋洞》、《雨中游包山精舍》、《游毛公坛》、《三宿神景宫》、《以毛公泉一瓶献上谏议因寄》、《缥缈峰》、《桃花坞》、《明月湾》、《练渎》、《投龙潭》、《孤园寺》、《上真观》、《销夏湾》、《包山祠》、《圣姑庙》、《太湖石》、《崦里》、《石板》。历代诗人写作山水诗文，并不仅仅是把外在的山水照相式的记录下

① 《全唐诗》卷六一〇，中华书局1999年版，第7089页。

来,总是加进诗人的情感,所谓景中有情,情景交融。“道之不行者,有困辱危殆;志之可适者,有山水游玩,则休戚不孤矣”,正说明皮日休并非心境平淡,面对山水内心激发不起一丝涟漪,而是借写山水表达自己放浪江湖而不颓废,把山水引为知己而非孤独寂寞的情怀。其中的所谓“孤”以及“独”,是历代文人虽隐逸却不彻底出世的心态写照。孤独本身对于他们来说正是纯洁心灵和真实性情的反映。陶渊明回归田园,或夜晚独自饮酒,“顾影独尽”,“挥杯劝孤影”,或“抚孤松以盘桓”,“怀良辰以孤往”,也是高洁情怀的写照。萧统《陶渊明集序》称其“横素波而傍流,干青云而直上。语时事则指而可想,论怀抱则旷而且真。加以贞志不休,安道苦节,不以躬耕为耻,不以无财为病,自非大贤笃志,与道污隆,孰能如此乎”,可谓至评。唐代王维的“独坐幽篁里”,李白的“独坐敬亭山”,都是在表达一种情志。因此,皮日休的序文里反映的仍旧是孤傲不羁的情怀,山水不过是表达情怀的物象和媒介而已。

与皮日休互相唱和的陆龟蒙,其情趣与皮日休相仿。他的《渔具诗》之序、《樵人十咏》之序、《添酒中六咏》之序,反映的都是与皮日休一样的高洁情怀。陆龟蒙,字鲁望,自号“江湖散人”、“天随子”、“甫里先生”。苏州吴县(今属江苏)人。咸通年间,举进士,不第,从此不复应试,遂隐居松江甫里。与皮日休游,有唱和诗三百余首。他的《江湖散人歌并传》直接书写自己的内心世界。其序云:

散人者,散诞之人也,心散,意散,形散,神散,既无羁限,为时之怪民。束于礼乐者外之曰:“此散人也。”散人不知耻,乃从而称之。人或笑曰:“彼病子散而目之,子

> 反以为其号,何也?"散人曰:"天地,大者也,在太虚中一物耳。劳乎覆载,劳乎运行,差之晷度,寒暑错乱,望斯须之散,其可得耶?水土之散,皆有用乎?水之散,为雨、为露、为霜雪,水之局,为潴、为洳、为潢污。土之散,封之可崇、穴之可深。生可以艺,死可以入,土之局,埙不可以为埏,甓不可以为盂。得非散能通于变化,局不能耶?退若不散,守名之筌;进若不散,执时之权。筌可守耶?权可执耶?"遂为散歌、散传,以志其散。①

这篇序文,是陆龟蒙为自己作传。他的散诞形象,用他的诗歌来形容,就是"江湖散人天骨奇,短发搔来蓬半垂。手提孤篁曳寒茧,口诵太古沧浪词",难怪时人都称呼他为怪民。《新唐书》卷一百九十六《陆龟蒙传》称其"不喜与流俗交,虽造门不肯见。不乘马,升舟设篷席,赍束书、茶灶、笔床、钓具往来。时谓江湖散人,或号天随子、甫里先生,自比涪翁、渔父、江上丈人"。别人不理解为何他自号散人,他说出了一番大道理。天地何其大,但在茫茫宇宙中也只是一物而已。大地覆载万物,日月按时运行,稍微有些差池,就会出现麻烦,导致寒暑错乱。因此,天地每时每刻都在按照规律运行,想得到暂时的休息缓解,也是不可能的。水和土也含有同样的道理,水散,就会变成雨,变成露,变成霜雪;如果过分拘束它,就会变成一潭死水,污浊不堪。土散,可以堆成高山,也可以挖成深穴。既可以使万物得到生长,死者也可以埋入土中;如果对土过分拘束,比如做成器物,那么就把它固定了,不能通变。所以,在陆龟蒙看来,散的好处要大于局,那么,心散,意散,形散,神散,自号江

① 《全唐诗》卷六二一,中华书局1999年版,第7192页。

湖散人,有什么不妥呢?他在诗歌最后四句也表达这种情怀,“江湖散人悲古道,悠悠幸寄羲皇傲。官家未议活苍生,拜赐江湖散人号”,萧散自由、疏狂豁达的诗人形象跃然纸上。

如果说皮日休、陆龟蒙醉心于江湖山水,那么,中唐的白居易则是在繁华的都城隐居。写于大和三年的《池上篇》之序,就很能说明他当时的心态。这一年三月,白居易罢去刑部侍郎,以太子宾客分司东都,四月便回到洛阳。这时的白居易不算完全退休,但是没有职掌,非常清闲,悠闲的生活又使他有充裕的时间营造园林,让自己那颗劳碌的心灵得到休憩。《池上篇》之序就反映了他当时的这种心态。其序云:

> 都城风土水木之胜,在东南偏。东南之胜,在履道里,里之胜在西北隅。西闬北垣第一第,即白氏叟乐天退老之地,地方十七亩,屋室三之一,水五之一,竹九之一,而岛树桥道间之。初,乐天既为主,喜,且曰:“虽有台,无粟不能守也。”乃作池东粟廪。又曰:“虽有子弟,无书不能训也。”乃作池北书库。又曰:“虽有宾朋,无琴酒不能娱也。”乃作池西琴亭,加石樽焉。乐天罢杭州刺史时,得天竺石一、华亭鹤二以归,始作西平桥,开环池路;罢苏州刺史时,得太湖石、白莲、折腰菱、青版舫以归,又作中高桥,通三岛径。罢刑部侍郎时,有粟千斛、书一车,洎臧获之习管磬弦歌者指百以归。先是颍川陈孝山与酿酒法,酒味甚佳。博陵崔晦叔与琴,韵甚清;蜀客姜发授秋思,声甚淡;弘农杨贞一与青石三,方长平滑,可以坐卧。太和三年夏,乐天始得请为太子宾客,分秩于洛下,息躬于池上。凡三任所得,四人所与,洎吾不才身,今率

为池中物矣。每至池风春，池月秋，水香莲开之旦，露清鹤唳之夕，拂杨石，举陈酒，援崔琴，弹姜秋思，颓然自适，不知其他。酒酣琴罢，又命乐童登中岛亭，合奏霓裳散序，声随风飘，或凝或散，悠扬于竹烟波月之间者久之，曲未竟而乐天陶然，已醉睡于石上矣。睡起偶咏，非诗非赋，阿龟握笔，因题石间，视其粗成韵章，命为池上篇云尔。①

序文一开始就像一个照相的镜头，先是广景，然后一步步缩小。先是东都洛阳，再是城之东南，再是履道里，再是西北隅，再是北垣第一第。这里是白居易退老养身休闲之地，方圆十七亩，房屋占去三分之一，池水占去五分之一，竹林占去九分之一。其中有岛，有树，有桥，有道，布局精巧，别有天地。当然，仅有这些，还不足以显示主人的身份，于是作粟廪，作书库，作琴亭。从杭州带回的天竺石和华亭鹤增添了园林的韵致和品位，在池中种植从苏州带回的白莲、折腰菱，并立太湖石、设青版舫，罢刑部侍郎带回千斛粟、一车书以及各种乐器，以增其生趣。造桥通路，四通八达。接下来的描写使园林又增添意蕴，友人陈孝山传授酿酒法，崔晦叔赠与名琴，姜发授予琴曲，杨贞一赠送三块青石。这样，三任所得之物，四位友人所赠，全都成为池中之物。春花秋月，醉游其中，风清露白，莲香鹤唳，拂石举酒，援琴弹曲，其乐融融，其情陶然。这篇序文，典型地体现了白居易晚年退隐洛阳优游园林的生活。中唐时期，朝廷党争激烈，从唐文宗时期开始，牛李党争激烈，白居易娶牛党杨虞卿的从父妹，被李德裕视为牛党中人。实际上，白居易看得很清

① 《全唐诗》卷四六一，中华书局1999年版，第5278页。

楚,他不介入,不争名位,因而得免其祸。现在终于退居洛阳,他感觉的不是离开官场的失落,而是认为终于为自己疲惫的心灵找到了一个绝佳的休憩场所,可以安顿身心了。他在诗中也说,“十亩之宅,五亩之园。有水一池,有竹千竿。勿谓土狭,勿谓地偏。足以容膝,足以息肩”,“皆吾所好,尽在吾前”,“优哉游哉,吾将终老乎其间”。这却像北朝诗人庾信在《小园赋》所说,“一寸二寸之鱼,三竿两竿之竹”,陶醉其中,万念皆休。又像陶渊明《归去来兮辞》所说,“倚南窗以寄傲,审容膝之易安”。可见白居易是以古人为榜样,追求高洁情趣,不被污浊所染。

宋代表现诗人高洁情志的诗歌序跋也很多,与唐代诗人反映的题材相比,宋代序跋的涉及面更广,既描写所居之处远离世俗,诗人以寄托情怀,也有诗人咏物以抒发情志。先看前者,释智圆《戏题四绝句》之序通过描写所居及其生活,反映出诗人高雅的情趣和脱俗求真的情怀。智圆(967—1022),俗姓徐,字无外,号中庸子,又号潜夫,钱塘(今浙江杭州)人。八岁受戒于杭州龙兴寺。大中祥符末年,居于西湖孤山玛瑙禅院,世称孤山法师,与隐士林逋相往来。其序云:

> 潜夫之居,濒湖倚山。有野鹤野鹿焉,以为耳目之玩;有家鸡家犬焉,以为警御之备。潜夫每自色目,其鹤为在阴,其鹿为食苹,其犬为吠月,其鸡为司晨。有时天雨晴,秋气清,在阴唳于大泽,食苹鸣于幽谷,吠月吠于闲轩,司晨啼于乔木,音响更作,似于潜夫前各大夸其能也。传称介葛卢别牛鸣,世谓公冶长辨鸟语,信矣。夫先民有通于禽兽语者,吾无先民之能,以意度之,似有所得,遂为四绝句以见其意,适足以自取欢笑乎。昔者乐天为八绝,

> 盖陈乎鹤鸡鸟鸢鹅赠答之意,故吾得以学嚬焉。噫,亦有所儆,非直以文为戏云耳。得前诗所谓"彼我更相笑,是非无实录"者,斯四绝也近之矣。①

西湖本就是名胜之地,智圆滨湖倚山而居,更有世外桃源之感。林逋养鹤植梅,同在孤山的智圆也与鹤鹿为友,听鹤唳鹿鸣,犬吠鸡唱,似是像古人一样通禽兽之语。序文真实反映出诗人甘于清苦寂寞,追求淡远高逸的精神境界。

郑樵《题夹漈草堂》之序也是如此。郑樵(1104—1162),字渔仲,号溪西遗民,兴化军莆田(今属福建)人。郑樵不事科举,居夹漈山,谢绝人事,刻苦学习三十年,学者又称其夹漈先生。曾游历名山大川,搜奇访古。其序云:

> 斯堂本幽泉、怪石、长松、修竹、榛橡所丛会,与时风、夜月、轻烟、浮云、飞禽、走兽、樵薪所往来之地。溪西遗民于其间为三堂,覆茅以居焉。斯人也,其斯之流也。顾其人,家不富亦不贫,不贵达亦无病,与尔属相周旋也。②

序文写草堂环境幽奇,正与诗人情趣和意愿相合。幽泉、怪石、长松、修竹、榛橡,环绕夹漈堂四周,清风徐来,朗月普照,轻烟缭绕,浮云聚散,禽兽以及砍樵之人,往往来此,增添生趣,衬托出诗人出世绝尘的情怀。他自称不富不贫,但也不贵达困穷,而是醉心于隐逸生活,与泉石松竹为伴。这正如苏轼所说,侣鱼虾而友麋鹿,清

① 《全宋诗》第3册,北京大学出版社1991年版,第1571页。
② 《全宋诗》第34册,北京大学出版社1998年版,第21797页。

风明月,耳得为声,目遇成色。其诗亦云:“堂后青松百尺长,堂前流水日汤汤。西窗尽是农桑域,北牖无非花葛乡。罢去精神浑冉冉,看来几案尚穰穰。不知此物何时了,待看临流自在狂。”与序文情调正相吻合。

宋代诗歌序跋咏物抒情的作品中,以写梅花最为著名。与唐代崇尚牡丹不同,宋代崇尚的是梅花。牡丹是唐代的国花,是雍容典雅、富贵繁华的象征,整个社会弥漫在种植观赏的时代氛围中。李肇《唐国史补》卷中记载:“京城贵游尚牡丹三十余年矣,每春暮车马若狂,以不耽玩为耻。”①中唐诗人白居易在《买花》诗中说:“帝城春欲暮,喧喧车马度。共道牡丹时,相随买花去。贵贱无常价,酬值看花数。”从中可见崇尚牡丹的气氛。宋代崇尚梅花,视梅花为国花,首先是由于宋代初期一些隐士引梅花为知己,如林逋,其“疏影横斜水清浅,暗香浮动月黄昏”诗句,不仅写出了梅花的神韵,而且也映衬出诗人高洁的形象。宋初诗人文同在《赏梅唱和诗》的序文里说:“梅独以静艳寒香,占深林,出幽境,当万木未竞华侈之时,廖然孤芳,闲淡简洁,重为恬爽清旷之士之所矜赏。”咏物抒怀,梅花不畏寒霜、傲然独放的品格,在诗人笔下,成为坚守节操、超越流俗的象征。如陆游的《咏梅》诗,其实就是陆游精神品德情操气节的最好写照。

作为诗歌的一个部分,序跋在描写梅花、反映诗人志趣和操守方面,也有许多佳作。如宋伯仁《梅花喜神谱》之序。宋伯仁(1199—?),字器之,号雪岩,湖州(今属浙江)人。性喜梅,筑园圃栽培。刊《清臞集》,并作《梅花喜神谱》,其后系诗,又绘图百种。

① 李肇《唐国史补》卷中,见《唐五代笔记小说大观》,上海古籍出版社 2000 年版,第 185 页。

其序云：

余有梅癖，辟圃以栽，筑亭以对，刊《清臞集》以咏。每于梅前，有未能尽花之趣为欢。得非广平公以铁石心肠赋未尽梅花事，而拳拳属意于云仍者乎？余于花放之时，满肝清霜，满眉寒月，不厌细徘徊于竹篱茅屋边，嗅蕊吹英，捋香嚼粉，谛玩梅花之低昂俯仰、分合卷舒。其态度冷冷然，清奇俊古，红尘事无一点相着，何异孤竹二子、商山四皓、竹溪六逸、饮中八仙、洛阳九老、瀛洲十八学士，放浪形骸之外，如不食烟火之人。又与桃花赋、牡丹赋所述形似，天壤不侔。余于是考其自甲而芳、由荣而悴，图写花之状貌，得二百余品。久而删其具体而微者，止留一百品，各各其所肖，并题以古律，以《梅花谱》目之。其实写梅之喜神，可如牡丹、竹、菊有谱，则可谓之谱。今非其谱也，余欲与好梅之士共之。僭刊诸梓，以闲工夫作闲事业，于世道何补，徒重覆瓿之讥。虽然，岂无同心君子于梅未花时，闲一批阅，则孤山横斜，扬州寂寞，可仿佛于胸襟，庶无一日不见梅花，亦终身不忘梅花之意。兹非为墨梅设，墨梅自有花光仁老、杨补之家法，非余所能。客有笑者曰："是花也，藏白收香，黄傅红绽，可以止三军渴，可以调金鼎羹。此书之作，岂不能动爱君忧国之士，出欲将，入欲相，垂绅正笏，措天下于泰山之安。今着意于雪后园林才半树，水边篱落忽横枝，正为冻吟之计，何其舍本而就末。"余起而谢云："谱尾有《商鼎催羹》，亦兹意也。"客抵掌而喜曰："如是，则谱不徒作，未可谓闲工夫作闲事业、无补于世道，宜广其传。”敢并及之，以俟来者。雪岩耕田夫宋伯仁敬书。①

序文写诗人醉心梅花，辟圃筑亭以种植梅花。寒冬腊月，正是万物休憩之时，唯有梅花挺立冰雪，诗人徘徊于竹篱茅舍旁，嗅蕊吹英，捋香嚼粉，欣赏着梅花的各种姿态。当此之时，诗人好似绝尘出世，远离纷扰。此情此境，也令诗人想起古人，思绪遥接先人之风姿。“孤竹二子”指古代孤竹国的“伯夷、叔齐”；“商山四皓”指汉初商山的四位隐士东园公、绮里季、夏黄公、甪里先生；“竹溪六逸”是指唐代李白、孔巢父、韩准、裴政、张叔明、陶沔；“饮中八仙”指贺知章、李琎、李适之、崔宗之、苏晋、李白、张旭、焦遂；“洛阳九老”指唐代白居易、胡杲、吉皎、刘真、郑据、卢贞、张浑等年老退居洛阳，曾作尚齿之会，各赋诗以记其事。“瀛洲十八学士”指初唐杜如晦、房玄龄、于志宁、苏世长、薛收、褚亮、姚思廉、陆德明、孔颖达、李玄道、李守素、虞世南、蔡允恭、颜相时、许敬宗、薛元敬、盖文达、苏勖十八人，并为学士。诗人遥思古人，面对寒月梅花，大有放浪形骸、不食人间烟火之况味。接下来叙说选梅花图貌一百种，以诗配图，付梓刊行。诗人认为此作，乃是以闲工夫作闲事业，于世道无所补。但友人认为，为梅花谱图配诗，绝非闲情雅致所为，而真正的意义在于能够使那些爱君忧国之士肃然面对梅花，增生高洁气节，保持情操，否则恐怕是舍本逐末。结尾诗人虽一再强调本意在商鼎催羹，但友人仍能看出梅花诗文的深层意蕴，恰恰就在于提升人的精神品位，而这是于世有补的，并非单单是隐士文人的闲情雅好而已。

① 《全宋诗》第61册，北京大学出版社1998年版，第38187页。

华镇两篇写梅花的短序也值得一说。其《早梅花二首》之序云：

> 余往在会稽，早梅花时虽蹀雪冲寒，必先采撷置研席间，素华射窗，流芳盈室，弦歌其侧，欣适无涯。迨随牒薄游，越江而北，心赏一失，浸更岁时。今兹春初，梅荣南国，慨然遐想，千里增怀，作诗二章姑以自释。①

诗人回忆他早年在家乡，往往于严冬梅花开放时，顶风踏雪，采撷数朵以置于案头，顿觉室内生辉，芳香四溢，心情胸襟也为之一振。而今越江北上，梅开南国，浮想联翩，作诗以表达这种情结。其《梅花一首》之序云：

> 余于花卉间尤爱梅花，每遇于园林中，徘徊观览而不忍去。意欲列植成林，构屋期间，朝夕见之而后欢，然贫而未能为此也。至其敷荣之日，则置数枝于研席，聊以慰其所好。情未能已，载形于言。②

首先说自己于百花之中最爱梅花，每次园林赏梅，陶醉其中不忍离开。意欲种植梅林，在林中作屋而居，可以朝夕为伴，日日相见，但因为家境贫寒而未能如愿。梅花盛开之日，折数枝置于案头，静静欣赏，以与自己的精神相接，满足自己的心灵需求。华镇两篇诗序，不是长篇展开描写梅花，主要是写诗人对梅花的钟情。读者虽

---

① 《全宋诗》第 18 册，北京大学出版社 1995 年版，第 12323 页。

② 《全宋诗》第 18 册，北京大学出版社 1998 年版，第 12336 页。

未见到描写梅花,但从诗人的描写中,梅花的高雅形象还是隐约含蓄地透露出来,诗人的胸襟气质以及精神品格也都跃然纸上,

释文珦《为清渭滨作雪深室歌》之序也是赞梅咏志。其序云:

> 梅林三德寺,清渭滨扁所居室曰雪深。潜山老叟见之而喜,喜而与之言曰:六合之内,草木万殊,桃李媚春而转眼沦漠,蒲柳惮秋而扫迹披靡,以无坚操,故人皆贱之。唯梅不然,如巢、许辈,介然独立,虽春光骀荡、群卉葩艳而不能诱之使从。泊如也,虽寒风栗烈、冰雪凌厉而不能胁之使沮。雪愈深,精神愈清劲,寒英玉洁,暗香澹如此,其所以为梅,而异于众芳也。孟轲氏谓富贵不能淫,威武不能屈,为大丈夫者,得非有取于梅与。知子之志,可尚也已。乃载歌曰:①

梅林三德寺,是友人所居之地,从序文内容来看,这里应该有梅林。诗人在比较中突出梅花的品性,桃李花开但妖娆轻浮,柳树轻柔而经秋早凋,这些花木,因为没有坚贞的操守,所以人们常常轻视之。唯独梅花卓尔不凡,特立独行,就像唐尧时隐士巢父和许由一样。春光明媚,众花争奇斗艳而心不为所动,朔风吹雪,亦不能使之屈服,而且雪越大,天越冷,梅花越傲霜斗雪,气质不凡。诗人认为,孟子称颂大丈夫"富贵不能淫,贫贱不能移,威武不能屈",大概就是从梅花身上得到启示。这篇序文对梅花给予了高度赞美,不仅赞美其形象,更赞美其内在气质,以人比花,以花比人,花与人合成一个整体。诗人以梅花赞友人,其实诗人同样具有

① 《全宋诗》第63册,北京大学出版社1998年版,第39665页。

梅花一样的气节和操守。

郑刚中《梅花三绝并序》不仅形式奇特，三首诗前皆有序，而且内容也有特点。诗人认为过去以梅花比人，多比女性，唐宋时期有诗人以梅花比男性，但又落入俗套。诗人在三首诗和序文中，一改传统，将梅花比贤人志士，令人耳目一新。三篇序分别是：

> 昔日多以梅花比妇人，唯近世诗人或以比男子，如“何郎试汤饼，荀令炷炉香”之句是也，而未有以之比贤人正士者。近得三绝焉。梅常花于穷冬寥落之时，偃傲于疏烟寒雨之间，而姿色秀润。正如有道之士，居贫贱而容貌不枯，常有优游自得之意。故余以之比颜子。

> 至若树老花疏，根孤枝劲，皤然犯雪，精神不衰。则又如耆老硕德之人，坐视晚辈凋零，而此独撄危难而不挠。故又以之比颜真卿。

> 又一种不能寄林群处，而生于溪岸江皋之侧，日暮天寒，寂寥凄怆。则又如一介放逐之臣，虽流落憔悴，内怀感慨，而终有自信不疑之色。故又以之比屈平。①

序一中的梅花形象，是在穷冬寥落之时，傲然独立，这正像颜回，居陋巷，一箪食，一瓢饮，贫穷而不改其志，深得孔子的赞许。序二中的梅花是老树，虽花疏根孤，精神气质不改，这就像颜真卿。颜真卿刚直不阿，安史之乱时起兵抵抗，被十七州推为盟主。后以七旬

---

① 《全宋诗》第30册。北京大学出版社1998年版，第19080页。

高龄充淮宁军宣慰使,劝谕叛将李希烈,大义凛然,宁死不屈。序三中的梅花孤处荒野,日暮天寒时分,情境凄凉,好似形容枯槁的放逐之人,虽身处逆境而不改其志。这就像楚国的爱国诗人屈原,屈原忠心爱国,却被流放他乡,宁赴江流而死也不愿同流合污。以梅花比此三人,正可见出三人之精神风貌。而以三人之风姿比梅花,梅花的傲岸气质和高洁情操也得到了充分的展示。

第五节　反映佛家、道家思想

唐宋时期的文人佛道情结非常浓,这与当时佛教和道教兴盛有关系。唐宋许多文人都与僧人和道士交往,有的甚至还成为好朋友。唐代文人喜欢漫游,名山大川往往留下他们的足迹,而名山大川又是佛寺和道观的集中之处。当然,文人倾心佛教道教,还在于唐代文人将佛道视为自己内心的调试剂,在受到仕途挫折和内心创伤时,用佛道思想来安慰自己。唐宋文学史上著名的诗人大如唐代王维、岑参、李白、刘禹锡、白居易,宋代苏轼等,也在重佛信道的生活中写下大量佛道题材的诗歌。有许多诗歌带有序跋,其序跋的佛道内容对于了解诗人的思想和内心处境提供了宝贵的一手材料。此外,唐宋时期有许多僧人道士也写下诗歌,其诗歌序跋对研究唐宋时期的佛教也提供了极为有价值的材料。

先看唐代,初唐骆宾王在四杰之中经历最为坎坷,曾从军西北、西南,又曾经写檄文声讨武则天。骆宾王在诗中也反映他与道士和僧人的交往,如《游灵公观》、《陪润州薛司空丹徒桂明府游招隐寺》、《代女道士王灵妃赠道士李荣》,这自然也会影响到诗序,其《于紫云观赠道士》之序云:

余乡国一辞，江山万里。昔年离别，还同塞北之凫；今日归来，即似辽东之鹤。先生情均得兔，忘筌之契已深。路是亡羊，分岐之恨逾切。不题短什，何汰衷襟。①

紫云观在兖州，为高宗乾封年间置。按《旧唐书·高宗纪》，兖州界尚有仙鹤、万岁二观和封峦、非烟、重轮三寺。此序文虽只写分别之情，未涉道教之事，但可以看出骆宾王与道士的深厚友情。陈子昂也有《夏日晖上人房别李参军崇嗣》序，上人房，即是寺院，诗歌写陈子昂在寺院送别友人。序文描写“高僧展袂，大士临筵，披□路之妖书，坐琉璃之宝地，帘帷后辟，拂鹦鹉之香林，栏槛前开，照芙蓉之绿水。讨论儒墨，探览真玄，觉周孔之犹迷，知老庄之未悟。遂欲高攀金座，伏奏金仙，开不二之法门，观大千之世界”，佛教的气氛非常浓厚。

盛唐王维与佛教的关系密切，他的名和字都取自佛教《维摩诘经》中的维摩诘居士。他的母亲虔诚奉佛，对王维产生了很大影响。开元十七年他在长安从大荐福寺道光禅师学习顿教。开元末天宝初，王维隐居终南山，经营蓝田辋川别业，作为奉佛修行的隐居之所。同时，王维也接受了道教的思想，在终南山时曾采药炼丹，学道求仙，并将佛道结合起来。其《谒璇上人》之序云：

上人外人内天，不定不乱。舍法而渊泊，无心而云动。色空无碍，不物物也，默语无际，不言言也。故吾徒得神交焉。玄关大启，德海群泳，时雨既降，春物具美。

① 《全唐诗》卷七八，中华书局1999年版，第840页。

> 序于诗者,人百其言。①

字里行间,流露出对璇上人高深佛法的崇敬之情。

其《青龙寺昙壁上人兄院集》之序云:

> 吾兄天开荫中,明彻物外。以定力胜敌,以惠用解严。深居僧坊,傍俯人里。高原陆地,下映芙蓉之池;竹林果园,中秀菩提之树。八极氛霁,万汇尘息。太虚寥廓,南山为之端倪;皇州苍茫,渭水贯于天地。经行之后,趺坐而闲。升堂梵筵,饵客香饭。不起而游览,不风而清凉。得世界于莲花,寄文章于贝叶。时江宁大兄持片石命维序之,诗五韵,座上成。②

《全唐诗》题下有注:与王昌龄、裴迪、弟缙同作。序文中的江宁大兄,即王昌龄。王维在序中称颂昙壁上人法力无边,又描写青龙寺环境优美,远眺南山,俯瞰渭水,佛界莲花,经文贝叶,渲染出佛教无穷魅力。王维受王昌龄之嘱而写下此序,同游的王昌龄、裴迪、王缙都有同题诗作,因而这篇诗序应是众人诗作的总序。

盛唐时期岑参的佛教情结也比较浓,文学史介绍岑参多是从边塞诗角度,其实他的山水诗也很多,其中有许多佛教题材的诗歌。岑参的祖上就与佛教有缘,曾祖岑文本宠信佛教,岑长倩也曾翻译佛经。开元末至天宝初,岑参往来京洛,寻机出仕,到长安后又一度隐居终南。这一时期,他游览寺院,拜访僧人。据

---

① 《全唐诗》卷一二五,中华书局 1999 年版,第 1249 页。

② 《全唐诗》卷一二七,中华书局 1999 年版,第 1289 页。

闻一多《岑嘉州系年考证》和刘开扬《岑参年谱》，这一时期岑参游居的佛寺主要有景云寺、游仙寺、崇济寺、云济寺、千福寺、磐石寺等，寻访的僧人有晖上人、谦道人、法澄上人、眼上人、郑和尚等。反映在诗歌序跋中的，也有几篇。如《太白胡僧歌》之序云：

> 太白中峰绝顶，有胡僧，不知几百岁，眉长数寸，身不制缯帛，衣以草叶，恒持《楞伽经》。云壁迥绝，人迹罕到。尝东峰有斗虎，弱者将死，僧杖而解之；西湫有毒龙，久而为患，僧器而贮之。商山赵叟，前年采茯苓，深入太白，偶值此僧，访我而说。予恒有独往之意，闻而悦之，乃为歌曰：①

太白绝顶，人迹罕至，有一长寿胡僧在此居住，不知高寿几何。他不穿布帛之衣，而是身穿草叶以避风寒，经常手持《楞伽经》。胡僧法力高深，两虎相斗，他能解之；毒龙为患，胡僧以法力降服之。商山采药人赵叟采茯苓曾经见到过胡僧，回来后告诉岑参，引起了岑参的极大兴趣，产生出上山拜访胡僧之意愿。他在诗中再一次表达了渴望见到胡僧的迫切愿望："商山老人已曾识，愿一见之何由得。"可见岑参的佛教情缘与兴致多么浓重。

岑参晚年到嘉州任职，嘉州的凌云、青衣二山在大渡河、岷江和青衣江三江汇流之处，山水相连，形势壮观。凌云寺、正觉寺分别建于二山之上，隔江相望，险峻异常。岑参在《上嘉州青衣山中峰题惠净上人幽居寄兵部杨郎中》诗序中说：

① 《全唐诗》卷一九九，中华书局1999年版，第2063页。

> 青衣之山,在大江之中,屹然迥绝,崖壁苍峭,周广七里,长波四匝。有惠净上人,庐居其颠,唯绳床竹杖而已。恒持《莲华经》,十年不下山。予自公浮舟,聊一登眺。友人夏官弘农杨侯,清谈之士也,素工为文,独立于世,与余有方外之约,每多独往之意。今者幽躅胜概,叹不得与此公俱。爰命小吏,刮磨石壁以识其事,乃诗以达杨友尔。①

山巅佛寺景色幽奇,惠净上人十年时间在山巅诵读佛经,令岑参肃然起敬,并勾起了岑参往年与杨侯立下的方外之约。此情此境令岑参感慨万千,他在诗中说:"胜赏欲与俱,引领遥相望。为政愧无术,分忧幸时康。君子满天朝,老夫忆沧浪。况值庐山远,抽簪归法王。"佛教的清净无为是他一直羡慕和向往的境界,早年依恋佛禅的情形历历在目。历经人事沧桑,他惭愧自己仍是心为形役,奔走仕途,晚年又来到边徼之地。他感慨自己为政无术,太平之世碌碌无为,心中有愧,如今人老事息,更加怀念清静无为的隐逸生活,而庐山道路遥远,希望于此地去官归隐,皈依佛门,走向精神的彻底解脱。

中唐时期,刘禹锡有数篇诗序反映佛教题材,如《送僧方及南谒柳员外》之序,《送惟良上人》之序,《赠别约师》之序,《秋日过鸿举法师寺院便送归江陵》之序等。现举《赠别君素上人诗引》说明,其序曰:

> 曩予习《礼》之《中庸》,至"不勉而中,不思而得",

① 《全唐诗》卷一九八,中华书局 1999 年版,第 2034 页。

> 憬然知圣人之德，学以至于无学。然而斯言也，犹示行者以室庐之奥耳，求其径术而布武，未易得也。晚读佛书，见大雄念佛之普级宝山而梯之，高揭慧火，巧熔恶见，广疏便门，旁束邪径。其所证入，如舟沿川，未始念于前而日远矣，夫何勉而思之耶？是余知突奥于《中庸》，启键关于内典，会而归之，犹初心也。不知余者，诮予困而后援佛，谓道有二焉。夫悟不因人，在心而已。其证也，犹喑人之享太牢，信知其味，而不能形于言以闻于耳也。口耳之间兼寸耳，尚不可使闻，他人之不吾知，宜矣。开士君素，偶得余于所亲，一麻栖草，千里来访，素以道眼视予。予以所视视之，不由陛级，携手智地。居数日，告有得而行。乃为诗以见志云。①

序文叙述自己早年学习儒家经典，但随着年龄的增长，世事坎坷，宦海沉浮，儒学并不能安顿他的心灵，其感觉是“犹示行者以室庐之奥耳，求其径术而布武，未易得也”。直到晚年他找到佛教，心胸顿开，感到精神和心灵有了皈依之所，从此与佛教结下了不解之缘。

中唐时期李节《赠释疏言还道林寺》之序，记录了当时佛教受到重创而僧人疏言北上抢救佛经的过程，有一定的史料价值。李节，大中时登进士第。曾为河东节度使卢钧巡官，后官户部郎中。其序云：

> 会昌季年，武宗大翦释氏，巾其徒且数万人。民隶其

① 《全唐诗》卷三五七，中华书局1999年版，第4025页。

居,容貌于土木者沉诸水,言词于纸素者烈诸火。分命御史乘馹走天下,察敢隐匿者罪之。由是天下名祠珍宇,毁撤如扫。天子建号之初,雪释氏之不可废也,诏徐复之。而自湖已南,远人畏法,不能酌朝廷之体,前时焚撤书像,殆无遗者,故虽明命复许创立,莫能得其书。道林寺,湘川之胜游也,有释疏言,警辨有谋,独曰:"太原府国家旧都,多释祠。我闻其帅司空范阳公,天下仁人,我第往求释氏遗文,以惠湘川之人,宜其听我而助成之矣。"即杖而北游。既上谒军门,范阳公果诺之。因四求散逸不成蕴帙者,至释祠而不见焚而副剩者,又命讲丐以补缮缺漏者,未几,凡得释经五千四十八卷。以大中九年秋八月,辇自河东而归于湘焉。喜释氏之助世,既言之矣。向非我君洞察理源,其何能复立之;即既立之,且亡其书,非有疏言识远而诚坚,孰克洪之耶? 吾嘉疏言,奉君之令,演释之宗,不惮寒暑之勤,德及远人,为叙其事,且赠以诗。①

唐代会昌年间,唐武宗打击佛教,毁掉寺院,杀害僧人,一时间佛教面临灭顶之灾。湖南道林寺僧人疏言,出于对佛教的坚贞信念,独自北游,搜求散佚佛教经籍,得五千四十八卷,归于湖南道林寺。诗人李节写序与诗称颂疏言不顾性命之危,不惮远行,于保存佛教经籍善莫大焉,值得称颂。

唐代诗人反映道教题材的诗序,可举卢象的《紫阳真人歌》之序。卢象(生卒年不详),字纬卿。祖籍范阳(今河北涿州),家居

① 《全唐诗》卷五六六,中华书局1999年版,第6613页。

汶上(今山东泰安一带)。开元中登进士第,任秘书省校书郎。安史之乱时,被叛军所执,受伪职。后贬果州长史,永州司户。其序云:

> 先生紫阳真人,□耳河目,神气有异。年八十六而道心益固,时人方之赤松子。去年寝疾累日,冥然如梦,长男曾子求于神鬼,长请于天,窃司命之籍,与鬼神相竞而角觝焉。而告真人,乃泠然而归。于是表请辞官,乞以父子入道,俱还故乡,仍以山阴旧宅为观焉。皇帝嘉尚其事,寻而见许,择日度之,与男田。时公卿大夫观者如堵,皆曰贤才也。正月五日,上令周公、邵公,洎百僚饯别青门之内。玄鹤摩于紫霄,吹笙击鼓,尽是仙乐,闻者莫不增叹,轻轩冕焉。余与真人相知,不以年,不以位,俱承太公之后,见赏王粲之词。悠悠此别,不觉流涕,辄赠古歌辞一首,庶为真人传用之耳。①

这位真人形貌奇特,年纪八十六岁仍法力高深,时人将他比作仙人赤松子。其道法深得皇帝嘉赏,举行隆重仪式饯别紫阳真人。卢象与之相知相识,分别之际,伤心落泪,写诗一首以送之。

唐代太白山隐士韩蕴中的《火记歌》之序则讲述炼丹制药,序云:

> 夫大道弘远,阴阳难穷,造化发生,世人莫测。妄谈虚而白首,谬制作以亡财,比求延命驻年,反却伤伐短寿。

① 陈尚君辑校《全唐诗补编》,中华书局1992年版,第860页。

古今好者过亳亿人,例抱乖非,不明宗旨,及临炉火,尽炼朱砂,抽汞称阴,对于黄石。或将铅而入贡,或飞汞而入流,或炼土而言金,或乌乳而为蜜。销铅投汞,称是黄芽,汞入庚辛,呼为龙虎。汞为大道,咸尽非心。若为利而可亲,夫为丹而大谬。余积岁好道,不悟贞元,如斯制伏,皆亲历试。见世人之疲毙,深切哀伤,观生死之倏尔,何处访道。故述要妙,将显学流,细详阴阳,緫愿悟道。夫铅者,坎中之男,正属壬癸,炼阴销烁,九转浮沉,数足成乾,故配西位。世人常见,不晓真元,虎亦现形,为刚利气,上腾天而为云雨,下降地而为泉源,玉质九还,金公灭火,全由白雪也。夫汞者,离中之女,正属丙丁,万物滋荣,皆受其气。上应青阳而有信,下隐白藏而潜沉,龙腾天而见木精,春发来而花蕊卉。朦胧恍惚,只在目前。七返还魂,妙花碧水,若以省悟,玄奥皆明,瞑目之流,难为眺望也。是以月中之魄,虎炼曦和,日中之魂,龙伏桂影。二气相感,结为夫妻,坎在三华,成为至理。故彰要妙,以示知音,兼咏天符十三首。后学详览,必契贞元,若获此文,请不妄泄也。①

他认为世人炼丹往往不得其法,不但浪费钱财,而且适得其反,为求长寿反而短命,皆不明宗旨所为。于是真人详述其法,谨告保密,不宜外传,诗人写诗十三首以记之。

与唐代相比,宋代佛教道教影响更为深远广泛。宋代儒释道融合,以儒家为正宗,道教与佛禅又融入其中。王安石、苏轼、黄庭

① 陈尚君辑校《全唐诗补编》,中华书局1992年版,第1617页。

坚都喜欢用佛经道书中的典故，苏轼、辛弃疾等著名文人还喜欢与僧人往来，互相唱和。宋代还有一个重要的现象，就是僧人道士也从事诗文创作，据《中国文学家大辞典·宋代卷》统计，宋代诗僧有一百一十一人，比唐代的诗僧要多得多。文人佛道化、佛人道士文人化在宋代表现得尤为突出。佛教道教题材反映到诗歌序跋中的也很多，或讲佛学禅理，或讲因果报应，或颂观音大德，内容繁多。如黄裳《东山三题》之序讲佛学禅理。黄裳（1043—1229），字冕仲，号演山，又号紫玄翁，南剑州（今福建南平）人。元丰五年登进士第，曾任吏部侍郎、礼部侍郎、礼部尚书等职。其序云：

> 定慧长老为二亭一轩，一瞰湖上，来请名。予取释氏之说以命之。莲之为物，虽出于污泥，然其根实虚白，上为花叶，不可埋没，不染不著。人云来处虽犹污泥，然其根性本无一物，发为德行，盖亦如是，故北亭曰观莲。夫水之有月，犹人心之有性。水清而静则月现，人心清而静则性现，故中亭曰现月。由轩而下，旁趋桃溪，古人有见桃花而悟者，故东轩曰悟桃。叙既，复为三赋以遗之。①

定慧长老临湖作二亭一轩，前来请黄裳取名。诗人以佛教之说来为二亭一轩命名。先以莲命名，莲花是佛教的象征，佛陀成道以后，其座位叫莲花座。佛教典籍中，有《妙法莲花经》。佛教认为，现实世界污浊不堪，佛教恰恰能使人超凡脱俗，不受污染，而莲花出污泥而不染，正像佛教一样，使人达到清净的境界，故为北亭取名为观莲。中亭取名现月，也包含禅意，佛家讲"心清水现月，意

① 《全宋诗》第16册，北京大学出版社1995年版，第11063页。

净天无云”,一个人心中清净,佛光就会照耀,心若像浑水,佛光久照也不进;意念也要清净,如天空无云一般,就会达到妙境。东轩取名,则取灵云禅师见桃花而悟道的故事。灵云是唐代福州灵云山志勤禅师,他参禅三十年尚未参通,一天于不经意间看到桃花,突然彻悟,写了一首偈子曰:“三十年来寻剑客,几回落叶又抽枝。自从一见桃花后,直至如今更不疑。”禅林称为“灵云见桃明心”,“灵云桃花悟道”,黄裳因取轩名为悟桃。序文不长,但暗含的佛理深奥,其序文又是优美的文字,使人在欣赏美文的同时也领悟佛学禅理。

佛教内容的诗序也有宣扬因果报应的。如缪瑜《遇灾报应诗》之序就是如此。缪瑜,字文珍,龙南(今属江西)人。孝宗淳熙十四年进士。其序云:

> 辛酉岁,钱塘火灾,延烧居民以七万计,惟吴山上一老翁家独全。翁平时诵经乐施,火起之夕,以老惫不能去,遣儿与妇令亟走,竟不忍相舍离。处烈焰之中,全家昏然熟寐,至于葡萄架亦不焚灼。夫善积于平日之间,而孝感于一念之顷。其为神物护持如此。行道之人相与言者必曰葡萄架,因诗之,以为世人好善者之劝云。①

一场大火烧了七万人家,但唯独一老翁家幸免于难。其原因为何,原来是老翁平时经常诵读佛经,乐善好施,冥冥之中自有神灵护持。

唐宋时期诵经免于灾难的事典籍多有记载,据《法苑珠林》卷

① 《全宋诗》第51册,北京大学出版社1998年版,第32215页。

五十六载：

> 唐中书令岑文本，江陵人。少信佛，常念诵《法华经·普门品》。曾乘船于吴江中，船坏人尽死。文本没在水中，闻有人言："但念佛，必不死也。"如是三言之。既而随波涌出，已着北岸，遂免死。后于江陵设斋，僧徒集其家。有一客僧独后去，谓文本曰："天下方乱，君幸不预其灾，终逢太平，致富贵也。"言毕趋出。送出外，不见。既而文本食斋，于自食碗中，得舍利二枚。后果如其言。①

岑文本念诵佛经，不仅可以免灾，而且还终致富贵。《法华经》又称《大乘妙法莲华经》，共七卷二十八品，鸠摩罗什所译，属于大乘实相法，为天台宗奉持的经典。这一佛家经典在唐宋时影响较大。唐代吉藏《请智顗大师讲法华经疏》云："奉请智者大师演畅法华一部，此典众圣之喉襟，诸经之关键。"②序文所说的"普门品"是《法华经》二十八品之一，民间也叫"观音经"。念诵"普门品"能够灭除七难、三毒，七难是指水难、火难、风难、刀兵难、鬼怪难、冤家仇敌难、牢狱难等，三毒是指贪心、瞋心、痴心。念诵佛经消灾祛难的故事，在佛教典籍和唐代墓志中多有记载，如《法苑珠林》卷十八记载："唐武德中，以都水使者苏长为巴州刺史。长将家口赴任，渡嘉陵江，中流风起船没，男女六十余人一时溺死。唯有一妾常读《法华经》，船中水入，妾头戴经函，誓与俱溺。妾独不沉，随

① 释道世撰，周叔迦、苏晋仁校注《法苑珠林校注》卷五六，中华书局 2003 年版，第 1694 页。

② 陈尚君辑校《全唐文补编》卷一，中华书局 2005 年版，第 13 页。

波泛滥,顷之着岸。逐经函而出,开视其经,了无湿污。今尚存在扬州,嫁为人妇,而愈旧笃信。"[①]又《唐代墓志汇编》收录《瀛洲文安县令王府君周故夫人薛氏墓志铭并序》记载:"君姑薛氏,即夫人之从姑也,尝不豫甚,医药莫能瘳。夫人亲洁志诚,深祈景祐,七月七日夜诵妙法莲花经,君姑所苦,应时康复。中外支胤,远近宗亲,咸以为至孝冥感,大悲降福。"[②]亦有念《金刚经》消灾免祸者,如《太平广记·白仁哲》条记载:"唐白仁哲,龙朔中为虢州朱阳尉,差运米辽东。过海遇风,四望昏黑。仁哲忧惧,急念《金刚经》,得三百遍,忽如梦寐,见一梵僧,谓曰:'汝念真经,故来救汝。'须臾风定,八十余人俱济。"[③]上述材料,既说明信奉佛教在当时具有适宜的社会环境和广泛的群众基础,也反映了人们祈求佛陀保佑、避祸驱灾的朴素愿望。缪瑜的诗序,反映的正是这一情形。在宣扬佛教法力无边的同时,也劝喻了世人应该心怀佛禅,一心向善,乐于施舍,营造出一个和谐的社会氛围。

宋代僧道的文人化,也使宋代的诗僧、道士留下大量的诗篇。如释德洪留下的诗歌有十九卷之多,其中大多都是佛教题材,并且诗序特别多。代表诗序有《四偈》之序、《释迦出山画像赞》之序、《涟水观音画像赞》之序、《潭州东明石观音赞》之序、《放光二大士赞》之序、《李伯时画弥陀像赞》之序、《六世祖师画像赞》之序、《永嘉真觉大师真赞》之序、《百丈大智禅师真赞》之序、《赤眼禅师画像赞》之序、《永明禅师真赞二首》之序、《长沙岑大虫真赞》之

① 释道世撰,周叔迦、苏晋仁校注《法苑珠林校注》卷一八,中华书局2003年版,第607页。

② 周煦良主编、赵超副主编《唐代墓志汇编》,上海古籍出版社1992年版,第898页。

③ 《太平广记》卷一三,中华书局1961年版,第695页。

序、《小字华严经赞》之序、《小字金刚经赞》之序、《东坡画应身弥勒赞》之序、《慈明禅师真赞》之序、《郴州乾明进和尚舍利赞》之序、《云庵和尚赞》之序、《云庵和尚舍利赞》之序、《死心禅师舍利赞》之序等。德洪的诗序，并非只是佛教高深的理论或枯燥的说教，往往具有很强的故事性，人物形象鲜明，语言平易，情节曲折。如《衡山南台寺飞来罗汉赞》之序：

> 旧说太平兴国初，武牢沙门惠了游庐山，宿于云居寺。中夜闻呻吟甚苦，及旦视之，有僧雪眉而瘫，卧腥臭中。见了涕泣，指其疮曰：当奈何？了恻然怜之，为留五日，洗摩傅药，甚有恩惠。逾年疮愈，谓了曰："我家南岳，子他日游湘中，当过我于石崖峰下。"探怀出纸裹付了，了送至西岭，诀别而还。视裹中乃疮痂，为屏除卧处，亦皆疮痂也，心恶之。俄成熏陆，投诸火中有异香，了心骇异之。明年春南来，果逢雪眉于国清山路间。倚仗而笑曰："来何暮也。"相与坐青林之下，语笑欢甚。了问石崖峰安在，雪眉以手指之，俄失所在。于是了乃悟其为圣贤也。怅恨弥日。至方广寺，入罗汉堂，而雪眉乃在十六像中。了殊大惊喜跃，逗留久之。后至南台，见昔同学道普者，为叙说其事。有童子方扫除，闻之，停帚参立曰："今日添香殿庑间，罗汉辄剩一身。"了亟往视之，即方广所见雪眉塑像。自是号飞来罗汉。了后还云居，以疮痂葬西岭，为坛其上，今号罗汉坛。如来世尊曰："如今世间旷野深山，圣道场地，皆罗汉所住持，故世间粗人所不能见。"夫岂不然哉！皇祐间，泉南僧谷泉隐居芭蕉庵，有异迹。尝自后洞负石僧像至南台，而像无虑数百斤。

> 后人诬此僧为飞来罗汉,非也。余不可以不解辨。宣和元年春,余与大梁郭中复彦从来游。彦从问像所从得,因为叙之,而长老昭公请为书之。①

太平兴国初年,僧人惠了游庐山,夜晚宿于云居寺时,听见有人痛苦呻吟,天明之后,见一僧人,身形消瘦,卧于腥臭之中。僧人见到惠了,哭而指其疮。惠了怜悯,将他留下来,为他擦洗敷药,精心照料。雪眉僧疮愈以后告别,约惠了南游之时于石崖峰相见,并送一纸包。惠了打开后一看,原来是僧人身上的疮痂,心中恶之。但将疮痂投之于火,却生出一股香气,惠了大惊,感到非常奇异。翌年惠了南游,果然遇见雪眉僧,谈笑甚欢,至此,惠了才明白雪眉僧乃是大德高僧。到方广寺罗汉堂,其中的十六罗汉像就有雪眉僧,惠了更加吃惊,也异常欢喜。后来惠了来到南台,为友人叙说其事,童子言殿间剩一身罗汉,即往见之,却是在方广寺见到的雪眉塑像,自号飞来罗汉。惠了南游回到云居寺,将雪眉疮痂葬于西岭,筑坛其上,是为罗汉坛。序文所叙故事情节曲折生动,人物形象鲜明,使读者在愉悦的阅读中体会佛法的奇异和高深。

有的诗序则用禅门公案似的故事隐含高深的佛法。如释德洪《疏山仁禅师赞》之序:

> 古老衲住山,多托物寓意,既自游戏,亦欲悟人。如紫胡之畜犬,道吾之巫衣端笏,独雪峰归宗西院,皆握木蛇。故雪峰寄西院偈云:"本色住山人,且无刀斧痕。"余元符间至疏山,见仁禅师画像亦握木蛇,尝有问者曰:

① 《全宋诗》第23册,北京大学出版社1995年版,第15350页。

> "和尚手中是什么物?"答曰:"是曹家女。"因叹其孤韵超拔,能清凉热恼,为作赞曰。①

禅师养犬,巫衣端笏,甚至手握木蛇,皆有佛家寓意。德洪元符年间到疏山,见到仁禅师的画像也是手握木蛇。有人问僧人手中所拿何物,答曰"曹家女",这就像禅家公案说"吃茶去"、"干屎橛"一样,于看似词不达意的回答中,蕴含着深奥的禅意,功夫不到者不能体悟其意。

释慧晖《颂古十九首》之序,用的也是禅门公案故事。现举二例,其一:

> 六祖受法辞五祖,届南海法性寺。暮夜风刮刹幡,闻二僧对论,一云幡动,一云风动,往复酬答,曾未契理。祖曰:可容俗流辄预高论否?直以风幡非动,动自心耳。②

用风动幡动的故事,说明六祖慧能与众不同的禅心。其诗有二,其一曰:"是风是幡君莫疑,百草丛中信步归。王道太平无忌讳,戏蝶流莺绕树飞。"其二曰:"不是风幡不是心,衲僧徒自强锥针。岩房雨过昏烟静,卧听凉风生竹林。"

其二:

> 百丈每上堂,有一老人常随众听法。师问:汝何人也?曰:吾非人也,于过去迦叶佛时曾住此山,因学人问:

① 《全宋诗》第23册,北京大学出版社1995年版,第15363页。
② 《全宋诗》第33册,北京大学出版社1998年版,第20896页。

> 大修行人还落因果也无？某甲对曰：不落因果。遂五百生堕野狐身。今请和尚代一转语，贵脱野狐身。师曰：汝问。乃问：大修行人还落因果也无？师曰：不昧因果。老于言下大悟，作礼曰：某甲已脱野狐身，住在山后，敢乞依亡僧事例。①

同样一句问话，回答只差一字，结果却大不相同。一句"不落因果"，遂堕为野狐身，一句"不昧因果"，却脱得野狐身。禅锋机敏，蕴含多少佛法的奥妙。其诗也随之有浓浓禅意："一人道不落，一人道不昧。夜来一阵狂风生，浪打石头如粉碎。"宋代僧人留下了大量的诗歌，其诗歌序跋不仅对于理解诗歌具有帮助作用，还有助于读者了解宋代佛教与文学的融合以及诗歌与序跋如何反映佛教。

宋代诗序的道教题材，可以举周紫芝《张鳌诗》之序和白玉蟾《王仙君谶》之序为例来说明。周紫芝《张鳌诗》之序云：

> 青城山道士张鳌者，清献赵公客也。鳌从公游甚久，尝于夜半酒间得双鳜于盆盎，如左慈为曹公得鲈鱼故事，人颇异之。后数日别公而去，出怀中秘书一篇以授公曰：读此书则黄金可成，愿勿泄也。公笑而不答，命取火焚之。鳌喜笑曰：公自是可延寿一纪。已而果然。钱塘强行父幼安，清献出也，尝作诗纪其事，出以示仆，且使同赋以附卷尾。②

① 《全宋诗》第 33 册，北京大学出版社 1998 年版，第 20896 页。
② 《全宋诗》第 26 册，北京大学出版社 1998 年版，第 17296 页。

道士张鳌像左慈一样道术高深,法力无边。左慈于大庭广众为曹操得鲈鱼,张鳌在酒席间从盆盎中得一双鳜鱼献给赵公,令众人颇感奇异。高明的道士与天地神灵相通,古人相信人的寿命乃是天意,但道士能改变天意,延长人的寿命。这则诗序反映了当时人们对道教的迷恋和对道士的崇拜。白玉蟾《王仙君谶》之序云:

> 王仙君上升时留谶曰:皂木不结子,结子人得道。其皂木之侧有一炼药坛,亦谶曰:枯木不用伐,坛坏不用修。坛之前有一井,白龟吐泉于其中,亦谶曰:吾乘龟往来,龟归吾亦归。仙君在日,炼水火成药。千日药成,遂倚皂木蝉蜕而去。以此观之,其白龟应西方,白色为之金,龟亦可白。龟吐泉,盖金生水之意也。皂木上应奎娄星,乃南方火宿。此盖皂木应火宿,则是火生于木也。皂木、白龟泉犹存,复有古坛,乃合真土之象。仙君得魏伯阳炼丹之旨,其所以攒簇五行者,实寓意于此。夫白龟者属西方,而皂木应火宿者属南方。张紫阳有诗曰"药在西南是本乡",又足见仙君深藏不尽机。白龟应金,皂树应木,仙人炼金丹,要须识金木间隔之意也。①

王仙君深得魏伯阳炼丹之术,通晓阴阳五行,炼水火成药,遂羽化飞升,离别尘世。临飞空之前,留下数条谶言,诗人运用五行之术对其进行分析,探索谶言所寓含义,可知他对道教也是精通的。

---

① 《全宋诗》第60册,北京大学出版社1998年版,第37571页。

第六章　唐宋诗序跋的内容（下）

第一节　宴饮唱和与酬答赠别

宴饮唱和，是指多人聚会，举杯饮酒，作诗抒怀。这种场合，往往是由一人作序，述说众人聚会背景以及作诗的缘由，因此，这样的诗序往往是组诗之序。这种序虽由一人所作，但表达的往往也能反映其他诗人的感情。因此，序的内容公开透明成分多，而诗人自己内心的情感要少，与一般的个人抒发情感的诗歌序跋并不完全相同，即使是帝王诗人也不例外。聚会宴饮的场合往往气氛融洽，场面热闹，序的功能在这里得到充分体现，与诗歌相比，它所展示描绘的场面更为具体生动。如唐玄宗李隆基《端午三殿宴群臣探得神字》之序便能说明问题，序云：

> 律中蕤宾，献酬之象著；火在盛德，文明之义焯。故以式宴陈诗，上和下畅者也。朕宵衣旰食，辑声教于万方；卜战行师，总兵钤于四海。勤贪日给，忧忘心劳。闻蝉声而悟物变，见槿花而惊候改。所赖济济朝廷，视成鹓鹭；桓桓边塞，责办熊罴。喜麦秋之有登，玩梅夏之无事。时雨近霁，西郊霾靡而一色；炎云作峰，南山嵯峨而异势。正当召儒雅，宴高明。广殿肃而清气生，列树深而长风至。厨人尝散热之馔，酒正行逃暑之饮。庖捐恶鸟，俎献

肥龟。新筒裹练,香芦角黍。恭俭之义有序,兹惠之意溥洽。讽味黄老,致息心于真妙;抑扬游夏,涤烦想于诗书。超然玄览,自足为乐。何止柏枕桃门,验方术于经纪;彩花命缕,观问遗于风俗。感婆娑于孝女,悯枯槁之忠臣而已哉!叹节气之循环,美君臣之相乐。凡百在会,咸可赋诗。五言纪其日端,七韵成其火数。岂独汉武之殿,盛朝士之连章,魏之文台,壮辞人之并作云尔。①

从序文可知,这是李隆基在端午节大宴群臣时所作。诗人得"神"字作诗,其他大臣各得一字作诗奉和,如张说有诗题目为《端午三殿侍宴应制探得鱼字》。这篇诗序以帝王的口吻写,先说自己身为帝王,御宇天下,废寝忘食,心劳神悴。又称赞朝廷之上,贤臣济济,辅佐自己治理天下,边塞万里,则有赫赫武将镇守。身为君主,天下太平,国势强盛,自豪之情溢于言表。岁月流逝,春去夏至,端午君臣相聚,其乐融融,故作诗写序以纪之。大臣之诗因为是奉和应制之作,往往也是渲染气氛,歌功颂德,并无鲜明特色。

又如李隆基《春中兴庆宫酺宴》之序也属于这种情况,其序云:

夫抱器怀才,含仁蓄德,可以坐而论道者,我于是乎辟重门以纳之;作扞四方,折冲万里,可运筹帷幄者,我于是乎悬重禄以待之。是故外无金革之虞,朝有搢绅之盛。所以岩廊多暇,垂拱无为,不言而海外知归,不教而寰中自肃。元亨之道,其在兹乎?况乎天地交而万物通,阴阳

① 《全唐诗》卷三,中华书局1999年版,第28页。

> 和而四时序,所宝者粟,所贵者贤。故以宵旰为怀,黎元在念。尽力沟洫,不知宫室之已卑;致敬鬼神,不知饮食之斯薄。往以仲冬建子,南至初阳,爰诏司存,式陈郊祀。挹夷夏之诚请,答人神之厚眷。烟归太乙,礼备上玄。足以申昭报之情,足以极严禋之道。然心融万类,归雷雨之先春;庆洽百僚,象云天而高宴。岁二月,地三秦,水泛泛而龙池满,日迟迟而凤楼曙。青门左右,轩庭映梅柳之春;紫陌东西,帘幕动烟霞之色。撞钟伐鼓,云气雪飞。歌一声而酒一杯,舞一曲而人一醉。诗以言志,思吟湛露之篇;乐以忘忧,惭运临汾之笔。①

开元天宝,确为唐朝之盛世,尤其是唐玄宗执政初期,政治清明,经济繁荣,李隆基可谓志得意满。序文开始无非是表明自己招揽天下贤才,文臣武将,皆虚位以待,委以重任,因此才出现政治清明、社会安定祥和的局面。接下来的描写,以骈文的写法描绘欢乐的场面,衬托了明君贤臣聚会宴饮的融洽气氛,帘外景色迷人,宴席美酒佳肴,开怀畅饮,吟诗伴舞,醉意陶然。这类序文,歌功颂德者居多,或为自我肯定,或是臣子称颂,如张说写下的《奉和圣制春中兴庆宫酺宴应制》也是属于这种情调。

再以中唐时期德宗《重阳日赐宴曲江亭赋六韵诗用清字》之序说明。其序曰:

> 朕在位仅将十载,实赖忠贤左右,克致小康。是以择三令节,锡兹宴赏,俾大夫卿士得同欢洽也。夫共其戚者

---

① 《全唐诗》卷三,中华书局1999年版,第37页。

同其休，有其初者贵其终。咨尔群僚，顺朕不暇，乐而能节，职思其忧。咸若时则，庶乎理矣。因重阳之会，聊示所怀。①

这是德宗皇帝李适重阳日在曲江亭大宴群臣而写下的诗序。李适在中晚唐的皇帝中，在位是最长的，达二十六年之久。按照序文首句所言诗后附诏记载，序文当写于贞元四年。他感慨在位十年来治理国家有赖群臣辅佐，今日君臣重阳聚会，饮酒赋诗，抒发情怀。《全唐诗》在其诗后附有诏曰："卿等重阳会宴，朕想欢洽，欣慰良多，情发于中，因制诗序，令赐卿等一本。可中书门下简定文词士三五十人应制，同用清字，明日内于延英门进来。宰臣李泌等虽奉诏简择，难于取舍，由是百僚皆和。上自考其诗，以刘太真及李纾等四人为上等，鲍防、于邵等四人为次等，张濛、殷亮等二十三人为下等。而李晟、马燧、李泌三宰相之诗，不加考第。时贞元四年九月也。"此诏又可以补序文未尽之意，可知当时群臣奉和，诗成之后，德宗亲自为其评定等级，可见场面的隆重和君臣尽欢的热烈气氛。唐中宗景龙三年作《九月九日幸临渭亭登高得秋字》之序也是记君臣宴饮赋诗，序云：

陶潜盈把，既浮九酝之欢；毕卓持螯，须尽一生之兴。人题四韵，同赋五言。其最后成，罚之引满。②

当时与宴大臣有韦安石、苏瑰、李峤、萧至忠、窦希玠、韦嗣立、李迥

① 《全唐诗》卷四，中华书局1999年版，第45页。

② 《全唐诗》卷二，中华书局1999年版，第23页。

秀、赵彦伯、杨廉、岑羲、卢藏用、李咸、阎朝隐、沈佺期、薛稷、苏颋、李乂、马怀素、陆景初、韦元旦、李适、郑南金、于经野、卢怀慎等,可谓济济一堂,每人得一字而赋诗。按尤袤《全唐诗话》卷一记载:“是宴也,韦安石、苏瓌诗先成。于经野、卢怀慎最后成,罚酒。”①

比较而言,一般的文人聚会宴饮要随便一些,不像朝廷之上君臣聚会那么庄重典雅。文人聚会往往选择良辰吉日,地点在山林池台,景色宜人,气氛融洽,流觞曲水,赏心乐事。如唐代孙慎行为崔知贤等六人《三月三日宴王明府山亭》写的序就是属于这种情况,序云:

> 调露元年,暮春三月,同集于王令公之林亭,申交契也。夫尚平远迹,寻五药于西山;仲连高蹈,让千金于东海。遗形却立,终希独善之资;排患解纷,未洽随时之义。岂若天地交泰,朝野欢娱。元巳追辰,季阳司月。列芳林而荐赏,控清洛以开筵。追李郭之佳游,嗣裴王之故事。远近送春日,表里壮皇居。曾斡霞骞,烛城阴于翠鷁;浮梁雾绝,写川态于文虹。树密如鳞,花繁似霰。鱼纵相忘之乐,莺迁求友之声。景物载华,心神已至。于是恺佳宴,涤烦襟。沿杯曲水,折巾幽径。流波度曲,自谐中散之弦;舞蝶成行,无忝季伦之伎。而岁不我与,人生若浮。挥鲁阳之戈,奔曦可驻;骋山公之骑,余兴方遒。度志陈诗,式纪良会。仍探一字,六韵成章。②

① 尤袤《全唐诗话》卷一,见何文焕《历代诗话》,中华书局1981年版,第55页。

② 《全唐诗》卷七二,中华书局1999年版,第785页。

崔知贤以外,还有席元明、韩仲宣、高球、高瑾、陈子昂,每人一首,孙慎行序文共用。序文写暮春三月,众人同集于王令公园林。此情此景,让他们想起了古代的隐士尚平和鲁仲连。春光明媚,树林阴翳,繁花似锦,水中之鱼畅游,树上黄莺鸣叫。众人饮酒作乐,好不畅快。在大好春光里感慨时光流逝,人生若梦,竟生出要让时光停驻的想法,于是各探一字,赋诗抒怀。应该说,孙慎行的序文反映了众人的感受,而这种感受的共性是六位诗人不用作序,身在其中的孙慎行也能体会出来,所以他才能代表他人写出感受。实际上,这六个人的感受是有一定差别的,但这时就把这种独特的感受取消了,代之以普遍性的感受,独特的只能在各自的诗歌中再去体现。

陈子昂的《晦日宴高氏林亭》之序则是自己参与写诗,又为聚会宴饮的众人共同作序:

> 夫天下良辰美景,园林池观,古来游宴欢娱众矣。然而地或幽偏,未睹皇居之盛;时终交丧,多阻升平之道。岂如光华启旦,朝野资欢。有渤海之宗英,是平阳之贵戚。发挥形胜,出凤台而啸侣;幽赞芳辰,指鸡川而留宴。列珍羞于绮席,珠翠琅玕;奏丝管于芳园,秦筝赵瑟。冠缨济济,多延戚里之宾;鸾凤锵锵,自有文雄之客。总都畿而写望,通汉苑之楼台。控伊洛而斜□,临神仙而浦溆。则有都人士女,侠客游童。出金市而连镳,入铜街而结驷。香车绣毂,罗绮生风。宝盖雕鞍,珠玑耀日。于时律穷太簇,气淑中京。山河春而霁景华,城阙丽而年光满。淹留自乐,玩花鸟以忘归;欢赏不疲,对林泉而独得。伟矣!信皇州之盛观也。岂可使晋京才子,孤摽洛下之

> 游;魏室群公,独擅邺中之会。盍各言志,以记芳游。同探一字,以华为韵。①

查《全唐诗》,可知此次宴饮是在高正臣林亭,参与者共有二十一人。《全唐诗》卷七十二高正臣《晦日置酒林亭》题目下有序云:"是宴凡二十一人,皆以华字为韵,陈子昂为之序。"张锡用《晦日宴高文学林亭》题目,其他人共用《晦日宴高氏林亭》题目。除陈子昂、高正臣外,尚有崔知贤、韩仲宣、周彦昭、高球、弓嗣初、高瑾、王茂时、徐皓、长孙正隐、高绍、郎余令、陈嘉言、周彦辉、高峤、刘友贤、周思钧、解琬、张锡。这种众人共用的诗序,反映的更应是一种普遍的感受,不可能是陈子昂独家的心态,所以序文是共性大于个性。无非是良辰美景,赏心乐事,文人相聚,气氛融洽,饮酒引发诗情,各写一诗,言情言志,以记芳游,共推陈子昂为序。这种情形,也反映了初唐时期朝中文臣和谐的关系,以及经常聚会宴饮的欢乐情形,这样的情形在中晚唐时期就比较少了。宋代文人宋祁的《春集东园诗赋》之序,记述的也是朝中官员宴饮,其场面自然非同一般。其序云:

> 春集东园诗者,端明学士献臣李君、翰林伯中王君、天章侍讲原叔王君、馆阁校勘景纯刁君、永叔欧阳君、子庄杨君暨予,仲月既望之宴所赋。是集有三胜焉,地之胜,则如左睨都雉,前眺畿隧,林薄灌丛,铺菜自环;时之胜,如载阳之辰,戢惨傃舒,惠气韶华,怡豫天区;宾之胜,则如朝髦国俊,清交石友,驾言相从,簪盍就闲。三者先

① 《全唐诗》卷八四,中华书局1999年版,第907页。

具,吾人所以挤天下细故,彷佯萧散而自适其适也。若夫頫撷仰援,有蒟有枝;参行迭馈,有胾有醪。时哢嘤然,可以悦耳;野芳芼然,可以藉席。清风舞于快余,鲜云曳于珑表。乐斯咏,咏斯陶,佥谓会之难常,诗之可以群也。俾永叔列韵,坐者陈章,予与题辞焉,以诧其美。昔郑区区一寰内侯,使七子从赵武赋诗,以观郑志,《阳秋》尚之。今多士乐事,萃此王国,选言足叹,一出治音。使如武者,观诸君之篇,则知贤郑人远矣。章别十二句,句五言,杂赋左方云。康定纪元之次年序。①

依序文所言,宋祁这篇序写于宋仁宗康定二年春天,与会者一共七人。序文从三胜说起,一曰地之胜,二曰时之胜,三曰宾之胜。良辰美景,胜地嘉宾,无诗不能抒性情,无酒不能助其兴。"有胾有醪",胾者,大块肉也,醪,醇酒也。众人席地而坐,落花飘飞,白云悠悠,宾客相聚,感慨良多。首先由欧阳修列诗韵,众人和之,而由宋祁作序记述这次聚会宴饮。

宴饮聚会当然也可以用来送别。唐代刘太真为贾邕《送萧颖士赴东府得路字》诗作序,记述的是萧颖士远游而弟子为其饯别送行。其序曰:

萧夫子赴东府,门人送者十二人。刘太真为之序云:先师微言既绝者千有余载,至夫子而后洵美无度,得夫天和。顷东倭之人,逾海来宾,举其国俗,愿师于夫子,弗敢私;请表闻于天子,夫子辞以疾而不之从也。退然贫居,

① 《全宋诗》第4册,北京大学出版社1991年版,第2339页。

> 述作万卷,去其浮辞,存乎正言。昔左氏失于烦,谷梁失于短,公羊失于俗,而夫子为其折衷。王公交辟,拒而不应。从官三年,始参谋于洛京,家兄与先鸣者六七人。奉壶开筵,执弟子之礼于路左。太真以文求进,以无闻见举,而不吝为夫子羞。春云轻阴,草色新碧,皎皎匹马,出于青门。吾徒喟然,瞻望不及。赋诗仰饯者,自相里造、贾邕以下,凡十二人,皆及门之选也。①

萧颖士字茂挺,盛唐时期著名散文家,好奖掖推引后进,名重于时。当时日本遣使来唐,自述国人愿得萧夫子为师,可见其声望远播海外。萧颖士曾认为司马迁《史记》体制不足为训,于是效《春秋》撰编年史,可惜未竟。序文说萧颖士认为解《春秋》三家,左丘明失于烦,谷梁赤失于短,公羊高失于俗,自己要扬其长,避其短,去浮词,存正言,成一家之说,可见对自己学问的自信。这一年,萧颖士要去洛阳,于是弟子齐聚,为其饯别。序文中所说家兄,是指刘太真的兄长刘太冲,兄弟二人皆师事萧颖士。序文说送行者有二十人,查《全唐诗》,现存为萧颖士送别写诗者有贾邕、刘舟、长孙铸、房白、元晟、刘太冲、姚发、郑愕、殷少野、邬载。但序文提到的相里造以及作此序的刘太真所作诗歌却已经散佚,无从查找。序文写众人执弟子礼,引斛觞以敬萧师。接下来四句宕开一笔,“春云轻阴,草色新碧,皎皎匹马,出于青门”,初春的景色淡淡一笔,其中包含着无限的深情,浮云碧草,白马青门,游子意,故人情,全都交融在一起。序文没有渲染宴饮的场面,而主要是写萧颖士在当时的影响、名望以及弟子对萧颖士的尊敬和难舍难分之情,可以说,

① 《全唐诗》卷二〇九,中华书局1999年版,第2175页。

刘太真的序文真实地反映了弟子二十人的共同心声。

比较而言，唐代息夫牧《冬夜宴萧十丈因饯殷郭二子西上》之序反映的饯别场面要小一些。息夫牧，生卒年里不详。其序云：

> 冬十有二月，家君宰邑许下，夫子问津颍上，二贤将驰会府，皆适兹土。夜处狭室，列座有位，尊卑俨如。或捧觞上寿，或抠衣请益。始崇诗以阅礼，终讲信而修睦。然后文饱于德，义润其身。顷夫子升堂之后，若卢、贾、刘、尹之徒；半纪间，接武鸣跃，实夫子训之导之斯至也。今殷、郭二子，天资才干，而加之镞羽，观光王庭，俯拾地芥，其谁曰不然。飞霜霭林，寒气总至，月落匝户，夜将向晨，座隅谦谦，毕醉温克，则知孔门宴饯，异于他日，二三子终身识之。夫子以家君政事，百里无事，命门弟子赋诗鸣琴，亦以释仳离之怨焉。小子不敏，忝居门人之末，敢不敬书其事。①

息夫牧也是萧颖士的门人，其父在许州属下任县令，会萧颖士过其境，设宴款待，息夫牧侍陪。序文写宴饮场面，虽堂室狭小而尊卑有序，或举杯而敬，或敛衣请教，气氛严肃而融洽。因是夜晚时分，写景自然不似刘太真序文。“飞霜霭林，寒气总至，月落匝户，夜将向晨”，渲染出一种伤感的气氛。饮酒微醉，情深意浓，萧颖士以息夫牧之父治理有方，所辖平安无事，遂命弟子鸣琴赋诗。身为萧氏门人的息夫牧，自然写诗作序，记事抒怀。骆宾王的《秋日饯陆道士陈文林》之序所写场面也不大，而且也没有展开描写宴饮，

---

① 《全唐诗》卷二五七，中华书局1999年版，第2865页。

通篇用详细笔触渲染离别气氛,读后令人伤感。序云:

> 陆道士将游西辅,通庄指浮气之关;陈文林言返东吴,修途走落星之浦。于是维舟锦水,藉兰若以开筵,绁骑金堤,泛榴花于祖道。于时赤烟沉节,青女司晨。霜雁衔芦,举宾行而候气;寒蝉噪柳,带凉序以含情。加以山接太行,耸羊肠而飞盖。河通少海,疏马颊以开澜。登高切送归之情,临水感逝川之叹。既而嗟别路之难驻,惜离樽之易倾。虽漆园筌蹄,已忘然于道术。而陟阳风雨,贵抒情于咏歌。各赋一言,同为四韵。庶几别后,有畅离忧。①

序文通篇用骈文笔法,文词优美,并无华丽浮躁之感。因为时属秋天,所以用"霜雁衔芦"和"寒蝉噪柳"进行渲染。山接太行,河通少海,路途艰险难行,衬托出诗人对友人在路途安危的关心。因此,"登高"、"临流"之语,就显得非常自然了。分别之时已到,劝君更进一杯,写诗抒怀,以抒发离别之忧愁,寄托相思之深情。

第二节　悼念逝者 寄托哀思

哀悼伤逝的主题在唐宋诗序跋中比较常见。这类序跋,往往是诗人在写诗哀悼死者时,因为诗歌无法充分展示复杂的情感,所以在序跋中用散文的形式抒写。明代徐师曾《文体明辨序说》"哀辞"条云:"按哀辞者,哀死之文也,故或称文。夫哀之为言依也,

① 《全唐诗》卷七八,中华书局1999年版,第842页。

悲依于心，故曰哀；以辞遣哀，故谓之哀辞也。昔汉班固初作《梁氏哀辞》，后人因之，代有撰著。或以有才而伤其不用，或以有德而痛其不寿。幼未成德，则誉止于察惠；弱不胜务，则悼加乎肤色。此哀辞之大略也。"①以诗歌并序写哀悼主题，也借用了"哀辞"这一文体。唐宋诗歌序跋写哀悼内容，有的是需要交代哀悼的对象，有的是需要介绍自己伤感的原因，为诗歌作铺垫。哀悼的对象，有的是帝王，有的是朋友，有的是亲戚，有的则是晚辈。大多哀悼序跋都是感情沉痛，有的甚至哭天抢地，涕泗滂沱。当然，也有的序跋仅仅是客观地记述其人其事，并无悲哀之情。

哀悼帝王的序跋以宋代为多，如文同《仁宗皇帝挽诗十首》之序。文同(1018—1079)，字与可，号笑笑先生，梓州永泰(今四川盐亭)人。皇祐元年进士。博学多才艺，擅长绘画、书法，尤以善画竹著称。其序云：

> 同前在草土，伏闻大行皇帝奄弃天下，号慕摧咽，无以胜处。窃念同本远方岩野之人，偶用词业，以干仕进，大行皇帝亲考其艺，赐之科第。寻得召试，擢寘馆阁。怜其亲老，又与便地，俾得荣禄，以给供养。不幸前岁遽罹家祸，解官去职，持服乡里。居常自谓，同也何人，草茅之姿，蝼蚁之命，叨被恩泽，如此深厚。但恨未有死所，不能上报万一。昨者大讳之日，以故不得随从列辟，朝夕哭临，臣子之心，实为大痛。伏见山陵择日在近，同羸病初起，复不能奔走匍匐，执役斤土，荷锸负畚，以先徒众。谨斋戒撰成《永昭陵挽诗》十首，缮写共一轴，非所以尽五

① 徐师曾《文体明辨序说》，人民文学出版社 1962 年版，第 153 页。

> 内屠裂之意,聊以助天下昆虫鸟兽悲吟哀叫之一声云。①

宋仁宗皇帝赵祯死后,文同写挽诗以悼。十首之前序文交代背景,叙说自己家乡偏远,以文词仕进,皇帝亲自考试,拔擢任用,蒙受皇恩,不胜感念。嘉祐四年,召试馆职,编校史馆书籍。文同离家千里,亲老年迈,仁宗皇帝怜悯之,命其通判邛州。不幸前年家遇不幸,去职回家。诗人感恩皇帝仁慈,以自己出身低微贫寒,竟蒙皇帝如此关爱,虽死不能报万一。故听闻皇帝驾崩,不能亲自哭临,实为天大憾事。遥望京城,谨沐浴斋戒撰写挽诗,以寄托哀思之情。应该说,文同的情感是真挚的,没有丝毫的造作。

比较而言,诗人悼念友人感情就可以放得开。友情是人生宝贵的财富,仅次于有血脉关系的亲情。多年的交往,共同的经历,喜怒哀乐,荣辱升迁,悲欢离合,风雨坎坷,经历岁月洗礼的友情显得更加珍贵。因此,当听到朋友去世消息,悲怆的情感难以自抑,赋诗著文,感情不会夹杂什么虚假,也不会是逢场应景。透过这些序文,读者最能清楚地看到诗人的内心世界。如沈佺期《哭苏眉州崔司业二公》之序。沈佺期(约656—714),字云卿,相州内黄(今属河南)人。上元二年登进士第,授协律郎。曾任考功员外郎等职。神龙元年因谄附张易之,流放驩州。沈佺期善属文,与宋之问齐名,时人称为“沈宋”。序云:

> 同时郎裴怀古者,作牧潭府。神龙三年秋八月,佺期承恩北归,途中觏止。访及故旧,知眉州苏使君味道,国子崔司业融,驰旋间相次而逝。苏往任凤阁侍郎,佺期忝

① 《全宋诗》第8册,北京大学出版社1992年版,第5454页。

通舍人,崔融为凤阁舍人,佺期又迁给事,并衔畴昔之眷,俱荷提奖之恩。前年负谴南荒,二公先移官守。迨此凶问,情复何堪。所恨迁窜有期,行迈在远。哀不展旧,礼不申悲。流恸斯文,冀通幽路。①

这篇诗并序写于神龙三年八月沈佺期北归之后。神龙初年,因谄附张易之,沈佺期、苏味道、崔融分别流放驩州、眉州、袁州,进入人生的坎坷时期。沈佺期北归后访问故旧,得知苏味道、崔融已经相继去世,不禁心境悲凉。他回想起当年三人俱在朝廷任职,苏味道于延载元年任凤阁舍人检校侍郎,自己任通事舍人,崔融为凤阁舍人,三人志得意满,青云有路,互相提携,友情弥深。而世事难料,因朝中变故,三人俱负罪贬谪南荒,音讯皆无。而今归来,得到的竟是友人去世噩耗。他希望自己满含热泪写下的此序此诗,九泉之下的苏味道能够知道,如此,诗人心中会得到一些安慰。沈佺期倾心媚附张易之被贬,并不值得同情,但是,他归来悼念友人,悲情自胸臆汩汩流出,颇能感人。

他的《伤王学士》之序也是声情并茂的佳作:

王君赦者,少小游洛阳。吾与君,陇西李子至为友。家贫倦道,岁常晏如。属文豪翰,吟讽所得,时会绝境。长安初,以器行制在蕃邸,侍诸人游。四年,余遭浮议下狱。他日,余至来,知君物化。呜呼颖叔,享年不遐。昔同为人,今先鬼录。恨吾非所,阙尔丧葬,退而赋诗以

① 《全唐诗》卷九七,中华书局1999年版,第1048页。

哀命。①

诗人与王赦及陇西李君早年为挚友。王君家道贫穷而文采斐然。长安年间,沈佺期因事被劾入狱,被释出狱后,方得之王赦已经去世。诗人感慨人生无常,王君享年不永,生前聚会交往,而今王君已为鬼录,每一念及友人,情何以堪! 沈佺期在此序下面的诗歌中,也倾吐出心中的悲苦,如诗中说"化往不复见,情来安可思","灵柩寄何处,精魂今何之。恨予在丹棘,不得看素旗。孀妻知己叹,幼子路人悲",悲情真切,颇能打动人心。

欧阳詹《有所恨二章》之序也是为死去的友人而作,虽是悲痛至极,但稍微有些节制。序文前章已引,此处不录。所谓恨者,遗憾后悔也,有所恨,其缘由乃因友人马绅之死而起。诗人自叙与马生相识四载,衣食相同,性情相合。诗人及第以后回归故园,别后时刻在思念马生。自家乡归来,得知马生已经染病在床。巫医告之曰此病忌讳见人,如果不见则病将转好,如果见面则对病人不利。诗人为了友人病愈,强忍悲伤不见,不料五天后马生却撒手西归。面对此情此景,诗人愧疚万分,抱恨终身。友人思念,虽万里之遥也要赶去相见,而今来到朋友身边,却被巫医之言迷惑,被挡在一墙之外,咫尺之间不能相见,结果却是生死两重天,永无相见之日。五天之欢未就,遂造成千秋之恨,这是第一遗憾。当时与马生在都门分别时,马生脱衣衫相赠,诗人家贫,未能将馈赠之物收藏,而是穿戴在身,时光流逝,所赠衣物破旧,因而弃绝,以为来日方长,可馈赠之物尚多,不仅仅在此一物,谁知马生永诀,所赠衣物又亡佚,怎不令人伤感! 这是第二遗憾。由诗人叙述来看,此二事

① 《全唐诗》卷九五,中华书局1999年版,第1021页。

确实是深深刺痛了他的心,当见而未见,终生遗憾,当时分别,以为不久即见,谁知那是死别,赠物不知在何处,人不见,物也不见,所谓睹物思人亦是不能办到,其肝肠寸断之情言语怎能完全表达!

比较而言,骆宾王《伤祝阿王》之序则是另一种情形:

> 夫心之悲矣,非关春秋之气;声之哀也,岂移金石之音。何则?事感则万绪兴端,情应则百忧交轸。是以宣尼旧馆,流襟动激楚之悲;孟尝高台,承睫下闻琴之泪。祝阿王明府,毓德丹穴,袭吉黄裳。灵基峙金阙之峰,层源漱玉轮之坂。既而鸿飞渐陆,将骋平舆之龙;鹤鸣在阴,爰绊朝歌之骥。乃当名悬阚月,德贯陈星,岂徒遽切梦琼,奄沉连石?嗟乎!轮销桂魄,骊珠毁贝阙之前;斗散紫氛,龙剑没延平之水。某夙称嘉惠,曲荷恩光。留连啸歌,从容风月。抚心陈迹,泣血涟如。然而始终者,万物之大归,生死者,百年之常分。虽则知理之可有,而未晓情之可无。聊缀悲歌,敢贻同好。诸君或缔交三益,列宰一司,或叶契筌蹄,投心胶漆。如比肩于千里,遽伤魂于九原。既切芝焚,弥深蕙叹。盍言四始,同赋七哀。庶兰室流薰,袭遗芳而化德;故蓬心申拙,效庸音于起予。触目多怀,同增流恸。①

序文通篇用骈文书写,辞藻华美,音节流畅,诗人悲伤的感情寓于文采斐然的文字中,就像一个心中很悲伤的人虽然伤心落泪,却又不失仪容,不至于失态。又好似一个身份高贵的人处处保持着绅

① 《全唐诗》卷七九,中华书局 1999 年版,第 857 页。

士的风度,让读者体会到人心之悲在深处,而不在容貌。这就是含蓄之悲,与上文表达伤感完全是两种不同的情形。明代王衡《唐骆先生集》评此序曰:“文势顿挫,词法练捷,波澜音节,自是奇妙。”①确是至评。但哀悼的悲情湮没于骈文华丽的辞藻中,对读者的感情冲击力也不及上述几篇序文。

宋代的哀悼序跋,文人的气息更浓一些,如陈傅良《郑自明哀词》之序。陈傅良(1137—1203),字君举,号止斋,温州瑞安(今属浙江)人。乾道八年进士。为永嘉学派代表人物。其序云:

> 乡士大夫书说自明,果然。呜呼,悲夫!自明为太学诸生,数与余游。乾道壬辰同试进士,自明不第,于是始别。别三四年间,自明以释褐仕于朝。而余之再至当夺行字在所也,则自明寖贵,绝出其辈行间。相过语,至其欢狎悲壮,与在学校时无异也。余丞郡长乐,会自明家居待台州阙,更数往来。尝造其所舍僧寺,室中萧然,篴舆一乘,老床凳数只。凡若干口,日须妇翁米以为食,而自明意象与在馆阁时亦无异。余每语人,自明来日甚长也,而今死矣。自明言行焯焯在人耳目,不但余能言之也。余独悲自明以喜事嫉邪取名于世,而死最不幸。好议论者曰:是宜不良死也。余观自明立朝,于进对苟得之闾里厮役,当讳而不以言上者,具以情奏。满朝为危,而自明虽即死不悔,真若不爱其死者。然其事母孝,左右不敢违。晚得师友,务为靖恭闲雅,不苟坐立,虽一饮茹,亦必

① 王衡等评释《唐骆先生集》,任文京、赵东岚整理,河北教育出版社2011年版,第56页。

> 揣度无害乃下口。余尝羹菌以进，自明惊谓曰：是可食耶？往闻有食此死者，至今不近也。自明可谓重其死矣。士患无志，有志矣，患不见知于上，知而少不合，辄不持重以究其用，亦亦士之罪也。方自明以母老请外，去非上意，天下皆以旦夕且复用。自明又甚自爱，而及于此何哉？是不谓之天耶？故余为斯文也，他不暇论，于其死亟致意焉，以见余悲，且以解议者之惑，亦自明之志欤。自明，长乐人，姓郑氏，名鉴。①

诗人与郑自明很早就有交往，乾道八年一同参加科考，郑自明落榜，与诗人分别。分别三四年后，自明释褐在朝中为官，二人互有往来。其后，又在其家乡相过从，往来密切，感情笃厚。自明事母甚孝，惟母命是听，不敢有违。序文追忆与自明交往的小事，音容笑貌，历历在目，而今自明去世，出于诗人之意料，故含悲叙写往事，以作纪念。序文最后交代自明籍贯与姓名，作为补充。序文书写诗人感情虽悲痛却有节制，没有涕泗长流的感情倾泻。

王炎《石倅宗卿挽诗》之序也是悼念朋友的。王炎（1115—1178），字公明，相州安阳（今河南安阳）人。曾任兵部侍郎、枢密使等职。其序云：

> 嘉泰中，婺女石宗卿来宰婺源。时炎自中都罢归，得楚东之命，之官不数月，又以罪罢。杜门却扫郊外，罕至县庭，而宗卿睠睠衰朽，恩义甚笃。炎窃观前后来为宰者，或高明不可欺以事，或刚介不可干以私，求其洁白清

① 《全宋诗》第47册，北京大学出版社1998年版，第29310页。

真乐易,外不事边幅,内不立城府,粹然有儒者气象,惟宗卿一人而已,他不及也。炎是以亲之敬之。宗卿自婺源解印,得倅宜春,尝一交信,自后音问断绝。嘉定八年冬,宗卿之子武自郡城以书及墓志铭来,则宗卿捐馆祥禫矣。炎与宗卿交浅而情深,宗卿没于泉南,病不及问,丧不及吊,比其葬,又不及执绋。死生永诀,暮年失此良友,岂止一哀出涕。武以挽诗见属,炎不待属也。故详序其交友之情,而申之以诗,以寓其哀云。①

从序中可以看出,王炎对石宗卿的评价是非常高的。来婺源的官吏,他最佩服石宗卿,认为其有儒者气象,因此诗人对其亲之敬之。宗卿离开婺源以后,与王炎有过一次书信交往,从此音讯断绝。嘉定八年冬,宗卿的儿子带着墓志铭前来,王炎方得知宗卿已经去世,此时,王炎已是年近八旬的老人。接下来一段,写得感情极其沉痛,宗卿生病时未能前去慰问,治丧时不能前去吊唁,下葬时又不能执绋。绋是下葬时牵引棺柩入墓穴的绳子,古时送葬者要执绋。此段借用韩愈《祭十二郎文》"汝病吾不知时,汝殁吾不知日,生不能相养以共居,殁不得抚汝以尽哀,敛不凭其棺,窆不临其穴"的叙述。诗人晚年失去朋友,其伤感之情岂止是哀痛哭泣所能表达。宗卿之子求做挽诗,诗人叙其友情,并写诗寄寓哀意。

宋代诗人巩丰的《哀吕东莱》之序则是悼念师长的。其序云:

明道东莱先生之葬,丰既为文以侑奠。所以尊道德、

① 《全宋诗》第48册,北京大学出版社1998年版,第29816页。

述行藏之意。虽略备于词，而悃愊缱绻之私有未尽究者。丰自弱冠，即获拜先生于山林，追数门人，莫如丰旧。己丑、庚寅之岁，先生迟次金华，分教严濑，已而校雠道山，丰皆获裹粮负笈以从。如是者数年，齿壮而家甚贫，遂迫于课试，月书季考，往来庠序，岁时逝于水陆，自是亦寖疏于函丈矣。今年秋九月，始以上舍生第进士，幸无举子累，可以窃数年之暇，终事先生于寂寞之滨，而九原不可作，未知几流涕痛哭长太息而可以伸此恨也。乃依唐人张籍祭吏部韩公之义，赋古风一章，其声韵名数如之，庶几写丰之悲而补文之所不及焉。①

序文追忆了自己早年拜吕祖谦为师的情景。吕祖谦是南宋知名学者，家中传有中原文献，又从汪应辰、朱熹游，学问益精。淳熙二年曾与朱熹、陆九渊会于鹅湖。巩丰先拜师于山林，后来吕祖谦到金华等地，巩丰皆跟从。因迫于家庭生计，不得不参与科考，往来庠序。淳熙八年诗人进士及第，本想继续跟随先生穷究学问，谁知传来东莱先生遽归道山的噩耗，不禁长太息以痛哭流涕，作序赋诗，以寄哀思。序文情浓，文词之间流露出对尊师的敬重和怀念，发自肺腑，出以衷情，令人感慨不已。

李处权《哭驾部舅》之序是哀悼长辈的。李处权（？—1155），字巽伯，自号崧庵惰夫。祖籍徐州丰县（今属江苏），迁居洛阳。宣和年间，与陈恬、朱敦儒同以诗名。其序文悼念其舅：

吾母弃诸孤一年，季舅驾部公奄即泉路，天丧明哲，

① 《全宋诗》第50册，北京大学出版社1998年版，第31147页。

殆及斯文。吾舅德容德言,济以问学,郎官使节未为达官,人望之已如泰山北斗矣。废居几二十年以没其身,平生抱负不尽用于世。然士之贤有识者,咸能道其平生,又何憾焉!某衔哀力贫,走五千里,觊一见吾舅以诉孤苦。将至其前,遽闻讣音,如中锋刃,不知涕泗之横流也。世乱身危,苟生何益?因追想作诗哭之云。①

序文先说自己母亲去世一年,其舅也离开人世,二年间失去两位亲人,沉痛可知。接下来追忆其舅道德学问,令人敬重,人望如泰山北斗。诗人走五千里希望一见其舅诉说衷肠,未到之时,闻听噩耗,心如刀绞,肝肠寸断。序文不长,诗人对其舅的道德学问评价,自己的人生困境,想见其舅而不得实现的终身遗憾,齐聚于胸中,以至于发出"世乱身危,苟生何益"的慨叹,于是情不能已,作诗哭诉,以抒哀情。

宋代有的哀祭序跋并无沉痛情感,只是记述其事,如邹浩《悼陈生》之序:

鄞州进士陈生者,失其名字,顷赴举开封后时,于是寄海舟,经通、泰而西焉。同行十舟,一日,前舟逆遇暴风,覆溺殆尽,独陈生所寄舟回帆转舵,随风以往。已而陈生乃获游古天宫院、蓬莱峰。浸久思归就试,天宫人固留之,莫能夺。比归,则妻孥之墓木且拱矣。皇皇闾里间,追惟昨者所接,始悟其风尘表也。复欲从之,而不可得,遂病狂以死。唐城令建安韦潜显父语其事,故作此

① 《全宋诗》第32册,北京大学出版社1997年版,第20377页。

诗，备他日寓目云。①

序文所写人物，其实诗人并不熟悉，只称呼陈生，并不知其名字。当年赴举开封，所走皆是水路，不料遇到大风，通行的船只皆沉没，唯有陈生所乘船只回帆转舵，顺风而行。陈生来到古天宫院、蓬莱峰，过了一些时日，陈生欲回归就试，天宫人极力挽留，陈生归意已定。归来后，他的妻子儿子坟墓上的树木都已经很粗了。此段叙述，夹杂着一些传奇色彩，因为陈生的经历类似《述异记》所载王质的故事：晋人王质入山砍柴，见二童子下棋，他在一旁观棋至终，发觉手中斧柄已经腐烂。回到家中，才知道已经过了百年，同辈之人都已亡故。正所谓“天上一日，人间百年”。陈生目睹此情此境，得病发狂而死。这则故事，是邹浩听他人所说，其实并不了解真情，只是作诗记录此事，以备日后观看。

宋代诗歌序跋反映哀祭题材，还有一种是长辈哀悼晚辈的，所谓白发人哭黑发人，感情更觉沉痛。徐积《哭彦规》之序，记述的不是自己家族的晚辈，而是乡邻晚辈蔡彦规：

徐氏居乡，与蔡氏最旧，邻屋对宅，凡已数世矣。故余知蔡氏为详，于彦规又详也。然以斯人足以知我，以我亦足以知斯人，不必乡邻之旧也。初，彦规为儿时，与尔曹群行，余在帘箔间望见，觉其气貌异于群儿，意甚念之，后一日，忽来刺谢，然后知为彦规矣。取其所为文读之，已与时辈不类。盖其辞旨所自出，又能自立意理，不蹈不袭，凛凛可畏矣。才固出于性也，然后至于充积盛大也如

① 《全宋诗》第21册，北京大学出版社1995年版，第13929页。

此。宜其文名冠其东南之秀，而贤士大夫所以亲慕者，不独在乎文而已也。余外氏在关中，自祖父母而下凡八九丧，积数十年未葬。彦规却有关中官，即与之买地，又为之谋葬，其棺衾器皿，一切所须，自首服而下裳衣舄履，无一物不具。葬有月日而彦规病矣，即以成事付其孙王正行，其所未了者，独未为埋铭一事，不见其棺就窆耳。盖彦规平生用心，其义大率类此，而世俗必待见而后知之也。彦规卒官京北，其守吕公哭之甚哀，应襄事所须，尽出吕公也。而至于谋及家事，如郑元于孟氏也。于是诸公遣使相属，有二主簿者，唐君、刘君也，亦忠于其事，近乎孟氏之有樊子也。孟氏无儿女，二季俱在江南，东野以六十四岁赴兴元之辟，道病，卒于阌乡，其妻买棺，用二人舁归洛阳，此亦不为以穷也，唯其不幸无子耳。彦规儿女六人，以四人自随，自寝疾至属纩，常在骨肉眼中。同官问讯，朝夕在门，食饮药物，不问可知其得所也。易衣而后敛，择木而后具棺，不知凡用若干人舁归，儿女护丧，道中早晚馈食，其伯兄与二季，率内外亲属迎丧于洪泽，葬于先茔。既葬而虞，设几筵，馈食如平生时。呜呼神乎，其安之乎！子可无忧矣，孤儿女有所依，不失所也。诸蔡以骨肉之恩，同谋婚嫁，在数年间耳。二子使从师学，凡我乡里之人必有忠于教诲者焉。子虽不幸矣，将亦以此自慰也。古之人或死于乱，死于谗嫉诬罔、幽忧怨怼不平之忿，或死于浮，死于骄，死于毒害少恩。死于不及已甚，而最甚者，奸谀佞邪情状暴露，羞辱气沮，以至于死也。彦规官为主簿，随所居官以行其义也。面无邪色，口无邪言，身无邪行，所以事上官也。生于平世，何所戚耶。君子谓彦规生为有义,死为正命,故谓之有终也。嗟乎!彦规生平不幸,动辄有碍,所欲者不得为,所为者不如所欲,唯葬王氏一事,临死时适无碍耳。使之平生无不幸,尽其所欲所为,及于物者何如也。古之人既贵用事矣。而不如意者十常七八,何况匹夫贱士乎!此君子所以常恕,而不恕者常已甚也。凡吾言所以及此者,非以示后也,将以慰彦规于九泉耳。丧至之日,余扶疾往哭。其棺已下,将掩圹也,因感范巨卿事,意有所愧,既见于诗,即夜梦彦规见予于僧廊,握手号哭。嗟乎!彦规虽死,犹能相恕,且不忘我,岂顾不能为张元伯者乎,我自不及巨卿也。①

徐积早年居乡里时,即对彦规印象深刻。彦规与一群小儿在一起,徐积感觉他的气质与众儿童不一样,认为其后必有德才。果然,后来彦规为官,帮助徐积解决了数十年未葬之事。接下来诗人絮絮索索,不厌其烦地叙说彦规的为人为官为事,为人讲究礼义忠孝,为官力避邪色、邪言、邪行,深得众人敬佩。徐积认为自己所说并非为了给后人看,而是为了安慰九泉之下的彦规,是在冥冥之中与彦规对话,读来更觉其情发自肺腑,真实感人。序文结尾记述窆而临其穴,以及梦中见彦规握手号哭,加深了序文的哀祭色彩,也是对题目《哭彦规》的照应。

徐积序文哀悼的是邻里晚辈,王十朋《哭孟丙》之序,痛哭的则是自己幼小的孩子。王十朋(1112—1171),字龟龄,号梅溪,温州乐清(今属浙江)人。绍兴二十七年为进士第一。曾官著作佐郎、国子司业、侍御史等职,以龙图阁学士致仕。其序云:

---

① 《全宋诗》第11册,北京大学出版社1993年版,第7648页。

> 幼儿孟丙,年四岁从谢任之发蒙,六岁从周诚叔,能诵《蒙求》、《孝经》论及五言诗。书院游从近百人,类能道其姓第名字,或能优劣品藻之于所亲之前。予每说书,则与二兄侍立其侧,会茶与举故事,在群儿中粗为了了者,年才七岁而死。绍兴壬申实五月二十四日也。我辈钟情,痛不自已,为数诗以哭之。①

孟丙从四岁开始读书,聪明过人,能够背诵《蒙求》、《孝经》以及五言诗。书院近百人,他差不多都能叫上名字来,甚至还能品评优劣。诗人每次讲习书卷,他都与其兄侍立其侧,深得长辈喜爱。可惜天不假人,孟丙七岁便不幸死去,令诗人痛感不已,写诗以寄托哀情。可以举出第一首诗与序文比较,诗曰:“三岁甜酸学语儿,能来壁下看题诗。当时戏发十年问,添我无穷今日悲。”诗后有自注云:“予戊辰年题西轩壁,令甲乙二子研墨捧砚,孟丙儿戏于侧始三岁。予问之曰,汝十年后能诗乎?应曰能,二子顾余而笑,因记之。壬申六月二十四日观旧题时,孟丙死已一月矣。予旧有和韩诗云:学语一岁儿,笑味生甜酸。盖谓孟丙也。”诗歌回忆的是孟丙三岁时的情形,当时诗人命两个儿子研磨捧砚,孟丙在一旁玩耍。诗人问他十岁时能否作诗,孟丙答应说能,于是诗人记下了此事。现在观看当时所记,已是孟丙死后一个月了。诗人越是回忆当时孟丙的音容笑貌,越是增加现在的痛苦,所谓“添我无穷今日悲”,真实地反映了诗人既不能阻止回忆又不能摆脱悲伤的复杂感情。

苏洵《自尤》之序看似是责备抱怨自己,其实仍是哀悼自己的

① 《全宋诗》第36册,北京大学出版社1998年版,第22627页。

幼女，因为是自己的过错才致使幼女早亡。苏洵（1009—1066），字明允，号老泉，眉州眉山（今属四川）人。与子苏轼、苏辙合称“三苏”。其序云：

> 余生而与物无害，幼居乡闾，长适四方，万里所至，与其君子而远其不义。是以年五十有一，而未始有尤于人，而人亦无以我尤者。盖壬辰之岁，而丧幼女，始将以尤其夫家，而卒以自尤也。女幼而好学，慷慨有过人之节，为文亦往往有可喜。既适其母之兄程浚之子之才，年十有八而死。浚本儒者，然内省有所不谨，而其妻子尤好为无法。吾女介于其间，固为其家之所不悦。适会其病，其夫与其舅姑遂不之视而急弃之，使至于死。始其死时，余怨之，虽吾之乡人亦不直浚。独余友人闻而深悲之，曰：“夫彼何足尤者？子自知其贤，而不择以予人，怨则在子，而尚谁怨？”余闻其言而深悲之。其后八年，而余乃作《自尤》之诗。①

序文先说自己一直以来远离不义，既没有抱怨过别人，也没有惹人抱怨责备。而今痛丧幼女，令人难以接受这残酷的现实。诗人一开始责怨其夫家，到最后，归结到深深地怨恨自己。其原因为何？诗人说幼女聪颖好学，文章写得好，嫁给其母之兄程浚之子，十八岁时便不幸死去。程浚本是儒者，但内省有所不严谨，而他的妻子则常常无理取闹，致使家庭气氛时常呈现紧张状态，幼女在其间，不受他们喜欢，又恰逢其有病，其丈夫与公婆不积极为其求医诊

① 《全宋诗》第7册，北京大学出版社1992年版，第4372页。

治,最终导致死亡。当时诗人深深怨恨程家,乡里之人也认为程浚有过错。唯独一位友人认为此事责任不在他人,而在苏洵自己。诗人当初不慎重选择,匆忙之中将幼女嫁掉,出现这样的结果,还怨恨谁呢?这件事一直埋藏在苏洵心中,八年之后,他写下《自尤》诗,可以想见这八年间诗人是怎样的悔恨交加。

戴复古《族侄孙子荣之子神童颜老不幸短命而死哭之不足三诗以悼之》之跋,则是哀悼家族晚辈神童的。戴复古(1167—?),字式之,号石屏,黄岩(今属浙江)人。浪游江湖近五十年,年老之时隐居南塘石屏山下,寻梅赏鹤,以诗酒自娱。其跋曰:

> 神童讳颜老,生而秀骨奇姿,非凡子比。及晬,父渔村徇俗修试儿故事,罗书籍玩具果榖于席,顾盼无所取,独拿《礼记》一帙,披卷若读诵然。稍长,口授以书,两耳兼听,日记数千百言。七岁能暗诵五经,举止应对俨若成人。十岁善属文,思如涌泉。王帅干懋卿试以数题,捉笔辄就,懋卿称赏不容口。嘉熙元年丁酉,参政范公嘉其俊异,举应神童科第一。后省中敕免解进士,朝廷以其能,行文永免。年十三卒。①

神童颜老生下来就是秀骨奇姿,与众不同。古代风俗,当婴儿周岁之时,家人用盘盛以弓箭、纸笔、玩物、针线等让婴儿抓取,以卜算其将来志趣。为了测试神童的志趣,家人也将书籍、玩具以及果榖放在一起,结果神童独取《礼记》一帙,拿起书来好像诵读的样子。稍大一些,教以读书,一天能记住数千百言。七岁时暗诵五经,言

① 《全宋诗》第53册,北京大学出版社1998年版,第33549页。

谈举止宛若成人。十岁时写的一手好文章，文思如泉涌。后来应举神童科第一，又免解进士。可惜天妒良才，不假寿命，神童十三岁便死去，叫人好不伤心。序文于平静的叙述之中，隐含着诗人巨大的悲痛。正如题目所言，哭之不足，才以诗悼之。

第三节 描写山水田园风光

描写自然山水田园风光，一直是古代诗歌的重要题材。唐以前，囿于诗人的足迹以及对自然山水的观察感悟，山水田园诗歌还未达到兴盛局面。按照陶文鹏、韦凤娟《灵境诗心—中国古代山水诗史》所说，唐代是山水诗的第一个高峰，宋代是山水诗的第二个高峰。确实，唐宋时期，人们的足迹变得更为广阔，祖国的名山大川大部分都在他们笔下留下记录，无论在题材、技巧、风格等方面，比前人都有突破。唐代王维、孟浩然，文学史上称其为山水田园诗派，其实这个诗派之外，还有许多诗人参与山水诗歌、山水散文的创作。而宋代山水诗歌的数量远远超过唐代，形式更加多样，内容更加丰富。所有这些，都为诗歌的序跋写作提供了条件。在唐宋诗人的序跋之中，描写山水田园风光有的是动态描写，有的是静态描写，有的属于大场面的描绘，有的聚焦于微观，有的在描写山水时反映自己的精神世界，有的在山水中寻求寄托，排遣仕途失意的苦闷。所有这些，都反映了唐宋文人多彩的生活经历和丰富的内心世界。

先看唐代的两篇序文。其一是沈佺期的《从崇山向越常》之序：

按《九真图》，崇山至越常四十里，杉谷起古崇山，竹溪从道明国来，于崇山北二十五里合。水敧缺，藤竹明昧，有三十峰，夹水直上千余仞，诸仙窟宅在焉。①

神龙元年，沈佺期因依附张易之，被长流驩州（今越南境内），此序及诗即写于途中。崇山在驩州。越常即越裳，古国名。《元和郡县图志》卷三十八载："古越地，九夷之国，越裳氏重九译者也。"沈佺期这篇小序只有五十八个字，却写出崇山至越常四十里水路的秀丽风景。竹溪蜿蜒，两岸三十座奇峰连绵不断，陡若壁立，夹水而上。寥寥几笔，便描绘出一幅南国山水图卷，逼真如画，令人神往。

其二是李渤的《南溪诗》之序，写桂林漓江风景，也别具特色。李渤（773—831），字浚之，号白鹿先生。贞元年间曾隐居庐山白鹿洞，贞元十九年移居嵩山。曾为右补阙，库部员外郎、考功员外郎等职。宝历元年出为桂管观察使。从序文最后记载的时间看，《南溪诗并序》应该写于任桂管观察使期间。其序云：

桂水漓山，右汇阳江，数里余得南溪口。溪左屏外崖巘，斗丽争高，其孕翠曳烟，逦迤如画。左连幽墅，园田鸡犬，疑非人间。溯流数百步至岩，岩下有湾壤沮洳，因导为新泉。山有二洞九室，西南曰白龙洞，横透巽维，蜕骨如玉；西北曰玄岩洞，曲通坎隅，晴眺漓水。玄岩之上曰丹室，白龙之右曰夕室，巽维北，梯险至仙窟。北又有石室，参差呀豁，延景宿云。其洞室并乳溜凝化，诡势奇状，俯而察之，如伞如奁，如栾栌支撑，如莲蔓藻井。左睨右

① 《全唐诗》卷九七，中华书局1999年版，第1048页。

> 瞰，似帘似帏，似松偃竹袅，似海荡云惊，其玉池井岚飙回还交错，迷不可纪。从夕室，梁溪向郭，四里而近，去松衢二百步而遥，余获之，若获荆璆与蛇珠焉，亦疑夫大舜游此而忘归矣。遂命发潜敞深，磴危宅，既翼之以亭榭，又韵之以松竹。似宴方丈，似升瑶台。丽如也，畅如也。以溪在郡之南，因目为南溪，兼赋诗以纪之。宝历三年三月七日。①

桂林山水甲天下，这一点在李渤的序文中再一次得到证实。序文采用移步换形手法，先写南溪左面崖山斗丽争高，满目苍翠，烟云缭绕，宛如一幅图画。接下来写两岸的田园人家，房舍鸡犬，竟如陶渊明笔下的桃花源一般。序文写山上洞穴，这应是描写桂林地区溶洞景观较早而记载详细的文字。诗人笔下记载洞穴内钟乳石，奇形怪状，一连串的比喻，将钟乳石的形象描绘得栩栩如生，令人神往，使人如入今日桂林芦笛岩溶洞。接下来描写山路崎岖，亭榭居其上，松竹密植，增幽添韵。作者用细腻的笔法，带领读者神游于春天桂林的佳山秀水。

比较而言，宋代序跋描写山水更多精彩，引人入胜，艺术特色更加鲜明。如晁迥《游虎丘诗》之序。晁迥（951—1034），字明远，先世为澶州清丰（今属河南）人，后徙家彭门（今江苏徐州）。太平兴国五年进士。曾官兵部侍郎、工部尚书、礼部尚书等职。其序曰：

> 余罢掌赋东阳，归次苏台。时故人王士龙饮饯乎阊

① 《全唐诗》卷四七三，中华书局1999年版，第5399页。

门,且曰:虎丘山寺,吴中胜概。不越数里,可能游乎?余沛然惬心,请与偕往。由枝派乘水舆,长啸清风,目穷幽趣。棹工丛力,叶舟如飞。拂白英以半开,萦红树以傍出。造诣幽境,夐无纤尘。相与披烟萝,凌磴道,杳疑天外,作为佛宫,俯临剑池,呀若断岸,磊砢嵴崒,不能形容。肆凝览以更周,惜頹景之西匿。一觞一咏,柅兴而还。遂裁八章,以表嘉会。时淳化四载,自序。①

虎丘为吴中胜概,诗人与友人王士龙饮饯,友人提议游览虎丘山,诗人兴致大发,遂一同前往。先写水路沿途所见,轻舟飞逝,两岸风景目不暇接,岸边白花红树,色彩鲜明。虎丘寺环境幽静,空气清新。诗人与友人一起披烟萝,登山路,仰看俯视,所见绝非言语所能形容。登高远眺,周览四围,夕阳西下,饮酒赋诗,尽兴而还。序文没有展开细腻的描写,而是在大的背景中展示虎丘山水的总貌,这是描绘山水的另一种写法。

魏野《疑山石泉》之序写疑山石泉,将山与寺与泉结合起来描写。魏野(960—1019),字仲先,号草堂居士,原为蜀人,后迁居陕州(今河南陕县)。自己于郊野筑草堂,读书赋诗,弹琴戏鹤,过着隐居的生活。宋真宗派人召见,魏野越墙逃避。朝廷征召为官,魏野亦不应。天禧三年无疾而终。其序云:

陕城之东南五十里有山,曰疑山。山之下有寺,曰兴慈寺。寺之中有石泉焉,其水清而甘,其味清而洁,饮濯灌洒,无所不至。有松竹以交荫,无泥沙以相浑。湛然内

① 《全宋诗》第1册,北京大学出版社1991年版,第614页。

> 明,外物莫挠。野与友人王专字贞一居于是,咏读之暇,但有月上山椒,虽夜久天寒,亦往观之矣。传曰:智乐水。予实蒙拙,非思之于兼济,但爱其虚澈尔。噫!山非峻,以寺而称。寺非壮,以泉而嘉。而泉无诗,何以旌焉。因作一章,凡二十句,请贞一书之于板,俟好事者观之。①

题目写泉,但序文先写山和寺,有山无寺就会感觉荒凉,交代了山与寺,石泉就有了灵性。果然,下面介绍泉水清冽甘甜,味清纯而洁净,山中游人或山寺僧人都来此处取水。石泉旁松竹密植,泉水亦无泥沙。夜晚月出山峰,山高而月小。山中虽然寒冷,但诗人兴致勃勃,也要观看月出,显示出诗人高雅的情调。疑山不峻峭,因为兴慈寺而出名;寺也不大,因为泉水而有嘉声。诗人现在来到山中寺旁,观景品泉,不写下诗歌,怎么传播石泉的名声呢?于是诗人写下一章诗,并请友人书之于板,留待后来者欣赏。这样的诗序,就像一篇精美的小品文,文字洗练,意境高远,耐人回味,有很高的艺术性。他的另一篇《解城条山》之序也是这样的精美文字:

> 解城之南出五里,抵中条山。山有绝壁分立,俨若峡束,缘岸溯流,似有人迹。琅琊王衢、赵郡李识、处士魏野、江东僧用晦披榛索径,深入数百步,止于石泉之涘。道路未远,尘世且隔。云鸟风物,鸣动左右。而山语野笑,乐坐尽日。因相与濯足,命为联句诗一章,凡二十句。用晦书于岩壁。时淳化五年秋八月三十日。②

① 《全宋诗》第2册,北京大学出版社1991年版,第960页。
② 《全宋诗》第2册,北京大学出版社1991年版,第966页。

这次写游历解城南面的中条山。序文先写山与谷,山高壁绝,峡谷幽深,谷中流水,似有人迹。诗人与三位友人披榛莽开路,深入数百步,止于石泉水边。虽然只有几百步距离,却好像与世隔绝。仰观云飞鸟翔,风吹万物,簌簌有声。一行人在这远离尘世的山中乐坐尽日,享受着宁静与清幽。大家在泉中濯足,作联句诗一章,僧人用晦书写于岩壁。濯足于泉,颇有晋代左思"振衣千仞岗,濯足万里流"的况味,也反映了魏野等人游览山水,实是寄托着一种信念和情怀。

梅尧臣《金山寺》之序写山水景色,分为两层,先介绍别人所说金山寺的胜状,再写自己亲眼所见,先虚后实,虚实结合,互为补充。序云:

> 昔尝闻谢紫薇言金山之胜,峰峦攒水上,秀拔殊众山,环以台殿,高下随势,向使善工摹画,不能尽其美。初恨未游,赴官吴兴,船次瓜州,值海汐冬落,孤港未通,独行江际,始见故所闻金山者,与谢公之说无异也。因借小舟以往,乃陟回阁,上上方,历绝顶以问山阿,危亭曲轩,穷极山水之趣,一草一木,虽未萼发,而或青或凋,皆森植可爱。东小峰谓之鹘山,有海鹘雄雌栖其上,每岁生雏,羽翮既成,与之纵飞,迷而后返,有年矣。恶禽猛鸷不敢来兹以搏鱼鸟,其亦不取近山之物以为食,可义也夫。薄暮返舟,寺僧乞诗,强为之句以应其请,偶然而来,不得仿佛,敢与前贤名迹耶。①

① 《全宋诗》第5册,北京大学出版社1991年版,第2805页。

先以谢紫薇之口介绍金山寺，山环水绕，错落有致，环以台殿，随山势高下而建。于是，金山寺就在诗人心中留下了美好的印象。诗人赴吴兴为官，船泊瓜州，远望金山寺，与谢紫薇所说大致相同。于是，诗人借小舟前往，登回阁，到山顶，危亭曲轩，遍览金山全景。接下来描写细腻，着眼于一草一木，亲切可爱。鹘山有海鹘栖息，恶禽不敢来此，海鹘也不取近山之物，在诗人看来，这是此鸟讲仁义。诗人傍晚返回时，金山寺僧人乞求诗篇，于是诗人写下诗并序以应其请。序文时间线索清晰，有宏观的视觉，也有微细的观察。诗歌题目是金山寺，但序文并没有写寺，而是写金山的全景。这样，便使读者在谢紫薇的叙述和诗人亲历的描绘中，领略金山风景的独特魅力。

在宋代，有些诗人逃避世俗，性嗜山水，多与僧人道士往来，其诗歌也往往呈现出闲逸雅趣之风。楼异《嵩山二十四咏》之序就是典型的例子。楼异（？—1123），字试可，明州奉化（今属浙江）人。元丰八年进士。性爱山水，几成癖好。曾为登封令，观览嵩山之势，作《三十六峰赋》，又作《嵩山二十四咏并序》，其序云：

> 仆性嗜山水几成癖，所至虽假馆僦舍，莫不聚拳石，环斗池，终日玩观，殆忘食寝。一旦来令嵩阳，正在清泉白石中。始至数月，讼庭清暇，乃芟废圃，凿芙蓉、菡萏二池，取余土筑台，高五丈许，名之揖仙。北面嵩岳，西顾少室，南望许田，自余诸峰，环拥轩槛。于是居高远眺，尽山川之形势，暇日既作《三十六峰赋》以自广。然仆旧闻嵩山二十四峰，图经传记所不载，求之土人亦莫知也。一日，观明大师李得柔胜之自京师来访，乃得其名，出道藏《吴天师灵踪记》，历东而西，一一可指。遂命画史图诸

峰于仰嵩堂,以证其名。仆谓胜之曰:二十四峰之名,湮没久矣。今自吾二人者废之,不可无述也。乃作《嵩山二十四咏》,并命胜之作焉。①

楼异首先介绍自己喜爱山水,几成癖好,一旦来到嵩山之地,正好于公事之外游览山水。于是,他下车伊始,便整治废旧的园圃,凿芙蓉、菡萏二池,把挖池的土筑成五丈许的高台,取名揖仙。登封之地,四周环山,北有嵩山,西有少室山,南有许田,登高远眺,可以尽览山川形势,于是先做《三十六峰赋》。诗人听说旧传嵩山二十四峰,图经散佚,当地人不知。恰恰李胜之自京城前来,根据提供存书,一一指点,二十四峰赫然在目,于是作诗以纪之。这篇序文没有细致描绘出嵩山的风景,只是交代了写作的缘由,但读者仍然可以感觉到嵩山自然山水的胜概。比较而言,宋末金履祥的《洞山十咏》之序可谓描写细腻。金履祥(1232—1303),字吉父,学者称为仁山先生,婺州(今浙江金华)人。宋亡以后,隐居金华山中,寄情山水,有《中国山水总说》等。其序云:

金华为东南佳山,而洞山最其奇胜。清赏之士,固尝憩椒庭,航双龙,探冰壶,窥朝真。而此山之胜,所遗尚多也。思诚子张君,少游金华,揽奇选胜,晚好逾极。丁丑、戊寅之间,避地是山,有桃源之心焉。朝夕游处其中,始尽其美。尝谓洞山之胜有十景焉,暇日邀予相与观之。大抵金华一山,其最高处冈峦缭绕,四高而中下,有似仰盆,故旧名金盆。金盆诸峰,平挹竞爽。而正南一岫,差

① 《全宋诗》第22册,北京大学出版社1995年版,第14400页。

为最高。又众冈皆土，此独戴石，其绝顶上平，又数大石浮着其北，率如自天而下也，思诚子名之曰高石岩。自高石岩而下，两山夹涧以趋。其东支即为洞山，南高处朝真洞，中冰壶洞，下双龙洞，三洞嵬奇，不在论述。洞前椒庭，清胜之士多谓筑堤止水，即与灵隐飞来峰冷泉亭无异，思诚子以为信。高石岩既为中正之峰，则其下两支之间涧水，当为金华中涧。中涧发源岩下数百尺，初始沮洳隐见竹石间，涓涓渐成流，合诸源泉始大。忽石岩叠叠水中，下悬数丈。飞湍溅沫，瀌瀌震厉，名之曰小龙门。又下行石间，或平或泻，约凡五节，殊可观。名之曰五叠泉。自此涧旁无路，山路横出，通朝真之前。自横路中下，又得中涧之滨，石岩峤嵚，可庇十人。石际有古梅，老干嫩条，涧水溅溅绕其旁，名之曰老梅岩。自梅岩南出，其西支横出一峰，突临中涧之上。山西小涧，合流其南，则此山为中涧之中峰无疑也，故名曰中峰。思诚子将结精舍焉，而未逮也。思诚子于朱门为嫡孙行，端平、淳祐，文献灵光，值乱处约，布衣蔬食，薪水或不继。人不堪其忧，处之裕如。至或靳之，不以为浼，于时不屑。冰雪孤松，端操凛凛。其于此山，表微择胜，诸所品题，终为山中故事。不鄙谓予，各课一绝。自惟鄙拙，未必能为此山轻重，而思诚子之命不容辞也。勉缀左方，思诚子其幸教之。①

这篇序文长达七百字，先介绍金华山的魅力，接着叙述诗人在友人

① 《全宋诗》第68册，北京大学出版社1998年版，第42591页。

思诚子的邀请下,游览金华山。序文描写金华山十景,一一娓娓道来,仿佛一个导游在为游人生动地介绍洞山的山水。序文中有些细节描写真实细腻,如描写瀑布下悬,古梅老干嫩条,涧水淙淙环绕,着笔不多,形象生动。在宋代的诗文序跋中,这样的山水之作并不在少数,反映出宋代文人游历自然山水的时代风尚,以及山水作品取得的新成就。

文人修筑园林,并非始于唐宋,但唐宋时期退隐文人或隐逸山林文人,筑园经营,却留下许多佳话。王维经营辋川别业,白居易晚年退居洛阳经营池园,宋初林逋在西湖过着梅妻鹤子的生活,都很有代表性。郭印在《云溪杂咏》序中所说的云溪,也是属于这种情况。郭印(生卒年不详),成都人。政和年间进士及第,晚年号亦乐居士。其序云:

> 予性嗜水竹,欲卜一亩之园,而贫不能有。日经月营,逾二十载,乃得今所谓云溪者,过初望焉。云溪直衡门,越官道不能五步。修竹半顷,西瞰大江,各因其地为亭、为桥、为台、为沼、为虚舟、为小阁。亭曰双清,以其面揖清流,腋背丛篁也;桥曰浮翠,以其笞筤卫拱,下跨长溪也;斋曰虚舟,以其二水夹流,如片帆之泛湖海也。野望空旷,遥岑隐隐,则曰远色阁;春轮日飞,汀鸥时下,则曰望机台;沉潭不流,神物屡见,则曰龙渊;地势突起,植蕙滋兰,则曰兰坡。其余景物,变态千状,未可以一一纪。长林之表,又有平陆,于是艺百卉,树众果,目其亭为和光,以示不敢离世异俗,膏肓于林泉者也。甫成,宾友来游,诘其所以命名之意,且索恶章,俾未治者观焉。因得占古律诗绝句十五篇。词浅意陋,姑道其所见云耳。若

责以诗人之意,予则有愧。绍兴甲戌二月初吉,亦乐居士郭印序。①

先说自己性嗜水竹,早年欲买一亩之园而不能有,二十年后,得到云溪之地,大喜过望。云溪有修竹半顷,于此西瞰大江,视野开阔。于是诗人因地制宜,造亭、建桥、挖池、设虚舟、筑小阁。亭取名双清,以其临清流,背竹林也;桥名浮翠,因其跨长溪也;斋名虚舟,因二水夹流,好似扬帆出海之舟;阁曰远色,因其远望无际,遥岑隐约可见;其他尚有望机台、龙渊、兰坡等,园林景观丰富,不可一一记述。又在平陆之地种植花卉,栽种果树。云溪之园建成以后,宾客来游,问其亭台之名含义,于是作诗赋序,详细申述。这样写经营园林的序文,令人想起白居易的《池上篇并序》,读其序文,可以荡其胸中晦气、俗气,涤除烦杂,使心灵得到清凉世界,精神皈依温馨家园。

在宋代描写山林的诗歌序跋中,还有一些小品式的园林,序文描写的不是视野宽阔的高山大川,而是微型的,与上面所引序跋展示的有根本的区别。但这微型的园林也是缩小的山林,使读者的目光更为专注。见微知著,读者于微小的景观中,可以想见诗人宽阔的心胸。林栗《石井诗》之序很有代表性。林栗,字黄中,福清(今属福建)人。绍兴十二年进士,二十八年,召为太学正。后历任屯田员外郎、太常少卿等职。这则山水小品突出写一眼山泉:

铅山道傍距鹅湖寺数里有寺,曰资福。寺后有泉,曰井。余数过其门,莫有告者。今夏自豫章易地四明,谒告

① 《全宋诗》第29册,北京大学出版社1998年版,第18692页。

燎黄而后之官,复经是邑,步屐登山,舍杖憩寺,忽然见之,不觉骇叹,信乎天下之奇观也。其气汪汪,澹然清澈,殆非今之君子所可比德。睠焉乐之,徘徊不能去。因观泉上所立洪驹父碑,取《易》之所谓"井谷"者。《易》言井谷,即坎井也,鲋之所射,敝漏之瓮所汲也,顾不入兹井耶?为之慨然赋诗。①

距铅山鹅湖寺数里有资福寺,寺后面有泉曰井,从其命名来看此泉不大。诗人几次路过无人告知。而今诗人路过此地,登山后休憩资福寺,忽然见到此泉,大为惊叹,认为此泉乃天下奇观。奇在何处?"其气汪汪,澹然清澈",两句一带而过。诗人认为君子之德尚不可比此泉。因为此泉处于人迹罕至之处,不求声名,默默无闻,依旧保持着自己的品性,就像一位高雅的君子在独处时仍然坚守节操。这令诗人感慨良多,徘徊泉旁不忍离去。接下来叙述井名,乃是洪驹父根据《易经》命名,大有深意,于是赋诗纪之。一眼被世人忽视的小小山泉,却让诗人写诗写序,可见小品式的园林也有其无穷魅力。

李石的《方舟二首》之序也属于此类情形。李石(?—1181),字知几,号方舟子,资州盘石(今四川资中县北)人。绍兴年间进士乙科。后为成都府学官,从学者自远方来拜其为师。其序云:

山有泉,因障之以为池,种藕养鱼,筑室其上。其伏流作瀑布,而落势可五六尺许。其下别为小沼,作李子溉砚学书之所。李子居室中,听潺湲声,作江湖想。屋四

① 《全宋诗》第37册,北京大学出版社1998年版,第22979页。

> 角，故名方舟云。《易》曰：利涉大川，吉。此圣贤济世之具也。李子于世习不甚晓，故动辄龃龉，从此乘流遇坎而后止。天下未有臻于斯者，期以此舟济之，遂赋诗二首云。①

此序描写的山泉也不大，诗人在四周围堰障之，成为小池，池中种藕养鱼，其旁筑室以居。经营此类微型园林，还要看主人的雅趣。诗人将伏流之水引为瀑布，其落差仅仅五六尺而已，其实并无瀑布之气势，称之为瀑布，乃是自寻乐趣，并不关别人之事。诗人居于泉旁陋室中，听流水潺潺，生江湖之思，乃知身在山林隐逸，并未忘记世事。诗人将居室名为方舟，也是取《易经》“利涉大川”之意。世事不遂心，屡遭坎坷，要寻精神皈依之所，此处正好是诗人寄寓心灵的家园。难怪一眼小泉引起诗人无穷的兴趣，写诗作序，抒发情怀。

诗歌序跋描写洞穴，在唐代李渤的《南溪诗》之序里就出现过，到了宋代，出现了专门反映诗人游览洞穴的序跋。这类序跋的出现，说明诗人的足迹不仅仅限于传统意义上的山林，还喜欢访幽探奇，这样的活动与其说是游览山水，不如说是带有冒险性质的洞穴探险，反映出宋代游山玩水的新动向和新趣味，自然与李渤在序中写桂林地区的溶洞有所不同。如张方平《药水岩》之序，便是专写溶洞特色。其序云：

> 武兴长举县东十里药水亭下，官道三四里，乱石峥嵘，流泉迸激，峻岭十四盘而至石洞，悬乳三，皆径围二三

① 《全宋诗》第35册，北京大学出版社1998年版，第22292页。

> 尺。下有石臼,容可四五斗。石泉寻乳下滴臼中,溢而流入嘉陵江。洞外有大石砥平,云仙人炼药台也。俗传此泉饮者愈宿痾。予过而步游焉。冰雪千岩,松风万壑,崎岖仅能至,不通骑也,因留长句。时甲午十月二十三日。①

长举县在今陕西省略阳北与甘肃交界处,毗邻嘉陵江。自此向东十余里至药水亭,进入山中,乱石峥嵘,流水迅疾,沿山十四盘而到达石洞,就是诗人要考察的溶洞了。洞中三根钟乳石自洞顶垂下,每一根的径围都有二三尺。钟乳石下有石臼,山石缝隙流出的泉水顺钟乳石滴入石臼中,天长日久,石臼满而外溢,流入嘉陵江中。石洞外有传说中的仙人炼药台。自药水亭至石洞,道路崎岖,冰雪覆盖,千岩万壑,松涛阵阵,不能骑马,只能步行,可知此洞是人迹罕至之处。

尤袤《张公洞》之序也是写洞穴探险的。尤袤(1127—1194),字延之,号遂初,又号梁溪,无锡(今属江苏)人。绍兴十八年进士。与陆游、范成大、杨万里并称为南宋诗人四大家,或称"中兴四大家"。其序曰:

> 舟次湖汊,侍季父、伯兄游洞灵。步行五里,夹道皆乔木参天,鹤巢其上,若笑若咳。涧水瀌瀌,鸣声甚悲,殆不类人间也。入洞宫,览前贤留题,徘徊久之。由石径里许达于洞,洞深数十丈,磴道险绝,俯偻仅可下。宽广容数百人,大石离立,或下耸欲落,若剑盾矛戟相撑拄,或甍

① 《全宋诗》第6册,北京大学出版社1992年版,第3865页。

栋连地崛起而不断，若虎豹蹲伏俯踞而挐攫。中有小门，持炬乃得入，丹灶井坛在焉。由石罅而上，皆流石怪形，无穷其状。旁行屈曲，益深远不可到。其阳有悬崖滴乳水，水流涧谷，乍细乍大，自成宫商。横涧得小阁可憩。朱藤缠络崖上，丹花簌簌下坠，芬香袭人。毛发凛然，欲少留而大风作，遂归。余游山川多矣，兹游最可纪，因成五百字贻我同志，以备他日观览焉。①

尤袤的洞穴探险不仅比张方平序文写得详细，而且更加惊心动魄。诗人陪同季父与伯兄同游，下船以后步行五里，所见道路两旁树木参天，树巅鸟鸣，声音奇异，更衬托环境的幽静。涧水流淌，鸣声呜咽，身临此地，好似不在人间。洞中的描写尤为奇异，洞深数十丈，道路险绝难行，石洞狭窄，游人须佝偻才能前行。忽见开阔之处，可以容纳数百人，洞中怪石嶙峋。诗人用一连串的比喻，形象生动地写出了山石的奇形异状，颇为传神。序文又写悬崖滴水，或大或小，水声叮咚，如乐曲一般悦耳动听。洞外藤蔓缠绕，残花簌簌而落，香气扑鼻。诗人游览山川，不可数计，唯有此次留下的印象最为深刻，故写诗为序，以作纪念。

第四节 唐宋诗序跋的其他内容

唐宋诗序跋的内容十分广泛，尤其是宋代诗歌的序跋，几乎涉及到诗歌和散文所反映的大部分内容。除了上述介绍，序跋还包括祝寿、文论、民风民俗、科学知识、民谣、民谚、谜语、梦境、寓言、

① 《全宋诗》第 43 册，北京大学出版社 1998 年版，第 26854 页。

奇闻异事、养生、杂技等方面的内容,可谓包罗万象,异彩纷呈。下面选择几个方面作一简介。

一、民风民俗

这类序跋以宋代为多,如王禹偁《畬田词》之序。王禹偁(954—1001),字元之,济州钜野(今山东巨野)人。太平兴国八年进士,授成武县主簿。后任礼部员外郎等职。其序云:

> 上雒郡南六百里,属邑有丰阳、上津,皆深山穷谷,不通辙迹。其民刀耕火种,大底先斫山田,虽悬崖绝岭,树木尽仆,俟其干且燥,乃行火焉。火尚炽,即以种播之。然后酿黍稷,烹鸡豚,先约曰:某家某日,有事于畬田,虽数百里如期而集,锄斧随焉。至则行酒啖炙,鼓噪而作,盖劚而掩其土也。掩毕则生,不复耘矣。援桴者有勉励督课之语,若歌曲然。且其俗更互力田,人人自勉。仆爱其有义,作《畬田词》五首,以侑其气。亦欲采诗官闻之,传于执政者,苟择良二千石暨贤百里,使化天下之民如斯民之义,庶乎污莱尽辟矣。其词俚,欲山甿之易晓也。①

诗与序作于淳化二年冬,时诗人在商州。序文写上雒郡土地贫瘠,交通不便,耕种田地还是采用原始的刀耕火种方式。先是把山上恶木砍倒,待其干燥以后,放火烧之,在火燃烧正旺的时候,就播上种子。然后家家酿米酒,杀鸡杀猪,事先约好,定于哪日到畬田,届时大家扛着锄头斧头云集于此,至则喝酒吃肉,鼓噪劳作,掩土埋

① 《全宋诗》第2册,北京大学出版社1991年版,第716页。

种。旁边还有敲鼓的人,有督视畲田的人,场面热闹,气氛融洽。这里的风俗是一家有事于田,众人都来帮忙,“更互力田,人人自勉”,轮流帮助,人人努力。诗人有感于民风淳朴,故作诗以助兴。其诗也类似民间歌谣,朗朗上口,通俗易懂。如第一首云:“大家齐力劚孱颜,耳听田歌手莫闲。各愿种成千百索,豆萁禾穗满青山。”诗人在第三句诗后自注:“山田不知畎亩,但以百尺绳量之,曰某家今年种得若干索。”不仅是对诗歌的补充,也是对序文反映民风民俗的补充。这种耕种田地的方法到南宋时仍然很流行,如范成大《劳畲耕》之序记述的也是刀耕火种。范成大(1126—1193),字致能,号石湖居士,吴县(今江苏苏州)人。绍兴二十四年登进士第。曾任礼部员外郎、吏部员外郎等。序曰:

> 畲田,峡中刀耕火种之地也。春初斫山,众木尽蹶,至当种时,伺有雨候。则前一夕火之,藉其灰以粪。明日雨作,乘热土下种,即苗盛倍收,无雨反是。山多硗确,地力薄,则一再斫烧始可蓺。春种麦豆,作饼饵以度,夏秋则粟熟矣。官输甚微,巫山民以收粟三百斛为率,财用三四斛了二税。食三物以终年,虽平生不识粳稻,而未尝苦饥。余因记吴中号多嘉谷,而公私之输顾重,田家得粒食者无几,峡农之不若也。作诗以劳之。①

范成大在序文中所描写的是南方,虽与北宋初王禹偁所写方法大致相同,但也有区别。峡谷之中,土地贫瘠,且因随山势开荒,地势陡峭,耕种与运送肥料极其困难,因而采取刀耕火种的方法。春天

① 《全宋诗》第41册,北京大学出版社1998年版,第25895页。

砍山,杂草灌木,尽皆去除,当然,还要看天气有无雨候,因为种子播下,无法浇水,只能等待下雨,种子才能发芽。如果有雨的征兆,头一天就放火烧山,让那些草木灰作肥料。雨下之后,再适时播种,就会获得丰收。

也有的诗序写北方少数民族的风俗,这是因为宋代有些文人曾经出使辽和金,见到北方风土人情,便记录于诗与序,成为后来了解当时民风民俗珍贵的材料。如刘敞的《古北口》之序写游牧民族风俗。其序云:

> 自古北口即奚人地,皆山居谷汲,耕牧其中,而无城郭,疑此则《春秋》之山戎病燕者也。齐桓公束马悬车,涉辟耳之溪,见登山之神,取其戎菽冬葱布于诸侯,盖近之矣。口占一篇,因以传疑。①

古北口为南北交通要隘,在今北京市与河北承德交界处,过此处即为塞外。序文写古北口的少数民族在山谷中居住,农耕放牧,但并不修建城郭,大概是游牧民族在此定居历史并不长。

苏颂有组诗写北地风俗,也非常形象。苏颂(1020—1101),字子容,泉州同安(今福建厦门)人,后徙丹阳。庆历二年进士。曾任刑部尚书、吏部尚书等职。苏颂博学广闻,在自然科学方面成就显著。李约瑟称其为“中国古代和中世纪最伟大的博物学家和科学家”。曾出使辽国,所写诗篇描写北方风土人情,令人耳目一新。苏颂有一组诗反映北方民风民俗,下面的三篇序则是其中的代表。先看《契丹马》之序:

① 《全宋诗》第9册,北京大学出版社1992年版,第5917页。

契丹马群动以千数,每群牧者才二三人而已。纵其逐水草,不复羁靮。有役则旋驱策而用,终日驰骤而力不困乏。彼谚云:一分喂,十分骑。番汉人户亦以牧养多少为高下。视马之形,皆不中法相,蹄毛俱不剪剔,云马遂性则滋生益繁,此养马法也。①

只有亲自经历观察,才能如此真实。游牧民族牧马,自然与中原牧马不同,马群动辄上千,却只有二三人放牧。他们赶着马群逐水草而居,不定点放牧,终日奔驰而不劳累。其养马之法与中原不同,"一分喂,十分骑",一句谚语则形象说明游牧民族养马的特点。游牧民族养马不剪剔蹄毛,随性生长,以牧马数量来判别贫富。他的另一篇《观北人围猎》之序虽短,却非常精彩:

北人以百骑飞放谓之罗草,终日才获兔数枚,颇有愧色。顾谓余曰:道次小围不足观,常时千人已上为大围,则所获甚多,其乐无涯也。②

从序文所言可知,苏颂是与游牧民族交流才得知其围猎情形的。百骑飞放一日才得几只野兔,收获不大,连他们自己都面露愧色。但他们告诉苏颂,这样的小围猎不足观,千骑围猎场面才蔚为壮观,猎物颇多,大家自然高兴。又《胡人牧》之序写牧羊场面,寥寥几笔,交代清楚:

---

① 《全宋诗》第10册,北京大学出版社1992年版,第6422页。

② 《全宋诗》第10册,北京大学出版社1992年版,第6421页。

羊以千百为群,纵其自就水草,无复栏栅,而生息极繁。①

放牧羊群成百上千,放任羊群自选好水草处,没有栏栅围圈,自然生长,饥则吃草,渴则饮水,乏则休息,完全依据羊的天性。这样羊群才繁衍生息,数量不断增加。

彭汝砺《广平甸谓虏地险至此广大而平易云》之序,也是写北方边塞风俗的代表作。诗人曾出使辽国,这篇诗与序便是记录出使期间所见所闻。序云:

初至单于行在,其门以芦箔为藩垣,上不去其花以为饰,其上谓之羊箔门。作山棚,以木为牌,左曰紫府洞,右曰桃源洞,总谓之蓬莱宫。殿曰省方殿。其左金冠紫袍而立者数百人,问之多酋豪,其右青紫而立者数十人。山棚之前作花槛,有桃、杏、杨柳之类。前谓丹墀,自丹墀十步谓之龙墀殿,皆设青花毡。其阶高二三尺,阔三寻,纵杀其半。由阶而登,谓之御座。②

彭汝砺出使到达辽国,觐见辽国君主,所住之地与中原王朝帝王所居宫殿截然不同。门是芦箔做的,上面的芦花并不去掉而为之装饰。山棚以木为牌,曰紫府洞,曰桃源洞,曰蓬莱宫,都是借鉴汉文化。左右侍立者皆为大臣,所谓丹墀,自然与汉家宫殿丹墀迥别,但仍是现出尊威,由台阶步步而登,才能到达皇帝的御座。这篇序

① 《全宋诗》第10册,北京大学出版社1992年版,第6421页。
② 《全宋诗》第16册,北京大学出版社1995年版,第10553页。

文与上面序文不同,写的是辽国帝王之所,若非亲历,断然无法想象,因此也是极为珍贵的史料。

宋代诗歌序跋也有写节日民俗的。中国古代传承的节日,是中国传统文化的结晶,深深植根于人民的生活之中,当古代书籍记载的文化渐渐失落以后,民间的节日仍然显示出强大的生命力,成为传统文化的活化石。如范成大《腊月村田乐府十首》之序写石湖地区从进入腊月一直到春节的民俗,细致生动。其序云:

> 余归石湖,往来田家,得岁暮十事,采其语各赋一诗,以识土风,号《村田乐府》。其一《冬舂米》,腊日舂米为一岁计,多聚杵臼,尽腊中毕事,藏之土瓦仓中,经年不坏,谓之冬舂米。其二《灯市行》,风俗尤竞上元,一月前已卖灯,谓之灯市。价贵者数人聚博,胜则得之,喧盛不减灯市。其三《祭灶词》,腊月二十四夜祀灶,其说谓灶神翌日朝天,白一岁事。故前期祷之。其四《口数粥行》,二十五日煮赤豆作糜,暮夜阖家同飨,云能辟瘟气,虽远出未归者,亦留贮口分,至襁褓小儿及僮仆皆预,故名口数粥。豆粥本正月望日祭门故事,流传为此。其五《爆竹行》,此他郡所同,而吴中特盛,恶鬼盖畏此声。古以岁朝,而吴以二十五夜。其六《烧火盆行》,爆竹之夕,人家各又于门首燃薪满盆,无贫富皆尔,谓之相暖热。其七《照田蚕行》,与烧火盆同日,村落则以秃帚若麻秸竹枝辈燃火炬,缚长竿之杪以照田,烂然遍野,以祈丝谷。其八《分岁词》,除夜祭其先竣事,长幼聚饮,祝颂而散,谓之分岁。其九《卖痴呆词》,分岁罢,小儿绕街呼叫云卖痴汝卖汝呆。世传吴人多呆,故儿辈讳之,欲贾其余,

益可笑。其十《打灰堆词》,除夜将晓,鸡且鸣,婢获持杖击粪壤致词,以祈利市,谓之打灰堆。此本彭蠡清洪君庙中如愿故事,惟吴下至今不废云。①

范成大归居石湖以后,根据当地腊月的十件事各写一诗,序为组诗序,其目的就是识土风,即民风民俗。其一是腊月舂米,家家户户聚杵臼,捣完米以后藏在土瓦仓中,可以保持经年不坏。其二是为了上元节放灯,腊月就开始买灯,灯市热闹非凡,有的甚至为了买到好灯,不得不竞价。其三祭灶,石湖地区是腊月二十四,与北方流行的腊月二十三,灶王爷上天日期不同。这一天,要烧香上供,祷告灶王爷上天言好事,下界报平安,反映了农家祈求平安的美好意愿。其四是在腊月二十五煮赤豆粥,全家喝粥以避瘟气。如果家中有人未归,也要留下一份等其归来,甚至那些尚在襁褓中的小儿以及家中的僮仆,也都有份。其五是放爆竹,目的是吓煞恶鬼,多数地方是在初一,而吴中却在腊月二十五的夜晚。其六是在腊月二十五晚上烧火盆,无论贫富,家家如此。其七是在腊月二十五夜,以用过的扫帚、麻秆以及竹枝燃烧火炬,照耀田野,祈求来年丝谷丰收。其八是除夕之夜祭祀先人,阖家团聚饮酒,互致祝颂之语,所谓一夜连双岁,五更分二年。其九是分岁之后,小孩子上街呼叫卖痴呆,因为世传吴人多呆,故要舍弃之。其十是除夕天将亮鸡将啼叫时,奴婢持杖击打粪壤,以祈求好运。序文记述吴中地区腊月的民风民俗,虽然简略,却又非常生动形象,生活气息浓厚。序文对于研究吴中地区古代的民俗,具有非常重要的价值。

① 《全宋诗》第41册,北京大学出版社1998年版,第26029页。

二、科普知识

宋代科学技术发达，诗人的科学素养也比较高。因此，在诗文当中记载科普知识就成为一种普遍现象，于是，诗歌序跋记载科普知识就是很自然的了。如王周《志峡船具诗》之序，描写的是三峡地区船的结构及其用途，非常详细完备。王周，明州奉化(今属浙江)人，大中祥符五年进士。其序云：

> 峡山之船与下之船，大抵观浮叶而为之，其状一也。执而为用者，或状殊而用一，或状同而名异，皆有谓也。下之船有樯，有五两，有帆，所以使风也。尾有舵，傍有棚。上者以其山曲水急，下有石，皆不可用也。状直如橹，前后各一者谓之梢，船之斜正欹侧，为船之司命者。梢类舵，其状殊，而船之便于事者悉不如梢，作《梢》诗。橹、桨、桡、棹、拔，使其进而无退，利涉川泽，为船之陈力者。橹几桨类，其状同而异名也，在船有力悉不如橹，作《橹》诗。峡水湍浚，激石忽发者谓之渍。沱洑而漩者，谓之脑。岸石壁立，渍之忽作，篙力难制，以其木之坚韧竿直，戟其首以竹纳护之者谓之戙，竹为绘而勾其戙者谓之纳，为船之良辅者。戙与篙，状殊而用一也，在船独出悉不如戙，作《戙》诗。崖石如齿，非麻枲纫绳之为前牵，取竹之箸者，破而用枲为靭以续之，以备其牵者谓其百丈，系其船首者谓之阳纽。牵之者击鼓以号令之，人声滩乱，无以相接，所以节动止进退。牵之妨碍者谓之下纬，济其不通，为船之先进者。枲与竹，状殊而用一也。在船先容悉不如百丈，作《百丈》诗。噫！古人观物，因事为

志者甚多也。予只命宪局,沿溯巴宾,抵瞿塘,耳目熟于长年三老辈矣。船具之于船有力者,作诗以称之,庶几鲁望《茶经》者也,俾系其末。①

诗人从船只的结构,樯、橹、梢、戙以及百丈的用途一一写起,细腻逼真,使读者对船具有了更加清楚的了解。

陶弼《海岩》序写钦州地质变迁。陶弼(1015—1078),字商翁,零陵祁阳(今属湖南)人。曾任阳朔令,后擢知宾州,历知容、钦二州。《三海岩诗》之序便是其任职钦州时考察所作。其序云:

治平三年春,诏徙钦州灵山县治于石六山下以便民也。夏五月,予得朝告还湖湘,道由兹山,爱其林交水回,岚嫩石瘦,谓其下必有胜处,乃命邑官除道刊木,屐进果得三岩于榛莽间。其一呀然云际,天光内通如月半破;一若巨龟壳,侧倚崖下,又一中窪上隆,前卑后昂,状如覆鼎盖于曲突灶。上端有阴窦,刀布藏焉。樵人百方,力不能到。下有盘石,螺蚌负之。予疑上古之时海渐于此。《诗》云高岸为谷,深谷为陵,岂空言哉?乃因之曰三海岩,而复为诗章以附新邑图经云。②

灵山县在钦州东北。诗人在路过石六山时见此地林茂水丰,云岚缭绕,知其必有风景优美之处。于是,诗人命当地官员砍除榛莽,辟出新路,果然见到三块巨大的岩石。岩石形状各异,非常奇特。

① 《全宋诗》第3册,北京大学出版社1991年版,第1758页。
② 《全宋诗》第8册,北京大学出版社1992年版,第5002页。

石下有螺蚌化石，诗人疑此处乃是远古时期的海边，日月更替，沧海桑田，只留下三块巨大的岩石默默地见证着大自然的变迁。

苏轼《秧马歌》之引则是写插秧农具的：

> 过庐陵，见宣德郎致仕曾君安止，出所作《禾谱》。文既温雅，事亦详实，惜其有所缺，不谙农器也。予昔游武昌，见农夫皆骑秧马。以榆枣为腹欲其滑，以楸桐为背欲其轻，腹如小舟，昂其首尾，背如覆瓦，以便两髀，雀跃于泥中，系束藁其首以缚秧。日行千畦，较之伛偻而作者，劳佚相绝矣。《史记》禹乘四载，泥行乘橇。解者曰橇形如箕，擿行泥土。岂秧马之类乎？作《秧马歌》一首，附于《禾谱》之末云。①

苏轼见到《禾谱》一书，认为有所缺漏，因为其中没有农具。诗人早年游武昌，见到农夫插秧皆骑秧马。这种农具，腹部是用榆木或枣木制作，为其在泥水中便于滑行；以楸木或桐木作其背，以求其轻。人在水田插秧，骑上秧马要比佝偻身子省很多力，插秧速度还快。农民的这种发明来自生产实践，而苏轼观察之细腻，描写之生动形象，也给读者留下深刻印象。

三、宋代序跋还大量记载了奇人奇事，甚至民间歌谣、气象谚语、养生常识以及气功表演等等，都可以入序跋。如李廌《张居士歌》之序写奇异之人，令人惊奇。李廌（1059—1109），字方叔，号济南先生。早年应试落第，遂绝意功名，归耕颍川。为“苏门六君子”之一。其序云：

---

① 《全宋诗》第14册，北京大学出版社1993年版，第9500页。

张居士名拱,字辅之。诚信孝谨之士。昔遇异人,以蒸枣七枚食之,云饵此当终身不食。拱始疑,而漫食之,果绝粒二年,行步轻健,神气冲澈。拱云:欲不食则便可不食,不问久近,欲食则日可兼壮者之食五人,亦未尝饫也。拱善医,世家京师,龚章之甥,龚夬之表兄也。①

诗人笔下的这位张居士,曾经遇到一位异人。异人让他吃下七个蒸枣,并说以后终身不用再吃任何东西。张居士开始疑惑不解,后来还是吃了下去,果然二年间不用吃饭,并且走路轻捷,神气饱满。张居士谈自己的感受,说自己想不吃便不吃,想吃时每天可以吃五个壮汉的食量,而自己未有饱足之感。诗人介绍,张居士实有其人,名拱字辅之,乃当时名医,所记之事绝非自己杜撰臆造。

又洪刍《异蚕吐丝成段》之序写奇异之蚕。洪刍,字驹父,南昌(今属江西)人。绍圣元年进士。靖康中为谏议大夫。汴京失守,洪刍为金人搜罗金银财宝。建炎元年坐罪流放沙门岛,死于贬所。其序曰:

宣和间,新喻博侯初为蕲春蔡氏婿。妇家簇蚕不茧,缘屋吐丝,自然成段,长丈余,广数尺,色正黄,厚薄若一,如有边幅然。乡人以为祥,是年侯初登第。②

宣和年间博侯初作了蕲春蔡家的女婿,家中养的桑蚕不结茧,而是沿着屋子吐丝,自然成为匹段,长一丈有余,宽有数尺,黄色,厚薄

① 《全宋诗》第 20 册,北京大学出版社 1995 年版,第 13609 页。
② 《全宋诗》第 22 册,北京大学出版社 1995 年版,第 14501 页。

均匀。这真是千古奇闻,邻里以为是吉祥之兆,而这一年博侯初果然科考登第。

文珦的《记梦》之序则记梦中说诗而病愈,甚是奇异。序云:

> 余九月三日忽病疟,日必一作,肢体惫甚。至十日,隐几坐卧,忽梦二人幅巾杖藜,相过谈诗。及寤,但记得一联云:骨换言方异,心空意始圆。是夕疟止。次夜又自梦坐亡,手书遗偈四句,前二句虽已书而不能记,忆后二句云:放身行碧落,古乐听钧天。书至落字而觉,末句虽书未全,而口尚能诵。于是起就佛灯书之,病遂脱然。信诗能愈疟矣。今足以起结,成唐律一篇,语不工,以记异也。①

序文记述自己忽然发病,搞得身衰体疲,到第十天的时候,忽然梦见两个人扶杖而来,与自己谈诗。醒来后,仍记得一联,念诵之后,当天晚上疟疾就止住了。第二天夜晚又作一梦,梦见自己即将亡去,手书遗偈四句,忽然梦醒,就灯书写诗句,奇怪的是病彻底好了。由此相信诗歌能够治愈疟疾。

杨万里《竹枝歌七首》之序则是写纤夫所唱民谣。杨万里(1127—1206),字廷秀,吉州吉水(今属江西)。绍兴二十四年进士。世称诚斋先生。与尤袤、范成大、陆游并称“中兴四大诗人”。其序曰:

> 晚发丹阳馆下,五更至丹阳县。舟人及牵夫终夕有

① 《全宋诗》第63册,北京大学出版社1998年版,第39582页。

> 声，盖讴吟啸謔，以相其劳者。其辞亦略可辨，有云："张哥哥，李哥哥，大家着力齐一拖。"又云："一休休，二休休，月子弯弯照几州。"其声凄婉，一唱众和。因櫽括之为《竹枝歌》云。①

诗人夜晚坐船，听见船夫和纤夫驾船拉纤，一夜不眠。为了克服困意，也为了相互鼓劲提神，大家一起唱着歌谣，音调凄婉动人。这样的歌谣并不完全同于船夫号子，船夫号子是船经过险滩时所唱，因为水流湍急，大家拉纤要协同使劲，为统一步调，减轻疲劳，大家要一同唱号子，一人领唱众人和。歌谣更多的是倾吐劳作的艰难和生活的辛酸。类似的民间歌谣有的至今还在流传，《黄杨扁担》就是很好的证明。不过序文所写是众人拉船，而《黄杨扁担》所唱者是一队挑米的脚夫。他们挑担行走山路，时间长了就会疲劳困顿，为了打起精神，众人齐声唱起民歌——"黄杨扁担软溜溜，挑一担白米下柳州，都说柳州的姑娘好，柳州的姑娘会梳头"。这会起到减轻疲惫、活跃气氛的作用。序文中的民谣情调凄婉，《黄杨扁担》中的民歌戏谑。但二者都是民间所创，来自劳动生活，因而具有朴素的艺术魅力。

罗点《喜雨望巴罗二山》之序则是气象民谚。罗点(1150—1194)，字春伯，号此庵，抚州崇仁(今属江西)人。淳熙二年进士。其序曰：

> 里谚云：巴山裹头，罗山缠腰，今日不雨，定在明朝。巴以栾叔元之名得名，罗以公远之姓得姓。两山皆吾乡

① 《全宋诗》第42册，北京大学出版社1998年版，第26447页。

之近望也，每雨必有云雾先冒其顶。苦旱以来，皎然无所蔽翳。县迎华盖仙，甫入郭，两山各出肤寸，而四郊自浃洽矣。①

有关气象的民谚是劳动人民结合当地的山川形势、地理特点，经过长期的验证而形成的。序文谚语说裹头缠腰，是指云彩，只要看见云彩罩住巴山顶，或在罗山山腰聚集，就预示着今明两天肯定有雨。这样的气象民谚有些至今还流传民间，如"早霞不出门，晚霞行千里"，"日晕而风，月晕而雨"等等，都有一定的科学根据。

陈造《识村翁语》之序则是介绍养生道理的。陈造（1133—1203），字唐卿，高邮（今属江苏）人。淳熙二年进士。其序曰：

劝耕净居，村翁老而健，问其寿，云山居淡食乃尔。昔一村叟，一野僧，皆寿百二，守杜郎中、史丞相呼而致敬，厚设而归，即逝。二人寿未必止此，厚味非野人所飨也。其言有契予心，作此纪之。②

勤勉耕作，居所干净，村中的老者虽然年高却又非常健康。问他们高寿的原因，回答是居住山野，饮食清淡。确实，山居环境清幽，适合修身养性，而清淡饮食，则可使老者减轻肠胃之负担，这正是养生长寿的秘诀。诗人举例说，有一村叟，一野僧，年纪过百。当地官吏为表敬意，设豪华之宴款待，二翁归去后即丧命。其实二翁寿命未必至此，究其原因，是官吏不该让他们吃那些美味佳肴。村翁

① 《全宋诗》第50册，北京大学出版社1998年版，第31274页。
② 《全宋诗》第45册，北京大学出版社1998年版，第28048页。

长期生活在山野村庄，菜根香，布衣暖，他们已经有了适合自己身体和精神的生活方式和环境，其中也包括饮食结构，现在突然以酒肉改变之，就会破坏其身体平衡，走向不利的方面。汉代枚乘在《七发》中说“甘脆肥脓，命曰腐肠之药”，于此也得到了验证。

唐代□钊《沙门崇惠登刀梯歌》之序则是写气功表演的：

> 大唐大历三年戊申之岁十月二十八日，奉敕于章敬寺建道场，时有江东沙门崇惠，登刀梯，升剑树，涉油炭镬，坐锥剑床。是日也，百官星驰，万人云集，莫不惊魂，叹未曾有。①

表演者是僧人崇惠，他练就一身奇特的功夫，不惧刀剑，不惧油锅炭火，在众目睽睽之下，赤足登上刀梯剑树，身体丝毫不受伤害，接着又赤足踩炙热的炭火，甚至光身坐在锥剑之上，真是所谓上刀山、下火海。场面壮观，万人云集，无不惊叹称奇。

诗歌序跋内容是随着诗歌内容的扩展而不断扩展的。唐宋时期，随着诗人视野的扩大和诗歌功能的变化，诗歌反映的社会现象也在不断增加，诗歌不仅仅只是言志抒情的文体，而成为了万事可记、万物可写、随手应用的工具。尤其是到了宋代，诗歌几乎到了无所不写的程度，于是，诗歌序跋才呈现出五彩斑斓的景象。除了上面所说，还有一些内容未能论述，如拜谒、咏物、书法、考古、考据、寓言等，限于篇幅不再一一论及。

① 陈尚君辑校《全唐诗补编》，中华书局1992年版，第876页。

第七章　唐宋诗序跋的艺术成就

第一节　序跋对表达方式的精彩运用

诗序要表现多种题材,表达丰富的思想内容和鲜明的主题,就必然有多种表达方式与之相适应。与魏晋南北朝时期的诗序相比,唐宋诗序跋在这方面取得了突破性的进展。唐以前的诗序,多是一些平直的叙述和简单的描写,虽也有些小序略有抒情但比较含蓄。而在唐宋诗序跋中,记叙、描写、抒情、议论等表达方式充分发挥,尽情展现,尤其是人物形象的刻画和引人入胜的故事情节,更是前所未有,形成了唐宋诗序跋独有的特色。

唐诗序最常用的表达方式是叙述、描写和抒情,议论手法用得较少,主要见于作者阐述其文学主张时使用,如萧颖士《江有归舟三章》之序、孟郊《送任载齐古二秀才自洞庭游宣城》之序、元稹《乐府古题》之序、白居易《新乐府》之序。而在宋代诗歌序跋中,不仅叙事、描写、抒情运用更加成熟,而且议论的序跋也增加,并不仅仅限于阐发文艺理论。

叙事性的诗歌序跋记叙人物及事件时,语言通俗,结构完整,将时间、地点、人物、事件、原因、结果等交代得清楚明白。如李端《慈恩寺怀旧》之序。李端,字正己,赵郡(今河北赵县)人。大历五年登进士第,授秘书省校书郎。大历十才子之一。其序曰:

余去夏五月，与耿湋、司空文明、吉中孚同陪故考功王员外来游此寺。员外，相国之子，雅有才称，遂赋五物，俾君子射而歌之。其一曰凌霄花，公实赋焉，因次诸屋壁以识其会。今夏，又与二三子游集于斯，流涕语旧。既而携手入院，值凌霄更花，遗文在目，良友逝矣，伤心如何。陆机所谓同宴一室，盖痛此也。观者必不以秩位不侔，则契分曾厚；词理不至，则悲哀在中，因赋首篇，故书之。①

先写去年五月作者与耿湋、司空图、吉中孚等游慈恩寺，观凌霄花赋诗，其乐融融。今夏又与二三子故地重游，值凌霄更花，“遗文在目，良友逝矣”，从而引发无限感慨。时间、地点、人物、事件等都有具体交代，读者明了诗人所叙，对理解诗歌也有很大的帮助。

元稹的《黄明府诗》之序也很有代表性：

小年曾于解县连月饮酒，予常为觥录事。曾于窦少府厅中，有一人后至，频犯语令，连飞十二觥，不胜其困，逃席而去。醒后问人，前虞乡黄丞也，此后绝不复知。元和四年三月，予奉使东川，十六日至褒城东数里，遥望驿亭，前有大池，楼榭甚盛。逡巡，有黄明府见迎，瞻其形容，仿佛似识，问其前衔，即曩时之逃席黄丞也。说向前事，黄生惘然而寤，因馈酒一槽，艤舟请予同载。予不免其意，与之尽欢。遍问座隅山川，则曰：又褒次其右。感今怀古，作黄明府诗云。②

① 《全唐诗》卷二八四，中华书局1999年版，第3234页。
② 《全唐诗》卷四〇五，中华书局1999年版，第4530页。

序文记述作者早年曾于解县窦少府厅中饮酒，有一个人后到，在众人饮酒过程中，频犯酒令，接连被罚酒十二大杯，不胜酒力，便逃席而去。元稹在酒后从他人口中得知此人叫黄丞。元和四年三月，元稹奉使东川，于驿亭有当地官员黄明府前来驿亭迎接。元稹看其面容觉得似曾相识，问起以前的情形，原来这位黄明府，就是当年在酒席上连喝十二大杯的黄丞。黄明府也恍然大悟，想起了往事，于是向元稹赠酒一槽。序文在简短的叙述中，将人物以及往事今情交代得清清楚楚。又如元稹的《卢头陀诗》之序，先介绍卢头陀本名士衎，字源一，“少力学，善记忆”，曾“历八诸侯府，皆掌剧事”，“性强迈，不录幽琐，为吏所构，谪官建州”，有异人密授心契，遂不知所往，后有人于衡山佛舍众头陀中见之。此序层次分明，将人物的生平结局叙述得清楚而又有条理。卢肇《汉堤诗》之序、丘丹《经湛长史草堂》之序等，都是充分展示记叙特色的典范性诗序。

有的叙述性诗序不仅叙述事件的始末，还对诗歌题目进行解释，如杜甫《课伐木》之序：

> 课来人伯夷、幸秀、信行等入谷斩阴木，人日四根止，维条伊枚，正直挺然，晨征暮返，委积庭内。我有藩篱，是缺是补，载伐筱簜，伊杖支持，则旅次于小安。山有虎知禁，若恃爪牙之利，必昏黑摚突。夔人屋壁，列树白菊，镘为墙，实以竹，示式遏，为与虎近，混沦乎无良宾客忧，害马之徒，苟活为幸，可默息已。作诗示宗武诵。①

① 《全唐诗》卷二二一，中华书局1999年版，第2345页。

这篇序当作于大历二年夏天诗人寓居夔州时。杜甫所居之地常有虎患，于是他派仆人到山中砍伐树木，每个人扛回四根。杜甫要用这些树木作成桩子，然后再用空心苦竹编结成结实的篱笆，防止夜晚老虎来住处侵袭。这篇小序，叙述语言全用短语，并无冗长之句，在叙事性的诗序中别具一格。

宋代陈舜俞《双溪行》之序，在序文的结尾解题，但双溪是河名，看似是解释题目，实际上是叙述发生在双溪的所见所闻，并且加进诗人的情感。陈舜俞（？—1075），字令举，湖州乌程（今浙江湖州）人，因曾闲居秀洲白牛村，又自号白牛居士。庆历六年进士。其序云：

> 熙宁七年九月，予游吴兴，遇致政张郎中子野，日有文酒之乐，时李公择为使君，幕客陈殿丞正臣，皆予故人。一日，正臣语予云："昨日张子野过我，吾家有侍婢何氏，故范恪太尉之家妓也。窥子野于牖，识子野尝陪范宴会，因感旧泣数行下。"予闻之恻然，交语公择。公择益为之凄怆，即乃载酒选客，陪子野访之。酒行，正臣不肯出何氏侑诸客饮，独使在屏障中歌，及作笛与胡琴数弄而罢，其声调无不清妙。惟子野以旧恩，得附屏障间问范之废兴及所由来。子野曰："此范当年最所爱者。"于是诸客人人怜之，又嘉其艺之精，而恨其不得见也。予因作《双溪行》。双溪，吴兴之水苕、霅云也。①

诗人于绍兴七年九月游吴兴，遇到张先、李公择、陈正臣等友

① 《全宋诗》第8册，北京大学出版社1992年版，第4956页。

人。陈正臣告诉诗人，张先昨日访家，歌姬何氏原在范太尉家，因张先曾在范太尉家宴饮，何氏认识张先，今在陈家又见，故感旧而哭。于是，诗人邀李公择陪张先前往陈正臣家访何氏。但是陈正臣不肯让何氏出来陪酒，只让她在屏障中展歌喉，弄管弦。众人不能与之见面，即使张先与其有旧，也只能隔着屏障向何氏问范太尉的情况。短短一段序文，人物、情节以及情感俱交代清楚，既反映出歌姬的悲惨命运，也写出陈正臣对何氏的爱恋。这段序文，主要的人物是歌姬何氏，但她始终未出场，其他人的活动和情感都随其变化，可谓此时无声胜有声。

晚唐诗人颜萱《过张祜处士丹阳故居》之序，在记叙人物、事件过程中，渗入的情感细腻而真挚，通过对往事的回忆以及今日的所见所闻，让读者感到人生的变化无常和世事沧桑。颜萱，字弘至，唐末诗人。其序云：

> 萱与故张处士祜，世家通旧，尚忆孩稚之岁，与伯氏尝承处士抚抱之仁。目管辂为神童，期孔融于伟器，光阴徂谢，二纪于兹，适经其故居，已易他主。访遗孤之所止，则距故居之右二十余步，荆榛之下，荜门启焉。处士有四男一女，男曰椿儿、桂儿、椅儿、杞儿。问之，三已物故，唯杞为遗孕，与其女尚存。欲揖杞与言，则又求食于汝坟矣。但有霜鬓而黄冠者，杖策迎门，乃昔时爱姬崔氏也。与之话旧，历然可听。嗟乎！葛帔练裙，兼非所有；琴书图籍，尽属他人。又云：横塘之西，有故田数百亩，力既贫窭，十年不耕，唯岁赋万钱，求免无所。呜呼！昔为穆生置醴，郑公立乡者，复何人哉？

> 因吟五十六字，以闻好事者。①

颜萱小时与其兄曾受知于张祜，有很深厚的感情。张祜去世以后，颜萱经过张祜在丹阳的故居，访其遗孤。诗人看到张祜生前故居已经易主，遗孤所居已经移至故居之右二十步的破旧房屋，荆榛丛生，蓬门开启，好不凄凉！张祜有四儿一女，但三个儿子已经去世，唯有遗腹子与其女尚在。一个鬓发苍苍的老妇人拄杖出门迎客，原来是张祜的爱姬崔氏，与之话旧，往事历历在目。据崔氏言，张祜死后家产尽数典当他人。有数百亩田地，因无力耕种，早已变成荒田，但官府仍然索要租税，求免无门，如何交纳。张祜与颜氏兄弟，有师生之谊，颜萱见张祜身后如此凄凉，怎不会感慨万千！其诗云："忆昔为儿逐我兄，曾抛竹马拜先生。书斋已换当时主，诗壁空题故友名。岂是争权留怨敌，可怜当路尽公卿。柴扉草屋无人问，犹向荒田责地征。"与序文流露的感情是一致的。

颜萱与皮日休、陆龟蒙友善，时有唱和。陆龟蒙听到颜萱介绍张祜去世后的情况，有感而发，也写下《和过张祜处士丹阳故居》之序。其序云：

> 张祜，字承吉。元和中，作宫体小诗，辞曲艳发，当时轻薄之流能其才，合噪得誉。及老大，稍窥建安风格，诵《乐府录》，知作者本意。短章大篇，往往间出，谏讽怨谲，时与六义相左右；善题目佳境，言不可刊置别处。此为才子之最也。由是贤俊之士及高位重名者，多与之游，谓有鹄鹭之野，孔翠之鲜，竹柏之贞，琴磬之韵。或荐之

① 《全唐诗》卷六三一，中华书局1999年版，第7289页。

于天子,书奏不下。亦受辟诸侯府,性狷介不容物,辄自劾去。以曲阿地古澹,有南朝之遗风,遂筑室种树而家焉。性嗜水石,常悉力致之。从知南海间罢职,载罗浮石笋还。不蓄善田利产为身后计,死未二十年,而故姬遗孕冻馁不暇。前所谓鹄鹭、孔翠、竹柏、琴磬之家,虽朱轮尚乘,遗编尚吟,未尝省其孤而恤其穷也。噫!人假之为玩好,不根于道义耶?惧其怨刺于神明耶?天果不爱才,没而犹譴耶?吾一不知之。友人颜弘至行江南道中,访其庐,作诗吊而序之,属余应和。余汩没者,不足哀承吉之道。邀袭美同作,庶乎承吉之孤,倚其传而有怜者。①

这篇诗序对张祜进行了比较全面的介绍。先说张祜元和年间喜欢作宫体小诗,讲究华丽的辞藻,其风格浮艳。后来,张祜的创作发生变化,其诗歌创作有建安风骨,关注社会现实,讽谏之意浓厚。因此,在当时被贤达之士看重,经常与他往来,给予极高的称赞。有人推荐给天子,结果没有音讯,后受招进入地方官员幕府,但张祜性情狷介,竟弃官而去。看透世态炎凉的张祜在曲阿之地筑室安家,多植树木,罗列名石,颇有隐士之风。张祜生前并未考虑田产而为身后打算,在他死后十几年,妻儿就饱受饥寒交迫,身后凄凉,令人慨叹。从序文的后半部分看,陆龟蒙是听颜萱介绍张祜死后家庭情况,遵颜萱之嘱而写下追悼张祜的诗与序。

宋代的叙述性诗序,有的比较长,完全可以看作是具备各种要素的记叙文。如李纲《建炎行》之序:

① 《全唐诗》卷六二六,中华书局1999年版,第7239页。

余去岁夏初，自长沙闻尹京之命，率义旅入援王室，次繁昌，得元帅府檄，审虏破都城，二圣北迁，号恸几绝。至当涂，见赦书，上登宝位，且喜且悲，意欲一到行在，觐新天子，道胸中所欲言者，即丐归田里，此其志也。行次楚淮间，忽闻已告廷除，拜荷特达之知，感极而泣。以六月朔抵南都，有旨，执政出迓，赐燕于金果园，且奏丐免，即入城。是晚，召对内殿，叙陈国家祸故，上嗣位，慰天人之望。泣谢首被选用，顾材力不堪，弗敢当，乞遴择足以副公议者。上慰劳久之，即遣御乐押赴都堂治事。翌日再对，复力辞，三上章表，皆优答不允。是时伪楚张邦昌以太保同安郡王领三省事，五日一会都堂。即建言邦昌僭窃，不宜与政，臣不可与同列，凡受伪命者皆宜正其罪，以为臣子之戒。具奏十事，皆当时急务，度能从乃敢受命。有旨付三省施行。又与执政廷辨，至泣拜以辞，上感动，始罢谪邦昌与受伪命者。翌日乃受告，因为上规画所以捍御金寇，奉迎銮舆之策。且谓河北、河东，国家之屏蔽，虽颇为虏所陷没，然其兵民戴宋之心坚甚，朝廷不议救援，使人力屈而附贼，为患非细。于是荐张所招抚河北，傅亮经制河东。二人者，皆有将帅材，具甲兵、钱粮而遣之。又请车驾一至京师，见宗庙，慰都人之心，度未可居，则巡幸南阳，驻跸，示不弃中原。而西通关陕，可起兵马，东通江淮，可运粮饷；南通岭蜀，可取货财，北援三郡两河，与贼争利，天下形势莫便于此。有旨遣使经画。又劝上益募兵买马，缮器杖，修军政，择将帅，置帅府要郡以经略天下。是时剧贼李昱扰山东，杜用起淮南，李孝忠乱襄，皆遣将讨平之，其余降者十余万，皆分吏诸将，使渡河

> 讨贼。才两月间,威令稍振。窃以奉令承教,可幸无罪,中兴之功,庶几可成。不意同列者害之,阴以巡幸东南为安动上意。八月五日告廷,迁左仆射,既命二相矣。于是显沮张所而罢傅亮,连数日争之不可得,则丐罢政。奏上,以谓方朝廷艰难,不敢充位备员,以虚负天下之责。章三上,再押入,一对后殿,力求去。上度不可留,乃除观文殿大学士,提举杭州洞霄宫,泛舟东归。已而言者交章,诋在相位施设不当,且诬以倾家赀犒叛卒,闻者骇愕。赖天子睿明,有以察其不然,姑褫职,俾以宫祠居武昌。闻命即上道,适濒江盗贼扰攘,间关道路。逾半年,始达湖外,追思前事,恍如梦寐。而连年奔走,缭络万里,初不知其所以然。夫出处去就,大臣常事,不足道也。然金人今春果扰关辅,蹂践京东西,河北兵民叛为盗贼,皆如所料。銮舆远幸,未有可还之期;翠华漂泊,未有定居之所。生民未休息,中国未又安,此臣子之所夙夜痛悼而寒心者也。噫!天实为之,谓之何哉?掇取出处去就大概,赋诗百二十韵,目之曰《建炎行》,览者庶有感云。①

序文一千余字,追叙了自己为相期间的"出处去就大概",让读者清楚地看到了诗人的拳拳爱国之心。靖康元年金人围攻北宋都城开封之时,李纲就极力反对迁都,并率兵击退金兵,不久遭到排斥。开封被金兵攻破以后,宋徽宗、宋钦宗被虏而去,他痛苦欲绝。高宗即位以后,李纲为尚书右仆射兼中书侍郎,上书力言罢免张邦昌以及那些受伪命者,以正朝纲,拜辞以泣,终于感动高宗,罢免并贬

① 《全宋诗》第27册,北京大学出版社1996年版,第17688页。

谪张邦昌及受伪命者。接着,李纲又上书陈说抗金大计,“劝上益募兵买马,缮器杖,修军政,择将帅,置帅府要郡以经略天下”,主张选用将才,准备甲兵以及钱粮,击退金人,收复失地。不料未得朝廷采纳,却又遭到朝中奸佞陷害,在职不到三个月即被罢免。后来发生之事,果如李纲所料。自己的命运不足道,他忧虑的是国家社稷何黎民百姓,“銮舆远幸,未有可还之期;翠华漂泊,未有定居之所。生民未休息,中国未又安”。长篇序文将诗人的经历以及国家发生的大事一一叙述交代,条理分明,时间线索清晰,是一篇生动翔实的记叙文。

方回《上南行十二首》之序也是长篇诗序,有七百余字。序文不仅解题,而且叙述详尽,诗人出行的时间、路程里数以及所见村庄山川名称,一一道出,也可以看作是日记体序文。因是组诗之序,每首诗的写作背景都在序中交代清楚。序云:

何以谓之《上南行》,吾州城南有三路:右曰上南路,左曰下南路,中曰水南路。岁庚寅十二月初五日甲戌,予偕紫阳精舍王博士俊甫,出上南路,访吾友曹清父,故曰《上南行》也。平明出城,即渡溪,曰古航渡,为诗一。行五里曰分流岭,为诗二。行七里曰南山,许宣平老仙故居在山上,予癸丑从郡守魏公静斋来游,今三十八年复过其下,魏公所筑翠微亭近亦不存,为诗三。旧官榷酒,出城十里始饮村醪,双桥酒稍佳,今无复有,为诗四。行十五里岑山渡,渡旁有一山屹立溪中,为休宁县港之水口山。上有道人庵,老树葱菁颇可观,为诗五。行二十里杏村溪,南北西有村名曰富登、富代、泽富,而不见富人,犹杏村未必有杏花也,为诗六。行二十五里牛屎岭,岭之得名不知其故。金陵王谢故居在马粪巷,而予将访清父,乃不免过牛屎岭,乃以王谢马粪方之,为诗七。清父所居地名曰叶有,莫详其义,过一岭稍穹,计行三十里矣,亦曰叶有岭,强为分别,以为有根即有叶,为诗八。行三十五里至清父宅,清父先尊公敬宅先生,字元会,乡邦老儒,年八十有四,近物故。予同俊甫炷香奠拜几筵,高山景行,有怀德人。曹氏世登科者九人,清父咸淳戊辰进士其一也,为诗九。终夜剧谈,清父弟清叟与焉。予偕俊甫对榻,而清父襆被以来,卧语至晓,灯火明暗间不知身世之在斯深谷也,为诗十。初六日乙亥,清父苦相留,力辞得请,还至杏林塝,去岑山渡可二里,俊甫曰:此刘堂录子文宅也。予下车于外,子文适开户于内,惊相视,留仆主饭俱餍饫,为诗十一。既渡岑山,又有留饭者,三酌而辞。斯游多有谈谐嘲谑,乐而忘劳,入城适欲暮矣,为诗十二。各章八句,或可相与赓和,以识一时乘兴之适云。清父名泾,年五十七。清叟名淯,年五十三。子文名演,年六十一。俊甫名国杰,年三十八。予为方回,字万里,年六十四。初七日丙子书于家之孚舟亭。①

序文首先解题,所谓《上南行》,是因为出城走的是上南路。组诗一共十二首,介绍十二首诗歌,有的简单,如诗一诗二,只是简要介绍路途经过之地,一语带过;有的详细,如诗九、诗十、诗十一,有人物,有情节,叙述详尽。序文结尾甚至连诗人自己也介绍一遍,并交代当时的年龄,以及写作的时间和地点,使读者对十二首诗有一

① 《全宋诗》第66册,北京大学出版社1998年版,第41695页。

个更为清楚的认识。

有的叙述性诗序展示情节非常曲折，悬念迭出，引人入胜，如王十朋《左原纪异》之序。其序云：

> 乐清之东，地名左原。中有古井深数丈，时冬旱水枯，泉仅盈掬。有女子数人提罂而汲，绠绝罂堕。俄有男子锐然解衣入井取之，既而石陷，声震山谷，井深而石重，咸谓压者必齑粉矣。越三日，事闻于邑，尉周公以职事来，环井而视，恻然嗟悼，命役夫具畚锸抉石取骸，将以葬焉。自旦逮午，犹未及尸，俄而役者惊相告曰：井底有声，其鬼物乎。公曰：此陷者不死，须吾以生。于是捐己资，募能出之者，众力争奋，头颅稍露而语可辨矣。土石撼动，势将复压，救者惊溃。公乃整衣焚香，叩井而拜，命工植板以捍，石危而不堕，益以缗钱啖役夫俾蹈死以救。公未饭，吏以进，却之曰：必活人而后食。日没井昏，继之以烛，用长绠系衾挽而出。而观者数百人，欢呼震动，嗟异其事，且以手加额曰：公真仁人也，能活人如此。某家左原，去井所为近，获终日从公于井旁，目击其事，作诗一篇以纪之。时绍兴乙亥仲冬四日也。公名邵，字嘉成，婺州永康人。①

序文记叙了诗人家乡乐清的一件奇异之事：左原之地有一口井深达数丈，冬季天旱，井水几近枯竭，井底仅有一泓泉水。一天，有几个女子提罂来古井汲水，不料绳子断绝，罂坠入井底。恰好有

① 《全宋诗》第36册，北京大学出版社1998年版，第22658页。

一男子路过这里，见到此情，便奋然解衣下井取罂，谁知男子刚到井底，古井便塌陷，土石俱下，将男子掩埋井底。众人都以为井深石重，男子必死无疑。三天以后，水井坍塌埋人之事被县尉周公知道了。他来到事故现场，围绕古井查看之后，命令役夫挖掘土石以取出男子尸体，然后埋葬。役夫从早晨到中午，挖土石不绝，仍然没有见到尸骸。不一会儿，役夫报告井底有声音，众人都以为遇到了鬼。周公听后判断说，这是被压埋的男子没死，一定要把他救出来。周公自己出钱招募役夫，于是有勇者争先挖掘土石，男子的头稍稍露出来而说话声也可辨别。这时，危急的情况又出现了，土石松动，又将坍塌，众人大惊失色。周公于是焚香拜井，命令役夫在井壁树木板，挡住即将坍塌的土石，然后出钱买来酒肉，款待役夫奋身相救。属下请周公进饭，周公却说，一定要把人救活再吃饭。天黑以后，燃烛照明继续清理土石，一直到把那男子救出来。围观的有几百人，大家齐声欢呼，惊异此事，并盛赞周公救人之恩德。诗人家乡就在左原，离古井较近，整个救援过程始终就在现场，序文可以说是现场实录。男子被埋三天挖出后仍然活命，看似不可思议，其实仍有一定的必然性。当是古井塌陷以后，大石滚落，男子并没有被大石压住，而是大石落下后有一个小的空间，男子正好委身其间。再加上井底有水可以饮用，石头之间有缝隙可以呼吸，所以男子才得以活命。这只要看看当今报道自然灾害如地震后房屋倒塌，只要重物不压在人的身上，而是重物悬支下面有可以容身之地，几天后仍然活命。这也可以证明王十朋叙述的故事结尾男子仍然活命，并非不可能。故事一波三折，惊心动魄，叙事简练而引人入胜，是叙述性序跋的代表作品。

描写是唐宋诗歌序跋中最常用的表达方式。描写可以分为景物描写、场面描写、人物描写、语言描写、细节描写等等。先看景物描写,唐诗序写景状物,生动具体,形象逼真,使人如临其境。如前引沈佺期《从崇山向越常》之序,清丽简练,短短五十八字,便描绘出南方秀丽的江山美景,宛如一幅山水画。元结《石鱼湖上作》之序中的描写也颇有代表性,"瀍泉南上有独石在水中,状如游鱼。鱼凹处,修之可以贝居 酒。水涯四匝,多欹石相连。石上堪人坐,水能浮小舫载酒,又能绕石鱼洄流。"独孤及《垂花坞醉后戏题》之序,刘禹锡《庙庭偃松》之序等,都是描写山水景物的名序。有些诗序描绘山水,用移步换形之法,似导游引领读者步入画廊。如上文引李渤《南溪诗》之序描写桂林山水,令人心驰神往,使人仿佛置身于美丽的山水画廊,目不暇接。接下来写溶洞景色,"乳溜凝化,诡势奇状,俯而察之,如伞如奞,如栾栌支撑,如莲蔓藻井。左睨右瞰,似帘似帏,似松偃竹袅,似海荡云惊,其玉池井岚飙回遝交错,迷不可纪。"连用比喻和排比,生动形象地描绘出各种形状的钟乳石。

宋代鲜于侁《游灵岩》之序也是描写景物的名序。鲜于侁(1019—1087),字子骏,阆州(今四川阆中)人。景祐五年进士,曾任江陵府右司里参军、京东转运使等职。与苏轼友善,乌台诗案后,不避嫌累送别苏轼。其序云:

> 熙宁三年秋,侁行部偶公暇,与太守虞曹李茂先、晋弼佥谟殿省臣文绅仪公游药岩精舍。舟南下数里,乃并崖登山。又数百步有一岩,环覆可十亩,宫构其下。崖壁飙呀,石色乳窦怪不可名品。像殿之前有一轩,瞰临溪山,俯仰可爱。又东行,迤逦行间,见石脉出泉,玉色如乳,云饮之可蠲疾。又数十步抵小崖,崖后数丈广二寻,中有一石柱承载岩崖,殆非耳目所闻见也。其后有洞穴,

> 云昔人尝误入其中,行数里见川源花木之迹,或忆其家,遂恍然欲行,迷失处所。予爱其景物之异,徘徊久之,因为诗以记此山之胜事云。①

序文用简练的笔法写出奇异的景物。诗人与友人先游精舍,再乘舟而下,舍舟登山,所见皆鬼斧神工。又记石脉之泉,高大石柱,深邃洞穴,再辅以传说,把读者带进一个神奇的世界。序文描写山水景物,移步换形,景物不断转换,美不胜收。

唐代段成式《观山灯献徐尚书》之序则是描写上元放灯场面,也颇具特色。其序云:

> 尚书东苑公镇襄之三年,四维具举,而仍岁谷熟。及上元日,百姓请事山灯,以报穰祈祉也。时从事及上客从公登城南楼观之。初烁空焮谷,漫若朝炬,忽惊狂烧卷风,扑缘一峰,如尘烘旆色,如波残鲸鬣,如霞駮,如珊瑚露,如丹蛇虫支离,如朱草丛丛,如芝之曲,如莲之擎,布字而疾抵电书,写塔而争同蜃构,亦天下一绝也。成式辞多嗤累,学未该悉,策山灯事,唯记陈后主宴光壁殿,遥咏山灯诗云:杂桂还如月,依柳更疑星。辄成三首,以纪壮观。②

序文采用一连串的比喻,形象生动地再现了上元夜放灯的瑰丽场面,使读者如置身于"东风夜放花千树"的环境中。

---

① 《全宋诗》第9册,北京大学出版社1992年版,第6233页。

② 《全唐诗》卷五八四,中华书局1999年版,第6821页。

宋代李弥逊《五石》之序中描写精美的收藏石也令人叹为观止。李弥逊(1089—1153),字似之,号筠溪居士,吴县(今江苏苏州)人。曾任秘书省校书郎、礼部员外郎、户部侍郎等职。其序云:

> 岁戊戌秋,舟行宿泗间。有持小石售于市者。取而视之,其大可置掌握,峰峦郁然,若岩宝涧壑,水落月吐,云影缈冥。若远若近,皆有自然之势。乃以千金购之,而为之名。曰群玉峰,曰水月岩,曰遥岑,曰碧涧,曰阴壑。置诸座隅,卧与对之。且予少时南游羌庐,升紫霄,以瞰九江,东沿洙泗,登泰山,而徜徉大伾。道邺历赵,及燕而还。今年责官罗城,当走蜀,问山于蜀人冯济川,每至佳处,耳倾心爱,恨不能一日千里也。继改命,不得往,遂自郑适洛,以穷溱洧两河之源,历览二室之趣。方将逾淮浮江,自放于世。犹念深山大泽,不能与有足者皆至。偶于图画对之,未尝不慨然兴怀。今一旦得是数山,坐四方之胜,岂不幸欤。吾将寓形其间,而与之俯仰上下。不知我之在丘壑,丘壑之在我也。世所谓毁誉荣辱、穷达得丧、喜怒哀乐,不能投吾胸次矣。虽然予非认而有之,好事者将以予为过耶?姑从而为之辞。①

这些名石,图案形象生动,惟妙惟肖,有的峰峦叠嶂,有的高山峡谷,有的似水落月现,云影缥缈,把握之间,竟有遥远之势。诗人根据图案,对五块名石一一取名,置之坐旁,寄寓情怀,也令读者浮想

① 《全宋诗》第30册,北京大学出版社1998年版,第19230页。

联翩。

唐宋诗序跋在人物描写上也有许多精彩之处，特别是人物的情态、性格、肖像、心理等，往往通过简练的勾勒或细节描写，便使人物形象跃然纸上，栩栩如生。如元稹《刘颇诗》之序云：

> 昌平人刘颇，其上三世有义烈。颇少落行阵，二十解属文，举进士科试不就，负气，狭路间病罂车蔽枢，尽碎之，罄囊酬直而去。南归唐州，为吏所轧，势不支，气屈，自火其居，出契书投火中，繇是以气闻。予闻风四五年而后见，因以诗许之。①

一个性格暴躁的人物形象，被作者用简练的笔墨勾勒得栩栩如生。这与刘义庆在《世说新语》中刻画王蓝田吃鸡蛋，有异曲同工之妙。《刘颇诗》为五律，诗曰："一言感激士，三世义忠臣。破瓮嫌妨路，烧庄耻属人。迥分辽海气，闲踏洛阳尘。倘使权由我，还君白马津。"显然不及序中描写得那样生动鲜活。由此可见，诗序在描写人物的性格特征、言谈举止等方面，确实要比诗歌胜出一筹。

又如唐代诗人廖有方《题旅榇》之序云：

> 余元和乙未岁落第，西征适此，闻呻吟之声，潜听而微惋也。问其疾苦住止，对曰："辛勤数举，未遇知音盻睐。"叩头，久而复语，唯以残骨相托。馀不能言，俄而逝。余乃鬻所乘马于村豪，备棺瘗之，恨不知其姓氏。②

① 《全唐诗》卷四〇九，中华书局1999年版，第4556页。

② 《全唐诗》卷四九〇，中华书局1999年版，第5591页。

廖有方,生卒年不详,交州(今越南河内)人。序文所记之事,《唐诗纪事》卷四十九《云溪友议》卷下《名义士》条下也有记载,且后者记述比序文还详细。廖有方因序文所说之事,被当时誉为"皇唐之义士"。翌年,李逢吉拔擢廖有方及第。序文叙述诗人落第,又逢落第之人,二人本不相识,然一托付,一受托,通过简单的叙述和人物言行描写,便将事情的来龙去脉,以及落第举子他乡病危的绝望心情交代清楚。诗人所遇之人,数年应考皆落第而归,此次病于旅舍,生命垂危,托付后事,凄惨至极。诗序虽短,却有时间、地点、人物,有情节,有对话,有结局,生动形象。引诗做一比较:"嗟君没世委空囊,几度劳心翰墨场。半面为君申一恸,不知何处是家乡。"若无序文,诗就难免枯燥单调,甚至令人不知所云,人物形象更无从体现。

宋代陈师道《鸷鹊诗》之序描写也非常精彩。陈师道(1053—1101),字履常,号后山居士,彭城(今江苏徐州)人。陈师道安贫乐道,为北宋卓有成就的文学家。其序云:

> 辛巳夏四月庚戌,日将晏,与客追凉露坐。有雀引雏二三集垣下,行且哺。俄有鹊至自北,俯啄雀间。初循循,少焉得雀,遽攫一雏而升于垣,出雀不意。雀悲鸣啾啾,奋身抵鹊,再三欲夺,鹊竟磔雏以食不顾,如得计然。坐客叹息,余感之赋诗。①

序文中的场面描写、细节描写令人叫绝。诗人观察仔细,描写传神,令读者仿佛置身其中,屏住呼吸,为雏雀而担忧。雀引雏鸟在

① 《全宋诗》第19册,北京大学出版社1995年版,第12750页。

地上啄食，一鹊飞来，也在地上啄食，麻痹雀鸟，等到雀鸟失去警惕，鹊出其不意抓住雏雀，飞到墙上。雀妈妈悲鸣不已，再三抢夺雏雀，但鹊全然不顾，竟撕碎雏雀食之。诗人目睹了这个场面。雏雀的无知，雀妈妈的急切忧愤，鹊的狡猾和残忍，在诗人笔下都得到了形象的描绘和充分的展现。

再看宋代薛季宣《记游诗》之序，采用细节描写刻画人物是何等精妙。其序云：

> 延陵道士何希全，为人坦率狂易，居天庆观，侪辈以风子目之。走初识诸妻家，哓哓然一多言人也。甲申岁至西淛，从妇之昆弟游，访何之居，则阒无人声。扣户移时，而后希全者出，肃宾而坐，不交一谈，同行怪之。视其宅舍，盖凝尘满屋，胡床虽设，而拖泥之板亡矣，意其非苟然于世者。客退而主人不送客，强之，不辞。及门，谢以无茶，遂翻然而入。询其行事，不语既有年矣。晚游崇胜佛寺，过僧道一不值，视几案间无非责人竿牍。中庭有枯条不剪，谓之龙华，考记按图，乃野菊之下品。王公闻人为之歌谣者，至积秩而加多。走阅短卷图书，谓必法书名画，开编而视，乃其绘梦成图。一日之间，所遇如此，若希全者可谓身如梦幻，而道一者顾以梦幻为真。物之不齐有如此者。因思列子之言，为发一笑而作此诗。①

简短的叙述和精彩的描写，便将一个疯子式的道士描绘得惟妙惟肖。主客相见，不交一言，屋内尘土不扫，邋遢杂乱，客人告辞又不

① 《全宋诗》第46册，北京大学出版社1998年版，第28691页。

相送，有知其人者告之，道士已经几年不说话了。序文中的逼真描写，几乎可与小说描写人物比美，显然也是诗歌无法完成的。

唐宋诗序跋还常常通过典型环境的描写来烘托人物形象。如唐代郑薰《赠巩畴》之序，先交代诗人与巩畴早年相识，后因寇难分散多年，杳无音信，生死未卜，接下来笔锋一转：

> 余既休居洛师，锁扉独静。已卯冬十一月半，雪中有客叩柴门，樵童视之，走复曰：巩处士。遽下榻开关，执手话艰苦。巩背簦笈、草履、杖灵寿、下笠，且哈笑曰："闻公恬养澹逸，不屑于荣悴，故以玄成来助成之。"升榻解笈，散四书，即《易》、老、净、肇也。明日，讲《肇论》，阶前多偃松高桂，冰堕落，有琴瑟金石声。理致明妙，神骨超爽，自谓一时之遇。①

郑薰，字子溥，大历二年登进士第。他在这篇序文中，运用肖像描写刻画出一个远离俗世的人物形象，又将其置于冰天雪地的典型环境中，且以松树桂树衬托，又有冰凌坠落之声，便突出了巩畴冰清玉洁的品格。又如皮日休在《寄题镜岩周尊师所居》之序中，刻画周景复的形象，则有更奇妙的环境描写：

> 处州仙都山，山之半有洞口，下望之如鉴，目之曰镜岩。下去地二百尺，上者以竹梯为级，中如方丈，内有乳水，滴沥嵌罅，黄老徒周君景复居焉。迨八十年，不食乎粟，日唯焚降真香一炷，读灵宝度人经而已。东牟段公柯

① 《全唐诗》卷五四七，中华书局1999年版，第6370页。

> 昔为州日，闻其名，梯其室以造之，且曰："君居此久矣，乳水之滴，昼夜可知量乎?"周君曰："某常揣之，尽昼与夜，一斛加半焉。"公异而礼之。①

周氏隐居之地颇为险要，在仙都山半山腰的洞中，离地二百尺，需登竹梯而上。周氏八十年时间生活于洞中，整日焚香诵经，心如古井。典型环境的描写，衬托出心性高洁的隐士形象。陆龟蒙《白鸥诗》之序环境描写也颇具特色：

> 乐安任君，尝为泾尉，居吴城中，地才数亩，而不佩俗物。有池，池中有岛屿，池之南西北边合三亭，修篁嘉木，掩隐隈隩，处其一，不见其二也。君好奇乐异，喜文学名理之士，所得皆清散凝莹，袭美知而偕诣。既坐，有白鸥翩然，驯于砌下，因请浮而玩之。②

环境清幽，远离世俗，衬托出主人的高洁气质和隐逸情操。白居易《池上篇》之序、皮日休《太湖诗》之序等，都是此类诗序的代表作。

诗序还善于通过语言描写来刻画人物形象，使读者如闻其声，如见其人。如李贺《申胡子觱篥歌》之序，写朔客李氏与诗人聚而饮酒，"气热杯阑，因谓吾曰：'李长吉，尔徒能长调，不能作五字歌诗。直强回笔端，与陶、谢诗势相远几里！'吾对后请撰《申胡子觱篥歌》，以五字断句。歌成，左右人合噪相唱。朔客大惊，擎觞起立，命花娘出幕，裴回拜客。"短短几句语言描写，心直口快、豪放

① 《全唐诗》卷六一四，中华书局1999年版，第7136页。

② 《全唐诗》卷六二五，中华书局1999年版，第7231页。

不羁的朔客形象跃然纸上。《唐诗归折衷》引敬夫云："序亦豪举。"《李长吉诗集批注》云："序亦胜人。"究其原因，人物语言的个性化描写起了很大的作用。又如白居易的《和梦游春诗一百韵》之序："微之既到江陵，又以《梦游春诗》七十韵寄予，且题其序曰：'斯言也，不可使不知吾者知，知吾者亦不可使不知。乐天知吾也，吾不敢不使吾子知。'"这颇似晋代竹林七贤之一阮籍之语。《世说新语·简傲》记阮籍、王戎与刘公荣在一起饮酒，阮籍、王戎饮之，刘公荣未得一杯。或问之，阮籍答曰："胜公荣者不得不与饮酒，不如公荣者，不可不与饮酒，唯公荣可不与饮酒。"元、白将谈诗论道置于轻松幽默的气氛中，既透出其魏晋风度，亦可见出二人情谊之深厚。

诗歌本是抒情性很强的文体，但有时受格律限制，仍不能充分将情感以最贴近生活的方式真实生动地表现出来，而诗歌序跋则可以自由充分地抒发或宣泄。如唐代吴少微的《哭富嘉谟》之序，写卧病在床的诗人听到朋友死讯，情感爆发，不可遏止，呼天抢地，痛不欲生。序云：

> 维三月癸丑，河南富嘉谟卒。予时寝疾于洛阳北里，闻之，投枕而起，泪沾乎衽席。匍匐于寝门之外，病不能哭，仰天而呼曰：'天乎天乎！俾予曷所朋，曷有律，曷可得而见？'抑斯文也以存乎哀。①

寥寥数语，将作者听到友人噩耗以后悲痛欲绝的情状形象地表现出来，显然，这样的情感抒发在诗中是不便于完成的。我们试引诗

① 《全唐诗》卷九四，中华书局1999年版，第1008页。

作一比较："吾友适不死，於戏社稷臣。直禄非造利，长怀大庇人。乃通承明籍，遇此敦牂春。药厉其可畏，皇穹故匪仁。畴昔与夫子，孰云异天伦。同病一相失，茫茫不重陈。子之文章在，其殆尼父新。鼓兴斡河岳，贞词毒鬼神。可悲不可朽，车輴没荒榛。圣主贤为宝，吁兹大国贫。"虽也透出伤感之情，但很难像序中那样具体形象地展示作者的痛苦之状。相比之下，序自由奔放，畅快淋漓，诗则庄重严谨，情感含蓄。两《唐书》均说吴少微时卧病，闻嘉谟死，哭而赋诗，寻亦卒。可见富嘉谟之死对其打击之大，亦见诗人情感之真挚。

宋代王迈的《读王伯大都承奏疏》之序，更是直接宣泄其情感。王迈（1184—1248），字实之，仙游（今属福建）人。嘉定十年进士。王迈直言敢谏，刘克庄称"其文字脍炙万口，其论谏雷霆一世"。其序云：

> 读王幼学两疏，痛快大叫曰快哉，快哉！家人辈以我为病风丧心，而余不觉喜之至此极也。满饮一白，辄成十绝，先呈吾友方德润右史。刘潜夫编修，且嘱其和。毋曰吾畏祸爱官职，不比狂生无藉赖也。①

读王幼学的两篇奏疏，诗人竟抑制不住自己的情感，大叫"快哉！快哉！"这异于常人的举止，被家人视为病风丧心，而他自己知道，他的高声大叫不是什么病，实在是高兴得不能控制自己。他豪饮满满一大杯，挥毫成篇。寥寥几笔，一个性情豪迈的人物形象跃然纸上。

---

① 《全宋诗》第57册，北京大学出版社1998年版，第35795页。

唐宋诗序跋用议论的写作手法，以宋代多见，这与宋代诗歌重在言理有关。宋人作诗以显露为能，说理透辟，议论严谨，诚如严羽所说："本朝人尚理而病于意兴，唐人尚意兴而理在其中。"①序跋受其影响，议论的成分自然也很多。与诗歌相比，以议论写序跋更呈现出训诫的味道，甚至说理喋喋不休，因为诗歌说理还受到韵律和诗歌字数的限制，而在序跋里则完全不受约束了，可以尽兴而谈，率意而论，导致有的篇幅增长，完全像一篇说理散文。程俱《送林德祖致仕东归》之序便很有代表性。程俱（1078—1144），字致道，号北山，衢州开化（今属浙江）人。曾任秘书省著作佐郎、礼部员外郎等职。为人志趣高远，刚介自信，不依附于众。序曰：

壮而仕，老而归，理也。士溺于仕，故困而知返，病而能休，老而知止者，世则犹然贵之。若德祖于斯三者无一焉，然去官如脱屣，是乃真可贵矣。德祖方未仕，以学行有盛名。四十起家，至为部刺史，所历皆儒官，入纠天府，于今为要地。年始登六十，茹蔬饮水，神幹俨如也。一朝浩然有归志，退自府舍，不谋于朋友，不告于妻子，夜半状上府，晨朝可命下，斯亦奇矣。余行道南徐，过故人苏承祖，出许振叔书，道德祖挂冠勇决之状。余时冒初暑，向远途，忽忽烦愦，闻之洒然，如挹寒流而濯清风也。而或者疑焉，余曰：子无异也。士溺于仕久矣，其视爵禄，犹饥者之羡膏梁，渴者之赴水泉，寒者之阳，而旸者之阴也。意若攀垂绠而上千仞，不可须臾置也。今乃有人，负通博

① 严羽《沧浪诗话·诗评》，何文焕《历代诗话本》，中华书局1981年，第696页。

> 之才，居轩冕之会，非有宜去之年，不得已之事也，然且一朝去之。彼以夸竞之心计之，是岂不可骇而疑哉。且仕不仕何常之有，德祖非为亢者也，非要利者也，徒曰适吾之适，以遂吾之性而已。虽然，自砥节砺行之诏屡下，所以愧责贪竞者之辞实深。圣主之所望，士夫之耻也。今观德祖之去就重轻，亦足以振士风矣。夫仕者毕心力以奉所职，处者先廉退以风上类，是皆有益于时者也。德祖岂不贤远于人矣哉！既遇诸淮阴，舟翻然东，使人有冥鸿之叹，因为诗以附诸公之末云。①

这是送友人致仕东归的诗序，并不像其他送人序文一样表达离情别绪，加以景物衬托，增加伤感之意，而是借机展开议论，讲了一大番道理。友人致仕，不同于他人，他人可能因为困、病、老而致仕，林祖德则是辞官勇决，将去官看如脱屣，并不谋于朋友妻子，可见其志不可夺，这在当时社会中，可谓惊人之举。尤其是世人看仕途爵禄如饥饿者羡膏粱、口渴者赴水泉，林祖德之举更令人敬佩。序文说理透辟，将一人之致仕联系社会风气，就远远不同于友人之间的送别情感，而是有了很强的社会意义。

又如徐积《赠王观文》之序：

> 盖古之君子，以好贤爱士尊德乐义而为之始，亦所以为之终。故大有其才，大有其德，大有其位，大有其功，大有其名。五者皆大，而持之以谦。道已行于天下，泽以加于万物，法可传于后世，可谓美矣盛矣，盖缺然自视，犹以

① 《全宋诗》第 25 册，北京大学出版社 1995 年版，第 16326 页。

为不足也。故于能贤有道致恭尽礼,将之以诚而加之爱心,势若不敢与之钧敌,惟恐不得有所闻,不得有所见也,是以善其始而光其终。何独古之人耶,一有好之者,是亦古人也。好之、能之、行之、尽之,古人之盛德也,居今之世而为古人之事者,王公其人乎。某也不肖,穷伏淮滨,越在草莽,非有左右之介,一日之素也。食顷之间,使者相望,叩其所舍,即不肖而问焉,如待故人旧物也。适以野处,无良纸笔以报公命,因略为诗歌,见于私藁,缮写未及,即不意其传也。既不污公几席,公既受而弗却,且置之齿牙间,谓之为可也。公之德量既恕如此,二藁之略,率然之罪,顾无辞以谢,是以复为西征篇焉。大江之心,波涛浩然,旌幢蔽空,鼓吹合作,歌酒半酣,借壮夫勇士歌之,虽不足以娱王公之听而动王公之容,至于麾下骁俊,必将慷慨气作,奋思忠烈,如班超、傅介子之比也。①

这也是一篇赠送友人之序。序文开篇不谈王观文,先从古之君子谈起。君子应以"好贤爱士尊德乐义"为始终,兼具才、德、位、功、名而谦恭不傲,道行天下,泽加万物,法传后世,便可达到美盛之境界。古之君子如此,今人若能"好之、能之、行之、尽之",达到此等境界,亦可与古人比肩,而今世王观文就达到了这个境界。这样展开,就比一开篇就谈王观文具有四美五大要有说服力。序文后半部分也写到景色——"大江之心,波涛浩然,旌幢蔽空,鼓吹合作",场面阔大景象壮观,令人心胸为之开阔,其作用也与上面的议论说理相呼应,使读者感到王观文之德行正如所见景色一般,云

① 《全宋诗》第11册,北京大学出版社1993年版,第7618页。

山苍苍，江水泱泱，道德的高尚和人格的魅力，将日月星辰都打开了，慷慨之气生发，忠烈之义勃兴，犹如东汉的军伍英雄班超、傅介子一样。

唐宋诗歌中大多数序跋，往往综合运用各种表现手法，使序文摇曳多姿，呈现出独特的艺术魅力。如唐代王武陵《宿慧山寺》之序："戊辰秋八月，吴郡朱遐景自秦还吴，南次无锡，命余及故人窦丹列会于惠山之精舍。是时山林始秋，高兴在木；凉风白云，起于座隅；逍遥于长松之下，偃息于盘石之上。仰视云岭，俯瞰寒泉，夕阳西归，皓月东出，群动皆息，视身如空，立言妙论，以极穷奥，丹列有遁世之志，遐景有尘外之心。余亦乐天知命，怡然契合，视富贵如浮云，一歌一咏，以抒性情。……"先交代时间、地点以及聚会之由，再描写秋日山林佛寺所见之景，故友之谊，隐逸之情，全都融入景中，情景交融，浑然一体。又如徐铉《赋石奉送德林少尹员外》之序："岁辛亥冬十月，天子命吾友德林为东府亚尹。太弟谕德萧君洎诸客饯于石头城，云日苍茫，园林摇落，尊酒将竭，征帆欲飞。处者眷眷而不能回，行者迟迟而不忍去。烟生景夕，风静江平。君子曰：公足以灭私，子当促棹。诗所以言志，我当分题。故以风、月、松、竹、山、石寄情于赠别云尔。"①融叙事、写景、抒情于一体，将友情置于江天浩淼的辽阔背景中，显示出不为儿女沾巾的宽广胸怀。

陈子昂《观荆玉篇》之序则将叙述、描写（神情描写和语言描写）和议论融于一体，使人如临其境，如闻其声。序云：

丙戌岁，余从左补阙乔公北征。夏四月，军幕次于张

① 《全宋诗》第1册，北京大学出版社1991年版，第85页。

掖河。河州草木,无他异者。唯有仙人杖,往往而生。幽朔地寒,与中国稍异。予家世好服食,昔常饵之。及此役也,而息意兹味。戍人有荐嘉蔬者,此物存焉。余倏尔而笑曰:"始者与此君别,不图至是而见之,岂非神明嘉惠,将欲抚吾寿也。"因为乔公昌言其能。时东莱王仲烈亦同旅舍,闻而大喜,甘心食之,已旬有五日矣。适有行人,自谓能知药者,谓乔公曰:"此白棘也,公何谬哉?"仲烈愕然而疑,亦曰:"吾怪其味甘,今果如此。"乔公信是言,乃讥予,作《采玉篇》,谓宋人不识玉而宝珉石也。予心知必是,犹以独见之故,被夺于众人,乃喟然而叹曰:"嗟乎!人之大明者目也,心之至信者口也。夫目照五色,口分五味,玄黄甘苦,亦可断而不惑矣。而路傍一议,二子曾疑,况君臣之际,朋友之间乎?自是而观,则万物之情可见也。"感采玉咏,而作《观玉篇》以答之。并示仲烈,讥其失真也。①

这是陈子昂随乔知之北征到达西北边塞时所写。这年四月,军队驻扎在张掖河。此地其他草木与内地无异,唯有仙人杖遍地而生。陈子昂其家世好服食,常常吃此物,今日来到西北又见仙人杖,而戍边将士推荐此物为嘉蔬,诗人由此感慨生焉。接下来描写几人的对话,简练而神情各异。陈子昂倏尔而笑,行人的胸有成竹,东莱王仲烈的愕然而疑,陈子昂的喟然而叹,笔墨虽少,但形象传神。乔知之虽未说话,但他的形象贯穿始终,"昌言其能"、"信是言,乃讥予,作《采玉篇》,谓宋人不识玉而宝珉石",都是在写乔知之。

① 《全唐诗》卷八三,中华书局1999年版,第892页。

陈子昂此诗与序，也是为了应答乔知之的《观玉篇》而写的。至于结尾陈子昂的有感而发，更是言简意赅，启人深思。

宋代黄裳《桐庐县仙人洞十题》之序，也是情、景、理俱佳的名篇：

> 予得此洞十余载，释老之徒游寓甚重，多苦其寂寥而去。崇宁己酉，天台惠文来，卜以居。文所赋清苦而能化，桐庐人为之感，相诏以资之，洞于是乎兴。大观己丑春，予自洞霄南还，道出密岩之下，文请为洞中游，因与予言：顷有卜者为文占云，当有显官至此度两弟子，由此遂为名刹。今已度弟子，公复来，乃其兆乎？予与文言：顷有异人，道予自紫玄洞游人间世，于桥之西为予作紫玄庵，他日于此栖养以度生。文喜，不日而庵成。来求予文。予尝顾洞中物皆出天造，非人力所能为。若夫池以时而盈虚，鸡以时而去来，蝉以时而鸣默，出洞之龙，坐禅之僧，应击之鼓，跨空之桥，与物合真，与天同信，皆非人力之能为者，有待乎人而后见于世。乃叙卜者之占，异人之语，作诗十绝，以贻惠文。大观庚寅正月望日，紫玄翁记。①

诗人寓居仙人洞已有十余载，期间亦有许多佛老之徒前来，但苦其寂寥而离开。崇宁年间，天台僧惠文来此，居住此洞，仙人洞乃兴盛。二人对话之简洁，“若夫”以下句式之优美，诗人性情之超绝，均令人叹为观止。

① 《全宋诗》第16册，北京大学出版社1995年版，第11087页。

宋代钱氏《题壁》之序则是叙事、抒情、写景合为一体。作者虽非传统意义上的诗人，但此序文笔清新，叙事简练明了，抒情含蓄，写景大笔勾勒，情景交融，堪称佳作。其序云：

> 予吴人也。世本良家子。顷因丧乱，父母以妻里人朱横，时年未笄耳。宋高宗即位二十二年，横因商于岭右，妾两偕过此。不幸去岁秋，横竟殁于瘴乡。栖迟之踪，无以自处，因携其遗孤以归故乡。在道路历艰虞，仅四十日矣。昨暮抵此，以风急未能济，舣舟城下，夜久不寐，有西风飒然而来，皓月皎然窥人。斯时也，况羁旅乎！晓登望湖亭，睹江山如故，不觉有所伤感然，因吐其胸中，书于壁间。好事君子，幸勿以妇人玩弄笔砚为诮。兹亦叙其略云。绍兴甲戌中秋后三日，姑苏钱氏记。①

序文开始先介绍自己身世，本是良家子，遵父母之命，嫁给村里人朱横。朱横经商于岭右，钱氏也曾到过此处。不幸的是，去年秋天朱横竟暴死于他乡。生活困顿，钱氏只好携带遗孤回归家乡，道路艰难，路途费时将近四十天。昨晚到达渡口，因风急浪大不能驶船，泊舟城下。丧夫之痛，羁旅之忧，思乡之切，孤独伤感，使钱氏彻夜难眠，加之秋风萧瑟而吹，明月在天仿佛注视羁旅愁苦之人，更增加痛苦伤感之情。天明登上望湖亭，见江山如旧，有感而发，书于湖亭壁间，告知好事君子，钱氏所写绝非一般妇人玩弄笔墨。钱氏将情感寓于叙事之中，故读者能体会到在如泣如诉的序文之中，蕴含着无限哀怨。钱氏感秋风，望明月，外物皆染诗人主观色

① 《全宋诗》第 37 册，北京大学出版社 1998 年版，第 23091 页。

彩，情景交融，给读者留下深刻印象。

唐宋诗序跋还采用新奇怪巧的手法书写，令人耳目一新。如宋代高翥《题信天巢集》之序，表达自己的处事之态就非常特别。序云：

> 《容斋五笔》载：瀛、鄚二州之境塘泺之上，有禽二种，其一类鹄，色苍而喙长，凝立水际不动，鱼过其下则取之，终日无鱼亦不易地，名曰信天缘。其一类鹜，奔走水上，不分腐草泥沙必近索乃已，无一息少休，名曰漫画均，度一日无饥色，而反加壮大。二禽禀性不同如此，予每读之，窃有感焉，因榜其所居曰信天巢。正甫老于文学，为予作记，故并刻诸巢中。①

高翥（1170—1241），字九万，号菊涧，余姚（今属江西）人。累试不第，遂弃去，致力于诗歌创作，隐居教授生徒，游历名山大川。晚年归隐西湖，以诗酒自娱，题所居曰“信天巢”。这篇小序就是为自己的集子作序，说明所居为何叫“信天巢”的。原来这是一个寓言故事，说的是有两种水鸟，其一像鹄一样，凝立水中不动，有鱼游过来就捉住吃，终日无鱼也不换地方，其水鸟名字叫信天缘。另一种鸟则不然，终日奔走水中，在腐草泥沙处寻找食物，没有一刻休息的时间。诗人读后有感，为自己所居取名为信天巢。从序文可以看出，诗人所居之名正好契合了他的性情和心态，不汲汲于富贵，不遑遑于名位，一切听信天然，随缘而往，就像水中那只信天缘水鸟一样。诗人在生动有趣的叙述描写中，让读者体悟出一个深

① 《全宋诗》第55册，北京大学出版社1998年版，第34145页。

邃的道理。

唐朝初期诗人阎朝隐《鹦鹉猫儿篇》之序手法也非常新奇。阎朝隐(?—712),字友倩,行五,赵州栾城(今属河北)人。曾任给事中,预修《三教珠英》。依附张易之。张易之伏诛,阎朝隐徙岭外。后遇赦还,任著作郎,迁秘书少监。其序云:

> 鹦鹉,慧鸟也;猫,不仁兽也。飞翔其背焉,啮啄其颐焉。攀之缘之,蹈之履之,弄之藉之,跄跄然此为自得。彼亦以为自得,畏者无所起其畏,忍者无所行其忍,抑血属旧故之不若。臣叨践太子舍人,朝暮侍从,预见其事。圣上方以礼乐文章为功业,朝野欢娱。强梁充斥之辈,愿为臣妾,稽颡阙下者日万计。寻而天下一统,实以为惠可以伏不惠,仁可以伏不仁,亦太平非常之明证。事恐久远,风雅所缺,再拜稽首为之篇。①

《全唐诗》简介称阎朝隐"性滑稽,属辞奇诡,为武后所赏",于此篇序文也可以看出来。《唐诗归》钟惺评曰:"正理奇调。"谭元春评曰:"忽然起止,雷霆风雨,确然陈诉,忠臣仁人,非以诗文为戏,乃一肚奇趣正理,触物动摇耳。千古而下,皆有感于斯文。"②其评价之语都是恰如其分的。

还有的序跋纯粹是问答体,如宋代释守卓的《答问颂五首》之序:

---

① 《全唐诗》卷六九,中华书局1999年版,第767页。

② 《唐诗归》卷四,《续修四库全书》本。

> 上堂,僧问:“如何是沩仰宗?”答:“有宾有主。”“如何是临济宗。”答:“一棒一条痕。”“如何是云门宗”,答:“东山水上行。”“如何是曹洞宗”,答:“乌鸡头带雪。”“如何是法眼宗。”“问取修山主”,因而有韵。①

这样的对话在诗序中形式也很特别,简略而富有内涵,有时要结合诗歌本身才能知晓其大意。上述序文僧问诗人答语,将各种情况用看似不着边际的话语表述,貌似答非所问,实则禅意颇深。现将五句答语的五首诗录下,以便与序文联系比较,加深理解:

> 有宾有主,父子规程。子无线索,妙辨纵横。(其一)
> 一棒一条痕,蒺藜好自吞。仙陀还蹉过,赢得瞎驴存。(其二)
> 东山水上行,枯骨壮韩情。藤林荒已久,三句若为明。(其三)
> 乌鸡头带雪,偏正没安排。明月堂前意,悠悠莫乱猜。(其四)
> 问取修山主,浅浅实甚深。若谓唯心现,玄艘已陆沉。(其五)

第二节　序跋的文学艺术价值

唐宋诗歌大量的序跋中,有相当数量的序跋并非只是起到简单地为诗歌作介绍补充的作用。许多诗人将诗歌序跋当成散文来写,讲究手法运用,善用修辞方法,使之成为一篇篇优美的艺术佳作。同与此相关联的诗歌比较,有些序跋的特色鲜明,艺术成就大大超过诗歌本身,这不仅反映了序跋的相对独立性在逐渐增强,也说明有时诗人竟将序跋作为重点用力写作,诗歌本身反倒处于第

① 《全宋诗》第22册,北京大学出版社1995年版,第14524页。

二位。这一现象,提醒我们在研究唐宋诗歌和散文时,应该给予诗歌序跋特别关注。例如,初唐杨炯的《群官寻杨隐居诗序》,就可以视为一篇优美的散文佳作。按文中所记,序文当是记载杨炯跟随群官游历嵩山,寻找杨隐居的过程。序文描写了隐居者所处之地的山林胜景,也描写了群官在寻访途中的言行,"群贤以公私有暇,休沐多闲,忽乎将行,指林壑而非远;莞尔而笑,览烟霞而在瞩",在属对工稳的骈文描写中,将群官路途中表达出来的兴致描摹出来。又如写景:"寒山四绝,烟雾苍苍;古树千年,藤萝漠漠。诛茅作室,挂席为门。石隐磷而环阶,水潺湲而匝砌"。寥寥几笔,便写出了山中幽雅诱人的景色,同时也衬托出杨隐居品德之高洁。整篇序文,叙事、描写、抒情、议论并用,结构曲折,情文并茂,通达晓畅,音韵和谐。其中间一段,可以视为绝妙的山水小品。又如骆宾王《在狱咏蝉》之序,诗人先描写自己所处,由窗外古槐数株引出秋蝉,接着诗人将秋蝉吸风饮露的高洁进行细致刻画:"故洁其身也,享君子达人之高行;蜕其皮也,有仙都羽化之灵姿。候时而来,顺阴阳之数;应节为变,审藏用之机。有目斯开,不以道昏而昧其视;有翼自薄,不以俗厚而易其真。吟乔树之微风,韵资无纵;饮高秋之坠露,清畏人知",说的是秋蝉,实际上也是自况。序文用骈文写作,音韵优美,形象鲜明。钟惺在《唐诗归》此诗序下评曰:"思理韵致,是四六中一篇小题绝佳文字。"①确为至评。

盛唐时期,王维《送秘书晁监还日本国》之序也是一篇散文名作。这是王维于天宝十一载为送日本友人晁衡归国而写的赠别诗的序。序文用骈体写成,叙事、描写、抒情等手法综合运用,对仗工整,用典自然贴切,情文并茂。以上诸篇,都已经成为当今《唐代

① 钟惺、谭元春《唐诗归》卷一,《续修四库全书》本。

散文选》必选的篇目，可见其艺术特色已为学界专家和读者所公认。盛唐时期苏源明留下的诗作很少，《全唐诗》卷二五五仅存二首，诗不出名，但二首诗之序却成为散文名篇。苏源明（?—764），字弱夫，初名预，避代宗讳改今名。郡望扶风（今陕西西安），京兆武功（今属陕西）人。天宝年间进士及第。曾为东平太守，安史乱时，称病不受伪职。两京收复后，擢为考功郎中。其《秋夜小洞庭离宴诗》序曰：

> 源明从东平太守征国子司业，须昌外尉袁广载酒于洄源亭，明日遂行，及夜留宴。会庄子若讷过归莒，相里子同祎过如魏，阳谷管城、青阳权衡二主簿在坐，皆故人也。彻馔新尊，移方舟中。有宿鼓，有汶篑，济上嫣然能歌者五六人共载。止洄源东柳门，入小洞庭。迟夷彷徨，眇缅旷咩。流商杂徵，与长言者啾焉合引。潜鱼惊或跃，宿鸟飞复下，真嬉游之择耳。源明歌曰云云，曲阕，袁子曰："君公行当挥翰右垣，岂止典胄米廪邪！广不敢受赐，独不念四三贤？"源明醉，曰："所不与吾子及四三贤同恐惧安乐，有如秋水！"晨前而归。及醒，或说向之陈事。源明局局然笑曰："狂夫之言，不足罪也。"乃志为序。①

序文写得清新活泼，情韵充足。小洞庭是湖名，在今山东省东平县北。诗人天宝十三载由东平太守征为国子司业，友人为其饯行。序文写五六友人相聚，先在湖畔亭中饮酒，夜色降临，又移至舟中。

① 《全唐诗》卷二五五，中华书局1999年版，第2856页。

荡船而饮,鼓乐俱备,又有歌者,场面自然令人高兴。接下来诗人的歌唱以及与友人的对话,描画出诗人的狂放不羁性格,以及友人之间真挚醇厚的感情。盛唐时期,文坛还在崇尚骈俪文风,苏源明此序却采用古文手法,笔调流畅,风格清新活泼,不用典故,意境别开生面,叙述、抒情随意而为,对话简练却展示个性,友人欢笑戏谑生动形象。所有这些,都为序文增色添彩。

随着唐代古文运动的兴起,更多的诗人在写作中摒弃了骈俪的写作手法,而改为句式灵活的散文笔法,文字朴实。这种风气也影响到诗序的写作。中唐时期,这种风气已为多数人所接受。前引梁肃《周公瑾墓下诗》之序很有代表性。序文结构新颖,文笔流畅,风格轻松自然,有叙述,有抒情,有议论,随意而用,不呆板造作,句式多用短句,读来朗朗上口,体现了古文与骈文迥异的艺术魅力。前引柳宗元《愚溪诗序》既是著名的诗歌之序,也是唐代散文名篇。序文通篇说愚,借描写山水来抒发自己无罪遭贬的愤懑心情。序文四百余字,"愚字"竟出现二十七次,面对愚溪八景,柳宗元也把自己比作愚人,愚人作"愚辞歌愚溪",看似旷达超然,自得其乐,其实悲苦异常。这篇序文和柳宗元的其他山水游记一样,展示自然山水却意蕴颇深,并不同于一般的山水之作。前半部分主要写愚溪之景,后半部分阐述为何名"愚"之理,但无论写景还是说理,都包含着浓郁的情感,景中含情,理中含情。然则说景色愚,其实景色不愚,而是"清莹秀澈,锵鸣金石",诗人也不愚,只是"不合于俗"。正话反说,耐人寻味。序文写作手法隐约曲折,情文并茂,描写、说理、抒情,各尽其妙,令序文摇曳生姿,体现了诗人高超的表现技巧。清代林云铭《古文析义初编》卷五评析道:"本是一篇诗序,正因胸中许多郁抑,忽寻出一个'愚'字,自嘲不已,无故将所居山水,尽数拖入浑水中,一齐嘲杀。而且以是溪当得是嘲,已所当嘲,人莫能与,反复推驳,令其无处再寻出路。然后以溪不失其为溪者,代溪解嘲;又以已不失其为己者,自为解嘲,转入作诗处。觉溪与己同归化境。其转换变化,匪夷所思。”本篇作后不久,柳宗元又有《愚溪对》一文,对“愚”字进一步阐释。文章说溪神夜间在梦中问诗人曰:“子何辱予,使予为愚耶?有其实者,名固从之,今予固若是耶?”溪神举例说,有恶溪,有弱水,有浊泾,有黑水,皆名副其实,而“今予甚清与美,为子所喜,而又功可以及圃畦,力可以载方舟,朝夕者济焉”,对“愚”表示不可理解。柳宗元以贪泉为例,展开缜密的说理,“夫明王之时,智者用,愚者伏。用者宜迩,伏者宜远。今汝之托也,远王都三千余里,侧僻回隐,蒸郁之与曹,螺蚌之与居,唯触罪摈辱愚陋黜伏者,日侵侵以游汝,闯闯以守汝。汝欲为智乎?”终于使溪神彻悟其理。这其实也是柳宗元对《愚溪诗序》的进一步阐发。

中唐时期,由于韩愈、柳宗元古文运动的影响,诗人为诗歌之序往往弃骈俪而转用古文笔法,恣意为文,独抒性情,写人音容毕现,状物生动形象,毫无诘屈聱牙之文。如丘丹《经湛长史草堂》之序、欧阳詹《有所恨》之序、《玩月》之序、元稹《赠毛仙翁》之序、白居易《池上篇》之序、李渤《南溪》之序等均为代表序文。晚唐时期,皮日休和陆龟蒙的小品文托物讽时,简洁含蓄,短小精悍。其表现隐居闲情的诗歌序文也别具一格,如皮日休《虎丘》之序、《太湖》之序、《酒中十咏》之序、《茶中杂咏》之序等,均可以看作优美的散文。现举陆龟蒙《白鸥诗》之序为例说明。其序云:

> 乐安任君,尝为泾尉,居吴城中,地才数亩,而不佩俗物。有池,池中有岛屿,池之南西北边合三亭,修篁嘉木,掩隐隈墺,处其一,不见其二也。君好奇乐异,喜文学名

理之士,所得皆清散凝莹,袭美知而偕诣。既坐,有白鸥翩然,驯于砌下,因请浮而玩之。主人曰:"池中之族老矣,每以豪健据有。鸥之始浮,辄逐而害之,今畏不敢入。"吁!昔人之心蓄机事,犹或舞而不下,况害之哉!且羽族丽于水者多矣,独鸥为闲暇,其致不高耶?一旦水有鲸鲵之患,陆有狐狸之忧,俦侣不得命啸,尘埃不得澡刷,虽蒙人之流赏,亦天地之穷鸟也。感而为诗,邀袭美同作。①

序文写任君高洁形象,所居环境幽雅,竹树环合,池岛亭台,正好寄寓情操,白鸥翩翩而下,衬托出人物环境已非俗世。序文用典,含蓄不露,"昔人之心蓄机事,犹或舞而不下",用《列子》典。《列子》卷二《黄帝篇》曰:"海上之人有好沤鸟者,每旦之海上,从沤鸟游,沤鸟之至者百住而不止。其父曰:'吾闻沤鸟皆从汝游,汝取来,吾玩之。'明日之海上,沤鸟舞而不下也。"②其下文论理,说的是鸥鸟,其实寓意深焉。《四库全书总目提要》说:"龟蒙与日休相倡和,见于《松陵集》者,工力悉敌,未易定其甲乙。惟杂文龟蒙小品为多,不及日休《文薮》时标伟论。然闲情别致,亦复自成一家,固不妨各擅所长也。"③用来评其诗序,也是相符的。

唐代韩愈、柳宗元倡导的古文运动,在当时取得了很大的成就,但是,到晚唐五代时,散文创作又衰落了。宋朝建立后,柳开和王禹偁倡导古文写作并取得了一定的成绩,但绮靡文风盛行,一时积重难返。真正领导古文运动取得胜利的是欧阳修。欧阳修继承

① 《全唐诗》卷六二五,中华书局1999年版,第7231页。
② 杨伯峻撰《列子集释》卷二,中华书局1979年版,第67页。
③ 《四库全书总目提要》卷一五一,河北人民出版社2000年版,第3907页。

了唐代韩柳古文的积极方面，反对西昆体和险怪奇涩的时文，同时又根据时代要求提出了新的主张。他强调散文要流畅自然，平易近人，讲究散文的情韵和写作手法的综合运用，提倡婉转流畅、一唱三叹的风格。欧阳修身体力行，创作了一大批脍炙人口的散文，如《秋声赋》、《醉翁亭记》、《祭石曼卿文》、《泷冈阡表》等，这对于改变华而不实的文风，扭转当时文坛风气起到了积极作用。宋代散文取得的成就，王若虚当时就给予了充分的肯定。他在《滹南诗话》中说"散文至宋人始是真文字"。散文创作的成就，自然也影响到诗歌序跋的创作。宋代的诗歌序跋不仅数量多，而且艺术性更加突出，佳作迭出，美文竞采，呈琳琅满目之势。并且，宋代以各种文体入序跋，无不精彩，各臻其妙。如宋初李堪《乌目山五题》之序，文辞优美，文采斐然，序云：

> 余被物役涂污，故羁于人务，纲于吏位，诚此身为官府有也。今四十加六年，始觉老非欲而已至，病不期而自来。生何常而本空，死如归而共寂。由是登水木之虚室，遇霞月之美夜；闻经梵之清韵，览香花之宝会。则心悦以情动，目爽以言发，绮靡以文著，冰释以意达。前月中随漕輓牒治金谷事，至常熟县，过乌目山。其山左右前后僧居佛宇者有五，因而成五题。皆率尔所作，非高妙也。大中祥符三年四月五日序。①

看题目，读者猜想当是诗人游山而写景抒情，其实这篇序文不把重点笔墨写乌目山景色，而是写自己的感受，并以乌目山前后左右五

① 《全宋诗》第2册，北京大学出版社1991年版，第1132页。

座佛宇为题作诗，显然与前引诸序不同。文中“始觉”句以下十二句，对句工整，虽不押韵而有诗的韵味，将自己岁将老而身有病的真实感慨倾吐出来，用词讲究，言约义丰，情感自胸臆汩汩流出，颇能打动人心，引发共鸣。

苏轼的诗歌序跋也在宋代诗歌序跋中占有一定位置，正像他的诗、文、词都有许多名篇一样，序跋也有许多精品。并且，苏轼的精品序跋多为短篇，往往寥寥几笔，便精彩纷呈，令人拍案。如《攓云篇》之引：

> 余自城中还道中，云气自山中来，如群马奔突，以手掇，开笼收其中。归家，云盈笼，开而放之，作《攓云篇》。①

全篇不足四十字，却写得妙趣横生。山间云雾缭绕，如群马奔腾，这一景象引起诗人极大的兴趣，他以双手揽云气将之收入笼中，回家后，又将满笼的云气放出来。事情本身可能没有什么意义，但诗人的所作所为却让读者看到他那颗充满童趣的心灵。心境好与坏全由自己决定，胸襟开朗的人，总是能寻找到事物的正面而抛弃负面，即使是山间云气这样人们司空见惯的事物，苏轼也找到能带来心情舒畅的一面。这就是潇洒人生，彻悟人生。这就是阳光心态，积极心态。苏轼《游博罗香积寺》之引只有五十余字，却展示了一幅优美的画面，引曰：

> 寺去县七里，三山犬牙，夹道皆美田，麦禾甚茂。寺

① 《全宋诗》第14册，北京大学出版社1993年版，第9115页。

下溪水可作碓磨，若筑塘百步闸而落之，可转两轮举四杵也。以属县令林抃，使督成之。①

题目是游寺，序文着笔却是寺外景色。寺庙去县七里，其实算不得荒远，所以处处可见人们活动的痕迹。路旁皆是美田，绿野葱茏，生机勃勃，一派盎然，也带来诗人的好心情。溪水流急，可以此做动力，带动石磨碾米磨面，如果筑塘拦水设闸再放水，利用水的能量，还可转两轮举四杵。苏轼看到自然资源而善于利用，这在当时诗人中还是不多见的。序下之诗也未写山中寺庙，仍然是顺着序的思路写，不过比序更丰富了，现引诗如下："二年流落蛙鱼乡，朝来喜见麦吐芒。东风摇波舞净绿，初日泫露酣娇黄。汪汪春泥已没膝，剡剡秋谷初分秧。谁言万里出无友，见此二美喜欲狂。三山屏拥僧舍小，一溪雷转松阴凉。要令水力供臼磨，与相地脉增堤防。霏霏落雪看收面，隐隐叠鼓闻舂康。散流一啜云子白，炊裂十字琼肌香。岂惟牢丸荐古味，要使真一流天浆。诗成捧腹便绝倒，书生说食真膏肓。"从诗中可以看出，苏轼的游览过程是充满情趣的，真正是与自然万物为友，并非远离家乡而忧愁万端。在充满爽朗明快的写景中，苏轼的外在形象和内心世界也得到了充分的展现。

苏轼在诗前的短引，仿佛明丽的小品文，无论叙事、写景、抒情，几笔勾勒，便带给人一个新奇的境界。又如《李委吹笛》之引：

元丰五年十二月十九日，东坡生日。置酒赤壁矶下，踞高峰，俯鹘巢。酒酣，笛声起于江上。客有郭、古二生，

① 《全宋诗》第14册，北京大学出版社1993年版，第9513页。

> 颇知音,谓坡曰:"笛声有新意,非俗工也。"使人问之,则进士李委,闻坡生日,作新曲曰《鹤南飞》以献。呼之使前,则青巾紫裘腰笛而已。既奏新曲,又快作数弄,嘹然有穿云裂石之声。坐客皆引满醉倒。委袖出嘉纸一幅,曰:"吾无求于公,得一绝句足矣。"坡笑而从之。①

这篇诗前之引写于宋神宗元丰五年十二月,在此之前的同年五月和十月,苏轼分别写下《前赤壁赋》和《后赤壁赋》。那时,苏轼在心中还有难以排遣的苦闷和孤独感,此引文中所反映的,苦闷孤独已经不见踪影,展示的是旷达超脱的形象。这一天,苏轼又与友人携酒来到赤壁矶下。酒酣耳热之际,忽听江上传来悠扬的笛声。友人知晓音律,从笛声中听出新意,判定吹奏者也应是高雅之士。问后方知,进士李委听说苏轼今天生日,故作新曲吹奏以献之。果然,从李委装束上看,也属旷达之士,其后又奏数曲,高亢嘹亮,穿云裂石。文中所谓醉倒,既有酒醉,也有听者受笛声感染而陶醉。引文一百余字,交代时间、地点、人物、场面、事件,其中的人物用粗笔勾勒,却给人留下深刻印象。苏轼为李委写的绝句为七言:"山头孤鹤向南飞,载我南游到九疑。下界何人也吹笛,可怜时复犯龟兹。"比较而言,诗歌比引文要逊色多了。

《和陶归园田居》之引也写游览山水田园之乐,心中充满安乐祥和。引云:

> 三月四日,游白水山佛迹岩,沐浴于汤泉,晞发于悬瀑之下,浩歌而归,肩舆却行以与客言,不觉至水北荔支

① 《全宋诗》第14册,北京大学出版社1993年版,第9324页。

浦上。晚日葱昽，竹阴萧然，时荔子累累如芡实矣。有父老年八十五，指以告余曰：及是可食，公能携酒来游乎？意欣然许之。归卧既觉，闻二子过诵渊明《归园田居》诗六首，乃悉次其韵。始，余在广陵和渊明《饮酒二十首》，今复为此，要当尽和其诗乃已耳。今书以寄妙总大士参寥子。①

苏轼此次游览山水，真正是潇洒飘逸，于山中汤泉沐浴，于瀑布之下晾发，归来路上歌声不断，好一个享受自然和生活的诗人。落日余晖，竹树葱茏，又见荔枝累累，田园风光如画。农家年迈老父当与苏轼熟识，指荔枝而相约，荔枝成熟之日，希望携酒再来欢聚。读到此处，读者定会想起唐代诗人孟浩然《过故人庄》中说的“待到重阳日，还来就菊花”。苏轼和孟浩然都是感受到农家纯朴善良的诗人，他们从与农家交往和游历田园的经历中，找到了人生的真谛和生活的信心，心胸也变得开朗了，精神不觉为之一振。而题目说和陶渊明归园田居，乃是因为归卧醒后听到儿子苏过诵读陶氏《归园田居》，因而次韵，并回忆早年就有和陶氏《饮酒诗》，要尽和其诗，可见苏轼对陶氏诗歌的服膺，对陶氏人生态度的认同。当然，陶氏不为五斗米向乡里小儿折腰，辞官归隐田园，而苏轼尽管屡次说到陶氏，并没有真正回到田园，始终是在仕途奔波。但苏轼的意义在于，他于心中营造了一个属于自己的心灵田园，无论走到哪里，心灵田园始终没有放弃，并且越到晚年，皈依心灵田园的欲望越强烈，“此心安处是吾乡”，心境平和了，哪里都是家乡，哪里都是自己托身之地，何必非要回到故乡呢！这正是苏轼带给后世

① 《全宋诗》第14册，北京大学出版社1993年版，第9511页。

文人解决心灵矛盾的文化意义。

宋代诗歌序跋写人物也有绝妙者，几笔粗线条勾勒，人物形象便呼之欲出，如林敏修的《竹溪》之序。林敏修，字子来，号漫郎，蕲春（今属湖北）人。与其兄林敏功隐居不仕，为时人所重，号称"二林"。有诗名，入江西诗派。其序云：

> 张牧之隐于竹溪，不喜与世接。客来，蔽竹窥之，或韵人佳士，则呼船载之，或自刺船与语；俗子十返不一见，怒骂相踵弗顾也。人或以少漫郎，余独喜与古人意合，乃作竹溪诗。①

序文写张牧之隐居竹溪，不喜与庸俗之士交往，每当外面有客来，他先隐于竹林偷偷窥视，看来者身份再决定是否出迎。若是高士，则呼船来载之与游，或自已划船接之，若是俗人，则坚决不见，任凭他人怒骂加身也不改初衷。序文仅仅用五十余字便刻画出一位厌恶尘俗、避世隐居的高人形象。尤其是序文中"蔽竹窥之"这一细节描写，生动反映出张牧之的性格特点，读后令人忍俊不禁。

有的诗序写人物，不重肖像和语言描写，而通过平淡的描写揭示人物的内心世界，如王之望《浑醉庵诗》之序。王之望（1103—1170），字瞻叔，襄阳谷城（今属湖北）人。绍兴八年进士。曾任户部侍郎、右谏议大夫等。其序云：

> 襄阳姚格去非，弱冠出入两学，逾四十不第。一时场屋故旧班班为显人，而去非落魄，混于酒徒，穷日夜以饮

① 《全宋诗》第18册，北京大学出版社1995年版，第12229页。

> 无算。中间得病濒死，朋友止之，稍止而复饮。今年长矣，量少减而嗜之不衰。虽常以此病，然其所以安于沉滞而无羁穷流落之叹者，亦酒之力也。丞相高平公来丹丘，乡闾亲旧依之数十家，酒醴之会，去非无不与。盖一日不饮，则愁思无聊，若不可过者。脚逡巡诸好事之门，必得酒乃已。酒尽辄去，挽之不留也。高平公既为设醴，诸乡人亦更饮之。而去非又善俯仰人事，与物多可，旁寻外逻，不择所主，有酒辄从之，是以能活于此。高平公因名其寝曰浑醉庵，乡人王某赋之以诗。去飞曰：幸甚，凡与我游而能诗者，吾皆将请焉，子并为我序之。①

没有细致的肖像描写，也没有生动的语言描写，但人物形象已经跃然纸上。姚去非科考失意，穷困潦倒，沉溺于醉乡。读者既可透视其痛苦的内心世界，也可看出科举制度对文人的戕害，其形象类似《儒林外史》中的落魄儒生。

周密《赠李若虚》之序也是写人物，但不同于上文的写法，而是将人物置于环境之中，通过人物行迹和环境描写来衬托人物形象，揭示人物的内心世界。周密（1232—1298），字公瑾，号草窗。祖籍济南（今属山东），寓居湖州（今属浙江），因置业于弁山之阳，遂号弁阳老人。所居之地临四水，又号四水潜夫。为南宋著名词人。其序云：

> 道士李若虚，长沙人也。自言少年好游，尝涉重湖、溯三江、浮沅湘、渡淮入浙，凡名山大川，莫不访历，盖足

① 《全宋诗》第34册，北京大学出版社1998年版，第21711页。

迹半天下矣。晚爱匡庐之胜,欲结茅其间。一日登五老第一峰,崭崒斗甚,飞瀑激射,古苔石滑,不可置足。攀援葛藤寸进,绝顶便得石室可丈许,碧莎鬖鬖三四尺。趺而息焉,风泉萧森,猿鸟悲啸,殆非人境。寒透毛骨,凛凛不自支。瞑目久之,愯悸始定。诸峰衙列,耸峭指立。江风吹云,飞度山罅,如奔潮,如阵马,顷刻千里,或罥曳岩腹,则又如飞帛,如风旌,飘忽灭没,莫可名状。山高地寒,草木坚瘦。松生石崖间,高不数尺,而樛枝横出,或至十丈。高兰丛生五尺许,花如碧玉盂,香正清烈。老麇苍麈,大若马牛,双角虬蟠,长与身等。而异禽灵兽,多不知名,终夕鸣号,响答林谷,往往闻寺钟。乃散危坐信宿,颇觉悟解,始飘然而归。于是丹灶符箓之奇,琴丝画笔之妙,皆不学而能。或者颇疑为有所遇云。余既概叙其言,且以诗赠之。①

序文描写道士李若虚,并不是写他的容貌、言语、行动以及心理,而是将其置于奇异的山水画卷中。山水奇妙,人物自然也高洁俊雅。李若虚自少年时便喜欢漫游,名山大川,无不亲历。晚年归居庐山,欣登五老峰,飞瀑急湍,苔石俱滑,并未阻止道士登山之兴致。攀援葛藤慢慢而进,方到得绝顶。四下环望,但见风吹林响,气氛萧森,大有"风急天高猿啸哀"之意境。山峰林立,寒气逼人,云气缭绕,壮观非凡。序文写风吹云气极形象生动,以奔潮、阵马、飞帛、风旌来比喻,使人如入此境之中。接下来描写青松,因山上风大天寒,树木生长艰难,往往高不过数尺,而横枝舒展,或有十丈。

① 《全宋诗》第 67 册,北京大学出版社 1998 年版,第 42543 页。

兰花丛生，香气浓烈。珍禽异兽，活跃山林，鸣啼不断，山谷回响。身处这样的环境，道士李若虚心灵受到洗礼，故云“颇觉悟解”。高山、飞瀑、云气、奇松、兰草等等，自然界的万物在诗人笔下都带有一种灵性，而在李若虚看来，这正契合隐逸的心境。诗人不厌其烦地写庐山奇异，一方面是为了写人物而烘托气氛，一方面是说明李若虚精神世界的远离尘俗，冰清玉洁。序文将叙事、描写、抒情融为一体，各种手法综合运用，确是一篇优秀的写人写景散文。

宋代诗歌序跋以游记题材出现的，有些虽为短制，却属佳篇。如白玉蟾的《夕眺风泉亭》之序：

> 风泉亭霁光涵空，爽气在野。冈岭伏跃，烟岚飞浮。风吹云来，目送鸟去。囦尔神会，恍如天游。幽泉琮琤，不能自已，于是乎诗。①

只有寥寥四十余字，却境界阔大，视野广袤，极富动感，尺幅千里，令人胸襟开阔。又如喻良能《雨后晓行》之序。喻良能，字叔奇，号香山，义乌（今属浙江）人。绍兴二十七年进士，历任国子监主簿、工部郎中、朝请大夫等职。与杨万里、王十朋友善，唱和甚多。其序云：

> 晓景未炎，宿雨新霁，山容水色，如在屏障间。喻子以巾漉酒，履不借，手竹根如意，从以樵青。携渊明、子厚诗篇，临清流坐白石上，荫翠樾下数游鯈。咏南山之篇，歌清池之章。好风为我吹衣，好云为我娱目。于是心恬

① 《全宋诗》第60册，北京大学出版社1998年版，第37613页。

> 形适，抵掌顿足而起舞曰，人生为乐，亦有过于此者乎。乐而无诗，如此景物何。乃作五言一篇，书之木叶云。①

虽为序文，却有浓浓的诗意。语言清新，句式工整，毫无雕琢之意。山光水色，自然能悦人心意，但陶渊明、柳宗元诗篇境界优美，更是心灵所需。临清流而赋诗，数游鱼而悟道。咏陶渊明诗而悠然望南山，吟柳宗元诗融情于自然之景。心情舒畅，清风白云皆遂人意，人生快乐，乐而赋诗。一百余字的小序，竟写得如此情趣盎然。

陈宓《西湖歌》之序写雨中游览西湖，也是一篇奇文字。陈宓（1171—1230），字师复，号复斋，莆田（今属福建）人。少从朱熹学，以父荫入仕。其序云：

> 余宰安溪，有陈塘，负郭三里，农田水利仰焉。时有欲以献钜室为田者，余峻治之，移放生池就焉。故有亭，葺而名以流惠。山遭其际，湖状如月，因以名焉。休沐与同僚游，所以接欢欣、慰劳勩、为民事地也。其年夏，喻景山来访游焉。景山，奇士也。雨大作，酒为半，欣然泛小舟，径荷花间。彼其兴盖李太白、贺知章之流，旁人笑之而已益自得。曰："不见笑于庸人孺子，尚足谓之人哉！"陈某异之，与之饮而为之歌。②

嘉定三年诗人曾知安溪县，此序与诗大概作于此时。序文前半部分写修葺亭阁，疏浚塘池，因状命湖。下半部分写雨中游西湖。嘉

---

① 《全宋诗》第46册，北京大学出版社1998年版，第26917页。

② 《全宋诗》第54册，北京大学出版社1998年版，第34002页。

客来访，自然饮酒，但大雨不期而至，饮酒尚未尽兴，于是移至舟中，直入藕花深处。大雨滂沱，奇士美酒，扁舟荷花，正是人生适意时，故言此举可以压倒以性情豪迈不羁著称的李白和贺知章，亦可见诗人的自负。旁人对其举止不解，以为疯癫之举而笑之。诗人与友人则认为被庸人所笑，正证明自己非属庸者之辈。序文对西湖雨中游览的描写，人物性情、心态的揭示，都非常精到，令人称妙。

韩元吉《南涧》之序虽稍长，但无冗繁之嫌，而有精粹之感。韩元吉（1118—1187），字无咎，号南涧，原籍开封雍丘（今河南杞县），后徙信州上饶（今属江西）。历任考功员外郎、吏部侍郎、礼部尚书、吏部尚书等职。晚年隐居上饶，与其婿吕祖谦讲学于竹林精舍。其序云：

> 建安城南郑氏居，号南涧，山水甚幽。予始至欲游，率夺以事。秋九月，事少闲，前二日折简招客，客半辞。既命驾，辞者复先在，相与追逐，诘曲由田中。梁溪并山麓，隘不可舆，行二百步，始得寒岩。磴荦确羊肠而上，钜竹生石间，举武疲曳，休小亭。至上方，窗户明邃，从疏林瞰远山，如绮疏中望通衢也。西渐走水，养鱼植菖蒲石上，纤巧可爱。有僧瘫甚，云山故铜冶也。指其穴已羃，篝火之迹亦犹在。山半有岩，隔小涧，桥坏不可越。门有水阁，平田秋色，稼穑弥望。主人畏客，戒勿置酒，因取茶烹之。求观其圃，三返仅得入。则流觞亭初为坳沼，亭中稍集，亭下水车轮转。别亭俯方池，环植海棠。少坐，日已西，携酒诣开元僧庐。绝溪而南，中流见城市，水面平直如大江，舟衔尾，桨声相上下，意乐之。集丹青阁.阁底

岩桂盛开，面之置樽俎。将登陆羽亭，惫不果。取泉试小春新芽，举白欢甚，分韵赋诗。明日又以秋气集南涧为韵，自赋五首云。①

诗人游览南溪山水，记录所见所感，模山范水，精巧别致。有的写远景，景色阔大，如“从疏林瞰远山，如绮疏中望通衢”。有的取近景，纤巧可爱，如“西渐走水，养鱼植菖蒲石上”。序文也写僧人，用“癯甚”一笔带过。写景则不精雕细琢，往往用素描手法，简练勾勒，如“平田秋色，稼穑弥望”。三百余字的序文，涉及地点多处，阔大场景与局部场景互相转换。结尾写傍晚时分，携酒登僧庐，举目眺望，绝溪宽阔平缓，有如大江，舟船往来，欸乃之声不绝，令人陶醉。全篇序文多用短句，就像诗人移步换形游览山水一样，一步一景，景景各有不同，将叙事、描写、抒情融为一体，成为描摹山水的短制佳篇。

宋代诗歌序跋还有一些长篇，情韵高雅，写法新颖别致，有令人耳目一新之感，具有很强的艺术感染力。冯时行《梅林分韵得梅字》之序和王十朋的《林下十二子》之序就是其中的代表。冯时行（？—1163），字当可，壁山（今四川璧山）人。宣和六年进士。绍兴八年，朝廷召对，力排和议之策，忤秦桧意，出知万州。寻罢职，居住缙云山中，授徒讲学，学者称为缙云先生。《梅林分韵得梅字》之序云：

绍兴庚辰十二月既望，缙云冯时行从诸旧朋凡十有五人，携酒具出西梅林。林本王建梅苑，树老，其大可庇

① 《全宋诗》第38册，北京大学出版社1998年版，第23607页。

一亩，中间风雨剥裂，仆地上，屈盘如龙，孙枝丛生直上，尤怪古者凡三四。酒行，以旧时爱酒陶彭泽，今作梅花树下僧为韵，分题赋诗。客既占韵，立者倚树，行者环绕，仰者承芗，頫者拾英，吟态不一，皆可图画。是行也，余被命造朝，行事薄遽，重以大府衣冠谒报，主人馈劳，酬对奔驰，形神为之俱敝。诸公导以斯游，江流如碧玉，平野秀润，竹坞桑畴，连延弥望。民家十十五五，篱落鸡犬，比闾相亲，不愁不嗟。余散策其间，盖不知向之疲薾厌苦所在也。昔人谋于野则获，闲暇清旷有爽于精神思虑，游不可废如此哉。又况所与游皆西川名俊喜事者耶！诗成，次第不以长少，以所得韵之后先联成轴。客十有五，韵止十四，吕义父别以诗字为韵，又有首眩诗不成者，缺树字一韵，余过沈犀，樊允南监镇税、语允南补之。诸公又属时行为之序。十五人者，成都杨仲约、施子一、吕周辅、义父、智父、泽父、于文德济、吕默夫、杜少讷、房仕成、杨舜举、绵竹李无变、潼川于伯永、正法宝印老、缙云冯当可。①

序文当写于诗人罢职居于缙云山其间。诗人与旧友共十五人，携酒聚于梅林，饮酒唱和，以求一乐。序文大致分为四个部分，先说梅树，梅树树龄长，枝繁叶茂，庇盖一亩之地，树干因风雨剥蚀，早已开裂，仆伏盘曲于地上，幼枝丛生，形状有古怪者。梅自古就为高雅之士所喜爱，诗人现与友人相聚梅林，增添雅逸之气韵。次写众人吟诗之形态，“立者倚树，行者环绕，仰者承芗，頫者拾英，吟

① 《全宋诗》第34册，北京大学出版社1998年版，第21657页。

态不一，皆可图画"，把占韵以后每个人吟诗的形态刻画得栩栩如生；再写乡野田园风光，"江流如碧玉，平野秀润，竹坞桑畴，连延弥望。民家十十五五，篱落鸡犬，比闾相亲，不愁不嗟"。既写自然景色，又写农家精神风貌，使读者如入陶渊明笔下的桃花源。这样的景色和气息，与官场的尔虞我诈形成鲜明的对照，对于罢职来到缙云山中的诗人，得到的是何等的安慰！最后写漫游山水总有精神的收获，闲暇清旷有助于精神爽朗和心胸开阔，漫游如此重要，于此次梅林相聚再一次得到验证。

王十朋《林下十二子》之序写得更是出人意表，初看题目，猜不透十二子所指，及至读完，方惊讶诗人的构思想象和写法的奇妙，情趣盎然，美不可言。序云：

> 梅溪野人既见黜于春官，齿发老矣，悟虚名之可厌，知林泉之足乐也。家之东南隅有井焉，泉清而味甘，井畔有修竹数百梃，辟小径以通幽，有梅数根，欹卧乎竹间，两桂苍然，夹井而植。因莳兰于竹林之下，植昌阳于井旁，以增野趣。予与宾友，杖屦徜徉，赋诗饮酒弈棋于其间，颇足自适，遂命曰林下七子。且字竹曰子修，井曰子深，梅曰子先，桂曰子苍，兰曰子芳，昌阳曰子仙。梅溪野人为之主，故自字曰子野。仍赋七诗以寓意。牡丹芍药，花中之富贵者，桃李艳而繁，凡红艳之属，俱非林下客也，皆不取。予既醉而卧，梦有五人来谒，自称黄公、丁公、柳先生、三径居士、三槐公子。予延之坐，黄公乃前曰：闻主人有林下之游，与六子为友，褒之以名字，宠之以诗章，亦一时之雅致也。某虽不才，然封植于君家久矣，独不与兹选何耶？予曰：予非敢忘公也，然所取者，皆井竹间诸友，公

所居差远，予与客游林下，而公不在眼，故不与焉尔。黄公艴然曰：主人欲隔篱墙分尔汝耶。予愧其言，许以嘉客处之。丁公踵进曰：主人昔有幽居三咏，某与黄公、竹生与焉。今竹生首与林下选，黄公亦辱千金之诺矣，主人苟未忘壁上语，愿以某处坐客之末，可乎？言未毕，柳先生三人俱进，皆有请焉，予悉领之。既觉而思，此必吾家黄杨、丁香、槐、柳、菊也，予不可食梦中言，遂字黄杨曰子嘉，丁香曰子素，柳曰子春，槐曰子夏，菊曰子秀。复赋五诗以赠之，通前凡十二子焉。时甲戌孟夏也。①

从序文开始介绍可以看出，诗人此时已经被罢黜，且年老体衰，数年的仕途生涯已经使他彻悟人生，功名利禄已经没有任何吸引力。他想到的只是终老林泉，于是开辟园林，隐居其中，每天与友人在园林饮酒赋诗弈棋，自得其乐。与上文冯时行逐一介绍友人相似，王十朋也进行介绍，不过介绍的不是人物，而是园林中的佳卉芳树。先是七子，分别是翠竹、甘井、梅树、桂树、兰花、昌阳以及诗人自己。诗人认为，牡丹芍药、桃树李树，非富贵即繁艳，皆不可列为林下客。序文写到此，已经非常有情趣，诗人的高洁雅趣也体现出来，但题目既是十二子，下文必有交代。出乎读者意料的是，诗人采用虚幻的梦境和拟人的手法展开下面的情节。诗人因酒而醉卧，梦中见五人前来，依次进言，详述理由，要求列为林下之选，诗人一一答应。醒后方知，梦中五人乃园林之中的黄杨、丁香、槐树、柳树、菊花。于是，诗人又一一命名。至此，十二子已经介绍完毕，共有子修、子深、子先、子苍、子芳、子仙、子嘉、子素、子春、子夏、子

① 《全宋诗》第36册，北京大学出版社1998年版，第22648页。

秀,再加上诗人自命为子野,一共十二子。诗人将自己置于自然世界的十一子中,比冯时行与十四人相聚更有情趣与魅力。序文叙述、描写,不厌其烦,读者却不感到冗繁,反而从中得到无穷的妙趣。严格说来,这一类序文并无什么庄重的主题或微言大义,所要反映的,其实就是诗人的志趣和情操。其写法不同于唐宋其他文人,而是另辟蹊径,别开生面,语言优美,虚实结合,清丽俊秀,柔婉温馨,具有鲜明的艺术特色。

第三节　诗歌序跋与散文的相互影响

自唐至宋,散文创作取得了很大的成就,唐代古文运动的兴起,宋代欧阳修对诗文运动的革新,都对散文创作起到了推动作用,使得散文园地五彩纷呈,琳琅满目。散文的繁荣发展,不仅仅是题材广阔,无事不可写,而且文体也增加了,韵文以外的其他文体都可以用散文的手法创作。散文用叙事、抒情、描写、议论几种表现手法,各臻其妙。散文兴盛才有了诗歌序跋的繁荣,散文不只是实用,随着社会的发展,要走向生活化,情趣化,散文的个性化色彩越来越鲜明。序跋受其影响,也出现新的局面。在唐宋诗人心目中,诗歌序跋与散文既有联系又有区别,散文要更庄重一些,考虑到结构的完整,首尾的呼应,整体性更强;而诗序则更轻松,大多序跋的作用,主要是诗歌的陪衬和辅助,因而结构随意,手法多变,长短不拘,行文并不讲究特定的格式。尤其是表达诗人情感的序跋,更是不受束缚和羁绊,随意抒写,任情而发,成为心灵的独白,性情的袒露。许多在诗歌里因字数和韵律限制无法展开的,都可以在序跋中倾吐,成为了解诗人及其诗歌的重要资料。

序跋的功用虽然是诗歌的辅助,但有时诗人创作序跋,又将序跋看成与诗歌的地位平等,同样投入感情去创作,甚至有的序跋,创作的功夫和取得的成就要大于诗歌本身。这一点在前面的章节中已经分析,如苏源明的两篇序文,王十朋的序文,都可以证明这一点。诗歌序跋在散文发展史上要占有一定地位,在于如此数量的序跋和取得的优异成绩,丰富了唐宋散文园地。如果将唐宋诗歌序跋都纳入唐宋散文研究范围,研究成果肯定会有突破。以唐代为例,清代整理的《全唐文》便遗漏了大量的诗歌序跋,这就使序跋处于散文研究和诗歌研究都忽略的尴尬境地,真正被边缘化了。其实这样的情形,对于散文研究和诗歌研究都是不利的。

序跋受散文的影响,既有内容方面的,也有艺术手法方面的,这可以找到许多例子。如徐积《送程守》之序便是继承柳宗元《种树郭橐驼传》。徐积序云:

> 山阳太守程公始至之日,其民切切相告,谓其不生事也。至于逾月,其民稍稍安之。又至逾年,然后其心信服,而日益以安也。夫不生事者固足以安民矣,于是各以其所见称之。称其性者曰质直真厚,称其德者曰如其所性,称其政者曰宽、曰恕、曰处烦剧约而详、曰事归乎平允。总而称之,得民之和也。夫为政而至于得民和,足矣!……①

柳宗元《种树郭橐驼传》是写官吏扰民,使民不得休息。那些官吏击木、鸣鼓,跋百姓聚到一起,看似关心,其实是生事不断,也属于

① 《全宋诗》第11册,北京大学出版社1993年版,第7557页。

弊政。因为为官一方,最大的功德就是使民不知有官,不烦扰滋事,百姓就会安居乐业。徐积序文所言正与柳文有相通之处。程公刚至,百姓还有担心,切切相告。一个月以后,百姓稍安。一年以后,百姓口服心服,生产、生活都有条不紊。官吏为政,不生事才能安民,安民才能得民和,这是为官的最高境界。

邹极《月庵歌》之序在题材选择和手法运用上继承柳宗元《始得西山宴游记》和《钴鉧潭西小丘记》,记述吴无求筑台建庵,在自然山水之中加进人工色彩,风景别具一格。邹极(1043—1107),字适中,晚年自号一翁,宜黄(今属江西)人。治平四年进士。晚年多与方外之人游,其诗作有闲逸之趣。其序曰:

> 吴无求令治鉴泉之明年,夏六月,畏暑湿,思高凉,因退食之暇,登厅事之后县山之巅。环视翠绕,旁阅古木数株,直干樛枝,瑰挺竦特,骇人心目。上蔽赫日,下荫广阜,而为荒榛秽草之所障,足率而不能前。无求立命诛之、锄之、剔之、夷之,稍进而息。其下则密叶如幄,清风满襟。平视周郭之山,远近勾连,千重万叠,秀出于双溪之上。溪会于郭岸,直北而东,有凤台狮石岈然而截其流,汀沙烟芜映带于井肆楼台之外。无求为之叹息曰:"溪山之美,登览之胜,尽于此矣。予为邑仅二年,而今始得之,岂非山川物象之类显晦固有数耶,不然何昔暇于治鉴泉而不遂及此。"于是即木阴之下,辟土丈余,置奕局焉,累石甃甓,环以瓦墩,命之曰烂柯台。又直鉴泉之上,临山之崖,后倚巨木,结草庵,设竹榻,命之曰月庵。自鉴泉之侧,安木梯,铺以栏楯,上通一径,曲折命数十级,乃置台与庵。过环翠亭北,循径

而下，则后圃也。工既毕，南郭逍遥翁邹极爱其佳境，往而歌之。①

吴无求治理鉴泉的第二年，酷暑六月登上山巅，放眼四望，见旁有古木数株，耸立挺拔，是避暑的好地方，可是却被荒榛秽草所阻挡，不能前去树下。吴无求命人诛除荒草，平夷道路，而使人能到树下休息乘凉。远观景色优美，山环水绕，于是在大树之下，运石辟土，筑烂柯台。又在鉴泉之上，临悬崖，倚巨木，设竹榻，为月庵。又于鉴泉之侧安装木梯，直通烂柯台与月庵。序文展示的，既有自然景色，也有人文景观。其前半部分描写类似柳宗元的《钴鉧潭西小丘记》，即使是有人工痕迹，仍然具有浓厚的古拙纯朴的风韵。

李寔《陕府芮城县群贤凉轩诗》之序，其中一段明显受到欧阳修《醉翁亭记》的影响，序云：

芮，古邑也，其民淳。吴，良令也，其心清。夫以良令之清心而得古芮之淳民，吾知夫治之无难也必矣！故吴令来，期月之间，薄山之阳，大河之滨，民之有生，不知有吏，吏知有狱，未尝有民。呜呼！其亦可以称治也与。于是因民之无事，作凉轩。栋宇甫完，山林满前。笙篪箫竽，天地万籁。白日有尽，清风不归。若夫公余宾来，日高吏散，令必休于其间也。席有诗书，盘有杯杅，而弹有琴，而投有壶，于是啸歌偃息，无有一而不得其适也。当是时，不知天地之为吾适耶，吾自适其适，而天地不吾与也。不知陶渊明之昔时得如是无？抑不知列御寇之泠然

① 《全宋诗》第16册，北京大学出版社1995年版，第10980页。

而乐，久而不返，有是事乎，无乎？于是士大夫闻而以诗美之，而令欲永其传，以刻诸石，且俾来者知作之所始。既属予序，而复继之以诗也。时嘉祐五年八月一日河南寔序。①

“栋宇甫完”以下一段，显然受到《醉翁亭记》写山肴野蔌，杂然前陈，太守与民同乐的影响，而“当是时”以下一段，也对《醉翁亭记》末段有创造性地吸收。

当然，散文对序跋的影响不仅仅是题材和内容主旨，还有形式方面，如徐瑞《听雨》之序写山中夜雨。徐瑞（1255—1325），字山玉，鄱阳（今江西波阳）人。咸淳间应进士举不第。元仁宗延祐四年以经明行修推为本邑书院山长。未几归隐于家，巢居松下，自号松巢。序云：

岁戊子，听雨山中，枕上赋小诗云：竹屋浪浪急雨鸣，道人睡美梦魂清。恍然身在庐山下，夜半飞泉落涧声。庚寅秋晚，结茅郭仙峰之下东偏，断壑飞泉，接竹注之窗外，以便汲取。夜听泉声，凄然有感，赋诗云：窗前断壑落飞泉，绝似高檐晓溜悬。忽忆故山听雨梦，绳床孤坐不成眠。今年复归山，独卧小斋，夜半雨至，檐溜浪浪，梦中恍然山间茅屋之下泉声不绝，不知吾身之在此也。觉而悲感不已，赋此自解。壬辰五月廿八夜也。②

---

① 《全宋诗》第 7 册，北京大学出版社 1992 年版，第 4905 页。
② 《全宋诗》第 71 册，北京大学出版社 1998 年版，第 44663 页。

短短的一篇序文,写了三次夜间听雨,每次引发的情感都不同。第一次闲居山中,有清幽之感;第二次客居他乡,山间听雨,孤寂凄然,颇有李商隐巴山夜雨的况味,第三次是悲感,独卧而听雨,乡梦恍惚,客愁油然而生。诗人因视觉受到限制,改用听觉写雨,妙不可言,这大概受到欧阳修《秋声赋》夜间用声音写秋的启发。徐瑞的三次听雨,感受并不相同,与南宋末蒋捷的《虞美人·听雨》有异曲同工之妙。

序文受散文影响,也有在遣词用字方面的。受欧阳修《醉翁亭记》多用"也"字的影响,北宋徐积的序文多用"也"字。其《送赵漕偁》之序全篇用十二个"也"字,《赠武夷旅人》之序,全篇用九个"也"字,《莫望草》之序用十三个"也"字。《谢李自明》之序用"也"字最多,共十五个,序文曰:

> 弗德其德,施于其所不报者也。其人谓谁,谓自明也。邵武李自明,爱其人以及乎亲,乃一日持酒具,即其所像,伏谒顿首,酌而馈奠之。其容色有孚,其恭中礼,退而视其貌,温温裕如也。其不肖子既拜之矣,顾不可无述焉,于是言而为诗。盖恩之所施,有大小轻重,顾其所用心者何如耳。论其人,量其势,度其能报与弗能者,是世俗也,德其德者也。夫德其德者,虽大而小,虽重而轻。君子则不然,因吾之性,行吾之礼,设吾之义也。世俗之论吾所弗论也,世俗之所量吾弗量也,则所谓报者,固君子之弗道也。是何也?是其所养者充,所积者久,故其中裕然,其为之不劳,其见于外者不可得而掩者也。如此则鸟兽可感,草木可动,而况于人乎。故见者悦之,闻者至于叹息,而况其人之身亲获而受之者乎。此所谓弗德其

> 德也。夫弗德其德者，虽小而大，虽微而著，然自明之于予，何以知其弗德其德也？夫以六十之年，病其两耳，贱且死矣，固不足以报人之德也。知其不能报，然且施之，真所谓弗德其德者也。[①]

欧阳修《醉翁亭记》用了二十一个“也”字，徐积的序文用十五个“也”字，从全文字数和使用“也”字来看，徐积用“也”字的频次还高于欧阳修。

散文不仅影响了序跋创作，序跋也反过来影响散文。如苏源明的两篇序就对苏轼创作《前赤壁赋》产生影响。苏源明《小洞庭洄源亭宴四郡太守诗序》中有一段说：“婥态目成以留客，娉容色授以劝酒，繁丝疏管，纷而自会，雅舞清唱，倏然同引。既醉，源明以手版扣舷而歌，歌阕，鸟兽闻之，低昂而相鸣，鱼鳖闻之，沿洄而或跃”。其《秋夜小洞庭离宴诗》之序说：“彻馔新尊，移方舟中，有宿鼓，有汶篁，济上嫣然能歌者五六人共载。止洄源东柳门，入小洞庭，迟夷彷徨，眇缅旷漾，流商杂徵，与长言者啾焉合引，潜鱼惊或跃，宿鸟飞复下，真嬉游之择耳。”这些描写，都对苏轼创作《前赤壁赋》产生了影响。苏源明的两篇诗序，语言清丽，生动活泼，后人评价较高，高步瀛在《唐宋诗举要》中选《秋夜小洞庭离宴诗序》，并在其后评曰：“戛戛独造，宜为韩公所称。”又说：“弱夫两序皆矜创，惟彼篇多用俪语，犹与颜、鲍相近，故置彼录此。”[②]难怪就是像苏轼这样的大文人，散文创作也从唐代诗歌序跋中吸取有益的成分。

① 《全宋诗》第 11 册，北京大学出版社 1993 年版，第 7617 页。

② 高步瀛《唐宋诗举要》甲编卷一，上海古籍出版社 1982 年版，第 69 页。

李堪《玉田八景》之序更有代表性，上承柳宗元的山水游记，下启欧阳修的《醉翁亭记》，试引序文如下：

> 玉田为邑，居山水之会，环峰复嶂，联络拱揖，而效奇献秀于左右前后，双溪合流，而襟带其间，故其胜概不一。邑治北有山曰翠屏，盖邑之主口也。形如屏嶂，竹树葱蒨，春朝微雨，望之蔚然，翠色可览。其东曰金仙岭，林木蕃茂，刍荛者往，负薪行歌，远近声雅相应。东南一峰锐而耸，类笔锋之颖出也，夕阳射之，文采烂然。下有蓝洞，薄暮云气归焉，充斥布濩，虚谷尽白。西南之峻极者曰五华山，秋晴景明，丹霞冠顶，绮丽可爱。直邑之西，曾峦叠巘，巀嶫干云，穷冬雨雪，他山不见白，独西山之巅有之，霁后仰观，益增爽气。溪源二，自北来，至邑合流为剑溪，委蛇澄澈，其平若镜，渔舟往来，鼓枻而歌，欸乃之声相闻。南下里许，滩石横截中流，亘东西岸，故溪流触石有声，如鸣佩玉。当素秋无云，碧落悬镜，水光月色，混而为一，灏灏乎清气袭人。是八者，玉田胜境也，昔之好事者尝即景赋诗，谓之玉田八景云。①

序文写玉田景色之美，先是总叙，然后分说，东西南北，景色不一，各具特色。或以春天为背景，竹树郁郁葱葱，微雨飘洒，蔚然深秀；或将人物置于山林，砍柴负薪，歌声不断，令人心醉；或以傍晚为背景，山峰耸峙，夕阳灿烂，晚霞尽染，云气充盈，山谷皆白；或写九华秋色，天高云淡，丹霞冠顶；或以冬日为背景，重峦叠嶂，山巅积雪.

① 《全宋诗》第2册，北京大学出版社1991年版，第1134页。

红妆素裹，分外妖娆。写完山，再说水，二水自北来，汇流为剑溪，弯弯曲曲，澄澈见底，水平如镜，舟船往来，渔歌互答，桨声欸乃。剑溪南下，有大石横截，溪水触石，叮咚有声，如鸣佩环。若在夜晚，秋高无云，明月当空，下照溪水，月光如水水如天，宛若仙境。这篇序文就像一篇散文诗，意境清新优美，结构先总后分，叙事抒情，摇曳多姿，令读者仿佛进入优美的画卷，目不暇接，流连忘返。这样的序文，艺术性强，给人以强烈的美感。李堪这篇诗序后半部分借鉴柳宗元《永州八记》中的描写。前半部分写玉田周围环峰复嶂，以及玉田春夏秋冬不同景色，朝夕变化不同，欧阳修《醉翁亭记》从中得到借鉴而不露痕迹。至于序文中"望之蔚然"云云、"刍荛者往，负薪行歌，远近声雅相应"云云，欧阳修的借鉴更是直接的。如《醉翁亭记》说"至于负者歌于途，行者休于树，前者乎，后者应，伛偻提携，往来而不绝者，滁人游也"。这也说明了李堪诗序描写抒情的文笔明丽清新，婉曲晓畅，摇曳生姿，具有独特的艺术魅力，使欧阳修这样的名家亦刮目相看。据《全宋诗》，李堪生于宋初乾德三年(965)，字仲任，号平坡，常州(今属江苏)人。咸平二年进士，景德二年(1005)知古田县，大中祥符年间为秘书丞。而欧阳修生于1007年，被贬到滁州是在庆历四年(1044)，次年才写下《醉翁亭记》，于此可以看出李堪序文对欧阳修创作《醉翁亭记》的影响。

不仅如此，同一个作者，前期作的诗歌序跋也可以影响到后期的散文创作。例如苏轼《虔州八境图》之序便影响后来创作《前赤壁赋》，序云：

《南康八境图》者，太守孔君之所作也。君既作石城，即其城上楼观台榭之所见而作是图也。东望七闽，南望五岭，览群山之参差，俯章、贡之奔流。云烟出没，草木蕃丽，邑屋相望，鸡犬之声相闻。观此图也，可以茫然而思，粲然而笑，慨然而叹矣。苏子曰：此南康之一境也，何从而八乎？所自观之者异也。且子不见夫日乎，其旦如盘，其中如珠，其夕如破璧，此其三日也哉。苟知夫境之为八也，则凡寒暑、朝夕、雨旸、晦冥之异，坐作、行立、哀乐、喜怒之变，接于吾目而感于吾心者，有不可胜数者矣，岂特八乎？如知夫八之出乎一也，则夫四海之外，诙诡谲怪，《禹贡》之所书，邹衍之所谈，相如之所赋，虽至千万未有不一者也。后之君子，必将有感于斯焉。乃作诗八章，题之图上。①

《虔州八境图》，即序文中的《南康八境图》，为太守孔宗翰所作，苏轼此序与诗当是应孔太守之请而作，时间当是元丰元年。诗为组诗，共八首，序为组诗序。诗后有跋文一篇，为十七年后所作。从苏轼序文所描写来看，这幅画图视野开阔，远山近水，村舍人家，尽收眼底，可以令人展开无穷的想象。本来是一境，为何说成是八境，画图反映的虽然是客观的自然山水，但观览图画的人千差万别，人生境遇，情操境界，各有不同，季节可分春夏秋冬，天气可分晴阴晦冥，况人又有情绪之变化，喜怒哀乐，大不相同，目视于图而感于心，就会产生差异，岂止是八境所能包括。一篇短短的诗序，蕴含着令人玩味不已的哲理。其实不仅仅画图，其他文学作品也是一样，读者不同，产生的感受也不同，一千个读者有一千个哈姆莱特，这是符合欣赏规律的。苏轼的这篇序文对元丰五年在黄州

① 《全宋诗》第14册，北京大学出版社1993年版，第9248页。

所作《前赤壁赋》产生了影响。《前赤壁赋》说:“客亦知夫水与月乎? 逝者如斯,而未尝往也;盈虚者如彼,而卒莫消长也。盖将自其变者而观之,则天地曾不能以一瞬;自其不变者而观之,则物与我皆无尽也。”这变与不变的思考,其实正是从上面序文中来。画图是不变的,但寒暑朝夕雨旸晦冥是变化的,坐作行立哀乐喜怒是变化的。画图在变化,是指因时因情而变化,画图是不变的,是指不因时令天气情感而变化,这正如《前赤壁赋》所讲,水虽流去,但实际上并没有流去,前者去而后者来,水仍是滔滔不绝;月亮虽时圆时缺,其实最终并没有一点增减。

诗歌序跋与散文的相互影响,一方面反映了序跋与散文发展的紧密关系,散文的每一个发展变化都影响到序跋本身,从序跋创作看散文创作和发展,为我们研究散文提供了一个崭新的视角;另一反面也反映了诗歌创作也要借助散文的功能来增强诗歌表现力和表达方式,序跋艺术色彩的增强,不是削弱了诗歌的表现力,恰恰增强和扩大了诗歌的艺术表现力。但这种增强和扩大并不在于诗歌本身,而在于诗歌的其他组成部分。因为从总体而言,序跋无论是结构还是内容,都是属于诗歌的,是与诗歌一体的。

第八章　其他文体对诗歌序跋的影响

诗歌序跋的发展演变，一方面受到诗歌的影响，一方面也受到其他文体的影响。本章选择若干种对诗歌序跋影响比较大的文体加以论述，以便更清楚地了解序跋与这些文体的关系。

第一节　骈文和散文对序跋的影响

骈文在东汉时期就已经形成了，魏晋以后，骈文进一步发展并渐趋成熟，出现了许多佳作。骈文追求艺术美，讲究辞采、声律、对偶，句式也讲究工整。南北朝时期，一些文人创作骈文刻意求工，将形式之美列为追求之目标，形成四六体样式。唐代骈文又进一步发展，句式更加规整。王运熙《中古文论要义十讲》说："唐代诗文创作，有不少人提倡复古。唐代中期，涌现出一部分文人主张写散体文，至韩愈、柳宗元而达高峰。诗歌领域也有一部分人提倡写古体诗，推崇建安风骨。但从总体看，还是骈体文学占据优势地位，并反映到理论批评方面。因此，魏晋南北朝时期崇尚骈体文学语言美的标准尺度，并没有在唐代发生根本性的变化。"①不过，唐代文人写骈体文，与前朝人也有区别，这就是在讲究艺术美的同

① 王运熙《中古文论要义十讲》，复旦大学出版社2004年版，第9页。

时，题材更加扩大了，如初唐四杰都是写骈文的高手，其题材和视野显然比前人有所扩展。闻一多在《唐诗杂论·四杰》中说："宫体诗在卢骆手里是由宫庭走到市井，五律到王杨的时代是从台阁移至江山与塞漠。"①说的是诗歌，其实对他们的骈文创作同样适用。

唐代的骈文不仅用于抒情，还可用来叙事和议论，甚至奏议也用骈文，用途非常广泛。当然，用于诗歌序跋的骈文，主要还在于抒情。这里以骆宾王的诗序进行说明。骆宾王《秋日饯陆道士陈文林》之序云：

> 陆道士将游西辅，通庄指浮气之关；陈文林言返东吴，修途走落星之浦。于是维舟锦水，藉兰若以开筵，绁骑金堤，泛榴花于祖道。于时赤烟纪节，青女司神。霜雁衔芦，举宾行而候气；寒蝉噪柳，带凉序以含情。加以山接太行，耸羊肠而飞盖；河通少海，疏马颊以开澜。登高切送归之情，临流感逝水之叹。既而嗟别路之难驻，惜离樽之易倾。虽漆园筌蹄，已忘然于道术。而陟阳风雨，尚抒情于咏歌。各赋一言，同为四韵。庶几别后，有畅离忧云尔。②

这篇诗序是一篇标准的骈文，文辞华美，情感真挚，融情于景，将送别友人的凄恻感情表达得淋漓尽致。骆宾王的诗序，后人给予很高的评价，王衡《唐骆先生集》评《初秋登司马楼宴》之序曰："藻词

① 闻一多《唐诗杂论》，上海古籍出版社 1998 年版，第 25 页。
② 《全唐诗》卷七八，中华书局 1999 年版，第 842 页。

丽语，意更悠扬。”①又评《秋日送尹大赴京》之序曰：“清标逸度，笔墨间都是灵气。”②

再看骆宾王的《伤祝阿王明府》之序：

夫心之悲矣，非关春秋之气；声之哀也，岂移金石之音。何则？事感则万绪兴端，情应则百忧交轸。是以宣尼旧馆，流襟动激楚之悲；孟尝高台，承睫下闻琴之泪。祝阿王明府，毓德丹穴，袭吉黄裳。灵基峙金阙之峰，层源濑玉轮之坂。既而鸿飞渐陆，将骋平舆之龙；鹤鸣在阴，爰绊朝歌之骥。乃当名悬阙月，德贯陈星，岂徒遽切梦琼，掩沉连石？嗟乎！轮销桂魄，骊珠毁贝阙之前；斗散紫氛，龙剑没延平之水。某昔承嘉惠，曲荷恩光。留连啸歌，从容风月。抚心陈迹，泣血涟如。然而始终者，万物之大归，生死者，百年之常分。虽则知理之可有，而未晓情之可无。聊缀悲歌，敢贻同好。诸君或缔交三益，列宰一司，或叶契筌蹄，投心胶漆。如比肩于千里，遽伤魂于九原。既切芝焚，弥深蕙叹。盍言四始，同赋七哀。庶兰室流薰，袭遗芳而化德；故蓬心申拙，效庸音于起予。触目多怀，周增流恸。③

序文三百余字，却无冗长繁杂之感，抒发的伤感之情颇能打动人

① 王衡等评释《唐骆先生集》，任文京、赵东岚整理，河北教育出版社 2011 年版，第 23 页。

② 王衡等评释《唐骆先生集》，任文京、赵东岚整理，河北教育出版社 2011 年版，第 19 页。

③ 《全唐诗》卷七九，中华书局 1999 年版，第 857 页。

心。王衡《唐骆先生集》评曰:"文势顿挫,词法练捷,波澜音节,自是奇妙。"①可谓至论。又如他的《初秋于窦六郎宅宴诗》之序:

> 六郎道和采葵,啸悬鹑而契赏。诸君情谐伐木,仰登龙以缔欢。于时一叶惊寒,下陈柯而卷翠;百花凝照,澹虚牖以披红。既而俱欣得兔之情,共掩亡羊之泪。物我双致,匪石席以言兰;心口两齐,混污隆而酌桂。虽忘筌戴笠,兴交态于灵台,而搦管操觚,叶神心于胜气。盍陈六义,诗赋一言。即事凝毫,成者先唱云尔。②

句式工整,用语华丽而优美,虽数处用典,却无生硬晦涩之感,给人以流畅之美。王衡《唐骆先生集》评此序曰:"即事作颂,对景生情,何等超脱。"③乔象锺、陈铁民《唐代文学史(上)》在谈到骆宾王的这些诗序时,对其有很高的评价:"骆宾王不少诗篇前面有小序,如《夏日游德州赠高四》、《秋日饯陆道士陈文林》、《伤祝阿王明府》、《在狱咏蝉》、《浮槎》、《萤火赋》等作品的序,都长达数百言,或叙述诗人生平游踪、家庭情况,或说明诗篇的创作动机和过程,或抒写事物盛衰变化、祸福倚伏的人生哲理,对于读者理解诗篇的寓意,起到了阐幽抉微的作用。表达形式虽用骈俪文体,但却写得纵肆酣恣,委婉多致,给予人神采飞扬、挥洒自如的感觉。……研究分析和评价骆宾王的文学成就,特别是探讨他的文

① 王衡等评释《唐骆先生集》,任文京、赵东岚整理,河北教育出版社 2011 年版,第 56 页。

② 《全唐诗》卷七八,中华书局 1999 年版,第 845 页。

③ 王衡等评释《唐骆先生集》,任文京、赵东岚整理,河北教育出版社 2011 年版,第 23 页。

章风格时，对这些诗前之序，是应该予以注意的。”①这是非常有见地的。

上面说的这些诗序，其实都是用骈文写的。与骆宾王同为四杰之一的杨炯，也有用骈文写的诗序，如前引《群官寻杨隐居诗序》，其序中云：“……群贤以公私有暇，休沐多闲，忽乎将行，指林壑而非远；莞尔而笑，览烟霞而在瞩。登块圠，践莓苔。阮籍之见苏门，止闻鸾啸；卢敖之逢高士，讵识鸢肩？忆沧海而无时，问桃源之易失。寒山四绝，烟雾苍苍；古树千年，藤萝漠漠。诛茅作室，挂席为门。石隐磷而环阶，水潺湲而匝砌。乃相与旁求胜境，遍窥灵迹。论其八洞，实惟明月之宫；相其五山，即是交风之地。……”这篇序文共三百六十余字，描写了杨隐居所处之地的优雅环境，赞扬其高洁的情操。写法上讲究用典，对偶工致，却无凝滞之感，通篇流畅通达，将描写、抒情和议论融为一体，是初唐骈文典范性之作。

初唐时期的陈子昂，倡导诗文革新的理论，反对六朝以来骈文的绮艳之风，并且身体力行，取得了很高的成就，对稍后的李华、萧颖士产生了一定影响。但初唐文章仍在骈文盛行的风气之中，他也不可能不受到影响，尤其是序、表等文体，仍然用骈文形式书写。当然，这与单纯追求形式的骈文大相径庭，如《晦日宴高氏林亭》之序中写到：

有渤海之宗英，是平阳之贵戚。发挥形胜，出凤台而啸侣；幽赞芳辰，指鸡川而留宴。列珍羞于绮席，珠翠琅

① 乔象锺、陈铁民主编《唐代文学史（上）》，人民文学出版社 1995 年版，第 141 页。

> 阡;奏丝管于芳园,秦筝赵瑟。冠缨济济,多延戚里之宾;鸾凤锵锵,自有文雄之客。总都畿而写望,通汉苑之楼台。①

句式工整,辞藻华丽优美,音乐感极强。《四库全书总目提要》评陈子昂曰,“今观其集,惟诸表序犹沿俳丽之习,若论事书疏之类,实疏朴近古”,②可谓恰如其分。其实,即使到了盛唐时期,骈文还是通行的,王维的《送秘书晁监还日本国》之序可以算是典型的代表。这篇诗序共有五百余字,先叙述大唐皇帝德被四方,异域向往,不远万里来朝。次说中日两国源远流长,再说晁监来华求学,而今归国,最后表达诗人与晁监依依不舍的深情。高步瀛《唐宋文举要》收入此序,并在序末评曰:“兴会飙举,情景交融。”③序文全用骈文写成,用典贴切,对仗工整,运用叙事、写景、抒情的手法,情文并茂,是唐代骈文的代表作。

宋代诗歌序跋亦有用骈文者,尤其是宋代初期,还残留着晚唐五代以来骈文勃兴的余风。如宋太宗《缘识》之序:

> 朕闻法门不二,非贤圣无以皆通;清净自然,非智慧无以长久。经文妙觉,识种缘深。诵《华严》而性海分明,演菩提而真修实行。慈悲喜舍,法相周圆。穷究化元,绝其虚妄。坦途平而无滞碍,去人我而顺阴阳。夫佛理者,思极无涯,远译东流之教;志行方便,调御西域之民。莫不澄寂渊深,利益真济。恒沙喻于千界,彼岸混于

① 《全唐诗》卷八四,中华书局 1999 年版,第 907 页。
② 《四库全书总目提要》卷一四九,河北人民出版社 2000 年版,第 3846 页。
③ 高步瀛《唐宋文举要》,上海古籍出版社 1982 年版,第 1458 页。

> 一法。广博谈幽,善能破于昏衢;灵光照耀,岂较量乎深浅。……①

对仗工巧,用词华丽典雅,颇有帝王之气魄。

宋祁《送杨学士三首》之序也是用骈文写的:

> 某闻望之补郡,常雅意于本朝;长儒为郎,每注情于禁闼。皆欲恢明景化,徽序懿纲。宣硕惠于玟经,奉清光于昼接。前闻尽在,茂躅可徵。恭惟学士淑问熙朝,英猷秀世。颁条列土,重季布置股肱;陪议外庭,凑吾丘之智略。……②

序文既用骈文书写,又用词艰涩,反映出宋初以宋祁为代表的骈文的学究化倾向,这实际上是骈文文体的倒退。他的《春集东园诗赋》之序也是用骈文写成,文人聚会应该写得生动活泼,情景交融,可是这篇序用词非常生僻,如"载阳之辰,戢惨傃舒;惠气韶华,怡豫天区",缺少轻灵之气。其他如《送杨学士》之序、《大礼庆成》之序等都是用骈文写成,无一不艰涩难读。同一时期宁参的《县斋十咏》之序也是用骈文书写,同样艰涩难读。北宋欧阳修领导的古文运动取得胜利,散文创作才发生了根本性的改变,平易自然、婉转流畅成为新的散文风格,自然也影响到诗歌序跋。僧德洪《代人上李龙图》之序、《代夏均甫宴人致语》之序都是用骈文来写,但显得非常精致优美。

---

① 《全宋诗》第1册,北京大学出版社1991年版,第402页。

② 《全宋诗》第4册,北京大学出版社1991年版,第2450页。

南宋时期，诗歌序跋虽然还有用骈文的，但已经是情文并茂，堪称佳作，如张次贤《同陈提举庸郭安抚晞宗玩月南峰》之序。张次贤，字子齐，仙居（今属浙江）人。绍熙四年进士。嘉定四年知上高县，三年而政成。通判临安府。十二年，除监察御史。其序云：

> 投绂归来，田间之旧侣可约；携筇踏去，洞口之仙踪堪寻。适志何必通侯，得名不如杯酒。请上方之剑，曾愧镂冰；挥鲁阳之戈，更惭返日。新亭有泪，麟阁谁标野性；宜盟白鸥，痴情还怜明月。秋风载酒，倚孤岳以踌躕；兰友摩肩，俯长流而慷慨。呜呼！美人不在，佳会难逢，聊赋短章，用抒遐绪。①

序文用骈文写，对仗工整，读来朗朗上口，情感真挚，把归隐之志和胸中的孤傲情怀真实地反映出来。序文也用典故，如“鲁阳之戈”、“新亭有泪”等等，但并未给人艰涩生硬之感。

在初唐骈文还盛行的时候，作为对骈文革新的散体文也取得了成就。散体文在发展的过程中当然并非对骈体文全部否定，而是吸收其长处，借鉴骈文声韵、语言提炼等写作技巧，同时又把先秦两汉散文优良传统加以发挥，创作出具有唐代特色的散体文。散体文的新面貌，也影响到诗序，如初唐阎朝隐的《鹦鹉猫儿篇》之序就写得奇诡，别具特色。陈子昂主张诗文革新，虽然在文中仍有骈文的影响，但与那些专讲形式技巧之文已有很大区别，而是明白晓畅、朴实无华，这自然也影响到诗序创作，如《观荆玉篇》之

① 《全宋诗》第53册，北京大学出版社1998年版，第32998页。

序、《与东方左史虬修竹篇》之序、《赠别冀侍御崔司仪》之序等，都是散体文诗序的代表作。盛唐时期，萧颖士、李华、元结、独孤及等倡导文体革新，并在创作上身体力行，为中唐韩愈、柳宗元开展古文运动作了充分准备。他们的散文创作，无疑对诗序的创作产生了重要影响。如前引李华《云母泉》之序，以短句为主，间以长句，毫不板滞，描摹山水，引人入胜，是一篇优美的散文。与刻意讲究对偶辞藻的骈文给人以程式化感觉相比，不事雕琢和参差不齐的散文句式，呈现出清新自然和流丽之美。又如萧颖士的《江有归舟三章》之序：

> 盖有来学，徼往教，蒙匪余求，若之何其拒哉。猗尔之所以求，我之所以诲，学乎，文乎？学也者，非云征辨说，摭文字，以扇夫谈端，輮厥词意，其于识也，必鄙而近矣。所务乎宪章典法，膏腴德义而已。文也者，非云尚形似，牵比类，以局夫俪偶，放于奇靡。其于言也，必浅而乖矣。所务乎激扬雅训，彰宣事实而已。①

行文挥洒自如，摒弃藻饰，句式灵活，将其文体复古的主张阐述得有理有据，令人信服。苏源明《秋夜小洞庭离宴诗》之序，语言流畅，风格清新，如其中写与友人月夜泛舟一段，用古文笔法，弃骈俪文风，词必己出，笔调活泼，给人别开生面之感。元结为古文运动先导者之一，散文不事华藻，风格质朴，其诗序也体现了这一风格。其他如高适、岑参、李白、杜甫等诗人，诗序篇幅较短，情引文随，毫不拘泥。如岑参《上嘉州青衣山中峰题惠净上人幽居寄兵部杨郎

① 《全唐诗》卷一五四，中华书局1999年版，第1597页。

中》之序曰：

> 青衣之山，在大江之中，屹然迥绝，崖壁苍峭，周广七里，长波四匝。有惠净上人，庐居其颠，唯绳床竹杖而已。恒持《莲华经》，十年不下山。余自公浮舟，聊一登眺。友人夏官弘农杨侯，清谈之士也，素工为文，独立于世，与余有方外之约，每多独往之意。今者幽躅胜概，叹不得与此公俱，爰命小吏，刮磨石壁以识其事，乃诗以达杨友尔。①

描摹景色，精致传神，记述人物，寥寥几笔便勾勒出形象，在简练的叙述中，也将自己身在仕途心向佛禅的情感写出。梁肃也是中唐古文运动的先驱，前面所引其《周公瑾墓下诗》序，多用短句，结构新颖，文笔流畅，一洗骈体之堆砌死板，尽显古文魅力，可称为唐代散文的名篇。柳宗元是古文运动的主将，其诗序受散文创作影响，也尽显独特风采。前引《愚溪诗》之序写景错落有致，说理前后照应，成为山水游记的代表作之一。

中晚唐时期，士大夫的生活情境也进入诗序，语言通俗平易，意境优美清新，无骈文讲究用典辞采之规矩，亦无正襟危坐论理讲道之情状，诗序的内容呈现出生活化、个性化、情趣化的特点。如白居易《池上篇》之序，这篇令人陶醉的园林小品，先说园中盛景，竹树连阴，有水有岛，又记修桥造亭，建粟廪书库，又叙得奇石仙鹤，再言得友人酿酒之法，清韵之琴，优雅之曲，坐卧之石。接下来说：

① 《全唐诗》卷一九八，中华书局 1999 年版，第 2034 页。

每至池风春，池月秋，水香莲开之旦，露清鹤唳之夕，拂杨石，举陈酒，援崔琴，弹姜秋思，颓然自适，不知其他。酒酣琴罢，又命乐童登中岛亭，合奏霓裳散序，声随风飘，或凝或散，悠扬于竹烟波月之间者久之，曲未竟而乐天陶然，已醉睡于石上矣。①

序文的语言平易而又自然生动，意韵悠长，真实再现了白居易晚年的生活情趣和心态。又如前引欧阳詹的《玩月诗》之序，中秋赏月诗，唐前已有之，有唐一代也不乏名篇。欧阳詹《玩月》诗流于平常，未脱传统"咏月"窠臼，而其序文却潇洒飞扬，独抒性灵，情趣盎然，令人击节赞叹。

又如欧阳詹《题华十二判官汝州宅内亭》之序：

睹居处玩好，则才不才了然可知。如华斯亭，华其常人与？规画既高，圬墁有洁。媚以花草，清以竹木。绮庵阁澹，琅玕森然。墙外人寰，入门云林，使人心以之闲，神以之远。华朝于斯，夕于斯，心不朗，神不王，其可得乎？则虚廓其灵，恬澹其性，由才不才矣，非逃名远世，方曰冥搜。贤哉华！未展襟怀，视于斯，则昭然在前矣。予既游，且尚诗以美之。众君子其以为然，亦宜相广。②

没有枯燥的说理和生硬的议论，而是以优美的语言和句式，从居处玩好说到才与不才，将主人的情操和人生境界描写得亲近可感。

① 《全唐诗》卷四六一，中华书局 1999 年版，第 5278 页。

② 《全唐诗》卷三四九，中华书局 1999 年版，第 3918 页。

其花草竹木，全为衬托，墙外门内，对比深刻，情景交融，令人深思。晚唐皮日休、陆龟蒙的诗序，多是反映闲适的隐逸生活，如皮日休《酒中十咏》之序、《茶中杂咏》之序、《添渔具诗》之序、《太湖诗》之序，陆龟蒙《渔具诗》之序等，反映淡泊情思和隐逸心态，语言平易，充满情趣。作为诗的一部分，序与诗的情调是一致的，作为散文，它与皮、陆指摘时弊、锋芒毕露的小品文相比，又呈现出完全不同的风格。

散文发展到宋代，呈现出一个崭新的面貌。虽然宋代散文最初还有绮靡的文风，甚至连宋祁的文章都刻意讲究晦涩艰深，但经过欧阳修领导的新古文运动，宋代散文发展终于走上了健康的道路。如果说唐代的散文虽提倡文从字顺，但实际上还不够平易，那么，宋代的散文则彻底解决了这个问题。唐代的散文如高山峡谷，宋代的散文则如一马平川。明代茅坤编《唐宋八大家文钞》，唐代选韩愈、柳宗元，宋代则选欧阳修、苏洵、苏轼、苏辙、王安石、曾巩六家，也可看出宋代散文的影响力。平实，平易，走向生活化，宋代散文这一显著特色也影响到诗歌序跋，使序跋呈现出色彩斑斓的壮观景象。

宋代诗歌序跋中，优秀的美文令人目不暇接，这当然要归功于散文健康发展对它的影响，同时也得力于诗人对序跋精心的创作。前面数章已经引用宋代不少诗序，现在再从散文对序跋的影响方面略加论述。如欧阳修《赠沈遵》之序：

> 予昔于滁州作醉翁亭，于琅琊山有记刻石，往往传人间。太常博士沈遵，好奇之士也。闻而往游焉，爱其山水，归而以琴写之，作《醉翁吟》一调，惜不以传人者五六年矣。去年冬，予奉使契丹，沈君会予恩冀之间，夜阑酒

半,出琴而作之。予既嘉君之好尚,又爱其琴声,乃作歌以赠之。①

序文平易自然,叙述简洁,往事今事,时间地点,交代得清清楚楚,宛如历经世事沧桑的长者与友人对坐品茗,闲话今昔,毫无矫揉造作之情意,一如其散文名篇。苏轼的诗歌序跋往往多为短制,或写人,或纪事,或抒情,或议论,情感真挚,情景俱佳,皆为佳品。如《石芝》之引:

元丰三年五月十一日癸酉,夜梦游何人家,开堂西门有小园古井,井上皆苍石,石上生紫藤如龙蛇,枝叶如赤箭。主人言,此石芝也。余率尔折食一枝,众皆惊笑,其味如鸡苏而甘,明日作此诗。②

一场梦境,也可以作为写序写诗的材料,而且梦境所见之描写,竟如现实所见之真切。小园古井,苍石紫藤,率尔食之,在诗人笔下充满情趣,令人吟诵不辍。又如《次韵子由岐下诗》之引:

予既至岐下逾月,于其廨宇之北隙地为亭。亭前为横池,长三丈。池上为短桥,属之堂。分堂之北厦为轩窗曲槛,俯瞰池上。出堂而南,为过廊,以属之厅。廊之两旁,各为一小池。皆引汧水,种莲养鱼于其中。池边有桃、李、杏、梨、枣、樱桃、石榴、樗、槐、松、桧、柳三十余株。

① 《全宋诗》第6册,北京大学出版社1992年版,第3633页。

② 《全宋诗》第14册,北京大学出版社1993年版,第9304页。

又以斗酒易牡丹一丛于亭之北。子由以诗见寄，次韵和答，凡二十一首。①

一篇百余字的小引，竟将亭、池、桥以及所植树木一一交代清楚，就像一处园林佳地的导游图，在叙述之中，也将诗人的情感寄寓其中。

现今流行的文学史说到黄庭坚，多谈其诗词而略谈其散文，其实黄庭坚散文的数量超过诗词，成就也很高。这自然对他创作诗歌序跋有直接的影响。他的序跋之文虽短小而精致，充满情趣，清新自然，与其诗歌讲究“无一字无来处”截然不同。如他的《戏咏高节亭边山礬花二首》之序：

江湖南野中，有一种小白花，木高数尺，春开极香，野人好为郑花。王荆公尝欲求此花栽，欲作诗而陋其名，予请名曰山礬。野人采郑花叶以染黄，不借礬而成色，故名山礬。海岸孤绝处补陀落伽山，译者以谓小白花山，予疑即此山礬花尔。不然，何以观音老人坚作不去耶？②

山礬花，今作山矾花，高数尺，叶密枝肥，冬不凋谢，花白而香。由一朵小花竟引出如此兴趣盎然的话题，甚至还说到普陀山和观音菩萨，联想也是丰富的。又如《溪上吟》之序：

春山鸟啼，新雨天霁。汀草怒长，竹筱交阴。黄子观

① 《全宋诗》第14册，北京大学出版社1993年版，第9112页。
② 《全宋诗》第17册，北京大学出版社1995年版，第11440页。

> 渔于塘下，寻春于小桃源，从以溪童、稚子、畦丁三四辈。茶鼎酒瓢，渊明诗编，虽不命戒，未尝不取诸左右。临沧波，拂白石，咏渊明诗数篇，清风为我吹衣，好鸟为我劝饮，当其漻然无所拘系，而依依规矩准绳之间，自有佳处。乃知白莲社中人，不达渊明诗意者多矣。过酒肆则饮，亦无量也，然未始甚醉。盖其所寓与毕卓、刘伶辈同，而自谓所得与二子异，人亦殊不能知之也。酒酣，得纸书之，为《溪上吟》。①

开头的四句写景清新可爱，将读者引入一个令人陶醉的世界，接下来的叙述写诗人携数人寻春溪上，饮酒读书。“清风二句”，用比拟手法，实际上诗人已经达到物我合一的境界。这样用散文手法写成的诗序，更能生动形象地体现出生活情趣，比诗歌本身更有艺术魅力。试引诗作一比较：“短生无长期，聊暇日婆娑。出门望高丘，拱木漫春萝。试为省鬼录，不饮死者多。安能如南山，千岁保不磨。在世崇名节，飘如赴烛蛾。及汝知悔时，万事蓬一窠。……”与诗序比较，完全是另一种情调，是看破人生的心底倾诉。诗歌议论的成分增多了，蕴含的哲理浓厚了，但情景交融、明丽清新的气息却缺失了。

宋代有许多作家还不为人所注意，现在通行的文学史，不论是中国古代文学通史，还是属于断代的宋代文学史，有些著名作家均未提到，诗文久不为人所知，其序跋自然更是无人问津。如王十朋，《全宋诗》收录其诗三十卷，《全宋文》收录其文二十八卷。其诗文均在宋代文学史上占有一定地位，其序跋也有许多精彩之笔，

① 《全宋诗》第17册，北京大学出版社1995年版，第11447页。

如《哭孟丙》之序哀情发于胸臆，真挚感人；《林下十二子》之序构思奇巧，行文优美；《左原记事》之序情节引人入胜，扣人心弦。其《种蔬》之序写自耕小园的散淡生活，情韵颇浓，是优美的散文小品。其序云：

> 癸未孟秋，归自武林，小小园荒芜之甚，遂课僮仆畦以植蔬。近得微雨，颇有生意，潜涧老叔分葱薤数十本及菜子一二种，今冬百指可以无馑矣。书十五韵。①

全篇序文仅六十字，却将时间、地点以及小园种蔬交代清楚，绝无赘笔。在心境平和恬淡的叙述中，诗人的心灵世界以及精神渴望也得到充分的展示。

与王十朋情况相似的还有华镇。华镇有《云溪集》一百卷，明代已佚，清代四库馆臣辑录，编《云溪集》三十卷。《全宋诗》收录其诗十三卷，《全宋文》收录其文十九卷，在宋代文学史上也占有一定地位。这样重要的文学家，其诗文成就必然影响到序跋创作。华镇序跋前面已有所引，现在再引华镇一篇诗序，看散文对诗序潜移默化的影响。如《葛仙翁钓台》之序：

> 若耶溪，葛仙翁投迹之地。苔矶孤秀，起于中潭，环山千叠，澄渊无底，清光翠色，上下相照，迥然不类于人境。谢客儿兄弟悦之，日至其上，更酬迭唱，夕而忘归。②

① 《全宋诗》第36册，北京大学出版社1998年版，第22758页。
② 《全宋诗》第18册，北京大学出版社1995年版，第12368页。

钓台一段描写,大笔勾勒,山水尽入眼底,气势雄浑,景色秀丽,也是宋代序跋小品中的名作。

散文对序跋的影响,还可以从另一个角度看。朱熹为宋代理学大师,但诗文却没有道学气,诗风轻灵,序跋也好。这说明宋代散文的平易朴实已经为整个时代所接受,如他的《铁笛亭》之序:

> 山前旧有夺秀亭,故侍郎胡公明仲尝与山之隐者刘君兼道游涉而赋诗焉。刘少豪勇,游侠使气,晚更晦迹,自放山水之间,善吹铁笛,有穿云裂石之声。胡公诗有"更烦横铁笛,吹与众仙听"之句。亭今废久。一日,与客及道士数人,寻其故址,适有笛声发于林外,悲壮回郁,岩石皆震,追感旧事,因复作亭以识其处,仍改今名。①

题目是铁笛亭,序文却是写吹笛人和笛声。刘君游侠使气,豪放不羁,吹笛自然豪迈雄浑,故有穿云裂石之说。原先的夺秀亭早已废毁,诗人与客寻找旧址,忽又听到山林传来的笛声,与早年听到的铁笛声相似,于是追思昔事,作亭以纪之。这样的序文,很难想象出自编选《四书集注》、《诗集传》的理学家朱熹之手,于此可以想见散文发展的影响力。孙望、常国武主编《宋代文学史(下册)》谈到朱熹时说:"朱熹虽是道学家,其诗却很少道学气、头巾气。他不大用诗歌来直接议论政治和哲理,湖天山色、江风月影、泉石逸趣、村野物象仍是他常用的诗料。诗风平淡自然,不事藻绘雕琢,颇具魏晋清远高旷、淡雅精微的风神。有些以生动的意象寓托哲

① 《全宋诗》第44册,北京大学出版社1998年版,第27632页。

理的小诗,风格轻灵,姿态跌宕,灵气秀发,耐人寻味。”①诗歌的这种风格,自然也影响到序跋。又如朱熹《题米敷文潇湘图》之序:

建阳崇安之间,有大山横出,峰峦特秀。余尝结茅其巅小平处。每当晴昼,白云坌入窗牖间,辄咫尺不可辨。②

序只有四十一字,却写得大气磅礴,境界高远,尺幅千里,令人神往,见出序文的无穷魅力。

宋人写诗好发议论,但序跋的议论有时却很精彩,这也可看出宋代议论散文的影响,如杨恬的《三友堂》之序。杨恬,字天隐,潼川(今四川三台)人。哲宗时曾官提点梓州路刑狱,徽宗崇宁元年知合州。其序云:

火井县厅事之后有小堂,昔人榜之曰思政。余恶其名之浮也,将有易之。而堂之北牖,青山当其前,名泉出其下,修竹环列其左右。竹之贤,固古今所重,而山以至静出云雨,生万物,泉虽激而行之万折,曾不变其就下之性,且能随物赋行,类古得道者,是三物皆可友也。因此三友命之。县固褊陋,无燕息之所,堂之前霤,去厅事不及二寻,辟厅事之北扉,则决诉讼,省文案,接宾客,起居食息,无时而去此。所谓三友者,盖不斯须离也。既易其

① 孙望、常国武主编《宋代文学史》(下册),人民文学出版社 1996 年版,第 182 页。

② 《全宋诗》第 44 册,北京大学出版社 1998 年版,第 27664 页。

> 榜，因为诗一解于堂上。来者之于三友，贤之乎，贱之乎，则吾不知也。①

山色、泉声、竹韵，诗人视为三友，盖因山出云雨而生万物，泉虽千折百转，不变就下之性，随物赋行，竹为气节操守之象征。由此引出三友堂，蕴含的哲思幽深，引人回味。宇文绍奕的《三友堂》之序也是写此事。宇文绍奕，字卷臣，成都双流（今属于四川）人。曾为吏部郎，晚知临邛、广汉。其序云：

> 东宪太傅杨公，作三友堂于邛之火井，西宪寮院顿公，庚其意而为五贤，皆有诗以见志。夫山静而水动，风清而月明，于此又有竹焉，虚中而圆外，有道有德者似之。二公或以为友，或以为贤，何也？盖所谓友者，必天下之贤，所谓贤者，无适而不友也。愚不肖，固尝见贤而思齐，求友而不挟，辄敬仰二公之意，愿与五贤为莫逆之友，故离而为五诗。若夫泊然忘我，万态一视，而逍遥于无何有之乡，则于物也，非友也，非贤也，非不贤也，惟其适而已矣，庸讵知我之为物耶？物之为我耶？②

此序写三友堂，是从另一个角度看，在诗人看来，山是静的，水是动的，一静一动，便成世界，而修竹虚中外圆，似有道有德者。接下来加上杨公和顿公，一共是五贤，二人三物，物我合一，真正达到绝妙的境界。

---

① 《全宋诗》第22册，北京大学出版社1995年版，第14414页。
② 《全宋诗》第22册，北京大学出版社1995年版，第14415页。

第二节　奏疏等应用文体对序跋的影响

奏疏等应用文体用在诗歌前后充任序跋,往往是诗人在写诗的同时一并写下的上奏的文字,放在诗前称为序,单独拿出来就是奏状。这类文体,主要包括表、奏疏、状、奏启等。唐宋时期,一些文人参政意识强烈,关心国事,往往直接写诗上达朝廷皇帝,诗前的奏疏表状之类,就变成了序言。明代徐师曾《文体明辨序说·奏疏》曰:"按奏疏者,群臣论谏之总名也。奏御之文,其名不一,故以奏疏括之也。七国之前,皆称上书。秦初,改书曰奏。汉定礼仪,则有四品:一曰章,以谢恩;二曰奏,以按劾;三曰表,以陈请;四曰议,以执异。然当时奏章,或上灾异,则非专以谢恩。至于奏事亦称上疏,则非专以按劾也。又按劾之奏,别称弹事,尤可以徵弹劾为奏之一端也。又置八仪,密奏、阴阳皂囊封板,以防宣泄,谓之封事。而朝臣补外,天子使人受所欲言,及有事下议者,并以书对。则汉之制,启特四品而已哉?然自秦有天下,以及秦孝惠,未闻有以书言事者。至孝文开广言路,于是贾山言治乱之道,名曰《至言》,则四品之名,亦非叔孙通之所定,明矣。魏晋以下,启独盛行。唐用表状,亦称书疏。宋人则监前制而损益之,故有劄子,有状,有书,有表,有封事,而劄子之用居多;盖本唐人牓子、录子之制而更其名,乃一代之新式也。上书章表,以列前编,其他编目,更有八品,今取而总列之:一曰奏。奏者,进也。二曰疏。疏者,布也。汉时诸王官署于其君,亦得称疏,故以附焉。三曰对。四曰启。启者,开也。五曰状。状也,陈也。状有二体,散文、丽语是也,六曰劄子。劄者,刺也。七曰封事。八曰弹事。各以类从,而以《至言》冠于篇,以其无可附也。至于疏、对、启、状、劄五者,又皆以

'奏'字冠之,以别于臣下私相对答往来之称。"①徐师曾的这段话基本上把奏疏一类的应用文体的演变和用途交代清楚了。

奏疏放在诗前充任序的功能,唐朝较少,而以宋代为多。如韩愈《元和圣德诗》之序便是奏疏,其序云:

> 臣愈顿首再拜言:臣伏见皇帝陛下即位以来,诛流奸臣,朝廷清明,无有欺蔽。外斩杨惠琳、刘辟,以收夏蜀;东定青徐积年之叛,海内怖骇,不敢违越。郊天告庙,神灵欢喜;风雨明晦,无不从顺,太平之期,适当今日。臣蒙被恩泽,日与群臣序立紫宸殿下,亲望穆穆之光,况其职业,又在以经籍教导国子,诚宜率先作歌诗以称道盛德,不可以辞语浅薄不足以自效为解,辄依古作四言《元和圣德诗》一篇,凡千有二十四字。指事实录,具载明天子文武神圣,以警动百姓耳目,传示无极。②

这篇奏疏,说明诗人写作一千零二十四字诗歌的缘由,实际上是上书皇帝颂扬其英明,清除奸贼,平定叛乱,清明盛世,人神欢欣,风调雨顺,天下太平。又言自己泽被皇恩,日与群臣上殿奏事,何况自己又在国子监教导学子,更应率先作诗歌颂太平盛世。奏疏将诗人对皇帝的耿耿忠心表达得淋漓尽致,明了此奏疏,再看诗歌本身,就会更加理解韩愈的用心。这篇序文写得朴实情真,无华丽之辞藻。《东雅堂昌黎集注》卷一称曰:"此序乃司马迁之文,非相如之文也"。③ 确为至评。

① 徐师曾《文体明辨序说》,人民文学出版社1962年版,第123页。

② 严昌校点《韩愈集》,岳麓书社2000年版,第4页。

③ 《东雅堂昌黎集注》卷一,《文渊阁四库全书》本。

唐代柳宗元《奉平淮夷雅表》也是位于诗歌之前上呈朝廷的，其表为表状，申明自己写诗之缘由：

> 臣宗元言：臣负罪窜伏，违尚书笺奏十有四年。圣恩宽宥，命守遐壤。怀印曳绂，有社有人。臣宗元诚感诚荷，顿首顿首。伏惟睿圣文武皇帝陛下，天造神断，克清大憝。金鼓一动，万方毕臣。太平之功，中兴之德，推校千古，无所与让。臣伏自忖度，有方刚之力，不得备戎行，致死命，况今已无事，思报国恩，独惟文章。伏见周宣王时称中兴，其道彰大，于后罕及。然征于《诗》大小雅，其选徒出狩，则《车攻》、《吉日》；命官分土，则《嵩高》、《韩奕》、《烝人》；南征北伐，则《六月》、《采芑》；平淮夷，则《江汉》、《常武》。铿鍧炳耀，荡人耳目。故宣王之形容与其辅佐，由今望之，若神人然。此无他，以雅故也。臣伏见陛下，自即位以来，平夏州，夷剑南，取江东，定河北，今又发自天衷，克翦淮右，而大雅不作，臣诚不佞，然不胜愤懑。伏以朝多文臣，不敢尽专数事，谨撰《平淮》、《夷雅》二篇，虽不及尹吉甫、召穆公等，庶施诸后代，有以佐唐之光明。谨昧死再拜以献，臣宗元诚恐诚惧，死罪死罪。①

表后有两组诗，其一为《皇武命丞相度董师集大功也》，题下注曰："元和十二年，以宰相裴度为中书侍郎同平章事，充淮西宣慰处置使，讨吴元济。"《皇武》共十一章，每章八句。其二为《方城命愬守

① 《全唐诗》卷三五〇，中华书局1999年版，第3926页。

也卒入蔡得其大丑以平淮右》，题下注曰："方城，山名，在唐州。元和十一年，以李愬为唐邓隋节度使。与元济战，数有功。明年冬，愬乘大雪，夜驰至蔡城，破其门，取元济以献。"前章美裴度，后章美李愬。当时柳宗元被贬，出为柳州刺史，听到评定消息之后，上表皇帝，称颂当朝皇帝"平夏州，夷剑南，取江东，定河北，今又发自天衷，克翦淮右"，丰功伟业，应当歌颂。因是上书皇帝，故有"诚恐诚惧，死罪死罪"之语。

柳宗元还有《唐饶歌鼓吹曲十二篇并表》，其表曰：

> 臣宗元言：臣幸以罪居永州，受食府廪，窃活性命。得视息，无治事。时恐惧小闲，又盗取古书文句，聊以自娱。伏惟汉魏以来，代有铙歌鼓吹词，唯唐独无有。臣为郎时，以太常联礼部，尝闻鼓吹署有戎乐，词独不列。今又考汉曲十二篇，魏曲十四篇，晋曲十六篇，汉歌词不明记功德，魏晋歌功德具。今臣窃取晋魏义，用汉数篇，为唐铙歌鼓吹曲十二篇，纪高祖、太宗功能之神奇，因以知取天下之勤劳，命将用师之艰难。每有戎事，治兵振旅，幸歌臣词以为容，且得大戒，宜敬而不害。臣沦弃即死，言与不言，其罪等耳，犹冀能言，有益国事，不敢效怨怼默已。谨冒死上。①

从表中可知，时柳宗元在永州，虽是"恒惴栗"，但处于江湖之上，仍忧虑朝廷国事。他想到汉魏以来，代代都有铙歌鼓吹词，唯独唐朝没有，故作唐铙歌鼓吹十二篇，以歌颂唐高祖、唐太宗之功。郭

① 《全唐诗》卷三五〇，中华书局1999年版，第3929页。

茂倩《乐府诗集》卷二十“鼓吹曲辞”《唐鼓吹铙歌》云:“唐鼓吹铙歌十二曲,柳宗元作以纪高祖、太宗功德及征伐勤劳之事:一曰《晋阳武》,二曰《兽之穷》,三曰《战武牢》,四曰《泾水黄》,五曰《奔鲸沛》,六曰《苞蘖》,七曰《河右平》,八曰《铁山碎》,九曰《靖本邦》,十曰《吐谷浑》,十一曰《高昌》,十二曰《东蛮》。按此诸曲,史书不载,疑宗元私作而未尝奏,或虽奏而未尝用,故不被于歌,如何承天之造宋曲云。”①

宋代奏疏一类文体在诗前为序者大大多于唐朝,而且并不仅仅限于上书皇帝或朝廷,奏疏对象也包括朝廷重臣。如宋初张方平的《皇帝狩于近郊(内署同进)并引状》,《大礼庆成并引状》,《九日侍宴太清楼并引状》,《上享郊庙并引状》等,都是诗歌前面的奏状。又如刘敞《闵雨诗并状》,其状云:

> 臣伏见春首以来,天久不雨。历官李用晦治大衍轨革,太医赵从古治黄帝六气,咸以谓风旱岁恶而然。陛下焦心劳意,侧躬修德,撤乐损膳,议狱宥过,以迎导善气。爰及言事得罪者唐介、杜枢之徒,复特见甄序。小大之臣,莫不欣然,人情悦而天气和矣。乃三月己巳日人而雨,至于庚午。《诗》不云乎,益之以霢霂,既优既渥,既霑既足,生我百谷。以此见我圣人之德,与天相符,言出而物应,行发而神助。虽水旱之占有常数者,犹不能违之,况其眇者乎!窃观《诗》、《书》所载盛德之言,至诚动天之速,未有及陛下者也。臣不胜鼓舞之至,谨撰《闵雨

① 郭茂倩《乐府诗集》卷二十,中华书局1979年版,第303页。

诗》一首十三章,章六句,投进以闻。干冒天威,臣无任云云。①

天旱无雨,生民艰难。奏状称颂皇帝体恤百姓,天降甘霖乃是皇帝恩泽所为,天人感应,当称颂帝王盛德,故撰写《闵雨诗》以上。奏表状说明进诗缘由,以显臣子之忠心。

启也是应用类文体,有时泛指奏疏、公文、书函。《太平御览》卷五九五引汉服虔《通俗文》:"官信曰启"。奏启有的写给朝廷大臣,有的写给同僚友人。如初唐骆宾王《上吏部侍郎帝京篇并启》,也是作为诗前之序的。这是骆宾王在唐高宗上元三年从武功主簿调任明堂主簿前写给吏部侍郎裴行俭的。其启云:

宾王启:昨引注日,垂索鄙文。拜手惊魂,承恩累息。楚翬丹质,在荆南以怀惭;辽豕白头,望河东而载恧。宾王散樗易朽,蟠本难容。虽少好读书,无谢高凤;而老不晓事,有类扬雄。徒以易象六爻,幽赞通乎政本;诗人五际,比兴存乎国风。故体物成章,必寓情于小雅;登高能赋,岂图荣于大夫。盖欲乐道遗荣,从心所好;非敢希声刻鹄,窃誉雕虫。至若资丑行以自媒,衒庸音于苟进,固立身之殊路,行己之外篇矣。君侯蕴明略以佐时,虚灵台以照物。观梁父之曲,识卧龙于孔明;听康衢之歌,得饭牛于甯戚。是用异人翘首,俊乂归诚。独此疵贱之资,谬奉清通之盼。虽仲由之瑟,终阙响于邱门;而宋玉之谣,倘均音于郢路。敢忘下里,轻用上呈。庶道叶起予,陈卜

① 《全宋诗》第9册,北京大学出版社1992年版,第5621页。

> 商之四始；恐吾几失子，效然明于一言。拜手增惭，忧心如醉。谨启。①

这篇启文不见于《全唐诗》而见于《全唐文》，实际上这篇启就是诗之序，是应该与诗合在一起的。明代王衡《唐骆先生集》将启文与诗放在一起，文渊阁《四库全书》收录颜文选《骆丞集》也将启文与诗合在一起。清代陈熙晋整理骆宾王集，在其《骆临海集笺注》中，也是将启与诗合在一起，可知都是将启作为诗序看待的。启文称颂裴行俭"蕴明略以佐时，虚灵台以照物"，也表达了自己渴望援引之意。骆宾王诗文集现有十二篇启，写得都是文采飞扬。如《上司刑太常伯启》，李廷机评曰："宾王以妙才有声唐世，诸所上启四六甚工，半为世人未吐之词。"②如《上齐州张司马启》，王衡评曰："此启情思潇洒，于对仗之中却有一段飘逸处，写出意绪翩翩然。"③如《上郭赞府启》，王衡评曰："此启如青松独鹤，风韵幽远。"④如《上梁明府启》，王衡评曰："散松极得趣，入深偏有情。"李廷机评曰："此启无多字而有余思，精练工致，特余耳。"⑤这些启文的写作特色和成就，自然也影响了《帝京篇》启作为序文的文采。

---

① 《全唐文》卷一九八，中华书局 1983 年版，第 2008 页。

② 王衡等评释《唐骆先生集》，任文京、赵东岚整理，河北教育出版社 2011 年版，第 89 页。

③ 王衡等评释《唐骆先生集》，任文京、赵东岚整理，河北教育出版社 2011 年版，第 94 页。

④ 王衡等评释《唐骆先生集》，任文京、赵东岚整理，河北教育出版社 2011 年版，第 99 页。

⑤ 王衡等评释《唐骆先生集》，任文京、赵东岚整理，河北教育出版社 2011 年版，第 100 页。

元稹的《酬东川李相公十六韵并启》是写给地方大员的，其启文具有书函的作用：

> 稹启：今月十二日，州吏回，伏受相公书，示知小生所献《和慈竹》等诗，关达鉴览，不蒙罪退，而又赐诗一十韵，并首序一百二十三言。废名位之常数，比朋友以字之，饰扬涓埃，投掷珠玉。幸甚，幸甚。至于庙议末学，江花陋词，无不记在雅章，以备光宠，不胜惶骇惊惭之至。昔梦人始交，必有乘车戴笠不忘相揖之誓，诚以为贵富不相忘之难也。况贵贱之隔，不啻于车笠之相悬；而相公投贶珍重，又岂唯一揖之容易哉！稹独何人，享是嘉惠。辄复牵课拙劣，酬献所赐，是犹百兽与凤凰同舞于箫韶之中，各极其欢心耳，又何暇自审其形容之不类哉。庆岁专人封用上献，死罪死罪。谨启。①

东川是指剑南东川节度使，李相公是指李逢吉。在此之前，元稹曾作《和东川李相公慈竹十二韵》，启文所说即是指此事。从启文可知，李逢吉还给元稹写了赠诗，可惜没有流传下来。元稹在此启中称颂李逢吉不以自己贫贱而拒交，感激之情难以言表。元稹的《献荥阳公诗五十韵并启》也是以书信作序。荥阳公是指郑余庆，时郑为兴元尹、山南西道节度使。而作此诗之年元稹为通州司马，因身体有病，将赴兴元治病，故写诗以赠，并附启文一篇。

欧阳修《石篆诗并序》，其序实际上是启文，是写给友人的。启文曰：

---

① 《全唐诗》卷四〇三，中华书局1999年版，第4511页。

> 某启：近蒙朝恩守此州，州之西南有琅琊山唐李幼卿庶子泉者。某在馆阁时，方国家诏天下求古碑石之文，集于阁下，因得见李阳冰篆庶子泉铭。学篆者云，阳冰之迹多矣，无如此铭者。常欲求其本而不得，于今十年矣，及此来已获焉。而铭石之侧，又阳冰别篆十余字，尤奇于铭文，世罕传焉。山僧惠觉指以示予，予徘徊其下，久之不能去。山之奇迹，古今记述详矣，而独遗此字。予甚惜之，欲有所述，而患文辞之不称。思予尝爱其文而不及者，梅圣俞、苏子美也，因为诗一首，并封题墨本以寄二君，乞诗刻于石。①

欧阳修的这篇启文，是写给友人梅尧臣、苏舜钦的。时欧阳修任滁州太守，在琅琊山见到唐代李阳冰篆刻的《庶子泉铭》，感到非常珍贵，认为“世罕传焉”。欧阳修欲记述此事，又考虑自己文词不称，于是作诗一首，又写此书信，并附上庶子泉铭墨本，寄给梅尧臣、苏舜钦，请他们各写诗一首，刻于石上以为纪念。

韩煦的《上太师生辰序》，其序也是启文，是奏疏性质，序中云：“某顿首百拜上启。…某顿首百拜上。”从题目可以看出，这是为太师生辰所写的诗，随诗附序，亦可看作奏疏，并非公文、书函一类。宋代无名氏的《上太师公相生辰诗十首》之序虽为启文，但也属奏疏：

> 某顿首百拜上启：窃以道欲兴周，嵩岳遂生于申伯；运将启汉，昴星爰降于酂侯。眷我圣朝，起兹人杰。偶垂

① 《全宋诗》第6册，北京大学出版社1992年版，第3753页。

弧之盛旦，属偃革之昌期。天佑贤生，时为国宾。恭惟太师公相，明堂一柱，沧海六鳌；储二水之英姿，禀三山之秀气。抗义不屈，同杵臼之立孤，仗节言旋，迈子卿之出使。大讲一时之利，爰交二国之歌。……某下情无任悚惧之至。某顿首百拜上。①

因所呈对象是太师，在朝中属于高官，诗人为其生辰贺喜，献诗之外，也附奏启一篇，说明缘由和自己的心情，故启文开头结尾皆有“顿首百拜”之语，与写给朋友书函式的启文显然不同。

第三节　小说、讲史话本等对序跋的影响

经过六朝时期的发展，小说到唐朝已经非常发达。鲁迅《中国小说史略》说：“小说亦如诗，至唐代而一变，虽尚不离于搜奇记逸，然叙述宛转，文辞华艳，与六朝之粗陈梗概者较，演进之迹甚明，而尤显者乃在是时则始有意为小说。”②初盛唐时期，出现了《古镜记》、《补江总白猿传》。中唐时期，则有《枕中记》、《南柯太守传》、《离魂记》、《柳毅传》、《莺莺传》、《李娃传》、《霍小玉传》等优秀的小说。小说的日臻成熟，其具有传奇色彩的题材也进入诗歌，但诗歌抒情的特点以及押韵等等限制，又使这类题材充分表达受到局限，于是，一些诗人往往将在诗歌中无法展开的故事情节、人物对话、心理描写等，就借助于诗序来完成。于是，小说的写法就影响到诗序。可以说，诗序就是一篇小小说。例如孟简《咏

① 《全宋诗》第71册，北京大学出版社1998年版，第45082页。

② 《鲁迅全集》第8册，人民文学出版社1981年版，第70页。

欧阳行周事》之序。孟简（？—823），字几道，行十六，贞元七年前后登进士第，又登博学宏词科。曾任吏部员外郎、户部侍郎、常州刺史等职。其序云：

闽越之英，惟欧阳生，以能文擢第，爰始一命，食太学之禄，助成均之教，有庸绩矣。我唐贞元年己卯岁，曾献书相府，论大事，风韵清雅，词旨切直。会东方军兴，府县未暇慰荐。久之，倦游太原，还来帝京，卒官灵台。悲夫，生于单贫，以徇名故，心专勤俭，不识声色，及兹筮仕，未知洞房纤腰之为蛊惑。初抵太原，居大将军宴。席上有妓，北方之尤者，屡目于生。生感悦之，留赏累月，以为燕婉之乐，尽在是矣。既而南辕，妓请同行。生曰："十目所视，不可不畏。"辞焉。请待至都而来迎，许之，乃去。生竟以蹇连不克如约，过期，命甲遣乘，密往迎妓。妓因积望成疾，不可为也。先死之夕，剪其云髻，谓侍儿曰："所欢应访我，当以髻为贶。"甲至，得之，以乘空归，授髻于生。生为之恸怨，涉旬而生亦殁，则韩退之作何蕃书所谓欧阳詹生者也。河南穆玄道访予，常叹息其事。呜呼，钟爱于男女，素期效死，夫亦不蔽也。大凡以断割，不为丽色所汩，岂若是乎？古乐府诗有《华山畿》，《玉台新咏》有庐江小吏，相死或类于此。暇日偶作诗以继之云。①

序文写欧阳詹游太原与一妓邂逅，分别时许以日后相迎。后来欧

① 《全唐诗》卷四七三，中华书局1999年版，第5401页。

阳詹负情违约,妓苦望而成疾,临终前剪云髻交付侍儿,嘱曰欧阳生至时,以此为信。欧阳生闻知,恸怨不已,不久亦死。于是,孟简赋《咏欧阳行周事》一诗哭悼之。这篇诗序已经具备了小说的若干要素,有故事情节,有人物对话,也有矛盾冲突和结局等。孟简此诗与序以及黄璞《闽川名士传》,均认为欧阳詹与太原歌妓之事为真,大概根据欧阳詹诗为本。欧阳詹有《初发太原途中寄太原所思》诗,其中有"高城已不见,况复城中人。……流萍与系匏,早晚期相亲"诗句。但陈振孙则认为此事不实,他在《直斋书录解题》卷十六说:"詹亦早死,(韩)愈为之哀辞,尤拳拳焉。李翱作传,而李集不载。其序,廉使李贻孙所为也。詹之为人,有《哀辞》可信矣,黄璞何人斯,乃有太原函髻之谤。好事者喜传之,不信愈而信璞,异哉!'高城已不见'之句,乐府此类多矣,不得以为实也。然'高城已不见之诗,题云《途中寄太原所思》,盖亦有以召其疑也。昔人以暧昧受谤,传之千古,尚未能明,孰谓今人之行已而可不谨哉?"①但从欧阳詹诗可以看出,孟简所记还是有事实依据的,而序文所言,很大程度上也加进了虚构成分,从而使诗序具有引人入胜的故事情节和人物命运的悲剧性结局,成为有别于实录的小说体裁。

沈亚之的《梦挽秦弄玉》之序则完全是小说的写法了。沈亚之,字下贤,吴兴(今浙江湖州)人。元和十年登进士第。工诗善文,尤长于传奇小说。其序云:

亚之自纪略云:太和初,沈亚之将之邠,出长安城,客橐泉邸舍。春时,昼梦入秦,主内史廖家。廖举亚之,拜

① 陈振孙《直斋书录解题》卷一六,上海古籍出版社1987年版,第478页。

> 左庶长,尚公主弄玉。其日,有黄衣中贵骑疾马来,延亚之入,宫阙甚严,呼公主出,鬒发,著偏袖衣,芳姝明媚,侍女祗承,分立左右者数百人。召见亚之便馆,居亚之于宫,题其门曰翠微宫,宫人呼为沈郎院。一年,公主卒。公追伤不已。将葬咸阳原,公命亚之作挽歌,应教而作,公读词善之,时宫中有失声若不忍者,公随泣下。亚之送葬咸阳还,以悼怅过戚被病,犹在翠微宫,然处殿外特室,不居宫中矣。居月余,病良已。公谓亚之曰:"敝秦不足辱大夫,盍适大国乎。"亚之对曰:"臣无状,不能从死公主,使得归骨父母国,臣不忘君恩。"时日将去,公追酒高会,执爵亚之前曰:"愿沈郎歌以塞别。"亚之受命,立为歌辞,授舞者,杂其声而和之,四座皆泣。既,再拜辞去,公复命至翠微宫,与公主侍人别。重入殿内,时见珠翠遗碎青阶下,窗纱檀点依然。宫人泣对亚之,亚之感咽良久,因题宫门,竟别去。公命车驾送出函谷关。出关已,送吏曰:"公命尽此,且去。"亚之与别,语未卒,忽惊觉,卧邸舍。①

沈亚之是中唐元和至太和年间人。元和年间,沈亚之在泾原节度幕府为掌书记,为考察边塞山川形势,曾"西出咸阳,行岐陇间,采其风"(沈亚之《西边患对》)。序文开始说自己太和初将去郊,出长安城,宿于客舍,这才有了梦境情节。这篇序文堪称充满浪漫情调的梦幻小说。序中写作者本人在梦中与秦穆公的女儿弄玉的一段姻缘,情节曲折,人物形象鲜明,人物的语言描写、心理描

① 《全唐诗》卷四九三,中华书局 1999 年版,第 5623 页。

写和肖像描写都非常成功,尤其是序文将自己作为故事的主角,更增加了亲近感。虽然读者都知道这是诗人虚构,但明知非真实仍然情动于衷,为人物的欢乐哀愁而倾注情感,这就是小说的艺术魅力了。沈亚之还有《湘中怨》,诗前有序云:“湘中怨者,事本怪媚,为学者未尝有述。”非常简短,未明详情。诗后还有一段文字,为沈亚之自撰解词,这其实是前序的补充,因为序云“事本怪媚”,与后面的故事情节和人物是一致的,放在诗歌后面,也可以称其为跋。其文曰:

> 垂拱年中,驾在上阳宫。太学进士郑生,晨发铜驼里,乘晓月,度洛桥,闻桥下有哭甚哀。生下马,循声索之,见一艳女,翳然蒙袖曰:“我孤养于兄。嫂恶,常苦我。今欲赴水,故留哀须臾。”生曰:“能逐我乎?”应曰:“婢御无悔。”遂载归与居,号曰汜人,能诵楚人《九歌》、《招魂》、《九辩》之书。亦常拟其调,赋为怨句。其词丽绝,世莫属者,因撰《风光词》。生居贫,汜人解箧,出轻绡一端与卖,胡人酬之千金。居数岁,生游长安。是夕,谓生曰:“我湘中蛟宫之娣也,谪而从君。今岁满,无以久留君所,欲为诀耳。”即相持啼泣。生留之不能,竟去。后十余年,生之兄为岳州刺史。会上巳日,与家徒登岳阳楼,望鄂渚张宴。乐酣,生愁吟曰:“情无垠兮荡洋洋,怀佳期兮属三湘。”声未终,有画舻浮漾而来,中为彩楼,高百余尺。其上施帷帐,栏笼画饰,帷褰,有弹弦鼓吹者,皆神仙蛾眉,被服烟霓,裙袖皆广尺。其中一人,起舞且歌,含颦凄怨,形似汜人。舞毕,敛袖,翔然凝望楼中,纵观方怡。须臾,风涛崩怒,遂迷所往。元和十三年,余闻之朋

> 中，因悉补其词，题之曰《湘中怨》，盖欲使南诏嗣烟中志为偶倡也。①

序文写初唐武后时期的事情。郑生黎明时分听到洛桥下有一女子哭啼，寻声见之，才知女子受到嫂子欺辱，欲寻短见。郑生遂载而归之，名为汜人。女子才艺双全，亦能解郑生贫困。后来，郑生将游长安，女子遂告知真相，原来女子是水中蛟宫女子，被贬人间，今罚期已满，要归水府。后来，郑生之兄为岳州刺史，郑生去岳州而登岳阳楼，因思念往事，吟诗抒怀，只见有一彩船驶来，甚为华丽，弹弦鼓吹，女子美貌绝伦。其中有一人，既歌且舞，神情凄怨，绝似汜人。歌舞之后，深情凝望楼中，似有所待。须臾，狂风怒涛起于水上，画船不知所往。这是典型的具有神话色彩的小说，显然受到当时小说的影响。如《梦挽秦弄玉》受《南柯太守传》影响，《湘中怨》受到《柳毅传》影响。此外，张祜的《孟才人叹》之序和李商隐的《柳枝五首》之序等等，都吸收了小说的写作手法。这是诗序表现手法上的一个重大突破。

除上述所论，前面引说的韩愈的《石鼎联句诗》之序其实也有很多的小说成分。童第德《韩愈文选》将此序收入文选，也是着眼于序文的独立性。序文中的人物轩辕弥明其实是假托的人物。童第德在文后的评说中说，联句诗中许多句子，“明明都是讽刺时相的话，假托轩辕弥明，是恐怕自己直言招祸。弥明也和‘子虚先生’、‘亡是公’一样，实在并无其人。当时宰相是李吉甫、李绛等人：李绛和韩愈交情很厚，似不致成为他讥诮的对象；李吉甫在当时也有才略，并不像所讥诮那样不堪。因此有人说：连所谓元和七

① 《全唐诗》卷四九三，中华书局1999年版，第5624页。

年的年月,也是假设,其实是讥讽皇甫镈和程异二人。”童第德又分析说:“此篇刻画弥明的形貌、言语、动作,和刘、侯二人的各种神态,穷形极相,无微不至,和其他各篇简练的风格截然不同。这是韩愈摹拟当时传奇文文体的戏笔,也就是当时被人讥诮为‘以文为戏’和‘驳杂无实’的作品。”① 这样的分析和解说,是非常有道理的。

与唐代比较,宋代诗歌序跋的小说成分较少,数量并不多,但仍有代表之作。杨简的《湍水岩祷雨》之序有些类似志怪小说。杨简(1141—1226),字敬仲,慈溪(今属浙江)人。乾道五年进士。其序云:

> 戊辰之夏,天久不雨,农嗟失时,孰不彷徨。邑人余崇,因干到县之石台乡,遇一老人曰:此地龙潭灵甚,名湍水岩,居士胡不祈于此。崇回视间,老人已不复见,其神矣。继到湍岩,果是圣迹,祷而归。告于邑之士庶。令君张君润之斋宿,同诣潭所。化龙随见,甘雨沛然。吾邑无不种之亩,惠之渥也。崇号湍岩居士,一力经营,刻立碑记,装饰神像。龙天感应,岁斯上熟。不可不记。慈湖杨某。②

序文说天旱不雨,余崇到石台乡,遇到一位老人,告之曰:此地龙潭灵验,可以到那里祈祷。言毕不见,余崇甚为奇怪,以为神灵。到达湍水岩,果然是一处胜迹,于是祈祷而归。其后果然普降甘霖,

① 童第德选注《韩愈文选》,人民文学出版社 1980 年版,第 127 页。
② 《全宋诗》第 48 册,北京大学出版社 1998 年版,第 30096 页。

解生民于困厄之中。其所叙之事,明显带有神异色彩,可以看出志怪小说对序跋的影响。

有些序跋所描写的题材,承前启后,对民间文学有一定的贡献。如李彭《蝴蝶诗并序》。李彭,生卒年不详,字商老,以家有日涉园,故又称日涉翁,建昌(今江西永修)人。隐居不仕,与苏轼、黄庭坚交往唱和。工书法,长于诗,吕本中将其列入江西诗派。其序云:

> 杨昊明之,世家苏州,少孤力学,娶同郡江氏。妇翁官江州征市,明之尽室与俱来。予于江君既亲且旧,以故过江君,始与明之相识。后一年,明之挟册游上国,抵许州,客食亲馆,一夕暴卒。卒之明日,有蝴蝶大如掌许,裴回翔舞于江氏旁,竟日乃去。始闻讣,聚族相与哭,蝴蝶复来绕江氏,起居饮食不置也。夫明之不得其死,未能割爱于少妻稚子,故化蝶以归耳。世之罕闻异事,人之英伟不凡,死有遗恨,精爽不没,没能化物,出游人间,以自表见,亦可为流涕者矣。予与明之善,故作此诗以悼之云。①

死后化物早有记载,如古诗《孔雀东南飞》结尾说刘兰芝、焦仲卿死后双双化为鸳鸯。民间传说《梁山伯与祝英台》主人公死后双双化为蝴蝶。最早记载梁祝传说见于初唐梁载言的《十道四蕃志》,晚唐张读《宣室志》记载了梁祝故事的全貌。明代冯梦龙辑《古今小说》,其中的梁祝传说已有死后化蝶的情节。那么,李彭

① 《全宋诗》第24册,北京大学出版社1995年版,第15913页。

《蝴蝶诗并序》叙述的杨明之死后化蝶归家的情节，大概也对完善梁祝传说起到了一定的作用。

宋代讲史类话本也对序跋产生了一定影响。话本是“说话”的底本，唐宋时期的说话，相当于后来的说书。话本按分类，则有小说、平话、诗话、词话等，平话即评话，就是指讲史家讲说长篇历史故事并加以评述的话本。例如游九言《义灵庙迎享送神曲》之序就是讲述方腊的故事。游九言（1142—1206），字诚之，号默斋，建阳（今属福建）人。其序云：

宣和二年冬，清溪民方腊啸聚，首破睦州，二浙震动。知台州赵资道，通判李景渊闻乱忧顾，官吏骚然。独司户曹事睢阳滕侯膺力陈备御，守与丞迫大义，不敢违，然咸无固志。侯乃为书别父母兄弟，遂议大修城守，且议曰：州岁发漕司籴本为缗钱十七万，半犹未行，姑留弗遣，诸邑秋税应折钱者输米。守勿任漕责，侯请身之，军储遂充。乃择胥吏隶役营壁子弟，聚而教习，号忠义兵。复虑细民无赖或饵于寇，尽择市廛游手名役而实给之。报益急，郡僚汹动欲行，侯谒守请止之。通判遽言：户曹忠矣，如众论何。侯责曰：大夫世列显贵，荷国深恩，身按察而首乱阶，可斩也。丞色沮，竟先出其孥，守闻已遣，由是倾城士庶喧嚣四出。侯不能禁，独召所给细民论以利害，贷两狱罪囚令共立功，皆感励愿从。三年春，仙居民吕师囊应贼，导之破县，报至，守、丞遂奔。侯虑惑众，斩死囚十三，声言某官以下弃城，皆伏诛矣。师囊水陆并下，蔽塞川野，城上望之，危惧欲变。侯誓于众曰：城之存亡，即某之死生也，上天监之。乃昼夜乘堞，用宁众心。凡攻城日,尽破其机械,贼失利退一舍,据招延寺。侯虑戕及原野,命开门,取逋亡官吏及士民数万归,曳柴负粟,益修守备。师囊果悉衢、婺之旅十九万,复迫城。侯亲执弧矢,运殪二酋,阖城奋呼出战。师囊寇温州,号遣舟师梁忠、陈櫶迫袭,温人喜,开门迎之。朝廷命将始至,然侯所上功者皆听守丞归为状,已弗自言,而温州之捷,复饬二校逊功王师,于以见侯忠厚不伐,非竞名者。时奸臣阉尹用事,守既逃罪,丞以熙丰故家,贵宦连结,反得进职,就绾州府。侯仅比捕盗七人之赏,改京秩,去为衢州司录事。守贰同时而赏亦异章,况侯之功乎。是时郡士潘君大年,陈君师恭与侍郎陈君公辅序记始末,皆有因人成事之嗟,群情可见矣。台人遂自为辞,题曰滕户曹焉。后金人南下,所至纷扰。侯贰政淮宁,剪巨寇,保陈州。及居忧,南京士民遮使者。愿起侯少尹,卒捍重围。应天之人祠之,名堂清忠。漕淮西,复破敌于蔡州,人祠之,名堂忠惠。盖仗义不一,独台州守贰弃城,身为曹掾,可去而不去,卒以死守。使敌围京师而见用于朝,不肯以堂堂社稷与人必矣。夷考宣政之末,缙绅最盛,侯仅以一官之微,保全四郡,所活生齿不知算计。彼平时荷宠光,践中外,艰难之际竟何如乎?而侯自立功后,劝进大元帅于济州,反以迁都廷争五事见妒时相,废居兴化。既还,无室庐可栖,台之父老迎至天台,卒老死葬焉。世事又可胜叹乎!庙祠户曹逾七十年。绍熙己酉,适进职者之孙踵来贰郡,乃增绘其祖,更名双庙,邦人诉于朝,随即撤去,得正旧像,赐庙号义灵。继室赵夫人犹存,邦人复走千里,并其孙仲宜迎居庙旁。侯之烈久矣,亦知台之士大夫之不忘德也。

尝慨天下之事，邪正是非皆可易位，惟人心不可厚诬。是谓天高地厚，立人极而不昧。倘弗恃此，则古来憸佞得志，变乱白黑多矣。守城之绩可卑，户曹之庙可隳，台人之心谁得而移之。增庙于孙，亦欲光其祖，君子勿罪。独深慨当时奸臣盗弄国柄，不过营私，安知积欺不已，驯致靖康之祸，九庙震摇，万户流毒，岂特一州而已，宁不痛哉！某客丹丘，睹邦人岁祭，乃作迎享送神三辞，俾祝巫歌以侑觞。①

这篇序言长达一千二百余字，虽与长篇讲史类话本不能比，但在序言中，还是比较长的。序文记述台州司户滕膺大破方腊之事甚详，有时间记载，如宣和二年冬、三年春等，有详细的故事情节，引人入胜。《四库全书总目提要》卷一百六十三评述游九言《默斋遗稿二卷》，认为"其《义灵庙迎享送神曲序》，记台州司户滕膺拒方腊之乱甚详，亦足以补史之阙也"，评价还是比较高的。

宋代对序跋产生影响的还有寓言、日记、祭文哀辞、书信等文体。先秦诸子中有短篇讽喻故事为寓言，因为文体之名。宋代序跋中的寓言，也是借带有讽喻意味的故事阐述道理，言在此而意在彼，让读者在轻松阅读故事的过程中体会其中的哲理，如前面介绍的孔仲武《儿归行》之序，借鸟鸣而归的寓言故事，阐述仁爱之理，否则自食其果。而郑清之的《再和且答索饮语》之跋则借寓言故事于嬉笑滑稽之中表情达意。郑清之（1176—1251），字德源，别号安晚，鄞（今浙江宁波）人。嘉定十年登进士第。曾任兵部郎、翰林学士、右丞相兼枢密院事等职。其跋云：

---

① 《全宋诗》第48册，北京大学出版社1998年版，第30126页。

谚语有鹳鹤日至水滨，群蟹相与捕鱼虾饲之以为常。一日，鹳鹤语蟹曰："施而不报，非礼也，吾乔木巢成，亦可延客，能从我乎？"蟹以无翼辞。鹳鹤曰："此易耳，子以双距钳吾足，我尔身也。"蟹悦从之。一飞戾空，蟹惧，钳益力。鹳鹤疼，怒骂之。蟹笑曰："作主人乃尔痛耶！"①

跋文说的寓言故事让人忍俊不禁，其为诗作说明用意颇显。

日记也对宋代序跋产生影响。日记一体，徐师曾《文体明辨序说》未列入。明代贺复徵《文章辨体汇选》于"日记"下曰："复徵曰：日记者，逐日所书，随意命笔，正以琐屑毕备为妙，始于欧公《于役志》，陆放翁《入蜀记》，至萧伯玉诸录，而玄心远韵，大似晋人，各录数段，以备一体。"②日记体序跋，往往配合的是连贯的组诗，不可能是一首。范成大的日记体诗序最有代表性。如他的北使诗，几乎每首诗都有序说明。如《渐水》之序曰："黄河将决其地，则伏流先出，名曰渐水。河身日徙，而南过封丘至胙城界中，已有渐水，去汴京大约五十里耳。"从其全部日记体之序来看，其序所记甚至比他的《揽辔录》还要详细。祭文哀辞也对诗序有影响，如邓肃《刘忠显挽词》之序，此类文体之序前章已经介绍，此不赘述。书信也对诗歌序跋产生影响，如朱熹《诗送碧崖甘叔怀游庐阜兼简白鹿山长吴兄唐卿及诸耆旧三首》之跋为书信：

诸人已致书者，此不复及。此外，更有陈胜私在九叠

① 《全宋诗》第55册，北京大学出版社1998年版，第34648页。
② 贺复徵《文章辨体汇选》，《文渊阁四库全书》卷六三九。

屏下田舍,彭师范在隔江都昌县界中,皆胜士也。赵南纪病卧城中,不知今能出入否?叔怀皆可为一访,致鄙意,不敢辄以伪迹相污染也。山间胜处,皆有前贤题咏可寻,独新泉近出,最名殊胜,非三峡漱石所及,而余未之见,故诗中特言之。黄石岩绝高,而漱玉之原眼界特旷远,余尝一诣而不能及。近闻故吏张生,弃家居之,其勇猛精进,老守盖有愧焉。叔怀倘至其处,试为物色,颇存问之为佳。①

三首诗是送给友人的,但写诗的缘由在诗歌里因为文体的原因不能详加阐释,所以诗歌之外,又附有一封书信加以说明。此类当为书信体序跋。

① 《全宋诗》第 44 册,北京大学出版社 1998 年版,第 27640 页。

第九章　唐宋诗序跋中的文论

第一节　唐诗序跋中的文论

唐代诗人很少有专门的理论著作，他们的文学思想和创作主张主要在创作过程中体现或表达出来，尤其是在诗人与友人的诗文往来中，往往于轻松自由的气氛中阐发独特的认识和见解，或是借选诗评诗阐发对其他诗人及其作品的评价，如殷璠《河岳英灵集》。诗歌序跋也是诗人表达文学思想和观点，反映时代的文学思潮的重要组成部分。因为在诗中受韵律和字数的限制，诗人往往在序跋中展开篇幅，详加论述。如陈子昂的《与东方左史虬修竹篇》之序：

> 东方公足下：文章道弊，五百年矣。汉魏风骨，晋宋莫传。然而文献有可征者。仆尝暇时观齐梁间诗，彩丽竟繁，而兴寄都绝，每以永叹。思古人，常恐逦迤颓废，风雅不作，以耿耿也。一昨于解三处，见明公《咏孤桐篇》，骨气端翔，音情顿挫，光英朗练，有金石声。遂用洗心饰视，发挥幽郁。不图正始之音，复睹于兹。可使建安作者相视而笑。解君云，张茂先、何敬祖，东方生与其比肩。仆以为知言也。故感叹雅制，作《修竹诗》一篇。当有知

音以传示之。①

初唐时期，虽然四杰通过自己的诗歌创作对晋宋以来的绮艳诗风进行了革新，但彩丽竞繁的诗风仍有余绪。陈子昂在这篇诗序中，针对当时诗坛的状况，提出要恢复诗歌的优良传统，这就是诗歌要有"风雅"、"兴寄"，要有"风骨"。他感慨"文章道弊，五百年矣。汉魏风骨，晋宋莫传"，对"彩丽竞繁，而兴寄都绝"的创作现状极为不满，见到东方虬《咏孤桐篇》，大为振作，认为其"骨气端翔，音情顿挫，光英朗练，有金石声"，给予充分肯定和高度评价。陈子昂于序中明确提出了自己的诗歌创作见解和主张。此序被学界公认为唐代文论名篇，研究者已论之颇详，此不赘述。

盛唐萧颖士倡导文体复古，反对骈俪文风。他广召弟子，传道授业，其《江有归舟三章》之序，诗为四言，每章六句，古朴典雅，序则洋洋洒洒，言情并茂。序中云：

> 盖有来学，微往教，蒙匪余求，若之何其拒哉。猗尔之所以求，我之所以诲，学乎，文乎？学也者，非云征辨说，摭文字，以扇夫谈端，輮厥词意，其于识也，必鄙而近矣。所务乎宪章典法，膏腴德义而已。文也者，非云尚形似，牵比类，以局夫俪偶，放于奇靡。其于言也，必浅而乖矣。所务乎激扬雅训，彰宣事实而已。②

萧颖士（709—760），字茂挺，颍州汝阴（今安徽阜阳）人。开元二

① 《全唐诗》卷八三，中华书局1999年版，第893页。

② 《全唐诗》卷一五四，中华书局1999年版，第1597页。

十三年进士及第。萧颖士是盛唐著名散文家。与李华齐名，时称“萧李”。诗人在序文中批评了“尚形似，牵比类”的骈俪文风，主张于儒学要“宪章典法，膏腴德义”，于文学要“激扬雅训，彰宣事实”，强调学习古文只有以儒学为内容，才能具有生命力。其文学主张对韩愈开展古文运动产生了一定的影响。

中唐时期，元稹、白居易阐释文学主张的诗序最多。元稹在《和李校书新题乐府十二首》之序中说：“余友李公垂贶余乐府新题二十首，雅有所谓，不虚为文。予取其病时之尤急者，列而和之，盖十二而已。昔三代之盛也，士议而庶人谤。”又曰：“世理则词直，世忌则词隐。予遭理世而君盛圣，故直其词以示后，使夫后之人，谓今日为不忌之时焉。”①认为李绅的新题乐府诗“雅有所谓，不虚为文”，他自己所作新题乐府强调即事名篇，指摘时弊。这种观点在其《古题乐府》之序中表达得更为充分：

> 《诗》讫于周，《离骚》讫于楚，是后诗之流为二十四名：赋、颂、铭、赞、文、诔、箴、诗、行、咏、吟、题、怨、叹、章、篇、操、引、谣、讴、歌、曲、词、调，皆诗人六义之余。而作者之旨，由操而下八名，皆起于郊祭、军宾、吉凶、苦乐之际。在音声者，因声而度词，审调以节唱，句度短长之数，声韵平上之差，莫不由之准度。②

这篇长序先从诗体流变说起，再从前人的创作得失中强调创新的重要性。他在诗序中高度评价杜甫，认为杜甫的“《悲陈陶》、《哀

① 《全唐诗》卷四一九，中华书局1999年版，第4626页。
② 《全唐诗》卷四一八，中华书局1999年版，第4616页。

江头》、《兵车》、《丽人》等，凡所歌行，率皆即事名篇，无复倚傍。予少时与友人白乐天、李公垂辈谓是为当，遂不复拟赋古题。昨梁州见进士刘猛、李余各赋古乐府诗数十首，其中一二十章，咸有新意，予选而和之”。并强调自己所作虽用古题，但无古义，或颇同古义，全创新词，借古题反映现实，是一种新题乐府。白居易的诗序中也蕴涵了较多的诗歌理论思想，例如写给元稹的《和答诗十首》之序，首先回忆元和五年元稹被贬，白居易命弟白行简送行，并携去新诗二十章，认为自己所作“率有兴比，淫文艳韵，无一字焉”，其诗不仅可以“遣日时，消忧懑，又有以张直气而扶壮心也”，明确提出反对形式主义、诗歌应具有鼓舞人心作用的主张。白居易在此序中也对自己的诗歌创作进行了剖析和反思，“顷者在科试间，常与足下同笔砚，每下笔时，辄相顾，共患其意太切而理太周，故理太周则辞繁，意太切则言激。然与足下为文，所长在于此，所病亦在于此。足下来序，果有词犯文繁之说。今仆所和者犹前病也，待与足下相见日，各引所作，稍删其烦而晦其义焉。”这篇诗序对于研究白居易诗歌，具有重要的参考价值。又如白居易的《新乐府》之序，旗帜更为鲜明。其序云：

> 凡九千二百五十二言，断为五十篇。篇无定句，句无定字，系于意，不系于文。首句标其目，卒章显其志，《诗三百》之义也。其辞质而径，欲见之者易喻也。其言直而切，欲闻之者深诫也。其事核而实，使采之者传信也。其体顺而肆，可以播于乐章歌曲也。总而言之，为君、为臣、为民、为物、为事而作，不为文而作也。①

① 《全唐诗》卷四二六，中华书局 1999 年版，第 4701 页。

此序虽短,却是《新乐府》五十首的创作总纲,也是白居易的诗歌理论名篇。其后的五十首诗歌主旨均为反映现实,揭露时弊,涉及到中唐社会现实的诸多方面,集中体现了他"救济人病,裨补时阙"的创作思想。

需要提及的是,研究者往往从孟郊的诗歌中探讨其文学主张,而他的《送任载齐古二秀才自洞庭游宣城》之序却常常被忽略,事实上,这篇序对于研究孟郊的文学思想非常重要。序云:

> 文章者,贤人之心气也。心气乐则文章正,心气非则文章不正。当正而不正者,心气之伪也。贤与伪,见于文章。一直之词,衰代多祸。贤无曲词。文章之曲直,不由于心气。心气之悲乐,亦不由贤人,由于时故。今宣州多君子,闲暇而宽,文章之曲直纤微,悉而备举。洞庭二客勉而。客去之,鼓其风波之词,吾知夫乐莫是行也。①

赠人以诗却在序中大谈文章之道,将"心气"与"文章"相联系,并指出文章曲直与时故之关系,见解非常深刻。与孟郊同时的韩愈在《答李翊书》中也谈到"气"与文章的关系,其中说到:"气,水也;言,浮物也;水大而物之浮者大小毕浮。气之与言犹是也,气盛则言之短长与声之高下者皆宜。"孟郊序文中的文论思想,与韩愈所言有相通之处。唐代文学思想史讲述孟郊,不应忽略这一笔。

唐代还有一些诗序记述诗人对当时文学现状的评价和对诗人的品评,蕴含着丰富而深刻的诗学理论。如元结《刘侍御月夜宴

---

① 《全唐诗》卷三七八,中华书局1999年版,第4259页。

会》之序云：

> 兵兴已来，十一年矣。获与同志欢醉达旦，咏歌取适，无一二焉。乙巳岁，彭城刘灵源在衡阳，逢故人或有在者，日昔相会，第欢远游，始与诸公待月而笑语，竟与诸公爱月而欢醉，咏歌夜久，赋诗言怀。於戏！文章道丧盖久矣，时之作者，烦杂过多，歌儿舞女，且相喜爱，系之风雅，谁道是邪？诸公尝欲变时俗之淫靡，为后生之规范。今夕岂不能道达情性，成一时之美乎？①

永泰元年，元结在衡阳与刘湾（字灵源）相逢，一起欢宴赋诗。安史之乱爆发已经十一年，国家多灾多难，人民深陷水火，可是一些文人却置社会民生于不顾，文学创作跳不出歌儿舞女的小圈子。元结对文坛这种现象极为不满，而对刘湾等人的诗作改变淫靡之风，为后人树立规范，给予充分肯定和高度评价。刘湾此次宴会赋诗并未流传下来，《全唐诗》也仅存其六首，而高仲武《中兴间气集》却选录四首，并评曰："湾，蜀人也。性率多直，属文比事，尤得边塞之思。……逆子贼臣闻之，宜乎皆改节矣。"②这与元结在诗序中对刘湾的评价颇为一致。

杜甫《同元使君舂陵行》之序则是评元结诗歌的：

> 览道州元使君结《舂陵行》兼《贼退后示官吏作》二首，志之曰：当天子分忧之地，效汉官良吏之目。今盗贼

① 《全唐诗》卷二四一，中华书局 1999 年版，第 2702 页。

② 见《唐人选唐诗（十种）》，上海古籍出版社 1978 年版。

未息，知民疾苦，得结辈十数公，落落然参错天下为邦伯，万物吐气，天下少安，可得矣。不意复见比兴体制，微婉顿挫之词，感而有诗，增诸卷轴，简知我者，不必寄元。①

元结身处盛唐末期，经历了安史之乱，亲身感受到战乱给人民带来的灾难。广德元年和永泰二年，元结两次赴道州任刺史，赈济灾民，鼓励垦殖蓄养，写下《舂陵行》、《贼退后示官吏作》等诗。按元结《舂陵行》之序所言，道州原有四万余户，经过战乱，不满四千，大半不胜赋税。故杜甫在诗序中称赞元结"知民疾苦"，这与杜甫的悯时伤世有相通之处。元结在诗序中体现出来的文学观点，其主旨是积极地反映社会现实，发挥文学的道德教化作用。他在《文编序》中说：诗文"其意必欲劝之忠孝，诱以仁惠，急于公直，守其节分。如此，非救时劝俗之所须者欤？"②他在《系乐府十二首》之序中也说，"古人咏歌不尽其情声者，化金石以尽之。其欢怨甚邪戏尽欢怨之声者，可以上感于上，下化于下"，③强调的仍然是拯时救世。

刘禹锡《读张曲江集作并引》是评论张九龄诗歌的。张九龄为相时，刚直不阿，敢于谏诤，主张举贤授能，屡遭李林甫诋毁。开元二十四年，张九龄被罢相，翌年被贬荆州。刘禹锡的诗引中说：

世称张曲江为相，建言放臣不宜与善地，多徙五溪不毛之乡。及今读其文，自内职牧始安，有瘴疠之叹；自退

① 《全唐诗》卷二二三，中华书局1999年版，第2364页。
② 《全唐文》卷三八一，中华书局1983年版，第3872页。
③ 《全唐诗》卷二四〇，中华书局1999年版，第2688页。

相守荆门,有拘囚之思。托讽禽鸟,寄词草树,郁然有骚人风。……①

引中说张九龄"有拘囚之思",据徐浩《文献张公碑》记载,张九龄被贬荆州以后,悲愤交加,"每读韩非《孤愤》,泣涕沾襟",而"托讽禽鸟,寄词草树,郁然有骚人风",乃指被贬后张九龄倾吐悲愤,多采用隐晦曲折的比兴手法。如《感遇》(其四)说:"孤鸿海上来,池潢不敢顾。侧见双翠鸟,巢在三株树。""孤鸿"是自喻,"双翠鸟"指李林甫、牛仙客。又如《感遇》(其六)中说:"西日下山隐,北风乘夕流。燕雀感昏旦,檐楹呼匹俦。鸿鹄虽自远,哀音非所求。"以燕雀比得势小人,以鸿鹄比被逐的贤士,寄意深远。再如《感遇》(其一)说:"兰叶春葳蕤,桂华秋皎洁。欣欣此生意,自尔为佳节。谁知林栖者,闻风坐相悦! 草木有本心,何求美人折?"以春兰和秋桂比喻自己,抒发洁身自好的情怀。这种比兴的艺术手法,显然受到屈原作品的影响。刘熙载《艺概·诗概》说"曲江之《感遇》出于《骚》",说的就是这个意思。

陆龟蒙《和过张祜处士丹阳故居》之序,记述的是他对张祜诗歌创作的评价:

元和中,作宫体小诗,辞曲艳发,当时轻薄之流能其才,合噪得誉。及老大,稍窥建安风格,诵《乐府录》,知作者本意。短章大篇,往往间出,谏讽怨谲,时与六义相左右;善题目佳境,言不可刊置别处。此为才子之最也。

① 《全唐诗》卷三五四,中华书局1999年版,第3986页。

> 由是贤俊之士及高位重名者,多与之游,谓有鹓鹭之野,孔翠之鲜,竹柏之贞,琴磬之韵。①

由序文可知,张祜早期诗风淫靡轻浮,后期诗风大变,继承建安风骨,反映社会现实。此序对于研究张祜的创作历程及当时文坛风气,是不可多得的材料,具有重要的参考价值。

在唐诗序跋中,也有诗人对自己创作的诗歌主张进行说明,以使读者了解诗人创作主张。这方面,胡曾《咏史诗》之序最有代表性。此序不载《全唐诗》,见于陈尚君辑《全唐文补编》。前章已引,此处不录。胡曾在序中认为,诗歌不是单纯讲究华丽辞藻供人赏玩的,重要的是要起到关注社会、反映现实的作用,就是序中所说"美盛德之形容,刺衰政之荒怠"。接下来,胡曾认为晋宋诗歌徒讲形式,一些文人把诗歌变成了不关世事的玩物,虽讲佳句名篇,但远离了社会现实。齐梁诗歌失去了典范作用,讲究辞藻,注重形式,要求声律,提出声律上禁忌的八种病犯而忽视了诗歌的六义。所谓八病,是指平头、上尾、蜂腰、鹤膝、大韵、小韵、旁纽、正纽。所谓六义,是指赋、比、兴、风、雅、颂。如此,诗歌的社会功能就完全丧失了。胡曾的咏史诗共一百五十首,说的是古人古事,但其指向却是当下,可以看出胡曾是以古喻今,着眼于现实的。辛文房《唐才子传》称其咏史诗曰:"皆题古君臣争战兴废尘迹。经览形胜,关山亭障,江海深阻,一一可赏。人事虽非,风景犹昨,每感辄赋,俱能使人奋飞。至今庸夫孺子,亦知传诵。"②

---

① 《全唐诗》卷六二六,中华书局1999年版,第7239页。

② 辛文房撰、周绍良笺证《唐才子传笺证》卷八,中华书局2010年版,第1911页。

第二节　宋诗序跋中的文论

宋代诗歌序跋中的文论,形式和内容要比唐代诗歌序跋丰富,但因为时代关系,宋人序跋多是评论前代诗人,其中以评论唐代诗人及其作品为多,这也可以看出宋人对唐人以及诗歌的情有独钟。当然,诗歌序跋也有将唐代诗人和宋代诗人放在一起评论的。研读这些序跋,不仅可以见到宋代诗人的诗学观点,还可以为我们了解宋人对唐代诗人及其诗歌的认识,对于研究唐代诗歌以及唐代诗歌对宋人的影响,提供一个崭新而独特的视角。

先看高似孙《九怀》之序对屈原及其作品的评价。高似孙,生卒年不详,字续古,号疏寮,鄞县(今浙江宁波)人。淳熙十一年进士。《九怀诗》共九首诗,为《苍梧帝》、《思禹》、《越王台》、《鸱夷子皮》、《浙水府》、《秦游》、《东山》、《江夫人》、《嵝山雨》,皆为高似孙学屈原作品而作。其序曰:

> 《离骚》不可学。可学者章句也,不可学者志也。楚山川奇,草木奇,原更奇。原人高、志高、文又高,一发乎词,与《诗》三百五文同、志同。后之人沿规袭武,摹效制作,言卑气媛,志郁弗舒,无复古人万一。武帝诏汉文章士修楚辞,《大山》、《小山》竟不一企,况《骚》乎?呜呼《诗》亡矣,《春秋》不作矣,《骚》亦不可再矣。独不能忘情于《骚》者,非以原可悲也,独恨夫《骚》不及一遇夫子耳。使《骚》在删诗时,圣人能遗之乎?呜呼!余固不能窥原作,犹或知原志者,辄抱微款,忘意抒辞,题曰《离骚》。越山川,曾识舜、禹,作《苍梧帝》,作《思禹》,又经

勾践君臣,作《越王台》,作《鸱夷子皮》,吴为越所灭,失于弃胥也,作《浙水府》,始皇东游,以功被石,作《秦游》,王谢诸人殊钟情于越,迄为苍生一起,作《东山》,其以德著于腏祠者,侑之歌,作《江夫人》,作《嵊山雨》,命之曰《九怀》。呜呼!后之视今,今之视昔也。知我者《骚》乎。①

虽是学屈原诗歌,但高似孙在序中一开始就说屈原的《离骚》是不可学的。屈原所处时代背景以及楚地的山川风物,在屈原的作品中打上了鲜明的烙印,屈原的身世,情感,都在诗歌中有形象的体现,这是后人学不到的,所以说章句可学而诗人之情志不可学。后人学《离骚》,只能是仿其章法句式,根本的精神内核是无法学的。高似孙的这个观点不算创新,在此之前就有人阐述,如唐代陈子昂提倡复古,但实际的意义是创新,一味强调复古,陷入古人的窠臼而不能自拔,就会失去自家面目。而简单的模仿,更是诗歌创作的大敌。明代前后七子倡导“诗必盛唐”,专讲摹拟,句则句,篇则篇,就使诗歌走上了绝路。这就是序中所言“摹效制作,言卑气𡢃,志郁弗舒,无复古人万一”之意。

评论唐代诗人,宋人感慨最真,这不仅因为宋代离唐代最近,也因为宋人从唐诗中汲取了丰富的营养,又在唐诗的基础上另辟蹊径,所以情发乎内,同时也具有一定的理性思考。如陈亮《谪仙歌》之序。陈亮(1143—1194),字同甫,人称龙川先生,婺州永康(今属浙江)人。陈亮才气豪迈,喜论兵,反对偏安江左,力主收复中原。其序云:

① 《全宋诗》第51册,北京大学出版社1998年版,第31989页

清夜独坐，天地无声，星斗动摇。欣观《李白集》，高吟数篇，皆古今不经人道语。骚章逸句，洒然无留思。寥寥数百年间，扬鞭独步，吾所起敬起慕者，太白一人而已。感叹久之，恨无人能继太白后。因成《谪仙歌》，是以祝太白，举觞以酬太白。太白有灵，其听我声，知我意矣。①

陈亮是南宋著名的文人，也是英俊豪杰之士。按今人邓广铭点校《陈亮集》，存诗仅四首，以文和词为多。《谪仙歌》是陈亮歌颂李白的，全诗充满了对李白的敬仰。诗中云："李白字太白，清风肺腑名曰魄。扬鞭独步止一人，我诵《太白》手屡拍。常闻太白长庚星，夜半星在天上明。仰天高声叫李白，星边不见白应声。"又云"我今去取昆山玉，将白仪形好雕琢。四方上下常相随，江东渭北休兴思。会须乞我乾坤造化儿，使我笔下光焰万丈长虹飞"。序中所云夜晚独坐，万籁无声，星斗闪烁。此时吟诵李白诗篇，当是别具一番情韵。传说李白是天星下凡，死后归于天，而今陈亮夜晚吟诵李白诗篇，更觉李白诗歌扬鞭独步，无人匹敌。带着这种敬佩之情，他举杯朝天敬酒，希望李白在天有知。陈亮的做法，就像当年李白举杯邀明月一样，增添了几分浪漫的色彩。

朱熹是两宋儒学的集大成者，但他的诗却很少学究气。他最推崇汉魏之诗，列为第一等，其次是唐初诗，列为第二等，"沈、宋以后，定著律诗，下及今日，又为一等"。其《斋居感兴二十首》之序也能窥见他的这种主张的影子。其序云：

余读陈子昂《感遇》诗，爱其词旨幽邃，音节豪宕，非

① 《全宋诗》第48册，北京大学出版社1998年版，第30362页。

当世词人所及。如丹砂空青,金膏水碧,虽近乏世用,而实物外难得自然之奇宝。欲效其体作十数篇,顾以思致平凡,笔力萎弱,竟不能就。然亦恨其不精于理,而自托于仙佛之间以为高也。斋居无事,偶书所见,得二十篇。虽不能探索微眇,追迹前言,然皆切于日用之实,故言亦近而易知。既以自警,且以贻诸同志云。①

陈子昂的《感遇》共诗三十八首,并非作于一时,但都是慨叹身世,抒发理想,诉说忧愤,皆为有感而发;直面现实,抨击弊政,关心国事,激昂奋发,深得汉魏古诗传统。朱熹称其诗歌“词旨幽邃,音节豪宕,非当世词人所及”,正是从其诗符合汉魏传统来说的。从这点上来说,朱熹与陈子昂的诗歌主张是相近的,所以他说似陈子昂《感遇》这样的诗,宋人显然不能及。而朱熹自己效其体写诗,显然也是要追步陈子昂,继承汉魏古诗传统。

俞充《贻溪怀古十篇》之序是对唐代诗人司空图的评价。俞充(1033—1081),字公达,明州鄞(今浙江宁波)人。嘉祐四年进士,为虞乡令。熙宁中,为都水丞。《贻溪怀古十篇》之序就是他在任虞乡令时写下的。其序云:

唐衰,全忠僭窃,士之有忠义之心者皆深嫉之,而能潇然脱去,不污其身,得全其节者,表圣一人而已。予令于虞,表圣之居适在境内,造其祠,拜其像,想慕其平生,为之赋《王官谷十咏》,更邀世之能诗者和之,以发扬其潜德。奈何士之知表圣者,以休休莫莫而止耳。予近得

① 《全宋诗》第44册,北京大学出版社1998年版,第27542页。

表圣《一鸣全集》观之，至于一歌一咏、一亭一榭，意皆有谓。非若世之隐者，自弃于山林之中，无心于及物也。信乎全出处之大节，踵夷齐之高风矣。复成《贻溪怀古》十篇。不揣俚鄙，亦求和于诸贤。以表圣之德，固不待夫歌咏而后见，于世人之知与不知，岂足恤哉？然于区区反覆之若是者，盖示其仰慕之切也。咏其名而扬其实，庶几有激于贪懦。将归，写于休休亭，以遗谷中之民，使春秋社会，樵童牧子，相与歌于祠之下，以奉先生之祠，虽愚夫愚妇，皆知先生之德，久而不忘其祠焉。①

司空图是晚唐诗人，字表圣，河中虞乡（今山西永济）人。咸通十年登进士第。曾任礼部员外郎、礼部郎中等职。唐末战乱不息，司空图归隐中条山王官谷，日与高僧名士游。朱全忠僭窃为帝，召司空图为礼部尚书，辞而不赴。后梁开平二年，司空图闻唐哀帝被杀，不食而卒。其诗作有反映社会现实者，多数为隐逸其间创作的写景咏物诗。俞充在虞乡为官，凭吊司空图，造祠拜像，追慕平生，对司空图的为人和诗歌给予了很高的评价，称其“信乎全出处之大节，踵夷齐之高风”，并作《贻溪怀古十篇》，表达仰慕之情。当然，俞充写诗，并非简单地发一己之情，其意还在将诗“写于休休亭，以遗谷中之民，使春秋社会，樵童牧子，相与歌于祠之下，以奉先生之祠，虽愚夫愚妇，皆知先生之德，久而不忘其祠焉”，真正使司空图的事迹和德操成为后世学习的楷模。如此，诗歌的社会意义就显得非常深刻了。

杨万里《戏用禅观答曾无逸问山谷语》之序，是评论唐宋几家

---

① 《全宋诗》第12册，北京大学出版社1993年版，第8361页。

诗人的。序云：

> 昨日评诸家诗，偶入禅观，如杜之诗法出审言，句法出庾信，但过之尔。白乐天云“笙歌归院落，灯火下楼台”，不如杜子美云“落花游丝白日静，鸣鸠乳燕青春深”也。孟浩然云“气蒸云梦泽，波动岳阳城”，不如九僧云“云间下蔡邑，林际春申君”也。漫及之。右山谷语无逸云，见墨迹于张功父处。功父云：屡问人不晓。①

杨万里诗序所云，为黄庭坚之语。陈师道《后山诗话》云：“黄鲁直云：‘杜之诗法出审言，句法出庾信，但过之尔。’”“白乐天”以下至九僧诗，也见《后山诗话》谓黄庭坚语，故序中说“右山谷语无逸云”。诗序中提出唐代诗人杜甫的诗歌艺术来源，诗法出自杜审言，句法出自北朝著名诗人庾信，是有一定道理的。杜甫取百家之长，融会贯通，创出自己的艺术风貌。元稹《唐故工部员外郎杜君墓系铭并序》说，杜诗自《诗经》《离骚》以下，旁搜博采，“尽得古人之体式，而兼今人之所独专”，其中说到“杂徐庾之流丽”，便是说受到庾信影响。至于白诗不如杜诗，白诗是指《宴散》：“小宴追凉散，平桥步月回。笙歌归院落，灯火下楼台。残暑蝉催尽，新秋雁带来。将何迎睡兴，临卧举残杯。”杜诗是指《题省中院壁》：“掖垣竹埤梧十寻，洞门对霤常阴阴。落花游丝白日静，鸣鸠乳燕青春深。腐儒衰晚谬通籍，退食迟回违寸心。衮职曾无一字补，许身愧比双南金。”二人之诗，前人有评。《唐诗别裁》称白居易诗三四句“传出富贵气象”，而《王闿运手批唐诗选》则曰：“主人去而客独

① 《全宋诗》第42册，北京大学出版社1998年版，第26501页。

醒,无限凄凉,非富贵语也。"《唐诗镜》称老杜诗曰:"三四笔老而高,且清映绝色,是金马玉堂人语。"《唐诗选脉会通评林》引晏元献曰:"乐天'笙歌归院落,灯火下楼台',善言富贵者,然不如子美'落花'、'游丝'二语。"序中说到孟浩然《临洞庭湖上张丞相》诗中的两句,后人对此多加称赞,但杨万里认为虽然诗句反映出来的气象宏阔,但不如宋初九僧的诗歌。杨万里在序文中没有说明缘由,可能与他中后期辞谢唐人而以万象为诗材的诗歌主张有关。清代毛先舒《诗辩坻》也说:"襄阳《洞庭》之篇,皆称绝唱,至欲取压唐律卷。余谓起句平平,三四雄,而'蒸'、'撼'语势太矜,句无余力。"与杨万里对孟浩然两句诗歌的评价是一致的。序文所说九僧是指宋初九位诗僧,包括释希昼、释保暹、释文兆、释行肇、释简长、释惟凤、释惠崇、释宇昭、释怀古。他们在诗中多描写山林风物,善写林泉雅趣,多用白描手法,称为晚唐体。实际上,孟浩然诗与九僧诗各有所长,从不同的角度看,便有不同的结论。

李纲《读四家诗选四首》之序,是读王安石《四家诗选》后写诗对所选四位诗人进行评价,四首诗之前有一序,简要介绍其评价,序云:

> 介甫选四家之诗,第其质文以为先后之序。予谓子美诗闳深典丽,集诸家之大成;永叔诗温润藻艳,有廊庙富贵之气;退之诗雄厚雅健,毅然不可屈;太白诗豪迈清逸,飘然有凌云之志:皆诗杰也。其先后固自有次第,诵其诗者可以想见其为人,乃知心声之发,言志咏情,得于自然,不可勉强到也。因各赋诗一篇以见意云。①

① 《全宋诗》第27册,北京大学出版社1996年版,第17573页。

所选四家，全为唐宋大家，唐有杜甫、李白、韩愈，宋有欧阳修。杜甫是集大成的诗人，诗歌反映现实深刻，有“诗史”之称，诗歌艺术特色鲜明，影响后代深远。李纲《子美》篇赞美杜甫“作诗千万篇，一一干教化”，“爱君忧国心，愤发几悲咤”，“风骚到屈宋，丽则凌鲍谢。笔端笼万物，天地人陶冶。岂徒号诗史，诚足继风雅”。笔下流露出敬仰之情。欧阳修是宋代文坛的领袖，唐宋八大家之一。在宋代诗歌的发展过程中，欧阳修还是宋调的开创者之一，在变革诗风方面起到了积极的引导作用。李纲《永叔》一诗称赞欧阳修“文章振古风，独立无与两。诗篇尤藻丽，句法含万象。平夷谢雕镌，醇厚如酝酿”，认为欧阳修的诗歌成就在宋代诗歌发展史上有重要的意义，“终焉自光明，学者共师仰”。韩愈的诗歌“雄厚雅健，毅然不可屈”，韩愈在唐代诗文俱名家，李纲《退之》篇称韩愈“雄词障百川，伟论挂众口。余事付诗篇，雅健古无有”，“位虽不称德，妙誉垂不朽”，对其评价是非常中肯的。李白在唐代是与杜甫比肩的大诗人，号称李杜，其浪漫主义的手法使其诗歌飘逸无群，惊风雨，泣鬼神。李纲《太白》篇称李白“谪仙乃天人，薄游人间世。词章号俊逸，迈往有英气”，“乞身归旧隐，来去同一戏。沉吟紫芝歌，缅邈青霞志”，对李白及其诗歌给予充分肯定和高度评价。

方回是南宋末著名的文人，他的诗歌主张，除在《瀛奎律髓》多有体现外，在诗歌的序跋中也有论述。如《春半久雨走笔五首》之跋：

回二十学诗，今七十六矣。七言，决不为许浑体，妄希黄、陈、老杜，力不逮则退为白乐天、张文潜体。乐天诗，山谷喜之，摘其佳者在集。文潜诗，自然不雕刻，山谷

> 不敢□也。五言,回慕后山,苦心久矣,亦多退为平易,中有阆仙之敲,而人不识也。①

跋文虽短,但集中反映了方回晚年的诗学观点。方回学诗,博采诸家,最早学习北宋诗人张耒,后来又学习苏舜钦、梅尧臣,晚年倾心黄庭坚、陈师道等人。尊推江西诗派,鄙薄晚唐诗人。这就是跋文所说七言诗,绝不学许浑体,希望能学习黄庭坚、陈师道以及唐代杜甫。如果自己学力所限,则退而其次,学习唐代白居易和宋代张耒。他说黄庭坚喜欢白居易诗,自己当然也喜欢。他在跋文中说张耒诗歌自然不雕刻,又在《瀛奎律髓》中说"文潜诗大抵不事雕琢,自然有味",评价是客观公允的。张耒作诗,很少用典,平白晓畅,淳朴清秀。如《夜坐》:"庭户无人秋月明,夜霜欲落气先清。梧桐真不甘衰谢,数叶迎风尚有声。"即使有些诗作讲究炼意,也不显雕琢痕迹,如《二十三日即事》:"已逢妩媚散花峡,不怕艰危道士矶。啼鸟似逢人劝酒,好山如为我开眉。风标公子鹭得意,跋扈将军风敛威。到舍将何作归遗,江山收得一囊诗。"方回又说钦慕陈师道的诗歌,后山学杜,宛然有工部气象。如《病起》:"今日秋风里,何乡一病翁。力微须杖起,心在与谁同。灾疾资千悟,冤亲并一空。百年先得老,三败未为穷。"沉郁顿挫,尽显老杜风韵。方回是宋代江西诗派最后一位正统诗人,他学习唐代杜甫、白居易,学习宋代张耒、黄庭坚、陈师道,在诗歌创作上也取得了一些成就。如《春半久雨走笔五首》其一:"月余不浴不梳头,垢服埃巾独倚楼。万古事销闲里醉,一年春向雨中休。天时才暖又还冷,人世少欢多是愁。治乱无穷如纠缠,华山高卧最为优。"语言古朴而老

① 《全宋诗》第66册,北京大学出版社1998年版,第41863页。

健浑厚，情感真挚而韵味无穷，正是他学习上述诸家成就的体现。

方回还有一篇《读张功父南湖集》长序，详细阐述了他的诗学主张，并对张镃的诗歌进行了评价。序云：

> 诗至于老杜，而集大成。陈子昂、沈佺期、宋之问律体沿而下之，丽之极莫如玉溪，以至西昆；工之极莫如唐季，以至九僧。三百五篇，有丽者、有工者，初非有意于丽与工也。风赋比兴，情缘事起云耳。而丽之极，工之极非所以言诗也。谓调如老杜七言律诗"鱼吹细浪摇歌扇，燕蹴飞花落舞筵"，"自去自来堂上燕，相亲相近水中鸥"，"林花着雨胭脂落，水荇牵风翠带长"，"风含翠篠娟娟静，雨裛红蕖冉冉香"。学者能学此句，未足为雄。《扑枣》诗云"不为困穷宁有此，只缘恐惧转须亲"，《忆梅》诗云"幸不折来伤岁暮，若为看去乱乡愁"，《春菜》诗云"巫峡寒江那对眼，杜陵野老不胜悲"，《送僧》诗云"念我能书数字至，将诗不必万人传"。此等诗不丽而工，瘦硬枯劲，一斡万钧，惟山谷、后山、简斋得此活法。又各以其数万卷之心胸气力，鼓舞跳荡。初学晚生，不深于诗而骤读之，则不见奥妙，不知隽永，乃独喜许丁卯体，作偶俪妩媚态。予平生不然之，而江湖友朋未易以口舌争也。乾淳以来，称尤、杨、范、陆，而萧千岩东夫、姜梅山邦杰、张南湖功父，亦相伯仲。梁溪之槁淡细润，诚斋之飞动驰掷，石湖之典雅标致，放翁之豪荡丰腴，各擅一长。千岩格高而意苦，梅山律熟而语新。南湖生于绍兴癸酉，循忠烈王之曾孙，近得其前集二十五卷三千余首，嘉定庚午自序，盖所谓得活法于诚斋者。生长于富贵之门，辇毂之

下，而诗不尚丽，亦不务工。洪景卢谓功父深目而瘦，予谓其诗亦犹其为人也。“溪清花鸭聚，岸绿草虫多”，“燕子初归曾视面，牡丹未放已知名”。不知何人以朱笔加点，专取此等句，予亦谓不然。且如“人生守定梅花死”，此句殊佳，何人辄用朱笔圈改。予窃谓朱笔之人未得所谓正法眼藏也。功父预谋诛韩，而史忌之，韩既诛即有桐川之谪。后得归，坐前憾谪死象台，天下冤之。言官程松尝论功父，谓将家子强吟小诗。此乃刻薄无忌惮之言，不足与校。其诗活法妙处，予未能尽举，当续书之。今且题八句以寄予心。①

序文首先评价杜甫的诗歌地位，认为杜甫是诗歌的集大成者。唐初律诗兴起以后，经陈子昂、沈佺期、宋之问发展，愈加成熟。律诗经过唐人的努力，取得很大成就，但也出现了专讲形式和题材越来越狭小的问题。序文所说“丽”、“工”，就是说至晚唐李商隐，刻意辞藻，甚至晦涩。到宋初杨亿、钱惟演等倡导西昆体，律诗的题材缩小了，专求音节、辞采、对仗，仿效李商隐，雕金镂玉，流香浮艳。其实，作诗并不是不讲形式，但专讲形式而忽略内容，就走上了歧途。《诗经》三百篇，也有丽者、工者，但并非刻意为之，所以为高，而后人一味讲究，则于诗无益。接下来列举杜甫诗句，给予充分肯定，然后称其诗歌“不丽而工，瘦硬枯劲，一斡万钧”。方回认为，杜甫的诗歌精髓，宋代唯有黄庭坚、陈师道、陈与义学到了。那些初学诗者，往往喜欢晚唐许浑的“偶俪妩媚”，实际是并未走上正途。接下来称颂南宋四大家尤、杨、范、陆，又举出萧德藻、姜特立、

① 《全宋诗》第66册，北京大学出版社1998年版，第41530页。

张镃，称其诸家各有优长。而独张镃得活法于杨万里，而“诗不尚丽，亦不务工”。《四库全书总目提要》称其诗学颇为精深，“评其格律，大都清新独造，于萧散之中时见隽永之趣。以视嘈杂者流，可谓倏然自远”。①其观点与方回相近，对张镃的诗歌成就给予高度评价。现引张镃《竹轩诗兴》以作说明：“柴门风卷却吹开，狭径初成竹旋栽。梢影细从茶碗入，叶声轻逐篆烟来。暑天倦卧星穿过，冬昼闲吟雪压摧。预想此时应更好，莫移墙下一株梅。”此诗清丽自然，在所描写的景致中，透出诗人浓郁的情韵。诗歌不求雕琢精细，却于淡淡的笔触中，让读者感到不求工而自工的艺术魅力。与序文相呼应的，方回于诗后还附有一跋：

> 功父尽交一世名彦，诗集可考。然南渡以来，精于四六而显者，诗辄凝滞不足观，骈语横于胸中，无活法故也。然则绍圣词科，误天下士多矣。②

张镃出身名门世家，在诗坛与杨万里、陆游、姜夔、辛弃疾等名家往还唱和，跋文所说结交名彦是可信的。又云南渡以后精于四六文，名显一时，诗歌却凝滞。方回认为此乃胸中多骈语造成，由序言所说得活法于诚斋，到跋文又说无活法，可以看出张镃诗歌发展的变化，这对于研究张镃是不可多得的材料。

宋代诗歌序跋内容涉及文论内容相当广泛，如王十朋《读东坡诗》之序，是针对当时有人学习江西诗派，贬低苏轼，又有人贬低韩愈、欧阳修。王十朋不同意此说，写诗并作序申明自己的主

① 《四库全书总目提要》卷一六〇，河北人民出版社2000年版，第4135页。

② 《全宋诗》第66册，北京大学出版社1998年版，第41530页。

张。序云：

> 学江西诗者，谓苏不如黄。又言韩、欧二公诗，乃押韵文耳。予虽不晓诗，不敢以其说为然。因读坡诗，感而有作。①

江西诗派是北宋后期的一个重要诗歌流派，黄庭坚为宗派之主。黄庭坚元祐年间曾出入苏门，与苏门弟子也曾交往酬唱。苏、黄之诗，各有优长，因学江西诗派而贬苏崇黄，就有些不对了。若说韩愈、欧阳修诗歌是押韵的散文，也是没有看到韩、欧的历史地位。王十朋序文说得简单，诗歌说得比较详细，且引诗与序综合来看。诗曰："东坡文章冠天下，日月争光薄风雅。谁分宗派故谤伤，蚍蜉撼树不自量。堂堂天人欧阳子，引鞭逊避门下士。天昌斯文大才出，先生弟子俱第一。天人诗如李谪仙，此论最公谁不然。词无艰深非浅近，章成韵尽意不尽。味长何止飞鸟惊，臆说纷纷几元稹。（自注：有言欧公诗味短者，王介甫云：'行人举头飞鸟惊'之句，味亦甚长。）浑然天成无斧凿，二百年来无此作。谁与争先唯大苏，谪仙退之非过呼。胸中万卷古今有，笔下一点尘埃无。武库森然富摛掞，利钝一从人点检。暮年海上诗更高，和陶之诗又过陶。地辟天开含万汇，少陵相逢亦应避。北斗以南能几人，大江之西有异议。日光玉洁一退之，亦言能文不能诗。碑淮颂圣十琴操，生民清庙离骚词。春容大篇骋豪怪，韵到窘束尤瑰奇。韩子于诗盖余事，诗至韩子将何讥。文章定价如金玉，□为轻重专门学。向来学者尊西昆，诗无老杜文无韩。净扫书斋拂尘几，瓣香敬为三夫

① 《全宋诗》第36册，北京大学出版社1998年版，第22856页。

子。”将序文与诗歌合起来,就可以看出王十朋对流俗的不满。

黄庭坚的《再次韵并序》是写给友人杨明叔的。黄庭坚之前写过《次韵杨明叔四首并序》,在序文中提到“文章者,道之器也”,强调文章要承载儒家思想学说,反映社会现实。《再次韵》之序着重谈了他的诗歌主张。序云:

> 庭坚老懒衰惰,多年不作诗,已忘其体律。因明叔有意于斯文,试举一纲而张万目。盖以俗为雅,以故为新,百战百胜,如孙、吴之兵;棘端可以破镞,如甘蝇、飞卫之射。此诗人之奇也,明叔当自得之。公眉人,乡先生之妙语震耀一世,我昔从公得之为多,故今以此事相付。①

黄庭坚在序文中强调要讲诗之奇,诗法有奇正之分,所谓奇者,就是以俗为雅,以故为新,就像孙子、吴起之兵法,往往出其不意,方能百战百胜。甘蝇、飞卫,都是传说中的古代善射者。《列子·汤问》:“甘蝇,古之善射者,彀弓而兽伏鸟下。弟子名飞卫,学射于甘蝇,而巧过其师。”黄庭坚以此做比喻,也是讲出奇制胜。荆棘的尖端何其细微,但善射者也能破箭镞。黄庭坚以此来说杨明叔作诗善用奇笔。序文论诗法之奇,是以兵法比诗法,古人论诗往往联系而展开议论。如明代王穉登《校刻李翰林分体全集序》论李白、杜甫诗法,便是以兵法作比喻:“李若飞将军用兵,不按古法,士卒逐水草自便。杜则肃部伍,严刁斗,西宫卫尉之师也。”清代王琦《李太白全集》注曰:“文至庄,诗至太白,草书至怀素,皆兵法所谓奇也。正有法可循,奇则非神解不能及。”讲的都是这个

① 《全宋诗》第17册,北京大学出版社1995年版,第11396页。

道理。

宋代诗歌序跋也有将一种题材进行专题论述的，如宫词。唐代王建有《宫词》一百首，叙述宫中之事颇详。宋白的《宫词》之序以此为描写对象，诗前序文则论今昔之状。宋白（936—1012），字太素，大名（今属河北）人。建隆二年进士甲科及第。曾官户部侍郎、吏部侍郎、礼部尚书等职。序云：

> 宫中词，名家诗集有之，皆所以夸帝室之辉华，叙王游之壮观，抉彤庭金屋之思，道龙舟凤辇之嬉。然而万乘天高，九重渊邃，禁卫严肃，乘舆至尊，亦非臣子所能知、所宜言也。至于观往迹以缘情，采新声而结意，鼓舞升平之化，揄扬嘉瑞之徵，于以示箴规，于以示骚雅，丽以有则，乐而不淫，则与夫瑶池粉黛之词，玉台闺房之怨，不犹愈乎？是可以锵丝簧，炳缃素，使陈王三阁狎客包羞，汉后六宫美人传诵者矣。援笔一唱，因成百篇。言今则思继颂声，述古则庶几风讽也。大雅君子，其将莞然。①

受题材限制，宫词所描述的均为皇宫之中事情，如序文所说帝室辉华、王游壮观等，但诗歌的作用也决定了，通过宫词往往能“观往迹以缘情，采新声而结意，鼓舞升平之化，揄扬嘉瑞之徵”，起到认识和教育作用。宋白的《宫词》也有一百首，称为《宋文安公宫词》。这些诗歌，当然不是简单模仿古人，也不是虚拟想象，而是有所用意，这就是“言今则思继颂声，述古则庶几风讽”，其创作目

① 《全宋诗》第1册，北京大学出版社1991年版，第280页。

的是为了借古喻今，反映现实，引发思考，发挥诗歌的教化作用。

南宋的岳珂也写下《宫词一百首并序》。岳珂（1183—？），字肃之，汤阴（今属河南）人，岳飞孙。岳珂出身将门，喜文事，编《桯史》十五卷。其序云：

> 宫词自唐以来有之。如王建，则世托近侓；花蕊，则身处宫闱。故其所述，皆耳闻目见。后之效其体者，徒想像而言，未必近似，反流于亵俚者多矣。珂幼好其词，尝拟采其音律以肆于毫简。窃谓苟匪止乎礼义。有以寓讽谏、美形容，均为无益。而困于公滹，有志未遂。比因棠湖纶钓之暇，适犹子规从军自汴归，诵言宫殿、钟簴俨然犹在。慨想东都盛际，文物典章之伟观，圣君贤臣之懿范，瞭然在目。辄用其体，成一百首，以示黍离宗周之未忘。其间事核文详，鉴今陈古，固有不待美刺而足以具文见意者。輶轩下采，或者转而上彻乙夜之观，庶几有补于万一云。①

序文首先说到唐代王建和花蕊的宫词，他们的宫词都是耳闻目见，王建任渭南尉时，与宦官王守澄联宗，尽得宫中详细之情，才写下《宫词》百首；而花蕊则是身处深宫，所写宫词皆为亲自所见。但后来仿效者，往往是发挥想象，流于亵俚。岳珂的宫词，乃是听自汴京归来者言说旧都宫殿、钟虡犹在，于是感慨世事，写下宫词，意为鉴古陈今，所以岳珂《宫词》所咏者，全为北宋时事。《四库全书总目提要》考证岳珂《宫词》系后人伪托，今人整理《全宋诗》，仍将

① 《全宋诗》第56册，北京大学出版社1998年版，第35402页。

其收录。

宋代诗人关注诗歌的教化作用，以诗歌抒下情、通讽喻、宣上德、广风化，与汉代太史采诗观民情有相通之处。曹勋《补乐府十篇并序》就是这样的诗篇。曹勋（1098—1174），字公显，号松隐。阳翟（今河南禹县）人。从徽宗北迁，后自燕山逃归。数次出使金国，目睹中原百姓遭受战乱之苦，在诗文中多有反映。其序云：

> 夫小雅废而颂声寝，王泽竭而诗不作。何则？治乱之迹殊，而哀乐之情变也。故箫韶歌虞，鸟兽率舞；靡靡歌桀，淫湎流化。是知吟咏情性关乎盛衰，参诸天地，俯仰疾徐接于影响，行于风化。传以为动天地，感鬼神，不亦信哉！予读古史，见六代之乐，及览外传，自宓牺以至于商，皆有其名而亡其词。唐元结尝第而补之，惜其文胜理异。予志于古而不及见者也，因申其名义，补而发之，庶几一唱三叹，当有赏音者存焉云尔。①

序文说到唐元结，指的是元结有《二风诗并序》、《补乐歌十首并序》、《系乐府十二首并序》，其意为“欢怨甚邪戏尽欢怨之声音，可以上感于上，下化于下”，皆存归讽意旨，起到褒贬讽谕、救时劝俗之功用。曹勋的诗篇继承元结，希求达到“吟咏情性关乎盛衰，参诸天地，俯仰疾徐接于影响，行于风化。传以为动天地，感鬼神”的目的。如其一《帝宓牺氏之乐歌》云：“罔兮罟兮惟田渔，时兮食兮民之须，以享以祀兮燔祭有余。”题目下注曰：“罔罟，以利民

① 《全宋诗》第33册，北京大学出版社1998年版，第21033页。

也。”其二《帝神农氏之乐歌》：“丰年告成，百谷用登。匏笾既盈，黍稷既馨，昭假是膺。”题目下注曰：“丰年，报帝功也。”在曹勋看来，元结的诗歌文胜理异，自己申其名义，补而发之。

宋代诗序中也有反映诗人身世遭遇与诗歌成就关系的，如王铚《题洛神赋图》之序。王铚，生卒年不详，字性之，汝阴（今安徽阜阳）人，自称汝阴遗老，人称雪溪先生。绍兴初年，累官右承事郎，枢密院编修官等职，晚年避居剡溪，吟咏自娱。著有《四六话》。其序云：

> 风雅颂为文章之正。至屈原《离骚》，兼文章正变而言之。《湘君》、《湘夫人》、《山鬼》，多及帝舜英皇，以系恨千古。宋玉、贾谊师其余意，作《招魂》、《赋鹏》，极死生忧伤怨怼之变，亦兼正与变而为言耳。其后李太白作《远别离》，亦云：‘九疑连绵皆相似，重瞳孤坟竟何是。’李当涂编次，以此诗为谪仙文集第一篇，亦与祖屈原悲英皇本意耳。而韩退之晚年乃作《黄陵》、《南海庙碑》，文章词指，非世间语也。盖平生周造化妙理已多，至是方能发鬼神之情，然后幽远荒忽奇怪，无余蕴于天地矣。文章必能尽羁旅、风霜、山行、水宿、极其忧思、离别、悲伤，则真情乃见。与夫男女之际，鬼神之情状，死生之变态，使幽显表里，内外洞达，然后为至焉。曹子建与七子并游，而独能脱遗建安风格，作《洛神赋》，虽祖屈、宋而能激其余波，侵寻相及矣。非托寓于妇人神仙，亦安能至此也。近得顾恺之所画《洛神赋图》模本，笔势高古，精彩飞动，与子建文章相表里，因赋一诗书其后。盖屈、宋、贾谊、子建，其幽恨莫伸一也。故文章能达其所存，以穷极古鸿荒

之理,学者可以辨是矣。①

序文从屈原的《离骚》等作品说起,又引出宋玉、贾谊及其作品,再说到唐代的李白、韩愈,然后总结出文学的规律:"文章必能尽羁旅、风霜、山行、水宿、极其忧思、离别、悲伤,则真情乃见。与夫男女之际,鬼神之情状,死生之态变,使幽显表里,内外洞达,然后为至焉。"千百年来,文学史上的无数例子都证明了,诗人历经生命的坎坷,受尽艰难,贬谪荒远,心中积郁重重,洞彻世事人生,乃发言为诗,倾吐真情,最能感动读者。司马迁《史记·太史公自序》说:"盖文王拘而演《周易》;仲尼厄而作《春秋》;屈原放逐,乃赋《离骚》;左丘失明,厥有《国语》;孙子膑脚,《兵法》修列;不韦迁蜀,世传《吕览》;韩非囚秦,《说难》、《孤愤》;《诗》三百篇,大抵圣贤发愤之所作也。此人皆意有郁结,不得通其道,故述往事,思来者。乃如左丘无目,孙子断足,终不可用,退而论书策,以舒其愤,思垂空文以自见。"②王铚序文所言,与司马迁所论有相通之处。值得一提的是,南宋严羽《沧浪诗话》也有类似论述,其《诗评》章曰:"唐人好诗,多是征戍、迁谪、行旅、离别之作,往往能感动激发人意。"③严羽说的是唐人,而王铚说的不分朝代,更带有普遍性。严羽是南宋末人,王铚是南宋初人。严羽此段论述,应是受到王铚诗序中所论观点的影响。

---

① 《全宋诗》第34册,北京大学出版社1998年版,第21288页。
② 《史记》卷一三〇,中华书局1982年版,第3300页。
③ 严羽《沧浪诗话》,何文焕《历代诗话》本,中华书局1981年版,第699页。

第十章　唐宋诗序跋研究与文献整理

诗歌序跋与诗歌本身是有密切关系的，但正如前文所述，由于在古人的观念中，诗歌属于正统地位，序跋的价值不仅被忽视了，而且导致序跋在传抄刻印过程中，也受到不同程度的轻视。这只要看看明清时期的唐诗选本往往选诗不选序便可知道，如王夫之《唐诗评选》选高适《燕歌行》不选序，选李贺《金铜仙人辞汉歌》不选序，选李华《云母泉诗》(《唐诗评选》题目作《云母泉怀陈武陵》)不选序。即使是今人的唐诗选本，对序的程度也不够，这一点已经在前言中论及。此外，版本不同，序跋的情况也有不同。有的本子有序跋，有的本子无序跋，现代学人整理古籍，也未完全归纳统一。这种情况积累时间长了，就会出现序跋与诗歌分离，以及版本不同，序跋出现异文等现象。有的学者整理点校古籍，注意到序与诗分离，或版本不同序跋文字有出入或差异较大等问题，整理时做了一些工作，如陈尚君整理《全唐诗补编》，就根据新发现的材料对《全唐诗》选诗而无序加以补充，如：周墀《贺王仆射放榜》，《全唐诗》有诗无序，《全唐诗补编》补序。又张又新《永嘉百咏·中界山》，《全唐诗》有诗无序，《全唐诗补编》补序，唐玄宗《送道士薛季昌还山》，《全唐诗》有诗无序，《全唐诗补编》补序。有的诗序既存于《全唐诗》，同时也存于《全唐文》，只是两处的序文个别字词不一致。如《全唐诗》王武陵《宿惠山寺》之序文曰："戊辰秋八月，吴郡朱暇景自秦返吴，南次无锡，命余及故人窦丹列会于惠山之精舍。是时山林始秋,高兴在目;凉风白云,起于座隅;逍遥于长松之下,偃息于盘石之上。仰视云岭,俯瞰寒泉,夕阳西归,皓月东出,群动皆息,视身如空,立言妙论,以极穷奥,丹列有遁世之志,遐景有尘外之心。余亦乐天知命,怡然契合,视富贵如浮云,一歌一咏,以抒情性。夫良辰嘉会,古人所惜,序述不作,是阙文也。山林之下,景物秀茂,赋诗道意,以纪方外之游。"《全唐文》也收入此序,"寒泉"作"寒影","怡然"作"怡怡"。种种现象说明,序跋研究要与文献整理结合起来,使序跋以规范完整的面目出现。这不仅对于研究诗人的作品有益,同时也是文献整理不可或缺的一部分。本章论述举例,以唐诗及序跋为主,就诗歌与序跋因版本不同而分离、序跋因版本不同而出现的异文、组诗序涉及的系列问题,以及诗歌散佚而序文独存现象,简要论述之。

第一节 诗歌与序跋分离

诗歌与序跋分离,指诗歌与序跋本为一体,不应分离,但因为时代原因,或因整理者未做文献考订工作,诗歌与序跋分在两处。今后进行古籍整理,应考证精细,使之合二为一。如王勃《圣泉宴》,今本《全唐诗》(上海古籍出版社影印《全唐诗》及中华书局简体横排《全唐诗》)皆无序。其实,明末陆时雍《诗镜》收入王勃《圣泉宴》便有序,其序云:

玄武山有圣泉焉,浸淫历数百年。垂岩泌涌,接磴分流,下瞰长江,沙堤石岸,咸古人遗迹也。兹乃青蘋绿芰,紫苔苍藓,遂使江湖思远,寤寐寄托。既而崇峦左披,石壑前萦,丹崿万寻,碧潭千顷,松风唱响,竹露薰空。潇潇

> 乎人间之难遇也，方欲以林壑为天籁，琴罇为日用。嗟乎！古今共逝，方深川上之悲；少长偕游，且尽山阴之乐。盍题芳什，共写高情。诗得泉字。①

文渊阁《四库全书》收《王子安集》，此诗也有序。《全唐文》收入此序，作者为骆宾王，误。且文字也有出入，如"左披"为"左坡"，"古今共逝"为"古今代谢"。陈尚君整理《全唐诗补编》，据《古今图书集成·坤舆典》三六《泉部》补序，题目为《玄武山圣泉宴并序》。与陆时雍《唐诗镜》收录王勃《圣泉宴》之序比较，文字也有出入，如"泌涌"作"沁涌"，"左披"作"左崎"，"天籁"作"天属"，"共逝"作"同逝"。《古今图书集成》原名《古今图书汇编》，清康熙时陈梦雷等原辑未刊行。雍正时，命蒋廷锡等重为编校，改名《古今图书集成》，距陆时雍编选《诗镜》已有百年历史。整理校订王勃《圣泉宴诗并序》，当以陆时雍《唐诗镜》为底本，参校他本，使诗与序合为一体。

又如唐玄宗《左丞相说右丞相璟太子少傅乾曜同日上官命宴东堂赐诗》，《全唐诗》无序。陆时雍《唐诗镜》载苏晋为此诗所作之序，序云：

> 惟圣宝贤，以齐皇极，有若左丞相燕国公、右丞相广平公、太子少傅安阳侯，皆生人硕德，皇国元老，道著廊庙，绩宣华戎，由是懋其成功。赐以元圭，咨日于朔，择时于秋，俾对命王庭。受职公府，见群属，揖庶寮。礼官辨章，掌舍陈次；瞽工备乐，侑饔献蒸。六卿拜下以成仪，三

① 陆时雍《诗镜》，文渊阁《四库全书》本。

事自天而来贺。秩秩宾筵，晖晖旅酬。玉纬垂文，南风和雅颂之奏；金浆降醴，云天光饫酌之宜。宰德贵和，尽在敬具瞻之范；群情尚洽，预周旋宴语之欢。方将一心天工，戮力帝载，寝黑山之柝，包青海之戈。云雨贤才，水火菽粟。日咏鱼藻，岁陈由庚。颐殷赵之年，留鲁阳之景。爰命在宴，乃赓载歌。①

苏晋(676—734)，雍州蓝田(今属陕西)人。证圣元年登进士第。先天中，累迁中书舍人，兼崇文馆学士。开元十年，为户部郎中。开元十四年，任吏部侍郎。能诗善文，善饮酒，与李白等并称为饮中八仙。苏晋作此序，当是奉玄宗之命，诗与序分别为二人所作，可能是造成序与诗分离原因之一。《全唐文》三〇〇卷有此序则题目不同，作《丞相少傅拜职天子作三杰之诗以命宴序》，序文与《唐诗镜》所载也有出入，如“元圭”作“元吉”，“瞽工备乐，侑饔献蒸”作“工备乐，饔献蒸”。考其文意，当以陆时雍《唐诗镜》为是。《四部丛刊》五十九函《张说之文集》载苏晋此序，文字与《唐诗镜》和《全唐文》又有不同。

诗与序分别为二人所作导致分离者，还有多例。如《全唐诗》李峤《咏史诗》无序，至天宝年间，张庭芳为其《咏史诗》一百二十首作注并作序。这就不仅是序与诗为二人所作，诗与序的写作时间也有前后，此种情况前文已作介绍。《全唐文》载张庭芳《故中书令郑国公李峤杂咏百二十首序》云：

尝览尊德叙能，述古不作，窃所企慕，情发于中，顾有

① 陆时雍《诗镜》，文渊阁《四库全书》本。

阙于慎言，诚见贻于尤悔者矣。然夫禁鸡虽谬，周鼠徒珍。犹遇兼金以答，岂独卢胡致哂。顷寻绎故中书令李郑公百二十咏，藻丽词清，调谐律雅，宏溢逾于灵运，密致掩于延年。特茂霜松，孤悬皓月，高标凛凛，千载仰其清芬；明镜亭亭，万象含其朗耀。味夫纯粹，罕测端倪。故燕公刺异词曰：新诗冠宇宙，斯言不佞，信而有征。于是欲罢不能，研章摘句，辄因注述，思郁文繁，庶有补于琢磨，俾无至于疑滞。且欲启诸童稚，焉敢贻于后贤。于时巨唐天宝六载，龙集强圉之所述也。①

今人整理李峤诗，当在咏史诗前加上张庭芳的这一序言。据《中国文学家大辞典（唐五代卷）》“张庭芳”条（吴在庆撰），今日本存有张庭芳注李峤《咏史诗》数种。

诗与序分离也有的因为各自存于不同的诗集和文集，题目略有不同，但实际上是同一篇序。如卢照邻《宴梓州南亭得池字》，《全唐诗》无序，而《全唐文》卷一六六有《宴梓州南亭诗序》一文，从卢照邻的经历和内容描写来看，这篇序文应该是《宴梓州南亭得池字》一诗的序，其序文云：

梓州城池亭者，长史张公听讼之别所也。徒观其岩嶂重复，川流灌注，云窗绮阁，负绣堞之逶迤；洞户山楼，带金隍之缭绕，信巴蜀之奇制也。时凤扆多闲，上得和平之政；鳀瀛有截，下无交争之人。以公寄切上僚，故久无州将，连四千石之重任，总十万井之雄班。职逾剧而道弥

① 《全唐文》卷三六四，中华书局1983年版，第3693页。

高,位逾崇而德弥广。市狱无事,时狎鸟于城隅;邦国不空,且观鱼于濠上。宾阶月上,横联蜷之桂枝;野院风归,动葳蕤之萱草。则有明珠爱客,置芳酒于十寻;羽服神交,契仙游于五日。圆潭泻镜,光浮落日之津;杂树开帏,彩缀飞烟之路。藤萝杳霭,挂疏阴以送秋;凫雁参差,结流音而将夕。百年之欢不再,千里之会何常。下客凄惶,暂停归辔。高人赏玩,岂缀斯文。咸请赋诗,以纪盛集。①

卢照邻此文与诗长期分存于《全唐文》与《全唐诗》,即使今人整理卢照邻集也未能归于一起,如李云逸校注《卢照邻集校注》(中华书局 1998 年版),将《宴梓州南亭得池字》列于卷三“五言排律”,将《宴梓州南亭诗序》列于卷六“序”,分属两处,未作说明。倪木兴《初唐四杰诗选》选卢照邻《宴梓州南亭得池字》,诗前未加其序文,也未在注释中加以说明。

柳宗元《法华寺西亭夜饮得酒字》一诗也属于此类情况,诗与序分存于《全唐诗》和《全唐文》,今人整理仍未将其合并。其诗曰:“祇树夕阳亭,共倾三昧酒。雾暗水连阶,月明花覆牖。莫厌尊前醉,相看未白首。”而《全唐文》收入柳宗元《法华寺西亭夜饮赋诗序》,其序曰:

予既谪永州,以法华浮图之西临陂池丘陵,大江连山,其高可以上,其远可以望,遂伐木为亭,以临风雨,观物初,而游乎灏气之始。间岁,元克己由柱下史亦谪焉而

① 《全唐文》卷一六六,中华书局 1983 年版,第 1694 页。

> 来。无几何,以文从余者多萃焉。是夜,会兹亭者凡八人。既醉,克己欲志是会以贻于后,咸命为诗,而授于序。昔赵孟至于郑,赋七子以观郑志,克己其慕赵者欤?卜子夏为《诗序》,使后世知风雅之道,余其慕卜者欤?诚使斯文也而传于世,庶乎其近于古矣。①

其实此序就是《法华寺西亭夜饮得酒字》一诗之序。今人整理柳宗元诗文集,已经注意到这种情况,但仍未将诗与序文合归在一起。如中华书局版《柳宗元集》卷四十三《法华寺西亭夜饮》注释曰:"(童曰)集有《法华寺西亭夜饮赋诗序》,此其诗也。"王国安《柳宗元诗笺释》(上海古籍出版社 1993 年版)考证比较详细:童宗说曰:"集有《法华寺西亭夜饮赋诗序》,此其诗也。"(《百家注柳集》引)陈景云《柳集点勘》曰:"《西亭夜饮诗序》作于谪永次年。"误。考西亭之构为元和元年(806),《西亭夜饮诗序》曰:"间岁,元克己由柱下吏亦谪焉而来,……是夜,会兹亭者凡八人。"诗当于元和三年(808)作也。又诗云"雾暗水连阶,月明花覆牖",则夜饮似在春日。如此,实当将诗与序合于一处,而不应将其分离。

序与诗分离还有一种情况,一人作序写诗,多人响应,只有将诗与序合在一起,其他人的诗才有背景。如武则天《石淙》诗,《全唐诗》无序,但《全唐文》卷九七收有武则天一篇文,题目为《夏日游石淙诗序》,此文当为武则天《石淙》一诗之序。其文曰:

> 若夫圆峤方壶,涉沧波而靡际;金台玉阙,陟县圃而无阶。唯闻山海之经,空览神仙之记。爰有石淙者,即平

① 《全唐文》卷五七八,中华书局 1983 年版,第 5846 页。

乐涧也。尔其近接嵩岭，俯届箕峰，瞻少室兮若莲，睇颍川兮如带。既而蹑崎岖之山径，荫蒙密之藤萝，汹涌洪湍，落虚潭而送响；高低翠壁，列幽涧而开筵。密叶舒帷，屏梅芬而荡燠；疏松引吹，清麦候以含凉。就林薮而王心神，对烟霞而涤尘累。森沉丘壑，即是桃源；淼漫平流，还浮竹箭。纫薜荔而成帐，耸莲石而如楼。洞口全开，溜千年之芳髓；山腰半坼，吐十里之香粳。无烦崑阆之游，自然形胜之所。当使人题彩翰，各写琼篇。庶无滞于幽栖，冀不孤于泉石。各题四韵，咸赋七言。①

武则天此序，当作于她率领群臣游石淙之时。序文内容描写今河南登封三阳宫之胜景。此地崇山峻岭，森林茂密，是避暑佳处。武则天作序写诗之后，要求跟随大臣每人赋诗一首，故有“各题四韵，咸赋七言”之语。陶敏、易淑琼《沈佺期宋之问集校注》于宋之问《三阳宫石淙侍宴应制》诗后注释曰：“《金石萃编》卷六四薛曜《夏日游石淙诗序》：‘爰有石淙者，即平乐涧也，尔其近接嵩岭，俯届箕峰。’同书同卷《夏日游石淙石碑》载武后、太子李显、相王李旦、武三思、狄仁杰、张易之、张宗昌、李峤、苏味道、姚元崇、阎朝隐、崔融、薛曜、徐彦伯、杨敬述、于季子、沈佺期七律各一首，‘大周久视元年岁次庚子律中蕤宾十九日丁卯’建。宋之问此诗亦同时作。”②《全唐诗》卷四六狄仁杰《奉和圣制夏日游石淙山》题目下有一段文字曰：“石淙山，在今河南登封县东南三十里，有天后及群臣侍宴诗并序刻北崖上。其序云：石淙者，即平乐涧。其诗天

① 《全唐文》卷九七，中华书局1983年版，第1003页。

② 沈佺期、宋之问撰，陶敏、易淑琼校注《沈佺期宋之问集校注》，中华书局2001年版，第412页。

后自制其言一首，侍游应制皇太子显、右奉裕兼检校安北大都护相王旦、太子宾客上柱国梁王三思、内史狄仁杰、奉宸令张易之、麟台监中山县开国男张宗昌、鸾台侍郎李峤、凤阁侍郎苏味道、夏官侍郎姚元崇、给事中阎朝隐、凤阁舍人崔融、奉宸大夫汾阴县开国男薛曜、守给事中徐彦伯、右玉钤卫郎将左奉宸内供奉杨敬述、司封员外于季子、通事舍人沈佺期各七言一首，薛曜奉敕正书刻石，时久视元年五月十九日也。按此事新旧《唐书》俱为之载，世所传诗。亦缺而不全，今从碑刻补入各集中。”按这段文字当为清代整理《全唐诗》时加的一段文字，不能看作狄仁杰一诗的序言。其中“石淙者，即平乐涧也”，便是武则天序文中的两句。上述跟随武则天游石淙的大臣，其诗题也不相同，如姚崇为《奉和圣制夏日游石淙山》，苏味道为《嵩山石淙侍宴应制》。故今人整理《全唐诗》或武则天诗文，当将此序与诗合在一起，并且在其他人唱和的诗题下，也应注释或说明武则天此序，以有助于了解背景与诗意。

诗与序分离还有一种情况，即诗之前的序文不是以序的名称出现，而是以实用类文体如“启”、“疏”等出现，古人整理时，也便将二者分开。如骆宾王《帝京篇》，《全唐诗》无序，而《全唐文》卷一九八收《上吏部侍郎帝京篇启》，启文曰：

宾王启：昨引注日，垂索鄙文，拜手惊魂，承恩累息。楚翚丹质，在荆南以怀惭；辽豕白头，望河东而载恧。宾王散樗易朽，蟠本难容。虽少好读书，无谢高凤，而老不晓事，有类扬雄。徒以易象六爻，幽赞通乎政本；诗人五际，比兴存乎国风。故体物成章，必寓情于小雅；登高能赋，岂图荣于大夫。盖欲乐道遗荣，从心所好；非敢希声刻鹄，窃誉雕虫。至若质丑行以自媒，衒庸音于苟进，固立身之殊路，行已之外篇矣。君侯蕴明略以佐时，虚灵台以照物。观梁父之曲，识卧龙于孔明；听康衢之歌，得饭牛于甯戚。是用异人翘首，俊乂归诚。独以疵贱之姿，谬奉清通之盼。虽仲由之瑟，终阙响于邱门；而宋玉之谣，倘均音于郢路。敢忘下里，轻用上呈。庶道叶起予，陈卜商之四始；恐吾几失子，效然明于一言。拜首增惭，忧心如醉。谨启。①

文渊阁《四库全书》收录颜文选《骆丞集》，此诗之前也有启文，是将诗与启合在一起的，但文字与《全唐文》有出入。“怀惭”作“多惭”，“蟠本”作“蟠木”，“通乎”作“适乎”，“存乎”作“在乎”，“寓情”作“写情”，“殊路”作“歧路”，“独以疵贱”作“猥以庇贱”，“阙响”作“閟响”，“倘均音”作“谠均音”，“轻用”作“轻冒”，“拜首”作“拜手”。明代陆时雍《唐骆先生集》，也将启与诗放在一起，题目为《上吏部侍郎帝京篇并启 》，文字基本上与颜文选《骆丞集》相同。清人陈熙晋《骆临海集笺注》也将诗与启放在一起，视启为序。今人整理骆宾王诗文集，应将此启看作诗之序，将诗与启归于一处。

序与诗分离，还有一种特殊的情况，这种情况至今学术界尚无定论，如白居易《长恨歌》，古代选本皆无序，今人整理《白居易集》也无序。但古代流传到日本的白居易诗歌，《长恨歌》却是有序的。据胡可先、文艳蓉《论〈长恨歌〉的序与传》考证，日本流传的抄本《长恨歌传》主要有六地藏寺藏本、《正宗敦夫文库》本、贞享元年刻印的《歌行诗颜解》所收《长恨歌序》影印本，以及日本京都

① 《全唐文》卷一九八，中华书局 1983 年版，第 2008 页。

博物馆所藏得庆长古活字版影印本。胡可先、文艳蓉在论文中引序文如下：

> 长恨者，杨贵妃也。既葬马嵬，玄宗却复宫阙，思悼之，致令方士求致。其魂魄升天入地，求之不得，乃于蓬莱山仙室，见素颜惨色。流泪谓使者曰：我本上界诸仙，先与玄宗恩爱之故，谪居于下世，得为夫妻。既死之后，恩爱已绝，今来求我，恩爱又生，不久却于人世为配偶，以此为长恨耳。使者曰：天子使我至此，既得相见，愿得平生所玩之物，以明不谬。乃授钿合一扇，金钗一股，与之曰：将以此为验。使者曰：此常用之物也，不足为信。曾与至尊平生有何密契，愿得以闻。答曰：但七月七日长生殿，夜半无人私语时，曾复记否？使者还以钿合金钗奏。玄宗笑曰：此世所有，岂得相怡？使者因以贵妃密契以闻。玄宗流泪恸绝，良久语使者曰：方不谬矣！今世犹言玄宗与贵妃处世间为夫妻至矣。

胡可先、文艳荣分析有两种可能，“其一是白居易《长恨歌》原来就有自序，而中国的传本却散失了，因为白居易的诗传到日本比较早，在白居易生前日本就有传本了，故而在日本保存了下来。其二是日本人由于对唐玄宗与杨贵妃的爱情故事钦羡，故而根据《长恨歌》与《长恨歌传》的内容，撰写出这样一篇序文。两种可能中，我们认为第一种可能更接近事实。”①白居易《长恨歌》的序，是白

① 参见胡可先、文艳蓉《论〈长恨歌〉的序与传》，载《社会科学战线》2008 年第 5 期。

居易诗歌研究中的重要问题，中国流传的《长恨歌》无序，而唯独日本有序，这还不能最终说明问题，需要进一步研究考证。

第二节　不同版本的序跋内容差异

这里所说的内容差异，不是上文里举例说明的不同版本的个别字词的不同，而是指序文因存于不同典籍，在以后的传抄刻印过程中，造成详略不同，差异颇大，最多的相差六百余字。对于一些诗歌的序跋，文献研究整理应当力图在不同版本之间考证清楚，不能同一篇序而呈现出两个面目。如薛能《海棠》一诗之序，在《全唐诗》仅四十字：

> 蜀海棠有闻，而诗无闻。杜子美于斯，兴象靡出，没而有怀。天之厚余，谨不敢让。风雅尽在蜀矣，吾其庶几。①

而在陈尚君整理的《全唐诗补编》中，薛能的《海棠》序就一百多字了。序云：

> 蜀海棠有闻而诗无闻，杜工部子美于斯有之矣，得非兴象不出，殁而有怀。何天之厚余，获此遗遇，谨不敢让，用当其无。因赋五言一章二十句，学陈梁之紫，媲汉魏之朱，不以彼物择其功，不以陈言踵其序。或其人之适此，有若韩宣子者，风雅尽在蜀矣，吾其庶几。又花植于府之

① 《全唐诗》卷五六〇，中华书局1999年版，第6556页。

古营，因刻贞石以遗吾党。将来君子业诗者，苟未变于道无赋耳。咸通七年十二月二十三日叙。①

据陈尚君考证，《全唐诗》薛能《海棠》序，殆据《容斋随笔》卷七之节录本。查《容斋随笔》，与《全唐诗》所录有一处不同，"兴象靡出"作"兴象不出"。而《全唐诗补编》此序，乃陈耀东据《古今图书集成·草木典》卷二九九《海棠部》录此序。

问题出现最多的，还是同一篇诗序，《全唐诗》和《全唐文》俱收入，但二者差异较大。如《全唐诗》唐中宗李显《九月九日幸临渭亭登高的秋字》之序简短：

陶潜盈把，既浮九酝之欢；毕卓持螯，须尽一生之兴。人题四韵，同赋五言。其最后成，罚之引满。②

《全唐文》也收录此序，题目作《九日登高诗序》，序文比《全唐诗》所录要长得多：

粤以景龙三年宾鸿九月，乘紫机之余暇，历翠籞以寅游。尔乃气肃商郊，风惊兑野。波收元灞，澄霁色于林塘；云敛黄山，霭晴晖于原隰。衔芦送响，疑传苏武之书；化草翻光，似临车允之帙。于时诏懿戚，命朝贤，属重阳之吉辰，呈九皋之嘉瑞。萸房荐馥，辟邪之术爰彰；菊蕊含芬，延年之欢攸著。人以酒属，喜见覆于金杯；文在兹

① 陈尚君辑校《全唐诗补编》，中华书局1992年版，第1169页。

② 《全唐诗》卷二，中华书局1999年版，第23页。

> 乎，盍各飞于玉藻。渊明抱菊，既浮九酝之观；毕卓持螯，须尽一生之兴。人题四韵，同赋五言。其最后成，罚之引满。①

《全唐诗》所录之序文，整整省略了一百二十多字。省略之原因，大概因为《全唐诗》以收诗为主，序文则可省略，故整理者随意截取一段置于诗前，今日整理者不加详查，遂造成一序两种面貌之情况。

以上所举例是说截取一段，还有大意相同而文字、篇幅出入较大者。如《全唐诗》载房千里《寄妾赵氏》之序：

> 余初上第，游岭徼。有进士韦滂者，自南海邀赵氏而来，为余妾。西上京都，调于天官，余乃与赵别，约中秋为会期。赵极怅恋，余乃抒诗寄情。②

而《全唐文》收录房千里《游岭徼诗序》一文，较《全唐诗》所收，不仅题目不同，篇幅不同，文字出入也较大。序文曰：

> 有进士韦滂者，自南海邀赵氏而来。十九岁为余妾。余以鬓发苍黄，倦于游从，将为天水之别。尚有数秋之期，纵京洛风尘，亦其志也。赵屡对余潸然，恨恨者未得偕行，即泛轻舟，暂为南北之梦，歌陈所契，诗以寄情。③

① 《全唐文》卷一七，中华书局1983年版，第212页。
② 《全唐诗》卷五一六，中华书局1999年版，第5942页。
③ 《全唐文》卷七六〇，中华书局1983年版，第7901页。

房千里,字鹄举,河南(今河南洛阳人)。大和初登进士第,累官为国子博士,后因事南贬。与诗人许浑友善。造成两处序文不同之原因,究竟是《全唐诗》缩写还是《全唐文》增写,目前难以定论。宋计有功《唐诗纪事》也记载此序,但诗后的文字,《全唐诗》和《全唐文》皆无。兹引录如下:

> 房千里博士出上第,《游岭徼诗序》云:有进士韦滂者,自南海邀赵氏而来,为余妾。西上京都,调于天官,乃与赵别,约中秋为会期。赵极怅恋,余乃抒诗寄情曰:鸾凤分飞海树秋,忍听钟鼓越王楼。只应霜月明君意,缓抚瑶琴送我愁。山远莫教双泪尽,雁来空寄八行幽。相如若返临邛市,画舸朱轩万里游。房至襄州,逢许浑侍御赴弘农番阳之命,乃以情意相托。许到府邸,遣人访之,则赵氏却从韦矣。浑寄房诗曰:春风白马紫丝缰,正值蚕眠未采桑。五夜有心随暮雨,百年无节待秋霜。重寻绣带朱藤合,却任罗裙碧草长。为报西游减离恨,阮郎才去嫁刘郎。①

此段文字所载序文题目与《全唐文》所载同,序文内容与《全唐诗》所载大致相同,这给房千里诗文的整理带来了新问题。并且,《全唐诗》与《全唐文》所载房千里序文中,都没有以后的结果。《唐诗纪事》则有新的内容,房千里与赵氏分别后,思念不已,乃托许浑带去情意和问候。许浑寻访的结果,却是赵氏已经做了韦滂的小

① 计有功撰,王仲镛校笺《唐诗纪事校笺》,卷五一,中华书局2007年版,第1734页。

妾,故有"阮郎才去嫁刘郎"一语。这对于理解房千里诗与序都有帮助。

差异最大的是李节《赠释疏言还道林寺并序》,《全唐诗》所录序文比《全唐文》所录少六百余字。为便于对照比较,现将两处序文均录于此。《全唐诗》收录序文如下:

> 会昌季年,武宗大翦释氏,巾其徒且数万人。民隶其居,容貌于土木者沉诸水,言词于纸素者烈诸火。分命御史乘驲走天下,察敢隐匿者罪之。由是天下名祠珍宇,毁撤如扫。天子建号之初,雪释氏之不可废也,诏徐复之。而自湖以南,远人畏法,不能酌朝廷之体,前时焚撤书像,殆无遗者,故虽明命复许创立,莫能得其书。道林寺,湘川之胜游也,有释疏言,警辨有谋,独曰:"太原府国家旧都,多释祠。我闻其帅司空范阳公,天下仁人,我第往求释氏遗文,以惠湘川之人,宜其听我而助成之矣。"即杖而北游。既上谒军门,范阳公果诺之。因四求散逸不成蕴帙者,至释祠而不见焚而副剩者,又命讲丐以补缮缺漏者,未几,凡得释经五千四十八卷。以大中九年秋八月,辇自河东而归于湘焉。喜释氏之助世,既言之矣。向非我君洞鉴理源,其何能复立之;即既立之,且亡其书,非有疏言识远而诚坚,孰克洪之耶?吾嘉疏言,奉君之令,演释之宗,不惮寒暑之勤,德及远人,为叙其事,且赠以诗。①

① 《全唐诗》卷五六六,中华书局1999年版,第6613页。

《全唐文》序文题目与《全唐诗》不同，作《饯潭州疏言禅师诣太原求藏经诗序》，全序如下：

业儒之人，喜排释氏，其论必曰：‘禹汤文武周公孔子之代，皆无有释，释氏之兴，衰乱之所奉也。宜一扫绝划革之。使不得滋。释氏源于汉，流于晋，弥漫于宋魏齐梁陈隋，唐孝和圣真之间。论者之言粗矣。抑能知其然，未知其所以然者也。吾请言之：昔有一夫，肤腯而色凝，气烈而神清，未尝谒医，未尝祷鬼，恬然保顺，罔有札瘥之患，固善也。即一夫不幸而有寒暑风湿之疴，背癃而足躄，耳聩而目瞑。于是攻熨之术用焉。禳禬之事纷焉。是二夫岂特相反耶？盖病与不病势异耳。嗟乎！三代之前世康矣，三代之季世病矣。三代之前，禹汤文武，德义蓄之，周公孔子，典教持之。道风虽衰，渐渍犹存，诈不胜信，恶知避善。于是有击壤之歌，由庚之诗，人人而乐也。三代之季，道风大衰，力诈以覆信，扇浇而散朴。善以柔退，恶以强用，废井田则豪宴相乘矣。务封略则攻战亟用矣，务实帑则聚敛之臣升矣，务胜下则掊尅之吏贵矣。上所以御其下者欺之，下所以奉其上者苟之。上下相仇，激为怨俗。于是有汨罗之客，有负石之夫，人人愁怨也。夫释氏之教，以清净恬虚为禅定，以柔谦退让为忍辱，故怨争可得而息也。以菲薄勤苦为修行，以穷达寿夭为因果，故贱陋可得而安也。故其喻云，必烦恼乃见佛性，则其本衰代之风激之也。夫衰代之风，举无可乐者也。不有释氏以救之，尚安所寄其心乎！论者不责衰代之俗，而尤释氏之盛，则是抱疾之夫，而责其医祷攻疗者也。徒知释因衰代而生，不知衰代须释氏之救也，何以言之耶！夫俗既病矣，人既愁矣，不有释氏使安其分，勇者将奋而思斗，知者将静而思谋，则阡陌之人，皆纷纷而群起矣。今释氏一归之分，而不责于人，故贤智俊朗之士皆息心焉，其不能达此者愚人也。惟上所役焉，故离衰乱之俗可得而安，赖此也。若之何而翦去之哉？论者不思释氏扶世助化之大益，而疾其雕镂彩绘之小费，吾故曰能知其然不知其所以然者也。会昌季年，武宗大翦释氏，巾其徒且数万之民，隶具其居，容貌于土木者沉诸水，言词于纸素者烈诸火。分命御史，乘驿走天下，察敢隐匿者罪之。由是天下名祠珍宇，毁撤如扫。天子建号之初，雪释氏之不可废也，诏徐复之，而自湖以南，远人畏法，不能酌朝廷之体，前时焚撤书像，殆无遗者，故虽明命复许制立，莫能得其书。道林寺，湘川之胜游也，有释疏言，警辩有谋，独曰："太原府国家旧都，多释祠。我闻其帅司空范阳公，天下仁人，我第往，求购释氏遗文，以惠湘川之人，宜其听我而助成之矣。"即杖而北游。既上谒军门，范阳公果诺之。因四求散逸不成蕴帙者，至释祠不见焚而副剩者，又命讲丐以补缮缺漏者，月未几，凡得释经五千四十八卷，以大中九年秋八月，辇自河东而归于湘焉。噫！释氏之助世，既言之矣。向非我君洞鉴理源，其何能复立之耶。既立之，且亡其书，非有疏言识远而诚坚，孰克宏之耶！吾喜疏言奉君之令，演释之宗，不惮寒暑之勤，德及远人，为叙其事。①

① 《全唐文》卷七八八，中华书局1983年版，第8249页。

这篇序文共九百八十余字,在《全唐诗》的序中算是比较长的。此序首先论述佛教之功德,认为佛教"以清净恬虚为禅定,以柔谦退让为忍辱,故怨争可得而息也;以菲薄勤苦为修行,以穷达寿夭为因果,故贱陋可得而安也"。然后才记录释疏言北上求经之过程。对比《全唐诗》和《全唐文》所载可以看出,《全唐诗》的编纂者当初是从长篇序文中截取一段而作为诗之序,省却了序文开头至"会昌季年"之前一大段。而这一段叙说佛教功德,对于了解释疏言之行是非常重要的。虽然省却后仍然可以看出释疏言北上求经的时代背景,但佛教的发展历程和独特的文化意蕴却丢失了。因此,欲了解佛经对释疏言的影响以及释疏言北上求经之动力,《全唐文》的序文还是最有说服力的。

序文的内容差异不仅出现在《全唐诗》和《全唐文》,也可出现在其他典籍,如《全唐诗》载吴少微《哭富嘉谟》之序内容多,序曰:

> 维三月癸丑,河南富嘉谟卒。予时寝疾于洛阳北里,闻之,投枕而起,泪沾乎衽席,匍匐于寝门之外。病不能哭,仰天而呼曰:"天乎天乎!俾予曷所朋,曷有律,曷可得而见?"抑斯文也以存乎哀。太常少卿徐公、鄜州刺史尹公、中书徐元二舍人,兵部张郎中,未尝值我不叹于朝。夫情悼之赋诗,以宠亡也。①

《太平广记》二三五卷所载此序基本与之相同,个别字句略有差异,如"予时"作"于时","俾予曷所朋"一句无"俾"字,"兵部张郎中"作"兵部张郎中说"。但王仲镛校笺《唐诗纪事》卷六所载却省

① 《全唐诗》卷九四,中华书局1999年版,第1008页 。

却一段文字,其文曰:

> 维三月癸丑,河南富嘉谟卒。予时寝疾于洛阳北里,闻之,投枕而起,泪沾乎衽席,匍匐于寝门之外。病不能哭,仰天而呼曰:"天乎天乎!俾予曷所朋,曷可得而见乎?"①

将"抑斯文也以存乎哀"句以下的内容全部省略了。今人整理其诗与序,可互相参校。

宋代诗歌序跋也有因诗集、文集俱收,两处文字甚至题目不一样者。如苏轼《送表忠观钱道士归杭并引》,其诗前引文与文集所收不一样。引文曰:

> 熙宁十年,诏以龙山废佛祠为表忠观。元丰二年,通教自杭来,见予于吴兴。问:"观亦卒工乎?"曰:"未也。杭人比岁不登,莫有助我者。"余曰:"异哉!杭人重施轻财,是不独为福田也,将自托于不朽。今岁成矣,子其行乎!"及还,作诗送之。②

苏轼文集也收入此篇引文,但题目与内容与此不同。题目为《送通教钱大师还杭诗序》,序文曰:

① 计有功撰,王仲镛校笺《唐诗纪事校笺》卷六,中华书局 2007 年版,第 192 页。

② 《苏轼全集校注·诗集校注》卷十九,河北人民出版社 2010 年版,第 2027 页。

熙宁十年，始有诏以杭州龙山废佛祠为表忠观，《碑》具载其事。元丰二年六月，通教自杭来，见予于吴兴。问观已卒工乎？曰："未也。杭人比岁不登，莫有助我者。"余曰："异哉！杭人重施而轻财，好义而徇名。是独为福田也，将自托于不朽。今岁稔矣，子其行乎！"通教还杭，作诗以送之。①

两处文字相比，有多处差异。出现异文之原因，还需进一步考证。

宋代诗歌序跋因文集、诗集俱收而内容有差异者，还有多篇，如李堪《玉田八景》之序。《全宋诗》收录此序前文已引，为与文集所录比较说明，此处再引。《全宋诗》中《玉田八景》之序云：

玉田为邑，居山水之会，环峰复嶂，联络拱揖，而效奇献秀于左右前后，双溪合流，而襟带其间，故其胜概不一。邑治北有山曰翠屏，盖邑之主口也。形如屏嶂，竹树葱蒨，春朝微雨，望之蔚然，翠色可览。其东曰金仙岭，林木蓄茂，刍荛者往，负薪行歌，远近声雅相应。东南一峰锐而耸，类笔锋之颖出也，夕阳射之，文采烂然。下有蓝洞，薄暮云气归焉，充斥布濩，虚谷尽白。西南之峻极者曰五华山，秋晴景明，丹霞冠顶，绮丽可爱。直邑之西，层峦叠巘，巀嵲干云，穷冬雨雪，他山不见白，独西山之巅有之，霁后仰观，益增爽气。溪源二，自北来，至邑合流为剑溪，委蛇澄澈，其平若镜，渔舟往来，鼓枻而歌，欸乃之声相闻。南下里许，滩石横截中流，亘东西岸，故溪流触石有

① 《苏轼全集校注·文集校注》卷十，河北人民出版社 2010 年版，第 1030 页。

声，如鸣佩玉。当素秋无云，碧落悬镜，水光月色，混而为一，灏灏乎清气袭人。是八者，玉田胜境也，昔之好事者尝即景赋诗，谓之玉田八景云。

而《全宋文》所收此序，不仅题目为《八景诗序》，而且内容与此也有很大差别。兹引如下：

玉田为邑山水之会，环峰复嶂，效奇献秀，双溪合流，襟带其间。北有山曰翠屏，邑主山也。形如屏障，竹树葱倩，春朝微雨，望之蔚然。其东曰金仙岭，林木蕃茂，刍荛者往，负薪行歌。东南一峰，锐耸类笔，夕阳射之，文采烂然。下有蓝洞，薄暮云归，布护充斥，虚谷尽白。西南之峻极者曰五峰，秋晴景明，丹霞冠顶。直邑西层峦叠巘，巀嶪干云，穷冬雨雪，他山不白，西山巅有之。霁后仰观，益增爽气。溪源二，自北来，至邑合流为剑溪，委蛇澄彻，其平若镜，往来渔舟，欸乃相闻。南下里许，石滩横截中流，亘东西岸，溪流触石，如鸣佩玉。当素秋无云，碧落悬镜，水光月色，灏灏乎清气为一。八者玉田胜景也。①

《全宋诗》所收序文三百六十余字，《全宋文》所收二百七十余字，造成诗集、文集所收录同一篇诗序竟有如此大的出入，其最主要的原因，是诗集和文集取自文献不同。《全宋诗》整理者于《玉田八景并序》题目下注曰："序文原残缺，据《古田县志》补。"而

① 曾枣庄、刘琳主编《全宋文》，第010册，二〇七卷，上海辞书出版社、安徽教育出版社2006年版。第226页。

《全宋文》此序后注明,取自道光《福建通志》卷六。一篇诗文在流传过程中,会有多人抄录刊刻,分属于不同文献,难免会出现错讹。如何在进行古籍整理时,既尽量保留作品原貌,又考虑同一篇文章不至于出现两个面孔,使读者莫衷一是,这恐怕是整理者要仔细思考的一个问题。

第三节　诗歌与序跋关系的其他情况

与上面所介绍内容不同,诗歌与序跋的关系还有其他两种情况:一是组诗序与诗歌关系的问题;一是序存而诗散佚的问题。这也是文献整理时不能回避的。

先谈组诗序的问题。众人聚会写诗,推举一人作序,作为众人之诗的序言。现在《全唐诗》的这种情况,序言放在一人诗中,其他诗人处未见,整理别集亦未说明,致使读者不明背景,应增加说明。初唐时期,众人聚会作诗而推举一人作序非常普遍。如陈子昂《晦日宴高氏林亭》之序,就是众人推举其所作之序。高正臣《晦日置酒林亭》题目下注曰:"是宴凡二十一人,皆以华字为韵,陈子昂为之序。"检索《全唐诗》,二十一人为陈子昂、高正臣、崔知贤、韩仲宣、周彦昭、高球、弓嗣初、高瑾、王茂时、徐皓、长孙正隐、高绍、郎余令、陈嘉言、周彦晖、高峤、刘友贤、周思钧、张锡、解琬、王勔。今本《全唐诗》除了陈子昂诗歌题目下有序,其他人诗下均无说明。整理唐诗,宜在涉及到的诗人题目下加注释以说明,使读者了解其诗写作背景。又如崔知贤《三月三日宴王明府山亭》题目下注曰:同赋六人,孙慎行为之序。其序结尾说"度志陈诗,式纪良会。仍探一字,六韵成章"。孙慎行写下序而无诗,其六人为崔知贤、席元明、韩仲宣、高球、高瑾、陈子昂。除崔知贤诗前有孙慎行序，其他诗人诗前均无交代。

不仅一般文人有此举，就是帝王与群臣聚会宴饮也有这种情况。例如上文所引中宗皇帝《九月九日幸临渭亭登高的秋字》，当时参与的大臣共二十一人，每人得一字作一首诗。《唐诗纪事》载："景龙三年，是宴也，韦安石、苏瑰诗先成，于经野、卢怀慎最后成，罚酒。"查《全唐诗》，二十一人分别是：阎朝隐、李适、苏颋、李乂、卢藏用、岑羲、薛稷、马怀素、沈佺期、赵彦昭、萧志忠、李迥秀、杨廉、韦安石、窦希玠、陆景初、郑南金、李咸、赵彦伯、于经野、卢怀慎，而这些人的诗歌题目下，都没有注释该诗与中宗皇帝的诗序是联系在一起的。这类诗与序还包括"奉和圣制"一类诗，往往是一人作序而他人作诗，如果题目不明晰，无序之诗的背景往往就很难搞清楚，古籍整理时应该注意解决这个问题。孙慎行为崔知贤等人作序，孙慎行之序文应独立，但《中国文学家大辞典·唐五代卷》并无孙慎行之介绍，陈尚君《唐五代文作者索引》也无孙慎行。在唐代文学研究中，孙慎行似乎是失踪了，在唐代文学研究日益深入细致的情况下，这是不应该的。

组诗与序的情况，还存在诗存而序无或序存而诗缺佚的情况。如高正臣等人的《晦日重宴》，高正臣诗歌题目下注曰："是宴九人，皆以池字为韵，周彦晖为之序。"九人，除高正臣，还有韩仲宣、弓嗣初、高谨、陈嘉言、周彦晖、高峤、周思均、陈子昂。周彦晖存诗却无序。陈尚君《唐五代文作者索引》也无周彦晖。其序可能散佚。《全唐诗》、《唐诗纪事》只有简单介绍：登咸亨五年进士第。此外还有一种情况，序存而诗散佚存留不全，存诗未标明与序之关系。如王勃《入蜀纪行诗序》为组诗之序。王勃曾为沛王李贤（即章怀太子）招入府中为修撰，后因戏为《檄英王鸡》，触怒高宗，被逐出府。总章二年五月，王勃离开长安前往巴蜀游历，写下三十首诗，其《入蜀纪行诗序》即为三十首组诗之序。其序云：

> 总章二年五月，癸卯，余自长安观景物于蜀。遂出褒斜之隘道，抵岷峨之绝径。超玄溪，历翠阜，迨弥月而臻焉。若乃采江山之峻势，观天下之奇作。丹壑争流，青峰杂起，陵涛鼓怒以伏注，天壁嵯峨而横立，亦宇宙之绝观者也。虽庄周诧吕梁之险，韩侯怯孟门之峻，曾何足云。盖登培塿者，起衡霍之心；游涓浍者，发江湖之思。况乎躬览胜事，足践灵区，烟霞为朝夕之资，风月得林泉之助。嗟乎！山川之感召多矣，余能无情哉！爰成文律，用宣行唱。编为三十首，投诸好事焉。①

这篇序文提到的三十首诗，大部分已经散佚，只留下数首如《晚留凤州》、《散关晨度》、《麻平晚行》、《羁游饯别》、《易阳早发》等，但《全唐诗》和今人整理王勃诗文，并未注明诗歌与序的关系，这对于理解这些诗歌以及王勃这一时期的诗歌创作，显然会带来不便。

诗与序跋关系的第二种情况，主要是指序存而诗歌散佚。本章开始介绍时，说到《全唐诗》存诗而缺序，现在说的是存序而缺诗。这种情况不能仅仅从《全唐诗》中去考证寻找，主要应该结合《全唐文》或其他典籍去查找。一般来说，因为无诗与序互相印证，主要看序文题目或序文结尾。这类诗文题目一般有"诗序"字样，如杨炯《群官寻杨隐居诗序》，序存而诗散佚；梁肃《周公瑾墓下诗序》，序存而欧阳仲山诗散佚；柳宗元《愚溪诗序》，序存而诗散佚等等。诗与序俱存，序文结尾则往往有句子指明作诗之意，如

① 《全唐文》卷一八〇，中华书局 1983 年版，第 1833 页。

骆宾王《秋日饯陆道士陈文林有序》结尾说"各赋五言,同为四韵",《秋日送尹大赴京有序》结尾说"请振词锋,同开笔海,人为四韵,用慰九秋",《秋夜送阎五还润州有序》结尾说"请勒四言,俱申无际"。依此形式,序存而诗散佚,其序文也往往在结尾有这样的标志性词语。《全唐文》所存诗之序数量众多,不能一一列举,此处只举初唐四杰诗序来说明,以窥一斑。

	题　目	标　志
王　勃:	《入蜀纪行诗序》	"爰成文律,用宣行唱"
	《守岁序》	"作者七人,同为六韵"
	《滕王阁诗序》	"一言均赋,四韵俱成"
	《游山庙序》	"盍诗以言志,不以韵数裁焉"
	《上巳浮江宴序》	"一言均赋,六韵齐疏"
	《夏日登韩城门楼寓望序》	"人赋一言,庶旌六韵云尔"
	《越州秋日宴山亭序》	"人分一字,四韵成篇"
	《秋日宴洛阳序》	"人采古韵,成者先呈"
	《夏日宴张二林亭序》	"人采一字,四韵成篇"
	《秋日宴季处士宅序》	"人赋一言,各申其志"
	《秋日孙学宅宴序》	"人采一字,四韵成篇"
	《与员四等宴序》	"人赋一言,俱裁四韵"
	《夏日诸公见寻访诗序》	"人探一韵,四韵成篇"
	《仲氏宅宴序》	"盍各赋诗,放怀叙志"
	《江宁吴少府宅饯宴序》	"人赋一言,俱题四韵"
	《春夜桑泉别王少府序》	"因探一字,四韵成篇"
	《秋日楚州郝司户宅饯崔使君序》	"人赋一言,俱成四韵云尔"
	《越州永兴李明府宅送萧三还齐州序》	"各赋一言,俱题六韵"

《秋夜于绵州群官席别薛升华序》	“盍各赋诗云尔”
《饯宇文明府序》	“同抽藻思,共写离怀”
《感兴奉送王少府序》	“各为四韵,共写别怀”
《别卢主簿序》——	“人赋一言,同疏四韵云尔”
《送李十五序》	“人为四韵,各赋一篇”
《送劼弟赴太学序》	“盍各赋诗,叙离道意云尔”
《圣泉诗序》	“盍题芳什,共写高情”
杨　炯:《登秘书省阁诗序》	“轻为序引,缀在辞章”
《崇文馆宴集诗序》	
《李舍人山亭诗序》	“既因良会,咸请赋诗”
《送徐录事诗序》	
《送并州旻上人诗序》	“群贤佥议,咸可赋诗”
《晦日药园诗序》	
《群官寻杨隐居诗序》	
《宴皇甫兵曹宅诗序》	“抽毫进牍,皆请赋诗”
《送东海孙尉诗序》	“未能免俗,何莫赋诗”
《宴族人杨八宅序》	“人赋一言,同裁四韵”
卢照邻:《宴梓州南亭诗序》	“咸请赋诗,六韵成章云尔”
《宴凤泉石翁神祠诗序》	“请题四韵,列之如右”
《七日绵州泛舟诗序》	“咸可赋诗,探韵成作”
《杨明府过访诗序》	
骆宾王:《秋日于益州李长史宅宴序》	“盍各赋诗,式昭乐事云尔”
《晦日楚国寺宴序》	“诗言志也,可不云乎”

《饯宋三之丰城序》	“盍各赋诗,式昭离绪”
《初夏邪岭送益府窦参军宴诗序》	“诗言志也,可不云乎”
《秋日饯麴录事使西州序》	“人探一字,一韵一篇”
《赠李八骑曹诗序》	“人为四韵,各赋一言”
《扬州看竞渡序》	“凡诸同好,请各赋诗云尔”

在《全唐文》中,类似这种序文存而诗歌散佚的例子还有许多。研究中国古代诗歌发展史,或是考察一个诗人的诗歌创作历程,现存诗歌肯定是第一首资料,但诗人自己创作的诗歌序跋,对于研究其诗歌,其价值显然也是非常重要的。

主要参考文献

B

《八代诗史》,葛晓音著,中华书局 2007 年版。

《白居易集笺校》,唐·白居易著,朱金城笺校,上海古籍出版社 1988 年版。

《避讳研究》,王新华著,齐鲁书社 2007 年版。

C

《沧浪诗话》,宋·严羽著,人民文学出版社 1983 年版。

《岑参诗集编年笺注》,刘开扬笺注,巴蜀书社 1995 年版。

《禅思与诗情》,孙昌武著,中华书局 2006 年版。

《重订新校王子安集》,何林天校注,山西人民出版社 1990 年版。

《初唐四杰研究》,骆祥发著,东方出版社 1993 年版。

D

《大唐新语》,唐·刘肃撰,中华书局 1984 年版。

《道教与唐代文学》,孙昌武著,人民文学出版社 2001 年版。

《东坡志林》,宋·苏轼撰,中华书局 1981 年版。

F

《法苑珠林校注》,唐·释道世著,周叔迦、苏晋仁校注,中华书局2003年版。

《范成大笔记六种》,宋·范成大撰,孔凡礼点校,中华书局2002年版。

《范仲淹研究》,陈荣照著,三联书店香港分店1987年版。

《佛法与诗境》,萧驰著,中华书局2005年版。

《佛教与晚唐诗》,胡遂著,东方出版社2005年版。

《佛教与中国文化》,《文史知识》编辑部编,中华书局1988年版。

《佛教与中国文学》,孙昌武著,上海人民出版社1988年版。

G

《高僧传》,梁·释慧皎撰,汤用彤校注,中华书局1982年版。

《高适诗集编年笺注》,刘开扬笺注,中华书局1981年版。

《古诗源》,清·沈德潜编,中华书局2006年版。

H

《汉书》,汉·班固著,中华书局1962年版。

《韩愈集》,严昌校点,岳麓书社2000年版。

《韩愈文选》,童第德选注,人民文学出版社1980年版。

J

《姜斋诗话》,清·王夫之著,舒芜校点,人民文学出版社1961年版。

《晋书》,唐·房玄龄等著,中华书局 1974 年版。

《旧唐书》,五代·刘昫著,中华书局 1975 年版。

L

《老学庵笔记》,宋·陆游撰,中华书局 1979 年版。

《李绅集校注》,唐·李绅著,卢燕平校注,中华书局 2009 年版.

《历代别集序跋综录》,钱仲联主编,江苏教育出版社 2005 年版。

《历代诗话》,清·何文焕编,中华书局 1981 年版。

《历代诗话续编》,丁福保编,中华书局 1983 年版。

《历代唐诗论评选》,陈伯海主编,河北大学出版社 2003 年版。

《列子集释》,杨伯峻撰,中华书局 1997 年版。

《灵境诗心—中国古代山水诗史》,陶文鹏、韦凤娟主编,凤凰出版社 2004 年版。

《柳宗元集》,唐·柳宗元著,中华书局 1979 年版。

《骆临海集笺注》,唐·骆宾王著,清·陈熙晋笺注,上海古籍出版社 1985 年版。

M

《梅文化论丛》,程杰著,中华书局 2007 年版。

N

《南北朝文学史》,曹道衡、沈玉成著,人民文学出版社 1991 年版。

O

《瓯北诗话》,清·赵翼著,霍松林、胡主佑校点,人民文学出版社 1963 年版。

P

《皮陆诗歌研究》,王锡九著,安徽大学出版社,2004 年版。

Q

《庆湖遗老诗集校注》,宋·贺铸著,王梦隐、张家顺校注,河南大学出版社 2008 年版。

《全上古三代秦汉三国六朝文》,清·严可均编,中华书局 1958 年版。

《全宋诗》,傅璇琮等编,北京大学出版社 1991—1998 年版。

《全宋文》,曾枣庄、刘琳主编,上海辞书出版社、安徽教育出版社 2006 年版。

《全唐诗》,清·彭定求等,中华书局 1999 年版。

《全唐诗补编》,陈尚君辑校,中华书局 1992 年版。

《全唐文》,清·董诰等,上海古籍出版社 1990 年版。

《全唐文补编》,陈尚君辑校,中华书局 2005 年版。

《全唐文篇目分类索引》,冯秉文主编,中华书局 2001 年版。

R

《容斋随笔》,宋·洪迈著,夏祖尧、周洪武校点,岳麓书社 1994 年版。

S

《沈佺期宋之问集校注》,唐·沈佺期 宋之问撰,陶敏、易淑琼校注,中华书局2001年版。

《诗集传》,宋·朱熹集注,上海古籍出版社1980年版。

《诗镜》,明·陆时雍编,文渊阁《四库全书》本。

《诗人玉屑》,宋·魏庆之著,王仲闻点校,中华书局2007年版。

《诗与唐代文言小说研究》,邱昌员著,中国社会科学出版社2008年版。

《诗源辩体》,明·许学夷校点,人民文学出版社1998年版。

《石林燕语》,宋·叶梦得撰,宇文绍奕考异,中华书局1984年版。

《石洲诗话》,清·翁方纲著,陈迩冬校点,人民文学出版社1998年版。

《史记》,汉·司马迁著,中华书局1959年版。

《世说新语校笺》,徐震堮著,中华书局1984年版。

《四库全书总目提要》,清·纪昀等编,河北人民出版社2000年版。

《四溟诗话》,明·谢榛著,宛平校点,人民文学出版社1961年版。

《宋代家族与文学》,张剑著,北京出版社2006年版。

《宋代散文史论》,马茂军著,中华书局2008年版。

《宋代散文研究》,杨庆存著,人民文学出版社2002年版。

《宋代诗人论》,陶文鹏著,辽海出版社2007年版。

《宋代文学史》,孙望、常国武主编,人民文学出版社1996

年版。

《宋代文学通论》,王水照等著,河南大学出版社 1997 年版。

《宋高僧传》,宋·赞宁撰,中华书局 1987 年版。

《宋集序跋汇编》,祝尚书编,中华书局 2010 年版。

《宋诗选注》,钱锺书选注,人民文学出版社 1985 年版。

《宋史》,元·脱脱等著,中华书局 1977 年版。

《宋文记事》,曾枣庄著,四川大学出版社 1985 年版。

《宋文通论》,曾枣庄著,上海人民出版社 2008 年版。

《苏轼诗词艺术论》,陶文鹏著,上海古籍出版社 2001 年版。

《苏轼全集校注》,张志烈、马德富、周裕锴主编,河北人民出版社 2010 年版。

《苏轼研究》,王水照著,河北教育出版社 1999 年版。

T

《太平广记》,宋·李昉编,中华书局 1961 年版。

《唐才子传笺证》,元·辛文房撰,周绍良笺证,中华书局 2010 年版。

《唐朝文化史》,徐邦达著,复旦大学出版社 2003 年版。

《唐代文学史(上)》,乔象锺、陈铁民主编,人民文学出版社 1995 年版。

《唐代文学史(下)》,吴庚舜、董乃斌主编,人民文学出版社 1995 年版。

《唐代文学史》,聂石樵著,中华书局 2007 年版。

《唐代墓志汇编》,周绍良主编,上海古籍出版社 1992 年版。

《唐代墓志汇编续集》,周绍良、赵超主编,上海古籍出版社 2001 年版。

《唐代咏诗组诗考论》,赵望秦著,三秦出版社 2003 年版。

《唐帝国的精神文明—民俗与文学》,程蔷、董乃斌著,中国社会科学出版社 1996 年版。

《唐集叙录》,万曼著,河南大学出版社 2008 年版。

《唐骆先生集》,明·王衡等评释,任文京、赵东岚整理,河北教育出版社 2011 年版。

《唐人选唐诗十种》,唐·元结、殷璠等,上海古籍出版社 1978 年版。

《唐人轶事汇编》,周勋初主编,上海古籍出版社 2006 年版。

《唐诗百话》,施蛰存著,上海古籍出版社 1987 年版。

《唐诗比较研究》,房日晰著,安徽大学出版社 2005 年版。

《唐诗归》,明·钟惺、谭元春编,《续修四库全书》本。

《唐诗汇评》,陈伯海主编,浙江教育出版社 1995 年版。

《唐诗纪事校笺》,宋·计有功撰、王仲镛校笺,中华书局 2007 年版。

《唐诗小史》,罗宗强著,百花文艺出版社 2008 年版。

《唐诗艺术讲演录》,尚永亮著,广西师范大学出版社 2008 年版。

《唐诗与其他文体之关系》,余恕诚、吴怀东著,中华书局 2012 年版。

《唐诗杂论》,闻一多著,上海古籍出版社 1998 年版。

《唐宋女性与社会》,邓小南主编,上海辞书出版社 2003 年版。

《唐五代文学编年史》,傅璇琮主编,辽海出版社 1998 年版。

《唐宋文举要》,高步瀛编,上海古籍出版社 1982 年版。

《唐五代笔记小说大观》,上海古籍出版社 2000 年版。

《唐五代文学编年史》,傅璇琮主编,辽海出版社 1998 年版。

《唐五代文作者索引》,陈尚君编,中华书局 2010 年版。

《唐音癸签》,明·胡震亨著,古典文学出版社 1958 年版。

《陶渊明集》,逯钦立校注,中华书局 1979 年版。

W

《万里行纪》,曹聚仁著,生活·读书·新知三联书店 2000 年版。

《王禹偁诗文选》,王延梯选注,人民文学出版社 1996 年版。

《魏晋南北朝文学史》,聂石樵著,中华书局 2007 年版。

《魏晋文学史》,徐公持编著,人民文学出版社 1999 年版。

《文体明辨序说》,明·徐师曾著,人民文学出版社 1962 年版。

《文选》,梁·萧统编,唐·李善注,上海古籍出版社 1986 年版。

《文章辨体序说》,明·吴讷著,人民文学出版社 1962 年版。

X

《先秦汉魏晋南北朝诗》,逯钦立编,中华书局 1983 年版。

《新唐书》,宋·欧阳修、宋祁著,中华书局 1975 年版。

Y

《俞平伯全集》,俞平伯著,花山文艺出版社 1997 年版。

《玉台新咏》,陈·徐陵编,吴兆宜注、程琰删补,穆克宏点校,中华书局 1985 年版。

《元白诗笺证稿》,陈寅恪著,上海古籍出版社 1978 年版。

《元稹集编年笺注》,杨军笺注,三秦出版社 2002 年版。

《乐府诗集》,宋·郭茂倩编,中华书局 1979 年版。

Z

《昭昧詹言》,清·方东树著,汪绍楹校点,人民文学出版社 1961 年版。

《直斋书录解题》,清·陈振孙著,上海古籍出版社 1987 年版。

《中古文论要义十讲》,王运熙著,复旦大学出版社 2004 年版。

《中国禅宗史》,印顺著,上海书店 1992 年版。

《中国古代文体概论》,褚斌杰著,北京大学出版社 1984 年版。

《中国古代序跋史论》,石建初著,湖南人民出版社 2008 年版。

《中国历史大辞典·宋史卷》,邓广铭、程应鏐主编,上海辞书出版社 1984 年版。

《中国历史大辞典·隋唐五代史卷》,杨志玖、吴枫主编,上海辞书出版社 1995 年版。

《中国诗歌与宗教》,邝健行主编,中华书局(香港)有限公司 1999 年版。

《中国诗学》,叶维廉著,生活·读书·新知三联书店 1992 年版。

《中国文学家大辞典·先秦汉魏晋南北朝卷》,曹道衡、沈玉成编撰,中华书局 1996 年版。

《中国文学家大辞典·宋代卷》,曾枣庄主编,中华书局 2004

年版。

《中国文学家大辞典·唐五代卷》,周祖譔主编,中华书局1992年版。

《中国文学理论批评史》,张少康、刘兰富著,北京大学出版社1995年版。

《醉翁的世界—欧阳修评传》,洪本健著,中州古籍出版社1990年版。